浙大学术精品文丛

推敲"进步"话语
—— 新型小说在19世纪的英国

殷企平 著

商务印书馆
2009年·北京

图书在版编目(CIP)数据

推敲"进步"话语——新型小说在19世纪的英国/殷企平著.—北京：商务印书馆，2009
(浙大学术精品文丛)
ISBN 978-7-100-06746-1

I. 推… II. 殷… III. 小说-文学研究-英国-19世纪 IV. I561.074

中国版本图书馆 CIP 数据核字(2009)第 139885 号

所有权利保留。
未经许可，不得以任何方式使用。

推敲"进步"话语
——新型小说在 19 世纪的英国
殷企平 著

商 务 印 书 馆 出 版
(北京王府井大街36号 邮政编码 100710)
商 务 印 书 馆 发 行
北京瑞古冠中印刷厂印刷
ISBN 978－7－100－06746－1

2009 年 8 月第 1 版　　开本 880×1230　1/32
2009 年 8 月北京第 1 次印刷　印张 17¼
定价：35.00 元

《浙大学术精品文丛》总序

近代以降,西学东渐,接受西方先进科学技术成为开明人士的共识。杭州知府林启(1839—1900)会同浙江巡抚和地方士绅,积极筹备开设一所以西方科学体系为主要课程的新型学堂。经清廷批复,求是书院于1897年3月在杭州设立(1901年改为浙江大学堂)。这是近代中国最早的几所新型高等学府之一。

求是书院几经变迁,到1928年,成为国立浙江大学。1936年,杰出的气象学家和教育家竺可桢(1890—1974)出任校长,广揽英才,锐意改革,很快使浙江大学实力大增,名满东南。抗日战争期间,全校师生在竺可桢校长的率领下,艰苦跋涉,举校西迁,在贵州遵义、湄潭办学,一时名师云集,被英国著名科技史家李约瑟誉为"东方剑桥"。

浙江大学的人文社会科学研究历史悠久,底蕴深厚,名家辈出。1928年,浙大正式设立文理学院,开设中国语文、外国语文、哲学、心理学、史学与政治学等学科。1936年增设史地学系,1939年,文理学院分为文学院、理学院,1945年成立法学院,后又陆续增加哲学系、人类学系、经济学系等系科和一批文科类研究所。与求是书院同年创建的杭州育英书院,1914年成为之江大学。陈独秀、蔡元培、陈望道、胡适、蒋梦麟、马叙伦、马一浮、郁达夫、夏衍、吴晗、胡乔木、施蛰存、郭绍虞、林汉达、经亨颐、汤用彤、谭其骧、劳乃宣、邵裴子、宋恕、蒋方震、许寿裳、沈尹默、邵飘萍、梅光迪、钱穆、马寅初、张荫麟、张其昀、贺昌群、钱基博、张相、夏承焘、姜亮夫、朱生豪、王季思、严群、许国璋、王佐良、薄冰、方重、裘克安、戚叔含、李浩培、孟宪承、郑晓沧等著名学者曾在这两所学校学习或任教。

1952年全国院系调整，浙江大学一度变为以工科为主的高等学府。它的文学院和理学院的一部分，与之江大学文学院、理学院合并成为浙江师范学院，后演变为杭州大学。它的农学院和医学院则分别发展为浙江农业大学和浙江医科大学。1998年9月，同根同源的原浙江大学、杭州大学、浙江农业大学、浙江医科大学合并成为新的浙江大学，这是新时期中国高校改革的一项重要措施，新浙大是目前国内学科门类最齐全、规模最大的研究型综合性大学之一。

新浙江大学成立后，人文社会科学得到了更大、更好的发展机遇。目前，浙江大学拥有文学、哲学、历史学、语言学、政治学、艺术学、教育学、法学、经济学、管理学等人文社会科学的全部一级学科，门类齐全，实力雄厚。而在人文社会科学与自然科学、技术科学的学科交叉和相互渗透方面，浙江大学更具有明显优势。为了有力推动浙江大学的人文社会科学研究，新世纪之初，学校确立了"强所、精品、名师"的文科发展战略，从机构、成果、队伍三方面加强建设，齐头并进。《浙大学术精品文丛》就是这一发展战略的重要组成部分。

自然科学、人文科学和社会科学共同构成了人类的知识系统，是人类文明的结晶。历史与未来，社会与人生，中国与世界，旧学与新知，继承与创新……时代前进和社会发展为人文社会科学的研究提供了广阔的空间。在经济全球化与文化多元化的时代趋势下,人文社会科学的地位和重要性正日益凸现,每一个有责任感的学者,必将以独立的思考,来回应社会、时代提出的问题。编辑这套《浙大学术精品文丛》,正是为了记录探索的轨迹,采撷思想的花朵。

浙江素称文化之邦,人文荟萃,学脉绵长。自东汉以来,先后出现过王充、王羲之、沈括、陈亮、叶适、王守仁、黄宗羲、章学诚、龚自珍、章太炎、鲁迅等著名思想家、文学家、史学家、科学家,南宋后更形成了"浙江学派",具有富于批判精神、实事求是、敢于创新的鲜明学术传统。浙江大学得地灵人杰之利,在百年发展史上集聚和培育了大量优秀人才,也形成了自己"求是创新"的优良学风。《浙大学术精品文丛》将以探索真理、关注社会历史人生为宗旨,继承优良传统,倡导开拓创新的精神,力求新知趋邃密,旧学转深沉。既推崇具有前瞻性的理论创新之作,也欢迎沉潜精严的专题研究著作,鼓励不同领域、不同学派、不同风格的学术研究工作的同生共存,融会交叉,以推进人文社会科学的健康发展。

《浙大学术精品文丛》是一套开放式的丛书,主要收纳浙江大学学者独立或为主撰写的人文社会科学领域的学术著作。为了反映浙大优良的学术传统,做好学术积累,本丛书出版之初将适当收入一些早年出版、在学界已有定评的优秀著作,但更多的位置将留给研究新著。为保证学术质量,凡收入本丛书者,都经过校内外同行专家的匿名评审。"精品"是我们倡导的方针和努力的目标,是否名实相符,真诚期待学界的检阅和评判。

同样诞生于1897年的商务印书馆向以文化积累和学术建设为己任,盛期曾步入世界出版业的前列,而今仍是在海内外享的盛誉的学术出版重镇。浙江大学和商务印书馆的合作有着悠久的历史。早在1934年,商务印书馆就出版过《国立浙江大学丛书》。值得一提的是,浙大历史上有两位重要人物曾在商务印书馆任职。一是高梦旦(1870—1936),他1901年任刚刚更名的浙江大学堂总教习,次年以留学监督身份率留学生赴日本考察学习。1903年冬他应张元济之邀到商务,与商务共命运达三十余年,曾任编译所国文部部长、编译所所长,主持编写《最新教科书》,倡议成立辞典部,创意编纂《新词典》和《辞源》,为商务印书馆的发展做出了重要贡献。一是老校长竺可桢,他1925—1926年在商务印书馆编译所史地部主持工作,参加了百科词典的编写。在浙江大学努力建设世界一流大学的今天,百年浙大和百年商务二度携手,再续前缘,合作出版《浙大学术精品文丛》,集中展示浙大学人的研究成果。薪火相继,学林重光,愿这套"文丛"伴随新世纪的脚步,不断迈向新的高度!

目　　录

前　言 ……………………………………………… 1

第一章　率先推敲"进步"的迪斯累里 ……………… 31
　一、用小说书写历史
　二、进步的异化
　三、两个民族和一种冲动

第二章　《董贝父子》：水盆还是花瓶？ …………… 53
　一、铁路意象
　二、是《董贝父子》，还是《董贝父女》?

第三章　《艰难时世》的艰难历程 ………………… 79
　一、对"数字化生活"的批判
　二、书中的所谓"败笔"

第四章　《小杜丽》中的"进步"瘟疫 ……………… 103
　一、方法即体验
　二、是进步？还是瘟疫？
　三、骗子成群
　四、对比和反差

第五章　"进步"车轮之下
　　　　——《玛丽·巴顿》的意义 ………………… 131

一、"两个民族"之痛

二、不是政治经济学，胜过政治经济学

三、约翰看橱窗

第六章 "进步"浪潮中的商品泡沫
——《名利场》的启示 ………………… 153

一、对"进步"话语的质疑

二、商品文化的侵蚀

第七章 体面的进步
——《纽克姆一家》昭示的历史 ………… 177

一、工业幽灵与新的"进步"

二、"进步"得体面 体面地"进步"

三、虚虚实实写历史

第八章 "成功"道路上的"钻石风波"
——《尤斯蒂斯钻石》的警示 ………… 205

一、商品文化和"成功"语境

二、现实丑与艺术美

第九章 以"不安"为特征的情感结构
——解读《我们如今的生活方式》 ……… 231

一、"欲踢又止"为哪般？

二、商业价值观侵入人类精神领域

三、是平静的世界？还是动荡的世界？

四、麦尔墨特的败因

第十章 《谢莉》："进步"话语的解构和"通天塔"意象的建构 ………………………………… 255

一、贯穿始终的质疑基调

二、巴比伦通天塔:时代的话语特征

第十一章 《奥尔顿·洛克》:对"机械时代"的回应 … 281

一、金斯利和他的时代

二、回应"机械时代"

三、叩问自由

四、错把信仰作外衣:毒瘤似的自由

第十二章 《亚当·比德》:过去是一面镜子 ……… 305

一、用过去这面镜子照现在

二、两种人物和两种时间

第十三章 《激进党人菲利克斯·霍尔特》:对速度的忧虑 ……………………………………… 335

一、更大的主题:文明进程的速度

二、对"速度"的反拨

第十四章 "鬼魂"·互文·历史
——从《米德尔马契》看"进步"话语……… 361

一、米勒召唤的"鬼魂"

二、再写"鬼魂章节"

三、历史的幽灵

第十五章 《无名的裘德》:铁路时间与异化主题 …… 389

一、"小时光老人"和铁路时间

二、"进步"和异化

第十六章 吉辛对"进步"话语的挑战
——《文苑外史》中"列车"的含义 ………… 417

一、"列车"意象的情景语境
　　二、"列车"意象的社会文化语境
第十七章　康拉德和他的《进步前哨》……………… 439
　　一、作品的主题
　　二、怎样评价马可拉？
　　三、凯亦兹的死因
第十八章　余波未定 ……………………………… 457
　　一、《虹》与"进步"浪潮
　　二、哀莫大于心死：伊丽莎白·鲍温的推敲
　　三、约翰·韦恩对"进步"的回应
　　四、斯威夫特的"进步模式"
　　五、被鹦鹉嘲弄的"进步"
　　六、《下一个》中的"进步"
结　语 ……………………………………………… 499
主要参考文献 ……………………………………… 509
索　引 ……………………………………………… 528
后　记 ……………………………………………… 536

前　　言

本书是对黄梅博士《推敲"自我"——小说在18世纪的英国》一书的呼应。

我国的英美文学研究领域在新世纪出现了一种可喜的新气象，即把中国背景和中国关怀作为阅读英美文学作品的出发点和指归。在这一新气象中引领潮流的有陆建德博士的《破碎思想体系的残编——英美文学与思想史论稿》(2001)、阮炜博士的《二十世纪英国小说评论》(2001)和丁宏为博士的《理念与悲曲——华兹华斯后革命之变》(2002)。黄梅博士的力作是这一新气象的又一个标志。这些著作都可以用陆建德赞扬黄梅的一句话来形容：作者们时时处处显示出了"对当下中国的关怀，并老练地将这种关怀自然融入全书，读了有'撒盐于水，化于无形'之感"。①

如黄梅博士所说，在过去的许多年中，我国学术界有关处于从农业文明向工业文明转型时期的英国的研究中存在着一种失衡现象：探讨在"强国之路"上的英国政治体制、科技振兴计划和经济运行方式的大型丛书频频问世，而关注同一时期英国人切身感受到的困惑、痛苦以及种种思想危机和情感危机这一方面的作品却如凤毛麟角。如今的中国正处于社会转型时期，当然有必要参照当

---

① 见《推敲"自我"——小说在18世纪的英国》封底，三联书店2003年版。

年英国在经济腾飞道路上的诸多经验,但是更有必要聆听许多英国有识之士在快速发展的旋涡中所发出的心声。聆听这种心声的最好场所莫过于在相应时代写就的小说——恰如怀特海所说,"如果我们希望发现某代人的内心思想,我们必须求助于文学";[1] 由于工业革命时期英国文学舞台上公认的主角是小说,因此我们首先把目光投向小说是顺理成章的。

英国工业革命的开端是在18世纪,达到高潮则是在19世纪。本书聚焦的对象是19世纪的英国小说,这不妨看作是对黄梅博士所做工作的一种延续:笔者所选择的历史时期有所不同,而行文过程跟黄梅的一样,"特别注重探究那些作品的意识形态功用,也就是它们与由社会转型引发的思想和情感危机的内在关系"。[2] 从某种意义上说,19世纪的英国比18世纪的英国更加具有"转型"的特点,因为只是到了19世纪,人们的普遍意识里才形成了"社会转型"这一概念。霍顿(Walter E. Houghton)对此有过确切的说明:

> 这一时代(笔者按:指维多利亚时代)唯一能区别于其他时代的特点是一种共识,即"我们生活在转型时期"。这是当时几乎普遍存在的基本概念,而且是维多利亚时代所特有的概念。虽然所有时代都是过渡时期,但是此前人们从未把自己所处的时代看作一个由过去向未来转型的时代。在英国,这种意识确实是跟维多利亚时代同步开始的。约翰·斯图亚特·穆勒于1831年发现,社会转型成了他那个时代的主要特征:"人类进步得太快,以致旧体制和旧学说遭到了废弃,可是人类又还没来得及掌握新体制和新学说。"穆勒同时还注意

到,这一特征"在几年前"只有少数具有远见卓识的人才能辨别,而如今"即使最没有观察力的人也不得不正视这一特征"。³

这一段历史就像电视剧《三国演义》主题歌中所唱的那样,"暗淡了刀光剑影,远去了鼓角争鸣"。然而,再暗淡的历史也是当代史,因为"一切历史都是当代史",⁴ 更何况在这暗淡之中还蛰伏着我们无法回避的、切关当代中国文化的利害的一些紧迫问题。

黄梅博士在她的书中认同了瓦特(Ian Watt,1917—)的一个著名观点,即有关个体"自我"的想象和思考是18世纪小说的一个根本关注。她在"余语"部分还提到了瓦特对"现代进步"的忧惧。"现代进步"和"个人主义神话"是两个密切相关的话题。不过,如果说18世纪的英国小说把侧重点放在了对"自我"的推敲上,那么19世纪英国小说的最强音则是对"进步"的推敲。

虽然英国在19世纪以前就已经目睹了"飞梭"的发明、"珍妮纺纱机"的创制、水力纺纱机的研制、动力织布机的出现、蒸汽机的问世等一次次显赫的工业成就和物质进步,而且关于科技进步的思想可以追溯到弗朗西斯·培根(Francis Bacon,1561—1626)的《科学推进论》(*Advancement of Learning*,1605)和《新大西岛》(*The New Atlantis*,1610)①,但是带有"速度"含义的"进步"这一

---

① 根据伯瑞(John Bagnell Bury,1861—1927)的考证,人类历史上进步这一观念始自两个人的阐释工作,即英国的弗朗西斯·培根和法国的让·博丹(Jean Bodin,1530—1596)对人类发展史所做的描述、解释和预言。虽然培根和伯丁"均未发现进步这一观念",但是他们的思想贡献"都对这一观念的随后出现起到过直接的作用"。见约翰·伯瑞,《进步的观念》,范祥涛译,上海三联书店2005年版,第26页。

概念是在 19 世纪开始普遍流行的。霍顿曾经作过这样的述评:"直到维多利亚时期之前,动力和通讯方面的速度几乎保持了几百年不变。然而,在短短的几年内,陆地旅行的速度就从每小时 12 英里提高到了每小时 50 英里(增长到百分之四百以上)……给维多利亚人留下深刻印象的与其说是新发明的机械速度,不如说是这些发明在生活方面带来的速度变化。"[5] 更确切地说,"速度新概念"的形成直接跟火车/铁路的崛起有关。铁路不仅改变了英国社会,而且"改变了时间和空间概念,过去时间以天为单位,现在以分钟、以秒计算;过去一两百英里是一个遥远的地方,现在则只是近在咫尺。人们突然感到空间和时间都缩小了,于是生活的节奏也就加快……时间概念是一个全新的概念。"[6] 关于这一点,阿尔梯克(Richard D. Altick)有过更明白的解说:"铁路使速度这一概念渗入了全民意识。在这一方面,铁路所起的作用超过了维多利亚时期的其他任何科技发明。"[7]

跟速度意识同时蔓延的是有关"进步"的宏大叙述。虽然在 19 世纪之前就出现了一些有关"进步"的思想观念(除了前文所说的培根之外,18 世纪的亚当·斯密就"非常有效地对人类集体进步说做出了贡献"[8]),但是"进步"成为一个社会的主流话语似乎是 19 世纪的事情——当时的英国似乎比以往任何时期的任何国度都痴迷于一种宏伟的构想,即人类社会因财富的无限增长而无止境地朝着幸福状态进步。为这一宏伟蓝图摇旗呐喊的有达尔文(Charles Robert Darwin,1809—1882)、边沁(Jeremy Bentham,1748—1832)、赫伯特·斯宾塞(Herbert Spencer,1820—1903)、威廉·葛德文(William Godwin,1756—1836)、马尔萨斯(Thomas Robert Malthus,1766—1834)、詹姆斯·穆勒(James Mill,

1773—1836)、约翰·斯图亚特·穆勒①(John Stuart Mill,1806—1873)、麦考莱(Thomas Babington Macaulay, 1800—1859)、巴克尔(Henry Thomas Buckle, 1821—1862)和莫利(John Morley, 1838—1923)等一大批人,其中又以麦考莱及其豪言壮语最有市场——根据霍顿的记载,麦考莱是维多利亚时代"最受欢迎的作家"。[9] 从1849年至1861年,他那长达5卷的《詹姆斯二世即位以来的英国史》(*The History of England from the Accession of James the Second*)在书市一直走红。历史上有这样的记录:该书"1849年出版第1卷和第2卷,获得空前的成功……1855年《詹姆斯二世即位以来的英国史》的第3卷和第4卷问世,立即成为畅销书"。[10] 该书和他的另外许多文章一样,紧紧围绕着一个主题,即"英国历史是一部值得强调的进步史"。[11] 麦考莱豪气干云,干脆宣布英格兰已经进化成了"最伟大的民族":

(英格兰已经成为)有史以来最伟大、最高度文明的民族。英格兰人的版图已经遍及全球……他们的海军力量足以在一刻钟内同时消灭来自北欧、雅典、迦太基、威尼斯和热那亚的海军。他们把治病救人的科学、交通和通讯手段、各类机械技术、各门制造业、各种能够给生活带来便利的东西都发展到了尽善尽美的地步——我们的祖先若地下有灵,定会叹为观止。[12]

麦考莱及其追随者描绘的"进步"神话代表了当时英国社会的主流

---

① 穆勒早期受边沁和父亲詹姆斯·穆勒的功利主义思想的影响较深,但他在后期对带有功利主义色彩的"进步"神话有过反思和批判。

话语,他们对现实的解释代表了官方的解释,他们笔下的历史是披戴着权威光环的"正史"。

当然,人类追求进步和幸福,这本身无可厚非。如哈罗德·坦普利所说,"进步的观念非常有用",[13]因为它"冲击了对恶性循环或满足于现状的信念"。[14]不过,把进步视为简单的科学定律,那就会产生许多问题。就连以《进步的观念》一书而闻名于世的伯瑞也清楚地意识到"进步的观念中纠缠着很多其他棘手的问题",因而"他决不是愉快的乐观主义者,并非随时准备为每一个统计的结果欢呼喝彩"。[15]令人遗憾的是,人类历史上有太多这样的"愉快的乐观主义者"。罗伯特·路威(Robert Heinrich Lowie)就曾经持批判态度地谈到,人类社会中存在着一种"认进步为不绝的和必然的事情之信仰"。[16]就19世纪而言,这种信仰在英国流传最广,扎根最深,在英国资产阶级中尤其如此。根据摩顿(A. L. Morton)的记载,飞速发展的"铁路时代""对英国资本家来说是好时代。他们把自己的好运气看作自然规律,并且认为这种好运气会永远延续下去"。[17]这无疑是一种令无数"进步分子"陶醉的进步观。

确实,与工业革命相伴而行的"进步"带来了空前的物质繁荣。到了1870年,英国的经济实力已经远在其他国家之上:它的工业生产约占世界的三分之一,铁和煤的产量占世界的二分之一,贸易总额占世界的四分之一;而且,"英国商船的吨位高居各国首位。伦敦成为世界唯一的金融中心"。[18]

然而,发热的进步速度是以什么为代价的呢?

马克思(Karl Marx,1818—1883)于1856年4月14日在伦敦的一次演讲中曾经作出过下列回答:

> 技术的胜利,似乎是以道德的败坏为代价换来的。随着

人类愈益控制自然,个人却似乎愈益成为别人的奴隶或自身的卑劣行为的奴隶。甚至科学的纯洁光辉仿佛也只能在愚昧无知的黑暗背景上闪耀。我们的一切发现和进步,似乎结果是使物质力量具有理智生命,而人的生命则化为愚钝的物质力量。现代工业、科学与现代贫困、衰颓之间的这种对抗,我们时代的生产力与社会关系之间的这种对抗,是显而易见的、不可避免的和毋庸争辩的事实。[19]

恩格斯(Friedrich Engels,1820—1895)在《英国工人阶级状况》中曾经披露过有关无产者穷困潦倒的大量事实,这些也都可以看作"进步"的沉重代价。且不说广大无产者的痛苦,即便那些无温饱之虞的人,为了追求"进步"的速度,也往往要割舍生活中许多宝贵的东西,如道德关怀、审美情趣和天伦之乐,等等。这种割舍意味着对生命的意义或幸福生活这样一些命题的简单化理解。在19世纪的英国,这方面最典型的例子恐怕要数内森·罗思柴尔德(Nathan Mayer Rothschild,1779—1886)[①]那流传甚广的"格言";

[①] 罗思柴尔德家族是欧洲声名显赫的银行世家。创始人迈耶·阿姆谢尔·罗思柴尔德(Mayer Amschel Rothschild,1744—1812)及其五个儿子组建了以法兰克福、伦敦、巴黎、维也纳和那不勒斯为主要基地的国际银行集团。内森·罗思柴尔德是迈耶的第二个儿子,于1804年在伦敦建立分行。罗思柴尔德们的发家史是一部典型的"进步"史:他们从倒卖古董、像章以及走私棉布、粮食和军火起家,一跃而为称霸欧洲乃至全球的金融巨头——他们曾一度被称为"欧洲的最高统治者";据19世纪30年代一家美国杂志上的记载,当时欧洲和北美的"任何一个政府都要向他们咨询,否则就无法运转"。(详见 Niall Ferguson, *The House of Rothschild*: *Money's Prophets*, 1798—1848, New York: Viking Penguin, 1998, p. 19。)德国诗人海涅于1841年这样写道:"金钱是我们这个时代的神,而罗思柴尔德则是神的代言人。"(出处同上,p. 17。)这一情形几乎可以作为麦考莱的"进步"学说的注解,难怪麦考莱跟罗思柴尔德家族过从甚密——根据弗格森的记载,麦考莱曾是内森·罗思柴尔德的座上客。(出处同上,p. 195。)

"把……精神和灵魂投入生意,全身心地投入生意,把一切都投入生意,这就是通向幸福的道路。"[20]这样的幸福观实际上就是当年边沁所谓"最大多数人的最大幸福"(详见本书第一章第三节)这一原则的翻版,因而它所隐含的"进步"充其量是单向度的,或者是畸形的。

即便所有的进步在实质和方向上无懈可击,其速度的快慢本身也是一个容易被忽视、但又是不容忽视的大问题,而19世纪英国的主流话语恰恰忽视了这一问题——在前文所说的以"进步"神话为代表的"正史"观念的熏陶下,越来越多的英国人都生成了一种一往无前的"豪迈"气概;他们不但相信"进步",而且总嫌"进步"的速度不够快。这种对速度的狂热追求导致了一些新的社会现象。乔治·爱略特(George Eliot, 1819—1880)就观察到了一个史无前例的、发人深思的速度新现象:"现在连空闲也变成了急切的。"[21]阿诺德(Matthew Arnold, 1822—1888)曾经把所有这些现象称为"现代生活的病态的匆忙"。[22]

除了阿诺德之外,当时对病态的"进步"提出质疑的主要还有托马斯·卡莱尔(Thomas Carlyle, 1795—1881)、约翰·亨利·纽曼(John Henry Newman, 1801—1890)和约翰·罗斯金(John Ruskin, 1819—1900)等人,其中以卡莱尔的批评为时最早、言辞最为激烈。他的《时代特征》("Signs of the Times", 1829)、《旧衣新裁》(Sartor Resartus, 1833)和《文明的忧思》(Past and Present, 1843)等著作都涉及了人类在工业化进程中所付出的精神代价。他看到了科学技术的进步,但是他更看到了被科技进步所掩盖的精神贫困。他不顾举世颂歌滔滔,发出了惊世骇俗的言论:"就灵魂和人格的真正意义而言,我们或许落后于人类文明的大多数时期。"[23]也就是说,就精神层面而言,人类不是进步了,而是退步了。类似的观点一次又一次地出现在了卡莱尔的论著中。

例如,《旧衣新裁》中给出了一个关于"进步"的独特比喻:"世界成了一个巨大的、毫无生气的、深不可测的蒸汽机,在那儿滚滚向前……"[24]世界之所以沦为机器,原因在于精神生活已被放逐。

又如,《时代特征》中给了工业时代一个著名的定义:

> 假如我们需要用单个形容词来概括我们这一时代的话,我们没法把它称为"英雄的时代"或"虔诚的时代",也没法把它称为"哲思的时代"或"道德的时代",而只能首先称它为"机械的时代"。[25]

卡莱尔还强调:"目前受机器主宰的不光有人类外部世界和物质世界,而且还有人类内部世界和精神世界……不光我们的行动方式,而且连我们的思维方式和情感方式都受同一种习惯的调控。不光人的手变得机械了,而且连人的脑袋和心灵都变得机械了。"[26]在卡莱尔看来,这种彻头彻尾的机械式进步是对人类的最大危害。

机械式进步的表现形式有很多,其中最让卡莱尔反感的是用统计数字来衡量一个国家是否进步的方法。19 世纪 30 年代的英国目睹了如雨后春笋般地成立起来的各种"实用知识学会"(The Useful-Knowledge Society)和统计学会,如分别于 1833 年和 1834 年创建的"曼彻斯特统计学会"(The Manchester Statistical Society)和"伦敦统计学会"(The London Statistical Society)。这些学会往往自豪地把它们的使命界定为"进步"。譬如,曼彻斯特统计学会的宗旨就被界定为"协助推进社会的进步"。[27]作为一门学科,统计学无可厚非,然而在当时的英国,数据崇拜成了一种风气。在许多"进步"话语倡导者的手里,数据成了对付针砭时弊者的锐利武器。卡莱尔曾经讽刺过那种用数字封别人口的行径:"某个实用知识学会的成员总是会拿出一个计算过的数字来堵住你的口,那种斩钉截铁的口吻是何等的神气!"[28] 在卡莱尔看来,数据固然重要,但是下面两个问题更加重要:1)数据掌握在谁的手中?2)如何使用数据?对此,他作了这样的回答:"统计学应该是一门值得尊敬的学科,是许多重要学科的基础;然而,这门学科不应该由蒸汽来牵引,在这一点上它跟其他学科没有什么两样。它必须由一个有智慧的头脑来牵引。"[29]

然而,卡莱尔的上述言论在当时还无法进入前面所说的、由麦考莱等人把持的"正史",或者说只能算是"外史"或"野史"。就像卡扎米安(Louis Cazamian,1877—1965)所说的那样,虽然卡莱尔是当时最有洞察力的英国思想家,但是他"缺乏跟他那天才相称的对社会的直接影响以及广泛的声誉……于1830年和1850年之间,只有少数人理解他,并且想方设法使他被公众理解。真正传播他的思想的不是别人,正是关心社会的小说家:狄更斯、迪斯累里和金斯利"。[30]

也就是说,19世纪至少出现了两类有关"进步"的史书:一类是为之唱颂歌的"正史",另一类是针对"进步"的推敲史——这后一类的最活跃的书写者是一批有良心、有洞察力、有社会责任感的新型小说家,他们创作了一批具有真正史书价值的小说。

这使我们想到了雷蒙德·威廉斯(Raymond Williams,1921—1988)的一个著名观点,即19世纪上半叶的英国出现了一种带有"史书"特点的新型小说。威廉斯是针对卡莱尔的一个观点而作出上述判断的。后者鉴于工业革命引起的一系列变化,认为小说这一形式在反映历史真实方面已经落伍,因而会被史书取而代之。威廉斯首先指出卡莱尔的预言已被历史事实所否定,然后又强调小说尽管没有像卡莱尔所说的那样死去,然而却朝着卡莱尔中心论断的方向经历了一个脱胎换骨的过程。[31]换言之,小说并没有被史书取代,而是在某种意义上取代了史书,或者说"正在变成史书,变成描写当代的史书"。[32]撰写这类"史书"的新型小说家们不是像司各脱(Sir Walter Scot,1771—1832)那样在中世纪寻觅素材,而是在自己所处的时代——尤其是在伴随工业革命的诸多危机中——找到了活水源头。关于这类新型小说的意义,威廉斯有过如下精辟的论述:

> 从狄更斯到劳伦斯,我们得到的是一段可以从中汲取勇气的历史。这一历史不是一连串的先例,而是一组有关人生的意义,一组把人类连接在一起的意义。具有重要意义的是,这段历史并没有用其他方式得到记录:假如这些小说没有写成,一个民族的一部分历史就必然会明显地苍白许多。当我们阅读了这些小说以后,就会对相应的思想史和一般社会史产生不同的认识。小说比其他任何有关人类经验的记载都更深刻、更早地捕捉到了一种问题意识,即对社会群体、人的本质以及可知的人际关系所引起的问题的认识。[33]

确实,小说家往往能够比其他人(包括史学家)更早、更敏锐地捕捉到上面引文中所说的"问题意识"。就19世纪英国而言,优秀小说的功能在于发现并清晰地表达农业文明向工业文明转型时期的那种"尚未进入史书的、压迫在人们心头的复杂体验"。[34]

换言之,19世纪英国的优秀小说家们捕捉到了那些"正史"上找不到的情感结构。

"情感结构"(structure of feeling)一语是由威廉斯率先提出的。它是一种与"世界观"或"意识形态"相区别的概念。威廉斯认为,人类对社会形态和社会意识的概括往往趋于简单化,以致现成的、官方认可的、被学术权威一锤定音的表述和广为接受的解释是一回事,而人们在实际生活中的切身体会则是另一回事。那种简单的概括,即便是已经把所有经过清晰表述的、并且由各种制度或体制支撑的思想加在一起,也不能构成社会意识的全部,这是因为"只有它们及其彼此之间的真实关系被积极地体验过之后,它们才能够成为社会意识。"[35]也就是说,在任何一个历史时期,人们在实际生活中的一些体验和感受,尤其是那些正在形成中的体验和感受,往往得不到清楚的鉴定、分类和理性化的表述,或者说人们还来不及对它们加以系统而清晰的表述。

威廉斯强调指出,正在形成中的意识看似不起眼,可实际上却"对人们的社会经历和行为产生了显而易见的压力,构成了有效的制约。"[36]

处于变动状态中的社会意识或社会体验往往未能在政治学、经济学、社会学、哲学和史学等领域中的现成总结中得到体现,或者未能得到充分体现。有鉴于此,威廉斯采取了"情感结构"这一新的说法,以便引起人们的重视。威氏说,"情感结构可以被界定为流动中的社会体验。"[37]

在论述情感结构时,威廉斯还提到了情感结构的要素和情感结构的属性。他把情感结构概括为"冲动、克制和风气。"[38]这些要素往往引起人们对其属性的误解——冲动和克制常常被误认为私人的属性,然而它们实际上是普遍存在的,因此具备社会属性。情感结构经常受到忽视的原因正在于此。不过,威廉斯认为文学家和艺术家们往往能够在捕捉情感结构方面立下首功:由于他们具有特别敏锐的洞察力,因此"一种新的情感结构形成的征兆经常首先出现在文艺作品之中。"[39]

那么,19世纪"进步"潮流冲击下的英国社会的情感结构又是怎样的呢?

答案就在本书所选中的几位小说家的笔下。通过对他们小说的阅读,笔者力图证明19世纪英国的老百姓对"进步"潮流的实际体验和感受跟官方/主流话语对现实的解释大相径庭,同时证明狄更斯等小说家们在捕捉社会情感结构方面的具体贡献。这些小说家在选材布局、人物刻画、情节编排、遣词造句、叙事角度、意象营造等方面可谓千差万别,各显神通,可是他们的作品中都渗透着一种共同的焦虑:一种对狂奔逐猎般的"进步"速度的疑虑,一种对豪气冲天的"进步"话语的反感,一种对"进步"所需沉重代价的担忧——这就是弥漫于19世纪英国社会的情感结构。

借着狄更斯(Charles Dickens,1812—1870)等人的生花妙笔,上述情感结构被或明或暗地织入了一部部"新型小说";小说本身固然是艺术佳作,其中隐含的情感结构却使得它们另外还显现出史书的气象。

需要强调的是,这些小说的"史书"特点并不是威廉斯等批评家的"发现",而首先是小说作者们刻意追求的目标。笔者在阅读中发现,萨克雷(William Makepeace Thackeray,1811—1863)和乔治·爱略特等人都喜欢把自己的小说干脆称为"历史"或"史书",而且这样称呼的频率之高,给人以深刻的印象。仅以萨克雷的《纽克姆一家》(The Newcomes,1853—1855)为例:书中"历史"一词出现不下 37 次;如果加上作者在书中自称"编史家/历史学家"或"年代史编者"等例子,整个频率就更高了(参见本书第七章第三节)。当然,萨克雷等人的小说不乏虚构和想象的成分,但是优秀的小说家有可能比历史学家捕捉到更真实的社会画面,掌握到更高层次的真理。盖伊(Peter Gay)曾经赞扬马尔克斯"利用文学的想象手法做到了历史学家想做或应该做却做不到的事情",并且认为"在一位伟大的小说家手上,完美的虚构可能创造出真正的历史"。[40]我们可以借用盖伊的话来赞扬萨克雷等优秀的 19 世纪英国小说家:在他们的手上,完美的虚构的确创造出了真正的历史。

除了能跟史学家们一比高低之外,"新型小说"的作者们还足以与社会学家们媲美。巴巴拉·哈代(Barbara Hardy,1927—)曾经赞扬"萨克雷是 19 世纪伟大的小说社会学家",[41]这一赞扬同样也适用于本书各章所重点讨论的每位小说家。布兰特林格(Patrick Brantlinger,1941—)说得更为全面:"维多利亚小说史比得过社会科学史。狄更斯、盖斯凯尔夫人、乔治·爱略特——甚至特罗洛普和萨克雷——勾勒的有关人性和社会的典型形象在许多方面也在政府蓝皮书中得到了展现。换一句话说,维多利亚小说志在获得蓝皮书的地位……"[42]我们此处需要对布兰特林格的话略作修正:维多利亚小说与其说是在争取蓝皮书的地位,不如说是在向以蓝皮书为代表的官方话语进行挑战。虽然 19 世纪英国政府的蓝皮书也常常反映一些社会问题(在这方面,蓝皮书比麦考莱等人的"进步学说"还好一些),但是这些官方文件从本质上讲仍然属于前文所说的"正史",因而往往无法触及现实社会的情感结构。金斯利(Charles Kingsley,1819—1875)的小说《酵母》(*Yeast*,1848)中的一段描述不无幽默地指出了蓝皮书等政府报告的致命弱点(兰斯洛特是该小说的主人公):

> 于是,兰斯洛特埋头研究穷人的状况问题,即埋头于蓝皮书、红皮书、关于卫生状况的报告、关于矿区的报告、关于厂区的报告,等等;这些报告给他的结论——如今相当多的人已经知晓这样的结论——是:出了问题了!然而,谁也不知道究竟是出了什么问题。即便有人知道,也都知趣地秘而不宣。[43]

这种隔靴搔痒的官方话语显然是御用文人——当时被雇来写政府报告的社会学专家们在很大程度上可以被视为御用文人——的必然产物。即使这些御用专家看到了社会问题的实质,也是断然不敢——或是不能——直言不讳的。相形之下,狄更斯等人的小说则要跟现实贴近得多。他们的胆识,加上他们的文笔,往往使他们直捣问题的症结所在,直逼社会的情感结构。难怪马克思曾经满腔热情地指出,狄更斯、萨克雷、夏洛蒂·勃朗特(Charlotte Brontë,1816—1855)和伊丽莎白·盖斯凯尔(Elizabeth Cleghorn Gaskell,1810—1865)等人的小说"给世界上宣示了,较之所有职业政治家、政论家和道德家算在一起还更多的政治与社会真理"。[44]

因此,当我们从那一段历史中寻求借鉴时,当然要首先叩问相关时期的优秀小说。

那么,哪些小说能小叩而大鸣呢?在挑选过程中,笔者主要参照了雷蒙德·威廉斯的《英国小说：从狄更斯到劳伦斯》(The English Novel: from Dickens to Lawrence, 1970)、《文化与社会：1780—1950》(Culture and Society 1780—1950)、卡扎米安的《英格兰社会小说：1830—1850》(The Social Novel in England 1830—1850)以及凯瑟琳·佳拉赫(Catherine Gallagher)的《工业话题对英国小说的重塑——社会话语与叙事形式：1832—1867》(The Industrial Reformation of English Fiction: Social Discourse and Narrative Form, 1832—1867)。这些作品所挑选的相关时期的小说文本大都可以被划归在所谓"工业小说"(the industrial novels)或"英国状况小说"(the Condition-of-England novels)的范畴之内。关于"工业小说"以及跟"英国状况小说"有关的"英国状况大辩论"(the Condition of England Debate)，佳拉赫有过这样的说明：

  英国在19世纪早期和中期经历了工业生产的扩张。这一过程伴随着一系列有关英国的社会福利、物质生活和精神生活的论战。这些论战经常被统称为"英国状况大辩论"。它们几乎扩展到了英国精神生活和文化生活的各个领域，改变了许多学科的性质，甚至千真万确地促成了一些崭新学科的诞生。更须一提的是，英国状况大辩论本身演变成了一种话语，从而使哲学、伦理学、政治经济学、公共管理学、生物学、医学、神学、心理学和美学等学科得以开创并吸收新的研究领域。……

  我想证明的是，叙事虚构作品——尤其是小说——只要成了讨论工业主义的话语的一部分，就会经历根本性的转变。

受这一话语影响最直接的是我们如今称作"工业小说"的那些作品。⁴⁵

鉴于这些"工业小说"或"英国状况小说"为我们了解相关历史时期的精神生活和文化生活提供了一把珍贵的钥匙，本书也把研究的聚焦对准了它们。

不过，本书跟威廉斯、卡扎米安和佳拉赫的作品至少有三点不同。

其一，本书跟上述三位学者的作品在切入角度和研究重心方面都不相同。威廉斯的《文化与社会》侧重于文化分析以及文化政治(cultural politics)；他的《英国小说：从狄更斯到劳伦斯》围绕"可知社群"(the knowable community)这一核心概念展开。卡扎米安的《英格兰社会小说》致力于挖掘相关小说背后的所有社会现实。佳拉赫的《工业话题对英国小说的重塑——社会话语与叙事形式》侧重研究工业话题如何引起"叙事连贯性的破裂，以及这种破裂所导致的对于叙事形式的自我反省意识"。⁴⁶本书的研究角度和重心则始终是相关小说对"进步"话语的质疑和解构。

其二，本书选中了一些通常被排除在"英国状况小说"范畴之外的文本；例如，萨克雷的《名利场》和《纽克姆一家》都未能进入上述三位学者的视野——威廉斯在《文化与社会》一书中专辟一节来讨论"工业小说"，但是上述萨克雷的两部作品却未在讨论之列。依笔者之见，这两部作品在揭示工业化进程中社会价值观的变迁方面都有独到之处。当然，《名利场》采用了比较间接的反映方式，而《纽克姆一家》的反映方式却非常直接。不管它们采用了什么方式，从对"进步"话语的挑战这一角度看，它们都堪称上乘，因此本书中专设了两个章节,分别加以讨论。

其三,笔者在对文本细读方面颇下工夫,力求比上述三位学者做得更加具体、更加深入,同时更注意审美维度和思想主题之间的有机联系。

本书共分 18 章。

第一章,着重讨论了迪斯累里在书写历史或改写历史方面的贡献。在这一章中,笔者针对威廉斯的有关观点提出了自己的见解。威廉斯所开列的"新型小说家"的名单并没有把迪斯累里包括在内——在威廉斯看来,是狄更斯首先捕捉到了工业革命引起的问题意识,发现并清晰有力地勾画了农业文明向工业文明转型时期的情感结构。笔者通过对迪斯累里的两部小说《柯宁斯比》和《西比尔》的具体分析,试图证明它们在许多方面都符合威廉斯所说的"新型小说"的特征,即回应并创造性地发现了工业大潮冲击下的社会变化。优秀的小说具有预言功能,而迪斯累里的小说在这方面丝毫不逊色于狄更斯。为了说明这一点,笔者对迪斯累里在预见消费风气的严重后果方面所做的工作进行了探讨,并指出迪斯累里是最早记载消费文化史的作家之一。

第二章,把聚焦对准了狄更斯的名著《董贝父子》。这一章的切入口看似有些离题:笔者从狄更斯的艺术手法入手,而没有直接深入"进步"话语这一话题。之所以这样做,是因为狄更斯作品的艺术性常常遭人诟病。不证明他的作品的艺术魅力,就无从证明他对"进步"话语挑战的威力。因此,本章重点分析了贯穿《董贝父子》全书的"铁路"意象,以证明该书有一个紧扣主题的紧凑结构。在此基础上,笔者指出威廉斯和马库斯(Steven Marcus)在探讨《董贝父子》中的"铁路意象"时未能对以下问题作出充分的回答:

狄更斯关注的焦点是什么？铁路意象的背后究竟有哪些深层次的思考？这些问题自然也就构成了本章的研究对象。为了比较深入地探讨这些问题，笔者对铁路意象的情景语境和社会文化语境进行了剖析。

第三章，围绕狄更斯的另一部作品《艰难时世》而展开。虽然利维斯曾经对《艰难时世》褒奖有加，但是批评界对它的攻击从来就没有平息过。依笔者之见，这部小说之所以历程艰难，是因为评论家们误读了狄更斯回应"进步"话语的方式。这些误读包括对利维斯相应观点的曲解。为了正确解读《艰难时世》，我们需要掌握两把钥匙：一是狄更斯对"生活"的理解，二是他对"工业主题"的处理方法。西方学术界一般认为，《艰难时世》对于"阶级情节"和"工业主题"的处理是一个败笔。针对这一观点，本章细察了小说中体现工业主题的两条情节主线——反资本主义情节和反功利主义情节——形成互动的方式，进而指出小说的"工业主题"并没有中断，"阶级情节"也没有中断。

第四章的话题仍然没有离开狄更斯。鉴于《小杜丽》在我国处于被相对冷落的地位，而它又是狄更斯的代表作之一，尤其是挑战"进步"话语方面的一部力作，我们把它选作了本章的研究对象。跟对《董贝父子》的研究一样，对《小杜丽》的研究也需要从作品的艺术结构入手。从表面上看，该小说给人一种松散拖沓的感觉，但是它有着精雕细镂的深层结构。这种以深层的紧凑跟表层的凌乱相对照为特点的结构本身是一种言说：它言说着"进步的异化"这一主题——小说众多人物之间的关系呈扑朔迷离之状，但是所有人物的命运由莫多尔刮起的股市风波联系在了一起。换言之，让一个代表瘟疫般的"进步"潮流的人物来支撑或粘合整部小说的结构,这本身就是对狂热追求"进步"的维多利亚社会的莫大讽刺。

第五章,探讨了伊丽莎白·盖斯凯尔的《玛丽·巴顿》。虽然该小说备受批评界——尤其是在国外——的关注,但是女主人公玛丽坐火车的细节却遭到了忽略。这一看似不起眼的细节具有事关全局的象征意义:初次搭乘火车让玛丽意乱神迷,这并非偶然而孤立的个人体验,而是人类首次遭遇工业化浪潮冲击时普遍心态的缩影。小说中的火车意象暗示着"速度新概念"在工业化社会中的形成,而玛丽·巴顿的故事就是在以快速为特征的"进步"车轮下演绎的。在论证过程中,笔者质疑了西方评论家的有关观点,如威廉斯对小卡森遭枪杀这一情节的非议,以及林德纳(Christoph Lindner)关于约翰看橱窗这一幕情景所作出的结论。笔者最为欣赏的是《玛丽·巴顿》诊断出了"两个民族"的病因,解释了"供求关系"和"市场需求"所无法解释的现实,因而胜过了当时的政治经济学。

在第六章中,笔者对萨克雷的名著《名利场》作了剖析。这一章的讨论也是在跟前人的对话中展开的。笔者借鉴了林德纳的有关方法和观点,但是指出了他的论述中的两个缺陷。其一,萨克雷在对新兴的商品文化作出回应的同时,对与之相伴而行的"进步"潮流进行了质疑,可是林德纳未能把两者放在一起加以审视,因而未能对小说中"进步"话语跟商品文化之间的联系作出解读。其二,林德纳把研究的焦点放在了乔瑟夫·赛特笠(即乔斯)身上,而在分析被商品物化了的人物的症状时几乎未提利蓓加,这就容易导致人们忽视由利蓓加——无论从哪个角度看,利蓓加都是更重要的角色——所折射出来的商品文化现象。在跟林德纳对话的基础上,笔者试图比较全面地评价《名利场》所展现的商品文化图景。

第七章，讨论萨克雷的另一部小说《纽克姆一家》。从捕捉"进步"新迹象这一角度来看，《纽克姆一家》的重要性超过了《名利场》。在《纽克姆一家》所展现的世界中，"新来者"们——也就是暴发户们——发现光是"进步"已经跟不上时代的要求，而是必须披上一层体面的外衣。换言之，许多不光彩的行为常常要用虚假的包装来掩盖粉饰，这是"新来者"进步到一定程度的一个新动向。萨克雷最大的贡献之一，就是掐到了"新来者"的这根虚假的神经。《纽克姆一家》是一部自我指涉性很强的小说，或者说是一部元小说。这样一部自我暴露笔触的小说是否有不可忽视的史料价值？这一问题也是我们在第七章讨论的重点之一。与此相关联的另一个问题也在这一章中得到了讨论：《纽克姆一家》是否仅仅从不同的角度重复了前人所虚构的故事？

第八章把重心移向了特罗洛普的小说《尤斯蒂斯钻石》。在特罗洛普的笔下，对"进步"话语的质疑常常具体地表现为对"成功"语境的质疑。这一观点的论证仍然无法避开跟前人的对话。例如，林德纳认为，小说中关于丽萃如何兼备商品和消费者的双重角色的描写并没有构成对19世纪商品文化所依赖的价值观的挑战，而是仅仅挑战了限制丽萃消费能力的19世纪社会习俗和文化代码。笔者对此提出了不同的见解。又如，朱虹女士曾经指出丽萃是由现实丑变成艺术美的一个典范。然而，为什么丑陋的丽萃同时又是艺术美的典范？朱虹女士并未加以充分论证。鉴于我们对该小说的主题——对"成功"语境的质疑——的理解离不开对丽萃这一人物形象的揣摩，笔者对上述问题也作了较为深入的探讨。

第九章的分析对象是特罗洛普的另一部小说《我们如今的生活方式》。跟《尤斯蒂斯钻石》一样，《我们如今的生活方式》也是在

"成功"语境中展开的。由于小说中最主要的线索是工业巨头麦尔墨特从"成功"到失败的故事,而这失败背后的原因又跟小说的主题密切相关,因此第九章的相当篇幅被用来探究麦尔墨特的败因。在这一章中,笔者还借用威廉斯关于社会情感结构的理论分析了书中各类人物的矛盾心态。透过这些人物的种种冲动和克制,以及他们在选择行为方式时所经历的彷徨和痛苦,我们可以觉察到一种普遍存在的焦虑和躁动。这种不安的情绪一方面可以被看作在新旧社会价值观彼此碰撞、冲突的结果,另一方面又可以被看作"进步"话语撩拨下"成功"欲望膨胀并四处冲撞的结果。

在第十章中,我们对夏洛蒂·勃朗特的《谢莉》进行了解读。就解构"进步"话语的力度而言,《谢莉》不会比其他任何一部19世纪英国小说逊色。不过,在论证过程中,笔者遇到了这样一个难题:《谢莉》的"大团圆"结局方式——谢莉与路易斯、卡罗琳与罗伯特双双进入洞房;罗伯特的产业蒸蒸日上——该作如何解释?伊格尔顿(Terry Eagleton, 1943—)对这一结局持批评态度,认为它是为官方的意识形态服务。如果真是这样,该小说岂不成了"进步"话语的颂歌?另一位批评界的"大腕"刘易斯(George Henry Lewes, 1817—1878)也对该小说有过微词,认为它缺乏艺术上的整体性。假如这一观点成立,那么《谢莉》在解构"进步"话语方面就不会有多大的力度。为了解决以上难题,并解除由伊格尔顿和刘易斯的言论所引起的困惑,笔者对小说结尾部分的语言、文体、意象——尤其是"巴比伦通天塔"意象——和叙事策略/声音进行了细察。

第十一章的讨论对象是查尔斯·金斯利的名著《奥尔顿·洛克》。笔者认为这部小说是"进步"推敲史上的一块重要里程碑。

论证这一观点的任务并不轻松:由于蒙克(Richard Menke)和戈特利布(Evan M. Gottlieb)等人的影响,批评界的许多人都把金斯利写作的真正动机看成是为中产阶级的统治寻找理由;果真如此,把《奥尔顿·洛克》选入本书的做法就无异于自戕。因此,这一章的讨论是从反驳蒙克和戈特利布的观点开始的。整个讨论涉及了这样一些问题:金斯利和卡莱尔之间有何关系?为什么说《奥尔顿·洛克》是对卡莱尔所说的"机械时代"的挑战?这一挑战的角度是怎样的?小说中对"自由"的意义的探讨有何特色?洛克和乔治在信仰问题上形成的反差意味着什么?随着这些话题的展开,《奥尔顿·洛克》在"进步"推敲史上的地位就自然地凸显了出来。

从第十二章开始,我们连续花了三章的篇幅来讨论乔治·爱略特在推敲"进步"方面的贡献——在本书中,只有爱略特和狄更斯分别占了三章的篇幅,其用意之一当然是突出这两位小说家的特殊贡献。第十二章选择《亚当·比德》作为分析对象。西方评论界往往忽视这部小说在推敲"进步"方面的意义,不是把它简单地视为田园生活方式的挽歌,就是把它视为英国统治阶级在巩固其意识形态过程中的产物。不破除这两种思维定式,就难以对爱略特的思想作出比较全面而公正的评价。鉴于伊格尔顿是上述思维定式的典型代表(他认为《亚当·比德》是一项完成得很好的"霸权课题",即说服英国劳动阶级认同官方推行的意识形态和价值标准,从而心甘情愿地接受统治),我们在第十二章中的许多论证都是针对他的观点而展开的。

第十三章讨论《激进党人菲利克斯·霍尔特》。笔者就如下热点话题提出了自己的见解:这部小说纯粹是一部政治小说吗?它的结构形式真的游离了它的政治主题或工业主题吗?爱略特是否在辉煌的开局之后半途而废了？对小说主人公菲利克斯的许多看似怪癖的行为举止该作何种解释？爱略特为什么要给菲利克斯安上一顶"激进党人"的帽子呢？为什么还把它放进了小说的题目？所有这些问题都可以归结到一个更大的话题，即爱略特究竟在《激进党人菲利克斯·霍尔特》中安排了什么样的重大议题？如果我们同意她讨论的是人类社会的变化以及变化的速度，那么她对"进步"及其速度表示了什么样的忧虑？更具体地说，我们有必要仔细考察爱略特是如何思考如下两个问题的：社会变化是否一定是好事？生活节奏的加快意味着什么样的利和弊？

第十四章的审视对象是《米德尔马契》。跟《亚当·比德》和《激进党人菲利克斯·霍尔特》相比，《米德尔马契》有一个特殊之处：尽管评论界对它也是众说纷纭，然而几乎没有人否认过它所包含的"进步"话题，而且不少人在这方面做过不同程度的研究。不过，随着批评界对《米德尔马契》的阐释的增多和研究的深入，我们对小说中"进步"话题的探讨也有进一步深入的必要。换言之，我们有必要结合新近出现的研究话题来重新调整对爱略特笔下"进步"话题的评价。著名批评家米勒（J. Hillis Miller, 1928— ）新近从"鬼魂效果"（互文意义上的"鬼魂"）这一角度开辟了《米德尔马契》研究的新领域。有意思的是，爱略特在书中也召唤了"鬼魂"，即直接使用了"鬼魂"意象。两种"鬼魂"的同与不同，为我们重叙《米德尔马契》中的"进步"话题提供了平台。

在第十五章中，我们把目光移向了托马斯·哈代的《无名的裘德》。在哈代研究史上，很少有人从以铁路为象征的速度这一角度来进行过比较深入的作品分析。然而，火车/铁路意象对于理解《无名的裘德》的异化主题——尤其是哈代对"进步"话语的批评——有着不可忽视的重要性。事实上，这种重要性从我们试图破解小说的题目那一刹那起就开始体现了：《无名的裘德》中的"无名"究竟是什么意思？火车/铁路意象是否能为打开意义之门提供一把钥匙？沿着这两个问题打开的思路，我们似乎能顺藤摸瓜，体会到哈代用"铁路时间"来烘托"进步"神话的良苦用心。在《无名的裘德》中，以孤独感为特征的异化现象和以异化劳动为特征的异化现象交织在了一起，而且这两种异化现象中还夹杂着以速度为特征的"进步的异化"。如何廓清这三者之间的关系？这也是我们在第十五章中面临的课题。

第十六章，以乔治·吉辛的《文苑外史》为审视对象。许多西方评论家都把《文苑外史》看作一部杰出的"社会学文献"，然而在那些从社会学角度研究《文苑外史》的学者中，几乎未见有人直接对书中的"进步"话题作过论述。鉴于小说中的"列车"意象是我们把握"进步"话题的关键，而"列车"意象又恰恰是《文苑外史》研究领域里一个被遗忘的角落，笔者选择了"列车"意象作为整章的切入点。事实上，第十六章的论证始终环绕着这样两个核心问题：小说中重复出现的"列车意象"究竟意味着什么呢？它每次出现只是具有独立的意思呢，还是形成了一种结构性的象征？当然，在这两个问题的背后，又始终晃动着"进步"话题的影子。

第十七章，推敲康拉德的中篇小说《进步前哨》。这部作品的题目本身就含有"进步"二字，而且作者对"进步"话语的愤慨之情跃然纸上，加之作品发表在19世纪末，因此把它放在本书接近尾声的部位，似乎是再恰当不过了。鉴于中外学者已经就这部作品发表过不少评论，本章围绕以下三个仍然有待于廓清的问题展开了讨论：康拉德究竟想在这部作品中表现什么样的主题？对马可拉这一人物应该作什么样的评价？另一人物凯亦兹的死因是什么？在指出前人的解读中的误区的同时，本章试图从对"进步"话语的质疑这一语境中去寻找以上三个问题的答案。

第十八章，研究19世纪英国小说家们在推敲"进步"方面的深远影响。这一章的题目"余波未定"指的是20世纪初以来的英国小说家们不断地在继承着由狄更斯和爱略特等人开创的传统，即对"进步"进行推敲、质疑和反思的传统。为了证明这一点，笔者选择并解读了不同时期的六个小说文本。它们分别是劳伦斯的《虹》、伊丽莎白·鲍温的《心之死》、约翰·韦恩的《山里的冬天》、格雷厄姆·斯威夫特的《洼地》、朱利安·巴恩斯的《福楼拜的鹦鹉》和克里斯廷·布洛克—罗斯的《下一个》。这些作品虽然风格迥异，但是它们不约而同地把批判的锋芒指向了"进步"话语。阅读这些作品让人忧喜参半：忧的是"进步"话语未死，喜的是"推敲之灵"犹在。

任何细心的读者都可能会发问：难道以上所选作品称得上"进步"推敲史的最佳代表？你的选择标准是什么？前文提到，笔者在选材时参照了威廉斯、卡扎米安和佳拉赫等人所划定的所谓"工业小说"或"英国状况小说"的框架——这一框架已经被普遍沿用，被划入这一框架的小说文本一般被认为是相关题材的作品中最具有代表性的。虽然本书跟威廉斯等人的论著在题目、切入角度和研究重心等方面不尽相同，但是在题材和思想内容等方面又有相关性，而且参照上述选材框架还有助于跟前人形成对话。不过，本书并没有完全照搬前人的标准，而是增收了通常不被列入"工业小说"讨论范围的一些文本，如萨克雷的《名利场》和《纽克姆一家》（选择的理由已在前文中陈述）。同时，一些通常被视为"工业小说"代表作的文本却被留在了本书之外,如伊丽莎白·盖斯凯尔的《北方与南方》(North and South,1855)和查尔斯·金斯利的《酵母》(Yeast,1848)。这些小说之所以未被收入本书,原因不外乎两个:或不利于突出本书的主题,或艺术手法欠佳。就《酵母》和《北方与南方》而言,前者的艺术性远不如金斯利的另一部小说《奥尔顿·洛克》,而后者甚至有为"进步"话语唱赞歌之嫌——朱虹女士就认为该书"以历史的眼光把资本主义工业的发展视为时代的进步"。[47]简而言之,笔者在剪裁取舍时只遵循一条原则,或者说只问一个问题:所选作品是否在思想和艺术两方面都称得上推敲"进步"的力作? 当然,由于笔者的阅历和判断力有限,因此难免挂一漏万。收入本书的作品究竟是否最具有代表性? 最终还得由读者来评判。

我期待着读者的批评和指正。

注释:

1 转引自 Walter E. Houghton, *The Victorian Frame of Mind*:1830—1870, New Haven and London:Yale University Press,1957,p. xv.
2 黄梅:《推敲"自我"——小说在18世纪的英国》,三联书店2003年版,第2页。
3 Walter E. Houghton, *The Victorian Frame of Mind*:1830—1870,p.1.
4 克罗奇语,转引自张旭东:《韦伯与文化政治(一)》,《读书》2003年第5期,第6页。
5 同注3,p.7。
6 钱乘旦、许洁明:《英国通史》,上海社会科学院出版社2002年版,第220页。

7 Richard D. Altick, *Victorian People and Ideas*, New York and London: W. W. Norton and Company, 1973, p. 96.

8 约翰·伯瑞:《进步的观念》,范祥涛译,上海三联书店 2005 年版,第 154 页。

9 同注 3,p. 39。

10《简明不列颠百科全书》第 5 卷,中国百科大全书出版社 1986 年版,第 689 页。

11 转引自 Walter E. Houghton,出处同注 3,p. 39。

12 同上。

13 转引自查尔斯·A. 比尔德:《引言》,载约翰·伯瑞:《进步的观念》,第 13 页。

14 查尔斯·A. 比尔德,《引言》,出处同上,第 6 页。

15 同上,第 14 页。

16 罗伯特·路威,《文明与野蛮》,吕叔湘译,三联书店 1984 年版,第 73 页。

17 A. L. Morton, *A People's History of England*, London: Lawrence & Wishart and International Publishers, 1979, pp. 398—406.

18 余开祥:《西欧各国经济》,复旦大学出版社 1987 年版,第 187 页。

19 马克思:《在〈人民报〉创刊纪念会上的演说》,载《马克思恩格斯选集》第二卷,人民出版社 1972 年版,第 79 页。

20 Niall Ferguson, *The House of Rothschild: Money's Prophets, 1798—1848*, New York: Viking Penguin, 1998, p. 198.

21 George Eliot, *Adam Bede*, Hertfordshire: Wordsworth Editions Limited, 1997, p. 438.

22 转引自 Richard D. Altick, *Victorian People and Ideas*, p. 97。

23 Thomas Carlyle, *Critical and Miscellaneous Essays*, Vol. 2, (ed.) H. D. Trail, London: The Centenary Edition, 1901, pp. 76—77.

24 Thomas Carlyle, *Sartor Resartus*, Oxford and New York: Oxford Univer-

sity Press, 1987, p. 127.
25 转引自 Raymond Williams, *Culture and Society: 1780—1950*, London: Chatto & Windus, 1959, p. 72。
26 同上, p. 73。
27 Harold Perkin, *The Origins of Modern English Society: 1780—1880*. London: Routledge and Kegan Paul, 1969, p. 165.
28 转引自 Patrick Brantlinger, *The Spirit of Reform: British Literature and Politics, 1832—1867*, Cambridge & Massachusetts: Harvard University Press, 1977, p. 27。
29 同上, p. 29。
30 Louis Cazamian, *The Social Novel in England 1830—1850*, Translated by Martin Fido, London and Boston: Routledge & Kegan Paul, 1973, p. 7.
31 Raymond Williams, *The English Novel: From Dickens to Lawrence*, London: Chatto and Windus, 1973, p. 13.
32 同上。
33 同上, p. 191。
34 同上, pp. 11—17。
35 Raymond Williams, *Marxism and Literature*, Oxford: Oxford University Press, 1977, p. 130.
36 同上, p. 132。
37 同上, p. 133。
38 同上, p. 132。
39 同上, p. 133。
40 彼得·盖伊:《历史学家的三堂小说课》,刘森尧译,北京大学出版社 2006 年版,第 153 页。
41 Barbara Hardy, *The Exposure of Luxury: Radical Themes in Thackeray*, London: Peter Owen LTD., 1972, p. 20.

42 Patrick Brantlinger, *The Spirit of Reform: British Literature and Politics, 1832—1867*, p. 28.

43 Charles Kingsley, *Yeast*, London and New York: Everyman's Library, 1928, p. 103.

44 转引自阿尼克斯特:《英国文学史纲》,戴镏龄等译,人民文学出版社 1980 年版,第 377 页。

45 Catherine Gallagher, *The Industrial Reformation of English Fiction: Social Discourse and Narrative Form 1832—1867*, Chicago and London: The University of Chicago Press, 1980, p. xi.

46 同上,p. xii。

47 朱虹:《英国小说的黄金时代》,中国社会科学出版社 1997 年版,第 175 页。

第一章　率先推敲"进步"的迪斯累里

第一章 率先推敲"进步"的迪斯累里

迪斯累里(Benjamin Disraeli,1840—1881)常常被归在"次要小说家"之列。我国评论界对他的小说鲜有问津,国外的有关评价则有明显的"扎堆"倾向,且往往局限于以下两个视角:(1)通过狄氏的小说剖析他的政治观和社会观,这方面的典型代表包括比沃那(Daniel Bivona)、布劳恩(Thom Braun)、伊瑟尔(Ruth Bernard Yeazell)、桑普森(Jennifer Sampson)和卡扎米安[1];(2)对种族情结的关注,如布兰特林格在迪氏小说中发现的"种族本质理论"和"东方主义的浪漫型翻版"(romantic versions of orientalism)[2]。

笔者以为,作为小说家,迪斯累里的最大贡献莫过于他用小说书写了历史。更具体地说,他率先用小说书写了一部"进步"推敲史。

一、用小说书写历史

本书前言中提到,雷蒙德·威廉斯有一个著名的观点,即19世纪上半叶的英国出现了一种新型小说。迪斯累里的小说恰好可以被看作威廉斯这一观点的例证。

跟狄更斯等人的作品一样,迪斯累里的小说为我们提供了一段有关人生意义的历史,并且"比其他任何有关人类经验的记载都更深刻、更早地捕捉到了一种问题意识"[3]。

遗憾的是,威廉斯在《英国小说:从狄更斯到劳伦斯》一书中所开列的新型小说家的名单并没有把迪斯累里包括在内——威廉斯的另一部名著《文化与社会》中虽然涉及迪斯累里,但是后者在该书讨论"工业小说"的那一章中的位置明显靠后,被放在了盖斯凯尔夫人和狄更斯之后。在威廉斯看来,是狄更斯首先捕捉到了工业革命引起的"问题意识",发现并清晰地表达了农业文明向工业文明转型时期的那种"尚未进入史书的、压迫在人们心头的复杂体验"。[4] 威廉斯甚至认为,"在简·奥斯汀和司各脱之后,在狄更斯开始创作之前,英国小说史出现了一种停顿,一种间歇:并非小说的实际产出停顿了,而是创造或再造小说新形式和小说新生代的生机停顿了"。[5]

情形果真如此吗?

迪斯累里至少跟狄更斯同时捕捉到了工业革命给人类社会带来的新压力、新震荡、新的人际关系、新的生活节奏和新的情感结构。威廉斯在《英国小说:从狄更斯到劳伦斯》中追溯那段"新小说史"时,是以狄更斯的《董贝父子》(*Dombey and Son*, 1847—1848)为开端的,而《文化与社会》中关于"工业小说"的讨论则是以盖斯凯尔夫人的《玛丽·巴顿》(*Mary Barton*, 1848)为起点的。然而,迪斯累里的三部同样以描写当下历史为己任的小说《柯宁斯比》(*Coningsby*)、《西比尔》(*Sybil*)和《坦克雷德》(*Tancred*)①分别发表于1844、1845和1847年,都早于《董贝父子》和《玛丽·巴顿》问世。

迪斯累里不但把伯克(Edmund Burke, 1729—1797)、柯比特(William Cobbett, 1763? —1835)和威灵顿(Arthur Wellesley, 1769—1852)公爵等众多真实人物以及他们代表的历史事件揉进了自己的小说,而且多次以作者的身份直接在小说中对当下或刚过去的时世进行评点,如《西比尔》第一卷第五章中的一句:"鼓吹建立仅以财富和辛劳组成的乌托邦,并在哲学辞藻的掩盖下

---

① 这三部小说通常被称为"青年英格兰三部曲"(Young England Trilogy),是迪斯累里所有的 14 部小说中最有名的,而其中又以前两部更为出色。

攫取财物,积累资本,甚至互相掠夺,这就是过去12年中实行普选制的英国所拼命追求的一切。"[6] 迪斯累里这种写实的方法在当时引起了积极的反响。《西比尔》发表后才4天,迪斯累里就收到了一位读者的来信,其中包含这样的赞扬:"您用激动人心的语言,以及生动而隽永的风格,忠实地描绘了这个国家真实的社会状况,描述了可恶的贫富悬殊现象……"[7] 当然,在随后的一个半世纪里,西方评论界就迪斯累里是否真诚地同情劳苦大众这一问题发生过不少争论。不过,迪斯累里用大量的笔墨揭示英国社会两极分化的现实(详见本章第三节中的分析),这是不争的事实。

书写当代史往往带有影响舆论的目的,迪斯累里对此毫不讳言。他在《柯宁斯比》第5版的前言中这样写道:

> 笔者本来并不打算采用小说这一形式作为传播自己建议的工具,但是思量再三之后,笔者决定利用写小说这一方法。从当今时代的特性来看,小说提供了影响舆论的最佳机会。[8]

不管迪斯累里影响舆论的目的是什么(他曾经两度当选英国首相,在政治上是个颇有争议的人物),以上这段话从侧面给了我们一个暗示:迪斯累里所选择的写作方法和形式与本书前言中所提的"正史"不同,这本身是否也意味着对那些"正史"的内容的挑战呢?

稍稍翻阅一下迪斯累里的作品,就会发现他担当起了用小说改写历史的重任。《西比尔》开篇不久后有这样一段评述:"假如英国历史的撰写者中,哪怕只有一位既知识丰富,又不乏勇气,那么世人读了他的著作所产生的惊愕,就会甚于阅读尼布尔所撰写的罗马史。概而言之,我国现有史书中所有重大事件都被扭曲了,大部分历史的重要原因都被遮蔽了,一些主要的人物从未出现,而且所有出现的人物不是被误解,就是被歪曲。"[9] 在《西比尔》接近尾声处,作者又强调有关英国"以往十个朝代的历史记载全部是幻觉而已"。[10] 正是针对这些被扭曲了的历史,以及那些还未来得及进入史书的当下时事,迪斯累里写下了《柯宁斯比》和《西比尔》等经典篇章。虽然这些篇章未在威廉斯"钦定"的史书型小说之列,但是它们在许多方面都符合威氏所说的新型小说的特征,即回应并创造性地发现了工业大潮冲击下的社会变化——"不仅是社会机构和地貌景致等外部形式的变化,而且是内部情感、体验和自我认识方面的变化"。[11] 在迪斯累里的小说中,关于这些"内部情感"和"体验"的描写可能会显得东鳞西爪,七零八落,可是许多看似个人化的东西其实反映了一个国家的社会关系,或者说能够构成一个社会的情感结构(详见本书前言部分中的介绍)。

也就是说,透过迪斯累里笔下的诸多个人体验,我们可以瞥见一种深邃的历史意识:我们有时候会产生出被历史的桎梏压迫得喘不出气来的感觉,有时候又会感受到从历史之河汩汩流出的一丝睿智——一种催人反思的睿智。

从某种意义上说,迪斯累里展现给我们的是一部维多利亚文化史。阿姆斯特朗认为,维多利亚时代在人类文化研究史中占有至关重要的地位,因为正是在这一时期人们才"开始把文化作为一个范畴来构想"。[12] 不管我们是否同意阿姆斯特朗的观点,至少有一点可以肯定:"文化"的内涵和外延在维多利亚时期发生了很显著的变化。这种变化最突出的征兆包括本书前言中提到的有关

"进步"的宏大叙述,也包括消费文化的兴起以及经济和文化之间的断裂。假如没有迪斯累里的小说,我们对这些变化的质感,尤其是这些变化给维多利亚人带来的酸甜苦辣,都不会有像今天这样的深入了解。

下面就让我们沿着迪斯累里的足迹,重新勘探那一段似远又近的历史。

二、进步的异化

弗莱(Northrop Frye,1912—1991)在他的《现代百年》(*The Modern Century*,1967)中指出,现代世界上常见一种"狂奔逐猎"般的心态:"总有什么在催逼着你往前赶,越来越快,越来越快,致使你最终感到绝望。这种心态,我称之为进步的异化。"[13]弗莱所说的这种心态,于一个半世纪以前就在迪斯累里的笔下得到了生动的描绘。

翻开迪斯累里的"青年英格兰三部曲","进步"的字眼及其有关意象和场景会不断地迎面扑来。不光是这些小说的主要人物,即便是次要人物,也常常在思考并谈论着"进步"。例如,《柯宁斯比》和《西比尔》中都出现了一个名叫泰德波尔的政客,他跟别人争论时有一个像是口头禅的中心论点,即"我们必须与时代共同进步"。[14]《柯宁斯比》中的迷尔班克先生露面的频率不算太多,但是我们从他的口中也可以听到这样一句声明:"我是进步的信徒"。[15]

然而,这"进步"背后的含义是什么呢? 许多人所津津乐道的"进步"正在把 19 世纪的英国引向何方?

这正是柯宁斯比和艾格里蒙特①不断思考着的问题。柯宁斯比和艾格里蒙特都是有政治抱负的青年,而且对精神生活和纯真的爱情都有着热烈的追求,可是他们却发现自己的理想与时代的潮流竟是那样地不合拍,他们判断事物的标准也跟社会上通行的价值观格格不入。这使他们深深地陷入了困惑、焦虑和痛苦。描写柯宁斯比这种感受的词语频频出现,如"迷乱"、"烦恼"、"充满痛苦"、"心绪烦乱"、"心中一团乱麻"、"在烦恼的海洋中漂流",等等。[16]

是什么使柯宁斯比等人对社会环境的感应陷于迷乱?

是弗莱所说的"狂奔逐猎",或者说是贝尔所说的那种前所未有的、"万物倏忽而过"的景象:

> 在19世纪,人类旅行的速度有史以来第一次超过了徒步和骑牲畜的速度。他们获得了景物变换摇移的感觉,以及从未经验过的连续不断的形象,万物倏忽而过的迷离。[17]

这样的迷离不仅会带来烦恼和痛苦,而且往往使那些有独立人格、不愿意随波逐流的人显得"背时"。柯宁斯比对新兴工业城市曼彻斯特的评判在当时就显得"出格"——在他看来,这座象征着科技进步、被许多人引以自豪的城市其实是"太超前了"。[18]柯宁斯比所反对的"超前"无疑跟弗莱所说的"进步的异化"有着意思上的重合,其中共同隐含的问题之一是物质文明和精神文明的严重脱节。这一点已经由《柯宁斯比》的叙事者直接点明:"英国的物质文明在

---

① 柯宁斯比和艾格里蒙特分别为《柯宁斯比》和《西比尔》的男主人公。

迅速地发展,可是我们道德文明的发展却与其不成比例。我们急匆匆地赚钱,急匆匆地生育,急匆匆地制造机器,殊不知我们的精神状态以及机构组织已经完全跟不上这种速度了。"[19]

艾格里蒙特的思考有着相似的性质:

> 过去的几个世纪给成百万劳苦人民带来了什么变化呢?他们的统治者确实在进步。这种进步为少数人的阶级积累了满世界的财富,使这些财富的拥有者踌躇满志,自诩为各民族之最……可是劳苦大众的进步跟这些统治者的进步是否相称呢?[20]

"进步的异化"还包括侯维瑞先生在论述西方现代派文学时所指出的"异化",即"在高度物化的世界里人的孤独感与被遗弃感"——侯维瑞先生以达罗卫夫人为例说明这种异化感:"与旁人即使近在咫尺也仿佛隔着一层无法逾越的精神壁垒;即使生活在一座有数百万人的闹市里,也会感到幽闭的恐怖。"[21]事实上,这种身居闹市却倍感寂寞的情形在迪斯累里的笔下已经初见端倪:

> 我们刚进入大城市时,伴随着我们的是一种令人忧伤的感觉,甚至是局促不安的感觉。到了晚上,这种感觉尤其强烈。这个硕大城市的存在竟然跟我们毫无关系,一切都是那样陌生,让我们感到自己是那样地微不足道。这样的感觉难道不会在我们的心头形成压迫?[22]

以上这段描述出现在《柯宁斯比》中。值得注意的是,迪斯累里此处描写的"硕大城市"就是伍尔夫后来描写的伦敦;叙述者感受异化的地点也跟达罗卫太太身处的地点一样,即熙来攘往的伦敦街头——"天下熙熙,皆为利来;天下攘攘,皆为利往"。①

如果我们对迪氏笔下人物普遍的行为方式作一考察,就能沉潜到那股"进步"潮流的更深处。《西比尔》的开篇耐人寻味:为参加1837年的赛马会,赌民们于前一天晚上就早早来到了赛马会馆,一个个"想到第二天的比赛就心跳不已,同时又为如何赢得赌注而绞尽脑汁"。[23]这一场景看似跟小说的情节无关,但它所表现的价值观却弥漫于作者笔下的整个社会:艾格里蒙特和西比尔回归精神家园的道路可谓荆棘丛生,好比逆水行舟,因为周围的人都在急匆匆地赶奔致富之路——无论是驱使工人们每天工作20小时的沃德盖特城的小五金作坊主的残忍(这个外号叫"主教"的资本家惯于用拧耳朵的毒辣手段驱使工人,甚至连拧出血来都不放手),还是马奈爵爷变着法儿压低手下人工钱的狡诈,都在实质上与赌赛马毫无二致。

赛马会只是一种局部现象,但是它可以被看作整个维多利亚社会的缩影:当时举国上下都在从事着一种更大规模的、工业社会特有的赌博活动——炒股。艾格里蒙特在为宗教信仰日趋凋敝而痛心疾首的同时,竟然发现"英国公众可以忍受一切,因为他们都忙于铁路股票的买卖而无暇旁顾"。[24]这里的铁路意象跟赛马意象遥相呼应,它们不仅共同象征着赌徒心理,而且象征着对速度的狂热追求。迪斯累里写作之时,正值"铁路狂潮"(the railroad mania)席卷英国之际。仅在19世纪40年代中期与80年代末之间,英

---

① 见《史记·货殖列传》。

国就铺设了长达15000英里的铁轨。[25]作为迅猛发展的工业和科技的标志,铁路使速度这一概念渗入了全民意识,而这种以速度为导向的全民意识导致了阿诺德当年嗤之以鼻的"现代生活那病态的匆忙"(见本书前言),也就是弗莱后来所说的"进步的异化"。

除了全民忙于炒股票之外,《西比尔》中还记载了另一个全民现象:"放债欠债成了国民习惯";更糟的是,"赊购成了所有交易的主宰,而不是偶尔为之的辅助手段",其结果则是助长了"不诚实之风"。[26]在信贷原则的支配下,当时英国的"对外贸易无异于赌博,而国内贸易的基础却是一种病态的竞争"。[27]假如信贷原则支配的只是经济活动,那情形本来还可以忍受,但是如迪斯累里所示,投机取巧的风气已经渗入了人的精神领域,影响着公共生活和私人生活的方方面面。在小说中,除了艾格里蒙特和西比尔及其父亲之外,几乎所有人的行为都带有不诚实的特点。艾格里蒙特的哥哥马奈爵爷是这方面的典型。在私人生活中他就不仁不义:他曾经暗地里施加影响,把艾格里蒙特的初恋对象阿拉贝拉占为妻子,接着又在怂恿弟弟参加议会竞选后拒绝承担费用,使不掌握经济大权的弟弟背上了负债不还的罪名。明明是对弟弟横刀夺爱,毁其名誉,马奈爵爷却一有机会便要宣称自己是如何地关爱弟弟。例如,他总是不忘提醒弟弟:后者从母亲那儿得到的一千英镑资助是从他的口袋里掏出来的(实际上他母亲用的是先夫的遗产,只不过是交由他保管,每年从他那里提取而已)。

在公共生活中,马奈爵爷同样地虚伪。他逢人便标榜自己"爱民如子",大言不惭地进行这样的表白:"我希望全国各地的人民都能像在我的领地里那样生活安康。"[28]可是事实又如何呢?他每星期只付给手下的农场工人们八先令的工钱,使后者沦为"全国最悲惨的那一部分人口",[29]他却美其名曰:"工人工资越高就越要变坏。他们只会把钱在啤酒店里挥霍掉。"[30]

欺诈之风还侵入了法律领域。律师哈顿的所作所为就是一个触目惊心的例子:他在卷宗上弄虚作假,帮助许多骗子"发现"了能够证明贵族血统的家谱——这些骗子或借此继承产业,或借此混入议会,哈顿本人则乘机大敲竹杠,发了一笔又一笔的横财。西比尔的父亲杰拉德本该继承莫布雷地产,但由于哈顿在法律文件上做了手脚,因此财产落入他人之手。哈顿这种瞒天过海、骗取财产的行径是维多利亚社会骗子横行的写照。

需要特别指出的是,欺诈之风和上文中分析的炒股之风皆出于同一种社会心态:迫不及待地奔向致富/进步之路。这种急切的心态在19世纪的英国已经相当普遍,甚至发展到了置斯文于不顾的地步。《柯宁斯比》中有一段关于英国和法国在社交生活方面的比较:

> 在英国,每当一个新人在社交场合露面时,我们的第一个问题永远是:"他是什么来头?"在法国,相应的问题则是:"他是干什么的?"在英国,接下去的问题便是:"他一年赚多少?"在法国,相应的问题会是:"他做了什么?"[31]

在本应最讲究斯文的地方,人们都急巴巴地、赤裸裸地向金钱领地单刀直入,这恐怕是最直截了当的"进步"形式。

在迪斯累里笔下,"进步"还表现为一种恐惧,一种生怕在消费潮流中落伍的恐惧。《西比尔》中赛马会馆一幕包含这样一个细节:在会馆酒吧里用餐的人们虽然享用的是山珍海味,可是一个个都提不起精神,因为他们"未成年就穷尽了生活的乐趣"。[32]这些人中最典型的要数芒特彻斯尼先生和夫人——"厌倦"一词成了他俩的口头禅:他们对美酒感到厌倦,对八月份的美好天气感到厌倦,对走亲访友感到厌倦,对购物更感到厌倦。芒特彻斯尼等人的厌倦心态是他们超前消费、过度享乐的必然结果——他们生怕在消费潮流中落伍,因而小小年纪就穷奢极欲,到头来却变成对什么都不感兴趣的行尸走肉。他们的"厌倦"也就是一百多年以后弗莱所说的"绝望",是"进步的异化"所特有的症状。

朱丽叶·约翰(Juliet John)、艾丽斯·詹金斯(Alice Jenkins)和里吉尼亚·加尼尔(Regenia Gagnier)等西方学者认为,消费文化的出现可以被看作"现代性"的一个特征,而这种消费文化大约兴起于维多利亚女王执政时期——当时"判定价值的标准发生了重心转移,即由强调生产和再生产过程中的劳动转变为注重消费者的趣味和欲望"。[33]加尼尔甚至直接把消费主义跟"进步之路"放在一起进行了考察:

> 现代人可以由他那无厌的贪欲得到认定。懒惰的野蛮人——不管是爱尔兰人,还是非洲人,或是美洲本地人(这些种族常被维多利亚人当作野蛮人的例子)——一经妒忌心的点化,也像英国人那样为欲望而欲望,把欲望作为效仿的对象,就能踏上进步之路和文明之路。[34]

可以说,迪斯累里是最早记载这段消费文化史的作家之一。从他的作品里我们看到,虽然前文提到的"厌倦心态"在当时还只是局部现象,但是其先期征兆——贪图安逸和超前消费——已经相当严重。除《西比尔》中芒特彻斯尼等人的所作所为之外,《柯宁斯比》中的蒙默斯爵爷及其同伙的骄奢淫逸也都可以看作消费文化的缩影。更具有普遍意义的是《柯宁斯比》中所记载的一种时尚:伦敦的大街上一早就会一片嘈杂喧嚣,因为人们正忙于"购买不需要的物品"。[35]这种超前消费、过度消费、为消费而消费的风气在21世纪的人类社会可谓愈演愈烈,迪斯累里早早预见到了这一严重后果,所以他在《坦克雷德》中写道:"欧洲人津津乐道地谈着进步,其实是错把安逸当成了文明。"[36]这不失为警世之言。

三、两个民族和一种冲动

《西比尔》中最出名的恐怕要数下面这段对话:

艾格里蒙特微笑着说:"不过,不管你怎么说,我们的女王统治着有史以来最伟大的民族。"

"哪一个民族?"年轻一点儿的那个陌生人(笔者按:指史蒂芬·莫利)问道:"要知道她统治着两个民族。"

陌生人就此打住。艾格里蒙特缄默不语,眼神里却透着询问的意思。

"是的",年轻一点儿的那个陌生人停顿了片刻之后又说。"两个民族。两者之间没有交流,没有同情;彼此不了解对方的习惯、思想和情感,就好像他们居住在不同的区域,甚至居住在不同的星球上一样。他们的教养不同,食物不同,风俗不同,甚至所遵循的法律也不同。"

"你指的是——"艾格里蒙特有点儿摸不着头脑,

"富人和穷人。"[37]

关于贫富悬殊现象的描述很多,但是很少有人能像迪斯累里那样用"两个民族"这样生动的比喻来加以概括。这一比喻的意义在于它指出了19世纪中叶英国社会问题的严重性:贫富两极分化已经达到了无以复加的地步。

在迪斯累里的小说中,关于"两个民族"互相隔阂和对立的具体描述俯拾皆是。前文所分析的"消费浪潮"可以被视为富人们醉生梦死的一个典型例子。与此相对的是劳苦大众生不如死的惨状,其中最触目惊心的是年轻姑娘们在矿井下服劳役的情景:"这些英国未来的母亲们赤裸着上半身,穿着粗布裤子的双腿之间拴着一条皮带,上面系着一根铁链,借此拉着一桶桶煤块。每天要这样爬行12个小时——有时甚至是16个小时——的竟是一个个英国姑娘!而且,她们爬行的是崎岖而又黑暗的道路,上面还布满着坑坑洼洼。"[38]

一个更具普遍意义的例子是马奈镇普通家庭的居住状况:"不管人口多少,不管男女老少,也不管是否有人生病,全家人都得挤在一个屋子里睡觉。"[39]不仅如此,这些房屋的顶上还开着口子,墙上也到处都是裂缝;更糟糕的是屋前屋后到处是"粪便和垃圾,腐烂并散发着病菌"。[40]

值得深思的是,上述情形发生在当时最富有的国家。早在迪斯累里开始创作之前,英国就享有"世界工厂"的称号;直到迪斯累里第一次担任首相时(1868年),英国的经济实力仍然远在其他国家之上。然而,这"最伟大"的国家偏偏患上了"两个民族"的顽疾,其病根究竟出在何处呢?

迪斯累里的诊断其实在本章第二节中有所暗示：英国的物质文明和道德文明/精神信仰之间出现了断裂。这种断裂可以被看作丹尼尔·贝尔（Daniel Bell）所说的"经济冲动力"和"宗教冲动力"的畸形演变。贝尔认为，资本主义精神中原先有两个互相制约的基因，即"经济冲动力"和"宗教冲动力"；科技和经济的迅猛发展导致了"宗教冲动力的耗散"，因而"对经济冲动力的约束也逐渐减弱"。[41]这两种冲动力的失衡，也正是迪斯累里所关注的焦点。

《西比尔》和《柯宁斯比》都反映了这样一个严峻的现实：主宰人们行为方式和社会发展的只剩下了一种驱动力，即经济冲动。柯宁斯比和埃弗林汉姆曾经有过一次讨论，他们的结论是"功利精神"已经成为"时代精神"。[42]我们知道，迪斯累里生活于功利主义盛行的年代，其特点是简化人和事物发展的动因或目的。例如，边沁就曾经把"最大多数人的最大幸福"简单地归结为公平竞争和市场供求关系，并认为"整个社会可以通过一组跟经济学原则相类似的、不言自喻的原则来管理"[43]。此外，当时的英国社会上还流行着穆勒和亚当·斯密（Adam Smith，1723—1790）的类似观点——前者认为"幸福……是唯一可以被描述为目的的东西"；[44]后者则公开宣扬贪欲能推动国民财富的观点，主张公平交易只需"诉诸（人的）自利之心"，甚至主张在保护商人的利益时"不用考虑人民的利益"，因为商人"由于考虑自己的利益，即使在荒歉的年份，也会被引导到像有智虑的船主有时不得不对待他的船员那样，去对待人民"。[45]迪斯累里本人对这种功利主义的"简化特征"有过分析。在《为英国宪法一辩》[46]一文中，他一针见血地指出："功利主义者至只承认一种或两种影响人类的动机，即对权力的欲望和对财产的欲望……"[47]

这种简化导致了什么样的实际结果呢?

首先是人的畸形发展。功利当头必然导致人的某些品质异常发达,而另一些品质却极度地萎缩。

《柯宁斯比》中的里格比先生可以被看作迪斯累里笔下众多畸形怪物的代表:他没有思想,却拥有大量信息;没有想象,却独多幻想;没有感情,却极具溜须拍马的本领。他本来只不过是蒙默斯侯爵手下的一条走狗,而且"一生真正从事的皆是肮脏勾当",[48]却"凭着无人可以理解的手段硬挤进了议会,然后又十分成功地经起商来"。[49]他生平只有两大乐趣,一是为地位比自己高的人排忧解难(而且总能马到成功),二是散布谣言,抢着向别人报告坏消息,然后幸灾乐祸地看着别人的反应。畸形的人品导致了他与周围人的畸形关系:"虽然没有人信任他,可是人人都向他倾诉自己的秘密。"[50]究其原因,无非是他神通广大,别人有求于他而已。

跟里格比先生相比,《西比尔》中马奈伯爵的畸形人格有过之而无不及:"他的智力像一把快刀,而他的心肠像一把钝刀。"[51]他的一个"过人之处"是言谈举止中暗藏杀机:"马奈伯爵的恶毒往往通过非凡的才能得以体现,即用微妙的方式去伤害别人——常常是一个手势、一个表情、一个眼神就能触到别人的痛处,而且总是在毕恭毕敬的外表下加以完成。"[52]

带有强烈功利色彩的简化倾向还必然滋生出另一个顽疾,即信仰——政治信仰和宗教信仰——的丧失。

在迪斯累里的笔下,抱着"坚定"的政治立场而积极投身政治活动的人可谓多如牛毛,可是真正具有政治信仰的人却寥若晨星,这也是柯宁斯比和他的爷爷蒙默斯侯爵之间发生冲突的根本原因。蒙默斯要柯宁斯比代表保守党竞选议员资格,不料竟遭到孙子的拒绝——柯宁斯比坚持要在搞清楚保守党的职责("保守党应该保守什么"是书中人物频频涉及的话题)、入党并参加活动的思想动因等重大问题之后才能参加竞选。参选还是不参选?这一问题使富有政治热情的柯宁斯比几度陷入痛苦的沉思。在蒙默斯看来,这种汉姆莱特式的犹豫简直是匪夷所思。对蒙默斯及其周围大多数人来说,只要有利可图,只要个人、家族、团体能够"进步"(蒙默斯心目中的"进步"可以用如今仍然通行的量化指标来衡量,即通过柯宁斯比的竞选为家族再争得一个爵位,并借此获得更多的财产),就可以匆匆祭起一面政党大旗,而丝毫不需顾及背后是否有真正的信仰支撑。

《西比尔》中的情形亦是如此。马奈伯爵怂恿弟弟艾格里蒙特参加竞选的动机也带有十分明显的功利色彩。在艾格里蒙特初次赢得竞选胜利以后,马奈伯爵有过这样一番高论:"你初次竞选就能获胜,这真是很棒。这表明你有算计的能力,而我尊重的就是这种能力。在这世界上,算计就是一切。运气之类的玩艺儿根本就不存在,千万不要指望运气。如果你能继续精确地算计,你就一定能飞黄腾达。"[53] 他在接下去的谈话中又一连四次用了"算计"一词,前后一共用了七次。[54] 马奈并非书中唯一的算计大师。靠在法律文件上做手脚侵吞他人钱财的哈顿、百般克扣矿工实物工资的狄格斯父子等人都有极其发达的算计头脑。就连平时主张正义的莫利在关键时刻也露出了"算计本色":西比尔的父亲杰拉德因参加宪章运动而身陷险境,莫利乘机向西比尔开出条件——只要后者嫁给她(至少先答应放弃对艾格里蒙特的爱),他就设法挽救杰拉德。

确实,19世纪的英国凭着"算计"及其隐含的功利主义思想,发展成了不可一世的经济强国。然而,迪斯累里却看到了这种成就其实是得不偿失——单凭"经济冲动力"一个轮子前进的代价实在惨重:它不仅产生出了"两个民族"这样的怪胎,而且导致了信仰的丧失。

优秀的小说不仅记载历史,而且具有预言功能。迪斯累里的小说在这方面堪称上乘:它们所批判的功利主义毒素,以及盲目"进步"的病态心理,仍然在威胁着进入21世纪以后的人类社会。

我们不妨再以一个不无预言性质的例子来作为本章的结束语:迪斯累里不仅在《柯宁斯比》中指出男主人公"出生于一个在所有方面都缺乏忠诚的年代",[55]而且在《西比尔》中以第一人称坦言读者们正"处在一个缺乏政治忠诚的时代,一个情感卑劣的时代,一个思想猥琐的时代"。[56]一百多年以后,弗莱仍然在发问:"在这个世界上,我们的忠诚究竟应该奉献给谁?"[57]这难道不能算是对迪氏预言的一种应验?

注释:

1 分别见 Daniel Bivona, "Disraeli's Political Trilogy and the Antinomic Structure of Imperial Desire," *Novel* 22(1989): 305—525; Thom Braun, *Disraeli the Novelist*, London: George Allen & Unwin 1981; Ruth Bernard Yeazell, "Why Political Novels Have Heroines: *Sybil*, *Mary Barton*, and *Felix Holt*", Novel Vol. 18(Winter 1985): 126—144; Louis Cazamian, *The Social Novel in England 1830—1850*, Translated by Martin Fido,

London and Boston: Routledge & Kegan Paul, 1973, pp. 175—210; Jennifer Sampson, "Sybil, or the two monarchs", *Studies in Philology* V. 95 (Winter 1998)。最后的那篇文章堪称典型中的典型,其中有这样一个颇为有趣的观点:西比尔这一形象专为维多利亚女王所设——迪斯累里为当时还年轻的女王塑造了一个榜样(具体见前面所注出处,pp. 97—98)。

2 Patrick Brantlinger, "Nations and Novels: Disraeli, George Eliot, and Orientalism", in *Victorian Studies*, Vol. 35 (Spring 1992), pp. 255—273.

3 Raymond Williams, *The English Novel: From Dickens to Lawrence*, London: Chatto and Windus, 1973, p. 191.

4 同上,pp. 11—17。

5 同上,pp. 26—27。

6 Benjamin Disraeli, *Sybil or The Two Nations*, Oxford and New York: Oxford University Press, 1981, pp. 30—31.

7 转引自 Sheila M. Smith, "Introduction", *Sybil or The Two Nations*, p. vii.

8 转引自 Louis Cazamian, *The Social Novel in England 1830—1850*, London and Boston: Routledge & Kegan Paul, 1973, p. 183。

9 同注 7, pp. 14—15。

10 同上,p. 421。

11 同注 3, p. 12。

12 Isobel Armstrong, *Victorian Poetry: Poetry, Poetics and Politics*, London: Routledge, 1993, p. 3.

13 弗莱:《现代百年》,盛宁译,香港牛津大学出版社 1998 年版,第 8 页。

14 同注 6, p. 264。

15 Benjamin Disraeli, *Coningsby*, Oxford and New York: Oxford University Press, 1982, p. 151.

16 同上,分别见 p. 108, 109, 129。

17 丹尼尔·贝尔:《资本主义文化矛盾》,赵一凡等译,三联书店1992年版,第94页。
18 同注15,p. 139。
19 同上,p. 61。
20 同注7,p. 59。
21 侯维瑞:《现代英国小说史》,上海外语教育出版社1985年版,第19—20页。
22 同注15,p. 134。
23 同注7,p. 1。
24 同上,p. 231。
25 Richard D. Altick, *Victorian People and Ideas*, New York and London: W. W. Norton and Company, 1973, p. 78.
26 同注7,p. 20。
27 同上。
28 同上,p. 150。
29 同上,p. 151。
30 同上,p. 109。
31 同注15,p. 264。
32 同注7,p. 2。
33 Juliet John and Alice Jenkins, "Introduction", in *Victorian Culture*, (ed.) Juliet and Alice Jenkins, Houndmills, Basingstoke, Hampshire and London: Macmillan Press LTD., 2000, pp. 4—11.
34 Regenia Gagnier, "Modernity and Progress in Economics and Aesthetics", 出处同上,p. 226。
35 同注15,p. 20。
36 Benjamin Disraeli, *Tancred*, London: Peter Davies, 1927, p. 233.
37 同注7,pp. 65—66。

38 同上,p.140。

39 同上,p.52。

40 同上,pp.52—53。

41 同注18,第30页。

42 同注15,p.118。

43 Kenneth O. Morgan, *The Oxford History of Britain*, Oxford: Oxford University Press, 2001, p.491.

44 转引自 Raymond Williams, *Key Words*, London: Fontana Press, 1976, p.327。

45 亚当·斯密:《国民财富的原因和性质的研究》,杨敬年译,陕西人民出版社2001年版,分别见上卷第18页和下卷第574页。

46 这是一篇政论文,英文题目为"A Vindication of the English Constitution in a Letter to a Noble and Learned Lord by Disraeli, the Younger"。布莱克(Robert Blake)曾经在 *Disraeli*(London: Eyre and Spottiswoode,1996, p.128)一书中称其为"第一篇严肃的政治文学作品"。

47 同注8,p.xiii。

48 同上,p.369。

49 同注15,pp.8—9。

50 同上,p.368。

51 同注7,p.72。

52 同上,p.108。

53 同上,p.67。

54 同上,pp.67—70。

55 同注15,p.109。

56 同注7,p.420。

57 同注13,第87页。

第二章 《董贝父子》:水盆还是花瓶?

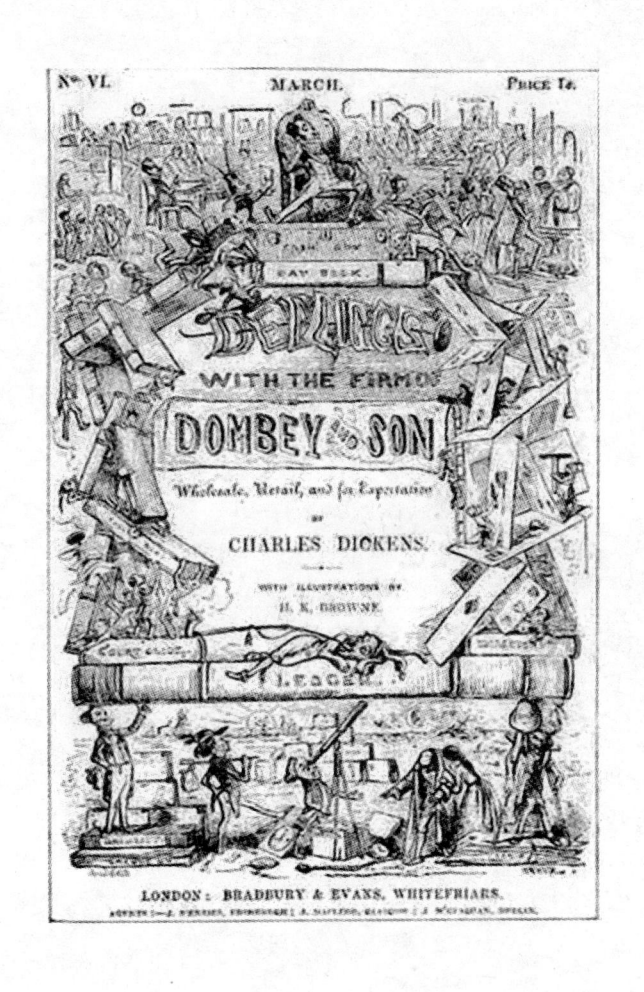

第二章 《董贝父子》：水盆还是花瓶？

跟迪斯累里相比，狄更斯(Charles Dickens，1812—1870)对"进步"话语的挑战更为有力。

说它有力，不是因为狄更斯采取了更为鲜明的立场，也不是因为他采用了更为激烈的言辞，而是因为他的作品更具有艺术的魅力和威力。

鉴于狄更斯作品的艺术性常常遭人病垢，我们不妨就从小说艺术说起。

关于小说艺术，英国历史上曾经有过"水盆"(washtub)和"花瓶"(vase)的比喻。例如，乔治·穆尔(George Moore，1852—1933)就认为简·奥斯汀的作品有一个绝大部分英国小说都难以与之比肩的优点，即"像花瓶那样精致，而不是像水盆那样粗糙"。[1] 不幸的是，狄更斯的作品常常被归在"粗糙的水盆"之列——对于这样的指责，我们早已耳熟能详，毋庸赘言。

然而，狄更斯并非老是出产粗糙的水盆，而是也能制作精致的花瓶，《董贝父子》(Dombey and Son，1848)就可以看作花瓶中的一个。

说它精致，主要是指它思路缜密，紧扣主题，整个结构一气呵成。

呵成这紧凑结构的"气"是什么呢？依笔者之见，是贯穿全书的"铁路"意象(更确切地说，是"铁路"及其相关意象)以及围绕该书题目而演绎开去的、水波荡漾般的意蕴。

一、铁路意象

《董贝父子》是人类历史上最早把"铁路"作为主要意象的小说

之一。

铁路跟本书所探讨的"进步"话语之间的联系不言自喻。

威廉斯和马库斯都曾经分析过《董贝父子》中"铁路"的含义。他们认为狄更斯一方面赞同铁路所象征的工业革命,并为其"摧枯拉朽"的力量感到自豪,另一方面又十分担忧工业革命所带来的负面效应。笔者以为,虽然威廉斯和马库斯都在这方面作了颇有意义的探讨,但是他们对以下问题还没有作出充分的回答:

狄更斯关注的焦点是什么?

铁路意象的背后究竟有哪些深层次的思考?

要回答上述问题,我们首先有必要审视一下铁路意象的情景语境,也就是人们通常所说的"具体语境"(the immediate context)。小说中有关铁路的大块描写总共出现了四次。威廉斯和马库斯在他们的分析中都大段大段地摘录了前两次描写——第一次发生在铁路修建完成之前,第二次发生在修建完成之后。为了便于对照,我们不妨也把这两大块描写并列引用如下:

> 恰好在那个时期,整个地区像是经受了一场大地震的初震,连中心地带都被震得四分五裂。到处可以看到破坏的痕迹。房屋被拆毁了;街道遭到了破坏,中断了;地面沟壑纵横;泥土大堆大堆地堆积起来;许多建筑物因基础受到损害而摇摇欲坠,勉强靠粗大的梁木支撑着。陡得出奇的土堆的脚下,乱七八糟的、翻倒的小推车挤在一起;一些珍贵的铁制物品横七竖八地浸泡在意外生成的池塘中生锈。到处都有不能通向任何地方的桥梁;到处都有无法通行的街道;通天塔似的烟囱少了半截;临时建成的木屋和院子简直不像样;破败不堪的房

屋骨架、尚未完工的墙壁和拱门的残迹、一堆堆的脚手架、大片大片的乱砖头、吊车的巨大身影和架在空地上的三脚架比比皆是。有千万种形状不同的、没完工的东西，杂乱无章地堆积在一起，有的首尾颠倒，有的陷进泥地，有的升向高空，有的在水里腐烂，就像梦一般让人费解。通常只伴随地震而来的那种滚烫的喷泉和火焰的喷发，使整个场面显得更加混乱。在倾圮的墙垣中间，滚水在咝咝作响，起伏翻腾，甚至还传出火焰的光芒和声响。一堆堆灰烬把道路都堵塞了，完全改变了这一带人们的活动规律和风俗习惯。[2]

从前堆垃圾的那块悲惨的荒地被吞没了，消灭了。代替脏地的是一排排仓库，里面堆满了华美的货物和昂贵的商品。从前的那些小街现在挤满了行人和各种车辆。以前在泥地和车辙中黯然中断的那些街道如今已焕然一新；在它们环绕的区域内，形成了一些新的城镇，给人提供它们独特而有益的舒适和方便。在这些城镇突然冒出来之前，人们从未尝试甚至从未想到过那种舒适的方便。桥的那头原来没有什么东西，现在有别墅、花园、教堂以及有利于健康的公共散步场所。一列怪物似的火车满载着房屋的骨架和准备建造新公路用的材料，以蒸汽本身的速度沿着铁路驶入了乡村。

悸动的洪流夜以继日地涌向这个巨变的中心，又从那里涌向别处，就像是它的生命的血液。每个二十四小时之内，都有几十批人群和山一样的货物到达或离开这里，使这个地方永远像发酵似的。连房子都看上去像要打好包出去旅行似的。杰出的下议员们，在二十多年以前还在拿工程师们看似疯狂的铁路理论开玩笑,并在盘问这些工程师时用最尖刻的话来挖苦他们。然而,就是这些议员现在却常常拿着手表赶乘北上的火车,并在事先拍一份电报,说自己很快就要到了。这些征服一切的机车日夜隆隆地向远方奔驰,或者平稳地驶到它们的旅程终点,像驯服的龙一样滑行到指定的地点,停靠方位的误差不会超出一英寸。停靠以后,它们仍在那里喷吐着蒸汽,浑身震动着,连周围的墙都被震得发抖了,那情形就像它们颇为自己的巨大力量和远大目标而自鸣得意——至今还没有人想到它们有那样大的力量,还没有任何东西能够到达他们所能到达的目标。[3]

威廉斯和马库斯都认为,以上两大块描写形成了鲜明的对照:前者完全是一幅灾难性图景,而后者呈现出乐观和肯定的基调。用威廉斯的原话说,在这后一段描写的"语言中弥漫着一种对于力量——工业革命的新生力量——的自豪感"。[4]威廉斯还说:"狄更斯看到的不是变化带来的混乱,而是从混乱中脱胎而出的新秩序,这才是更重要的。"[5]马库斯也认为狄更斯旨在表现"从混乱中崛起的一种新的文明秩序",[6]并且认为狄更斯在对待社会变革的问题上"完全代表了中产阶级的激进立场","对社会传统感到很不耐烦"。[7]

情形果真如此吗?

问题其实并没有那么简单。

要确切地理解《董贝父子》中铁路意象的含义,我们有必要审视一下这一意象的重复方式,因为正如美国学者米勒所说,"一部像小说那样的长篇作品,不管它的读者属于哪一种类型,它的解读多半要通过对重复以及由重复所产生的意义的鉴定来完成。"[8] 米勒提出,任何小说中都存在着两种互相矛盾的重复类型,而且它们总是呈"异质性形态"(heterogeneity of form),即以这样或那样的交织状态出现。[9] 更具体地说,"每一种形式的重复以一种不可避免的强制力使人想起另一种形式的重复。第二种并非是第一种的否定或者对立面,而是它的'对应物'。在这种奇怪的关系中,第二种是第一种的颠覆性幽灵,总是作为挖空它的可能性已经存在于它之中"。[10]

《董贝父子》中铁路意象的重复也呈现出了"异质性形态"。也就是说,前文引用的两大块关于铁路的描写并非简单型重复,并非像威廉斯和马库斯所说的那样,只是意味着从"混乱"走向"秩序"的进步。

诚然,狄更斯主张社会变革,相信科技进步,这是众所周知的事实。在一次演讲中,他曾经以讽刺的口吻讲了这样一个故事:一位老绅士在坐火车旅行时不断数落着铁路带来的种种弊端,可是每当火车减速时他又不耐烦地抱怨社会进步太慢。[11] 然而,就文学创作而言,作家们在作品中传达的思想常常跟自己平时所持的世界观或社会观发生龃龉,这也是不争的事实。一个严肃作家在写作时,与其说是更多地遵循了自己的社会观,不如说是更多地忠实于他所正视的社会现实,这就像马克思和恩格斯对巴尔扎克(Honoré de Balzac,1799—1850)的评价那样,当后者"对生活观察研究得来的结论与他的阶级同情和政治偏见发生矛盾时,他宁可牺牲后者而忠实于前者"。[12] 狄更斯通常所持的"铁路观"跟《董贝父子》中铁路意象的深层含义之间是否也存在着矛盾呢?

前文已经提到,包含铁路意象的大块描写在书中一共出现了四次。为了把握该意象的整体含义,我们应该先来分析一下它每次出现时的具体语境。

第一次描写出现在第六章。这里展现的简直就是世界末日般的图景,对此恐怕没有人会提出异议。把修建铁路比喻成强烈的地震,这恐怕是世界文学中的首创。如前面引文所示,整块描写没有一处使用褒义词,而且用以描绘铁路修建工程(亦即工业革命)的诸多贬义词——如"四分五裂"、"破败不堪"、"乱七八糟"、"杂乱无章"以及暗示地狱景象的"火焰"和"滚水"——几乎达到了无以复加的地步。如果我们结合直接上下文来理解小说中首次出现的铁路意象,就会受到更多的启发:首次铁路意象的上文,写奶妈波丽思子心切,偷偷和苏珊一起带着小保罗和弗洛伦丝回家探亲,而她的家正好是那"地震"的中心。波丽此行触犯了董贝的禁令(董贝曾经傲慢地规定波丽在受聘期间不得与她那"下贱"的家人有任何接触),而促使她犯禁的是董贝的"慈善"行为——他自作主张地"推荐"波丽的头生子去一家慈善学校上学,这使波丽焦急万分,因为那是一家像《艰难时世》中由葛擂硬把持的那种毫无人性的学校(参见本书第三章第一节)。波丽生怕孩子受苦,想去看望并安慰他,结果因触犯禁令而被开除,可是最大的受害者却是保罗:他在失去了母亲之后又失去了奶妈(波丽是一位十分出色的奶妈,小保罗从她那里得到了几乎所有的母爱),小小年纪接连两次被剥夺了接受母爱的权力(这一章的标题是"保罗第二次被剥夺权力")。保罗因母亲早逝而先天不足,幸亏有波丽的悉心照料才"长得一天比一天粗壮结实"。[13]波丽被驱逐以后,保罗的健康每况愈下,最终不幸夭折。就保罗的长成和生存而言,波丽被逐无异于一场致命的地震。在这背后还有一场更大的"地震":保罗的夭折震毁了董贝的宏图大业,震毁了他建筑一家称霸全球的父子公司的美梦。这两场"地震"——保罗的夭折和董贝梦幻的破灭——跟铁路带来的"地震"可谓遥相呼应,贴切无比。

首次出现的铁路意象的下文中还有这样一段插曲:跟随波丽、小保罗和苏珊一起"犯禁"的弗洛伦丝在路上突然跟其他人走散了,结果遭到了邪恶的布郎太太的抢劫——后者剥去了她身上所有漂亮的服装,并让她换上一身破烂衣服在大街上流浪。这一经历对弗洛伦丝来说也是一场"地震"。就像保罗的生存权利在这一章中遭受了第二次剥夺一样,弗洛伦丝也遭受了第二次惊吓和精神上的巨大冲击(第一次打击起因于她母亲的去世)。此外,在衣服被剥夺之后,弗洛伦丝紧接着又遭受了一次剥夺:波丽的离去意味着她失去了一位好朋友。我们知道,弗洛伦丝一直得不到父爱,而仅有的母爱也随着弟弟保罗的出生而被剥夺(母亲生出保罗不久便离开了人世);波丽虽然只是保罗的奶妈,却给了弗洛伦丝许多无私的关爱,因此从某种意义上说,波丽是母亲的替身。换言之,就连这替身的爱也最终被剥夺殆尽。此外,弗洛伦丝被剥去新装,衣衫褴褛地流浪街头的经历时间虽然不长,但是这短暂的一幕巧妙地暗示着她平时处境的实质:尽管她平时衣食无忧,然而就精神层面而言,她却是一个流浪儿。对于这一点,马库斯曾经有过精辟的分析:"即便在自己家里,她也是一名孤儿。"[14] 总之,"铁路/地震"意象在以"被剥夺"为主旋律的第六章中出现的时机恰到好处,因为地震殃及之处,必然有剥夺与被剥夺。

至于有关铁路的第二次描写,我们应该承认其中不乏肯定乃至赞美科技进步和工业发展的词语,然而,这里面有三个微妙之处值得注意。

其一,虽然狄更斯在首次使用铁路意象时清一色地使用了贬义词,但他并没有在第二次描写中清一色地使用褒义词。确实,他肯定铁路带来了"舒适和方便",甚至把它称作"生命的血液",然而他同时明白无误地把那辆满载货物、"以蒸汽本身的速度"奔驶的火车称为"怪物",个中含义难道不值得细细揣摩?

其二,一些看似中性的语句其实带有讽刺意味,至少带有质询或保留的口吻。例如,那些火车在停靠时"喷吐着蒸汽,浑身震动着,连周围的墙都被震得发抖了";从表面上看,这纯粹是客观的描写,可是在下文中我们看到这些列车"颇为自己的巨大力量而自鸣得意",这实际上是给了读者一个提醒:妄自尊大者的力量未必可信,至少不值得推崇。

其三,即便是一些褒义词也暗藏批评的锋芒。例如,那一辆辆隆隆奔驰的列车被冠以"征服一切的"修饰语,可是我们随即要问的是:被征服的一切中是否有许多好东西?此外,这些列车还"像驯服的龙一样",停靠方位的误差不会超出一英寸。这一方面是赞扬科技的力量,而另一方面又暗含着质疑:龙在西方文化中往往代表邪恶的力量;虽然此处它已被驯服,可是正如动物园里貌似服服帖帖的野兽也会野性发作那样,谁又能保证它不会失控而造成祸害呢?

更令人回味的是,第二次铁路意象出现在保罗弥留之际。保罗的死亡刚好证明世上没有任何东西能征服一切:无论是看似能征服一切的列车,还是自信能征服一切的董贝,都未能阻止死神的步伐。在保罗出生的当天,董贝有一段"征服一切"的内心独白:"地球是造来让董贝父子公司在上面做生意的;太阳和月亮是造来给他们光亮的;江河大海是造来供他们的船在上面航行的;彩虹是用来给他们预报好天气的;风也是针对他们的企业而吹的,不管是顺风,还是逆风;星辰沿着轨道运转,是为了使以他们为中心的体系永远不受侵犯的。"[15]然而,事实证明董贝只是一厢情愿。随着保罗的夭折,董贝父子公司已经名存实亡,遑论征服一切。

换言之,第二次出现的铁路意象并非简单地跟第一次意象形成对照,而是包括了许多跟第一次描写一脉相承的含义。当然,这种传承关系主要是通过词语的选择和组合来暗示的。巴赫金(Mikhail Bakhtin,1875—1975)曾经说过,"作家对词语的选择是由他对价值的判断所决定的"。[16]既然如此,我们在判断狄更斯的价值取向时首先应该依据的是他在遣词造句方面的特点,而不是他在创作时间以外曾经表露过哪些观点。

第三次铁路意象出现在第二十章。董贝为了摆脱保罗去世的阴影,在巴格斯托克少校的陪同下出门旅游,可是这并没有给他带来快乐;相反,乘火车的经历使他更加强烈地感受到了失子之痛,以及命运对自己的嘲弄:"火车像旋风似地向前奔驶,嘲笑那年轻生命的迅疾的进程。那生命被稳步地、无情地带到了它那早已注定的终点。有一种力量正迫使自己在钢轨——这力量既定的路线——上前进,目空一切地穿越所有大街小道,穿过每个障碍物的中心,把各个阶级、各种年龄和地位的活人统统拖走。这力量是一种得意洋洋的怪物。它就是死神!"[17]这段引文在第二十章中有关铁路的描写中只占了五分之一的篇幅。在紧接着的五分之四篇幅中,火车又接连五次被比作"怪物"和"死神",而且接连五次发出"尖叫、咆哮和格格声"。[18]我们在讨论第二次铁路意象时曾经审视过列车所象征的那种"不可征服的"、"巨大的力量"。假如当时我们还只能通过暗示来揣摩其中的含义的话,那么第三次有关铁路的描写可以看作对第二次描写的明确注解:原来那不可一世的"力量"是要把人拖向死亡!此外,这第三次火车意象还为董贝的第二次婚姻埋下了伏笔:他在旅行时结识了美貌的伊迪丝,并且跟她闪电式地结婚;其实这次婚姻是金钱和门第之间的一次交易,其中没有丝毫活生生的激情。冷冰冰的铁轨和死神般的列车刚好贴切地比喻了他们后来那段没有生气的婚姻生活。

第四次有关列车的描写把铁路意象推向了高潮:如果说前三次它只是暗示或象征死亡的话,那么这一次它直接吞噬了一个生命——卡克尔勾引伊迪丝并报复董贝的阴谋被挫败,在仓皇出逃中被火车撞得粉身碎骨。这一幕中的火车变得更加面目狰狞:它干脆成了"火一般的魔鬼",有着"一双红红的眼睛"和"残酷的力量",而且不时发出"巨大的吼声"。[19]卡克尔是一个魔鬼般的人物。他不仅跟董贝一样冷漠无情,而且有着董贝所不具备的阴险狡诈,因此让他被火车/魔鬼吞噬十分合适——他的灵魂其实早已被魔鬼全部吞噬。同时被吞噬的还有董贝的第二次婚姻:随着伊迪丝的出逃(名义上她是跟卡克尔私奔,其实只是为了利用卡克尔来反抗董贝的专制),他俩的婚姻从名存实亡转化为烟消云散。对狂妄自大的董贝来说,妻子与人"私奔"不啻奇耻大辱。他那傲慢的根基本来就因保罗之死而虚弱不堪,这次终于受到了粉碎性的打击。这种无形的"粉碎"正好由火车铁轮下有形的"粉碎"得到了强烈的烘托。

借用语言学中的概念,我们可以把《董贝父子》中反复出现的铁路意象看成一种"型式化"(patterning)。型式化是某一型式(pattern)或某一类同结构(parallel structure)通过重复而形成的,它是语篇的凸显的部分,是语篇前景化的部分,用以突出语篇要传达的主要信息。正是型式化的意义或型式化之间的对比为我们探索主题提供了基础。[20]同理,《董贝父子》中的铁路意象有助于我们探索该小说的主题思想以及深层结构中的意义。当然,要做到这一点,我们还有必要审视一下铁路意象的社会文化语境。

《董贝父子》问世之际,正是"铁路狂潮"席卷英国之时(参见本书第一章第二节)。在该书即将杀青时,英国已经开通了长达5000英里的铁路线,同时还有2000英里的铁轨正在铺设。[21]在维多利亚时期,铁路是迅猛发展的工业和科技最合适的标志,也是随之盛行的一些"新型"社会价值观的最合适的标志。

卡扎米安曾经指出,工业革命导致了个人主义价值观的崛起,而功利主义又为个人主义提供了哲学基础。[22]在英国,无论是边沁的"最大多数人的最大幸福"原则,还是麦考莱的"进步"学说,或是李嘉图(David Ricardo,1772—1823)把复杂的人性简化为"经济人"的理论,都服务于当时一个占压倒性优势的社会价值取向,即追求个人利益和物质利益的最大化。正是在这种追求中,"人类失去了自己的灵魂——这种缺失真正是罪恶的渊薮,是整个社会坏疽的根本,这种缺失正用可怕的死亡威胁着现代一切事物"。[23]《董贝父子》中铁路意象的最终含义也正是灵魂的丢失。

如前文所示,小说中的"铁路"、"地震"、"怪物"、"魔鬼"和"死神"等意象其实组成了一条同义的语链——它们都指向了"剥夺"(丢失)这一主旋律。书中体现剥夺与被剥夺这一主旋律的事件几乎数不胜数,如保罗被剥夺了奶妈,弗洛伦丝被剥夺了衣服,他俩共同丧母,董贝丧妻后又丧子,卡克尔丧生,等等。所有这些"丧失"衬托了另一种性质更为严重的丧失,即灵魂的丧失。书中丢失灵魂的人物很多,如董贝、卡克尔、巴格斯托克少校、斯丘顿太太和布朗太太,然而他们丢失灵魂的原因只有一个:为了攫取由"铁路"所象征的金钱财物。其中最典型的当然还是董贝:他为了钱财而丧失了对所有人类的爱,甚至失去了所有的同情心。确实,他曾经为妻子早逝而感到"遗憾",可是这种遗憾如同"发现他的餐具、家具以及家里其他所有物中失去了什么,而且那失物又是值得占有的"。[24]确实,他对儿子保罗宠爱有加,然而那只是因为后者是他财产的继承人,这一点从他有关女儿弗洛伦丝的内心独白中可以得到印证:"一个女孩儿对董贝父子公司有什么用!这家公司的名声和威望好比一笔资金,而这样一个孩子只不过是其中一枚不能用来投资的劣质货币。"[25]换言之,假如小保罗没有投资的价值,那么他也不会得到父亲的爱,甚至连做他孩子的资格都没有!书中有这样一个细节:小保罗死后,董贝竟然忘了弗洛伦丝也是自己的亲生骨肉,要求石匠在墓碑上雕刻这样的铭文:"我亲爱的唯一的孩子。"[26]只要我们良知尚存,这样的"错误"给我们带来的震惊不会亚于小说中铁路修建工程所带来的"地震效应"。

铁路意象还有一个非提不可的重要含义,即对速度的狂热追求,这实际上是维多利亚社会的普遍心态。本书前言在论及这一心态时曾经援引阿尔梯克的下面这段话:"铁路使速度这一概念渗入了全民意识。在这一方面,铁路所起的作用超过了维多利亚时期的其他任何科技发明。"[27]确实,当时的许多英国人都在争先恐后地搭乘时代快车,并且大有"叱咤风云"之势,但是他们在匆忙之中却丢失了许多宝贵的东西,如亲情友爱、审美情趣、道德操守和终极关怀,等等。难怪阿诺德要把这一现象批评为"现代生活那病态的匆忙"。[28]董贝就是这种病态的匆忙的化身。

总之,《董贝父子》中铁路意象的背后是挥之不去的忧患意识,是对当时社会秩序的批判,是对"进步"话语的诘问,是对伴随工业革命而盛行的一连串以新面目出现的社会价值观的质疑,是拯救人类灵魂的努力——这些才是狄更斯关注的焦点。

二、是《董贝父子》,还是《董贝父女》?

凡是细心的读者都会发现,《董贝父子》的真正题目应该是《董贝父女》。

小说总共有 62 个章节,但是小保罗在第十六章就短命夭折了。也就是说,董贝跟儿子之间的故事在不到全书总篇幅的三分之一时就早早结束了。相反,董贝跟女儿弗洛伦丝之间的故事却从开头一直延展到结尾。就人际关系而言,书中最引人注目、起着核心作用的是董贝父女之间的关系。

我们第一次看到董贝父女俩的接触是在第一章。上文中曾经引用了董贝的如下内心独白:"一个女孩儿对董贝父子公司有什么用!这家公司的名声和威望好比一笔资金,而这样一个孩子只不过是其中一枚不能用来投资的劣质货币。"这段内心独白的出处就在小说的第一章;引发董贝这段思绪的是(书中)首次晃入他眼帘的弗洛伦丝的身影——当时才六岁的弗洛伦丝壮着胆子去看望产后不久的母亲和刚刚出生的弟弟小保罗:"这孩子不知什么时候溜进了房间,此刻正胆怯地蜷缩在一个角落里,从那里她的视线正好对着她母亲的脸。"[29]弗洛伦丝为何胆怯?因为她有一个冷若冰霜的父亲。她首次露面就给我们留下了一个揪心的印象:她是一个连看到自己亲生父亲都会胆战心惊的灰姑娘。紧接下去的一段描写也耐人寻味:

董贝先生那满意的心情就像斟满了酒的酒杯,而他那小女儿的生活道路却既狭隘又布满灰尘,因此他觉得从杯中倒出一、两滴恩泽来滋润一下女儿也不妨。

于是他开口道:"弗洛伦丝,你可以去看一看你那英俊的弟弟,如果你想看的话。不过别碰他!"

小女孩儿怀着渴望瞥了一眼那蓝色外衣和僵硬的白色领带——这衣着连同那双嘎吱作响的靴子和那块滴答作响的怀表,构成了她心目中的父亲的化身……[30]

关于异化了的父女关系,再没有比这更妙的描写了!小弗洛伦丝渴望得到父爱,可是她心目中的父亲形象只是僵硬的外表和做作的噪声的混合物——顺便提一句:董贝身上那发出噪音的装备跟书中的"进步"话语十分吻合;"嘎吱作响的靴子"象征着董贝在致富道路上那"豪迈"的步伐,而"滴答作响的怀表"则象征着争分夺秒的速度意识,这和本章第一部分中所分析的用铁路象征速度的手法有异曲同工之妙。

小说第十八章的标题是《父与女》,这不妨看作关于全书主要人际关系的点睛之笔。在这一章中,弗洛伦丝有一个感化父亲的极好机会:保罗小小年纪就撒手人寰,父女俩都陷入了极度的悲痛之中(当然,他们悲痛的深层次原因大不相同);心地善良的弗洛伦丝不忍看着父亲消沉下去,于是强忍自己的悲痛,前去安慰董贝。下面是当时的一幕情景:

"爸爸!爸爸!跟我说话,亲爱的爸爸!"

他听到她的声音吃了一惊,随即从座椅上跳了起来。她就站在他的跟前,并且伸开双臂准备拥抱他,可是他又坐了回去。

"什么事儿?"他严厉地问道。"你来这儿干吗?是什么吓着你了?"

如果说有什么东西吓着她的话,那就是董贝转向她的那张脸。在这张脸面前,他年轻的女儿胸中炽热的爱骤然冻僵了。她仿佛被冻成了一块石头,一动不动地站在那里,凝视着他。[31]

这是让人震惊的一幕。虽然此刻悲痛笼罩了一切,但是父女两人的悲痛却有着本质上的区别:弗洛伦丝是为了失去亲情而悲痛,而董贝则是为了失去遗产继承人而悲痛;弗洛伦丝是为了人而悲痛,而董贝却是为了物而悲痛。再者,弗洛伦丝在悲痛时仍然想到了他人——父亲——的悲痛,可是董贝却全然不顾他人的感受。假如董贝还有丝毫的人性或爱心,弗洛伦丝那真诚的努力本来会为修复父女关系提供一个转机,然而董贝在最容易被打动的时刻都无动于衷,可见他已经异化到了如何严重的程度。当然,小说最终还是以董贝人性的恢复而结束(小说尾声处我们看到董贝父女俩带着第三代在海滩上幸福地散步),但是这一切只是发生在董贝彻底破产之后——和谐的父女关系只是在财物消散以后才得以实现,这样的安排可谓寓意深刻。

上面那一幕场景中的对话也颇令人回味。弗洛伦丝满腔热忱地请求父亲用言语跟她交流思想,其实是给他送去温暖,迎来的却是严厉的指责和冰冷的神色。父女俩言语间的一来一往正好应了福特(Ford Madox Ford, 1873—1939)和康拉德(Joseph Conrad,

1857—1924)为小说人物之间的会话所制定的如下规则:"我们为会话——当然指旨在交流思想的真正会话,而不是问讯调查或陈述事实之类的交谈——的展示定下了一条不可变更的规则,即一个人物的任何言语都决不应该是对前面某个人物的言语的回答。"[32] 福特和康拉德当年制定这项规则的用意是反映生活中的异化倾向,而董贝和弗洛伦丝之间那种"后语不搭前言"的现象正好凸显出异化了的父女关系。

弗洛伦丝这一人物形象是小说中的一根定海神针。她那善良和纯真的品质为全书提供了一个价值参照体系;董贝的所作所为都由这一参照体系得到了无声的评判。在人性恢复以前,董贝身上的品质几乎全都构成了弗洛伦丝身上品质的对立面:董贝专横跋扈,弗洛伦丝却温和谦逊;董贝自私自利,弗洛伦丝却先人后己;董贝冷若冰霜,弗洛伦丝却热情似火;董贝把一切都当成买卖,而弗洛伦丝恰恰不会买卖;董贝在"自由竞争"的潮流中毫无顾忌地一往无前,弗洛伦丝却偏偏爱与被竞争潮流淘汰的人为伍。这最后一点特别值得一提:她选择的终身伴侣是沃尔特,而后者以及与他相依为命的舅舅老所罗门最钟情的是一家在竞争风雨中摇摇欲坠的海军仪器用品小商店。老所罗门对自己所面临的竞争有这样两段感叹:

"……一轮又一轮的竞争,一个又一个的新发明,一次又一次的更迭变换——我熟知的世界已经离我远去,我几乎不知道自己是在什么地方,更不知道我的顾客是在什么地方。"[33]

"世界离我远去了。我并不抱怨,但是我不再明白。店主已经不再是从前的店主,学徒也不再是从前的学徒,经营方式已经不再一样,经营的商品也不再一样。我存货中的八分之七已经过时,我的商店已经过时,我本人也已经过时。我的商店仍然在同一条街上,可是我记忆中的那条街如今已面目全非。我已经落在时代的后面,并且已经老得再也赶不上它了。即便是时代的噪音也远远跑在了我的前面,让我感到困惑。"[34]

老所罗门的这种感受其实是千万个普通人对工业社会的共同感受:明明是在自己生于斯、长于斯的土地上,却突然发现周围的世界/社区变得陌生了。就像老所罗门在自己的商店里都如同陌生人一样,弗洛伦丝在自己的家里也是一个陌生人:她的家只为"董贝父子公司"而存在,只为物质进步而存在,因而离她心目中的精神家园相去甚远。从这一意义上说,董贝家的父女关系根本就是名存实亡。

也正是在这一意义上,小说的题目并没有出错。选用《董贝父子》替代《董贝父女》来作为题目,这实在是作者匠心独运的结果:它悖论式地突出了董贝父女关系的重要性,既彰显了和谐、正常的父女关系的缺席,又暗示了其中的原因,还召唤了这种关系的回归。

《董贝父子》也好,《董贝父女》也好,它们都指向了一个共同的含义,即成人与小孩儿之间的正常关系已经被扭曲。不管是董贝跟儿子的关系,还是他跟女儿的关系,都有一个共同的特征,即父亲根本不在乎自己的孩子是否有一个幸福的童年。更确切地说,董贝压根儿就不关心孩子们是否有一个真正的童年。

且不说董贝对弗洛伦丝的冷漠(本章第一节中已经提到,弗洛伦丝即便在自己家中也无异于孤儿),就连他对小保罗的"钟爱"也是以对童年的漠视为特征的。换言之,董贝对小保罗的"钟爱"体现于他急切地盼望儿子迅速长大——也就是迅速"进步"——的焦虑。在小保罗出生才四十八分钟时,董贝就迫不及待地构筑起跟儿子共图大业的宏伟计划(本章第一节中所引的日月星辰如何绕着董贝父子公司转的那段内心独白就是最好的例证),并且连续三次称眼睛都张不开的幼子为"年轻的绅士"。[35] 在小保罗才六岁时,董贝就觉得他很快会变成十六岁,因而匆匆忙忙地把他送到了一家能够培养"男子汉大丈夫"的学校。[36] 该校由勃林勃尔博士所开,其宗旨正好与许多维多利亚人所热衷的"时代快车"完全合拍:

> 勃林勃尔博士的学校是个大暖房,里面有一架强迫机器在不停地工作。所有的男孩儿都提前开花结果。精神青豆在圣诞节生产出来,智力芦笋一年四季都有。数学醋栗(而且是很酸的)在不当令的季节也不稀奇,而且是在勃林勃尔博士的培养下,从灌木的嫩芽上结出来的。希腊文和拉丁文的蔬菜是在最寒冷的环境中从最干枯的男孩细枝上采摘下来的。[37]

让孩子们"提前开花结果",实际上就是扼杀他们的童年。在《董贝父子》中,童年惨遭扼杀的情形并不是一种孤立的现象。小保罗的童年自不消说(他连生命都过早地失去了),弗洛伦丝的童年也是乌云密布:在她父亲那黑黑的屋子里,我们看不到她有过任何童年的乐趣。书中还有一个从来就没有童年的人物,即董贝的第二任妻子伊迪丝。后者从小只受到其母斯丘顿太太的一种特殊培训,即如何吸引有钱的男人。在成长为母亲的一棵摇钱树的过程中，伊迪丝早早地丧失了自己的童年。她跟董贝的婚姻纯粹是一桩买卖，而且在此之前有过另一次为了遗产而嫁人的经历。下面是她跟母亲之间的一段对话（后者刚被告知董贝即将登门拜访）：

（斯丘顿太太的）声音非常严厉："你为什么不告诉我，他明天要来这里赴约？"

"因为你心里明白，妈妈，"伊迪丝回答道。

她在说"明白"一词时语气激烈，嘲讽的口吻溢于言表。

"你知道他已经买下了我，"她继续道。"或者说他明天就要买下我了。他已经考虑过这桩交易；他已经跟他的朋友炫耀过；他甚至为此感到相当自豪；他认为这桩交易对他会挺合适，而且很廉价就可以得手。他明天就要买了。上帝呀！我生来就是被购买的，这一点我能感受得到！"

……

"你这是什么意思？"愤怒的母亲反问道。"难道你不是从儿童时就——"

"儿童！"伊迪丝边说边盯着她："我什么时候是个儿童？你什么时候给过我童年了？在我认识自己以前，或者说在认识你以前，甚至在明白我所学的每个新花招背后的卑鄙龌龊的用心之前，我就已经是一个女人了—— 一个佻巧、狡黠、贪财的女人，一个整天琢磨着怎样为男人设置陷阱的女人。你当初生下来的就不是一个孩子，而是一个成熟的女人。看看她吧！她今晚可自豪得很！"

她一边说，一边用手捶打自己那美丽的胸脯，就像要把自已捶倒似的。

"看一看我这个从来就不懂得什么是诚实的心、什么是爱的人!"她继续说道。"看一看我!当其他孩子们还在玩耍时,我就学会了弄虚作假。虽然我结婚时还是豆蔻年华,但是我在算计男人方面已经老谋深算……"[38]

这是一段令人辛酸的对话。伊迪丝生下来便是个成熟的女人,这当然是一种夸张,但又那么逼真:真的是斯丘顿太太培养孩子的方式和动机。伊迪丝的境遇跟小保罗的遭遇如出一辙:两人都是拔苗助长的对象。从结构上看,这两个人物的遭遇形成了一种对称美,然而形式上的美更衬托出了内容上的丑:董贝和斯丘顿太太拔苗助长的动机都沾满了铜臭。

小说中被剥夺了童年的还有一个人物,即曾经抢劫过弗洛伦丝的布郎太太的女儿爱丽丝。她从小得不到母爱,因而流落街头,早早染上了社会上的种种恶习,最终被判刑入狱。出狱后的爱丽丝曾经愤怒地指责母亲当初将她"弃之不顾"。[39]这种被遗弃的经历在实质上跟弗洛伦丝的经历没有什么两样。

如果我们再扩展视野,就会发现爱丽丝和弗洛伦丝的相似境遇跟伊迪丝和小保罗的共同遭遇又形成了一种对称。这种一环扣一环的对称从结构上凸显了小说的主题,即对"进步"话语的挑战。

蒂洛森(Kathleen Tillotson,1906—2001)曾经赞扬狄更斯开创了一个传统,即"把儿童置于为成人所写的小说的中心"。[40]至于狄更斯开创这一传统的动因,蒂洛森只提到了一个,就是要改善当时的儿童生活状况。我们不妨加上一个更加深刻的原因:狄更斯是在提请我们从儿童的遭遇来审视"进步"话语的危害。

让我们再回到本章的开头:《董贝父子》不是粗糙的水盆,而是精致的花瓶。卡西尔(Ernst Cassirer,1874—1945)曾经不无道理地指出:"每一件伟大的艺术品都以一种深刻的结构为特征。"[41]《董贝父子》就是一件伟大的艺术品,因为它有一个跟主题——质疑"进步"话语——同步生长的结构。

注释:

1 转引自 Kathleen Tillotson, *Novels of the Eighteen—Forties*, London: Oxford University Press, 1961, p. 143。

2 Charles Dickens, *Dombey and Son*, Hertfordshire: Wordsworth Editions Limited, 1995, p. 60. 部分引文参考了祝庆英的译文(上海译文出版社1998年版)。下同。

3 同上, pp. 195—196。

4 Raymond, Williams, *The English Novel: From Dickens to Lawrence*, p. 43.

5 同上, p. 42。

6 Steven Marcus, *Dickens from Pickwick to Dombey*, New York: Simon and Schuster, 1965, p. 308.

7 同上, pp. 300—301。

8 J. Hillis Miller, *Fiction and Repetition*, Oxford: Basil Blackwell, 1982, p. 1.

9 同上, pp. 1—6。

10 该段的翻译部分参考了程锡麟和王晓路的译文,后者见于《当代美国小说理论》,外语教学与研究出版社2001年版。

11 Charles Dickens, *The Speeches of Charles Dickens*, Oxford: Clarendon

Press, 1960, p. 62.

12 李思孝:《马克思恩格斯美学思想浅说》,上海:上海文艺出版社,1981,第191页。

13 同注 2,p. 44。

14 同注 6,p. 310。

15 同注 2,p. 6。

16 Mikhail, Bakhtin, "Discourse in Life and Discourse in Art", In *Literary Criticism*, ed. Robert Con Davis and Ronald Schleifer, New York: Longman, 1998, p. 481.

17 同注 2,p. 249。

18 同上,pp. 249—251。

19 同上,pp. 680—681。

20 任绍曾,《语篇中语言型式化的意义》,《外国语》2000 年第 2 期,第 110—116 页。

21 J. H. Clapham, "Work and Wages", in *Early Victorian England*, Vol. I, ed. G. M. Young, London: Butt and Tillotson, 1934, pp. 19—20/65—66.

22 Louis, Cazamian, *The Social Novel in England 1830—1850*, pp. 14—20.

23 卡莱尔:《文明的忧思》,宁小银译,中国档案出版社 1999 年版,第 4 页。

24 同注 2,p. 9。

25 同上,p. 7。

26 同上,p. 215。

27 出处见本书前言注 7。

28 出处见本书前言注 22。

29 同注 2,p. 7。

30 同上。

31 同上,p. 228。

32 Ford Madox Ford, *Joseph Conrad*, London: Duckworth & Co., 1924, p. 188.
33 同注2,p.38。
34 同上,p.39。
35 同注2,p.7。
36 同上,p.132。
37 同上,pp.128—129。
38 同上,pp.348—349。
39 同上,p.429。
40 Kathleen Tillotson, *Novels of the Eighteen-Forties*, p. 50.
41 恩斯特·卡西尔:《人论》,译,上海译文出版社1985年版,第208页。

第三章 《艰难时世》的艰难历程

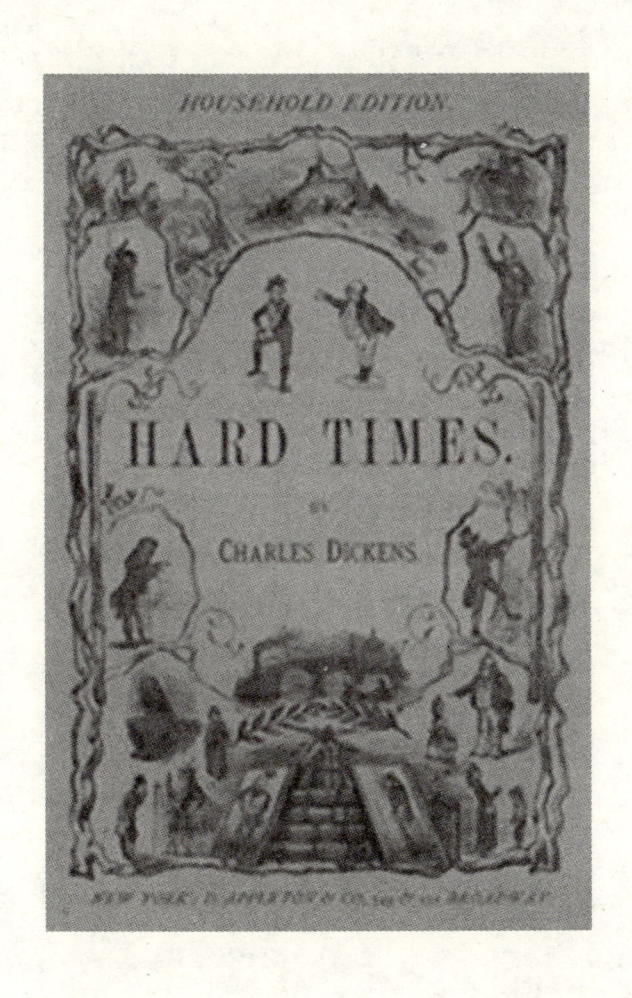

第三章 《艰难时世》的艰难历程

1854年,狄更斯的小说《艰难时世》(*Hard Times*)问世,从此开始了它的艰难历程——评论界一直对它毁誉参半,甚至毁多于誉。

以卡扎米安为代表的评论家们认为,《艰难时世》"远远谈不上狄更斯的最佳作品"。[1] 对它最多的批评集中在结构和语言两个方面:霍布思鲍姆(Philip Hobsbaum,1932—)、马克尔斯(Julian Markels)和伊格尔顿等人都曾经批评它在"结构上的不匀称"(详见本章第二部分);至于它的语言,最苛刻的批评莫过于萧伯纳(George Bernard Shaw,1856—1950)的嘲讽——后者声称"小说从头至尾不见任何人物说过一个可以看作出自心智健全者之口的词儿"。[2]

然而,英国文坛一代宗师利维斯却恰恰把《艰难时世》视为狄更斯作品中最优秀的一部。在利维斯看来,《艰难时世》不仅是具有"大视野"的"道德寓言",而且是"蕴涵了深厚意味的"、"完全严肃的艺术品"。[3] 更令人注目的是,在狄更斯的所有小说中,《艰难时世》是唯一进入利维斯所划定的"伟大的传统"的作品——这一裁定已经成为世界文坛的佳话,此处无须赘言。

利维斯对《艰难时世》的褒奖并没有平息批评界对它的攻击。上文中伊格尔顿和马克尔斯等人的批评都发生在利维斯之后,而且类似的批评有愈演愈烈的倾向。也就是说,《艰难时世》在批评界的艰难历程仍然在继续着。

这一艰难历程的深层次原因是什么呢?

依笔者之见,《艰难时世》之所以走过了艰难的历程,是因为评论家们误读了狄更斯回应工业化进程的方式。这些误读包括对利维斯相应观点的曲解。

为了正确解读《艰难时世》,我们需要掌握两把钥匙:一是狄更斯对"生活"的理解,二是他对"工业主题"的处理方法。本章将围绕这两个话题展开。

一、对"数字化生活"的批判

《艰难时世》中被评论得最多的是葛擂硬先生执教时的一幕情景:

"第二十号女学生,"葛擂硬先生用他那正方形的食指正端端地指着说,"我不认识那个女孩子。她是谁?"

"西丝·朱浦,老爷,"第二十号女生涨红了脸,站起来行了个屈膝礼,说明道。

"西丝算不得学名,"葛擂硬先生说,"别管自己叫做西丝。叫你自己做塞西莉亚。"

"是父亲管我叫西丝的,老爷,"这个女孩子的声调战战兢兢的,又行了个屈膝礼,答道。

"那就是他的不是了,"葛擂硬先生说。"告诉他,不可以那样叫。西丝·朱浦。等一等。你父亲是做什么的?"

"他是在马戏班里的,请您原谅,老爷。"

葛擂硬先生皱了皱眉头,然后用手一甩,想把这讨厌的职业甩开。

"我们在这儿,不愿意知道什么马戏的事,你不必告诉我这个。你的父亲驯练马匹,是吗?"

"请原谅,老爷,要是他们有马可驯的话,在马戏场里,他

第三章 《艰难时世》的艰难历程

们的确要驯马的,老爷。"

"在这儿,你不必告诉我关于马戏场的事。那么,好啦,就说你父亲是个驯马的人。我敢说,马生了病,他也能医吧?"

"唔,是的,老爷。"

"那么,很好。他是个兽医、马掌铁匠和驯马师。告诉我,你给马怎样来下个定义。"

(西丝·朱浦简直为这个要求弄得惊慌失措了。)

"第二十号女学生竟然不能给马下个定义!"葛擂硬先生为了对这些小罐子进行教育而这样说道。"第二十号女学生不能掌握事实,不能掌握关于一个最普通的动物的事实!哪个男孩子能给马下定义?毕周,说你的!"

……

"四足动物。草食类。四十颗牙齿,就是二十四颗白齿,四颗犬齿,十二颗门牙。到了春天就换毛,在沼泽的地方还会换蹄子。蹄子很硬,但是仍需要钉上铁掌。从它的牙齿上,可以看出它的年纪。"毕周如此这般地说了一大套。[4]

这一幕情景是维多利亚时代"数字化生活"的写照。随着"进步"浪潮的高涨,"生活数字化"成了一种荣耀,葛擂硬先生就是这种荣耀的代表。我们在前面已经多次提到,19世纪的英国是一个狂热地追求"进步"的国度,而一味追求"进步"速度的代价之一就是把生活简化。在上面那幕情景中,以西丝·朱浦这个活生生的小女孩儿为代表的生活现实被简化成了一个干巴巴的数字:第二十号。数字化倾向的另一个表现是毕周给马下的定义。这位葛擂硬的得意门生一连串地报出了一堆数字,似乎这样就捕捉住了关于马的生活现实。然而,让人啼笑皆非的是,那一连串的数字反而使我们离生活现实更远了。

利维斯曾经对上面那幕情景有过这样的评论:西丝"对教育的迟钝反应,乃是她身上那至高无上而无法根除的人性的必然流露:正是她的美德使她不能理解,也不能默认把她当作'二十号女生'的那种时代精神,使她无法把一个人想象成一个算术上的单元"。[5] 利维斯所说的"时代精神"就是盛行于维多利亚时代的功利主义思想,与其一唱一和的是当时以"正统政治经济学"面目出现的各种时髦理论,如当时备受吹嘘的"供求法则"(laws of supply and demand)。《艰难时世》中有一段关于该法则如何支配焦煤镇穷苦工人命运的描述(从"供求法则"的立场看,这些穷苦工人成了"东西"):

> 这些东西做了多少工,就拿多少钱,一切考虑到此为止。这些东西无一例外地要靠供求法则来摆平。谁不识相地违背了这些法则,谁就会陷入困境。当麦价昂贵时,这些东西就得勒紧裤带;当麦价便宜时,这些东西就吃得过饱。这些东西的繁殖率是如此之高,因而犯罪率也随之增长,贫困率也相应地增长。这些东西可以批发处理,从中可以捞取大笔钱财。这些东西有时会像大海那样波涛汹涌,引起一些损失和浪费(主要是给自身带来损失和浪费),然后又归于平静。[6]

见物不见人,这就是"供求法则"及其背后的工具理性的要害所在。上面这段叙述可以被看作对整个古典政治经济学的辛辣讽刺:庞得贝就是借这种高明的学说来残酷剥削焦煤镇的穷苦工人的——

不仅残酷,而且还心安理得!

为了点明古典政治经济学对当时社会影响的程度,狄更斯还安排了这样一个细节:葛擂硬分别替两个幼子取名为"亚当·斯密"和"马尔萨斯",以表自己对两位古典政治经济学的代表人物的忠心。[7]虽然这一细节在书中所占篇幅不多,但是它把"亚当·斯密"和"马尔萨斯"这两个名字跟葛擂硬这个不光彩的形象(仅从前面引文中他对西丝施暴式的教学来看,他就是一个极不光彩的人物)牢牢地联系在了一起,从而促使读者对当时被普遍接受的、以正统自居的政治经济学理论进行反思。我们知道,卡莱尔、阿诺德、罗斯金和莫里斯(William Morris, 1834—1896)等人都曾经用政论文的形式批判过亚当·斯密和马尔萨斯(Thomas Robert Malthus, 1766—1834)的理论观点。例如,罗斯金就曾经愤怒地把后者的学说称为"伪经济学",并指出这种学说推行的"致富之道"其实就是"最大化的不公"。[8]狄更斯采用了文学方式对亚当·斯密和马尔萨斯及其代表的思想进行了挖苦,其批判力度并不亚于罗斯金等人的言论:葛擂硬为两个幼子取名这一细节反映出他思想的僵化;跟这一细节构成网络式呼应关系的是葛擂硬对整个世界的机械式的理解,而后者又跟庞得贝的整套世界观形成了呼应。在他俩所代表的哲学里,唯一的现实是数字,唯一的真理是利润,唯一的价值是"事实",唯一的法则是以"供求"面貌出现的剥削。

顺着这样的思想逻辑"唯一"下去,生活也就被简单地数字化了。

《艰难时世》比以往任何作品都深刻地揭示了这种"数字化生活"——以及支撑"数字化生活"的机械式世界观——的危害性。

本书前言中提到，卡莱尔曾经哀叹英国社会步入了机械的时代。狄更斯在创作《艰难时世》时肯定想到了卡莱尔的有关思想和言论——这部小说的题献就是一个证明：狄更斯把它献给了卡莱尔。

说到这里，我们有必要提一下伊格尔顿对利维斯的——其实也是对《艰难时世》的——批评。伊格尔顿有一个流传甚广的观点，即《艰难时世》是凭着"生活"、"生命力"、"创造力"和"想象力"这样一些入场券进入利维斯所描绘的英国小说伟大传统的，可是像"生活"这样的术语及其含义是无法界定的。[9] 言下之意，《艰难时世》赖以立足的"生活"大而无当，因而没有资格被列入英国小说的伟大传统。

伊格尔顿的观点是否公允？

要回答这一问题，我们还得仔细看一下利维斯对《艰难时世》的评价。利维斯在具体分析该小说之前，首先批评了评论界存在的一种思维定式，即认定

> 大师的标志就是外在的丰富性——他给你许许多多的"生活"。作家笔下的人物有没有生命（他首先必须创造出"鲜活的"人物），要看在书本之外，他们是否继续存活。读者先有了这样一些不够严格的期待，碰上深厚意味时，便也不会心生感激之情，而在蕴涵了深厚意味的形式里，如果这种意味的相关性不能为人充分理解，往往便不会有任何可像"生活"那样非常诱人的东西；当意味坚持以这种形式与读者照面时，他们便完全看不见它了。[10]

从这段言论中可以看出，利维斯反对的恰恰是对"生活"的"不够严

格的期待"。按照利维斯的观点,"生活"并非一定会不着边际,并非像伊格尔顿所说的那样无法界定,而是常常隐匿在"蕴涵了深厚意味的形式"里面。《艰难时世》中的生活和生机就被赋予了这种具有深厚意味的形式。下面是利维斯的另一段评论:

(《艰难时世》)创造性的勃勃生机是被一个深刻的灵感约束着的。

这个灵感就见于小说的名字——《艰难时世》。狄更斯对自己生活于其间的世界所作的批评,一般都是偶尔顺带为之——在一本书的诸多要素里,包含一些对某个具体弊端的愤愤描述,如此而已。但在《艰难时世》里,他却破例有了个大视野,看到了维多利亚时代的残酷无情乃是一种残酷哲学培育助长的结果;这种哲学放肆表达了一种没有人性的精神……[11]

虽然利维斯所谓"偶尔顺带为之"的说法有欠斟酌(至少在《董贝父子》和《小杜丽》中,狄更斯对维多利亚社会的批判一以贯之地渗透于整个结构;详见本书第二章和第四章),但他对《艰难时世》本身的评价却毫不过分:这部小说确实生机勃勃,同时又得益于一个由大视野所统驭的紧凑结构。换言之,《艰难时世》对生活的批判是严格地通过被激活了的文字以及有机合成的结构而实现的。

就以对"数字化生活"的批判为例:本小节开场处引用的那一幕"数字化情景"并不是断金碎玉,而是全书结构不可或缺的一环。书中葛擂硬不仅对西丝实施了"数字化教育",而且对其他孩子——包括他自己的孩子——都如法炮制。小说第一卷第一章的

第一段就单刀直入地挑明了葛擂硬所代表的教育思想和哲学思想(全书以葛擂硬对另一位教师的自白开始):

"告诉你吧,我要求的就是事实。除掉事实之外,不要教给这些男孩儿和女孩儿其他的东西。只有事实才是生活中最需要的。除此之外,什么都不要培植,一切都该连根拔除。要锻炼有理性的动物的智力就得用事实:任何别的东西对他们都全无用处。这就是我教养我自己孩子们的时候所遵循的原则,也就是我用来教养这些孩子的原则。要抓紧事实不放,先生!"[12]

从下文的演绎来看,葛擂硬所说的"事实"主要是靠数字堆积起来的。除了前面已经举过的例子以外,第一卷第三章中的一段也颇能说明问题:

(葛擂硬家中)共有五个小葛擂硬,而且个个都是模范。他们从童稚时代起就受着训诫,像野兔似地被追来赶去。几乎在他们刚学会独立行走的时候,就立刻被赶进了教室。他们所接触的第一件东西,或者说他们记忆中的第一件东西,就是一块大黑板,正由旁边站着的一个枯燥无味的"妖魔"用粉笔在上面画着一些白色的鬼鬼怪怪的数字。[13]

葛擂硬不仅用数字/事实教育他人,而且自己也不折不扣地身体力行。确切地说,他完完全全地生活在了数字/事实之中。无论是他的公共生活,还是他的私人生活,一律都是用数字"算"出来的。他曾经靠做五金批发生意(这离不开算计)发了财,然后便创办了一所体现数字崇拜的学校,接着他又渴望从政,以便"在议会中展示自己的算术天才"。[14] 就连他的家——他把自己的家叫做"事实之家"——也是"算"出来的:

> 这是一座经过预算、核算、决算和验算而造成的房子。大门的这边有六个窗户,大门的那边也有六个窗户;这一厢的窗户总数是十二个,那一厢的窗户总数仍然是十二个;背后两个厢房的窗户总数也是二十四个。房子外有一片草地,一个花园,还有一条林荫小道,都是直条条的,好像一本用植物编成了格子的账簿……所有心里想得到的东西,这里都应有尽有。[15]

这最后一句尤其值得回味:在数字构成的世界里真的是应有尽有吗?从整个故事的演变来看,这数字世界里不但不是应有尽有,而且恰恰丢失了人类应有的最宝贵的东西,如亲情、友爱、良心、责任心、同情心,等等。葛擂硬一生追求数字,最终反被数字所害:他的儿子小汤姆只知道算计,因而沦为窃贼,害得他整日担惊受怕;他的女儿露易莎屈从于他的算计哲学,嫁给了有钱却没有良心的庞得贝,结果闹出了让他心烦的家庭风波;他的得意门生毕周理性发达,唯独没有良心,结果与他反目为仇。

所有这一切都指向了数字的遮蔽作用:在表面上应有尽有的"数字化生活"的背后,隐藏着灵魂的堕落或精神的空虚。这一警示经由狄更斯的生花妙笔,融化在了《艰难时世》整个结构之中。仿佛这还不够,狄更斯又在全书的最后一个章节(《尾声》除外)中通过叙事者之口说了下面一番话:

> 葛擂硬先生哲学的一个基本原则就是,什么都得出钱来买。不通过买卖关系,谁也不应该给谁任何东西,也不应该给谁任何帮助。感激之情应该废除,由感激而产生的德行应该扼杀。从生到死,人生的每一步都应该是一种隔着柜台的现钱买卖关系。如果我们靠这样的方式登不了天堂,那么天堂就不是为政治经济学所支配的地方,因而那里也就没有我们的事了。[16]

这番话不无点题作用:无论是葛擂硬信奉的功利主义哲学,还是他崇尚的"政治经济学",都必然导致机械的、僵死的"数字化生活"——现金交易离不开数字。

还须加上一句:虽然"数字化生活"是机械的、僵死的,但是狄更斯对它的批判却是生机勃勃的;小说的有机结构本身是对僵硬的生活现实的控诉。至于这部小说的艺术结构,我们将在下一小节中作较为深入的探讨。

二、书中的所谓"败笔"

西方学术界对于《艰难时世》有这样一种共同的说法:该书对于"阶级情节"和"工业主题"的处理是一个败笔。其具有代表性的论点如下:

其一,作品情节主线之一的"阶级情节"未能贯穿到底。美国俄亥俄州立大学荣誉教授马克尔斯在不久前发表与霍布思鲍姆相呼应的言论,断言"斯蒂芬的情节太离奇,因而无法使他在工人方面具有代表性,也就是说,该情节没有能够表达小说的主题"。[17] 马克尔斯的一个核心观点是:《艰难时世》中有两条支撑主题的情节主线,即反资本主义主线和反功利主义主线。就揭露功利主义而言,狄更斯成功地把露易莎塑造成了庞得贝的对立面,然而就揭露资本主义而言,狄更斯却未能把斯蒂芬塑造成庞得贝的对立面,因此"小说的阶级情节一直没有对等的机会跟它的功利主义情节形成互动"。[18]马克尔斯还多次暗示了这样一种批评:由于上述两条情节主线中的一条未能贯穿到底,因而造成了形式结构的不匀称,这可以被看作艺术上的败笔。

其二,作品的"工业主题"被传奇俗套所取代。伊格尔顿发表过与马克尔斯极为相似的评论。他认为《艰难时世》的文体风格缺乏一致性,"整部作品的结构也很不匀称:随着小说情节的开展,'工业主题'很快就被露易莎与赫德豪斯之间的纠葛以及银行失窃这样一些俗套所取代。小说本来有希望牢牢地把握住整个维多利亚社会的脉搏,可是它的最后几章却落入了传奇小说的窠臼"。[19]卡扎米安在揭示《艰难时世》的"艺术缺陷"时,也把工业题材在书中的位置作为主要评判标准之一:"工业题材并没有真正占据小说的中心位置,狄更斯只是从外部对它作了速写般的处理。"[20]

其三,作品对工人阶级以及劳资矛盾的描写往往停留在表面,并且未能提出切实可行的解决社会矛盾的方案。威廉斯曾经说道:"狄更斯对工业界劳动人民生活的体察,明显逊色于盖斯凯尔夫人。"[21]米尔纳(Ian Milner)认为狄更斯在表现工人们有组织的斗争时,跟乔治·爱略特有一个相似之处,即工人们"不是像约翰逊和斯莱克布里奇那样被肆无忌惮的煽动者所利用,就是沦为一群狂热的暴民"。[22]伊格尔顿的批评显得更为典型:"乍一看,《艰难时世》好像是对维多利亚社会的全面抨击,然而我们最终发现它所作的社会批判只是表面文章而已。小说揭示了那种对僵硬事实盲目崇拜的现象，可是这种批判在某种程度上分散了读者们的视线，使他们不再关注工业资本主义本身的不公正之处，而后者才是问题的要害所在。小说对这些要害问题没有提出可行的解决方案，甚至没有进行足够的分析。"[23] 就连遭到伊格尔顿批评的利维斯也曾批评狄更斯把工人阶级的代表这一角色让给了斯莱克布里奇，可见他"在对工会的认识方面，明显地暴露出了局限性。"[24]

应当承认，上举几种观点并非毫无道理。狄更斯有关工会的描写——尤其是选择斯莱克布里奇作为工会的典型代表——确实不能反映 19 世纪英国工人运动的主流，而且确实没有提供解决社会矛盾的实际方案，但是，这并不意味着我们可以笼统地把《艰难时世》中的"阶级情节"说成败笔。只要仔细阅读小说文本就会发现，狄更斯关切工人阶级的生活状况，同情他们所遭受的苦难，对他们的优秀品质也有着相当深入的了解。更重要的是，小说的"工业主题"并没有简单地因为斯蒂芬拒绝罢工而中断。

我们至少可以提出三个理由，来说明《艰难时世》对于"阶级情节"和"工业主题"的处理并非败笔。

首先，小说中关于工人生活状况的描写其实不少。例如，在第一卷第十章中，对焦煤镇的厂区有大段的描绘——整个厂区就像"丑陋的城堡，大自然被严严实实地挡在了砖墙之外，而足以害人性命的污浊空气和煤气却被挡在了砖墙以内……"[25] 同卷第十一章，前面的整整六段都用来描绘工厂内外的恶劣环境，其中包括蔓延在上空的"怪蛇般的浓烟"、单调死板的景物，以及在织机林立的背景下工人们长时间紧张劳动的情形——斯蒂芬俯身操作的纺织机所发出的轰隆声简直是"撕心裂肺"。[26]该章的第七段还包括一个令人深思的细节:在高强度的半天劳动之后,斯蒂芬的全部午餐只有一片小小的面包而已。

其次,狄更斯刻画的人物形象不是所谓的"性格外壳化",而是有血有肉,这一点从狄氏对斯蒂芬和蕾切尔的刻画中可见一斑。

假如狄更斯的描写仅仅停留在类似于上文所举的细节上,我们或许应该同意卡扎米安的批评,即狄氏在描述厂区生活时,只注重外部景象,而"人物却被挡在了视线之外"。[27]然而,斯蒂芬和蕾切尔这两位普通工人的形象并不能仅仅被看作从外部描写生活的产物,因而也不是国内外一些评论家所说的人物性格"外壳化"[28]的产物。斯蒂芬和蕾切尔虽然始终挣扎在贫困线上,但是他俩有着诸如善良、坚韧、勇敢等许多优良品质,而这些都在书中有生动的描写。

例如,斯蒂芬有一个酗酒成性的妻子,她把本来就不多的家产几乎全变成了酒钱,并且常常在喝得酩酊大醉后,寻衅滋事。第一卷第十章中有这样一个细节:妻子在醉后对丈夫撒野,使他只能坐在椅子上过夜,但是丈夫仍然在独占床铺的妻子睡着后,体贴地为她盖上了被子。

蕾切尔同样心地善良。她深爱斯蒂芬,但是并不因此而憎恨斯蒂芬的妻子,而是经常在后者醉得不省人事时,予以悉心照料,并且在斯蒂芬死后,一如既往。

假如上举人物的优秀品质只通过行为描写来体现,这些人物仍然可以被看成"性格外壳化"的产物,但是,狄更斯还赋予他们性格化的语言。以斯蒂芬在庞得贝等人面前慷慨陈词为罢工工人辩护的一席话为例:

> 看一下这整座城镇!它竟是那样地富有。再看一下这里
> 的大众!他们成天忙碌着织毛,成天忙碌着梳毛,可是只能勉
> 强填饱肚子!从他们跨出摇篮的那一天起,他们就过着单调
> 而艰辛的日子,直至死亡。看一下我们所过的悲惨生活!看
> 一下我们所处的恶劣环境!过这种日子的人竟有那么多!我
> 们没有任何改变命运的机会,有的只是清一色的贫穷!那些
> 工厂一直在运行着,可是它从来不给我们带来任何指望——
> 除了死亡。看看你们对我们的态度,以及你们有关我们的文
> 字和谈论!看看你们委派的代表在大臣们面前是怎样贬低我
> 们的!你们总把自己说成对的,把我们说成错的,甚至认为我
> 们天生就不可理喻。先生,这种情形已经持续了一年又一年,
> 一代又一代;问题越积越多,越积越大;涉及面越来越宽,程度
> 越来越严重。先生,有哪一个正视这种情形的人会不称之为
> 一团糟呢?[29]

言语是心灵的袒露。斯蒂芬义愤填膺的一席话是他那正直心灵的直接表露。读了这番话,我们分明跟他那丰富的情感发生了碰撞,分明看到了一位有血有肉的人物,分明受到了心灵上的震撼。

第三,"工业主题"和"阶级情节"贯穿始终。

上引斯蒂芬的言论还有一层更重要的意义:它为全书"工业主题"的延续打下了基础。此时的斯蒂芬,分明是"加入"了罢工者的行列。虽然他在形式上没有参加罢工,但他说出了罢工的工友们想要说的话。结合作品的上下文来看这一举动,就更能清楚地了解它的含义:庞得贝知道斯蒂芬因为拒绝参加罢工而遭到众多工友的误解,就企图利用他来进一步离间工人,瓦解罢工队伍,至少

也由他说出不利于罢工者的话,以求打击或羞辱那些工人;然而,斯蒂芬不但没有就范,而且出乎意外地挺身而出,为罢工运动进行了辩护。

应该特别注意的是,斯蒂芬没有参加罢工并不意味着他保持"中立",更不意味着他反对罢工,而是因为他有难言之隐——他曾对蕾切尔作出过一个承诺,这使他不便参加罢工。当然,关于他究竟作了什么样的承诺,我们读遍全书还是不得而知,这确实是令人遗憾的缺陷。但是,从事态的发展情况来看,斯蒂芬在关键时刻实际上是勇敢地站在了罢工运动的前列,当面谴责了社会的不公以及资本家的残酷。他是冒着被解雇的风险而表达自己的鲜明立场的。事实上,恼羞成怒的庞得贝当即开除了他,逼得他离乡背井。

在斯蒂芬远走他乡以后,小说的"工业主题"并没有中断。同样,反映劳资矛盾的"阶级情节"也没有中断。

就斯蒂芬后来的遭遇而言,劳资矛盾这条情节主线一直在持续发展。斯蒂芬被迫出走本身就是遭受庞得贝无情迫害的结果。离开以后,迫害照旧不断袭来:跟资本家穿一条裤子的小汤姆把盗窃银行的罪名栽在了他的头上,于是庞得贝悬赏 20 英镑来捉拿他。他为了洗清罪名,断然决定返回焦煤镇,跟庞得贝等人当面理论。此举需要很大的勇气,因为等待着他的很可能是更严重的迫害。在返回焦煤镇的途中,斯蒂芬不幸跌入一个矿坑,惨遭不测,而那个矿坑本身就是尖锐的劳资矛盾的见证:矿坑周围没有任何安全设施,当地矿工管它叫"老鬼坑",言下之意是它害死了许多工人。资本家只顾牟利、不顾工人死活的行为方式必然会造成形形色色的"老鬼坑",必然会激化劳资矛盾。一言以蔽之,斯蒂芬的出走、返乡和惨死都是资本家所害,这难道不是"工业主题"和"阶级情节"的继续？

前文提到，伊格尔顿认为在《艰难时世》的后面几章中，"工业主题"被传奇小说所惯用的一些俗套所取代，因而酿成了败笔。诚然，在小说的后半部分，银行失窃事件以及赫德豪斯跟露易莎之间的感情纠葛占了主要篇幅，但是这方面的故事并没有背离小说的主题。

关于银行失窃，我们在上文的分析中已经指明，这一事件跟斯蒂芬遭受资方陷害至死等事件紧紧地交织在一起，因而并没有游离于"阶级情节"和"工业主题"。

至于赫德豪斯跟露易莎之间的纠葛，不应该简单地看作引诱与被引诱或反引诱之间的关系，不应该视为落入爱情游戏的俗套。究其背后的原因，露易莎之所以受诱惑，其实跟"工业主题"有着千丝万缕的联系：假如当初以庞得贝为首的资本家阵营没有挑选赫德豪斯作为代表，去参加议会竞选，那么他根本就不会有机会跟露易莎相识；假如露易莎没有对她的资本家丈夫及其所代表的价值观产生反感，那么她根本就不会让赫德豪斯有接近自己的机会。

如果我们把目光稍稍放宽一些，就会发现不仅露易莎跟赫德豪斯之间的感情纠葛与"工业主题"有关，而且小说中几乎所有的爱情、婚姻和家庭关系都渗透着"工业主题"。葛擂硬的家庭悲剧——他的两个子女的厄运——不仅是功利主义教育的恶果，也是功利主义跟资本主义结合的必然结果：小汤姆和露易莎以不同方式进入了资本家庞得贝的生活圈子，这反过来代表了工业文明对葛擂硬家庭的侵入；无论是小汤姆沦为罪犯，还是露易莎精神崩溃，都说明以庞得贝为代表的生活方式只能使姐弟俩的人格发展打上悲剧的烙印。

关于庞得贝家庭关系的描写，也给了我们同样的启示。庞得贝跟露易莎的婚姻毫无爱情的基础，这跟他把工商业活动中的一些原则带入家庭有关：他以为可以像企业家做买卖那样买到露易莎的爱情。他跟自己母亲的关系也是极度扭曲的。书中有一个反复出现的细节：庞得贝逢人便夸自己是个"自我成才"的企业家，同时还不厌其烦地讲述自己从小如何被母亲抛弃，如何通过个人奋斗从一个流浪儿变成焦煤镇首富的故事。但是，我们在小说第三卷第五章中发现，真正被抛弃的不是庞得贝，而是他的母亲。后者在庞得贝8岁那年就成了寡妇，可是她没有改嫁，而是独自一人把儿子养大成人，还把他送到一位好心的师傅那里学成手艺，为他日后成为工厂主打下了基础。然而，庞得贝在发迹之后，竟然以每年30英镑的养老费作为"价钱"，要求母亲不再跟他来往，以便"不给他带来麻烦"。[30]

天下几乎所有的资本家都喜欢制造"自我成才"或"自助"这类神话，因为他们从中找到了一个剥削穷人的理论根据——广大工人之所以受苦受难，是因为他们没有单枪匹马创业的本领，而不是因为社会制度的不公。这类神话在19世纪的英国颇为流行，其主要标志之一就是由塞缪尔·斯迈尔斯（Samuel Smiles，1812—1904）撰写的《自助》(Self-Help, 1859)一书出版。正如钱乘旦和陈晓律指出的那样，"'自助'口号是上层阶级对工人阶级要求改善自己社会待遇的回答，要改善个人的命运吗？自己去努力吧，上帝会保佑你！……上层阶级渴望此种观念能为下层所接受……以便加强社会控制"。[31] 狄更斯塑造庞得贝这一形象，其实是对"自助"神话——这种"自助"神话可以看作前文所说"进步"话语的组成部分——的讽刺。正是"自助"神话及其背后的阶级逻辑侵蚀了庞得贝的家庭,瓦解了母子之间本该有的亲情。显然,从庞得贝母子关系中我们仍然可以瞥见"阶级情节"的凝聚作用。

斯蒂芬在婚姻和爱情方面遭受的挫折则更是紧扣着"工业主题"。他的妻子酗酒,是因为不堪工厂的劳动重负。他跟蕾切尔彼此相爱,却不能走到一起,这从表面上看,是因为斯蒂芬是有妇之夫,但根本原因是阶级压迫所造成的贫穷。在第1卷第11章中,斯蒂芬曾经向庞得贝讨教离婚事宜,庞得贝不但没有丝毫同情,而且幸灾乐祸地告诉他,婚姻法里虽然有相关条款,但是对穷人不适用:"这离婚法根本不是为你服务的。它要花钱!要花大量的钱!"[32]

可见,围绕斯蒂芬所展开的故事不仅仅是一个简单的爱情和婚姻悲剧,而是渗透着阶级内容、贯穿着"工业主题"的悲惨画面。卡扎米安曾经认为斯蒂芬"与其说是工业压迫的受害者,不如说是不幸婚姻的牺牲品",[33]这其实是没有触及斯蒂芬"不幸婚姻"的深层原因,即资产阶级及其统治下的工业社会的冷酷,以及金钱对家庭、法律和人际关系的侵蚀。

换言之,《艰难时世》中所谓的"传奇俗套"其实折射出了严酷的社会现实,即工业文明对家庭以及有关传统观念的冲击。

赵炎秋先生曾经发表过这样一个观点:狄更斯在《艰难时世》中"维护了家庭神圣的思想"。[34]然而,我们从小说中得到的关于"家"的总体印象并没有丝毫神圣的感觉。书中几乎每一个被重点描绘的家庭都不温馨:庞得贝赶走了老娘,逼走了妻子;葛擂硬跟儿女妻子之间没有温暖人心的情感交流,甚至在给妻子操办后事的时候,也没有任何情感的流露,而是"像处理商务那样,一埋了事";[35]斯蒂芬的家庭简直像一座炼狱;就连西丝也遭到了父亲的"抛弃"(当然,那是因为他受了伤,不愿意成为累赘,可是其深层原因恰恰是社会缺乏人身保障的机制)。这一切,归根结底是当时的工业环境未能提供健康的家庭生活模式。

当然,赵炎秋先生为狄更斯"维护家庭神圣的思想"所提供的论据本身并不假:露易莎的家庭破裂确实是在庞得贝死后才发生的,他们一直没有离婚,但是,没有破裂的只是表面的婚姻关系,实际上露易莎在逃离庞府以后,就再也没回去过,何况他们从结婚的第一天起就同床异梦!总之,就小说主题而言,家庭破裂是否表面化并不重要,重要的是大工业环境下家庭神圣性的实际丧失——作为避风港的传统家庭形象已经不复存在,至少已经支离破碎。从中我们可以看到,社会价值观的变迁是家庭神圣性丧失的根源。这一点至关重要。

以上,我们从多个角度证明,小说《艰难时世》的"工业主题"并没有中断,"阶级情节"也没有中断,所以小说的艺术结构基本上是匀称的。当小说接近尾声时,我们发现,蕾切尔仍然跟她的工友们起早摸黑地劳动着,保持着工人的本色;仍然不辞辛苦地照看着被工业生活压垮了的斯蒂芬的遗孀。蕾切尔终身未嫁,"始终身穿黑色丧服",[36]始终未能摆脱斯蒂芬惨死的阴影,就像最后守着活寡的露易莎始终没有真正摆脱功利主义的阴影一样。换言之,《艰难时世》中体现工业主题的两条情节主线——反资本主义情节和反功利主义情节——始终保持着互动关系:它们共同增长,互相交织,相生相灭,进而达到了交相辉映的艺术境界。

注释:

1 Louis Cazamian, *The Social Novel in England 1830—1850*, p.163.

2 转引自 Terry Eagleton, "Critical Commentary", in Charles Dickens, *Hard Times*, London and New York: Methuen, 1987, p. 294。

3 F. R. 利维斯,《伟大的传统》,袁伟译,三联书店 2002 年版,第 377—378 页。

4 狄更斯,《艰难时世》,全增嘏、胡文淑译,上海译文出版社 1978 年版,第 5—7 页。

5 同注 3,第 382—383 页。部分译文作了更动。

6 Charles Dickens, *Hard Times*, Beijing: Foreign Language Teaching and Research Press • Oxford University Press, 1994, p. 209.

7 同上,p. 27。

8 John Ruskin, "True and False Economy", in *Industrialization and Culture: 1830—1914*, ed. Christopher Harvie, Graham Martin & Aaron Scharf, London: Macmillan for the Open University Press, pp. 188—190.

9 Terry Eagleton, "Critical Commentary", in Charles Dickens, *Hard Times*, Methuen, 1987, p. 297.

10 同注 3,第 378 页。

11 同上,第 379 页。

12 同注 6,p. 1。除个别文字作了更动外,译文参考全增嘏、胡文淑的译本。

13 同上,p. 11。

14 同上,p. 12。

15 同上,pp. 12—13。

16 同上,p. 384。

17 Julian Markels, "Toward a Marxian Reentry to the Novel", *Narrative*, Vol. 4, No. 3 (October 1996), p. 209.

18 同上。

19 同注 9,p. 292。

20 同注 1,p. 173。

21 Raymond Williams, *Culture and Society 1780—1950*, p. 93.
22 Ian Milner, *Structure of Values in George Eliot*, Praha: Universita Karlova, 1968, p. 51.
23 同注9,p. 296。
24 F. R. Leavis, *The Great Tradition*, New York: Doubleday and Company, ING., 1954, p. 296.
25 同注6,p. 83。
26 同上,pp. 91—92。
27 同注1,p. 165。
28 蒋承勇:《十九世纪现实主义文学的现代阐释》,高等教育出版社1996年版,第142页。
29 同注6,p. 198。
30 同上,p. 348。
31 钱乘旦、陈晓律:《英国文化模式溯源》,上海社会科学院出版社2003年版,第297页。
32 同上,p. 99。
33 同注1,p. 168。
34 赵炎秋:《狄更斯长篇小说研究》,社会科学文献出版社1996年版,第129—130页。
35 同注6,p. 275。
36 同上,p. 396。

第四章 《小杜丽》中的"进步"瘟疫

第四章 《小杜丽》中的"进步"瘟疫

跟狄更斯的许多其他作品相比,《小杜丽》(*Little Dorrit*, 1857)在我国处于相对冷落的地位。除了金绍禹先生为中译本所作的序之外,几乎未见任何关于该小说的系统性研究成果。根据赵炎秋先生在《狄更斯长篇小说研究》一书附录中所提供的调查结果,1996年以前国内发表的狄更斯研究论文(包括译文)总共有81篇,其中没有一篇是关于《小杜丽》的专论。

在国外批评界,《小杜丽》的境遇要好得多。萧伯纳曾经把《小杜丽》称作"狄更斯代表作的代表作"。[1] 著名评论家特里林(Lionel Trilling, 1905—1975)、里德(J. C. Reid)和马克尔斯等也都把它看作狄更斯作品中的佼佼者。例如,如马克尔斯就认为它的反资本主义情节"跟整部小说共生共长,层次跌宕有致,构造完美无缺",因而在艺术品位方面胜过了《艰难时世》。[2]

就本书而言,《小杜丽》的意义在于它对"进步"话语的强有力挑战。

一、方法即体验

狄更斯有一个常遭攻讦的"软肋":他笔下的人物数量奇多,而且频频交替更换,就像《红楼梦》中所说的"乱哄哄你方唱罢我登场";不少人物总是匆匆亮相,又匆匆离去,许久之后,彼此间才会再有擦肩而过的机会,因而往往给人以松散凌乱的感觉。

就在狄更斯频遭诟病的时候,威廉斯挺身为他做了辩护:要的就是"乱"的感觉!

威廉斯认为,狄更斯开了新型城市小说之先河。换言之,是狄更斯率先用小说捕捉住了工业化和城市化浪潮中世事变换更迭、万物倏忽而过的景象,以及人们因无所适从而产生的迷离、彷徨和困惑——尤其是那种身居闹市,却倍感孤独的感受。威廉斯的这一观点在一定程度上得益于他小说思想中的一个核心概念,即"可知社群"(the knowable community)。他的《英国小说:从狄更斯到劳伦斯》一书始终围绕着这样一个议题:"大多数小说都是可知社群"。[3] 这句话的意思是:小说家大都用——而且应该用——适当的方法来确保小说人物及其相互之间的关系可以被理解,可以起到交流作用。在狄更斯的年代,城市化进程大大加快,以致人们突然发现周围的世界/社区变得陌生了,人与人之间的关系也变得陌生了。如果还是用传统的小说形式来表现新的社会现实、新的人物及其相互间关系,那么最终展现的社群必然是不可知的。在威廉斯看来,狄更斯的伟大之处在于他用新的小说形式展现了新的社会现实——他的作品塑造了一个又一个反映新兴城市文化的可知社群。

创造新的可知社群意味着寻找新的方法,新方法本身则意味着对新现实的体验。正是在这一点上,狄更斯深得威廉斯赞赏:确实,狄更斯笔下人物的行踪常常飘忽不定,彼此之间聚散离合的速度常常令人目不暇接,然而这正是作者对新兴工业城市的真实体验。也就是说,狄更斯的体验恰恰需要用貌似凌乱的人物组合关系来体现:"他的方法就是他的体验。"[4]

《小杜丽》采用的就是这样一种方法,传达的就是这样一种体验。

乍一看去,《小杜丽》中频频交替出现的人物确实给人眼花缭乱的感觉。有名有姓的人物不下四五十个,此外还有好几个未带姓名、却多次露面的人物,如法官大人、律师大人、主教大人、财长大人、禁卫军长官、海军部长官,等等。这些人物代表了社会的几乎所有阶层。按其活动范围,他们大致可以分为七个圈子。第一组人物,包括心地善良的艾米·杜丽(即小杜丽)和她那自私的父亲杜丽先生、吃里爬外的哥哥悌普、势利的姐姐范妮,还有她那性情古怪、却有独立人格的叔父弗雷德里克,以及杜丽先生在出狱以后为两个女儿聘请的监护人杰纳勒尔太太。第二个圈子,由亚瑟·克莱南一家及其仆人组成;亚瑟跟小杜丽拥有共同的价值观,终成眷属——这一缘分使两家的命运紧密地结合在了一起,同时促使两家命运相联系的还有克莱南太太(亚瑟的继母)隐瞒遗嘱、侵吞本应属于小杜丽的财产而引起的风波。第三个圈子里,有弥格尔斯先生一家。女儿佩特的不幸婚姻以及女佣塔蒂柯兰的出走是这一家生活中的主要事件,也是使这一家人的活动轨迹跟小杜丽和亚瑟的生活发生关系的主要线索。发明家丹尼尔·多伊斯(亚瑟的朋友兼生意上的合作伙伴)、普罗尼希一家以及其他"伤心园"①的居民构成了第四个圈子。第五组人物,包括大红大紫的金融界巨头莫多尔先生、他那以展示胸前珠宝为荣的太太及其白痴般的儿子斯巴克勒。第六组人物,是把持"兜三绕四部"(the Circumlocution Office)的巴纳克尔家族,以及跟该家族沾上点儿边的半瓶子醋艺术家戈文及其势利的母亲。第七个圈子的中心人物,是"伤心园"的地主卡斯比、他的女儿弗洛拉(亚瑟昔日的情人)以及替卡斯比收租的潘克斯。

这些人物圈子之间形成了错综复杂的关系,所牵涉的众多事

---

① 小说中的一个贫民居住区,原文为"Bleeding Heart Yard",译名参考金绍禹先生的译本。

件也往往扑朔迷离,而且许多人物和事件在表面上毫不相干,因而常常给人以纷乱的感觉。然而,这一切都是经过精心组织的"混乱",其目的是表现工业社会的纷扰和喧嚣,以及人类在失去原有的可知社群时的迷乱心态。

越来越多的西方评论家已经认识到《小杜丽》的结构并非像先前某些人所说的那样松散拖沓,而是精编细织的艺术佳品。至于究竟是什么把书中不同人物和事件统一起来的问题,评论家们的解释则不尽相同。例如,里德认为亚瑟·克莱南这一人物起到了"在小说中穿针引线的作用";此外,起缝补弥合作用的还有不同人物在品质上的反差和对照(如小杜丽的无私和范妮的自私之间的对照),以及供主要人物活动的"五大场所",即马夏尔西监狱、克莱南太太的宅第、政府要地兜三绕四部、伤心园和莫多尔先生的府邸。[5] 马克尔斯则认为在小说中"起主要编织作用的有两条线索:一是莫多尔的家庭故事和杜丽的家庭故事,二是丹尼尔·多伊斯和艾米·杜丽各自的故事"。[6] 这些解释都有一定的道理,但依笔者之见,书中最具粘合力的是莫多尔先生所代表的"进步"潮流——是他刮起的股市风波把包括上述七大人物圈子在内的千家万户的命运联系在了一起。

就人物塑造的篇幅而论,小杜丽和亚瑟确实是小说的第一主角。然而,就对全书所有人物及其周围世界的影响而论,莫多尔则是首屈一指的人物。小杜丽一家和亚瑟一家的命运都因莫多尔而受到了巨大的改变:杜丽先生好不容易得来的巨额遗产都因加入莫多尔的股份而蒸发殆尽,全家人因此又从富贵变得一贫如洗;亚瑟不仅自己买了莫多尔的股票,还把好友多伊斯的钱财都搭了进去,结果因欠债而锒铛入狱。事实上,整个社会上自巴纳克尔家族和其他政府要员,下至贫民窟伤心园的居民们,全都卷入了莫多尔掀起的股市狂飙。狄更斯为我们描绘了这样一幅图景:一方面股票犹如"大火熊熊燃烧……影响巨大的巴纳克尔们煽起来的神圣的火焰,使空气中越来越响亮地回荡着莫多尔的名字",另一方面连贫民区的居民们也做起了发财梦。例如,"普罗尼希先生和普罗尼希太太家仅有的一位房客……过着清苦的生活,省吃俭用攒下的钱,都投资到莫多尔先生的一家企业里去了"。[7] 所有这一切正好表明,莫多尔及其影响对小说的艺术结构起着钢筋混凝土般的凝聚作用。

让人拍手称妙的是,《小杜丽》紧凑的深层结构对其"凌乱"的表层结构形成了一种有力的反衬。更妙的是,让莫多尔这样一个骗子形象来支撑小说的艺术结构,又强烈地折射出狄更斯笔下的人们精神世界的混乱。

引起这种混乱的是维多利亚人对"进步"的追求。这也是本章第二节要深入探讨的话题。

二、是进步?还是瘟疫?

《小杜丽》下卷第十三章的标题是"瘟疫的蔓延"(The Progress of an Epidemic)。令人回味的是,原文中"Progress"一词还有"进步"的意思。这实际上是一个跟小说的中心思想相联系的双关语:许多维多利亚人狂热追求的"进步"竟然是一场瘟疫!

把第十三章从头到尾看一遍,就会发现这里的"瘟疫"跟人的身体没有丝毫关系,而是指精神上的一种毒素,即千军万马奔致富道路时撩拨人们欲望的那种侥幸心态。

第十三章通篇讲的是买股票的故事。我们首先看到的是莫多尔这位工业巨头的"名人效应":连巴纳克尔家族也对莫氏企业所发行的股票的含金量深信不疑。巴纳克尔们不仅自己购买莫氏股票,还煽动全社会跟着购买,以致连贫民窟的居民们都一个个钻入了圈套。接着我们看到的是潘克斯劝亚瑟·克莱南跟他一起买股票的情景:

"的的确确,先生,"潘克斯说道。"我已经去摸过情况了。我做过了计算。答案已经有了。非常稳当,是真家伙。"话说到这时,潘克斯先生大大地舒了一口气,同时尽他的最大肺活量,用力吸了一口东方烟管,他一面又是吸又是喷,一面将机灵的目光频频投向克莱南。

……

"我的好潘克斯,"克莱南加重了语气问道,"我们不妨按你的意思打个比方:你难道也愿意以这样的利息把你上千英镑的钱投出去吗?"

"没错儿,"潘克斯说道。"我已经干起来了,先生。"

潘克斯先生又深深地吸了一口气,又长长地喷了一口,又久久地朝克莱南机灵地凝视了一遍。

"我跟你说,克莱南先生,我已经摸过情况了,"潘克斯说道。"他是个财源丰富的人——资本巨大的人——在政府里有影响的人。是现在流行的最靠得住的方案。稳当的,可靠的。"

……

亚瑟摇了摇头,但是他又若有所思地注视着潘克斯。

第四章 《小杜丽》中的"进步"瘟疫

"拼命让自己富起来吧,先生,"潘克斯使出了全身力气,语气强烈地规劝对方听从自己的忠告。"用正正当当的办法让自己富起来。那是你的责任。也并非为你自己,是为了别人。不要丢了机会。可怜的多伊斯(他倒真的是老了)全靠你了。你家亲戚全靠你了。你还不知道都得靠你呢。"

……

"可是干起来倒亏了,怎么办?"亚瑟问道。

"决不会,先生,"潘克斯答道。"我已经摸过情况了。名声大着呢,到处都知道——财源丰富的人——资本巨大的人——地位很高的人——认识做大官的人——对政府有影响的人。决不会倒霉的。"[8]

这段对话值得仔细推敲。潘克斯用来劝说亚瑟的理由(这些理由如今听起来仍然那么熟悉!)主要有三:

其一,莫多尔来头大,名声响,钱包厚,靠山硬,也就是如今社会上所说的"兜得转"。

其二,潘克斯已经对股市行情作过调查分析,并且对有关数字进行了精确的计算。

其三,即使亚瑟自己不想发财,也得替亲戚朋友们着想,更何况炒股票在当时已经成为"正正当当"的致富手段。

这三条理由都渗透着在维多利亚社会颇为流行的价值观。

支撑第一条理由的价值观刚好为形形色色的骗子开辟了"用武之地"。莫多尔金融帝国实际上是一座海市蜃楼,而且在它倒塌之前就已经漏洞百出。书中多次提到无人知道莫多尔的来历,甚至无人知道他每天究竟在干些什么:"除了能够生钱之外,没有任何人能够带有丝毫精确程度地说出莫多尔先生所做生意的性质。"[9] 关于他的人品,也没有人说得出底细:"没有人知道享有如此盛名的莫多尔为什么人——死活不论——做过什么好事……"[10] 然而,全社会都对莫多尔的"知名度"背后的破绽视而不见,"所有的人只知道(或者以为自己知道)他发了大财;仅仅凭这一条理由,大家都对他五体投地"。[11]——这样的思维方式和价值氛围在21世纪的人类社会仍然到处流行,真不知狄更斯九泉有知,当作何感想?

第二条理由反映了对数字的迷信。潘克斯劝说亚瑟时反复声称他曾经对有关数字进行过反复计算,还嘲笑伤心园的股民们"对数字一窍不通"。[12] 在股市狂跌、潘克斯和亚瑟们血本无归之后,潘克斯仍然百思不得其解。他始终没有弄懂自己为什么会栽在那些"决无差错的数字"上面,因而"不仅一有机会就把那些个数字重新琢磨一遍,而且逢人便央求他们跟自己一起再计算一遍,以证明当初并没有算错。[13] 小说叙述者还意味深长地把潘克斯称做"郁郁寡欢的数学家"。[14] 在小说中,其实还有另一位"数学家",即莫多尔。卡扎米安曾经把他跟《尼古拉斯·尼克尔贝》中的格莱德、《大卫·科波菲尔》中的摩德斯通以及《荒凉山庄》中的图金霍恩一起称作"李嘉图和边沁的信徒"。[15] 我们知道,李嘉图和边沁等人对数学的痴迷和狂热在当时是出了名的。在他们的影响下,数字成了压倒一切的信条和标准,与之相伴而行的是"本体化微积分"、"愉快的算术"和"算术世界观"这样一些时髦的术语。结合这一文化语境,我们不妨把莫多尔看成一个"愉快的数学家":他依靠精明的算计"愉快地"致富着、进步着,同时造就了千万个像潘克斯那样的"郁郁寡欢的数学家",其间的对比实在耐人寻味。

对许多本性善良而意志脆弱的人来说,第三条理由最具有说服力——或者说,最具有杀伤力。炒股票无异于赌博投机,凡是有良知者在蹚这潭浑水之前都会有所顾忌(亚瑟就是一例),此时最诱人的办法就是给投机行为安上一顶"正当"乃至"高尚"的桂冠:只要是为了他人的利益,或者是为了国家的利益(如国民经济的发展),本来不正当的手段可以变得"正当",本来不高尚的手段可以变得"高尚"。狄更斯其实还在这里提出了一个极为严肃的问题:有了正当的目的,是否就能不择手段?不仅如此,狄更斯还通过小说本身的情景反讽(the situational irony)[16]对此作出了回答:亚瑟买股票确实是出于好意;他的本意是想帮多伊斯一把,可是反而害了后者。这种事与愿违的情景难道不是对目的和手段之间关系的一种注解?

以上三种反映社会价值观的理由都为19世纪英国的"进步"潮流起了鸣锣开道的作用。本书第一章曾经讨论过迪斯累里小说中描述的"进步的异化"现象,这种现象在《小杜丽》中也得到了生动的反映,其中最为生动的是关于潘克斯的描写。这位收租代理人总是给人以风风火火的印象。他不仅在计算数字时脑子转得快,而且身体的一举一动都堪称速度的化身。他行走时不是"全速前进",就是"一溜烟地跑",甚至连笑起来都异常地快速——亚瑟起初误以为他是在"喷鼻息",后来才"意识到这原来是他发笑的方式"。[17]下面这段对话特别有意思:

"今晚的空气真新鲜!"亚瑟说道。

"是的,空气的确新鲜,"潘克斯随声附和。"我敢说你是因为初来乍到,所以对空气的感觉比我灵敏。说实话,我连感受空气的时间都没有。"

"你的生活有那么紧张?"

"是的,我总是有人要盯着,有事儿要张罗。不过,我喜欢忙乎正经事儿,"潘克斯一边说,一边又把步子加快了一点儿。"人活着不就是为了忙正经事儿吗?"

"没有别的了吗?"

潘克斯反问道:"难道还有别的吗?"……

……

当他们默默地走了一程之后,克莱南又问道:"难道就没有什么能让你感兴趣的吗,潘克斯先生?"

"什么叫兴趣?"潘克斯毫无表情地反问道。

"就说你有什么爱好吧。"

"我的爱好就是赚钱,先生"潘克斯回答道。……

……

"我猜你不太看书吧?"克莱南问道。

"除了信件和账本,我什么都不看……"[18]

如果人活着连看书、感受新鲜空气的时间也没有,这样的"进步"还有什么意思?当然,小说中的其他描写告诉我们,潘克斯是一个良知并未泯灭的人物,但是他身上体现的速度以及这种速度背后的驱动力——赚钱——是最典型的"进步的异化"。

三、骗子成群

在《小杜丽》中,跟"进步"潮流相映成趣的是一幅大小骗子的群丑图。

小说序幕一拉开就让我们跟一个不大不小的骗子打了个照面:该书上卷第一章的主场景是马赛的一座监狱,其主角是因涉嫌谋杀妻子的囚犯里高先生。他一露面就口口声声地称自己为"绅士";仿佛这还不够伟大,他又为这"绅士"称号加上了一连串的修饰语,如"四海为家的绅士"、"属于世界的绅士"、"世界公民"、"生亦绅士,死亦绅士",等等。[19]然而,他的所作所为没有一件能够跟绅士的品质沾上边儿。随着故事的深入,我们发现里高不但凭着骗术混出了监狱,逃脱了法网,而且终生干着行骗的勾当。他的拿手好戏是窥探别人的隐私,并以此为资本进行敲诈,如他对克莱南太太的敲诈。不过,聪明反被聪明误,他最终因行骗而命丧黄泉——就在他要挟克莱南太太,得意洋洋地做着发财梦时,克莱南太太家的老宅轰然坍塌,让他葬送了性命。

堪与里高先生"媲美"的还有"伤心园"的地主卡斯比。他是一个"连石头里都要榨出一大堆血来"[20]的房东,但他在房客们面前总要装出一副仁慈的面孔。他的惯用伎俩是收租时让手下人出面,收完租以后又自己去房客们那儿问寒问暖。他的这种手法居然骗取了不少房客的信任,就连他的女儿弗洛拉也一直被蒙在鼓里。

半瓶子醋画家戈文也是一个典型的骗子。他卖画时总是蒙骗顾客,要高价,但是他不以为耻,反以为荣。他曾经在跟克莱南谈话时为自己的欺骗行径辩护,其腔调颇显得理直气壮:

> 画家、作家、爱国者,还有其余的人,只要有市场价值,都
> 会这样干。凡是我认识的人,几乎都是一个样:给他十英镑,

他就骗你十英镑;给他一千英镑,他就骗你一千英镑;给他一万英镑,他就骗你一万英镑。成就有多大,骗局就有多大。不过,这可是一个美好的世界!²¹

因为到处都是骗子,所以就随波逐流,并且心安理得,甚至还认为世界非常美好,这样的逻辑不仅腐蚀了戈文的灵魂,而且腐蚀了千万个灵魂——从戈文的话中就可以看出当时的英国已经进入了骗子横行的年代。

跟戈文同样心安理得的是"兜三绕四部"的官员们,即巴纳克尔家族的大小成员们。许多评论家都已提到"兜三绕四部"的低效率及其背后的"管理科学"原则,即"怎么不去做"(How not to do it)。凡是奉行这一原则的政府官员都应该被看作骗子,因为他们在骗取了优厚的俸禄之后却无所事事,甚至一再地误事,如耽搁多伊斯的发明以及延误杜丽先生还债的时机,等等。绝大多数涉及《小杜丽》的评论家都会把目光投向"兜三绕四部",并且会对它的低效作一番分析,但是几乎没有人注意到它那"高效"的一面——虽然它的官员们在为老百姓办实事方面十分拖拉,但是在报业绩、摆数字方面却既高效又"精确"。小说中有这样一段插曲:有一次"兜三绕四部"的拖拉作风在议会里受到了批评,于是该部的代表人物巴纳克尔愤愤不平地予以了反击。下面是他所作的辩护(第三人称叙述):

在这一财政年度上半年的短短时间里,这个老是遭到诋毁的部(欢呼声)投出与收到的信件已经达到了一万五千封(高声欢呼)。这个部还做了三万四千份记录(热烈欢呼)。不仅如此,这个部的一位聪明的先生(他本人又是一位可贵的公仆)曾替他就这同一个时期内所消耗的信笺算过一笔奇特的账。这笔账是他这份短短的文件的一部分;他从这笔账中得出一个惊人的事实:倘若把该部用于公务的大页书写纸一张张接起来,可以将牛津街两旁的人行道从头至尾全都铺满,仅留出大约四分之一英里作停车用(一阵欢呼声与笑声);至于带子——扎繁琐公文的红色带子——这个部用去的量,倘若连起来扎成美丽的彩饰,尽可以从海德公园角一直挂到邮政总局。[22]

确实,巴纳克尔们在数字量化方面极为高效,然而这种高效只能说明他们骗术的高明。

杜丽先生则是另一种意义上的骗子:他因债台高筑而身陷囹圄,依靠其他囚徒的小施舍以及小杜丽积攒的血汗钱(小杜丽靠在克莱南太太家做针线活挣来的工资还不够养家,因而常常饿着肚子省下食物来养活父亲)而苟延残喘;这样的生存方式本来毫无尊严可言,可是他却偏要装出体面的架势(他在马夏尔西监狱里呆得最久,因而被人戏称为"马夏尔西之父",这一点也成了他体面的资格),时时指望着那些资格比他嫩的囚徒前来"谒见"并"朝贡"——他总是自欺欺人地把别人的施舍称作"赠品",然后便心安理得地加以享用。

小说中有一个不那么心安理得的骗子。她就是克莱南太太。她已故丈夫的叔叔吉尔伯特·克莱南曾经留给小杜丽一千畿尼的遗产,但是她出于报复心理(她因丈夫不忠而迁怒于所有克莱南家的人)而隐瞒了遗嘱,侵吞了那笔财产。虽然她后来幡然悔悟,但是终究干下了骗人的勾当。

小说中最大的骗子当然是莫多尔。通过这一形象的刻画,狄更斯捕捉到了一种特有的历史现象,即投机商借股市"狂飙"而呼风唤雨的现象。尽管《小杜丽》开篇第一句就把年代背景定位在19世纪20年代,然而正如里德所说,书中对莫多尔和"绕三兜四部"现象的讽刺实际上是作者特意安排的一个"年代错误"。[23]炒股成风——尤其是伴随"铁路狂潮"兴起的炒股热——以及"金融神奇小子"的接连出现都是19世纪40年代和50年代的特有现象。当时的英国有一个名叫萨德雷尔(John Sadleir)的金融骗子;他一度走红,成了爱尔兰梯普勒里银行的董事和国会议员,后来他从银行透支20万英镑的劣迹败露,于1856年畏罪自杀。狄更斯曾经向好友福斯特直言自己描写莫多尔时采用的就是萨德雷尔这个原型:"在萨德雷尔事件之前,我对社会风气的确有一个总体构思,但是我塑造莫多尔先生的基础就是萨德雷尔那个十足的流氓。"[24]

本章第二节已经提到,莫多尔是一个从身份、来历到行为举止都破绽百出的暴发户,却被敬若神明。这种现象的根子在于社会土壤,即整个社会的思维方式和价值氛围。《小杜丽》展现的是一个"以钱为纲"的社会,而以钱财为主导的价值氛围很容易导致视觉上的盲点和"智商"的低下。下面这段对话就是很好的说明:

"我听说,"主教大人对禁卫军长官说道,"莫多尔先生又发了一大笔财。他们说有十万英镑。"

禁卫军长官听说是二十万。

财长大人听说是三十万。

律师大人用指头摆正了他那可爱的双片眼镜,有多少他也说不清,不过可能是四十万。这是一种令人心花怒放的演算与数字排列,其结果很难估计。……

修士贝罗斯……听人家说得确确实实,总数有五十万英镑。[25]

此处的"确确实实"已经毫无意义:各人报出的数字竟然有那么大的差距,这本身就很值得怀疑。然而,在莫多尔自杀身亡之前,很少有人对他产生过怀疑,或者说根本就不愿意对他产生怀疑。即便有人怀疑,只要从他身上有利可图,也都不会追究他的底细,甚至甘愿为他效力(如他的总管家)。也就是说,这是一个财富可以替代圣经的年代——在众多小说人物的眼中,莫多尔用财富"修改了《新约全书》",因而不仅堪称"世界知名事业家"、"商业王子",而且干脆就是大家心目中的"太阳、月亮、星星"。[26]

这位与日月齐辉的伟人理所当然地到处吃香,其表现特征是到处兼职。小说中有这样一段描写:莫多尔"既是这个单位的主席,又是那个单位的理事,还兼了另一个单位的董事长。凡是有人计划办公司,有关方面的权威人士就会问:'那么你们挂谁的名字呢?你们请到了莫多尔没有?'如果对方给了否定的回答,权威人士就会说:'那我就不会把你们放在眼里。'"[27]——当我们阅读这一段文字的时候,我们禁不住会产生出这样一种感觉:狄更斯不是正是在描写我们身边的某些人吗?

跟到处兼职"配套"的是到处摆阔。我们在小说中看到,莫多尔经常大摆酒宴,以壮莫氏家业的声威。他甚至把自己太太的"胸脯"当作了显富的窗口:"那不是一个让人偎依的胸脯,但那是顶呱呱的挂珠宝的胸脯。莫多尔先生需要有挂珠宝的地方,为了这个目的,他便将这个胸脯买下了。"[28]狄更斯此处揭示的现象,可以用马克思的一个观点来进行剖析。马克思在《资本论》第三卷中指出:随着股票市场的建立和运行,"产生出了一种新的金融贵族,一种新的寄生虫,——发起人、创业人和徒有其名的董事;并在创立公司、发行股票和进行股票交易方面再生产出了一整套投机和欺诈活动";这种欺诈活动的表现形式之一就是奢侈,因为"奢侈本身现在也成为获得信用的手段"。[29]摆阔当然是一种奢侈,莫多尔摆阔自然是为了行骗。

莫多尔不但欺骗别人,欺骗社会,还欺骗自己。下面这段话(他在跟太太争吵时为自己所作的辩解)反映了他对自己的估价:

> 哼,你去问问阎王爷,莫多尔太太,我对社会的贡献有谁能够超过?你没看见这些房屋,莫多尔太太?你没看见这些摆设,莫多尔太太?……难道我没有把钱像阵雨一般地洒向全社会?我,我几乎可以说——是——是把自己捆在了一辆满载钱财的洒水车上,这辈子就这样天天洒着,走到哪儿就洒到哪儿,滋润了全社会。[30]

明明是害苦了全社会(莫多尔抛出的泡沫股票害得千家万户倾家荡产),却说成是"滋润了全社会"!此处狄更斯采用的是喜剧手法,可是我们在想要发笑的同时,又感到了一种深深的苦涩和悲凉:可悲的是人类社会竟会有像莫多尔这样的害人虫,更可悲的是他确实已经不知道自己是在颠倒黑白。从这后一层一意义上说,他本人也是一名受害者,即受害于骗人骗己的思维逻辑。

上述各类骗子联合上演的闹剧在很大程度上加深了本章第一

节中所分析的那种"乱"的感觉。在这种乱云飞渡的现象背后,是本书所分析的"进步"话语——以及支撑它的骗人逻辑——在作怪。

四、对比和反差

前文已经多次提到,《小杜丽》具有一个精雕细镂、严密紧凑的艺术结构。这一结构本身是一种言说:它言说着"进步的异化"这一主题。

除了莫多尔这一形象及其代表的股市风波之外,在小说整个结构中最具有粘合力的是以各种形式出现的对比和反差。

《小杜丽》在谋篇布局上就给人以坚实的感觉:全书共分上下两卷,上卷的题目是《贫困》,而下卷的题目则是《富有》,两者在形式结构上的对称强烈地烘托出了它们在内容上的反差。此外,虽然上述两个题目的含义泾渭分明,可是在《贫困》中有富有,而在《富有》中也有贫困:小杜丽一家的命运在上卷中经历了一个由贫穷到富贵的变迁,在下卷中又经历了一个由富贵到贫穷的变迁——上卷末杜丽先生因"飞来横财"(意想不到的遗产)而一下子腰缠万贯;下卷接近尾声时,他因盲目投资又葬送了全部家产。这种结构上的对比和反差隐含着浓浓的反讽意味:由贫困变为富有确实是一种进步,但是杜丽先生跟其他许多人物追求进步的动机和方式(他们为了满足私欲而不择手段,并且在富裕之后变得更加势利、更加贪婪)最终使他们适得其反。

小杜丽对"贫困"和"富有"的不同体验也形成了反差。当一家人贫困潦倒的时候,小杜丽的精神生活其实非常富足。在全家三个孩子中,年龄数她最小,但她承担了老大应尽的义务,甚至挑起了照顾全家人的重担,成了"这一沦落之家的家长"。[31] 就是在这样艰辛的生活中,小杜丽过得非常充实,因为她的爱和奉献都有明确的对象。然而,当杜丽先生时来运转、全家人过起"上等人"的生活时,小杜丽反而感到了精神上的失落和贫困。下卷《富有》以杜丽先生带着全家人去欧洲大陆旅游为开篇,这标志着他们富裕生活的开始。一路上,其他人都尽情享乐,唯独小杜丽感到了空前的困惑、寂寞和恐惧:"这一家人开始了快活的日子,到处游览,以夜晚当白昼,不知夜之将尽;然而,她却胆战心惊,不敢与他们一齐快活,只求他们应允她一人呆在屋子里。"[32] 在给亚瑟的一封信中,小杜丽写道:就在家人一个个穷奢极欲的时候,她却"感到如同流落街头"。[33] 越是富有,小杜丽就越是无所适从。她甚至感到周围的世界都不真实。下卷第三章——该章的标题是"在路上",这似乎可以看作维多利亚人奔致富道路的象征——接近尾声处的短短四、五页中,"不真实"、"虚幻"、"梦境"、"陌生"这一类词语出现了十几次。所有这一切都表明,《富有》其实并不富有,"在路上"未必就是进步。

另一个鲜明的对比在于小杜丽所代表的价值观跟书中大多数人物的价值观之间。且不说她跟莫多尔、里高和卡斯比等人之间的区别,即使在她自己的家里,她的价值观也跟其余人(她那宠辱不惊的叔父弗莱德里克除外)有着天壤之别。在全家人"翻身"之后,杜丽先生为两个女儿聘请了监护人兼家庭女教师杰纳勒尔太太,其主要责任是按照"上流社会"的标准调教她们(尤其是要调教小杜丽)。下面是一段父女俩和杰纳勒尔太太三人之间的对话:

"艾米,"杜丽先生说道,"刚才我与杰纳勒尔太太谈了一会儿话,我们谈的就是关于你。我们一致认为,你在这里似乎一点儿也不自在。哈——这是怎么回事儿呢?"

一阵停顿。

"我想,爹,我需要一点儿时间。"

"'爸爸'才是比较好的称呼方式,"杰纳勒尔太太说道。"'爹'这个叫法太俗气了,亲爱的。此外,说'爸爸'这个词儿时,你就有一个漂亮的嘴形。爸、泼、波、不伦、不类,这些都是练习嘴形的非常合适的词儿;尤其是不伦、不类。假如你有时候一齐说——例如在走进房间的时候——爸、泼、波、不伦、不类,你就会发现,这样做对于塑造一种举止态度是很有用的。"

"孩子,"杜丽先生说道,"你一定要记住——哦——杰纳勒尔太太的教诲呀。"

可怜的小杜丽颇有点儿绝望地朝杰出的粉饰迷(笔者按:指杰纳勒尔太太)瞟了一眼,答应去试一试。

"艾米,你刚才说,"杜丽先生接着说道,"你觉得你需要时间。要时间去做什么?"

又是一阵停顿。

"渐渐习惯于我生活的新奇,我说的就是这个意思,"小杜丽说道,她那双挚爱的眼睛望着她父亲;她很愿意服从杰纳勒尔太太的教诲,也很想让父亲高兴。在表示这一层意思时,她即便没有叫出"不伦"、"不类"来,也险些儿朝她父亲叫了一声"跛鸡"。[34]

这段对话涉及的是两层意义上的反差:一是小杜丽和杰纳勒尔太太在所谓"教养"方面形成的反差(杰纳勒尔太太自视高雅,小杜丽则被贬为"低俗");二是小杜丽在学习进度上跟姐姐范妮形成的反差——范妮几乎不用教就很快地"入了流",即全盘接受了上流社会的价值观,可是小杜丽在这条学习道路上进度极慢,或者说毫无进展。虽然小杜丽为了不伤害父亲而答应努力"学习",但是此时她那绝望的神情和笨拙的模仿能力表明她已经是"无可救药"了(她后来曾经分别向父亲和亚瑟坦言自己根本就无法从事这样的"学习")。她在接受杰纳勒尔太太的调教时表现出来的"愚钝",使人想起了《艰难时世》中惊慌失措地听葛擂硬讲课的西丝(详见本书第三章第一节)。这两位狄更斯笔下的人物都对时尚的教育反应迟钝,可这恰恰反映了她们高尚的禀性。就像西丝身上的美德使她学不会把一个活生生的人想象成一个算术上的单元一样,小杜丽身上的美德使她学不会杰纳勒尔太太的忸怩作态和附庸风雅。

小杜丽的美德还体现在她总是千方百计帮助别人的努力上。在马夏尔西监狱的那些岁月里,是她扛起了全家人的生活重担,是她省吃俭用地照顾了父亲的生活,是她介绍姐姐范妮去一位舞蹈教员那里学了本领,是她凑足了路费送哥哥悌普去加拿大找工作(尽管后者并没有去,只是挥霍了这笔钱),是她给了玛吉和老南迪等穷苦人多方面的援助,又是她照料了狱中病重的亚瑟。小杜丽的行为体现了一个书中没有点明的原则,即再困难也要想着"怎么去做",这跟"兜三绕四部"的"怎么不去做"这一原则(详见本章第三节)形成了强烈的反差。

对比手法的妙用还表现为书中人与物在品质上的互换,也就是把人当作物来描写,又把物当作人来描写。

把人的特征赋予本无生命的物体,这样的例子在书中比比皆是。西方评论界对这方面的研究也已经很多。笔者在此想要强调的是：这类描写被放在了非常突出的位置。例如，小说开头部分就用了一连串的拟人手法来形容巴黎马赛城内外的情景："万物盯着炽热的天空，天空也反过来盯着底下的万物……让初来乍到者备感窘迫的是那些盯人的白色房屋、盯人的白色墙壁、盯人的白色大街、盯人的干瘪小道、盯人的丘陵——这些丘陵上原本郁郁葱葱的草木都被烤焦了。"[35] 如此凸显的排比手法和拟人手法显然起到了营造全书气氛的作用。

不光是全书的开头，不少章节的开头也采用了拟人手法，如上卷第三章的开头：

> 那是伦敦一个星期日的夜晚，阴暗、湿热、沉闷。教堂的钟疯狂地发出各种不同的音响，尖锐的和低沉的，沙哑的和清新的，急促的和缓慢的，敲得砖石、泥灰之间的回音令人厌恶、心烦。忧郁的街道披着煤灰的忏悔外衣，把那些被发落到这里开窗凝视这外衣的人的灵魂，浸入了极度的沮丧之中。在每一条通衢大道，从几乎每一条小巷，到几乎每一个路口，都有一个悲凉的钟在颤抖，在震荡，在敲打，仿佛城中蔓延了大瘟疫，收尸车在大街小巷推过。[36]

这里，教堂的钟像人那样忽而疯狂，忽而悲凉；街道也像人那样变得忧郁，并且披上了忏悔外衣。这样的转喻，跟引文中的"瘟疫"意象形成了强烈的呼应——顺带提一下，这一"瘟疫"意象为下卷第十三章中蔓延的"进步瘟疫"埋下了伏笔（参见本章第二节），因而在某种意义上可以看作小说主题的点睛之笔。

上卷第十五章也以同样的转喻手法开篇:

> 城中那座羸弱的老屋,披着烟灰的外衣,将整个身子都靠在也显出颓败的模样、与房屋一起败落的支架上,它从来不曾有过健康与快活的时候,对于降临头上的一切听之任之。倘若太阳有照到她的时候,那也只不过是一道光线而已,而且那光线不上半个小时也就消失了;倘若月光有照到它的时候,那也只不过是在它那可怜的外衣上头留下几处斑痕而已,使它显出愈加悲惨的模样来。那些星星,毫无疑问,在夜色清晰、烟雾消散的时候,冷漠地瞅着它;而一切恶劣的天气则以难得的忠诚伴随着它。[37]

这里的老屋、星星和天气都被赋予了人类才有的品质。如前文所说,这类转喻手法的凸显意蕴深远:它们所处的位置本身是一种暗示,即提醒读者注意它们与另一类转喻手法——把人"物化"——的交互使用,以及这种品质置换所产生的对照性效应。

关于《小杜丽》把人当作物来描写的手法,评论家里德已经举出过不少例子,如"脸像木头娃娃"的 F 先生的姑妈、"蒸汽拖轮"般的潘克斯、犹如"高档珠宝架子"的莫多尔太太、"生了锈的绑腿螺丝"弗林特温奇、被范妮"像盒子般关闭"的斯巴克勒,等等。[38] 我们此处只再加一例:下卷第十二章中莫多尔曾经宴请各界要员,那些赴宴的达官显贵们被描写成了"一艘艘进港的轮船"。[39] 跟这类转喻相似的是把人当作动物来描写。例如,莫多尔"有着犀牛的体魄、鸵鸟的消化力、牡蛎的注意力"。[40]

毋庸置疑,人与物的品质互换强化了前面所说的"进步的异化"这一主题。

其他形式的对比还有许多。限于篇幅,我们只再强调一种对比,即语言的表层形式和深层含义之间的反差。例如,卡斯比在催促潘克斯向房客们逼债时有一句"名言":"你拿了钱就得去榨,你必须去榨才能拿钱。"[41] 这一句的英语原文(You are paid to squeeze, and you must squeeze to pay.)在结构上具有对称美,而这优美的文字刚好跟卡斯比那邪恶的心灵形成了强烈的反差。另一个堪称经典的例子是关于莫多尔在客厅时的一句描写:"莫多尔先生的右手里全是晚报,晚报里全是莫多尔先生。"[42] 此处文字上的对称美不仅烘托出莫多尔灵魂的丑陋(他那不可一世、自我陶醉的心态和操纵媒体的野心都被浓缩进了这寥寥数语之中),而且衬托出社会风气的败坏,即通过媒体反映出来的媚俗、拜金、争先恐后捧名人的丑恶现象。还须加上一句:上举两例的文字非常紧凑,这种紧凑本身又传递着速度感,因而暗示着盛行于维多利亚社会的"进步"话语。

以上种种分析表明,《小杜丽》是对"进步"话语的全方位挑战。

注释:

1 见企鹅出版社(Penguin Books)1994年版 *Little Dorrit* 扉页前的介绍。

2 Julian Markels, "Toward a Marxian Reentry to the Novel", *Narrative*, Vol. 4, No. 3 (October 1996), p. 209.

3 Raymond Williams, *The English Novel: from Dickens to Laurence*, p. 14.

4 同上,p. 32。

5 J. C. Reid, *Charles Dickens*：*Little Dorrit*, London：Edward Arnold (Publishers) Lit., 1967, pp. 20—21.

6 同注2。

7 查尔斯·狄更斯：《小杜丽》，金绍禹译，上海译文出版社1998年版，第792—793页。

8 Charles Dickens, *Little Dorrit*, pp. 582—585. 译文基本参考金绍禹先生的译本。

9 笔者译自 *Little Dorrit*, p. 394。

10 同上, p. 556。

11 同上。

12 同上, p. 581。

13 同上, p. 796。

14 同上。

15 Cazamian, Louis. *The Social Novel in England 1830—1850*, p. 152。

16 关于反讽的含义及其功能，详见拙著《小说艺术管窥》，百花文艺出版社1995年版，第8—22页。

17 分别见 *Little Dorrit*, p. 160 和 413。

18 同上, pp. 160—161。

19 同上, pp. 8—9。

20 同上, p. 144。

21 同上, p. 310。

22 参考金绍禹译本(少数文字作了更动)，第718页。

23 同注6, p. 13。

24 转引自 J. C. Reid, 出处同上。

25 参考金绍禹译本，第342页。

26 分别见 *Little Dorrit*, p. 250 和 p. 614。

27 同上, p. 246。

28 参考金绍禹译本,第339页。

29 马克思:《资本论》,人民出版社2004年版,第497页。

30 同注9,pp.395—396。

31 同注6,p.72。

32 参考金绍禹译本(少数文字作了更动),第647页。

33 同注6,p.470。

34 参考金绍禹译本(少数文字作了更动),第660—661页。引文末尾的"跛鸡"英文原文为"poultry",意思是"家禽",此处幽默地暗示小杜丽根本无法接受杰纳勒尔太太的调教。

35 同注6,p.1。

36 参考金绍禹译本,第41页。

37 同上,第247页。

38 详见 J. C. Reid, *Charles Dickens: Little Dorrit*, p.55。

39 同注10,p.559。

40 同上,p.253。

41 同上,p.797。

42 同上,p.558。

第五章 "进步"车轮之下

——《玛丽·巴顿》的意义

关于伊丽莎白·盖斯凯尔(Elizabeth Cleghorn Gaskell, 1810—1865)的名著《玛丽·巴顿》(*Mary Barton*, 1848),国内外的评论可谓林林总总,但是女主人公玛丽坐火车的细节却遭到了忽略。在第二十六章中,玛丽为了寻找证人威尔,以便帮助恋人杰姆洗脱罪名,孤身一人登上了从曼彻斯特开往利物浦的列车:

> 虽然铁路在各地——尤其是在曼彻斯特——已经成了普通的交通手段,但是玛丽此前还从未乘过火车。她一下子被眼前的景象给愣住了:铁路四周全是急匆匆的人群和车辆;嘈杂的吆喝声夹杂着铃声和喇叭声,加上火车飕飕驶入站台时的呼啸声,使她陷入了困惑和迷乱。[1]

这一看似不起眼的细节具有事关全局的象征意义:初次搭乘火车让玛丽心乱神迷,这并非偶然而孤立的个人体验,而是人类首次遭遇工业化浪潮冲击时普遍心态的缩影。

本书前言中已经提到,19世纪英国工业化进程的加快使人们形成了有关速度的新观念,而"速度新概念"的形成直接跟火车/铁路的崛起有关。玛丽·巴顿的故事就是在以快速为特征的"进步"车轮下演绎的。在上面那段引文中,玛丽分明被卷入了"匆匆赶路"的潮流。

诚然,玛丽心急火燎地赶路是为了救人,是出于爱,是出于善良的动机。然而,是什么造成了十万火急的局面?

从近处看,是工厂老板卡森急切的复仇心理和草率的复仇手段。小卡森被枪杀以后,老卡森许下重金,要求警方迅速把凶手绢拿归案;在误抓杰姆之后,老卡森又催促法庭早早开庭。代表有钱阶层的司法部门不但过早地开庭审理此案,而且大有凭间接证据就向杰姆开刀问罪的趋势。杰姆命在旦夕,不容玛丽不急。

往远处看,小卡森遭枪杀是劳资矛盾激化的结果(小卡森在劳资谈判时不但拒绝给饥寒交迫的工人们增加工资,而且还用漫画侮辱工人代表,因此被工会秘密处决),而劳资矛盾激化的根本原因是资方在急速敛财时对穷人的冷漠和残酷。

也就是说,玛丽匆匆赶火车的细节正好为显示小说的"节奏"(rhythm)起了关键作用。

"节奏"这一概念最早出自福斯特(E. M. Forster, 1879—1970)之手。后者在《小说面面观》的最后一章中提出,伟大的小说有一种能够把作品从内部缝合在一起,使之产生美感并勾起读者回忆的力量。福斯特把这种力量称为"节奏",并把它界定为"重现加变化"。[2] 克莫德(Frank Kermode, 1919—　)后来从福斯特手里接过"节奏"这一概念,把它重新界定为"微妙的重复"。[3] 他认为节奏具有发射信号(暗示秘密)的功能;更重要的是,它暗示的是一种更大的存在。乍一看去,节奏的表现形式可能是一些琐碎而无关紧要的细节,可是一旦高水平的读者把握住这些细节的积累或组合方式,就会发现它们的意义陡然增殖,并且成为一种超越故事、具有震撼力的象征。

玛丽坐火车的细节就具备了发射信号的功能:它引导我们把目光从匆匆赶路的玛丽移向匆匆赶路的人群,从匆匆驶入曼彻斯特站台的列车转向匆匆奔上致富道路的"时代快车"。搭乘这辆快车的主要乘客是那些春风得意的卡森们——他们匆匆地敛财,匆匆地消费，匆匆地作乐①，甚至连复仇也是盲目加上匆忙。

为这"时代快车"提供理论依据的是麦考莱等人所描绘的"进步"神话。本书前言和前面几章都已经谈到，"进步"神话是19世纪英国社会的主流话语；在这一神话光环的笼罩下，淘金者们可以毫无顾忌地在致富道路上狂奔。

然而，"进步"车轮碾过之后，留下的是什么呢？

盖斯凯尔夫人最大的贡献，莫过于她对上述问题的回答。

一、"两个民族"之痛

"进步"车轮碾过之后，留下的是无尽的痛。最让人揪心的是"两个民族"这一怪胎。这一怪现象在迪斯累里笔下已经得到了生动的描述（见本书第一章），不过盖斯凯尔夫人对"两个民族"带来的痛苦有着更深切的体会。如果说迪斯累里是"发现"了"两个民族"，那么盖斯凯尔夫人则是从骨子里感受着其中的痛——她跟随身为牧师的丈夫长期生活在穷困的教区，常常配合丈夫做些慈善工作，并亲自护理穷苦的病人，因而有机会体验"黄金时代"广大工人群众的悲惨命运。就像蒂洛森和明托（William Minto）等人所说的那样，迪斯累里对自己笔下材料的了解"犹如一个旅行者对某个陌生国家的花草的了解"，而盖斯凯尔夫人则"像一位热情的博物学家，熟知自己所居住地区的一切植物"。[4] 确实，在感受19世纪英国社会贫富悬殊和工人阶级的悲惨生活方面，很少有人能超

---

① 小说第十八章中卡森的3个女儿有一段让人啼笑皆非的对话；从中我们了解到她们夜夜狂舞，到了白天则极不耐烦，恨不得马上天黑。她们甚至豪迈地宣称自己是在"用舞会改造世界"。出处同本章尾注1,p.238。

过《玛丽·巴顿》的作者。

"两个民族"之痛从小说男主人公约翰·巴顿(玛丽的父亲)的如下痛苦思索中,可见一斑:

> 约翰·巴顿一直没弄明白一件事儿。这位贫苦的纺织工人目睹自己的雇主从一幢房屋搬到另一幢房屋,每搬一次景况都要好过上一次,最后又建造了一幢豪华无比的房子。为了在乡村里买下房产,雇主可以从企业里抽走资金,或是干脆把自己的工厂给卖了。就在发生这一切的同时,约翰却始终得为了给自己的孩子挣面包而挣扎,而且是每况愈下:先是工资遭到削减,然后是打长工变为打短工,甚至连打短工的机会也越来越少。这一切实在让他心里纳闷,因为真正创造财富的明明是他和他的工友们![5]

约翰的雇主就是本章引言部分中提到的那个老卡森。他不仅房子越盖越豪华,而且家里的"摆设不惜工本"。[6] 跟他的豪宅相比,工人们的居所简直就是地狱。小说第六章中有一段关于约翰和威尔逊看望病中的达文波特的描写:他们刚走进达文波特一家居住的地窖时,"差点儿没让强烈的臭气给击倒";此时的达文波特已经奄奄一息,但是由于家里穷得连一张床都没有(家中甚至找不到一根柴、一口水、一块冷土豆),因此他不得不"躺在连一条狗都不会挑选的、又潮湿又发霉的稻草上";同样惨不忍睹的是,此时他的四个孩子正饿得"在湿漉漉的砖地上直打滚儿"。[7] 这样的惨状实在没法用任何"进步"学说去解释。

达文波特最后撒手人寰。他的死并非孤立现象——书中死于贫困的还有威尔逊的两个双胞胎儿子、玛格丽特的父母、约翰的母亲、妻子、妻妹（埃丝特）和儿子；约翰自己其实也是死于贫困。诚然，在这些人物中，有好几位直接的死因是疾病。然而，假如他们不是穷困潦倒，本来就不会因为体弱而遭受疾病侵袭，或者至少能够借助药品和营养而康复。例如，约翰的儿子就是在他失业的那几周内患上了猩红热的；医生的嘱咐是要加强营养，但是全家人连饭都吃不饱，只能眼睁睁地看着他离开人世。

盖斯凯尔夫人在描写上述惨状时，笔尖饱蘸着同情。传递这种深切同情的不仅有关于外部生活的细节描绘，而且还有关于人物心理的特写。约翰关于穷人和富人两极分化现象的思索（见本小节第二段中的引文）只是书中许许多多例子中的一个。另一个典型的例子是约翰丧子前后的感受，其中他对医生关于加强营养的嘱咐的感受只有两个单词："Mocking Words!"①言语虽短，却格外传神——约翰心中的痛苦、无奈和愤怒都已溢于言表。

在盖斯凯尔夫人笔下，穷人身上的痛和心中的痛跟富人的无病呻吟形成了强烈的对比。卡森的四个子女个个奢侈，又从奢侈中生出百般的无聊，不是夜夜狂舞（参见本章尾注1），就是抱怨命运对自己不公。例如，小女儿艾米（外号"奢侈小姐"）曾经因为父亲和哥哥起先不答应她花太多的钱买玫瑰花儿——稍稍便宜些的牡丹花儿和蒲公英根本够不上她的"审美"标准——而满肚子的委屈，并声称自己"没有鲜花和香气就活不下去了"。⁸ 这一插曲被安排在了小说的第六章，即描写达文波特惨死的那一章。该章的题

---

① 这两个英文单词的意思是"医生的话简直是在嘲弄人"。出处见本章尾注1，p.25。

目是"贫困与死亡",而这一章中又恰恰出现了"幸运儿"们在财富堆里醉生梦死的图景,其中的含义不可不察。

如果我们再往深处揣摩一下,就会发现这第六章还有一个隐藏着的题目(或者说有一个"亚文本"),即"富贵与死亡"。这一题目又有两层意思:一是财富导致了穷人的死亡,二是财富还导致了富人的死亡(醉生梦死的生活也是一种死亡)。两者又都是"进步"造的孽!

更耐人寻味的是,小说中还出现了富人在肉体意义上的死亡:小卡森在约翰的枪口下死于非命。小卡森的傲慢和残忍激怒了工会,因而后者选派约翰对他实行了秘密枪决。这在那个特定的政治和法律背景下构成了谋杀罪。西方评论界对这一情节颇多非议。例如,雷蒙德·威廉斯就认为枪杀事件与其说是盖斯凯尔夫人对现实的忠实记录,不如说是她"对暴力的恐惧心理的外化",因而"对整个主题所必需的、有机统一的情感结构具有破坏性效用"。[9] 然而,从对"进步"话语的质疑这一角度看,小卡森的死不但没有糟蹋小说的整体艺术效果,而且起到了强化贯穿于小说的反讽基调的效果:真正把小卡森送上西天的并不是约翰的那把枪,而是他自己以及他父亲的发财梦。

小说最后一章(除"尾声"之外)的题目是"与谋杀有关的细节",这其实是暗示读者从中找出枪杀事件的根本原因。老卡森在该章中的一段反省道出了问题的实质:

> 他审视起自己的欲望:他一直追逐着财富,追逐着社会地位,追逐着显赫的名声。他追逐到了,终于能跻身于商业王子之列了,可是他又眼见这些貌似实实在在的东西渐渐地化成

了泡影——它们本来就是幻影。泡影一个接着一个,最终都消失在了他儿子的坟墓之中。[10]

老卡森一辈子追逐财富,到头来反被财富所害;辈了以为抓住了"实在",却原来是拥抱了泡影。换言之,老卡森参与推动了"进步"车轮,却让它碾碎了儿子;他参与制造了"两个民族",却让自己掉进了这两个"民族"之间的鸿沟。

难道还有比这更具反讽意味的结局?难道这无助于表现小说的反"进步"话语主题?

二、不是政治经济学,胜过政治经济学

《玛丽·巴顿》的前言中有一句经常被引用的话:"我对政治经济学或贸易理论一窍不通。"[11]

许多史料表明,盖斯凯尔夫人实际上广泛阅读过政治经济学方面的书籍。正如林德纳所说的那样,从她的书信中可以看出她"在政治经济学领域里涉猎甚广";此外,"光是她的小说也表明她不仅对贸易理论有深刻而透彻的理解,而且还牢牢地把握了这些理论在社会实践中的运作方式"。[12]

那么,盖斯凯尔夫人为什么那样谦虚?或者说,她仅仅是在表示谦虚吗?

评论界对此作过种种解释,其中最流行的说法是:"盖斯凯尔的声明有一种道歉的功能,因为她作为一名女作家潜入了在19世纪被认为是属于男人们的领域。"[13]也有不少人干脆认为盖斯凯尔夫人确实不懂政治经济学。例如,卡扎米安就这样说过:"虽然她

(笔者按:指盖斯凯尔夫人)在撰写《玛丽·巴顿》以前读过亚当·斯密的理论,但是她并不适合建构有别于斯密理论的任何政治经济学理论,就像狄更斯不适合建构有别于李嘉图学说的任何理论一样。"[14]

笔者以为,盖斯凯尔夫人的那句声明与其说是表示谦虚,毋宁说是对当下流行的政治经济学的抗拒。我们知道,亚当·斯密(尽管他生活并写作于 18 世纪)和李嘉图的理论都可以被看作 19 世纪"进步"话语的中流砥柱。跟另一位古典经济学家马尔萨斯(李嘉图曾深受其影响)的学说一样,这些理论有一个共同的特点,即倾向于用抽象的概念和模式、可以量化的数据和指标来解释世界。这些理论也承认各种各样的社会问题,但是它们所推崇的对策却都明显地打上了机械思维模式的印记。玛丽·普维(Mary Poovey)曾经指出:"马尔萨斯的追随者们一贯把社会看成一个身体,其健康虽然时常受到各种疾病的威胁,但是只要利用立法的手段,就能药到病除;李嘉图的弟子们则坚持认为,社会好比一架机器,即便出现了短暂的故障,只要加上一些'调节器',就能加以修复。"[15]亚当·斯密也是一样。一个明显的例子是:他笔下的劳动者几乎全都是抽象的符号,我们无法从中知道他们的喜怒哀乐和七情六欲。他为社会开出的药方基于一个十分简单的逻辑:只要"诉诸(人们的)自利之心"即可,因为带有市场特征的"交换倾向受到自利心的鼓励,并导致劳动分工",而"分工是导致经济进步的唯一原因"。[16]对于这样的思维模式,盖斯凯尔夫人说自己一窍不通,意在拉开距离,更不无挖苦。

盖斯凯尔夫人对政治经济学的态度受到了她父亲史蒂文森(William Stevenson,1772—1829)的影响。后者曾经就"政治经济学家"这一话题发表过一些文章,并把"经济学家"界定为"那些认为只有市场机制才能最好地引导经济发展的人"。[17]史蒂文森并不认同这样的经济学家,因而不时地报以冷嘲热讽。斯通曼(Patsy Stoneman)曾经指出过布氏父女的共同立场:"跟她父亲一样,伊丽莎白·盖斯凯尔斩断了自己同'政治经济学'的联系,因为她相信驾驭社会关系的应该是人道的伦理观念,而不应该是盲目的市场力量。"[18]可见,盖斯凯尔夫人的真正用意是在小说正式开幕之前,就对当时披着"权威"光环的政治经济学提出挑战。

事实上,我们可以把《玛丽·巴顿》前言中的那句话看作小说接近尾声处老卡森和约伯·利之间那段对话的伏笔:

(约伯激动地指责工厂老板们见死不救)

卡森先生答道:"这只是你们这些人的一孔之见。眼下的情形难道是我们能够左右得了的吗?我们无法调节劳动力的供需状况。没有任何个人或团体能够改变市场需求。一切都得听天由命。如果我们的产品找不到市场,我们跟你们同样要受苦。

"你们没有受同样的苦。这一点我敢肯定,先生。虽然我对政治经济学不那么内行,但是我并非什么都不懂。我知道我的听力不灵,但是我可以用我的眼睛。我从来都没看到过工厂老板们因挨饿而消瘦,因挨饿而憔悴。我几乎没看到过他们的生活方式有多大的改变。虽然我不怀疑他们在困难时期不得不有所收敛,但是他们削减的只是装饰用品,而对像我这样的人来说,所削减的是维系我们生命的东西。

......

"不管怎么说,事实已经证明,而且每天都在证明,只要每个人都自食其力,自力更生,那情形就会好得多。"卡森先生若有所思地说。

"你永远不可能用事实来解决问题,就像你不可能用固定的数量来解决问题一样。你可以说只要有如此这般的两个事实,就会有如此这般的生产情况,可这全都是假设。上帝给了人感觉和情感,这些东西是不可能按照你的逻辑来推理的,因为它们永远处于千变万化的状态……让事实见鬼去吧!"[19]

老约伯在书中基本上是一个温和的形象。他乐天知命,非礼勿言。然而,就连他都喊出了"让事实见鬼去吧"这样激烈的言辞,这说明所谓的政治经济学——亦即"进步"话语——所依赖的"事实"已经到了让人忍无可忍的地步。老卡森此处已经成了古典政治经济学的化身。他头头是道地谈论着供求关系,谈论着市场规律,谈论着如此这般的事实,然而,他所遵循的逻辑排除了人类的良知、真诚的情感以及伦理道德等许多宝贵的东西。这样的逻辑看似非常理性,其实非常盲目——老卡森口口声声称自己尊重事实,却无视不到当时全英国最大的事实,即"两个民族"的存在。

上面那段引文中有一个细节值得琢磨:当老卡森强调事实已经证明每个人都必须自食其力时,他的神色显得"若有所思"。也就是说,老卡森并不是在存心诡辩,而是在认真地遵循着他所信奉的原则。老卡森跟《艰难时世》中的庞得贝一样,都属于"进步"话语中经常标榜的"自我成才"的企业家一类,但是他不像庞得贝那样言不由衷(庞得贝的个人奋斗神话有一半是谎言;详见本书第三章)。老卡森出身寒门,靠着"自我奋斗"爬上了事业的顶峰。可以肯定,他在跟老约伯辩论时想到了自己"自力更生"的经历。从书中的交代来看,他确实进行了艰苦的个人奋斗,而且获得了成功,然而这一事实掩盖了另一个更重要的事实:他是踩着别人的肩膀——甚至是鲜血——上了"进步"台阶的。当老卡森们对"自我奋斗"这类信条身体力行时,他们忘了思考一个问题:该怎样去自我奋斗?付出的代价是否值得?

老卡森"进步"了,成功了,可是他付出了什么样的代价呢?他造成了工人们的贫困和死亡,甚至把亲儿子也送上了绝路。

他最终迎来了什么呢?是工人们的仇恨,以及丧子的痛苦和悲哀。

老卡森在丧子之后仍然信誓旦旦地为他所信奉的政治经济学进行辩护,这样的安排可谓用心良苦:老卡森是"进步"话语的真诚实践者,因而也是"进步"话语的最大牺牲品。盖斯凯尔夫人借此向世人敲响了警钟:"进步"话语欺骗性极强,政治经济学可能让人变成瞎子——上引对话中老约伯"我可以用我的眼睛"一语暗指工具理性蒙蔽了老卡森的眼睛。

老约伯的眼睛为何没有受到蒙蔽?他的心灵又为何没有受到蒙蔽?因为他远离了老卡森所代表的政治经济学。

上引对话的后面紧接着这样一句关于老约伯的描述:"他凝视着对方,心里为自己找不到有力的词语而感到痛苦,然而他内心的情感却是强有力的,是清晰可辨的。"[20]这句描述意味深长:老约伯驾御词语的本领(亦即理性思维的能力)可能略有欠缺,但是他那真诚的情感却帮助他确切地把握了"两个民族"的问题所在,而擅长逻辑推理的老卡森以及他所代表的政治经济学却对"两个民族"的存在熟视无睹。这样的描述暗中刺中了古典政治经济学的软肋,同时向我们传递了一个重要信息,即理性在情感面前有时显得苍白无力。

书中还有不少具有相同用意的描述。例如,第二十五章中玛丽和威尔逊夫人(杰姆的母亲)对杰姆蒙冤一事的反应就值得我们深思:杰姆被指控犯了谋杀小卡森的罪行,几乎所有人都在不同程度上相信了这一指控,而只有玛丽和威尔逊夫人坚信杰姆是无辜的。那些想当然地认定杰姆有罪的人纯粹依赖于逻辑推理,而玛丽和威尔逊夫人则"不仅用头脑去推理,更多地是用心灵去爱"。[21] 整个事件后来真相大白:杰姆是清白的,玛丽和威尔逊夫人的判断是正确的,而那些过分依赖逻辑推理的人则犯了判断上的错误。通过这样的描述,盖斯凯尔夫人一次又一次地实现了对过分倚重理性的思想氛围的反拨。

确实,《玛丽·巴顿》全书都是对唯理性思维模式的反拨。通过这样的反拨,盖斯凯尔夫人解构了古典政治经济学赖以立足的基础。

同时,《玛丽·巴顿》是一次诊断意义上的成功实践。它诊断出了"两个民族"的病因,解释了"供求关系"和"市场需求"所无法解释的现实。正是在这一意义上,《玛丽·巴顿》胜过了当时的政治经济学。

三、约翰看橱窗

小说第六章"贫困与死亡"中有一段描写约翰·巴顿上街为工友达文波特买药时的情景:

第五章 "进步"车轮之下

大街上商铺林立,灯火通明。在这样的街道上行走本该是件赏心悦目的事情。在明亮的煤气灯光的映照下,橱窗里陈列的物品比白昼里更显得耀眼。在所有的商店中,药店看上去最像童话中描述的景象:从阿拉丁的庭院里那些神奇的果子,到迷人的萝莎蒙德所钟爱的紫色坛子,似乎都陈列在了橱窗里。然而,巴顿却没有这样的联想。他只感到了琳琅满目、灯火通明的商店跟昏暗的地窖之间的反差。世上居然存在着如此强烈的反差,这使他的心情变得很坏。[22]

此时的约翰刚从达文波特一家居住的地窖里出来,所以他感受到的贫富差别就更加明显。不过,这一段描写的意义超出了上文所分析的对"两个民族"的批判。

约翰看橱窗这一幕的情景是工业社会的一种特殊异化现象的生动写照。

橱窗内摆着琳琅满目的物品,橱窗外站着这些物品的生产者。两者本来应该属于同一个世界。约翰和他的工友们创造了橱窗内的商品,由他们来享用这些商品本来是天经地义的。然而,此时的约翰囊中羞涩,靠变卖生活必需品换来的几个小钱必须用来为生命垂危的达文波特买药。即便是在平时,约翰和工友们也跟橱窗内绝大多数的商品无缘;书中曾多次提到,他们常常忍饥挨饿,如果有那么一点儿工资,也只能像《资本论》中所说的那样,"仅够满足绝对必要的生活需要"而已。[23]也就是说,橱窗就像一道壁垒,把创造物和创造者无情地分割了开来。用马克思关于异化的观点来分析,我们在此看到的是主体与客体的分离和错位:原本该为主体服务的客体不但游离于主体,而且反过来嘲弄了主体。

林德纳不久前从商品文化的角度对约翰看橱窗这一情景作了精到的分析。引起林德纳重视的是，琳琅满目的橱窗未能激发约翰的消费欲望。这一细节跟安德鲁·米勒（Andrew H. Miller, 1964— ）的一个重要观点发生了龃龉。米勒在论述商品文化和维多利亚小说的关系时强调，商店橱窗对消费者的想象力有着巨大的刺激效用。更具体地说，随着商品文化的兴起，橱窗在维多利亚公共意识中占据了新的位置，成了集体想象中的一种新触媒，即激发"形形色色的消费幻想，使人们对想象中所占有的物品产生一种感官上的体验"。[24] 根据米勒的观点，由于商店橱窗是用来勾引消费欲望的，因此它们应该被看作消费主义的起点。然而，林德纳发现，作为消费主义起点的商店橱窗并没有对约翰发生作用，或者说发生了另一种意义上的作用：

> 作为消费主义的起点，商店橱窗代表了一个奇特而陌生的世界。约翰·巴顿和小说中广大的劳动群体被一而再、再而三地排除在这个世界之外。对于橱窗所属的世界，巴顿只有隔窗张望的缘分，而永远都没有充分进入的缘分。类似的情景在盖斯凯尔的作品中比比皆是。[25]

换言之，盖斯凯尔夫人笔下的橱窗具有一种不同于米勒所说的功能。

林德纳指出，米勒认为商店橱窗有一种塑造功能，即要求观看者为自己建立"消费者"这一社会身份——就像拉康"镜像说"中的幼儿通过注视镜子来塑造"自我"身份那样，"消费者"的身份是通过注视橱窗来建构的。然而，在盖斯凯尔夫人的笔下，橱窗观看者

与消费品同化的塑造过程断裂了。林德纳对此作了如下精彩的论述:

> 面对琳琅满目的橱窗,约翰·巴顿无法辨认自己的映像,无法建立起消费者的身份。他无法把自己跟橱窗里(以及通过橱窗)陈列的东西同化:商品不对他"言说"。橱窗没有成为充满消费主义物质符号的文化场所。相反,对巴顿以及整部小说来说,橱窗成了一个空洞的符号,一个错位的能指,一个脱离了意义的能指,一个属于排斥他、躲避他的文化话语的能指。[26]

在以上分析的基础上,林德纳提出了这样一个问题:消费幻想为何缺席? 他的回答是:

> 恰恰是因为盖斯凯尔遵循了19世纪工业小说的传统,因为她把自己的小说置于以市场经济为特点的工业社会的边缘,而不是它的中心——因为她的叙述没有被吸入托马斯·卡莱尔所说的"现金联结"的旋涡(这一比喻已经成为名言)——所以消费幻想停留在了巴顿的想象范围之外,停留在了小说关于人生体验的记载之外。[27]

虽然林德纳关于消费幻想在约翰·巴顿身上缺席的分析十分精辟,但是此处他却犯了一个错误:他把"巴顿的想象范围"和盖斯凯尔笔下"小说关于人生体验的记载"这两个概念混淆了。诚然,穷困潦倒的巴顿们不会有米勒所说的那种消费奢望,可是消费主义的倾向在《玛丽·巴顿》中的其他阶层中时有体现。本章第一小节中提到,卡森的几个女儿夜夜狂舞(这也是一种消费),"奢侈小姐"艾米还把玫瑰花儿作为必需品来消费,这些例子就足以证明:消费幻想在盖斯凯尔笔下的世界里并非没有市场。

林德纳其实只分析了约翰第二次看橱窗的情景。早在达文波特病倒之前,约翰还有过另一次看橱窗的情景。那是在他唯一的儿子患上猩红热之后:他曾眼睁睁地"站在一家橱窗里放满了奢侈食物的商店面前",却买不起任何能够填饱自己和家人肚子的食物,更不用说遵照医嘱为孩子买营养品;正当他盯着橱窗一筹莫展的时候,商店里忽然走出了他先前的老板娘亨特夫人,此时她已经"购买了一大堆用于宴会的东西"。[28]可见,虽然橱窗对约翰来说只是一个空洞的符号和错位的能指,但对书中的富人来说,橱窗仍然是消费主义的起点。

事实上,约翰看橱窗这一幕情景只有在跟富人圈子里物欲横流现象加以对比的时候,才能得到比较充分的理解。前文分析中已经提到,约翰看橱窗一幕是商品社会中异化现象的缩影:作为客体的商品隔着橱窗嘲弄了作为主体的约翰。如果我们结合上下文进一步加以审视,就会发现客体不仅嘲弄了主体,而且伤害了主体——橱窗里的商品跟他们的生产者发生了离异,成了不劳而获者的消费对象,而这种消费往往是以伤害生产者为前提的。

小卡森勾引玛丽的方式和后果就是一例。小卡森是消费浪潮中的急先锋:他不仅对吃穿十分讲究,而且在寻花问柳方面不惜代价;他贪图玛丽的美色,几乎每天都要骑着马(骑马本身是一种高消费)去玛丽上班的路上等候,"以便及时让可爱的玛丽·巴顿看上自己一眼,甚至讨她一个笑容"。[29]为了接近玛丽,他给了充当引线人的莎莉大把大把的赏钱。他在向玛丽求婚——他本来根本不打算跟玛丽结婚，只是在屡遭拒绝后才不情愿地用婚姻作诱饵——时的许诺也打上了高消费的烙印："凡是能用钱买到的奢侈品，我都会给你。"[30]由此可见，小卡森向玛丽"求爱"的方式是靠消费主义语境得以维系的。凭着他"高贵"的出身，他无须劳动就占有了大量的奢侈品/商品，并借此向玛丽射出了丘比特的黄金之箭。

从小卡森向玛丽"求爱"的过程中，我们可以看到商品异化的轨迹：商品出自以约翰为代表的生产者之手，却反过来伤害或威胁着生产者——小卡森凭借高消费和奢侈品频频向玛丽发起进攻，并险些使她落入圈套（玛丽曾经向往过贵妇人的生活），这实际上是对作为商品创造者的约翰的极大伤害；对于爱女儿胜过爱自己生命的约翰来说，小卡森依赖商品发出的威胁意味着致命的打击。

从某种意义上说，《玛丽·巴顿》全书就像一个大橱窗。它向我们展示了在工业环境下，穷苦工人的劳动——生产商品的劳动——是怎样变成一种异己的活动的。这种异化现象是前文中所说的"进步"车轮飞速运转的必然结果。

注释：

1 Elizabeth Gaskell, *Mary Barton*, Oxford and New York: Oxford University Press, 1987, p. 332.

2 福斯特：《小说面面观》，苏炳汉译，花城出版社1984年版，第150页。

3 Frank Kermode, *The Genesis of Secrecy*, Cambridge, Massachusetts and London: Harvard University Press, 1979, p. 55.

4 Kathleen Tillotson, *Novels of the Eighteen-Forties*, p. 208.

5 同注1,p.23。

6 同上,pp.74—75。

7 同上,pp.65—69。

8 同上,p.78。

9 Raymond Williams, *Culture and Society: 1780—1950*, p. 90.

10 同注1,p.448。

11 同上,p. xxxvi。

12 Christoph Lindner, *Fictions of Commodity Culture: From the Victorian to the Postmodern*, Hampshire: Ashgate Publishing Limited, 2003, p. 19.

13 同上。

14 Louis Cazamian, *The Social Novel in England 1830—1850*, p. 214.

15 Mary Poovey, *Making a Social Body: British Cultural Formation, 1830—1864*, Chicago: University of Chicago Press, 1995, p. 132.

16 亚当·斯密:《国民财富的原因和性质的研究》,第5—15页。

17 转引自 Patsy Stoneman, *Elizabeth Gaskell*, Sussex: The Harvest Press, 1987, pp. 68—69。

18 Patsy Stoneman,出处同上。

19 同注1,pp.453—455。

20 同上,p.455。

21 同上,p.326。

22 同上,p.70。

23 马克思:《资本论》第1卷第24章,载《马克思恩格斯选集》第二卷,人民出版社1972年版,第233页。

24 Andrew H. Miller, *Novels Behind Glass: Commodity Culture and Victorian Narrative*, Cambridge: Cambridge University Press, 1995, pp. 1—2.

25 同注 12,p. 21。
26 同上,pp. 21—22。
27 同上,p. 22。
28 同注 1,p. 25。
29 同上,p. 79。
30 同上,p. 160。

第六章 "进步"浪潮中的商品泡沫

——《名利场》的启示

第六章 "进步"浪潮中的商品泡沫

萨克雷(William Makepeace Thackeray,1811—1863)的名著《名利场》(*Vanity Fair*,1847—1848)就像取之不尽、用之不竭的矿床,不断地为批评家们提供着新的矿藏。新近备受关注的一条矿脉是小说中新兴商品文化的再现。

克里斯托弗·林德纳和安德鲁·米勒是从商品文化的角度对《名利场》作出最为精辟的分析的两位学者。米勒在《透视橱窗的小说:商品文化和维多利亚叙事文学》(*Novels Behind Glass: Commodity Culture and Victorian Narrative*,1995)一书中卓有成效地剖析了萨克雷所捕捉到的一个社会现实,即新兴的工业化社会中人类的物质环境被简化成了商品环境。林德纳在米勒所做工作的基础上,对《名利场》再现维多利亚社会消费主义倾向的方式进行了探讨,并对小说所采用的再现方式的原因进行了考察。林德纳不无道理地指出,萨克雷笔下的世界"被商品所造成的幻觉给主宰了"。[1] 在林德纳的有关论述中,最引人注目的是他关于萨克雷和卢卡奇(Georg Lukács,1885—1971)的比较。在他看来,萨克雷恰好做了卢卡契没有做的工作。我们知道,卢卡契在分析工业社会中人类主体的物化现象方面作出了杰出的贡献。林德纳赞赏卢卡契的贡献,然而他认为后者离本来应该做的工作"恰恰差了一步,即未能用生动的语汇精确地展示异化以及异化以后的状态",而"萨克雷的作品刚好为卢卡契笔下物化了的人类主体添加了一副面孔和一个肉身"。[2]

虽然林德纳对《名利场》的分析可谓鞭辟入里,但是他的论述有两个缺陷。

其一,萨克雷在对新兴的商品文化作出回应的同时,对与之相伴而行的"进步"潮流进行了质疑;林德纳未能把两者放在一起加以审视，因而未能对小说中"进步"话语跟商品文化之间的联系作出解读。

其二，林德纳把研究的焦点放在了乔瑟夫·赛特笠（即乔斯）身上，而在分析被商品物化了的人物的症状时几乎未提利蓓加。虽然小说副标题是《没有英雄的小说》①，但是以人们通常所说的"反英雄"人物的标准来衡量，利蓓加仍然算得上全书的主角，因而她所折射出来的商品文化现象值得重视。

有鉴于此，本章将从小说中对"进步"话语的质疑入手，进而对利蓓加以及其他诸多人物被商品物化的症状作一诊断，以期比较全面地评价《名利场》所展现的商品文化图景。

一、对"进步"话语的质疑

在质疑维多利亚时期的主流话语——"进步叙述"（Progress Narrative）——方面，萨克雷丝毫不亚于前几章所讨论的迪斯累里、狄更斯和盖斯凯尔夫人。

如杨绛女士所说，《名利场》问世之时，正值英国空前强盛之际：此时的英国"成了强大的工业国，扩大了殖民地，加速了资本主义的发展"。[3] 这一形势助长了当时披着"正史"光环的"进步"神话的气势——麦考莱的《英国史》②成了当时的第一畅销书，这一事

---

① 英文原文是"A Novel Without a Hero"。该副标题为双关语，其另一层含义为"没有主角的小说"。
② 全称为《詹姆斯二世即位以来的英国史》（*The History of England from the Accession of James the Second*），其中宣称"英国的历史绝对是一部进步史"；详见本书前言部分第八段至第十段。

实本身就是很好的见证。然而,这种"进步"的实质究竟是什么?它的代价又是什么?这些问题所隐含的焦虑不仅弥漫于本书前几章所论述的迪斯累里、狄更斯和盖斯凯尔夫人的小说中,而且萦绕着萨克雷的笔尖。

根据笔者粗略的回忆,"进步"(progress)字眼在《名利场》至少出现了六次,而其同义词(如"advancement"等)以及体现其含义的事件和场景则不计其数。

"进步"一词被直接用来修饰利蓓加——她是萨克雷所创造的最鲜活的人物,这已经成了国内外批评界的一个基本共识①——只有一次,可是这一次的用法极妙:第六十五章中谈到了利蓓加的"堕落的经过"(the history of her downward progress)。⁴ 此处笔者借用了杨必女士的译文。应该说,该译文没有错,但它未能逃出翻译学中常常论及的"文化亏损"怪圈。虽然英文原文"downward progress"的确是"堕落"的意思,但是明眼人不可能不读出"progress"本身所具有的意思——它通常的意思是"进步"。加上跟它搭配的"history"一词,这段话分明又可以作"进步史"解。从这模棱两可的词语之间,我们不难窥见萨克雷的良苦用心:假如利蓓加的堕落史可以被说成是进步史,那么窃据维多利亚主流话语地位的进步史又未尝不能被看作一部堕落史?

确实,利蓓加从头至尾都算得上"进步"的化身——她的一生是追求"进步"的一生。用她丈夫罗登的话说,她把毕生精力都用

---

① 特罗洛普(Anthony Trollope)关于利蓓加的下列评论已经被广为传播和接受:"如今我们一谈起《名利场》,我们的思绪就总是不断地转向利蓓加。她已经跻身于世界小说之林,是我们的经典人物之一。"——转引自 K. C. Phillipps, *The Language of Thackeray*, London: André Deutsch Limited, 1978, p. 51。

来追求一个目标,即"出人头地"(advancement in the world)。[5] 跟书中其他主要人物相比,她能用来实现远大抱负的物质资源实在少得可怜:她从小父母双亡,身无分文,所能依靠的只有几分姿色和骗人的伎俩——当然还有她那铁石心肠。关于她如何依靠色相以及两面三刀的骗术赚取钱财,攀龙附凤,学术界已经有不少评论,而且几乎没有分歧。至于她心狠手辣的程度,评论家们在下结论时往往举棋不定。例如,小说末尾的种种迹象表明,利蓓加为了独吞乔斯的家产而对后者下了毒手,但是由于萨克雷没有以全知视角来直接挑明乔斯的死因,大多数评论家都满足于点到为止,或是赞扬一下萨克雷在采用有限视角方面的功夫,或是援引一下一个广为流传的故事——曾经有读者当面问萨克雷:"利蓓加是否杀死了乔斯?"萨克雷含着微笑回答道:"我不知道。"[6] 然而,若是回避这一问题,我们就无法说明利蓓加在"进步"道路上究竟走了多远。

那么,利蓓加究竟有没有杀死乔斯呢?

杨绛女士曾经发表过这样的见解:

>……萨克雷写人物还有不够真实的地方。譬如利蓓加是他写得非常成功的人物,但是他似乎把她写得太坏些。何必在故事末尾暗示她谋杀了乔斯呢?照萨克雷一路写来,利蓓加心计很工巧,但不是个凶悍泼辣的妇人,所以她尽管不择手段,不大可能使出凶辣的手段来谋财害命。萨克雷虽然只是在暗示,没有肯定她谋杀,可是在这一点上,萨克雷好像因为憎恶了利蓓加这种人,把她描写得太坏,以至不合她的性格了。

>……利蓓加是个心肠冷酷的人,但也不是全无心肠……[7]

笔者同意利蓓加"不是个凶悍泼辣的妇人"这一说法，但是谋财害命的并非都显现出凶悍泼辣。依笔者之见，利蓓加行凶不仅和小说的"进步"主题并行不悖，而且符合利蓓加那"进步"性格的发展逻辑。且不说批评家们已经注意到的两个疑点①，利蓓加的全部所作所为都为她最后的谋杀行为作了铺垫。

利蓓加在出场后不久，便有一个惊人之举：在离开平克顿女子学校时，她出人意料地把吉米玛小姐临行前送给她的词典从马车窗口扔了回去。虽然萨克雷对吉米玛小姐着墨不多，但是从第一章中的叙述来推测，我们完全可以认定她是一位善良的女士；她是冒着得罪自己的姐姐——校长平克顿小姐——的风险而偷偷地把书送给利蓓加的。我们还可以作进一步的推测：吉米玛小姐平时一定非常关照利蓓加，而且是在违背平克顿小姐的意志的情况下这样做的（平克顿小姐主动吩咐吉米玛小姐把词典送给爱米丽亚，而不准她把词典也送给利蓓加，这是明显的歧视；而且从此事前后平克顿小姐对利蓓加的态度和评论来判断，她对后者的歧视已经持续了好长一段时间）。对于利蓓加这样一个机灵的姑娘（所有人物中数她最机灵）来说，吉米玛小姐和平克顿小姐之间的反差不可能逃过她的眼睛和感受。照理她应该对吉米玛小姐心存感激才对，可是她却干出了忘恩负义的事情：吉米玛小姐冒风险送词典给她实属不易；利蓓加扔回词典不但会使吉米玛小姐十分伤心，而且

---

① 这两个疑点是：1）人寿保险公司方面对乔斯的死因曾经表示过极大的怀疑，并拒绝付款；2）利蓓加赖以制服保险公司的三个律师的名字刚好跟当时在英国臭名昭著的三个真实人物的名字相同：伯克（Burke）、德脱尔（John Thurtell）和海斯（Catherine Hayes）。这三个人都是杀人犯，其中德脱尔于 1824 年被绞刑处死。——参见 John Sutherland, "Introduction", in *Vanity Fair*, Oxford/New York：Oxford University Press, 1983, pp. xx—xxi。

还会置她于十分不利的境地——平克顿小姐必然会怪罪于她。当然,利蓓加主要是为了发泄对平克顿小姐的怨恨,但是她不应该全然不顾吉米玛小姐的感情和处境。只有心肠狠毒的人才会这样不地道。

利蓓加扔词典还标志着她在"进步"道路上的第一次变脸。前文提到,利蓓加的终身目标是出人头地——"进步"对于她意味着攀爬社会阶梯。在这爬行的过程中,她可谓能屈能伸,需要别人时格外柔顺,不需要时则过河拆桥。利蓓加在进平克顿女子学校之前,曾经在平克顿小姐面前百般伪装自己,以致后者"真心以为她是天下最驯良的小女孩儿"。[8] 她还博得了吉米玛小姐的特别关爱——吉米玛"给她的糕饼和糖浆够三个孩子吃的",[9] 想必她平时在吉米玛小姐跟前十分乖巧。然而,当她离开学校时,她已经不再需要吉米玛小姐的关照,而且等待着她的是一次往上爬——"进步"——的机会:她将去爱米丽亚家做客,而后者的财富、地位和社会关系都给了她可乘之机。此时的吉米玛小姐已经毫无利用的价值,所以利蓓加毫无顾忌地对她翻了脸。

这第一次变脸,跟她后来无数次翻脸不认人的做派同出一辙。进了爱米丽亚家门以后,利蓓加为了博得主人一家的好感,尤其是为了引爱米丽亚的哥哥乔斯上钩(她一心想嫁给乔斯,其实只是看中了他和他家的钱财),时时处处表现出一副谦卑的模样,连观察力一向迟钝的爱米丽亚都"惊奇地发现,她的朋友突然变得温顺了许多"。[10] 不久,利蓓加去毕脱·克劳莱爵士家做家庭女教师。由于克劳莱爵士家社会地位更高,因此她一下子又变得神气起来;她觉得自己"现在进了好人家的门,接触的都是有身份的上等人,比不得她刚刚离开的勒塞尔广场上的那家子(笔者按:指爱米丽亚一家)那么低三下四了"。[11]后来爱米丽亚的父亲老赛特笠破产,全家落难,利蓓加于是对爱米丽亚摆出了一副降尊纡贵的架子,甚至还和爱米丽亚的丈夫乔治·奥斯本调情,这对爱米丽亚无异于雪上加霜。爱米丽亚对她有过许多恩惠,而且是她最慷慨、最忠实的朋友,可见利蓓加心肠之狠。

有了"更上一层楼"的机会之后,利蓓加又做出了对不起克劳莱爵士一家的事情。她虽然如愿嫁给了毕脱·克劳莱之子罗登,但很快又和斯丹恩侯爵勾搭成奸,其原因是后者比克劳莱爵士一家更有钱,地位更高。罗登固然是个无赖,对利蓓加却是忠心不二,因此利蓓加对他的背叛也算得上一次狠心的"变脸"。

利蓓加最后又让乔斯钻进了自己的陷阱。虽然乔斯在地位上不及克劳莱爵士一家和斯丹恩侯爵,但是她能在未跟罗登离婚的情况下就占有乔斯(连同他的财产),这对她来说又是一次"进步"——至少在财富的意义上是如此。

在上述几次大的事件之间,利蓓加还有过无数次钱财上的"进步",其中最常见的形式是靠赊账赖钱。从衣帽商到珠宝商,从旅馆老板到出租马车的生意人,都被她赖过账,就连她儿子的奶妈的工钱也被赖掉了。如书中所述,她的这种"进步"方式"不知害得多少人家倾家荡产"。[12]如果利蓓加还有半点儿善良心肠,她就不会经常干出这等伤天害理的勾当。

可是她就这样干着,一直干到了最后——乔斯之死她逃脱不了干系。书中还有一处泄露了"天机":乔斯临死之前曾经向书中另一位人物都宾表示,愿意逃离利蓓加,但是同时又央求都宾不要向利蓓加透露半点风声。乔斯还说明了上述请求的原因:"她——她知道了准会把我杀死。你不知道她是个多么可怕的女人!"[13]此前,都宾还注意到乔斯一说起利蓓加就"战战兢兢"。[14]此时的乔斯与利蓓加已经同居多时,对她的本性和凶残肯定多所领教,不然他不会对她如此惧怕。

也就是说,在节节"进步"之后,利蓓加对乔斯狠下毒手实乃顺理成章。诚如杨绛女士所言,萨克雷只是暗示了利蓓加有杀人的嫌疑,然而仅仅这暗示就足以让利蓓加永世洗不清嫌疑,而且我们不应该指责萨克雷给出了这样的暗示——利蓓加演变成杀人犯是"进步"的逻辑。假如萨克雷没有这样做,反倒会显得他对"进步"话语质疑不力。

利蓓加的"进步"并非孤立现象。在名利场中,可以跟利蓓加"媲美"的大有人在。别德·克劳莱太太就是其中的一个。她和罗登展开过一场争宠大战——争的是接近富婆克劳莱小姐(罗登是她的侄子,别德·克劳莱太太则是她的妯娌)的机会,图的是她身后的遗产。罗登本来最受克劳莱小姐偏爱,但由于他跟利蓓加的婚姻冒犯了她,因此别德·克劳莱太太借机抢占了亲近克劳莱小姐的位置。下面是别德·克劳莱太太为巩固战果而作的努力:

> 要弃邪归正,第一步先得憎恨罪恶,因此别德·克劳莱太太竭力使大姑明白罗登·克劳莱种种行为实在是罪大恶极。罗登的罪过经他婶娘一数一理,真是长长一大串,即使给联队里所有的年轻军官分担,也足够叫他们都受处分。[15]

引文中"弃邪归正"的英文原文是"a progress towards virtue"。此处萨克雷又直接用了"进步"(progress)一词,而且用得绝妙!别德·克劳莱太太把罗登得宠(也就是获得财产)视为"邪",把她自己得宠视为"正",这样的心理活动和思维方法实在是中了"进步"话语的邪。换言之,萨克雷一语点出了"进步"话语的实质:所谓的"朝美德进步"(上引英文的直译)原来是"朝财富进步"。在这种体现混乱价值观的"进步"逻辑的驱使下,别德·克劳莱太太完全失去了自知之明,保有的只是谄媚和诽谤双管齐下的本领——她一方面对克劳莱小姐阿谀奉承,另一方面则对罗登极尽恶意中伤之能事。顺便提一句:这个人物写得非常活;"进步"话语一天不死,她的噪音就一天不息。

"进步"一词还被直接用来修饰了毕脱爵士、蓓翠·霍洛克斯和乔杰等人物。

毕脱爵士(罗登的哥哥,与其父毕脱·克劳莱爵士同名)在诸多"进步人士"中是一个幸运儿:由于罗登和别德·克劳莱太太的争宠大战致使两败俱伤,克劳莱小姐的财产最后落到了他的手里,可谓鹬蚌相争,渔人得利。跟周围的许多人一样,毕脱爵士在"进步"的道路上总是显得急不可耐。最典型的例子发生在他父亲的丧葬期:老头子尸骨未寒,照理他应该一心一意地治丧,可是他却忙不迭地"筹划起跟他未来的进步和尊严有关的事物"。[16] 此处的"进步"当然指他的名利和地位。

蓓翠·霍洛克斯(外号为"缎带姑娘")是老毕脱家佣人头儿的女儿。她本来地位十分低下,连见了做小买卖的还得称他们为"先生",可是她凭借跟老头子鬼混的关系,俨然"成了女王的克劳莱大厦的管家娘子,对佣人们神气活现,而且非常苛刻";她甚至突然富得让人眼红,在银行"立了存折",并"把佣人们公用的小马车霸占过来,独自坐着上教堂做礼拜。家里佣人有不中她的意的都歇了生意"。[17] 萨克雷在开始描写这一过程时,有一点睛之笔:"这缎带姑娘一朝发迹的经过,使区里的人和家里的人都觉得骇然。"[18]此处"一朝发迹"的原文是"the rise and progress",其间"进步"一词赫然在目。在这特定的上下文中,"进步"的意思已经不言自喻。需要强调的是,蓓翠·霍洛克斯"进步"的速度奇快。且不说她在毕脱家中实际地位的迅速转变,即使她改变身份/名号的速度也耐人寻味:在老头子还未认真地考虑娶她做填房之前,她就已经"吩咐所有的下人都称她为'太太'或'夫人'"。[19]本书前面已经多次指出,跟维多利亚时期有关"进步"的宏大叙述同时蔓延的是一种近乎病态的速度意识。萨克雷刻画出的霍洛克斯小姐这一形象,实际上是对以盲目追求速度为核心内容的"进步"话语的辛辣讽刺。

另一个"进步"速度的化身是乔杰(爱米丽亚之子)。下面这段引文描述他在一家贵族学校念书的情况,其中"进步"一词连续出现了两次:

> 乔杰在这位熟谙百门学科、口若悬河的大师手下吸收学问,其进展究竟如何呢?从他每个星期带回给祖父的成绩单来看,他的进步非常显著。成绩单上印着二十多种精品课程的名称,学生在每门功课所取得的进步都由教师亲手标出。[20]

乔杰"进步"的直接原因是他爷爷老奥斯本对他的打造。此时的老奥斯本已经腰缠万贯,踌躇满志,一心指望孙儿尽快地继承他的荣华富贵。用他常挂在嘴边的一句话说,就是"把小家伙造就成一位绅士"。[21]望"孙"成龙的急切程度从乔杰"进步"的速度中可见一斑:每个星期都有一份成绩单,而且上面有20多种课程的成绩;更神奇的是那位教师竟"熟谙百门学科"——其中的真伪暂且不论,老奥斯本那荒唐的期望却由此得到了反映。小说第五十六章全部讲的是乔杰"进步"的故事(该章的标题是《乔杰被造就成了一位绅士》)。除了送乔杰上贵族学校之外,老奥斯本还在穿着打扮上助他迅速"成长"。书中两次提到,还不到11岁的小乔杰在穿戴上"活像个成年人"和"小成人"。[22] 这样的"进步"还意味着穷奢极欲——老奥斯本一家住在霍尔朋,但是为了给乔杰做衣服,他特地从伦敦请来了名裁缝,并且命令他不惜工本,做成了"花哨的裤子、花哨的背心、花哨的上衣,而且数量之多,足可供整个学校的花花公子们穿用"。[23]

乔杰的特殊"进步"形式与利蓓加的状况形成了呼应。据利蓓加自己介绍,"她从来就没有过童年,从八岁起就是个成年妇人了"。[24]

乔杰和利蓓加的情形跟《董贝父子》中小保罗和伊迪丝的情形颇为相似:小保罗出生才48分钟,董贝就迫不及待地构筑起跟儿子共图大业的宏伟计划,并且连续三次称眼睛都张不开的幼子为"小绅士";至于伊迪丝,她和利蓓加一样,"生下来便是个成熟的女人"(见本书第二章第二节)。萨克雷和狄更斯的"不约而同"令人深思:以"少年老成"为特征之一的超常规"进步"在维多利亚时期恐怕已经不是罕见的现象。

细细推究,我们就会发现利蓓加身上的几乎每一个"进步"特征都不是偶然的现象。除了前面所作的对比以外,还有一点非提不可:利蓓加过河拆桥的本领也是无独有偶——老奥斯本就可以看作利蓓加的陪衬。在发迹之前,老奥斯本曾经受过赛特笠的栽培和许多恩惠,但是在赛特笠破产之后,向他逼债逼得最凶、言语最狠毒、态度最轻蔑的恰恰是老奥斯本。不少批评家认为赛特笠和老奥斯本刚好代表了新旧两代商人的特点,如麦克马斯特就提出过这样的观点:"赛特笠代表了诚实的旧商人,而奥斯本则代表了精明而残忍的新商人,两者之间完成了新旧商业理念的转型。"[25] 笔者以为,这话只说对了一半:赛特笠并不诚实,因为他在破产前后一直干着投机买卖,一次还通过都宾之手把大量的劣等酒充作名酒转卖了出去[26];不过,以奥斯本为代表的新一代商人确实比赛特笠等旧商人更加奸猾,更加残忍。其间的区别又该怎么解释呢?我们不妨从"进步"速度的变化中去寻找一下原因。随着"进步"节奏的加快,奥斯本们已经顾不上任何遮掩,就如《共产党宣言》中所说,一切"温情脉脉的面纱"都已经被撕去,"人和人之间除了赤裸裸的利害关系,除了冷酷无情的'现金交易',就再也没有任何别的联系了"。[27]

以上分析足以表明,萨克雷笔下的世界已经被淹没在汹涌的"进步"波涛之中。我们还可以看见,在这波涛的表面,不时地翻腾着一堆堆商品文化的泡沫,这也是本章第二节要探讨的话题。

二、商品文化的侵蚀

前一小节其实已经给了这样的暗示:"进步"浪潮中常常有商品文化/消费主义倾向的插曲,如利蓓加赊账赖钱的行为,以及小乔杰奢华的穿着,等等。

林德纳的下面这段话有助于我们从商品文化的角度理解《名利场》的意义:

……萨克雷记录了对新兴商品文化的矛盾心态……萨克

雷所描述的19世纪英国社会是一个围绕物品的流通和消费而组织起来的世界——在这个世界里，客体的品质和主体的品质可以自由地交换；产生欲望并激起想象力的是商品，而不是商品背后的人。简而言之，《名利场》展示了商品如何通过其对社会的腐蚀作用，使人变成了消费主义的奴隶——变成了性情乖僻、极度虚荣、崇拜物质的奴隶。通过这种展示，小说表达了对下述情形的一种揪心的焦虑：商品具有一种摧毁人的神经的力量，一种引诱社会想象力的力量，一种对社会想象力施放催眠术的力量。[28]

商品激发人的消费欲望，进而使人物化，而且是大规模的物化，这是人类社会发展到19世纪后演绎的新悲剧。这一新悲剧的特点是全社会的想象力在商品崇拜的风气面前瘫痪了——人的想象领域成了商品的殖民地。《名利场》在展现这一悲剧方面功不可没，而林德纳在肯定这一功绩方面是迄今为止做得最为出色的批评家。在他所做的工作中，最令人回味的是对乔斯这一人物的分析，而其中又以对下面这段情景的分析最有见地：

> 两个姑娘进门的时候，一个肥胖臃肿的人正在壁炉旁边看报。他穿着鹿皮裤子，统上有流苏的靴子，围着好几条宽大的领巾，几乎直耸到鼻子；上身是红条子的背心，苹果绿的外衣，上面的铁扣子差不多有半喀郎银元那么大。这一套打扮，正是当年花花公子时行的晨装。他看见女孩子们进来，从安乐椅里直跳起来，满面通红，恨不得把整个脸儿缩到领巾里面去。[29]

这是乔斯初次露面时的场景。林德纳的敏锐目光捕捉到了这样一个反差：乔斯的装束打扮被敷以浓墨重彩，而他本人的模样（除肥胖臃肿以外）却几乎没有得到描述。一般来说，小说人物出场时总要被叙述者/读者打量一番（19世纪的小说尤其如此），然而林德纳发现，此处叙述者对乔斯的打量恰恰因为没有被打量的那一部分而格外有意蕴。也就是说，此处无"形"胜有"形"——本来在场的首先应该是人物本身的音容笑貌，可是这些都缺席了，或者说被象征商品文化的衣装给淹没了。用林德纳的原话说，"商品抢了乔斯的戏"。[30] 不过，越是被抢了戏的，越显得突出——我们越是要问："人"为什么缺席了？"物"又为什么如此张扬？

虽然林德纳对乔斯及其被物化的特征作了透辟的分析，但是他把聚焦放在乔斯身上容易产生一个错觉，好像书中最典型的商品奴隶是乔斯似的。在笔者看来，乔斯固然是被商品异化的典型例子之一，然而利蓓加在这方面有过之而无不及。换言之，要充分了解萨克雷对商品文化的回应，首先应该从利蓓加谈起。

作为书中最主要的"反英雄"角色，利蓓加在乔斯出场之前就拥抱了商品文化。上面有关乔斯初次露面的那段引文中的"两个姑娘"之一就是利蓓加。在她见到乔斯之前，她的物欲已经受到了撩拨——爱米丽亚曾经向她展示自己家中的各种物品（其实都是购置来的商品）：

(爱米丽亚)带着利蓓加参观家里每一间屋子，又打开抽屉把一样样东西翻出来给她瞧。她的书、钢琴、衣服、项链、别针、花边，还有各种小玩意儿，没有漏掉一样。她拿出一只璁玉戒指，一只水晶戒指，一件短条子花纹的漂亮纱衣服，逼着利蓓加收下来。她说这件衣服她穿不了,利蓓加穿上一定合适。……

利蓓加看了乔瑟夫·赛特笠给妹妹买来的两块华丽的细羊毛披肩,说道:"有个哥哥真好啊!"这话说得入情入理。……[31]

此处令人目不暇接的商品显然唤起了利蓓加的占有欲。"有个哥哥真好啊!"一句耐人寻味:真正让利蓓加羡慕不已的不是爱米丽亚有个哥哥,而是爱米丽亚的哥哥能为她购置商品——两块华丽的细羊毛披肩。就是从这一刻起,利蓓加动起了乔斯的念头。就在跟乔斯初次见面之后,利蓓加已经"打定主意要征服这个肥大的花花公子"。[32]虽然她的这个愿望直到最后才实现,可是她对乔斯的占有欲跟她后来一系列的商业性冒险背后的动机属于同一种性质。让她垂涎三尺的并非活生生的男人。对她来说,乔斯——连同后来的毕脱、罗登和斯丹恩侯爵——只是一个商品符号,或者说干脆成了一件商品/消费品。关于乔斯身上的种种消费主义倾向,包括他到处花天酒地、狼吞虎咽的丑态,都在林德纳笔下得到了细致入微的分析。笔者想要补充并强调的是,乔斯本人又是被吞噬/消费的对象,在他的背后是一个更大的消费者——利蓓加。

还须指出的是,利蓓加参观爱米丽亚家——凝视那一件件物品,尤其是乔斯购买的细羊毛披肩——有一种"橱窗效应"。虽然利蓓加面对的不是商店橱窗,但是整个参观过程所起到的作用跟观看橱窗没有什么两样。此处米勒的观点照样适用:由于商店橱窗是用来勾引消费欲望的,因此可以被看作消费主义的起点(参见本书第五章第三节)。就《名利场》全书而论,消费主义始于利蓓加在爱米丽亚家遭遇的"橱窗效应"。

确实,"橱窗"一旦发生效应,利蓓加的消费活动就一发不可收拾。前文已经暗示,她的消费活动往往从猎取男人开始。在第一次勾引乔斯未果之后,她成功地嫁给了罗登(她原以为后者能够为她带来克劳莱小姐的巨额财富)。虽然由罗登继承遗产的愿望落了空,但是利蓓加和罗登开始了肆无忌惮的超前消费:"他们时常在外面赊账,寄回家的账单也不少,家里现钱老是不凑手。……罗登和他的妻子在布拉衣顿的旅馆里住着最好的房子。旅馆主人上第一道菜的时候,哈腰曲背地仿佛在伺候最了不起的主顾。"[33]小说中关于利蓓加夫妇的类似描写实在是比比皆是。例如,第三十六章和第三十七章几乎全部被用来描写这对男女的奢靡生活。最让人惊诧的是,他俩的高消费竟是在毫无正当收入的情况下完成的(第三十六章的题目就是《全无收入的人怎么才能过好日子》)。除了靠罗登赌博得来的"收入"以外,夫妇俩完全靠诈骗和赖账过日子,却过得十分风光。下面只是他们万般风光中的一小部分:

> 克劳莱夫妇两手空空地在巴黎住了两三年,过得又快乐又舒服……
> ……利蓓加到达法国首都巴黎不久之后,便在上流社会出入,又时髦,又出风头,连好些光复后的王亲国戚都和她来往。许多住在巴黎的时髦人也去奉承她,……在圣叶孟郊外一带的贵人家里,她的地位十分稳固,在灿烂豪华的新宫廷里,她也算得上有身份的贵客。……[34]

利蓓加在家中款待斯丹恩侯爵的情形也称得上一流的消费:

了不起的斯丹恩侯爵站在火旁边喝咖啡。炉里的火烧得正旺,毕剥毕剥地响,越显得屋子里舒服。壁炉周围亮着二十来支蜡烛;墙上的蜡台各个不同,式样别致,有铜的,有瓷的,有镀金的。利蓓加坐在一张花色鲜艳的安乐椅上,蜡烛光照着她,把她的身材越发衬得好看。她穿一件娇嫩得像玫瑰花一般的粉红袍子;肩膀和胳膊白得耀眼,上面披着一条云雾似的透明纱巾,白皮肤在下面隐隐发亮。她的头发卷成圈儿挂在颈边;一层层又松又挺的新绸裙子底下露出一只美丽的小脚,脚上穿的是最细的丝袜和最漂亮的镂空鞋。[35]

这一段描写堪与乔斯初次露面时的那一段媲美。就像乔斯被严严实实地裹在衣装里意味着他的物化一样,利蓓加的"好看"和"美丽"也全是物化的结果。萨克雷的细节描写都蕴涵着深厚的意蕴:利蓓加的身材好看是因为有烛光的衬照,她的肩膀和胳膊因为有了烛光和那条云雾似的透明纱巾才白得耀眼,她露出来的小脚的确美丽,但那是穿着最细的丝袜和最漂亮的镂空鞋的缘故。此处"戏"的主角不是利蓓加本人,而是包裹着她的装束,亦即商品。"物"又一次抢了人的戏。利蓓加屋中那考究的摆设也不容忽视——欢叫的炉火、别致的蜡台和花色鲜艳的安乐椅都可以看作商品文化的一个个细胞。

书中另有一段描写跟上述场景形成了呼应——在利蓓加和斯丹恩侯爵被罗登当场捉奸的那一段中,我们看到利蓓加仍然满身是"物":罗登破门而入后,发现利蓓加"盛妆艳饰,胳膊上带着镯子,手指上套着指环,亮晶晶地发光,胸口还有斯丹恩侯爵给她的金刚钻首饰"。[36]这种互相映照式的场景安排显然有助于强化小说的异化主题。顺便提一下:萨克雷常常因"结构松散"而受指责,如我国学者朱虹女士就认为"《名利场》没有严密的故事结构"。[37]然而,至少从意象的埋伏照应来看,萨克雷不失为结构艺术的大师——利蓓加两处"物化意象"的对称效应就是典型的例证。

总之,萨克雷有关利蓓加的描写看似不露声色,其实却暗藏杀机,锋芒直指利蓓加的堕落,进而把我们的视野引向了大有淹没人类社会之势的商品文化。

当然,利蓓加也好,乔斯也罢,他们的奢侈都不是孤立的文化现象。在《名利场》中,绝大多数人物都堪称消费的楷模,享乐的先锋。毕脱爵士就是其中的一个。他每天晚上都要喝得酩酊大醉,从他对餐具的讲究上就能看出他对口腹之乐的追求:他的"食品柜子里搁满了发光的旧式杯盘,有金的,也有银的,还有旧式的小盆子和五味架,像伦特尔和白立治饭馆里的一样。桌子上动用的刀叉碗盏也都是银的"。[38]

毕脱爵士的弟弟别德·克劳莱是一位牧师,不过他并未成为清心寡欲的表率,倒是在消费行为方面成了毫不逊色于他哥哥的模范:

> 远近二十哩以内,如果有比拳、赛跑、赛马、赛船、跳舞会、竞选、圣母访问节祭献,或是丰盛的宴会,他准会想法子参加。……如果在弗特尔斯登、洛克斯别、活泊夏脱大厦,或是随便什么贵人家里有宴会,在二十哩外就能看见牧师寓所里出来的栗色母马和马车上的大灯了。……他常常穿了灰黑花纹的上装,带着猎狗出去打猎,钓鱼的技术在本区也算得上最

高明的。[39]

别德·克劳莱牧师的高消费不免使他一家的财政捉襟见肘,因而他也和亲戚们一样,把希望的赌注押在了克劳莱小姐的遗产上面。书中有一处描写他盼着克劳莱小姐早死,竟然跟他太太打赌说"玛蒂尔达(笔者按:即克劳莱小姐)一年内就会翘辫子"——紧跟着这一赌誓的是这样一段叙述:"牧师和他的太太一边往回家的路上走着,一边沉浸在这种庄严的猜测中……"[40]此处"猜测"一词的英文原文(speculations)还有"投机买卖"的歧义。透过这样的描写,我们可以瞥见渗透于商品文化中的贪婪、盲目和冷酷。

书中类似的人物还有经常烂醉如泥的沃波尔勋爵、挥金如土的斯丹恩侯爵、酒量最大且穿着最考究的乔治、"在伦敦应酬交际最热闹的时候老是吃喝得太多"的克劳莱小姐[41],以及"满身金刚钻像游乐场灯光那样炫目"、"耳坠子像七星烛台"的施瓦滋小姐[42],等等。所有这些人物跟利蓓加和乔斯一样,都是商品文化大舞台上的活跃分子,也都是萨克雷嘲讽的对象。

事实上,小说的题目本身就是对商品文化的一种浓缩性批判。根据传记作者哈登的记载,萨克雷曾经因斟酌该书题目而寝食不安,然后突然有一天半夜里,他灵感突发,"耳边有一个声音悄悄地向他说着'名利场'一词;他欣然从床上跳起,一口气绕着屋子连跑了三圈"。[43]萨克雷这种兴奋的心情不难理解:"名利场"一词确实恰到好处地点出了商品文化的市场特性——"名利场"英文原文(Vanity Fair)中的"fair"就有"市场"的意思。虽然"名利场"一语并非萨克雷独创,而是出自班扬的《天路历程》(*The Pilgrim's Progress*, 1678—1684),但是读了班扬下面这段关于"名利场"的

描写,我们就能体会到为什么萨克雷非借用这一比喻不可:

> 这个市场出卖各种商品,如房屋、土地、手艺、地位、荣誉、肥缺、头衔、国土、王权、肉欲、安逸;还有形形色色的享受,如妓女、鸨母、妻子、丈夫、子女、主人、仆役、生命、鲜血、身体、灵魂、银器、金器、珍珠、宝石,等等。更有甚者,在这个市场上始终可以看到瞒天过海的泼皮、逢场作戏的高手、任人愚弄的傻瓜、人云亦云的草包,以及各种类型的恶棍流氓。[44]

萨克雷借用班扬的比喻,无非是要提醒世人:早被班扬抨击过的"名利场"不但依然存在,而且有愈演愈烈的趋势。说它"愈演愈烈",是因为商品在萨克雷的年代已经酿成了"文化",即侵占并阉割了整个社会的想象力。

如果我们结合本章第一小节中的分析来看,商品造成大规模的物化这一现象其实伴随着"进步"浊浪的翻腾。一旦纸醉金迷的生活方式被安上"进步"的桂冠,商品文化就会向人类的精神领地长驱直入,造成不可估量的伤亡。

注释:

1 Christoph Lindner, *Fictions of Commodity Culture: From the Victorian to the Postmodern*, p. 45.

2 同上,p. 56。

3 杨绛:《名利场》译序,载《名利场》,杨必译本,人民文学出版社 1995 年版,第 875 页。

4 William Makepeace Thackeray, *Vanity Fair*, New York: Quality Paperback Book Club, 1991, p. 716.

5 同上,p. 319。

6 John Sutherland, "Introduction", in *Vanity Fair*, (ed.)John Sutherland, Oxford/New York: Oxford University Press, 1983, p. xxi.

7 同注 3,第 888—889 页。

8 参考《名利场》,第 13—14 页。

9 同上,第 15 页。

10 同注 4,p. 30。

11 同注 8,第 76 页。

12 同注 4,p. 405。

13 同上,p. 752。

14 同上,p. 751。

15 同注 8,第 230 页。

16 同注 4,p. 457。

17 同注 8,第 499—450 页。

18 同上,第 499 页。

19 同注 4,p. 438。

20 同上,p. 617。

21 同上,p. 609。

22 分别见 p. 611 和 p. 614。出处同上。

23 同上,p. 614。

24 同上,p. 25。

25 R. D. McMaster, *Thackeray's Cultural Frame of Reference*, Hampshire & London: Macmillan, 1991, p. 155.

26 同注 4,p. 428。

27 马克思和恩格斯:《共产党宣言》,载《马克思恩格斯选集》,浙江人民出版社 1972 年版,第 253—254 页。
28 同注 1,pp. 45—46。
29 同注 8,第 20 页。
30 同注 1,p. 51。
31 同注 8,第 18 页。
32 同注 4,p. 33。
33 同注 8,第 270—271 页。
34 同上,第 453 页。
35 同上,第 470 页。
36 同上,第 673 页。
37 朱虹:《英国小说的黄金时代》,第 147 页。
38 同注 8,第 90—91 页。
39 同注 8,第 112 页。
40 同注 4,p. 116。
41 同上,p. 106。
42 同上,p. 219。
43 Edgar F. Harden, *Thackeray the Writer: From Journalism to Vanity Fair*, Houndmills & London: Macmillan Press LTD. , 1998, p. 170.
44 John Bunyan, *The Pilgrim's Progress*, in *World Classics*, London: Oxford University Press, 1949, p. 87.

第七章 体面的进步

——《纽克姆一家》昭示的历史

The Colonel entreats with Sir Barnes Newcome.

第七章 体面的进步

跟《名利场》一样,萨克雷的另一部名著《纽克姆一家》(*The Newcomes*,1853—1855)也是对"进步"话语的有力挑战。

萨克雷研究领域里最具有权威的学者们——如彼得·谢林斯堡(Peter L. Schillinsburg)、雷(Gordon Ray)、科尔比(Robert Colby)和麦克马斯特(R. D. McMaster)——大都把《纽克姆一家》看作萨克雷写得最好的一部小说。被引用最多的是雷的一个定论:《纽克姆一家》"在某些方面不仅是萨克雷作品中意蕴最为丰富的,而且也是所有维多利亚小说中意蕴最为丰富的"。[1] 确实,这部小说的在用典方面,数量之多,含义之深,辐射面之广,很少有作品能与之比肩,这一点已经在阿·迪·麦克马斯特的经典之作《萨克雷的文化参照框架——〈纽克姆一家〉中的引喻》(*Thackeray's Cultural Frame of Reference: Allusion in The Newcomes*,1991)中得到了论证。不过,上述专家们在研究中往往把重心放在《纽克姆一家》的互文性、自我关涉性、人物刻画和叙事结构等方面,依笔者之见,从对"进步"话语的回应这一角度来看,该小说的意蕴也非常丰富,值得作深入的发掘。

本书前言中提到,有关"进步"的宏大叙述是在工业革命达到高潮的 19 世纪开始普遍流行的,因而对"进步"话语进行挑战的小说多半要涉及工业题材,或者说要面对工业革命带来的问题。在研究英国小说和工业革命之间关系的作品中,恐怕要数威廉斯的《英国小说:从狄更斯到劳伦斯》、《文化与社会》以及加拉赫(Catherine Gallagher)的《工业题材引起的英国小说的革新——社会话语与叙事形式:1832—1867》(*The Industrial Reformation of English Fiction: Social Discourse and Narrative Form 1832—1867*)最有影响了,然而这些作品对萨克雷及其《纽克姆一家》几乎只字未提。正因为如此,我们就更有必要对《纽克姆一家》进行重新审视。

概而言之,《纽克姆一家》一书中不仅始终游动着工业革命的幽灵,而且显现出了"进步"的新迹象。更确切地说,是《纽克姆一家》捕捉住了这些新迹象。

一、工业幽灵与新的"进步"

在前面一章中,我们曾经指出,《名利场》问世于工业革命势头空前强盛的年代。《纽克姆一家》的发表时间晚于《名利场》,而且所选的时代背景是19世纪三四十年代,也比《名利场》的时代背景——摄政时期(the Regency, 1810—1820)——更晚一些,因而它展示的社会图景理应带有工业化进程的某些新特征。事实上,就像朱丽叶·麦克马斯特所说的那样,跟《名利场》相比,《纽克姆一家》展现的社会"工业化更加充分"。[2]

小说中的故事围绕纽克姆一家三代人的生活轨迹展开。第一代的中心人物托马斯·纽克姆就和工业革命有着千丝万缕的联系:他最初是一个织布工[①],后来孤身一人去世界工业中心伦敦闯荡——他是搭乘货车来到伦敦的,初到时的"全部财产只是几捆布匹";[3] 他去一家布店里做了学徒,在渐渐地有了一定的资历和积蓄之后便独立门户,娶了原先家乡的一位名叫苏珊的贫穷女子为妻,不料苏珊在产下儿子汤米以后就撒手人寰;托马斯不久又娶了

[①] 许多评论家把托马斯的最初身份说成是"布商",这肯定是以讹传讹的结果。小说第一卷第二章第四段中有过明确的交代:托马斯去伦敦之前是一个"织布工"(weaver)。

原先老板的女儿索菲娅，生下一对双胞胎儿子，分别叫作布赖恩·纽克姆和霍布森·纽克姆。索菲娅婚前已经分别继承了她父亲和叔父的财产，是一个十足的富婆。在她的帮助下，托马斯不但在生意上飞黄腾达，而且在仕途上春风得意，先后成了伦敦商业区的行政司法长官和市参议员。

第二代中心人物汤米及其同父异母的两个兄弟跟工业革命的瓜葛又进了一步：布赖恩和霍布森继承了家业，不仅扩大了从父母手上传下来的工商结合的公司业务，而且成了声名显赫的银行家；汤米因为有一个穷母亲的背景，在家里长期受到歧视和排挤。后来他去印度从军，官位升至上校（鉴于小说大部分篇幅中都称他为"上校"，我们以下姑且也沿用这一称谓），并且发了不少财，甚至一度成为跨国财团"邦德尔肯德银行"的董事。

第三代中心人物是上校的儿子克莱夫，以及巴尼斯和艾塞尔（分别是布赖恩的儿子和女儿）。他们被更深地卷进了工业革命的旋涡：巴尼斯成了比他父亲更精明的工商、金融巨头，尤其是在股票投机活动中显示出了打击对手并从中渔利的超强本领（上校的银行股票贬值就是他从中捣鬼的结果）；克莱夫和艾塞尔是一对恋人，可是他们的恋情遇到了工业化进程中新生的障碍，即新兴的资产阶级和没落的贵族阶级的通婚热潮——纽克姆家族一心要把艾塞尔嫁给贵族，以便在财富堆上添一个荣耀的头衔，或者说使家庭成分再上进一步。换言之，姿色超群的艾塞尔是纽克姆家族沽名钓誉的绝好筹码，而克莱夫的身价太低，只能望洋兴叹。

小说中体现工业化进程的具体细节更是数不胜数。

关于工业革命带来的贫富差别和环境污染的事例在书中不难找到。例如，第二卷第十七章中这样写道："高贵的银行家们和制造厂的老板们在城市里拥有办公场所,但是他们所居住的豪华别墅都远在黑烟笼罩的地区之外。"[4] 即便从这些关于富人生活的描写中,我们都可以看到工业革命对环境带来的破坏(这一细节同时还暗示劳苦大众只能居住在黑烟笼罩的地区)。至于涉及贫民区的直接描写,那就更是如此:艾塞尔在告别以往奢侈生活去贫民区从事慈善活动时,就"被贫穷景象给惊呆了"——当她"穿行于一条条黑乎乎的陋巷"时,她看到"成群的人生活在肮脏破烂的环境中",还看到"随时都有人死去,总是有人在挨饿,而且每天都有婴儿在饥饿中诞生"。[5]

书中还有资本家直接欺负工人的情节:巴尼斯曾经诱奸一位纽克姆工厂里的女工,致使她两度怀孕,却狠心地将她连同两个孩子抛弃;他把可怜的母子"赶出门外时连一个便士都没有给,还编造理由说那个女子对他不忠"。[6]

直接反映工业发展的还有火车/铁路意象。小说中该意象至少出现了十几次,其中有四次意蕴尤其深刻:

从第二卷第二章中我们得知,弗洛拉克——上校的昔日恋人弗洛拉克伯爵夫人之子——在受封"蒙特贡都尔亲王"称号的同时,还担任了"大英法铁路公司董事"的职务。这一细节是贵族阶级和新兴资产阶级合二为一的又一个标志,是工业革命进行到一定阶段的特有产物。

在第二卷第三章中,克莱夫和艾塞尔一同坐火车旅行(克莱夫好不容易逮住了一个与艾塞尔"邂逅"的机会);快到终点时,克莱夫痛感时间过得太快,不由得从内心生出了这样的感慨:"为什么这是辆快车呢?"[7] 如前文所述,克莱夫和艾塞尔的恋情受阻跟工业化进程脱不了干系,此处象征工业化进程的火车不仅出现的时机巧妙自然,而且用意颇深。我们在本书前言和其他许多章节中都已经提到,铁路/火车是19世纪迅猛发展的工业和科技最合适的标志,也是随之盛行的一些"新型"社会价值观的最合适的标志。本书在前言中还提到,带有"速度"含义的"进步"这一概念的形成直接跟火车/铁路的崛起有关。这种速度和进步给克莱夫带来的只是痛苦,光是这一点就足以表明,萨克雷对"进步"话语至少持保留态度。

第二卷第三十章引出了一个最恐怖的火车/铁路意象。克莱夫在总结他自己和父亲两代人的爱情悲剧(上校跟弗洛拉克伯爵夫人这对有情人未成眷属,其原因也跟工业社会中盛行的买卖婚姻有关)时打了这样的比喻:"我们困在了同一个火车轨道上,车厢从我们身上碾了过去。"[8] 对所有受工业化以及"进步"话语伤害的人来说,这个最恐怖的比喻,也是最贴切的比喻。

当然,火车/铁路意象引出的不光是悲剧。严格地说,它引出的是几家欢乐几家愁的"悲喜剧"。在第二卷第七章中,我们看到以巴尼斯为首的霍布森兄弟公司高高兴兴地"大量参与了英国与欧洲大陆联合铁路公司的股份";由于铁路"股票行情看涨,红利丰厚……巴尼斯对设在巴黎的铁路公司董事会频繁地作飞速访问"。[9] 用"飞速访问"来暗示巴尼斯飞速发财的心态和行径,可谓入木三分;加上本来就象征速度的火车/铁路意象,这一段描写堪称讽刺"进步"话语的经典手笔。

假如以上例子还不足以说明萨克雷直接对"进步"话语提出了质疑的话,那么小说原文中多次直接出现"进步"(progress)一词这一现象则不能不引起读者的关注。

例如,在第一卷第十三章中,我们看到一位"医生和比尼先生在那里谈论着医学的进步"。[10]我们知道,医学的进步是工业化热潮中英国人所津津乐道的话题之一;麦考莱就曾经把医学的发达看作"进步"的主要标志之一:"(英格兰人)把治病救人的科学、交通和通讯手段、各类机械技术、各门制造业、各种能够给生活带来便利的东西都发展到了尽善尽美的地步。"[11]当然,科学技术的进步本身应该受到欢迎,然而小说中更多的是与科技进步形成反差的种种落后现象,如前文提到的贫穷、环境恶化和阶级压迫,等等。小说中见不到任何科技手段被切实用来解决上述社会和环境问题的例子,这实际上是在提醒读者注意真正意义上的进步的缺席。

又如,上校在给克莱夫的一封信(第二卷第一章)中称道:"现代而自然的文体跟老式的文体相比,可以说是一个大大的进步。"[12]上校写这封信之时,刚好是他财运亨通之际——信中谈到了筹备邦德尔肯德银行等"无限商机"。萨克雷把"文体进步"放在这样一个语境中,不能不引发讽刺意味。

最富有讽刺意味的是费林托希侯爵的"进步"。小说中费林托希的爵位最高(他被纽克姆家族定为追逐的对象,并一度跟艾塞尔定亲,但后者及时醒悟,拒绝了这桩买卖婚姻),品行和才能却最低。不过,他虽然品行一直毫无长进,交际"才华"却有了长足的进步。为了成为交际王子,他专门聘用了一位教授,其任务是教他跳波尔卡舞,同时还教他学习法语。在第二卷第六章中,我们得知"费林托希爵爷在这位艺术家手下取得了很大的进步"。[13]当我们再往下看时,却发现他的进步是畸形的——虽然他的"舞跳得好多了",但他的法语语法总是"缺陷很多";不过,他学会了用法语"流利地威吓餐馆侍者,或滔滔不绝地咒骂出租马车车夫"。[14]这样的"进步"不能不让人啼笑皆非。

第七章 体面的进步

除了直接使用"进步"一词以外,萨克雷给我们最明显的提示莫过于小说的题目本身。《纽克姆一家》的英文原文(The Newcomes)是一个双关语,拆开来就是"新来"(new comes)的意思,再加上一个字母"r",就成了"新来者"(new comers)的意思。确实,如本小节前面几段所示,纽克姆一家是工业化进行到一定程度时的新生人物,也就是新来者。麦克马斯特曾经就小说的题目作过这样的解释:"《纽克姆一家》这一题目宣告了它是一部社会小说;它指向了一个维多利亚时期特有的现象,即社会流动性达到了史无前例的程度——新来的阶级、地位和财富都空前地引人注目。"[15]也就是说,《纽克姆一家》从题目开始就把我们的视线引向了以"新来者"为特征的社会"进步"。

事实上,小说的文本中不止一次地出现过"新来者"一词,这可以被看作对题目的一种注解。布赖恩在谈论上校时就说过:"他也是一位新来者。"[16]言下之意,整个纽克姆家族都是新来者。在下面这段关于一次晚会的描写中,"新来者"又被赋予了新的意蕴(引文中的玛利亚姨妈就是纽克姆太太,即霍布森·纽克姆之妻):

> ……所有这些贵妇人们身着沙沙作响的绫罗绸缎,外加羽毛、钻石和各种豪华修饰,简直让人看得心醉神迷。安妮姨妈倒是没有穿上她最豪华的朝服,而是那些新来者的穿着让玛利亚姨妈的脸涨得通红。玛利亚姨妈穿着一套不失贵格会教派朴素韵味的高雅服装,戴着一双色泽显得格外暗淡的手套;她原先以为这样会非常得体。的确,她有着一双漂亮的小脚,因而她有意地把脚伸出服饰之外。然而,跟宝藤小姐时而伸出、时而撤回的那双甜美的小脚相比,纽克姆太太的脚又算得了什

么呢?可爱的宝藤小姐穿着一双光艳照人的白色缎子拖鞋,还穿着一双叫人眼花缭乱的粉红色长袜;她不时地把一只脚从那沙沙作响的长袍褶皱后面伸出来,稍稍一露头儿又羞怯怯地躲藏回去。这只脚虽然很轻,却给了纽克姆太太以粉碎性的打击。难怪她退缩了,愤怒了。……[17]

这是一幅物质进步道路上"新来者"们——我们不妨称其为"进步分子"——互相攀比的讽刺画。再没有比这样的讽刺更尖锐的了!

这一讽刺的锋芒是多维的。首当其冲的当然是纽克姆太太:区区一只小脚,居然让她遭受了粉碎性的打击,这分明是"新来者"的典型心态。跟其他纽克姆家族的核心成员一样,她虽然挤进了物质进步的行列,但是强烈的攀比欲望、对被重新挤出"进步"圈外的担心,使她对"小脚"背后的文章有着特殊而可笑的敏感——在小脚上与人争风,正足以暴露其品位的低下。在这幅讽刺画中,我们看到除了纽克姆家族之外,还有包括宝藤小姐在内的其他"新来者"。她们凭借着珠光宝气,使原本显赫的纽克姆家族黯然失色,这说明攀比之风的愈演愈烈。

上述讽刺锋芒的最终指向是崇尚"进步"话语的整个社会。如前文所说,"新来者"一语的直接使用是对全书题目的注解,而这本身就要求我们全方位地理解"新来者"的含义。简而言之,"新来者"不仅仅局限于纽克姆家族,而是遍及了全社会。小说第一卷第五章中说得很清楚:纽克姆家族的所作所为"只是在追求众生之道——这世道让大家都为成功者叫好,同时又像躲避传染病似地躲避不幸"。[18]这一生动的比喻使我们想起了卡莱尔的那句名言,即维多利亚人有一种"对'不成功'的恐惧"(The terror of "Not

Succeeding"），其程度不亚于"下地狱"。[19] 由此我们又可以回想起纽克姆太太的心态：她对"脚美"竞赛失败的恐惧为维多利亚人对"不成功"的恐惧下了一个生动的注脚。

我们以上的分析还可以同小说第一卷第八章的第一段（这一段完全用讽刺语言来描绘"众生之道"）联系起来理解：

要想在人群中挤上前，每个挣扎的男男女女必须使用自己的肩膀。如果在你边上的人的前面有一个更好的位置，你尽管用胳膊肘推开他，然后就享用那个位置。看一下对目标孜孜以求的男人或女人的行为方式吧！无论是进宫觐见，还是参加舞会，或是参观展览，只要有竞争和挤压，他们总是设法占领最佳位置……餐桌边有好位置吗？占着便是。财务部或内务部有好位置吗？提出你的要求便是。想要参加一个你未被邀请的舞会吗？要求主人邀请你便是。不管是甲是乙，或是丙太太，只要你认识，都可以向他们提出要求。人们会觉得你讨厌，但是你却能如愿以偿。既然你本来就很冒失，那么别人觉得你很冒失又有什么关系呢？只要你坚持不懈地往前挤，一千个人里面有九百九十九个会向你让步。只要你发号施令，保管就有好多人会听命于你。啊，温文儒雅的读者，你们中间谁要是购买了我的这些金点子，那肯定不会赔钱。记住以上的座右铭，并把它贯彻终生！你保管会获得成功。如果在你边上的人阻碍了你，尽管踩他的脚便是。难道你不认为他会把脚挪开吗？[20]

这段横溢机智才思的综述不仅是对小说中大多数人物的心态和行

为方式的精辟总结,而且是对维多利亚"进步"话语实质的绝妙讽刺。上述引文中特别值得我们留意的是"让步"一词("只要你坚持不懈地往前挤,一千个人里面有九百九十九个会向你让步"):"让步"和"进步"是矛盾的对立统一;没有让步,就没有"进步";如萨克雷所示,所有"新来者"的"进步"都是以千千万万个其他人的让步为前提、为代价的。

在"进步"的潮流中用肩膀去挤,用胳膊肘去推,外加用脚去踩,这本来是极不光彩的行为,但是在《纽克姆一家》所展现的世界中,这些行为常常被光彩地包装了起来——这是"新来者"进步到一定程度时的一个新动向。萨克雷最大的贡献之一,就是掐到了"新来者"的这根虚假的神经。本章引言中提到,《纽克姆一家》捕捉住了"进步"的一些新迹象,而其中最主要的当数对外表体面的追求。这也是我们在下一小节要讨论的话题。

二、"进步"得体面 体面地"进步"

到了《纽克姆一家》问世之时,"新来者"们——也就是暴发户们——发现光是"进步"已经跟不上时代的要求,而是必须披上一层体面的外衣。为了强调这一点,我们在此前的叙述中故意隐去了小说的副标题,实际上该书题目的全称是《纽克姆一家——关于一个非常体面人家的回忆录》(*The Newcomes*: *Memoirs of a Most Respectable Family*)。也就是说,小说题目除了暗示"新来者"在全书中的地位之外,还给了我们第二个提示,即"新来者"们的新特征:体面。

杨格(G. M. Young)和麦克马斯特(R. D. McMaster)曾经

一致指出,"体面"的英文原文"respectability"是一个混合词(the portmanteau term);它兼有阶级地位显赫(class distinctions)和道德行为举止出色(moral distinctions)这两层意思。[21]不无讽刺意味的是,以纽克姆家族为代表的"新来者"们多是一些道德败坏的家伙,可是他们偏偏又要显示自己在道德操守上出类拔萃。

从纽克姆家族三代人的演变轨迹来看,对"体面"的追求呈逐步上升的趋势,到了巴尼斯这一代几乎可以用"登峰造极"来形容。费利斯(Ina Ferris)说得好:"在纽克姆家族的所有成员中,巴尼斯最熟谙体面的代码,并且总是用以为自己的利益服务。"[22]每个社会对"体面"都有自己的特殊理解,或者说有其特定的文化代码。巴尼斯对他那个社会中表征"体面"的文化代码确实称得上吃透了精神。换言之,他操纵起一套套"体面"规则来,可谓游刃有余。小说中写道:"只要巴尼斯认为合适,他就会举止温厚,行为得体,就能达到完美的境界。"[23]这种得体的行为举止在他追求贵族小姐克拉拉时表现得淋漓尽致:

> 他每天都要从城里赶来造访,但登门的时间和方式丝毫不显得唐突……他每次舞会必到,而且从不显露倦意,尽管他很早就起身了。除了克拉拉小姐之外,他不跟任何人跳舞,并且总是在舞会结束后恭候她上车。上客厅会客时,他会身穿纽克姆家族所喜爱的深绿色制服,上面镶有银色饰带,看上去风度翩翩。晚饭后跟克拉拉的父亲和其他绅士们一接触政治话题,他总能高谈阔论,并且滴水不漏。他是一个明智的保守派,既富有务实的头脑,又不乏常识和信息。许多年轻人在观念上总是标新立异,他却从来没有这些危险的想法。[24]

然而，巴尼斯在骨子里是一条狐狸，而狐狸总有露出尾巴的时候。当他追求克拉拉得手（他俩的婚姻是新兴资产阶级手中的金钱和没落贵族阶级的头衔相结合的产物）以后，他立即换成了另一副模样：他开始变本加厉地欺负克拉拉，一直发展到施用暴力，致使后者离家出走（跟以前的情人私奔）。更具讽刺意义的是，就在他逼走妻子后不久，他竟在一次公共演讲（他窃据了议员要职，需要用演讲的方式拉选票）中大讲情感和慈爱，并恬不知耻地标榜"自己最心爱的是家庭，最引以为乐的是慈爱"。[25]

巴尼斯对待其他人的原则也是一样。他对生意上的对手下手最狠（前文提到，上校破产就是他从中捣鬼的结果），可是只要对自己有利，再大的仇敌他都能大度地包容。在他跟上校闹翻之前，他有两个最大的敌人：一个是贝尔西兹，另一个是克莱夫；前者是他的情敌，后者曾经在大庭广众之中羞辱过他。然而，随着贝尔西兹和克莱夫经济地位的变化，他突然对他们变得彬彬有礼起来，甚至还热情地把他们迎进家门，奉为座上宾。在不知情的人看来，这纯粹是巴尼斯的体面大度，可是实际上他完全是在算经济账：贝尔西兹从父亲那里继承了爵位和可观的钱财，而这笔钱正好存在巴尼斯的银行里；至于他突然决定由太太出面请克莱夫吃饭的缘由，则更是金钱的"神奇"作用——下面是他突发奇想的具体经过（跟他对话的上校此时已经发了大财）：

"我亲爱的上校，你是一名资本家了！我们对此都很清楚。"巴尼斯爵士说。

"我自己一年有两百镑就够了，"这位资本家继续说道。"……我估计克莱夫会给我一间卧室，供我吃饭。"

第七章 体面的进步

"他——他！如果他不会，你的侄儿会，我亲爱的上校！"和蔼可亲的巴尼斯一边说，一边甜蜜地笑着。

"你知道，我可以给孩子一笔丰厚的津贴。"托马斯·纽克姆接过了话头。

"你可以现在就给他一笔丰厚的津贴，然后在你死后留给他一份可观的财产！"做侄子的说这话时带着一副高尚而勇敢的神情……

"不是等我死后，巴尼斯，"做伯父的补充说道。"明天上午我就会把所拥有的每个先令都给他，如果他按照我的意愿挑选婚姻对象的话。"

"这对他来说真是太好了！"巴尼斯喊道，同时心里作了这样的盘算："克拉拉必须立即设晚宴邀请克莱夫。该死的家伙！我恨他——一直都恨，可是谁想得到他这么走运！"[26]

此处，"克拉拉必须立即设晚宴邀请克莱夫"一句极为传神！无论是它冒出来的速度，还是它冒出来的场合，都极为贴切地反映了巴尼斯的德行。还须一提的是，巴尼斯那和蔼可亲的面貌和甜蜜的笑容都被紧紧地镶嵌在了由"资本家"、"丰厚的津贴"和"可观的财产"组成的语境之中，这是对他所代表的"体面"的最有力的注解。

如前文所示，巴尼斯已经跻身于最体面的社会阶层。在萨克雷的笔下，往往是那些最体面的个人和社会阶层受到最辛辣的嘲讽。《纽克姆一家》中有这么一句话可以为证："害人性命，夺人之妻，这是世上最体面的人们的家常便饭。"[27] 不过，在这些最体面的人当中，巴尼斯又算得上"佼佼者"。除了以上所举的例子之外，书中还有许多关于他如何两面三刀、看风使舵的描写。例如,他对潘登尼斯和弗洛拉克等人总是忽冷忽热,以致潘登尼斯(小说绝大部分由他之口叙述)发出了这样的感叹:"很少有人能像巴尼斯·纽克姆那样一会儿目中无人,一会儿又热情相认,并且做得那样自然镇静,简直让人羡慕。"28 连见风转舵都能做得非常体面,这恐怕是"进步"潮流的又一个新的标志。

萨克雷笔下的"体面"全由混淆是非构成,全是价值观混乱的产物。费利斯就曾说过:"萨克雷对体面的抨击抓到了它的要害,即道德价值的混乱。"29 朱丽叶·麦克马斯特也这样说过:"萨克雷的题材是金融价值和道德价值的复杂混合体,是善行与商品的复杂混合体,或者说是它们的混淆——这种混淆构成了'体面'。"30 我们前面的许多例子其实已经说明了这一点。需要特别强调的是,小说中这种价值观的混乱常常表现为低俗和高雅的混淆,以及金钱与宗教的结合。小说开篇不久,我们就一而再、再而三地被这种混乱的情景搅得眼花缭乱。除了仔细辨认这些令人目眩的情景之外,我们还得时时留意萨克雷埋下的伏笔——这些伏笔看似不那么缭乱,但是其锋芒仍然指向了错乱的价值观。比如,第一代纽克姆家族的核心成员之一索菲娅的名字就很值得回味:叙述者在交代她的背景时特意解释说,她的前两个名字"索菲娅"(Sophia)和"阿莉西娅"(Alethea)都来自希腊语,其意思分别是"智慧"和"真理"。虽然叙述者在作这一交代时口吻极其客观,但是一旦我们把索菲娅的名字跟她一辈子从商并在商海中飞黄腾达的经历结合起来,就读出了另一层意思:在纽克姆们的世界里,"智慧"和"真理"意味着做买卖,或者说智慧和真理也能被拿来买卖。

从某种意义上说,索菲娅只是个引子。在这以后的故事里,高

第七章 体面的进步

雅的和低俗的,神圣的和亵渎的,几乎总是被"新来者"们弄得颠三倒四。且不说巴尼斯、布赖恩和霍布森这些纽克姆家族的核心成员,就连稍稍跟这个家族沾亲带故的人也都在不同程度上患有道德混乱综合征。上校已故妻子的兄弟查尔斯(克莱夫的舅舅)就是这些人的典型代表。查尔斯是一个教区牧师,但是他最关心的不是神职人员的信仰和义务,而是怎么投资做生意。我们真正跟他首次接触是他写给上校的一封长信(此前他姐姐在给上校的信中简短地提到过他)。信中除了对上校极尽阿谀奉承之能事(他屡受上校恩惠,并且觊觎着更多的"赞助")以外,中心话题是他所在的教堂。他首先谈的并不是如何在里面布道,而是怎样把它作为投资对象:"这个幽雅而宽敞的教堂名叫威特尔希贵妇人教堂,坐落在伦敦西区贵族住宅区的丹麦大街,目前正在出售呢!我已经下定决心,把自己的所有积蓄用来冒险一博,买下这座教堂……"[31]接下去的文字倒也涉及他在如何履行牧师职责方面的打算,然而他谈论自己的"圣职"时所采用的语气、腔调、词语、句式以及上下文的衔接——更确切地说,他的前言和后语往往不相衔接,而是混乱地串接——方式都更加暴露出他那丑陋的灵魂:

> 我有天分吗?我有神赐的……雄辩的口才吗?我从许多著名的地方,从最受欢迎的朝拜圣地,从德高望重的主教们那里,从声名显赫的牧师们那里,得到了成百次奖赏;这些奖赏,外加我的良心,告诉我自己拥有雄辩的天赋。我的内心有一个声音在喊:"查尔斯·哈尼曼,前进!去打一场正义的战斗吧!擦去罪人们那忏悔的眼泪,向痛苦的罪犯们唱响希望之歌,用低声细语把勇气——勇气,我的兄弟——送给临终前做

可怕挣扎的人们,用证据的利矛和理性的坚盾击倒没有宗教信仰的人们!"从金钱的角度来说,作为威特尔希贵妇人教堂的牧师,我自信能够挣上每年不低于一千镑的总数——这绝对没有问题,我的计算就像代数方程那样不可推翻。[32]

查尔斯的自负、愚蠢和利欲熏心在这里都暴露无遗。这段可供天下人欣赏的奇文是对语言的极大凌辱,对文体的极大亵渎!就其语言和逻辑而言,最不衔接、最不协调的是"良心"和"奖赏"(其实就是赏钱)这两个词的并列,以及"用证据的利矛和理性的坚盾击倒没有宗教信仰的人们"与"从金钱的角度来说……"这两个句子的连接、文体和逻辑上的混乱反映了价值观的混乱:良心和信仰本来是神圣的东西,但在查尔斯的逻辑链里却可以跟金钱相提并论。这种概念上的混乱不仅仅是自私和愚蠢的结果,而且是居心不良、却又要硬装门面的结果。透过查尔斯那段读来刺眼、听来刺耳的文字,我们看到的是对"体面"的疯狂追求:明明是赤裸裸的金钱交易(查尔斯写信的根本目的是说服上校出钱帮他买下教堂),偏偏要罩上神圣的宗教外衣。

查尔斯的那段文字中还有三组概念非提不可:一是"前进",二是"证据"和"理性",三是"计算"或"不可推翻的代数方程"。此处我们分明听到了19世纪英国奏响的那首"进步"交响曲——"前进"让人想到了麦考莱的"进步"学说;"证据"和"理性"使人想到了边沁以及崇尚"事实"的功利主义学派;"计算/代数方程"让人想到了李嘉图等人对数学的痴迷(分别参见本书前言和第四章第二节)。萨克雷把他那个时代居于主流、冠冕堂皇的"进步"话语巧妙地揉进了查尔斯那段"体面"的文字,实在是让人回味无穷。

萨克雷对体面人士的挖苦往往使用细节描写,其中尤其令人难忘的是握手方式的描写。为了在地位较低的社会成员面前保持体面,纽克姆们常常只用手指头跟人握手——所伸指头的多少完全取决于对方的地位、财富和利用价值的高低。这方面的例子在书中比比皆是。例如,布赖恩在跟克莱夫和潘登尼斯握手时总是选择伸出两个手指,而基莠夫人(艾塞尔的外婆)在跟克莱夫握手时只是伸出一个手指(原因是她跟克莱夫之间的地位更加悬殊);[33]至于巴尼斯,情形就更为恶劣:当他认为从上校身上有利可图时,他会显得格外殷勤(上文中引用的他与上校之间的对话就是一例),但是当上校有求于他时,他居然"只用手指尖跟伯父握了握手"。[34]关于这种特殊的"握手"方式,潘登尼斯有一段感想特别值得一提——他在握了布赖恩的两个手指头以后,"内心禁不住这样想道:假如我一年有一万镑的收入,并在线针街的银行里有一大笔存款,我肯定他会在握手时赐给我整个手掌"。[35]这句话点到了"体面"的实质。从书中"握手指头"的一幅幅画面中,我们悟出了这样一个思维定律:手指头数目的进步意味着财富地位的进步,两者之间必须成正比,否则就有失体面。

"体面"讲究到手指数目和尺寸的地步,可见那个时代的"进步"程度。萨克雷笔下的纽克姆们确实是非同一般的"新来者":他们不但在"进步"着,而且要"进步"得体面,或者说体面地"进步"。

三、虚虚实实写历史

以上分析已经表明,《纽克姆一家》在某种意义上是一份弥足珍贵的史料。为理解这一意义,我们不妨重温一下本书前言中摘引的威廉斯的那段论述：

> 从狄更斯到劳伦斯，我们得到的是一段可以从中汲取勇气的历史。这一历史不是一连串的先例，而是一组有关人生的意义，一组把人类连接在一起的意义。具有重要意义的是，这段历史并没有用其他方式得到记录：假如这些小说没有写成，一个民族的一部分历史就必然会明显地苍白许多。[36]

确实，假如《纽克姆一家》没有写成，19世纪英国的历史——尤其是关于那些体面的"新来者"的历史——就会比现在苍白许多。

然而，萨克雷的写作手法远比一般人所想象的要复杂。用一个如今仍然比较时髦的批评术语来说，《纽克姆一家》完全称得上是一部元小说。换言之，《纽克姆一家》是一部自我指涉性很强的小说：萨克雷在讲故事的同时，频频打破叙事框架，反过来讨论小说文本自身的艺术技巧（包括指出创作过程中的难点），或嘲弄自己创新程度的不足，或暴露自己作品的虚构性，甚至还对文学批评家们评头论足。例如，小说第一卷第一章一上来就像伊索寓言那样，让拟人化的乌鸦、狐狸、青蛙、牛、羊、狼和狮子等一大串动物纷纷登场，然后笔锋一转，开始发问："难道有故事是新的吗？所有类型的人物都在寓言里可以找到……只要是太阳照得到的地方，就没有任何新的事物，就连太阳本身也不是新的——太阳每天早上只是看上去新鲜而已……"[37]这等于是一开始就在承认自己的故事是虚构的，而且这故事很难有所创新。小说的结尾则更加具有元小说特征——我们看到了整段整段自我暴露虚构性的叙述。下面只是其中的一小部分：

当我伤心地写下最后一行字时,潘登尼斯、劳拉、克莱夫和艾塞尔渐渐地隐入寓言世界了。我几乎不知道他们是不是真的,不知道他们是否并没有生活在我们的附近。他们曾经是活生生的,五分钟之前我还听见他们的声音来着,还在为他们的不幸而感慨来着。难道我们就这样突然分别了吗?连手都来不及握一下?我用笔在结尾处划了一条线;难道这条线就像冥王地府那样把我们给隔开了吗?隔线相望,我可以看见那些身影正在隐退,时隐时现,越来越模糊……[38]

问题就这样来了:难道如此自暴笔触的小说有任何史料价值吗?

萨克雷"自我穿帮"的行为在批评史上频遭诘难。著名作家兼批评家福特就曾经严厉指责萨克雷,说他"硬要介入自己所描绘的最令人激动的场景,哪怕撞破鼻子和近视眼镜儿也在所不惜",其后果往往是"打破艺术错觉"。[39]新近的有关萨克雷的研究转了风向:越来越多的批评家把兴奋点移向了萨克雷作品的自我关涉层面或"自我观照意识",他们大都对此褒奖有加,而不是像福特那样大加挞伐。例如,麦克马斯特就认为《纽克姆一家》的自我指涉性"是萨克雷创造性的根本所在",或者说萨克雷的贡献在于"他敦促读者不仅要认识到文本世界的虚构性,而且要认识到我们日常生活中关于各种经验的构建也具有虚构性"。[40]麦克马斯特还坚持认为,萨克雷的"理论是所有艺术都重复先前的艺术,只能在角度和连接方法上有所创新而已"。[41]在麦克马斯特之前,伦德(Michael Lund)也提出过相似的观点,即《纽克姆一家》讲的是"老故事",但是它通过"角度的演变"和"一系列叙述位置的变化",能够让读者"在某些时刻获得深刻的洞见"。[42]

假如按照伦德和麦克马斯特的上述逻辑推导下去,本章前面两个小节中的观点就很难成立——假如《纽克姆一家》里描写的纯属子虚乌有,而且仅仅是重复前人所虚构的故事,那么该书对带有鲜明时代特征的"进步"话语的挑战充其量也只能是苍白无力的。

我们知道,伦德和麦克马斯特的观点是以萨克雷的原话——即本节前文中由"难道有故事是新的吗?"这一句开头的那段话——为基础的。诚然,萨克雷在小说的虚构性问题上的确常常产生困惑,而还把这些困惑直接写进了小说文本。然而,萨克雷在许多场合都阐发过自己的小说理论。除了上述麦克马斯特强调的"虚构性"和"重复艺术"——也就是我们通常所说的互文性——之外,萨克雷更多地是主张小说的真实性和历史意义。事实上,麦克马斯特本人在更早的时候也曾经注意到,萨克雷"在其小说中,频繁地对小说和史书之间的界线提出质疑……他认为小说传播的是被史书忽视或遮掩的那些信息和真理"。[43]麦克马斯特甚至还援引过萨克雷下面这段传播甚广的言论:

> 虚构作品向我呈现了时代和生活,呈现了社会风俗和社会变迁,呈现了反映社会特征的服装、娱乐和欢笑,以及不同社会时期的荒谬之处——以往的时代复活了,我徜徉在英格兰昔日的国度里。即便是最高产的史学家,恐怕也无法向我呈现那么多吧?[44]

也就是说,萨克雷认为小说往往能够展现史学家没有或不能展现的历史。

有意思的是,批评家们常常根据萨克雷在不同场合具有不同

第七章　体面的进步

侧重点的言论而抽象出"萨克雷小说观"。譬如,就像麦克马斯特根据萨克雷的某些话把他的小说观归纳为"重复艺术观"那样,辛哈(S. K. Sinha)曾经根据萨克雷的另一些话作出了另一个结论,即"萨克雷的基本观点是:小说就是史书的一种形式"。[45] 辛哈的主要根据是萨克雷书信中的一句话:"小说艺术就是再现自然,即尽可能有力地传达现实感。"[46]

依笔者之见,辛哈和麦克马斯特等人分别强调的只是萨克雷的同一主张及其总体实践的两个不同方面。写实也好,写虚也罢,都是萨克雷所主张的,也都是他常用的笔法。捕捉历史真实当然是萨克雷孜孜以求的目标,但是他跟其他许多高明的小说家一样,并没有机械地去理解历史真实,而是深谙虚实相间之道,充分发挥想象和虚构的优势,从而在精神实质上把握历史的真实。就《纽克姆一家》而言,巴尼斯、布赖恩、霍布森、上校、基莺夫人和查尔斯这些具体的个人自然是虚构的产物,但是作为"新来者"群体的成员,他们透出了强烈的时代气息,而且一个个都活龙活现,不能不让人发出这样的感慨:不是真实,胜似真实。这就是优秀艺术的悖论。

当然,在总体上达到逼真的效果,这并不等于不会在某些具体操作环节上碰上难题,也不等于不会对某些具体的效果产生怀疑。萨克雷深知创作的艰难,深知捕捉真实的不易,这也就是他为什么会时时发出"难道有故事是新的吗?"此类疑问的原因。需要在此强调的是,萨克雷的这种自我意识——或者说他所写作品的自我指涉性——并不一定会排斥重塑现实的可能性。假如真的会完全排斥,那么我们前面所分析的工业幽灵和"进步"话语(这些都是特定历史时期才有的现实)就不可能进入《纽克姆一家》这一文本。

难道有故事是新的吗?

当然有!《纽克姆一家》的题目本身——"新来者"——已经先行回答了这个问题。萨克雷越是知道创新的困难,就越是认真创新,认真到了把自己的难题、疑虑和困惑都一股脑儿地端给了读者的程度。反过来说,他越是如履薄冰,就越是出色地创造出了前无古人、后无来者的纽克姆这一体面人家。这又是一个悖论。

《纽克姆一家》还给了我们这样的启发:正是因为萨克雷紧紧地盯住了历史,所以他才创造出了具有新意的故事;书中呈现的种种"进步"新迹象——尤其是"体面"的新表现——就是有力的证明。也许是出于这一原因,萨克雷对"历史"一词情有独钟。《纽克姆一家》留给笔者最深的印象之一就是"历史"一词及其相关词语的复现率——他一会儿把自己所写的称作"历史"(history),一会儿又干脆称自己为"编年史家/历史学家"(historian)、"年代史编者"(chronicler)或"传记作家"(biographer)。据笔者非常粗略的统计,书中"历史"一词先后出现了 37 次之多,"编史家/历史学家"、"年代史编者"和"传记作家"等词语总共不下 10 次。① 如此之高的复现率,如果不是要提醒读者注意小说的史学价值,那又该作何解释呢?

即便是在"戳穿"自己小说的虚构性的时候,萨克雷仍然巧妙

---

① 根据谢林斯堡(Peter L. Shillingsburg)修订的、由密西根大学出版社 1996 年发行的版本,"历史"一词语分别出现在第一卷第 5 页、第 11 页、第 31 页、第 48 页、第 95 页、第 196 页、第 221 页、第 222 页(出现两次)、第 227 页、第 246 页、第 269 页、第 353 页;第二卷第 71 页、第 81 页(两次)、第 88 页、第 99 页、第 101 页、第 120 页、第 137 页、第 187 页、第 193 页、第 195 页、第 205 页、第 207 页、第 218 页、第 260 页、第 277 页、第 287 页、第 307 页、第 315 页、第 326 页、第 331 页、第 338 页、第 363 页和第 366 页;"编史者/史书作者"、"年代史编者"和"传记作者"等词语分别出现在第一卷第 31 页(这一页中"年代史编者"和"传记作者"各出现一次,"传记"一词出现了两次)、第 95 页;第二卷第 27 页(两次)、第 99 页、第 177 页、第 138 页和第 311 页。

地传递了来自现实世界的信息。且看下面的文字(取自《纽克姆一家》的最后一段):

> 巴尼斯·纽克姆的最后结局是怎样的呢?我的印象是他又结婚了,我的希望是他的现任太太骑在了他的头上。……然而,对你来说,我的朋友,你可以选择你所喜欢的结局。你可以用你的方式来确定寓言世界。你喜欢什么,寓言世界里就会发生什么。在寓言世界里,邪恶的家伙总是死得恰到时候(例如,基荞夫人的死辰真是妙极了;假如她没有死,艾塞尔本来在随后的那个星期里就会嫁给费林托希爵爷了,这一点你不会不明白吧?),讨厌的家伙总是被及时赶走,穷人们总是得到报偿(啊,那些雪中送炭的遗产!让一些人死去,以便把他们的财产分一些给某个幸运儿,这还不容易?),暴发户们总是没有好下场。
>
> 确实,在寓言世界里青蛙总是邪恶地勃然大怒,狐狸总是作茧自缚,羔羊总是险遭狼的残害,不过总能在最紧急的关头获救,等等,等等。在寓言世界里,诗人总是赏罚分明,毫不含糊。……啊,幸福而无害的寓言世界!亲爱的读者,但愿将来有一天你和作者在那里相会!我真是这样希望,而且现在仍依依不舍地拉着你的手,怀着深情向你告别。[47]

虽然萨克雷在此处又一次明示了自己小说的虚构性,而且对一些文学常规——如好人好报,恶人恶报——提出了质疑,但是他分明是在拿文学中的虚构世界跟他所在的现实世界作对比。就拿巴尼斯·纽克姆来说,萨克雷虽然用调侃的口吻表达了让他得到报应的希望,但是他很明显地暗示了这样一种无奈,或者说是一种愤怒:在维多利亚这一现实世界中,成千上百个巴尼斯不但没有遭到报应,而且仍然在那里作威作福。萨克雷的这段文字在表面上讲的是寓言世界,但是它的参照物却始终是一个活生生的世界,一个"进步"话语横行的世界,一个狼和狐狸越活越体面的世界。

此外,由于寓言这一文学样式起源于农业文明阶段,因此小说中的寓言世界又可以看作农业文明的确切象征。《纽克姆一家》以寓言世界开篇,又以寓言世界结束,而中间讲的全是工业文明的故事,其间的对比照应是何其鲜明!当萨克雷——如他在小说的最后一句中所说——依依不舍地拉着读者的手时,他是否也同时眷恋地拉着农业文明的手,不忍它就这么快地离去?

注释:

1 Gordon N. Ray, *Thackeray: The Age of Wisdom*, New York: McGraw-Hill, 1958, p. 237.

2 Juliet McMaster, *Thackeray: The Major Novels*, Manchester: Manchester University Press, 1971, p. 155.

3 William Makepeace Thackeray, *The Newcomes: Memoirs of a Respectable Family*, Vol. 1, (ed.) Peter L. Shillingsburg, Ann Arbor: The University of Michigan Press, 1996, p. 11.

4 同上,Vol. 2, pp. 162—163。

5 同上,p. 224。

6 同上,Vol. 1, p. 286。

7 同上,Vol. 2, p. 29。

8 同上,p. 272。

9 同上,Vol. 2, pp. 73—74。

10 同上,Vol. 1, p. 122。

11 转引自 Walter E. Houghton, *The Victorian Frame of Mind：1830—1870*, p. 39。

12 同注 3,Vol. 2, p. 7。

13 同上,p. 69。

14 同上。

15 R. D. McMaster, "Composition, Publication, and Reception", 载 *The Newcomes：Memoirs of a Respectable Family*, Vol. Ⅱ(ed.) Peter L. Shillingsburg, Ann Arbor：The University of Michigan Press, 1996, p. 376。

16 同注 3,Vol. 1, p. 136。

17 同上,p. 177。

18 同上,p. 46。

19 转引自 Walter E. Houghton, *The Victorian Frame of Mind：1830—1870*, p. 191。

20 同注 3,Vol. 1, p. 68。

21 同注 15,p. 377。

22 Ina Ferris, *William Makepeace Thackeray*, Boston：Twayne Publishers, 1983, p. 86。

23 同注 3,Vol. 1, p. 307。

24 同上,p. 306。

25 同上,Vol. 2, p. 259。

26 同上,p. 124。

27 同上,Vol. 1, p. 352。

28 同上,p. 349。

29 同注 22,p. 85。

30 同注 2,p. 155。

31 同注 3,Vol. 1, p. 26。

32 同上,p. 27。

33 同上,分别参见 Vol. 1, p. 289,p. 124;Vol. 2, p. 22,p. 35。

34 同上,Vol. 2, p. 133。

35 同上,Vol. 1, p. 124。

36 Raymond Williams, *The English Novel: from Dickens to Lawrence*, p. 191.

37 同注 3,Vol. 1, p. 4。

38 同上,Vol. 2, p. 365。

39 Ford Madox Ford, *The English Novel from the Earliest Days to the Death of Joseph Conrad*, Manchester: Carcanet Press Limited, 1983, pp. 1137—1141.

40 同注 15,p. 375。

41 同上。

42 Michael Lund, *Reading Thackeray*, Detroit: Wayne State University Press, 1988, p. 108.

43 R. D. McMaster, *Thackeray's Cultural Frame of Reference: Allusions in the Newcomes*, Montreal: McGill-Queen's University Press, 1991, p. 106.

44 转引自 R. D. McMaster,出处同上。

45 S. K. Sinha, *Thackeray: A Study in Technique*, Salzburg: Universität Salzburg, 1979, p. 162.

46 转引自 S. K. Sinha,出处同上。

47 同注 3, Vol. 2, pp. 366—367。

第八章 "成功"道路上的"钻石风波"

——《尤斯蒂斯钻石》的警示

第八章 "成功"道路上的"钻石风波"

在推敲"进步"话语方面,特罗洛普(Anthony Trollope,1815—1882)的功绩不在前面讨论的所有作家之下。他对"进步"话语的质疑常常具体地表现为对商品文化——尤其是"成功"语境——的质疑。《尤斯蒂斯钻石》(*The Eustace Diamonds*,1873)就是一个典型的例证。

朱虹女士曾经说过,《尤斯蒂斯钻石》堪称"特罗洛普小说宝库中精美的一篇"。[1] 然而,除了朱虹女士在《英国小说研究》[①]中有过一页篇幅的概述以外,国内对该书的研究可谓寥若晨星,就连新近出版的好几种关于英国小说史以及英国文学通史的专论也几乎对它只字未提。在国外研究界,它的境遇要好得多:从上个世纪六七十年代的波尔希默斯(Robert M. Polhemus)和斯基尔顿(David Skilton),到八九十年代的爱帕丽(Elizabeth R. Epperly)和纳尔丁(Jane Nardin),一直到本世纪的林德纳,凡是涉及特罗洛普的研究都会把《尤斯蒂斯钻石》放在相当突出的地位。这些研究的兴奋点大都集中在小说的主题和人物刻画上,并且至少有这样两个共同点:(1)注意到了小说的异化主题;(2)倾向于强调女主角丽萃·尤斯蒂斯跟萨克雷名著《名利场》中利蓓加·夏泼之间的互文关系。

关于小说的异化主题,批评家们的研究呈不断深入和具体化的趋势。例如,上个世纪60年代的波尔希默斯从小说中的人物"像尤斯蒂斯钻石那样不会思考"这一现象入手,进而肯定"自我的丧失充分构成了小说的主题"[2],而本世纪的林德纳则从商品文化

[①] 即由朱虹、文美惠、黄梅和陆建德分别主编的四卷本《英国小说研究》(1997)丛书,其中朱虹女士负责的第一卷题为《英国小说的黄金时代》。

语境入手，对小说中人被商品物化这一特定意义上的异化现象作了鞭辟入里的分析[3]。

至于利蓓加和丽萃之间的比较，批评界存在着较大的分歧。斯基尔顿和波尔希默斯等西方批评家都认为丽萃这一形象比利蓓加要逊色得多，其理由主要是利蓓加虽然跟丽萃一样品质恶劣，但因"无畏的勇气"以及偶尔"能够超越自我"而"富有魅力"，丽萃则"毫无个性可言"。[4] 相形之下，我国学者朱虹的观点要公允得多。她一方面承认"丽萃正是通过与贵族尤斯蒂斯男爵结婚而获得门第和财产的利蓓加"，另一方面则强调"丽萃·尤斯蒂斯是特罗洛普小说人物中最生动、最有吸引力的一个，是把现实丑变成艺术美的一个典范"。[5]

本章的意图是在林德纳和朱虹所做工作的基础上，对《尤斯蒂斯钻石》的异化主题以及丽萃这一形象作进一步的探讨。依笔者之见，林德纳在分析丽萃被商品物化过程中提出的一个重要观点需要纠正，而朱虹关于丽萃的观点尚须论证。

林德纳在精妙地分析了消费幻想如何主宰了丽萃的想象力和欲望以后，不无道理地指出丽萃"在社会舞台上扮演了双重角色——既是商品，又是消费者"，然而他又认为小说中关于丽萃如何扮演这一角色的描写"并没有构成对19世纪商品文化所依赖的价值观的挑战"，而是"仅仅挑战了阻碍丽萃消费能力的19世纪社会习俗和文化代码"。[6] 这一观点实在有失偏颇。

就丽萃本身的艺术形象而言，朱虹女士所言极是——丽萃确实是由现实丑变成艺术美的一个典范。然而，为什么丑陋的丽萃同时又是艺术美的典范？大概是限于篇幅，朱虹女士并未加以充分论证。

针对上述两个缺憾,本章将试图证明《尤斯蒂斯钻石》中关于丽萃的双重角色及其所作所为的客观描述本身就是对19世纪新兴商品文化的强烈挑战,就是对这一文化赖以生存的社会价值观的强烈质疑,而对这一质疑的理解离不开对丽萃这一人物形象的揣摩。

一、商品文化和"成功"语境

《尤斯蒂斯钻石》的情节主线围绕着一串价值一两万英镑的钻石项链所引起的风波而展开。女主角丽萃的丈夫尤斯蒂斯男爵英年早逝,留下了那串本应归还给家族的钻石项链。丽萃不顾整个家族及其律师的反对,死皮赖脸地把宝物占为己有,其间不知编造了多少谎言,玩弄了多少把戏(包括挑拨离间和多角恋爱的游戏)。全力应付"前线战事"——法律诉讼——的丽萃没有料到后防空虚,招来了窃贼的两次光顾。第一次只被盗走了空的保险箱,丽萃借机作了伪证,声称项链已经失踪,不料第二次窃贼真的得手,伪证也随之被揭穿。丽萃不但失去了宝物,而且败坏了名声,最终落得个众叛亲离。

丽萃的这段历史是被作为商品的钻石项链牵着走的历史。用林德纳的原话说,"这一特殊商品的历史昭示并决定了它的占有者的历史"。[7] 在整部小说中,那串项链在公共场合只露过一次面——丽萃在出席葛兰柯拉夫人家的晚会时佩戴了它。以下是当时的情景:

丽萃进入葛兰柯拉夫人的家时,那几个房间都已经挤满了人。由于她身边没有男士陪伴,因此人群中闪开了一条路,让她迅速地上了楼。在她到达客厅之前,许多人已经认出了那串钻石项链——他们以前并没有见过这些钻石,因而也谈不上对这串项链有什么特殊的记忆。然而,这项链已经成了那么多人的谈论对象,以致晚会上的男男女女一见到这些闪闪发亮的家伙,就立即猜到展现在眼前的正是他们经常谈论的那件宝物。"看啊,她脖子上正挂着尤斯蒂斯的两万英镑,"劳伦斯·菲茨吉本对他的朋友巴林顿·厄尔说。"方恩爵爷将会照看这些钻石,"另一位回答道。[8]

这一场景被林德纳视为特罗洛普笔下商品文化图景的关键。让林德纳特别感兴趣的是公众那被物化了的、同时又使人物化的目光——透过晚会上那一双双只见钻石不见人的目光,我们可以看到贪婪和物欲,同时还可以看到"在众人的眼里,丽萃其实仅仅发挥着商店橱窗里人体模型的功能,仅仅是为了支撑并展示那个没有生命的物件而存在的人体而已"。[9] 确实,此处作为商品/消费品的钻石完完全全地垄断了公众的思想意识。

上面这幕场景的主角本来应该是丽萃本人,但是她却被商品/钻石抢了戏。这一情形跟《名利场》中乔斯初次露面时被衣装服饰抢戏的情形(参见本书第六章第二节)有异曲同工之妙:两者都凸显出商品文化的嚣张,都渲染了人被商品包围、吞噬乃至取代的苍凉。

不过,晚会上的丽萃不只是商品的牺牲品,也不只是那些物化了的目光的牺牲品。如林德纳所说,"丽萃决心在葛兰柯拉夫人家的舞会上当众佩带那些钻石,并非仓促决定和心血来潮,而是她精心筹划、细心安排的结果"。[10] 确实,丽萃当时算准了方恩爵爷也会出席晚会,因而她企图凭借钻石项链这一商品武器来发动进攻,以确保方恩爵爷成为她的第二个婚姻俘虏。有意思的是,虽然"钻石武器"最终未能击倒方恩(他出于名声上的考虑,反而觉得这项链是烫手的山芋),但是它却击倒了一大片——那些向它投去羡慕乃至贪婪的目光的人都或多或少地成了它的俘虏。

林德纳在评论《尤斯蒂斯钻石》时受到了雷切尔·鲍比尔(Rachel Bowlby)的启发。后者在其名著《光是观看:德莱塞、吉辛和佐拉等人作品中的消费文化》中提出了这样一个观点:观看商店橱窗这一行为本身并非像常人想象的那样"无害",因为橱窗里诱人的陈列品有可能改变人的消费活动的本质,即把消费从一种基于实际生活需求的活动转变为基于幻想和贪欲的活动。[11] 从这一意义上说,晚会上众目睽睽之下的丽萃——更确切地说,是她脖子上的钻石项链——颇有一种"橱窗效应",颇有激发非分的消费欲望的效应。

换言之,消费性目光下的丽萃既是消费者,又是消费对象;既是商品/钻石的占有者,又被商品所占有。特罗洛普把带有这种双重身份的艺术形象搬上小说舞台,这本身就隐含着深刻的批判意义。林德纳在作出上述分析之后,并没有把兴奋点放在对丽萃形象背后的批判意义的发掘上面,而是把丽萃跟20世纪80年代美国消费主义急先锋麦当娜作了比较①,因而得出了特罗洛普仅仅

---

① 林德纳在他的论著中试图说明他所"发现"的如下两种不同情形:麦当娜在20世纪80年代可以通过"讲究实惠的姑娘"(Material Girl)等流行歌曲来毫无顾忌地"赞美当今物质世界妇女的消费能力",而19世纪的特罗洛普笔下的丽萃在追求物质利益方面所受到的来自传统价值观的阻力则要大得多——详见 Fictions of Commodity Culture: From the Victorian to the Postmodern, pp.66—70。

关心丽萃在实施消费权力方面如何"与19世纪社会习俗和文化代码抗争"这一观点(参见本章引言部分)。

必须强调指出的是,特罗洛普与其是想表明丽萃如何与19世纪社会习俗和文化代码抗争,不如说是想通过丽萃这一形象向世人敲响警钟:19世纪新兴商品文化及其所依赖的消费主义价值观具有把人彻底物化的危害性。当然,把麦当娜跟丽萃作比较不是不可以,只是这种比较恰恰说明特罗洛普的小说具有预言的功能——麦当娜之流在消费浪潮中为所欲为的现象正好说明特罗洛普早在一百多年以前就已经预见到了问题的严重性。

那么,特罗洛普是如何通过丽萃这一形象来质疑商品文化以及消费主义价值观的呢?

要充分把握丽萃这一形象,仅仅分析林德纳所提到的"双重身份"还不够,还必须把丽萃的所作所为放在小说记载的"成功"语境中加以考察。

《尤斯蒂斯钻石》中有一个复现率相当高的名词,即"成功"(success)。该名词及其相应的形容词(successful)和副词(successfully)一共出现了数十次之多,这本身就值得我们注意。

丽萃一生都在"成功"道路上奔走。在她的童年和青少年时期,对她影响最大的有两个人:她的父亲和她的姨妈,这两个人都是"成功"的狂热追求者。

小说用于她父亲的篇幅很短(只有第一章第一段中的十来行文字),但是从这短短的篇幅中,我们就可以看出丽萃在他身边所受的教养:老格雷斯托克生平只在三个方面有过人之处,即"打牌、喝酒——外加恶毒",而"人们都说他成功了"。[12] 小说叙述者此处采用的是非常客观的口吻——"人们都说他成功了"。这句话完全是不露声色的转述,然而,貌似客观的笔调反而给"成功"的内涵增添了更具讽刺意味的注解:打牌(赌博)、喝酒,外加吸毒,这三样恶习跟书中首次出现的"成功"一词放在了一起,其寓意不可谓不深。可想而知,丽萃在这样的父亲熏陶之下会有什么样的结果。也就是在同一个段落(开篇第一段)中,我们第一次看到了丽萃的生动形象:

> (老格雷斯托克)并没有特别值得夸耀的财富,但是他的女儿几乎还是在幼儿的时候,就已经戴着珠宝到处炫耀——她的好几个手指上都戴着宝石戒指,她的脖子上悬挂着红宝石项链,她的两耳挂着黄宝石耳环,她那乌黑的头发间闪耀着白宝石。[13]

这一段描写极为重要。它不仅为后来的"钻石风波"埋下了伏笔,而且跟有关丽萃父亲的叙述一起,为全书的"成功"语境奠定了基础。丽萃的首次亮相是消费浪潮中人被物淹没的又一个生动的写照,其意义不亚于《名利场》中乔斯初次露面时的那一幕场景。林德纳对这一段描写所折射出来的商品文化的影子也有所提及,但是他未能提及它与全书的"成功"语境之间的关系。我们应该看到,小时候丽萃满身披挂珠宝的形象是她接受"成功教育"的结果,是她父亲夸耀"成功"的象征,也是成人世界追求"成功"这一社会风气的象征。

对丽萃实施"成功教育"的任务在她19岁那年转入姨妈林莉丝戈夫人的手中——由于老格雷斯托克去世,因此丽萃改由姨妈抚养。在追求"成功"方面,林莉丝戈夫人比老格雷斯托克有过之

而无不及。下面是一段关于她的描写:

> 林莉丝戈夫人很世故,很吝啬,很自私,很卑鄙,而且脾气很坏。只要在法律上有一丝半点儿的空子可钻,林莉丝戈夫人就会想方设法占别人的便宜,就连卖肉的和家庭厨子都不放过——不是多拿一块羊肉,就是少付一个月的工资。只要对她在社会上获得**成功**有利,她不管撒多少遍谎都愿意。[14](按:黑体为笔者所加)

跟老格雷斯托克相比,林莉丝戈夫人至少多了一件获取"成功"的法宝:撒谎。丽萃对姨妈毫无感情可言,但是她把后者获取"成功"的诀窍——尤其是花言巧语——都学到了家。她在人生道路上的第一次重大"成功"——嫁给了富豪尤斯蒂斯男爵——依靠的就是撒谎:尽管她是个毫无心肠的人,却在尤斯蒂斯面前摆出了千般温柔、万种风情,就连说话的声音也"柔和得几乎像是音乐,听上去煞是哀婉";她还在"谈恋爱"期间为尤斯蒂斯朗诵诗歌,不过"即便是在念诗歌时她都是虚假的,装腔作势的,许多诗行她在平时阅读时都要偷懒跳过去了事,但是她偏偏要显得对于这些诗行她也已经烂熟于胸"。[15]虽然丽萃的虚伪在婚后不久便被丈夫察觉,可是此时木已成舟,而且尤斯蒂斯很快就病入膏肓,因此丽萃轻而易举地确保了她的贵夫人地位。

丈夫死后,丽萃开始了她那旷日持久的"钻石保卫战",其间她获得了无数次不应有的"成功"。除了靠制造假象、挑拨离间等手段来跟律师周旋以外,她的主要策略是通过再婚来赢得靠山。她开始跟方恩勋爵、乔治勋爵和弗兰克·格雷斯托克等三位男士同时玩儿起了"爱情"游戏,其中方恩很快就落入圈套,成了她的未婚夫。这三个人中,弗兰克有着议员的身份,而另外两个拥有贵族头衔。虽然他们都不算太富裕,但是他们的头衔或身份对于丽萃都有着一种"财产保护伞"的吸引力,在争夺钻石项链的关键时刻尤其如此。

丽萃在丢失项链之前的好长一段时间里,一直处于"成功"的巅峰。用她自己的话说,她"获得了彻底的成功":

> 她有了自己的孩子,有了固定的收入,有了新的情人——假如这个情人不足以帮助她达到自己的目的,而她想另作选择的话,她会毫无疑问地得到另一个更讨她喜欢的情人。她迄今为止在生活中获得了彻底的成功。[16]

这一段内心独白典型地反映了丽萃的思维方式:一连三个"有"字以及时刻准备更换情人的态度表现出她对所谓"成功"的肤浅理解——"成功"对于她只意味着占有和攫取。

紧随上引内心独白的两句话更加耐人寻味:"然而她并没有感到幸福。她想要得到的究竟是什么呢?"[17]"彻底的成功"居然未能给她带来幸福,这是她始料未及的。她生活在一个把"幸福"和"成功"等量齐观的年代,一个极度害怕失败的年代——如卡莱尔所说,维多利亚人有一种"对'不成功'的恐惧",其程度不亚于"下地狱"(参见本书第七章第一节)。丽萃也染上了这种恐惧病,这就是她死死不肯放弃那串钻石项链的原因。她曾经有这样一句内心独白:"如果在项链这件事情上遭受大家都会知道的失败,那将是非常可怕的"。[18]反过来说,她以为只要获得"成功",亦即得到她所想要的任何东西,就能得到幸福。然而,她究竟为什么在获得"彻底的成功"之后发现自己并不幸福呢?她一辈子都没有找到答案。倒是小说叙述者道出了原因:

> 有一个道理她没法明白,因此她也不可能告诫自己。这个道理就是:她没有一颗可以付出的心。[19]

丽萃所追求的"成功"只意味着索取,不意味着付出,这就决定了幸福将始终跟她无缘。"成功"反被"成功"误,丽萃若早知这一道理,恐怕就不会有那场"钻石风波",也不会有被商品物化的下场。

可悲的是,丽萃一辈子都未能吸取教训,一辈子都未能摆脱在"成功"语境中形成的思维定式。

哪怕是在最不得志的时候,她也仍然念念不忘"成功"。例如,在失去了钻石项链并遭受众人怀疑以后,她试图借亲近葛兰柯拉夫人(当时财政大臣的夫人)的机会东山再起,其盘算依然离不开"成功"的诱惑:"如果……葛兰柯拉夫人愿意做她的朋友,那她不就仍然能成为一个成功的女人吗?"[20]

又如,在作伪证的劣迹彻底败露以后,她陷入了四面楚歌的局面,随时都有可能被送进班房(作伪证应该受法律的惩罚),不过,她侥幸地躲过了被起诉的命运。照理,此时的她应该深刻反思才对,可是她却把侥幸当作"成功",甚至"为此而洋洋得意"。[21]

这样的思维定式一直延续到了最后。故事快结束时丽萃已经没有了选择——她原先以为能被自己玩弄于股掌之中的三个理想"情人"全都背离了她,因此她只能降格以求,嫁给了起初她根本看不上眼的牧师埃米里厄斯。这个牧师不仅身份、相貌等不如丽萃原先的三个"候选人",而且人品完全靠不住。① 埃米里厄斯的人格缺陷丽萃并非没有察觉,至少他在求爱时的甜言蜜语没有一句不被她识破。嫁给这样的人本身对丽萃的成功梦是一个嘲弄,不过丽萃却找到了自我解嘲的理由:"她根本不相信他会爱她。然而,她喜欢他向自己求爱,并且赞许他求爱的方式。她喜欢谎言,觉得谎言比真话更美丽。根据她的人生阅历来判断,敏捷而聪明地撒谎,或是莽撞而成功地撒谎,这对女人来说是必备的素质,而对男人来说则会增添魅力。"[22]此处最值得注意的是"成功"和"撒谎"这两个词语的并置:它们跟上文所分析的林莉丝戈夫人的信条——即为了"成功"可以撒无数遍的谎——形成了首尾呼应,从而凸显了左右丽萃思维习惯的"成功"语境,亦即凸显了她所依赖的那套是非颠倒的价值体系。

书中跟丽萃一同构筑"成功"语境——同时也被"成功"语境所钳制——的还有许多人物。例如,卡邦克尔夫人为了把侄女儿露辛达嫁给格里芬勋爵,几乎干尽了威逼利诱、敲诈勒索的勾当,其根本原因只有一个:把侄女儿风光地嫁出去意味着成功。她的意识中两次直接地出现了"成功"一词:

> "撮合格里芬勋爵和露辛达的任务还有待于完成。要撮合这对男女犹如虎口拔牙,但是卡邦克尔夫人百折不挠,仍然许诺自己会成功。"[23]

> "她很明白格里芬勋爵既不会帮她还债,也不会借钱给

---

① 丽萃和埃米里厄斯在特罗洛普三年以后发表的《首相》一书中再次出现。从该书中我们得知,埃米里厄斯实际上犯了重婚罪。

她,更不会赡养她。但是假如她已经把由自己负担的姑娘嫁了出去,这本身就会是一个成功,就会在一定程度上补偿她所付出的辛劳。"[24]

卡邦克尔夫人是一个极其狭隘的人物。特罗洛普通过她与"成功"之间的联系点明了这样一个道理:对"成功"的狭隘理解会导致一个人性格的扭曲。

"成功"语境的作用在弗兰克·格雷斯托克身上也十分明显。虽然弗兰克比书中绝大多数人物要清高得多,并且公开声称"为了金钱而结婚是世界上最令人作呕的观念",[25]但是他好几次动过娶富婆丽萃为妻的念头。他十分清楚丽萃为人不可靠,而且他也只对贫穷的姑娘露西动过真情,可是他有好长一段时间未能完全摆脱丽萃的诱惑,其主要原因是丽萃的财力能够在他的仕途上助一臂之力,而跟身无分文的露西结婚却有可能迫使他放弃从政的理想。下面是他有关幸福和事业的两段思绪:

"他意欲出人头地,而且他相信幸福来自成功。"[26]
"他一直在工作着,既勤勉,又聪明,是一个对社会有用的人。他发现通往成功的进步道路要求他成为一名政治家。"[27]

这两段思绪都深深地打上了"成功"烙印。需要特别指出的是,此处跟"成功"一词一起出现的还有"进步"二字,这不能不使人联想到盛行于19世纪英国的"进步"话语。书中除露西之外,弗兰克算是最善良的一个人物,可是连他都一度鬼迷心窍,险些失去纯真而美好的爱情,可见当时"成功"/"进步"风气之盛。

也就是说,丽萃只是无数"成功"语境的牺牲品之一。从这一语境中,我们可以捕捉到丽萃被商品物化的深层次原因。

二、现实丑与艺术美

本章引言中提到,《尤斯蒂斯钻石》对19世纪商品文化及其所依赖的社会价值观的质疑离不开对丽萃这一人物形象的揣摩。特罗洛普在处理这一人物时的难度很大:一方面丽萃是一个极其丑陋的形象,另一方面她作为艺术形象必须具有魅力,否则就无法传递全书最主要的信息,即对商品文化和"成功"语境的批判。正是因为解决了上述难题,特罗洛普才得以像朱虹女士所说的那样,把丽萃从现实丑变成了艺术美的一个典范。

从总体上说,丽萃是一个堪与萨克雷笔下利蓓加媲美的形象。特罗洛普在其自传中曾经作了这样的记载:虽然他在构思丽萃这一人物时无意借用利蓓加的形象,但在写作过程中却"经常产生一个念头,即丽萃·尤斯蒂斯只是蓓基·夏泼再世"。[28] 跟利蓓加一样,丽萃也是一个彻头彻尾的女冒险家,一个自私自利的女冒险家。她的所作所为都是丑恶的,令人作呕的,但是经过特罗洛普的艺术加工,读者得以既贴近她的内心世界,又跟她保持一定的审美距离和批判距离,进而从中得到愉悦。就如特罗洛普自己所说,丽萃所从事的"一系列冒险本身很令人讨厌,却能给读者带来快感"。[29]

具体地说,对丽萃这一形象的审视大致上可以从两个方面进行,一是她的外部形象,二是她的内心世界。

就其外部形象而言,丽萃的魅力在很大程度上可以由书中的一段描述得到体现：

> 她看上去像一头美丽的野兽。这样的野兽你是不敢抚摩的，因为你怕它会咬你——假如它的眼睛不是那么不安分，它的牙齿不是那么雪白而锋利，那它本来会是一头很美丽的野兽。[30]

这是一幅十分生动的文字图画，它把丽萃的外表写活了。需要强调的是，丽萃通篇都给人这样的感觉：她虽然让你感到害怕，或者讨厌，但是她又强烈地吸引你去关注她、揣摩她。尤其吸引人的是她那双不安分的眼睛，它们自然地引发了这样的问题：这双眼睛为何不安分？它们背后跃动着什么样的灵魂？铸成这颗灵魂的是什么？

这就自然而然地把我们引向了丽萃的内心世界。也就是说，特罗洛普对丽萃外部形象——以及她的所作所为——的描写意在暗示她的内心世界。毋庸置疑，丽萃的行为举止和穿装打扮都渗透着一种邪恶，然而小说的主旨并非简单地对丽萃的是非善恶作出道德判断，而是通过丽萃的外部形象来体现一种道德关怀。利维斯曾经赞扬劳伦斯伟大，赞扬他的"道德关怀比普通的道德判断要深刻得多"，赞扬他对是非曲直背后的原因穷追不舍，从而得以展示"哪些生活规律遭到了忽视"。[31] 利维斯对劳伦斯的赞扬同样也适用于特罗洛普，因为特罗洛普穷追不舍的正是善恶美丑背后的原因。就《尤斯蒂斯钻石》而言，特罗洛普要深究的就是丽萃变成"美丽的野兽"的原因。

小说从外部对丽萃内心世界的暗示是多角度的。本章第一小节已经提到了丽萃的外形被物化的状况,如她小时候满身披挂珠宝乱跑以及她佩戴钻石项链出席葛兰柯拉夫人家晚会时的情形。假如仅仅从这类细节来透视丽萃的心灵,我们很可能会得出跟斯基尔顿等人相同的观点,即丽萃"毫无个性可言"(见本章引言部分)——既然丽萃已经完全被商品淹没,那她自然就没有个性可言。然而,物化/商品化只是丽萃的一个侧面。有关她被物化的暗示还应该跟有关她被"动物化"的暗示结合起来得到解读。就其机械的思维模式(如前文所说的对"成功"的一味追求)而论,丽萃固然就像那些没有生命的物品,但是就其攫取财物——包括商品——的能量、速度和手段而论,丽萃又像生命力极强的动物。除了上文所提的"美丽的野兽"外,书中还有一段把丽萃比喻成"蛇"的描写:

> 她的身段轻巧、柔软、苗条、修长。如果有什么缺陷的话,那就是这身体动作太多。有人曾经说过,她身体的扭动和弯曲过于迅速,给出的肢体语言过于频繁,几乎就像一条蛇。[32]

这分明是一条"美女蛇"!这一形象给人带来的是复杂的联想:我们不仅想到了诱惑夏娃的撒旦,想到了美丽外表下包藏的凶险和奸佞,而且不得不正视丽萃那蛇一般的灵巧、敏捷和力量,更不能不思考美女何以变成蛇这样的问题。朱虹女士有过这样一段评论:"特罗洛普把丽萃·尤斯蒂斯当作反面人物,但有时,看着她把一些官方正统人物算计得晕头转向,也未免令人开心。这时的作者似乎身不由己地欣赏丽萃的机灵和胆识。"[33]确实,丽萃本来是一个既聪明又美丽的可爱女子,可是她却物化了,动物化了,这究竟是何缘故呢？

　　特罗洛普不但通过外部描述来启发我们对上述问题的思考，而且更多地是直接把我们带入丽萃的意识，以便我们顺藤摸瓜，找出她物化和动物化的原因。

　　当然，丽萃的灵魂是丑陋的，可是她的意识和活动却足以构成审美对象。

　　对丽萃的意识活动的审美性批判应该从她的聪明和机灵开始。

　　若论心计，全书中没有一个人物超得过她。她运用心计时离不开一个原则，即用最小的代价去换取最大的利益（或者说最大的"成功"），甚至根本就是不劳而获。例如，她虽然对文学知之甚少，却能显得阅历很广（正是凭借这一计策，她博取了尤斯蒂斯男爵的欢心）。书中有一句话颇值得思量：丽萃认准了可以"营造她自己的文学市场，赢得外界的羡慕，而所费的力气却少而又少，所花的代价也小而又小。"[34]此处"文学"和"市场"的并列也显出了她的心计。

　　丽萃在物色情人时也抱着少花代价而又能获得乐趣的宗旨。以下只是她这方面意识活动的一例："她和表哥弗兰克之间难道没有可能存在某种浪漫关系吗？她可不会跟任何男人私奔，也不会为了某个男人用自己的地位去冒险。除非世界上的女人全都这样干了，不然她可不会那样不谨慎。不过，她和表哥之间或许可以有某种关系——某种事实上的联络，至少是某种默契、某种同气相求的状况……"[35]

　　就是凭着这种算进不算出的小聪明，丽萃在"成功"道路上频频得手。然而，如前文所示，她最终栽了跟头。我们看到的是一个聪明反被聪明误的故事,但是丽萃自己从头至尾都未能明白其中的道理,而这恰恰构成了她作为审美对象的魅力之一:剖析一个聪明的傻瓜的灵魂,这难道没有审美乐趣?

特罗洛普用以引导我们剖析丽萃的主要艺术手法是"戏剧性反讽"(dramatic irony)。根据艾布拉姆斯(M. H. Abrams,1912—　)的定义,在戏剧性反讽情景中,"有关人物采取了一种行动方式,而我们却辨认出这是一种显然不适合实际情形的行动;或者该人物抱有某些期望,而我们却知道实际命运跟这些期望恰恰相反;或者该人物因某种言论而引来了某种后果,而这种后果跟他的意愿根本不符"。[36]丽萃的所思、所言和所为都落入了这一模式。不过,这并不意味着她是一个没有个性的人物。她的独特之处在于她的如意算盘虽然都一一落空,但是她作为一个机灵女子的形象却没有因此而受到丝毫的影响。导致她失败的与其说是她的智商,不如说是她的情商。这一点我们在前一小节已经有所涉及,即她找不到幸福的根本原因是缺少一颗可以为他人付出的心。换言之,丽萃这一形象为我们提供了这样一个启示:如果一个人的情商低下,即便他/她的智商再高,也照样会犯愚蠢的错误。

再往深处推进一步,我们会发现丽萃情商低下的原因跟前文中所分析的"成功"语境有着千丝万缕的联系。例如,她最终选择了埃米里厄斯做丈夫,其原因并非她愚钝得看不穿后者的众多鬼把戏,而是她对真正的爱情根本没有体会——她从来就没有生发过对他人的真情实感,同样也无法甄别他人的情感。更确切地说,丽萃根本就不懂得人间真情的可贵。在择偶的问题上,她的高智商几乎能够帮助她辨别出埃米里厄斯的每一句谎言,但是她的低情商却无法使她产生对埃米里厄斯及其谎言的厌恶,相反还赏识后者能够"成功地撒谎"(详见上一小节)。也就是说,由于受"成功"语境的耳濡目染,丽萃对道德情感上的良莠根本就无从分辨。

她在乔治勋爵身上打的如意算盘又是一例。乔治勋爵跟埃米里厄斯一样玩世不恭,并且公开"对诚实嗤之以鼻"。[37]丽萃对他的不诚实及其危险性看得相当清楚,可是仍然跟他调情,并把他列为自己的配偶候选人之一。下面是她的有关意识活动:

> ……他有着男子汉的品质——强壮、魁梧,而且胆大。这些是海盗①才有的品质。跟着这样的人去风风火火地闯荡世界,那才叫有意思!有时候就让他对你厉声厉色,有时候又享受他温情备至的爱;有时候被他冷落达两个星期之久,有时候又被他拥抱上两个星期;有时候因为他的卤莽而跌入绝望的深渊,有时候又凭借他的勇气而攀上人类欢乐的峰巅。所有这一切正合丽萃的心意,正是她所想要过的生活,正好跟她的诗人气质相匹配!然而,假如这位海盗虽然总是风风火火地闯荡世界,但是却不携带着她,甚至还要她来支付一切费用,那她该怎么办呢?何况他或许还会带着别人去风风火火地闯荡世界?如果丽萃没有记错的话,梅朵拉当初并没有从情人那里分得财产。然而,如果一个女人还想要让生活有那么一点儿诗意,那么她就必须有所冒险![38]

---

① 原文为"Corsair",其首位字母大写,表示此时丽萃心中想的是拜伦的叙事诗《海盗》(*The Corsair*, 1814)的主人公康拉德——海盗头子。下文中的梅朵拉(Medora)是康拉德的情人。

这是一段反讽意味极强的"意识流"。丽萃的理智明明白白地告诉她:跟乔治勋爵这样的"海盗"打交道会有种种风险,包括被冷落、被粗鲁地对待以及遭受财产上的损失,甚至整个人都有可能被抛弃。然而,她那浅薄的浪漫劲儿和追求刺激的狂热劲儿使她作出了"必须有所冒险"的决定。此处"冒险"一词用得很妙:凡"成功"者,必有冒险;丽萃的每一根神经、每一个情感细胞都渗透着"成功"的血液,这叫她怎能不去冒险? 更妙的是"风风火火地闯荡世界"一语:它道出了丽萃错把刺激当浪漫、误把浅薄当诗意的情感状况和价值取向。这一短语在短时间内重复出现了三次,可是我们并不觉得作者啰嗦,反而更觉得其中的含义回味无穷。还须添上一笔:"风风火火地闯荡世界"一语激活的不光是丽萃的个人形象,而是处于"病态的匆忙"[①]之中的维多利亚社会图景。

上面那段引文还足以证明丽萃是一个喜剧性人物。她的一厢情愿,她的自命不凡(如自认为具有诗人的气质),她的"浪漫"情调(如向往做海盗的女人),都一次次令人解颐。不过,我们在嘲笑之余,不免感到一丝悲凉:好端端的一个女子,竟然演变成了智商发达、情商萎缩的怪物,这难道不又是一幕悲剧?

当我们读完全书,掩卷细思时,浮现在我们面前的是一个多种特性交叉重叠的形象,一个蛇的特性和钻石特性混合交融的形象,一个野兽特性和商品特性兼而有之的形象,一个被珠光宝气掏干了心肺的贵妇人形象,一个聪明宝贝兼傻瓜蛋的形象。

在所有这些意象中,最让人挥之不去的——也是书中复现率

[①] 关于阿诺德对"现代生活的病态的匆忙"以及"进步"话语的质疑,请参见本书前言部分。

最高的——是钻石特性。换言之,钻石是统驭全书的核心象征。它象征着商品文化的浪潮,象征着奢侈消费的风气,象征着"成功"语境的实质,象征着女主人公丽萃的人品。钻石的价格虽然昂贵,外表虽然美丽,却腐蚀了丽萃的灵魂,冷却了她的心肠,冻结了她的情商,僵化了她的人格。

在英国小说史上,恐怕没有人比特罗洛普更出色地使用过钻石这一象征了。它不仅牵引了一部书的情节主线,照亮了全书的主题,而且激活了女主人公的艺术形象——需要一提的是,丽萃那僵化了的人格跟她那鲜活的艺术形象并不矛盾。更显匠心的是,特罗洛普在淋漓尽致地发挥了钻石的上述诸多象征作用之后,又突然笔锋一转,通过丽萃本人的意识屏幕揭示了她人品上的"假钻石"实质:

> 你可以对一块钻石穷敲猛击,但是它依然会完好无损,而假的钻石一经碰撞就会原形毕露。尽管丽萃常常自我壮胆,然而她明白自己是一块假钻石……[39]

在我们已经习惯于把丽萃跟真钻石联系起来思考之后,特罗洛普突然点明她不过是一块假钻石,这犹如釜底抽薪,彻底摧垮了丽萃赖以招摇过市的基础。当然,如以上分析所示,即便只有真钻石这一种意象,也足以揭露萃的人品,不过假钻石和真钻石之间形成的审美张力无疑更增添了讽刺的力量。

诺思罗普·弗莱曾经说过:"讽刺作家必须筛选他笔下的荒唐材料,而筛选的行为就是一种道德行为。"[40]特罗洛普选择并运用钻石这一象征的行动也是一种道德行为:通过钻石来讽刺丽萃这一人物,进而讽刺商品文化、消费主义和"成功"语境,这一连串的象征意义犹如警钟长鸣,告诫世人警惕道德的缺失。

注释:

1 朱虹:《英国小说的黄金时代》,第243页。

2 Robert M. Polhemus, *The Changing World of Anthony Trollope*, Berkeley and Los Angeles: University of California Press, 1968, pp. 172—176.

3 Christoph Lindner, *Fictions of Commodity Culture: From the Victorian to the Postmodern*, pp. 65—91.

4 分别参见 David Skilton, *Anthony Trollope and His Contemporaries*, London: Longman Group Limited, 1972, p. 71,和 Robert M. Polhemus, *The Changing world of Anthony Trollope*, Berkeley and Los Angeles: University of California Press, 1968, p. 173。

5 同注1,第243—244页。

6 同注3,p. 87。

7 同上,p. 74。

8 Anthony Trollope, *The Eustace Diamonds*, Frogmore: Panther Books Ltd., 1973, pp. 161—162.

9 同注3,pp. 75—78。

10 同上,p. 79。

11 Rachel Bowlby, *Just Looking: Consumer Culture in Dreiser, Gissing and Zola*, London: Methuen, 1985, pp. 2—8.

12 同注8,p. 21。

13 同上。

14 同上,p. 24。

15 同上,pp. 26—31。

16 同上,p. 194。

17 同上。

18 同注 8,p. 389。

19 同上,p. 194。

20 同上,p. 470。

21 同上,p. 674。

22 同上,p. 681。

23 同上,p. 478。

24 同上,p. 604。

25 同上,p. 47。

26 同上,p. 49。

27 同上,pp. 50—51。

28 Anthony Trollope, *An Autobiography*, Oxford: Oxford University Press, 1999, p. 344.

29 同上。

30 同注 8,p. 119。

31 F. R. Leavis, *D. H. Lawrence: Novelist*, Harmondsworth: Penguin Books Ltd., 1955, p. 36.

32 同注 8,p. 34。

33 同注 1,第 243 页。

34 同注 8,p. 31。

35 同上,p. 108。

36 M. H. Abrams, *A Glossary of Literary Terms*, Fort Worth: Hartcourt Brace College Publishers, 1999, pp. 136—137.

37 同注 8,p. 382。

38 同上。

39 同上,p. 556。

40 诺思罗普·弗莱:《批评的剖析》,陈慧等译,百花文艺出版社1998年版,第278页。

第九章 以"不安"为特征的情感结构

——解读《我们如今的生活方式》

第九章 以"不安"为特征的情感结构

就挑战"进步"话语的力度而言,《我们如今的生活方式》(*The Way We Live Now*, 1875)比《尤斯蒂斯钻石》有过之而无不及。

从展示的生活画卷来看,《我们如今的生活方式》比《尤斯蒂斯钻石》要广阔得多。用朱虹女士的话说,该小说"是特罗洛普对当时英国社会的一次全面的揭示和批判"。[1] 依笔者之见,这种批判的全面性具体表现为对社会情感结构———一种普遍的情感结构———的揭示。本书前言中曾经提到,由雷蒙德·威廉斯提出的"情感结构"一语是一种与"世界观"或"意识形态"相区别的概念,它有助于我们把有关社会现实的官方解释(或某些学术权威的解释)跟普通人的实际感受和体验区分开来。我们前面还提到,在19世纪优秀小说家们的笔下,这种情感结构或表现为对狂奔逐猎般的"进步"速度的疑虑,或表现为对豪气冲天的"进步"话语的反感,或表现为对"进步"所需代价的担忧。就特罗洛普的作品而言,所捕捉到的情感结构常常跟"成功"———"成功"其实是"进步"的同义词———语境有关,这在前一章对《尤斯蒂斯钻石》的分析中已经有所阐述。《我们如今的生活方式》也是在"成功"语境中展开的。小说中最主要的线索①是工业巨头麦尔墨特从"成功"到失败的故事。虽然威廉斯并未对《我们如今的生活方式》予以应有的重视(他在《英国小说:从狄更斯到劳伦斯》和《文化与社会:1780—1950》这两部专著中都未提及该书),但这不妨碍我们借用他的理论来剖析一下这个故事。换言之,小说中有许许多多跟麦尔墨特一样在追求"成功"的人物,而在这"成功"浪潮中时隐时现的是一

---

① 如朱虹女士所说,小说主要有 4 条线索,分别牵涉到破落贵族卡伯利母子、乡绅朗斯塔夫一家、青年保罗·蒙太古和老式地主罗杰的,但是"这 4 条主要线索都与麦尔墨特有关"。出处见本章尾注 1。

种普遍的、以"不安"为特征的情感结构。

本章将围绕这一情感结构展开讨论。

一、"欲踢又止"为哪般？

《我们如今的生活方式》中有一个值得琢磨的心理现象：艾尔弗雷德勋爵多次迸发出对工业巨头麦尔墨特猛踢一脚的冲动，却始终克制住了自己。下面只是其中的一例：

> 艾尔弗雷德爵爷恨不得踢他一脚。虽然麦尔墨特的块头要大得多，也年轻得多，但是艾尔弗雷德爵爷本来仍然会毫不畏惧地踢他一脚。尽管艾尔弗雷德爵爷平时游手好闲，是个十足的酒囊饭袋，然而他身上仍不无冲劲。好几次他都想狠踢麦尔墨特一顿，并且本来早就将这一想法付诸实践了……他俩一同出去的时候，麦尔墨特对他说："来，艾尔弗雷德，我们去喝一杯香槟酒。"艾尔弗雷德喜爱香槟酒，所以他应邀跟随而去，不过他边走边下定了决心：总有一天他要踢那家伙一顿。[2]

艾尔弗雷德勋爵为何欲踢又止？从表面上看，他强压怒火是为了让儿子在麦尔墨特手下谋得一份差使，并让麦氏为自己支付各种各样的账单，因而他的冲动和克制可以被归结为一种私人情感。然而，如果我们仔细追究，就会从中窥见全书所反映的英国社会的情感结构。

换言之，威廉斯的理论正好能够帮助我们分析上述现象。威

第九章 以"不安"为特征的情感结构

氏曾经指出,像"冲动"和"克制"这样一些情感结构的要素往往引起人们对其属性的误解——它们常常被误认为私人的属性,然而它们实际上是普遍存在的,因此具备社会属性(详见本书前言部分)。艾尔弗雷德爵爷的心理现象其实也具备了社会属性:透过他的冲动和克制以及这两种情感要素之间的关系,我们可以看到英国维多利亚时期正在变动着的社会意识。

纵览全书,我们发现艾尔弗雷德爵爷对麦尔墨特欲踢又止的情感并非孤立的现象。书中几乎所有的上等人都从心底里蔑视麦尔墨特,并产生过仇恨他的冲动(因为他是个白手起家的暴发户,并且常常在他们面前神气活现),但是他们中间的绝大多数却又在他面前低声下气,百般献媚。也就是说,他们都有过跟"欲踢又止"相类似的情感经历。

乡绅朗格斯塔夫就是其中一个典型的例子:他在跟麦尔墨特商讨房产抵押事宜,以及向后者乞讨"中南美洲大铁路"①股份公司的董事职位时,曾经一而再、再而三地受到羞辱;虽然"他觉得麦尔墨特先生令人作呕",[3] 而且还"因高傲的自尊心受了伤而怒火中烧",[4] 可是他每次都压住了怒火,成了忍气吞声的"典范"。

类似的情况还有很多。例如,朗格斯塔夫之女乔治娅娜明明视麦尔墨特一家如敝屣,并且曾不止一次地称他们为"坏人"和"可怕的人",[5] 但是她最后为了满足自己进入伦敦这个花花世界的欲望,竟去麦氏的家里过起了寄人篱下的生活。

在麦尔墨特家举行的舞会上,贵族老爷和夫人们一边私下里

---

① 英文原名为"The South Central Pacific and Mexican Railway"。此处笔者沿用了朱虹女士的译法——出处见本章尾注1。

说着男女主人的坏话（大有把坏话说尽的冲动），一边又百般地讨好他们,其中最典型的要数密得洛锡安郡的伯爵夫人和奥尔德里奇郡的侯爵夫人之间的一段对话以及她们随后的表现：

> 伯爵夫人说:"再没有比这家人更浪费钱的了。"
> 侯爵夫人答道:"说得一点儿不错!这钱的去路就像它的来路一样糟糕。"
> 话音刚落,她俩又争先恐后地转过去向女主人大献殷勤,说了一大堆恭维的话……[6]

在同一个舞会上,邦挺福特爵爷曾经有过拒绝与麦氏之女玛丽跳舞的冲动,但是他的母亲公爵夫人成功地说服他屈尊做了第一位伴舞郎。公爵夫人是艾尔弗雷德爵爷的姐姐,此时负有帮助弟弟讨好麦尔墨特的使命(艾尔弗雷德爵爷的家境已经开始败落,需要在钱财以及孩子的出路方面得到麦氏的帮助);她的劝说词道出了她那微妙的心态:"他们当然很俗气。我敢说麦尔墨特并非诚实之辈。只要男人们财源滚滚,我就知道他们的钱来路不明。当然,跟这家的人跳舞是出于无奈。你完全可以说这样做有失体面,但是我们还有什么其他办法能够帮助艾尔弗雷德的孩子们呢?"[7]

上面所举的各类情形都暴露了处于农业文明向工业文明转型时期的贵族阶层的典型心态:他们一方面恨不得把工商界的暴发户们贬得一钱不值,另一方面又厚颜无耻地巴结他们;一方面像艾尔弗雷德爵爷那样恨不得把这些暴发户踩在脚下,另一方面又不得不在其面前卑躬屈膝。这种冲动和克制之间形成的张力是特罗洛普笔下情感结构的特殊表现形式,即打上了"不安"烙印的形式。

虽然特罗洛普呈现的是一个虚构的世界,但是根据弗格森的记载,19世纪欧洲贵族阶级和工商界暴发户之间的情感关系的确非常微妙——以当时最大的暴发户罗思柴尔德家族和欧洲王公贵族们的关系为例,后者一方面从心底里鄙视前者,另一方面又纷纷讨好前者,甚至为此忍气吞声。[8]就连许多国家的君主们也不得不在罗思柴尔德们面前委曲求全。对此,萨克雷曾经带着讥讽的口吻写道:"内·梅·罗思柴尔德先生……就像年轻小姐们玩弄洋娃娃那样玩弄了欧洲新生代的君王们。"[9]从某种意义上说,麦尔墨特就是罗思柴尔德们的化身。他之所以能够把艾尔弗雷德爵爷等人玩弄于股掌之中,是因为"成功"语境主宰着那些人的思维:只要"成功",斯文扫地又有何妨?然而,斯文扫地的滋味毕竟不那么好受,所以才有了上面所说的种种焦虑和矛盾。换言之,"成功"并未提高人的生活质量——且不说仍然挣扎在贫困中的劳苦大众,就连原来养尊处优的贵族和乡绅们也越来越不得安宁。这种不安宁跟前面许多章节所说的、当年麦考莱等人所吹嘘的"进步"形成了一种反差。

简而言之,《我们如今的生活方式》所折射的是一种不安宁的生活方式。在这种"不安"的背后,悄悄地发生着社会价值观的变更。至于这些变化的具体表现形式,我们将在下一小节中讨论。

二、商业价值观侵入人类精神领域

上文所说的社会价值观的变迁主要表现在三个方面。

首先,人们衡量荣辱的尺度发生了变化。在工业革命之前,像麦尔墨特这样的暴发户不可能有很高的社会地位,至少不可能在贵族老爷和太太们面前颐指气使。在绝大多数的上等人眼里，暴发户充其量只属于低等的商人阶层。且不说不能允许哪个商人爬到自己头上作威作福，就连欠商人的钱都会令任何一个上等人感到无地自容，这一点已经由书中代表传统价值观的人物罗杰说得非常明白："如果一位绅士欠了商人的钱，又还不起，那简直就是耻辱。"[10]然而，罗杰所代表的只是一种逝去的价值观。除了他以外，书中几乎所有人物都多多少少地把人的尊严放到了从属于金钱和私利的地位，因此他们即使遭到了再大的羞辱，有过再大的反抗冲动，最终也能够克制住自己。在前文所举的那些事例的基础上，我们不妨再举一例：小尼德代尔和费利克斯子爵都曾经向麦尔墨特请求分红（其实这两位贵族公子连一个便士都没有投资过），结果讨了个没趣；虽然他们一个私下里骂麦氏为"恶棍"，另一个对他"充满着愤怒"，但是当着他的面时，又都始终毕恭毕敬。[11]他们之所以逆来顺受，是因为都还觊觎着麦尔墨特的钱财——他俩都对玛丽将要继承的遗产垂涎欲滴，都在扮演着求婚者的角色，因此也都显示了超凡的自制力。

其次，人们衡量信誉的尺度也发生了变化：一个人是否值得信赖，其判断标准不再是他的品行，而是他的虚名和权势。麦尔墨特提高自己知名度的秘诀之一是投机钻营，拉虎皮做大旗。除了靠创办虚假的股份公司来招摇撞骗之外，他最拿手的是通过办舞会和宴席等虚张声势的手段来骗取公众的信任。他刚到伦敦不久就"成功"地操办了一次舞会：他抓住了艾尔弗雷德爵爷囊中羞涩的弱点，通过利诱和要挟等手段让后者把自己的姐姐——公爵夫人——也拉入了舞会，然后又通过公爵夫人请来了一位王子。凭着这种张扬的场面，麦氏的知名度直线上升，一直升到了荒唐的程度:"在伦敦,麦尔墨特的名字价值连城——尽管他的品行可能一钱不值"。[12]

再次,人们在取舍社交对象方面的标准也发生了变化。人们在决定是否要接近麦尔墨特的时候,不再看他是恶还是善,而是看他能支撑什么样的场面,以及有什么地位的人在场。这一点在麦氏为接待中国皇帝而举办的家宴上表现得最为突出:就在宴席开始前不久,麦氏伪造地契的劣迹突然败露;除了中国皇帝和那群王室成员之外,其他宾客都已经有所风闻,但是他们那趋炎附势的心态最终还是战胜了害怕惹上坏名声的心理,于是一个个照样出席了"盛会"(只有少数例外)。莫诺格拉姆夫人是其中一个较为突出的例子:"她从第一次听说麦尔墨特的名字起,就认定他是个每天依靠掠夺无辜者来养肥自己的家伙",[13]可是她一旦确认王公贵族们都出席了麦氏家宴的消息之后,就不顾一切地驱车前往;虽然她始终心存疑虑,但是最终决定她的行为方式的是诱人的排场及其所代表的价值观。

上述各类人物的矛盾心态都反映了我们前面所说的社会情感结构。透过这些人物的种种冲动和克制,以及他们在选择行为方式时所经历的彷徨和痛苦,我们可以觉察到一种普遍存在的焦虑和躁动。这种不安的情绪一方面可以看作新旧社会价值观彼此碰撞、冲突的结果,另一方面又可以看作"进步"话语撩拨下"成功"欲望左右折腾的结果。在19世纪的英国,人们对社会生活的实际体验已经跟主流话语严重脱节。正像威廉斯所指出的那样,有关社会现实的,"广为接受的解释与人们的实际体验会频繁地形成对峙……这种矛盾经常表现为一种不安、一种压迫感、一种潜在的、没有着落的感觉"。[14]《我们如今的生活方式》生动地再现了这种感觉,从而使我们在了解那段社会价值观的变迁史时,仿佛身历其境。

最后还得强调一点:本小节所分析的三个方面的社会价值观变迁可以归结为一种精神现象,即赤裸裸的商业价值观——陆建德博士曾经称之为19世纪英国"处于上升时期的市侩价值观"[15]——大规模地侵入了人类的精神领域。

三、是平静的世界? 还是动荡的世界?

威廉斯曾经把特罗洛普跟乔治·爱略特作过比较,并在比较过程中明显地流露出对爱略特的赞赏和对特罗洛普的批评。在威氏看来,爱略特之所以胜过特罗洛普,是因为她的作品展现了一幅动荡不安的时代画面,而特罗洛普笔下的世界却过于平静。最遭威氏诟病的是在特罗洛普的小说中"财产可以跟幸福共存",最被威氏欣赏的则是爱略特擅长"围绕遗产继承问题来展开情节"。[16]威氏所作评价的主要基础是《桑恩医生》(*Doctor Thorn*, 1858),不过他的观点至少在两个方面有失偏颇。其一,即便在《桑恩医生》中,我们所看到的世界也并不平静(该小说成功地描写了铁路的铺设——工业文明的标志之———对库尔西镇的经济生活所造成的冲击)。其二,威氏的结论容易造成特罗洛普的小说普遍以"平静"为特征的错觉。

我们前面的分析已经表明,至少《我们如今的生活方式》所呈现的世界并非一片平静,而是到处酝酿着动荡,而且这种动荡已经波及社会的深层次结构,即情感结构。更重要的是,特罗洛普也跟爱略特一样,十分擅长描写因遗产继承问题而产生的不安、矛盾和冲突——《我们如今的生活方式》浓墨重彩地描绘了围绕玛丽可能继承的遗产而展开的婚姻大战。在尼德代尔爵爷发起"进攻"之前,玛丽小姐就曾经有过一个觊觎她财产的情人。尼德代尔也盯着玛丽将来可能继承的遗产,开价 50 万英镑,作为接受玛丽的基本前提,结果未能谈成条件——麦尔墨特答应支付对方索要的数目(他的目的是靠跟贵族联姻来买一个爵位),但是希望能一手交钱,一手成亲。接着是格拉斯罗爵爷向玛丽求婚,结果也没能成功。其间,"不少其他人也以同样方式向玛丽求过婚,都因条件未能谈妥而作罢;每位求婚者都把这姑娘看作一种累赘,因此开价都很高,然而随着麦尔墨特自己事业的飞黄腾达……他开始不断地往下压价"。[17] 再接下去是费利克斯子爵向玛丽求婚:虽然他轻而易举地骗取了后者的感情,但是由于麦尔墨特嫌他爵位低而反对这门亲事(这意味着即便他俩成了亲也不一定拿得到钱),又由于费利克斯自己对玛丽没有半点儿真情,因此他在约好私奔的紧要关头变相地抛弃了她。令人回味的是,在玛丽被抛弃之后,尼德代尔又一次向她求婚——按照传统的价值标准,贵族向一位被人玩弄并抛弃的女子求婚是一件很不光彩的事情,可是在财产的诱惑面前,尼德代尔又一次把羞耻心抛到了九霄云外。

在上述为继承遗产而演出的一幕幕谈婚论嫁丑剧中,并没有威廉斯所说的"平静",更没有"幸福和财产共处"的迹象,有的只是无尽的喧哗和骚动,以及深深的焦躁和不安。

这种不安的情绪根植于吕西安·戈德曼(Lucien Goldmann,1913—1970)所说的"本质和外貌之间的断裂"。[18] 在特罗洛普所描写的年代,生活的本质和外貌之间的断裂随时随处可见。他的另一部小说《首相》(*The Prime Minister*,1875)中有一段看似平静

的画面可以给我们带来这方面的启示——主人公派利塞(此时他已经当上了首相)跟罗希娜夫人在公园里散步:

"大人,坏天气从来都吓不倒我。我总是穿着厚厚的靴子,而且必须是软木靴底的——我对靴底很挑剔。"

"软木靴底挺不错!"

"我想我能活到今天,要归功于软木靴底,"罗希娜夫人来了劲儿。"在银桥区有个名叫斯普莱特的人会做这种靴底。大人你曾经找他做过鞋吗?"

"我想我没找过他,"首相回答道。

"那你最好试一试。他做得很好,还很便宜。伦敦的那些商人们总是漫天要价。斯普莱特做的靴子很结实,穿上整整一个冬天以后才需要换底子。我想你大概从来不为这些事情操心吧?"[19]

一个日理万机的首相竟津津有味地跟一个背时的老太太谈论软木靴底这类琐事,这是不是特罗洛普的败笔呢?绝对不是。从小说的上下文来看,派利塞十分厌倦他身陷其中的那种表里不一、尔虞我诈的政治生活,因此他情愿跟罗希娜夫人谈论那些实实在在的生活小事儿。他俩在公园边散步边漫谈的场景确实给人一种平静乃至悠闲的感觉,可是这种短暂的平静恰好跟派利塞平时所处的那种危机四伏的政治生涯形成了鲜明的对照,就连他的家庭生活也并非风平浪静:他的妻子葛兰柯拉常常跟他发生争吵——葛兰柯拉不但嫌派利塞不像她以及社会上大多数人那样信奉"厚脸皮原则",而且常常像这样为自己辩护:"为了你好,我真希望能把你的脸皮变得厚一些,这是在我们这个粗俗混乱的世界里保持体面和舒适的唯一方法"。[20]此外,上面这段插曲反映出派利塞对自然和返璞归真的一种向往:生活中的许多问题本来应该像制鞋或买鞋那样简单,但是由于一些人为的因素而变得复杂异常,造成了事物的外貌和本质之间的脱节和断裂。换言之,在派利塞的生活中,正常的变成了不正常,自然的变成了不自然。对身为首相的派利塞来说,人们在他面前的一言一行都可能不那么简单,而是另有企图,所以才有了他跟罗希娜夫人在一起时的那种特殊感受:"她很自然,而且对他一无所求。当她谈论软木靴底时,她毫无其他意思。"[21]

可悲的是,在特罗洛普笔下的世界里,人们的所言所行往往是另有所图的。在《我们如今的生活方式》中,这种表里不一的现象比比皆是:费斯克构建"中南美洲大铁路"宏伟蓝图的目的并非真的要建设铁路,而是骗取股民的钱财;贵族公子们纷纷向玛丽求婚并非为了迎娶自己所爱的姑娘,而是为了得到丰厚的嫁妆和巨额遗产;卡伯利夫人写小说不是为了投身文学事业,而是为了沽名钓誉,更是为了敛财;麦尔墨特举办舞会和宴会不是为了增进友谊,而是为了构筑庞大的关系网,进而从事大规模的诈骗活动。所有这些活动本身是正常而自然的,可是它们的背后却隐藏着阴险或狡诈的目的。在这种外表和本质之间充满裂痕的社会中生活,人们自然会产生前文中所说的那种不安的情绪。

那么,是什么造成了社会的外表和它的本质之间的断裂呢?当然是前文所说的社会价值观的变迁。在特罗洛普所生活的年代,由贵族把持的社会已经渐渐被资产阶级民主社会所取代。莱昂内尔·特里林曾经指出,资产阶级民主社会有一种贵族社会所没有的——虽然后者有着其他种种弊端——特殊弊端,即谄上傲下之辈成群,趋炎附势之风盛行。[22]换言之,资产阶级民主社会是典型的势利社会。特里林还说,"势利社会中占统治地位的情感是一种不安和不自在,一种人与人之间彼此提防的戒备心理……"[23]特罗洛普的小说给我们提供的正是一幅势利眼群丑图,而在其背后起支撑作用的则是我们前面所分析的那种以"不安"为特征的情感结构。

四、麦尔墨特的败因

近几十年来,有关《我们如今的生活方式》的评论逐渐增多。对于这众多评论,至少有一个问题仍然有待廓清:

小说主人公麦尔墨特为何身败名裂?

鉴于这一问题牵涉到本章的主题,即小说的社会情感结构,我们有必要在这里另辟一个小节加以澄清,进而探讨隐藏其后的一个更重要的问题:透过麦尔墨特的商海浮沉,我们可以窥见维多利亚时期社会价值观变迁的哪些轨迹?本章第二小节已经讨论了特罗洛普笔下社会价值观变更的问题,但是我们此处有必要把它跟麦尔墨特的败因放在一起考察。

工商界的巨头麦尔墨特为何从成功的巅峰一下子跌入了失败的深渊?对此,朱虹女士曾经有过这样的解读:"麦尔墨特恰恰是由于被周围人的谄媚'模糊了自己的头脑',不能时刻全神贯注,才导致失败。"[24]斯蒂芬·沃尔(Stephen Wall)也有过相似的解释:"显而易见的是,傲慢模糊了麦尔墨特的视线,破坏了他的判断力,从而迅速地导致了他的垮台……"[25]精神不够集中或模糊的视线果真是麦尔墨特的败因吗?

笔者认为,要探究麦尔墨特身败名裂的缘由,首先得审视一下他当初获取成功的卑劣行径和社会基础。概括起来,麦氏的发迹一靠欺诈,二靠助长欺诈之风的社会土壤。前者反映了麦氏个人的价值取向,后者则反映了整个维多利亚社会的精神趋势。

麦尔墨特从露面的第一天起,他的背景就一直被笼罩在迷雾之中。他对自己的财富来源始终讳莫如深(这恰恰说明其中有诈),小说作者也没有作正面的交待,但是小说所叙述的、弥漫于伦敦社区的种种猜测以及此起彼伏的谣传似乎总在提醒着我们:麦氏的钱财来得不干不净。至于他的身世,尽管他声称自己是正宗的英国人,然而他那浓浓的外国口音实在无法让人相信这种鬼话。

耐人寻味的是,虽然麦尔墨特的骗子嘴脸一开始就破绽百出,却没有人去捅破那层不经一戳的窗户纸。相反,书中的绝大多数人物都在他面前媚态百出,就连那些高踞爵位的老爷太太们也概莫能外。如前文所述,从艾尔弗雷德爵爷到乡绅朗格斯塔夫,从贵族尼德代尔父子到卡伯利夫人和她的儿子,一个个拜倒在了麦尔墨特的脚下。更可笑可悲的是,他们一个个变得智商低下,失去了最起码的辨别真伪的能力,被麦尔墨特那并不高明的骗术所愚弄。

这方面的典型要数艾尔弗雷德爵爷了:他为了让儿子在麦尔墨特手下谋得一份差使,并为自己捞到额外的收入,屈尊做了麦氏的帮凶——加入了买空卖空的"中南美洲大铁路"股份公司的董事会,而所起的唯一作用只是在麦氏独断专行时应声帮腔。

另一个典型是朗格斯塔夫:他明知麦尔墨特的品行有种种疑点,却仍然分文未收就先把一处房产"卖"给了他,结果上了当。

麦尔墨特还用并无着落的遗产作诱饵(给外界造成玛丽将要

继承巨额遗产的印象),导致贵族公子们演出了一幕幕求婚乃至私奔的丑剧(前文已经提及),斯文扫地,丢尽了颜面。

更让贵族老爷们难堪的是,麦尔墨特还常常以轻浮或粗鲁的态度对付他们。例如,艾尔弗雷德习惯于别人称他为"爵爷",麦氏却偏偏多次在众人面前直呼其名,让他下不了台(这也是前文所说的他想要狠踢麦氏一脚的原因)。老朗格斯塔夫所受到的羞辱更大:他曾经低三下四地求麦氏让他进入"中南美洲大铁路"股份公司的董事会,不料麦氏毫不客气地当面拒绝了他。我们知道,在工业革命之前,像麦尔墨特这样的暴发户不可能有很高的社会地位,至少不可能在贵族老爷和太太们面前趾高气扬。然而,在《我们如今的生活方式》所描绘的社会生活中,一个暴发户居然可以随意玩弄王公贵族,这究竟是什么原因呢?

原因就在于社会价值观的变迁。本章第二小节已经提到,在特罗洛普所描绘的那个时代,社会价值观发生了三方面的变化,即人们衡量荣辱的尺度所发生的变化、人们衡量信誉的尺度所发生的变化,以及人们取舍社交对象的标准所发生的变化。所有这些,可以归结为一点,即人与人之间除了私利和现金支付关系之外,再无其他纽带——人的尊严也降到了金钱交易的水平。麦尔墨特正是依靠这样一种价值氛围才爬上了冒险事业的巅峰。

具体地说,把麦尔墨特的知名度推向顶点的是"中南美洲大铁路"股份公司。随着该公司股票的上市,他的地位也发生了微妙的变化:假如先前是他需要攀附达官显贵们的话,那么如今他却成了攀附的对象。他的股票成了抢购的对象,他的女儿成了追逐的对象,他本人则成了不同党派乃至不同教派的膜拜和争取的对象。最后,他还当上了国会议员。然而,构成他那显赫声名的基础却是一堆泡沫。确切地说,他赖以成功的基础无非是一个弥天大谎——他的那个铁路股份公司其实是一个大骗局。最先提出这一公司设想的是美国人费斯克。他在向保罗·蒙太古——费斯克和麦尔墨特之间的牵线人——介绍自己宏大构想时的那一段话颇令人回味:

> 所要托出的宏伟计划是在中南太平洋沿岸以及墨西哥境内建立一条铁路。它起始于盐湖城,跟旧金山和芝加哥之间的铁路线形成交叉之势,然后直穿墨西哥和亚利桑那州的肥沃土地;进入墨西哥共和国的领土之后,它跟墨西哥城擦边而过,最后在维拉克鲁斯港的海湾处露面。费斯克先生随即透露说,这是一项伟大的事业,并确认铁路全长很可能要超过两千英里。他还承认,铁路的造价并未经过预算,或许根本就无法预算。不过,他似乎认为像预算之类的问题与整个计划无关,只有头脑幼稚者才会考虑这些问题。如果麦尔墨特真的想要接受这项计划,他根本就不会提出这方面的问题。[26]

这段文字极具讽刺意味:一连串逼真的具体名称和数字配上虎头蛇尾的逻辑,既生动地刻画出骗子的惯用伎俩,又巧妙地交代了整个骗局的漏洞。铁路经过的地点和长度被说得头头是道,可是如此宏伟的工程居然可以把预算问题忽略不计,不是马脚是什么?事实上,费斯克后来在劝保罗不必为资金不够而担心时,曾一语泄露天机:该计划的"目的不是要建造一条通往维拉克鲁斯的铁路,而是要创办一个公司"。[27]就是这样一个买空卖空的计划,很快得到了麦尔墨特的响应,并且使他一路飞黄腾达。也正如费斯克当初所料想的那样,麦氏没有对铁路的造价等问题产生丝毫的顾虑——他压根儿就没诚心建造一条铁路。

骗局得逞乃社会风气使然。特罗洛普曾经一针见血地指出,在他所处的那个时代,"不老实的勾当,只要达到宏伟规模,就不再令人厌恶"。[28]有了这样的思维方式和价值标准,自然就会产生麦尔墨特那样的行为方式。跟上文中介绍的费斯克吹牛的方式一样,麦尔墨特也常常用"宏伟"和"伟大"等字眼来标榜自己的产业,并且总是在世人面前摆出老大的架势,推出老大的场面,吹出老大的牛皮。

然而,牛皮毕竟总是牛皮,而且牛皮越大,恶果也就越大。麦尔墨特的大骗局能让他得逞一时,却无法保他猖狂一世。确切地说,麦氏的骗局从一开始就潜伏着危机。既然他的成功之本是欺骗,那么后来的东窗事发也就顺理成章。换言之,他的成功本身就潜伏着败因,或者说他当初成功的原因也就是他后来失败的根由。因此,麦氏的失败并不是因为他注意力不集中,也不是因为他的视线模糊,而是因为他成功的方式本来就隐含着失败的种子。

不过,麦尔墨特个人的成败本身并不重要,真正重要的是作者通过他的成败向我们传递了这样一个信息:英国工业革命引起的社会价值观的变迁造就了麦尔墨特大起大落这种现象,使得无数白手起家的骗子们有机可乘,也使其中不少人身败名裂。

无论是成功,还是失败,在麦尔墨特们的情感结构中起支配作用的始终是不安和不自在的情绪,始终是人与人之间彼此提防的戒备心理。也就是说,维多利亚社会中许多人所追求的成功——也就是当时的"进步"话语所吹嘘的成功——不可能给人带来平静和安宁,这本身就是一种失败。

无论是成功,还是失败,那个社会的游戏规则始终都没有变:无论是冲到浪尖的麦尔墨特,还是沉入谷底的麦尔墨特,都是在投机取巧。

英国社会的投机之风在18和19世纪先后受到过伯克、卡莱尔和罗斯金等人的猛烈抨击。他们都把经济领域中大规模的投机活动看作工业革命带来的负面效应,并不约而同地反对任何虚假的支付方式,主张商业活动应该建立在商品内在价值的基础上。罗斯金就曾经强调,"所有的劳动和商业活动是好是坏,取决于你所生产或购买的东西的内在价值"。[29] 19世纪的英国市场上不仅充斥着假冒伪劣的商品,更可恶的是,买空卖空的投机活动随着股票的盛行而日益猖獗。卡莱尔在《往昔与今日》一书中曾经痛斥这类"赌博式的投机活动",并把以这类活动为特征的时期称为"泡沫时期"。[30] 特罗洛普正好生活在泡沫成灾的年代。根据诺埃尔·安南(Noel Annan)的记载,特罗洛普尤其对证券交易所的崛起以及1855年通过的《有限责任法案》感到痛心疾首。[31]《有限责任法案》规定,在企业亏损的情况下,业主所遭受的损失只限于其在该企业的投资额,而不涉及其个人财产。这就意味着即便企业倒闭,业主仍然可以过花天酒地的生活。与特罗洛普同时代的一个名叫高特海默(Alberter Gottheimer)的投机家曾经收集到2400万英镑的股资,并想方设法把其中的不少钱变成了个人财产,而最后,那些小股东们必须承担价值2000万英镑的亏损,高特海默自己却带着肥肥的腰包逍遥法外,甚至还被意大利国王封为男爵。[32] 正是这种以投机为特征的社会风气成了特罗洛普的批判对象——他笔下的麦尔墨特其实就是高特海默的化身(就像他是前文所说的罗思柴尔德的化身一样),而彼时彼地何止千百个高特海默!另一个可以作为麦尔墨特的生活原型的是当时名噪一时的投机家哈德森(George Hudson)。此人于 1845 年控制了全英国铁路系统的三分之一,因而号称"铁路之王"(the Railway King),然而他在腰缠万贯之后,贪欲更盛,心肠更狠,竟假借铺设新铁路之名,把募集来的资金用于分红,自己从中谋得巨额,最后携巨款逃之夭夭。[33]

当然,高特海默和哈德森这两个人跟麦尔墨特的结局不同:前者行骗得手,春风得意;后者虽然一度得手,最后却折戟沉沙。不过,如上文所说,表面意义上的成功和失败并不重要。即便麦尔墨特个人的结局跟高特海默或哈德森一样,我们仍然可以把他看成一种失败的象征:他的行为方式以及他所代表的社会价值观本身就是一种失败。

从根本意义上说,麦尔墨特是一种特定社会的产儿,在其悲剧的背后则是传统社会价值观的崩溃。如果说在工业文明之前人们行骗时还须遮遮掩掩,那么工业文明之后大规模的诈骗、大规模的投机则堂而皇之地被当成了一种荣耀。我们前面提到,陆建德曾经指出 19 世纪的英国有一种处于上升时期的市侩价值观,"它正得意洋洋地渗透到社会各个角落"。[34] 这种现象在特罗洛普笔下也得到了充分的揭示。翻开《我们如今的生活方式》,我们发现为追逐财富、追逐泡沫的欺诈行为比比皆是。也就是说,行骗的不光是麦尔墨特——他所把持的股份公司董事会实际上是一个庞大的骗子集团,费斯克、保罗、艾尔弗雷德爵爷和费利克斯子爵等人都加入了这一集团,甚至以此为荣。跟他们的投机活动相呼应的至少还有两条主线:卡伯利夫人为推销她那粗制滥造的小说所进行的招摇撞骗,以及熊园俱乐部中每天进行着的赌博游戏。卡伯利夫人的创作动机纯粹是为了攒钱。她虽然才智平庸,可是在投机取巧方面却头脑发达——她利用报社编辑布鲁恩好色的弱点以及另一家报社的编辑博克急需推销自己作品的私心，引诱他们变成了自己的吹鼓手。至于熊园俱乐部的那些贵族公子哥儿们，我们所看到的是更加赤裸裸的投机和赌博：迈尔斯、费利克斯子爵、小尼德代尔、多利和格拉斯罗等人开设的赌局成天成夜地开放。除了在牌桌旁大显身手之外，他们没有任何才能可言。关于这些赌局，书中有这样一个细节：赌鬼们赌输之后大都采用欠条的形式来支付，而且这些欠条可以无限期地拖欠下去。这一细节跟麦尔墨特等人的买空卖空活动一样，影射着19世纪英国社会经济生活的虚假本质。

在特罗洛普的笔下，投机活动不仅在社会舞台上唱着主角，而且对个人的身心发展也起着主导作用。《我们如今的生活方式》中的绝大多数人物都是畸形发展的产物。他们在招摇撞骗、投机取巧方面固然能高招迭出，但是在其他方面却几乎个个是酒囊饭袋。无论是教子无方的卡伯利夫人，还是把自己的感情生活弄得一团糟的保罗，或是只会赌博的费利克斯子爵及其牌友们，都多多少少地让人看到：他们不是智商低下，就是情商低下，甚至是两者兼而有之。就连一度事业"辉煌"的麦尔墨特也是一个畸形发展的人物：除了钻营、投机和诈骗之外，他几乎没有任何才能，也没有任何情趣，甚至缺乏起码的教养。如果我们结合特罗洛普的其他小说，就能更进一步领会特氏的用意：上述畸形人物及其丑行已经成了非常普遍的社会现象。例如，在《首相》一书中，第一夫人葛兰科拉熟谙各种谋取私利的门道，精通各类骗人的把戏，可是除此之外，她简直就是无知无识。该书的另一名主要人物洛佩斯虽然不及麦尔墨特那样飞黄腾达，但是也算得上生财有道。不过，他除了心中装有"敛财是世界上最重要的事务"[35]这一指导思想之外,几乎是一无所有:没有起码的是非观念,没有自知之明,甚至"没有才智,没有心肠"。[36]

特罗洛普对上述现象的揭露正好跟恩格斯当年的论述形成了呼应。后者在分析伦敦的工业化和都市化的代价时这样指出:"伦敦人为了创造充满他们的城市的一切文明奇迹,不得不牺牲他们的人类本性的优良特点……潜伏在他们每一个人身上的几百种力量都没有使用出来,而且是被压制着,为的是让这些力量中的一小部分获得充分的发展……"[37]确实,在特罗洛普笔下的世界里,人们身上的那一小部分——投机取巧的本领——得到了充分的发展,而其他部分却遭到了压抑乃至扼杀。只有在这种特定的背景下,才会出现上文所说的麦尔墨特现象。

综上所述,麦尔墨特的失败是工业文明冲击下新旧社会价值观迅速更迭交替,一种腐朽的价值观乘虚而入的结果。麦尔墨特的大起大落不应该被仅仅看作个人的成败得失,不应该被放在物质层面上来理解,而应该被看作商业价值进入人类精神领域的一种症状。同时,麦尔墨特的大起大落还跟我们前面所分析的情感结构之间有着深刻的联系:无论是不安分的骗子,还是不安定的社会情感,背后起作用的都是"成功"梦,或者说是特罗洛普所推敲的"进步"话语。

注释:

1 朱虹:《英国小说的黄金时代》,中国社会科学出版社1997年版,第240页。
2 Anthony Trollope, *The Way We Live Now*, Oxford: Oxford University

Press, 1999, p. 36.

3 同上, Vol. I, p. 116。

4 同上, p. 115。

5 同上, p. 202。

6 同上, p. 34。

7 同上, p. 35。

8 Niall Ferguson, *The House of Rothschild: Money's Prophets, 1798—1848*, pp. 196—201.

9 同上, p. 16。

10 同上, Vol. I, p. 95。

11 同上, pp. 210—223。

12 同上, pp. 33—34。

13 同上, Vol. II, p. 99。

14 Raymond Williams, *Marxism and Literature*, p. 130.

15 陆建德:《破碎思想体系的残篇》,北京大学出版社 2001 年版,第 41 页。

16 Raymond Williams, *The English Novel: from Dickens to Lawrence*, pp. 84—86.

17 同注 2, p. 33。

18 Lucien Goldmann, *Towards a Sociology of the Novel*, Trans. Alan Sheridan, London: Travistock Publications, 1975, p. 8.

19 Anthony Trollope, *The Prime Minister*, Oxford and New York: Oxford University Press, 1983, Vol. I, p. 253.

20 同上, Vol. II, p. 23。

21 同上, Vol. I, p. 255。·

22 Lionel Trilling, "Manners, Morals and the Novel", *Forms of Modern Fiction*, (ed.) William Van O'connor, Bloomington: Indiana University Press, 1959, p. 148.

23 同上。

24 同注1,第242页。

25 Stephen Wall,"Trollope, Satire and *The Way We Live Now*",(ed.) Tony Bareham, Essays in Criticism, Oxford: Oxford University Press, 1988, p. 48.

26 同注2,pp. 76—77。

27 同上,p. 77。

28 转引自朱虹,出处同注1,第241页。

29 转引自 Frederick William Roe, *The Social Philosophy of Carlyle and Ruskin*, London: Kennikat Press, 1927, p. 172。

30 Thomas Carlyle, *Past and Present*, London: Chapman and Hall, 1924, p. 232.

31 Noel Annan,"Introduction", Anthony Trollope, *The Way We Live Now*, London: The Folio Society Ltd., 1992, pp. xi—xxii.

32 同上。

33 Kenneth O. Morgan, *The Oxford History of Britain*, pp. 507—509.

34 同注15。

35 同注19,p. 233。

36 Stephen Wall, *Trollope: Living with Character*, New York: Henry Holt and Company, 1988, p. 179.

37 恩格斯:《英国工人阶级状况》,人民出版社1956年版,第58—59页。

第十章 《谢莉》:"进步"话语的解构和"通天塔"意象的建构

第十章 《谢莉》:"进步"话语的解构……

在19世纪对"进步"话语的质疑声中,夏洛蒂·勃朗特(Charlotte Brontë,1816—1855)的《谢莉》(*Shirley*,1849)以其独特的魅力奏出了一组强有力的旋律。无论是它的题材和人物塑造,还是它的意象和叙事技巧,都意味着对"进步"话语的无情解构。

从诞生的第一天起,《谢莉》就一直处于毁誉参半的境地。对它的指责大致可以分成两大类:一是从意识形态角度提出的批评,二是从艺术角度进行的抨击。这两方面的批评首先分别来自两个"巨头":刘易斯和伊格尔顿。刘易斯有一个常常被后人引用的定论:"……由于艺术上的缺陷,《谢莉》毫无整体性可言……《谢莉》不能被作为艺术品来接受。它不是一幅图画,而是一组东拼西凑、随意挥就的速写,只能作为一幅或更多图画的基础。"[1] 伊格尔顿也有一个常被人附和的观点,即《谢莉》的意识形态功能是为统治阶级服务,鼓吹地主阶级与资产阶级联手促成工业化进程。用伊格尔顿的原话说,"《谢莉》在意识形态方面的主要功用是重现并赞颂地主乡绅和工厂业主之间的阶级联合,而促成这一联合的是工人阶级的抗争"。[2] 伊格尔顿的主要理由来自小说的结局:女主人公谢莉最后与路易斯·穆尔成婚;后者的兄弟罗伯特·穆尔是一个资本家(小说结尾处他的企业和家业风头正盛),而谢莉自己拥有地产,因此这桩婚姻可以看作"地主与节节进步的资产阶级的联盟"。[3]

然而,如果我们从对"进步"话语的解构这一角度切入,就会发现《谢莉》是一部十分优秀的小说——上述两方面的批评一旦被置于这一角度,也都会显得有失公允。

一、贯穿始终的质疑基调

就解构"进步"话语的力度而言,《谢莉》不会比其他任何一部19世纪英国小说逊色。它的力度首先体现在贯穿全书的质疑基调上。

这一基调从书中对"进步"一词的使用以及相关人物、事件和意象中可见一斑。

跟本书中论及的许多小说一样,《谢莉》中也直接出现了"进步"的字眼,其出现频率之高,使它非常接近萨克雷小说的风格(参见本书第六章和第七章)。

事实上,《谢莉》经常被看作勃朗特小说中最具有萨克雷小说韵味的作品。布默拉的评述可引以为证:"《谢莉》常常被描述为勃朗特的萨克雷式小说。从《谢莉》展示社会全景的尝试来看,这一描述是相当确切的。"[4] 我们不妨补充一句:在"进步"一词的直接使用上,《谢莉》也颇具萨克雷小说的风格,或者说比萨克雷有过之而无不及。

给小说主人公直接安上"进步分子"的桂冠,这是《谢莉》的独特之处之一:小说开场不久,我们就被告知罗伯特·穆尔是"一个彻底的进步分子(thoroughgoing progressist)"。[5] 在这一交代的上文,我们还可以看到有关穆尔"进步"的具体说明:

> 本书这个故事开始的时候,罗伯特·穆尔在这个地方才住了两年;短短的两年里,他那充沛的活动才干已经初露端倪。……至于那个织布厂,原是一座古旧的建筑,里面摆着几

台陈旧的机器,像是老掉了牙,而且效率极低,他一开始就对这些简陋设备嗤之以鼻。他的目标是对老厂进行脱胎换骨的改造,利用手头十分有限的资金,他已经尽快地使这项工作初见成效。但是,资金的短缺,以及由此造成对**他的进步**①的种种阻滞,犹如紧箍咒一般使他坐立不安。穆尔决心不顾一切地向前推进,主宰他灵魂的只有"勇往直前"这几个字;无奈窘迫的困境如无情之链勒住了这匹骏马,有时因为无法挣脱,他愤怒得嘴吐白沫,踢蹄嘶鸣。6(黑体为笔者所加)

这段话为全书的情节发展和人物塑造埋下了伏笔,同时也为小说的主题——对"进步"话语的质疑——奠定了基调。

就情节发展而论,小说中工人们怒砸纺织机器、跟穆尔形成劳资冲突(这些事件是当年卢德派破坏纺织机器运动的缩影),以及穆尔兄弟分别跟谢莉·基尔达和卡罗琳·赫尔斯通的情感纠葛,都与罗伯特·穆尔的"进步"雄心有着千丝万缕的联系:为了提高生产效率(也就是为了追求利润),他一味追求科技革新,造成工人们的失业(其实是把他们推向饥寒交迫的深渊);为了迅速得到资金,他割舍了跟卡罗琳的爱情,演出了一幕追求谢莉的丑剧,不但给卡罗琳带来了许多痛苦,而且还对谢莉跟路易斯之间的爱情造成了威胁(谢莉假如经不住罗伯特的诱惑,那她跟路易斯的关系就会崩裂;由于路易斯本来就自甘清贫,而且清高,因此只要谢莉稍有犹豫,两人就不可能走到一起)。事实上,书中的绝大多数重大

---

① 英语原文为"his progress"。徐望藩和邱顺林两位教授的译文原来是"改革进程";此译在直接语境中相当妥帖,然而从全书对"进步"话语的质疑这一更大的语境来看,将它直译为"他的进步"似乎更恰当一些。

事件——尤其是人物间的冲突——都跟"进步"的勃勃雄心有关：且不说围绕罗伯特而展开的所有事件（包括他遭卢德派成员枪击而险些送命这一事件），即便像谢莉跟舅父辛普森的冲突（后者要谢莉嫁给名门望族）以及她跟副牧师邓恩之间的冲突（后者想通过跟她联姻来取得钱财上的"进步"）这样的事件，也都是因为有"进步"的野心从中作祟。从这一角度看，上面那段引文的基调其实贯穿了全书的所有情节主线。

就人物塑造而论，上面那段引文直截了当地勾勒出了一个"进步"的化身。在此之后，"进步"一词又有两次被直接用来修饰罗伯特·穆尔——其中的一次在前文中已经提到（即被称为"彻底的进步分子"），另一次是描述他的助手司哥特"什么都不跟他谈，除非是跟他事业上的进步绝对有关的事情"。[7] 也就是说，上面那段引文向我们发出了这样的信号：要解读罗伯特这一人物，就必须从"进步"入手。事实上，这段引文挤满了"进步"的同义词和"进步"意象，如"目标是对老厂进行脱胎换骨的改造"、"尽快地使这项工作初见成效"、"不顾一切地向前推进"、"主宰他灵魂的只有'勇往直前'这几个字"，以及"嘴吐白沫，踢蹄嘶鸣"的"骏马"，等等。这些描写都明显地刻画出了他的"进步"意愿、目标和风格，并且为随后小说的进程——尤其是罗伯特的性格发展——埋下了一个坚实的基础。此外，这一段描写还为我们解读小说中的其他"进步分子"——如马隆、邓恩、辛普森、赫尔斯通先生等——提供了参照。如赫维拉和佳德文所说，"小说的焦点人物是罗伯特·穆尔"。[8] 作为焦点人物，他的影子随时都可以在其他"进步分子"的身上找到（我们在下文中将有所分析），这一点不可不察。

就小说的主题而论，上面那段引文为全书对"进步"话语的质疑作了最重要的铺垫。对罗伯特·穆尔这样的"进步分子"及其行为应该怎么看？这段引文的用词和语气就是最好的解答："嘴吐白沫,踢蹄嘶鸣"这样的意象,以及"主宰他灵魂的只有'勇往直前'"这样的描写,充满了辛辣的讽刺意味,一下子使读者拉开了与罗伯特及其"进步"的距离,或者说为读者提供了批评的空间。小说中类似的描写比比皆是,不仅罗伯特大都以无异于"嘴吐白沫"或一门心思"勇往直前"的形象出现在我们面前,而且关于地主乡绅、资产阶级和商人阶级（罗伯特和谢莉除了分别代表资产阶级和地主阶级之外,又都兼有商人的身份;不过,谢莉基本上是统治阶级中的反叛者）的总体描写也大都异曲同工。下面只是其中的一例：

> 英国……商人阶级的自私表现得异常突出。他们肯定是一门心思地想着要赚钱,他们根本不考虑种种国家利益,而只是一味想着进行英格兰的（也就是他们自己的）商业扩张。勇武的骑士精神、大公无私的品德和荣誉感,他们都不放在心上。如果把一块土地完全交给他们统治,他们必定会时常卑躬屈膝地投降——这根本不是来自基督教的教诲,而是来自财神的熏陶。[9]

难道这样的描述就像伊格尔顿所说的那样（参见本章引言部分）带有"赞颂"的口吻吗？恰恰相反,这样的描述只能让人一次次地对"嘴吐白沫"式的"勇往直前"产生反感。

鉴于罗伯特·穆尔是小说的焦点人物兼"彻底的进步分子",我们不妨随着他的踪迹,来探究一下"进步"的实质。又鉴于他的踪迹最容易从他的人际关系中来寻找,我们不妨较为深入地审视一下牵涉到他的几组主要人际关系。

首先,让我们来看一下罗伯特和卡罗琳的关系。他俩是一对恋人,但是为了实现"进步"目标,罗伯特决心舍弃他俩的恋情。他曾经跟约克先生谈起过自己不打算结婚的原因:

> 我认为我还没到可以梦想结婚的时候。结婚!我受不了这个词,这个词听上去是那么愚蠢和不切实际。我已经断定婚姻和爱情都是多余的,那只是为那些养尊处优和用不着为明天操心的有钱人安排的,或者也可以说婚姻和爱情是一种绝望的举动,是那些最悲惨的人们最后的和不顾后果的寻欢作乐,他们从来就没有指望能够跳出赤贫的泥坑。[10]

这段话实际上是针对他跟卡罗琳的关系而言——他不打算跟卡罗琳结婚,其原因是后者身无分文,不能帮助他"跳出赤贫的泥坑"(此处罗伯特是在夸大其词:虽然他确实缺少周转的资金,但是他的经济状况比那些真正处于赤贫状况的工人要好得多)。从他后来向谢莉求婚的举动来看,他并非一味地排斥婚姻。假如卡罗琳也像谢莉那样有钱,能够帮他购置先进的机器来赢得竞争(也就是取得他心目中的"进步"),他会毫不犹豫地跟她结婚。从书中的许多描写来看,他的确喜欢卡罗琳——他一会儿对卡罗琳含情脉脉,一会儿又冷若冰霜,实际上这是他内心情感和理智激烈碰撞、拉锯式较量的表现。我们这里所说的"理智",指的是以工具理性为特征的功利主义思维方式。小说中曾经写道,就连处于热恋中的卡罗琳都能强烈地感受到罗伯特是一个"理性的信徒"。[11]正是这种理性在很长时间内扼杀了天真无邪的爱情——只有从工具理性的角度来思考,才会"断定婚姻和爱情都是多余的",才会觉得建筑在爱情基础上的婚姻"是那么愚蠢和不切实际的"。从罗伯特把婚姻贬为"愚蠢和不切实际"的斥骂声中,我们可以听到当年边沁等人所宣扬的功利主义和实用主义的回声。在理解这一点时,我们有必要借鉴赫维拉和佳德文对《谢莉》全书的分析:"功利主义——在小说中被干脆称为'自私自利'——最终界定了那个社会中的一切,从婚姻到政治乃至宗教信仰,一概如此,无一例外。"[12]罗伯特的婚姻观也未能例外。

再让我们来看一下罗伯特和谢莉的关系。他们之间毫无爱情可言,然而谢莉却一度成了罗伯特的求婚对象,其原因只有一个:谢莉的钱能够帮助罗伯特"进步"!从他俩的交往中,尤其是从他俩的对话中,我们可以深刻地感受到罗伯特这类"进步分子"的两个特点:一是自负得愚蠢,二是贪婪得犹如野兽和强盗。

罗伯特在向谢莉求婚之前,居然丝毫未曾料到会遭拒绝。谢莉曾经看在他是路易斯的兄弟的分上(她深爱着路易斯),给过他5000英镑的贷款,但是他却误以为对方爱上了自己。从他后来向约克先生的坦白中,我们可以看到他的愚蠢和荒谬:"……我的恩人啊,依恋我、爱我吧——我常常自言自语,念叨这句话,一再这样说,怀着快活、得意的心情,并为这句话而感到骄傲——怀着完全是孤芳自赏的心情……说实话,我曾在暗地里笑话她第一次恋爱时表露出来的天真和单纯。"[13]明明是自己可笑,却偏偏觉得别人可笑,可见他的愚蠢已经到了无以复加的地步。大凡"进步分子"都有良好的自我感觉。萨克雷笔下的巴尼斯、乔治·爱略特笔下的亚瑟和哈罗德、特罗洛普笔下的麦尔墨特、狄更斯笔下的董贝、庞得贝和莫多尔等人的身上都透着一股"勇往直前"的豪迈气概,但是他们往往在沾沾自喜的同时出尽了洋相。罗伯特的杰出表演使这一群体又多了一名超级丑星。

罗伯特向谢莉求婚的举动沾着兽性,透着强盗的本性,这一点曾经被谢莉两次当面点破。当他最初主动接近谢莉时,两人之间就有过如下对话:

> "我简直不明白为什么你有斗犬的顽固,而造物主不给你斗犬的脑袋?"谢莉说。"这不是恭维我吧,难道我那么低劣?"
> "你还兼有这种动物闷声不响、埋头干活儿的耐心。你不事先哼一声,就悄然从后面走来,一把抓住,紧攥不放。"
> "这是臆想,你在我身上看不到那样的功夫。在你面前,我从来就不是斗犬。"
> "正是你的不声不响表明了你的城府。一般说来,你讲得很少,但你老谋深算!你是个有远见、善于算计的人。"[14]

此处的动物意象跟前面引文中的那匹"嘴吐白沫,踢蹄嘶鸣"的"骏马"形成了呼应,同时又为下面这段话——谢莉在罗伯特正式向她求婚后的回答——埋下了伏笔:

> 你向我求婚有点儿离谱——打你嘴里说出来,真是很离谱。如果你清楚这话有多离奇,再好好想一想,那么连你自己也会吓一跳的。你说得像个要我钱包的强盗,而不是要我这颗心的恋人。[15]

此处的强盗意象加上前面的动物意象,为罗伯特的"进步"加上了再有力不过的注解。

跟前面两组人际关系相比,罗伯特与手下工人们之间的关系更显出了他的"进步"本色。卡罗琳曾经一针见血地指出他对工人们的态度:"你把那些整理布匹的工人全都当成了机器,好像他们只是你的织布机和剪绒机似的。"[16] 他追求利润的手段主要有二:一是雇佣童工(这些孩子早上六点钟就要"顶着风雪,冒着大雨,踏着冰霜来厂上班"[17]),二是尽多尽快地购置先进的机器。这两个手段都造成了许多成人雇员的失业。当工人们奋起反抗,并派代表跟他交涉时,他为自己作了长长的辩护,其中有两段颇值一读:

"……我要守住这个工厂不放,我要把发明家所提供的最好的机器都弄到手。请问你们有何打算?你们能够做到的,充其量不过是把这个工厂烧掉,将厂里的东西砸烂,用枪把我干掉——你们有这个胆量吗?……就算这厂房成了一堆废墟,我穆尔成为一具死尸,又会怎样呢?……难道这就可以禁止发明、毁灭科学吗?丝毫也不会!更好的毛纺厂将会在这堆瓦砾上重新矗立,更加敢想敢干的老板又会挺身而出。你们听清楚了!我的厂要这样办下去,我的布要依然织下去,而且要按最佳方案去办,要引进我乐意采用的任何机器和工具。谁胆敢干涉我的事务,就叫他自食恶果。"[18]

"……要是我在中途歇一歇脚,别人就会赶上来,将我踩在脚下。要是我按你们对我的要求去做,不出一个月,我非破产不可。我破产了,难道你们那些嗷嗷待哺的小孩儿的嘴里就有面包了吗?……别再提机器了,我将按自己的意愿去做,明天我就要把崭新的机器弄来。如果你们胆敢再来毁坏机器,我就再去弄更多的机器。我是绝不会屈从让步的！"[19]

这两段辩护词几乎几乎可以被麦考莱用来作为"进步"学说的宣言（参见本书前言）。罗伯特俨然把自己当成了科技进步的卫道士，工人们则被他视为"禁止发明"、"毁灭科学"的反动派。应当承认，罗伯特此处确实振振有词，逻辑性极强，然而他所遵循的完全是自私自利、工具理性（这一番言论证明他不愧是"理性的信徒"）的逻辑。这一逻辑确实非常严密：即使罗伯特破了产，别的资本家也照样会用新的机器代替手工劳动，照样会不断有人失业。然而，这一逻辑有一个致命的错误：它排除了一切同情心，遮掩了冷酷的自私心，否认了弱势群体的生存权，侮辱了人类的基本尊严。在这一狭隘逻辑的支配下，罗伯特简直是"妙语连珠"："我要把发明家所提供的最好的机器都弄到手"，"明天我就要把崭新的机器弄来"，"更好的毛纺厂将会在这堆瓦砾上重新矗立，更加敢想敢干的老板又会挺身而出"。富有讽刺意味的是，就在这些豪言壮语之后，我们看到了工人威廉·法伦一家的悲惨情景：失业已有数月的法伦把家当都变卖光了，可是他的孩子们连粥都喝不饱。[20] 法伦是工人中最诚实、最善良、最节俭、最能干的一个，但是连他都得忍饥挨饿，这难道不是对罗伯特那套"进步"话语的无情解构吗？

前文已经提到，罗伯特的影子在书中许多人物的身上都可以找到，其中给人印象最深的是辛普森、马隆、邓恩和赫尔斯通先生——他们都是"进步"话语的倡导者和实践者；同时，他们的丑陋言行又反过来戳破了"进步"话语的牛皮。

辛普森先生（谢莉的舅父）跟谢莉的下面这段对话充分体现了他所信奉的"进步"话语的实质（谢莉拒绝了舅父要她嫁给威恩的

计划）：

"我能问为什么吗？你得给我个说法。他在各个方面都配得上你,甚至还比你强。"

……

"那我倒要问一问:凭什么说那个年轻人配得上我？"
"他有你两倍的钱——有你两倍的常识——有跟你一样好的社会关系——跟你一样体面。"
"就算他的钱比我多上一百倍,我也不会跟他山盟海誓。"

……

"这位男子是位体面的富翁。你连他都拒绝,这简直是放肆！"[21]

辛普森多次威逼谢莉嫁给名门望族,其理由都像上引对话中所给的一样:金钱和体面。在营造婚姻市场方面,他比罗伯特走得更远,做得更虚伪:罗伯特只是给自己标了一次价,而辛普森则是几次三番地逼迫外甥女从事买卖婚姻,以博取整个家族的体面。我们在分析《纽克姆一家》时已经看到,通过婚姻来实现钱财上的高攀,这在维多利亚社会里被普遍认作"体面的进步"（参见本书第七章）。辛普森的价值观里也浸透了这种"进步"意识。

抱有同样价值观的还有赫尔斯通、马隆和邓恩等人。他们身为神职人员,却比常人更热衷于世俗的"进步"。赫尔斯通（卡罗琳的叔叔）担任着教区区长的要职,可是他对那些加入捣毁机器运动的工人们毫无同情心（虽然他们是被贫困所逼）,甚至比罗伯特还起劲地组织并参与了镇压卢德派的行动——在他眼里,那些造反的工人全是"歹徒"；[22]他在首次露面时,身上就带着两把手枪,并口口声声要去跟造反的工人们"较量一番,格斗一通"。[23]英国小说史上以尚武好战形象出现的牧师极其罕见,夏洛蒂·勃朗特刻画出这样的人物有其深刻的寓意："进步"的洪流——保卫象征先进生产力的机器的"神圣使命"——把本该是和平使者的牧师异化成了武士。这一现象可谓触目惊心！此外,赫尔斯通对婚姻问题的看法也跟罗伯特一样地理性,一样地功利。卡罗琳曾经这样告诉过谢莉："我叔叔总是说婚姻是个负担；我觉得每当他听说一个男人结婚了,他总是把这男人看成傻瓜,或至少认为他做了件蠢事。"[24]我们在前面已经提到,罗伯特曾经把婚姻怒斥为"愚蠢和不切实际",可见赫尔斯通跟他是何其相似！

马隆和邓恩是两个副牧师。他们在品味上比罗伯特和赫尔斯通还要低劣,但是他们的婚姻观却一样地功利——他们都希望通过婚姻来取得物质上的"进步"。

马隆曾一度觊觎卡罗琳,其动因无非也是钱财："他对赫尔斯通小姐早就情有独钟,一心想同她结为秦晋之好,因为他也跟别人一样,以为她叔叔拥有大笔钱财；而且断定,既然他没有子女,就很有可能将钱留给侄女儿。"[25]可笑的是,他还跟罗伯特一样贬斥过建立在情感基础上的婚姻："如果世界上有个什么意念我最讨厌的话,那就是婚姻这个意念——我是指那种低级庸俗、感伤缠绵的婚姻。两个可怜虫心甘情愿地用虚渺的感情纽带把各自的窘困拴在一块儿——简直荒唐！"[26]从这一类高论中,我们可以看到价值的混乱,黑白的颠倒：以真情实感为基础的婚姻竟然变成了"低级庸俗"的东西,而低级庸俗的买卖婚姻却进入了主流话语的殿堂。

邓恩的意中人是谢莉。他的如意算盘带有更鲜明的"进步"印记,同时散发着更浓烈的粗鄙气息:"他只想着等他正式拜访她几次以后,写封信向她求婚。他推测她会因为喜欢他的职务而接受他的求爱,然后他们就可以结婚,接下去他便做菲尔黑德的主人,过上十分舒适的生活,有男女仆人专供使唤,有美酒佳肴大饱口福,成为一个大人物。"[27] 如此狂妄自大的"进步"梦想,自然就像一个巨大的肥皂泡那样虚妄——就在邓恩做美梦的同一个章节里,谢莉当着许多客人的面把他逐出了家门。这一幕情景可以看作对"进步"话语的又一次嘲弄。

以上的种种分析都旨在证明:对"进步"话语的质疑构成了《谢莉》全书的基调。不过,我们在作出这一结论以前,还必须回答如下问题:小说的"大团圆"结局方式——谢莉与路易斯、卡罗琳与罗伯特成婚;罗伯特的产业蒸蒸日上——该做如何解释?难道就像伊格尔顿所说,这样的结局是为官方的意识形态服务(见本章的引言)吗?如果真是这样,小说岂不成了"进步"话语的颂歌[①]?或者至少像刘易斯所说的那样,该书缺乏艺术上的整体性?要回答这一问题,我们需要对《谢莉》的结局作一番仔细的推敲。本章下一小节将对此加以论述。

二、巴比伦通天塔:时代的话语特征

乍一看,小说的结尾处确实呈现出了一派"进步"景象。对于

[①] 持这一观点的人其实不少,如兹洛特尼克就认为"勃朗特在《谢莉》中拥抱了——甚至赞颂了——工业现状,热忱地相信资本主义的力量……"。出处见 Susan Zlotnick, "Luddism, Medievalism and Women's History in *Shirley*: Charlotte Bronte's Revisionist Tactics", 载 (ed.) Eleanor McNees, *The Brontë Sisters: Critical Assessments*, Mountfield: Helm Information Ltd, 1996, p. 573.

罗伯特来说,国事、厂事和家事可谓桩桩兴旺发达,件件称心如意。由于拿破仑战事的结束,全国的毛纺工业开始复苏(原来的毛织品出口禁令被取消),因此罗伯特仓库里积压的产品都得以脱手,资金多了,雇佣的工人多了,再生产扩大了;他和弟弟又双双娶到了美貌的妻子——这两桩亲事还意味着谢莉家的地产和穆尔家的资产的联姻。确实,这样的结局简直是团圆得不能再团圆了。

然而,这一"大团圆"结局是用什么样的语言呈递给我们的呢?

格伦(Heather Glen)在不久前指出,对《谢莉》的理解有赖于对它的语言、文体、意象和叙事策略/声音的揣摩。[28]这一观点极有见地,尤其是对我们理解小说的结局颇有启发。

下面就让我们在国事、家事和厂事三个层面上各挑选一段描写,看一看字里行间是否有值得推敲的深意。

首先,来看一下国事层面上的描写:

> 一八一二年六月十八日,实行封锁的政府枢密令撤消了,原来被封锁的港口一下子开放了⋯⋯(庆祝人群的)叫喊声震撼了约克郡和兰开夏郡。撞钟者把布赖菲尔德钟楼上的那口钟都快敲坏了。时至今日,钟声依然非常刺耳。⋯⋯利物浦⋯⋯就像一只河马被雷声惊醒以后,从芦苇丛中一跃而起⋯⋯所有的人都像聪明人一样,在繁荣略现端倪的时候,就准备挤进投机的行列中去,去闯闯新的难关。有朝一日,他们也许连自己的身家性命也得搭进去。多年积累的股票证券,眨眼之间全都抛了出去。仓库快空了,船只装满了,工作的机会大大增加了,工资提高了,好日子似乎来了。前景也许是海市蜃楼,但却是辉煌的——有些人甚至认为这是真的。

在那个时代,在六月份这个月中,许多人确确实实发了一笔横财。[29]

这段描写几乎全由一连串的"好日子"意象组成:解禁的港口(意味着和平的到来和商机的改善)、庆祝人群的叫喊声和撞钟声、利物浦的惊醒和跃起(象征着工业的苏醒)、股市行情的上涨、就业机会的增多、工资的提高、许多人的发财,等等。不过,这些"好日子"意象的重复方式和表述的语气值得推敲。依笔者之见,此处的"好日子"意象可以借助米勒有关"异质性形态"的重复理论(详见本书第二章第一节)加以分析。换言之,"好日子"意象既以"柏拉图式重复"方式呈现(即有坚实基础的重复,或原型的重复),又以"尼采式重复"方式呈现(即重复的基础或原型都很成问题,甚至纯属子虚乌有),并且互相之间形成了交织状态。[30]从"柏拉图式重复"的角度看,引文中绝大多数意象的每次出现都加强了我们关于"好日子"的印象;然而,从"尼采式重复"的角度看,这些意象往往带有一股异味儿。

例如,欢庆的人群把"钟都快敲坏了",而且"时至今日,钟声依然非常刺耳"。此处的"敲坏"和"刺耳"只能给人带来不快,与"好日子"的理想境界相去甚远。

再如,"繁荣略现端倪",股市牛气冲天,甚至"许多人确确实实发了一笔横财"。然而,"有朝一日,他们也许连自己的身家性命也得搭进去"一句点出了"繁荣"的虚假和危险性。

又如,工业重镇利物浦"就像一只河马被雷声惊醒以后,从芦苇丛中一跃而起"。这一句固然有工业振兴的意思,但是它引起的更多联想是盲目、冲动和野性。更重要的是,此处的"河马"意象与小说开局不久处那匹"嘴吐白沫,踢蹄嘶鸣"的"骏马"(本章第一小节中已有分析)形成了巧妙的呼应:工业的进步一会儿像瞌睡未醒就盲目跃起的野兽,一会儿又像一匹骏马被折腾得嘴吐白沫,这样的情形岂不令人三思?

即便"好日子"本身也没法让人踏实:"好日子似乎来了"一句中的"似乎"一词犹如釜底抽薪,把整段引文中的"繁荣"景象——这"繁荣"紧紧连着我们始终关注着的"进步"话语——从内部给挖空了,解构了,颠覆了。仿佛这样还不足以完成对"进步"话语的质疑,勃朗特在"好日子似乎来了"之后又加了一句:"前景也许是海市蜃楼……"应该说,此处的弦外之音已经明白得无以复加了。

再来看一下家事层面上的描写:

> 这天上午,在布赖菲尔德教堂隆重地举行了两个婚礼——安特沃普的世家,路易斯·杰拉德·穆尔先生,与菲尔黑德已故的查尔斯·卡夫·基尔达先生的女公子谢莉;洼地工厂的罗伯特·杰拉德·穆尔先生,与布赖菲尔德教区长、牧师马修森·赫尔斯通硕士的侄女卡罗琳,双双举行婚礼。[31]

在这段婚礼之前,小说叙述者的声音(以"我"的声音出现)总是离我们很近,而且两对新人(同时也是小说的主角)的声音也离我们很近——他们不是通过对话,就是通过内心独白的方式向我们敞开心扉。然而,就在他们达到喜庆的顶点时(按常理,此时我们应该更接近他们的心声——至少更接近叙述者带有喜悦的声音——才是),他们突然跟我们拉开了距离,而且小说叙述者的声音也突然远逝了:客观、正规、丝毫不带感情的叙述语言/文体给人的感觉就像是在阅读报纸上关于陌生人的婚礼报道,而我们原先很熟悉的那些内心世界和音容笑貌一下子远离我们而去。格伦曾经独具慧眼地指出了《简爱》和《谢莉》之间的一个反差:在简爱做新娘时,叙述者的声音近在咫尺——"读者,我嫁给他了"[32]这寥寥数语夹杂了万种柔情;而在谢莉和卡罗琳的婚礼上,"两位女主角被公共报道式的语言客体化了……整个感觉是主体的突然消逝"。[33]这种主体和声音的突然消遁意味着什么呢?显然,叙述者不想成为喜庆场面中的一员,同时还告诫读者与其保持距离。换言之,此处冷峻客观的笔调并非像伊格尔顿所说的那样,是要"赞颂地主乡绅和工厂业主之间的阶级联合",而是又一次拨响了质疑的弦外之音:卡罗琳和罗伯特的结合会美满吗?谢莉家地产和穆尔家资产的联姻值得庆贺吗?虽然罗伯特在结婚之前对自己的私心和冷酷有所悔悟,但是我们仍然有理由怀疑他身上潜伏着功利主义的劣根性。别的姑且不说,光是他结婚的前提就仍然使人担忧——他在跟卡罗琳的一次交谈中曾经泄露了"天机":"我不再是穷光蛋了……现在我可以考虑婚事了。现在,我能去物色妻子了。"[34]这种以经济地位为前提的"进步"婚姻能称得上圆满吗?上述突变的叙述声音正是要留下这样的疑问。

最后,来看一下厂事层面上的描写:

> 罗伯特·穆尔的预言至少已部分地实现了。有一天,我路过洼地。听前辈们说,这里曾经是人迹罕至的野地,但是倒也郁郁葱葱。如今,我看见这位工厂主的白日梦已经实现了——这梦想化作了实实在在的石头、砖块和灰末,化作了用煤渣铺成的黑色大道,化作了一座座小屋和小屋花园。我还

看见了一家巨大的工厂,里面有一只烟囱就像巴比伦通天塔那样雄心勃勃。[35]

这段描述的叙事时间是在 40 年以后——叙事者在给故事画上句号之前,对罗伯特·穆尔的"进步"业绩作了最后一次回顾。工业本身确实发展了,进步了:工厂扩大了,道路拓宽了,房子盖起来了。然而,引文中的选词和意象明明白白地告诉我们:这决不是一段颂词。罗伯特的"预言"被指明为"白日梦",而"白日梦"得以实现的代价可想而知:原来绿色遍野(郁郁葱葱)的自然景色被黑色的煤渣以及石头、砖块和灰末所替代了。最引人注目的是那只拟人化的、象征工业的烟囱:虽然它雄心勃勃,但是它前途堪忧——当年巴比伦人想建而未建成的通天塔①当为前车之鉴。布兰特林格说得好:《谢莉》结尾处的"'巴比伦通天塔'为工业的成功景象加上了一个不确定的音符"。[36]

值得特别指出的是,"巴比伦通天塔"跟我们前面所分析的"白日梦"和"海市蜃楼"属于同一组意象,或者说是一组同义词。它们的遥相呼应奠定了小说尾声的基调,铺开了批评语言的罗网:任凭表面上的"大团圆"如何辉煌,任凭"工业河马"如何腾跃,质疑的旋律最终会将其一一消解。

更须指出的是,"巴比伦通天塔"堪称全书的点睛之笔。虽然它的形象直到小说最后才完整地浮现出来,但是跟它相关的意象

---

① 关于巴比伦通天塔(英文名为 Babel,又译"巴别塔")的传说最早见于《圣经·创世纪》第 11 章:巴比伦人想建造一座通天的高塔,上帝便变乱了他们的语言,使他们无法互相交流,结果不但高塔没有建成,而且人类因此四分五裂,开始散居于世界各地。

或伏笔遍及全书,俯拾皆是。小说开篇就笼罩在了它那浓浓的塔影之下:首次出现的近镜头是邓恩、马隆和斯威廷三人围着餐桌唇枪舌剑的情形;他们"老是围绕……细端末节而纠缠不休",一会儿"哈哈大笑",一会儿又"恶毒对骂"。[37]虽然他们只有三个人,但是发出的噪音却胜似当年巴比伦通天塔的建造者在语言变乱以后所发出的噪声,以致赫尔斯通(他正好有事去找这三个人)对他们报以如下嘲讽:

> 刚才整座房子人声鼎沸,我听见十七种语言都出笼了:帕提亚语、米堤亚语、埃兰语、美索不达米亚语、犹太语、卡帕多西亚语、本都语、亚细亚语、弗里吉亚语、潘菲利亚语、埃及语、昔兰尼移民地周围的利比亚方言、罗马客音、犹太人方言、新皈依犹太教者的方言、克里特语和阿拉伯语——就在两分钟前,这十七种语言的特使在这里济济一堂,高谈阔论。[38]

此处赫尔斯通运用了《圣经》中关于巴比伦通天塔的典故。这段喜剧式的夸张语言至少有两层意思:其一,暗指"进步"话语(前文已经提到,邓恩和马隆等人都是标准的"进步人士")好比通天塔建造者那嘈杂混乱的话语;其二,提醒读者注意小说中叙事话语/声音的多变(前文已经有所分析),尤其是要注意代表叙述者立场的话语跟官方的"进步"话语之间的距离和差异。

紧接着上面那段引文,赫尔斯通还有一段发挥,其用典意图和风格更为明显:

> 关于语言的天赋,我说到什么来着?天赋,真是!我搞错

了篇章,也搞错了旧约与新约:将《福音》当成摩西律法,将《使徒行传》当成《创世纪》,将耶路撒冷城当作巴比伦平原。你们这根本不是天赋,而是狂言乱语,喋喋不休,闹闹哄哄,把我耳朵全搞聋了。你们都是使徒吗?什么!你们三个?当然不是——你们是三个狂妄的巴比伦泥瓦匠。给你们这样的评价才恰如其分![39]

"巴比伦泥瓦匠"显然是指巴比伦通天塔的建造者,因而也是指"进步"话语的拥戴者。勃朗特借赫尔斯通之口,早早地就把"进步"话语及其推崇者奚落了一顿,并为小说结尾处通天塔意象的完整凸显——它意味着对"进步"话语的嘲弄达到了高潮——埋下了一块坚实的基石。

书中跟巴比伦通天塔极为相关/接近的意象或词语还有"七嘴八舌"(the confusion of tongues)、"人声嘈杂"(the confused hum)、"闲言碎语"(gossip)和"咕咕噜噜"(the gabble),等等。鉴于格伦已经在这方面作过深入仔细的研究(她出示的例证所占篇幅达整整四页之多[40]),笔者只想在此强调一点:通天塔及其相关意象强烈地暗示了小说所写时代的话语特征——"进步"话语甚嚣尘上的时代是一个众声喧哗的时代。换言之,"进步"话语形形色色,或构成诱惑,或造成困惑。勃朗特把我们推入了这样一个光怪陆离的语言世界,无非是要我们和她一起去分辨良莠,区别真伪。

与此同时,我们还须小心翼翼地把叙述者的声音从那些嘈杂混乱的声音中剥离出来。许多对勃朗特的批评——包括前面提到的伊格尔顿的批评——其实都是把叙述者的声音跟叙述者所戏仿的"进步"话语相混淆的缘故。让我们再举一个受到伊格尔顿抨击的例子：

> 至于那些受苦的人们，劳作本来是他们唯一的世袭权利，而如今他们连这一权利都失去了——他们找不到工作，因此得不到工钱，因此吃不到面包——他们继续受着苦，得不到任何帮助，这种无助状态也许是不可避免的。用阻止技术进步的办法来帮助穷人，那可不行！破坏科学，阻碍发明，那可不是办法！战争停不下来，有效的救济筹不起来，于是援助也就无从谈起，因此失业的人群也就得吞下那磨难的面包，咽下那劫数的苦水。[41]

按照伊格尔顿的解释，上面这段叙述表明勃朗特是在为统治阶级开脱。且看他的原话：

> ……小说对工人阶级的态度徘徊在畏惧轻蔑与降尊纡贵之间。工人的苦难值得遗憾，但是确实不存在任何办法：由于技术发明的进展，因此许多工人被雇主抛弃，继而受苦受难；他们的境遇的确悲惨，但是他们的"这种无助状态也许是不可避免的。用阻止技术进步的办法来帮助穷人，那可不行！破坏科学，阻碍发明，那可不是办法……"[42]

由于伊格尔顿忽略了小说中的不同叙事声音，因此就产生了误读。事实上，勃朗特并非在为统治阶级开脱，而是在戏仿官方的"进步"话语——前面那段引文中的一个"于是"（"于是援助也就无从谈起"）和三个"因此"（"因此得不到工钱"；"因此吃不到面包"；"因此失业的人群也就得吞下那磨难的面包")明显地是在模仿那些见死不救的官员和"进步"话语拥戴者的口吻。确实,如此这般的理由和如此这般的"因此"都是一些开脱之辞,但是它们不代表勃朗特本人的态度。恰恰相反,它们正是勃朗特所嘲讽的对象。

如此这般的"于是"和"因此",逻辑推理的意味极强,这使我们又想到了前文中的分析:以罗伯特为化身的工具理性意味着一套严密而狭隘的逻辑,一套只见科技进步不见人的逻辑,一套排除了一切同情心的逻辑。在小说的尾声,这套逻辑最终化成了巴比伦通天塔式的烟囱,其间的讽刺意蕴不言自喻。

如此这般的"于是"和"因此"充斥了勃朗特笔下的世界,这种"乱哄哄、你方唱罢我登场"的情形由贯穿全书的、嘈杂混乱的话语形象得到了生动的体现,又由通天塔意象达到了高度的统一。这就使我们又回到了刘易斯当年的批评:《谢莉》毫无整体性可言吗?它是一组东拼西凑、随意挥就的速写吗?答案已经不言自明。

随着通天塔意象的完美崛起,小说中的质疑旋律也一气呵成。巴比伦通天塔意象建构之际,也就是"进步"话语解构之时——这恐怕是《谢莉》魅力无穷的最大原因。

注释:

1 G. H. Lewes, "Currer Bell's *Shirley*", in *Critical Essays on Charlotte Brontë*, (ed.) Barbara Timm Gates, Boston: G. K. Hall & Co., 1990, pp. 217—218.

2 Terry Eagleton, *Myths of Power: A Marxist Study of the Brontës*,

Houndmills: The Macmillan Press LTD, Second Edition, 1988, p. 46.

3 同上,p. 60。

4 Penny Boumelha, *Charlotte Brontë*, Bloomington and Indianapolis: Indiana University Press, 1990, p. 78.

5 Charlotte Brontë, *Shirley*, Oxford: Clarendon Press, 1979, p. 38.

6 夏洛蒂·勃朗特:《谢莉》,徐望藩、邱顺林译,河北教育出版社1996年版,第31页。

7 同注5,p. 160。

8 Diane Long Hoeveler and Lisa Jadwin, *Charlotte Brontë*, New York: Twayne Publishers, 1997, p. 89.

9 同注6,第190页。

10 同上,第186页。

11 同注5,p. 147。

12 同注8,p. 97。

13 同注6,第576—577页。

14 同上,第260页。

15 同上,第578页。

16 同注5,p. 83。

17 同注6,第68页。

18 同上,第153—154页。

19 同上,第155页。

20 同注5,p. 155。

21 同上,p. 532。

22 同上,p. 51。

23 同注6,第17—18页。

24 同上,第239页。

25 同上,第135页。

26 同上,第 24 页。

27 同上,第 306 页。

28 Heather Glen, *Charlotte Brontë: The Imagination in History*, Oxford and New York: Oxford University Press, 2002, pp. 144—196.

29 同注 6,第 700—701 页,译文中的少数文字作了更动。

30 J. Hillis Miller, *Fiction and Repetition*, pp. 1—6.

31 同注 6,第 711 页。

32 Charlotte Brontë, *Jane Eyre*, Oxford: Oxford University Press, 1980, p. 454.

33 Heather Glen, "*Shirley* and *Villette*", in *The Cambridge Companion to the Brontës*, (ed.) Heather Glen, Cambridge: Cambridge University Press, 2002, p. 131.

34 同注 6,第 704—705 页。

35 同注 5,p. 739。

36 Patrick Brantlinger, *The Spirit of Reform: British Literature and Politics, 1832—1867*, p. 127.

37 同注 6,第 4—8 页。

38 同上,第 10 页。译文中的少数文字作了更动。

39 同上。

40 同注 28,pp. 148—151。

41 同注 5,p. 37。部分译文参考徐望藩、邱顺林译本。

42 同注 2,pp. 49—50。

第十一章 《奥尔顿·洛克》：对"机械时代"的回应

第十一章 《奥尔顿·洛克》：对"机械时代"的回应

假如缺少了查尔斯·金斯利（Charles Kingsley，1819—1875），对于"进步"话语的推敲史就会逊色许多。

金斯利在我国一直受到冷落，西方学术界对他的兴趣却有增无减。卡扎米安和威廉斯曾经分别把他的《奥尔顿·洛克》（Alton Locke，1850）视为"社会小说"和"工业小说"的主要代表作之一。① 20世纪70年代以后，金斯利研究方面最具影响的是凯瑟琳·佳拉赫、帕特里克·布兰特林格和萝丝玛丽·博登海默（Rosmarie Bodenheimer）。他们虽然在不同程度上接受了卡扎米安和威廉斯的观点，但是都逐渐把研究重心移向了《奥尔顿·洛克》的语言和叙事结构层面。例如，佳拉赫虽然仍旧把小说主人公奥尔顿·洛克看作工人阶级的代表，但是更多地把他视为写作本身的比喻，并且断言整部小说的最终目的在于揭示叙事作品的一个普遍特性，即叙事作品"不可能塑造出一个完整的人物的自我形象"。[1] 进入21世纪以后，蒙克（Richard Menke）和戈特利布（Evan M. Gottlieb）在跟佳拉赫等人对话的基础上，分别把"文化资本"（Cutural Capital）和"文化语言"（the language of culture）等概念引入了金斯利研究。他们得出的结论非常相似。蒙克提出，洛克在成为诗人的过程中所积累的文化资本（一种知识形式）决定了他必然"损害自己的政治立场"。[2] 言下之意，成了诗人的洛克不可能在真正意义上对操纵"文化生产场"（the sphere of cultural production）的统治阶级构成威胁。戈特利布说得更为直露：金斯利写作的真正动机是"为中产阶级的统治寻找理由"，并且"向中产阶

---

① 分别见 Louis Cazamian, *The Social Novel in England 1830—1850* 和 Raymond Williams, *Culture and Society*。

级读者提供安慰,提醒他们不用害怕"。[3] 戈特利布的中心论点是,金斯利的小说只是证明了"在政治上很活跃的工人阶级诗人是不可能存在的"。[4]

如果蒙克和戈特利布的观点成立,那么我们就无法把《奥尔顿·洛克》当作"进步"话语推敲史上的一块重要里程碑。因此,我们的讨论必须先从反驳蒙克和戈特利布的观点开始。

一、金斯利和他的时代

假如我们接受蒙克和戈特利布的观点,我们就无法对卡扎米安和科勒姆斯(Brenda Colloms)等人记载的史实作出恰当的解释。根据这些记载,金斯利从小就养成了疾恶如仇的社会习性。由于他的父亲担任克拉夫利(Clovelley)教区长的缘故,他从小有机会亲身感受贫民区的种种苦难,目睹工业革命带来的种种弊端。如卡扎米安所说,"在克拉夫利的经历决定了他的社会思想的主要特征"。[5] 1844年,金斯利跟基督教社会主义运动的创始人莫里斯(Frederick Denison Maurice,1805—1872)结成莫逆之交,并积极投身于体现基督教社会主义思想的各种公共事业。下面这段话简明而独特地反映了他的社会观、宗教观、伦理观和审美观:

> 一个人在遇见丑恶现象时,应该立即予以抨击,否则我决不相信他对善和美有着真诚的爱。因此,你们必须把我看成一个在上帝指引下驱逐社会弊端的人,一个对弊端穷追不舍的人——弊端不除……国难未已,我心不甘。[6]

金斯利的强烈情感和鲜明性格也由此可见一斑。他在谈论工厂和矿区的污秽、嘈杂以及资本家对工人残酷剥削等景象时,曾经说过意思相仿的话:"只有在这些现象面前感到坐立不安的人,才称得上是一位有教养的人"。[7] 很难想象,这样一位爱憎分明的人会像蒙克和戈特利布所说的那样,用转弯抹角的方法去为残酷压迫工人的统治阶级寻找理由或安慰。

科勒姆斯的有关传记也跟蒙克等人的观点相悖。据科氏记载,金斯利在创作《奥尔顿·洛克》时"心中充满着怒火,一心想要教育世人……即把富有思想的人们的注意力吸引到工人们所遭受的种种不公正待遇上来"。[8] 需要强调的是,金斯利并非简单地想要通过自己的小说来发泄心中的愤懑,而是要引起人们对工业革命浪潮下社会不公正现象的深层次思考。当然,即便从表面上看,当时英国的社会矛盾也已经发展到了极其尖锐的地步。工业革命为少数幸运儿创造了空前的财富,可是给广大平民带去的却是饥饿、贫困、疾病和死亡——迪斯累里就曾经用"两个民族"来形容过当时两极分化的严重性(详见本书第一章第三节)。可以说,金斯利在描写"两个民族"方面并不亚于迪斯累里。弗兰克林(J. Jeffrey Franklin)曾经把金斯利的另一部小说《酵母》(*Yeast*,1848)跟迪斯累里的"青年英格兰三部曲"相比,并认为"《酵母》的题材其实就是青年英格兰"。[9] 事实上,就"两个民族"的问题而言,《奥尔顿·洛克》比《酵母》更加接近"青年英格兰三部曲"——《奥尔顿·洛克》中反映贫富悬殊的例子比比皆是,远远超过了《酵母》。

不过,金斯利更关心的是社会不公正现象背后的深层次原因。

在这一点上,我们不能忽视卡莱尔对他的影响。① 小说《奥尔顿·洛克》的副标题是"裁缝和诗人"(Tailor and Poet),而且主人公洛克的裁缝身份影响了整个故事的进展,这实际上是呼应了卡莱尔的名著《旧衣新裁》(*Sartor Resartus*)。后者既以衣衫讽喻历史(人类的历史被戏讽为不同服装互相更替的历史),又以衣衫暗指人类在工业化进程中所付出的精神代价,即灵魂的丧失。我们在前面已经提到,卡莱尔在《旧衣新裁》中把当时的世界比喻成了"一个巨大的、毫无生气的、深不可测的蒸汽机",并且在《时代特征》("Signs of the Times")中给那个时代下了一个定义,即"机械的时代";最使卡莱尔痛心疾首的是"不光人的手变得机械了,而且连人的脑袋和心灵都变得机械了"(参见本书前言)。跟卡莱尔一样,金斯利把机械化了的精神世界看成对人类的最可怕的危险。

是什么造成了精神世界的机械化?

金斯利生活在这样一个时代:为了给工业革命推波助澜,各种时髦的理论和术语粉墨登场,各显神通。除了我们所熟知的边沁的"最大多数人的最大幸福"原则和麦考莱的"进步"学说之外,李嘉图有关"经济人"的定义在当时也十分流行。李氏认为他的定义有助于"社会的和谐":"经济人只不过是一种原子;它充斥着由私利为单一导向的能量,并且能够通过跟同类的互相作用而产生整个社会的和谐状态。"[10] 李嘉图的理论跟边沁、麦考莱等人的理论有着一个共同的倾向,即简化倾向。在他们的词典里,社会的福音简化成了"竞争的福音",复杂的人性简化成了单一的私利性质,活

---

① 光是小说的前十章中,卡莱尔的名字就直接出现了五次,分见 1968 年 Georg Olms Verlagsbuchhandlung 版本的第 20、68、102、104 和 116 页。

生生的人简化成了可以随时拆散或组合的经济单位,道德秩序简化成了一套套干瘪的公式和"规律",管理社会的艺术简化成了一条条抽象的原则——逻辑、算计、头脑的冷静和理论的清晰成了压倒一切的信条和标准,而情感、想象和理想却被逐出了理性王国。

李嘉图和边沁等人还对数学表现出极度的痴迷和狂热。在他们的影响下,"本体化微积分"(the ontological calculus)、"愉快的算术"(the arithmetic of pleasure)、"算术世界观"(the arithmetical outlook)以及诸如此类的术语变得非常走俏。[11]与这些术语相伴而行的是"利润"、"计算"、"增长"和"量化"等词语。这些术语在经济领域里有其合理性,可是它们侵入了其他诸多领域,甚至在道德领域和审美领域里也开始发号施令,这就导致了卡莱尔所说的"机械时代"的出现。

金斯利就生活在这个"机械时代"中。

二、回应"机械时代"

《奥尔顿·洛克》是对上述"机械时代"的回应。该书的副标题——"裁缝和诗人"——起到了最主要的点题作用:它不是蒙克等人所说的"安慰中产阶级的课题",而是对卡莱尔的名著《旧衣新裁》的直接呼应。前文其实已经暗示,卡莱尔和金斯利笔下的"衣服"和"裁缝"意象都包含了对精神信仰的关注——由理性主义者为了功利目的而裁剪、编织起来的世界充其量只是一层层华丽的"外衣",终究会露出灵魂丧失后的破绽和丑陋。

小说以风起云涌的宪章运动为背景。为小说 1884 年版作序的休斯(Thomas Hughes)曾经盛赞该书作者,称其为"在紧急关头站在工人阶级一边的最直言不讳、最有威力的作家"。[12]卡扎米安也认为该书表明金斯利是一位"天才作家",称赞他"在小说的伪装下,决定性地表现了他那个时代最重要的目标和理想"。[13]卡扎米安和休斯都把关注的焦点放在了小说的社会政治层面(卡氏所说的目标和理想主要指金斯利等人当时提出的社会改革方案),这固然有他们的道理。不过,金斯利在书中曾经通过洛克之口,明确地点明了自己写作的首要宗旨:"本书是我的思想情感成长史。"[14]确实,《奥尔顿·洛克》在很多方面都称得上一部典型的"成长小说"(Bildungsroman)。

小说主人公洛克出生在贫穷的伦敦东区。在他不记事的岁月,以小本生意为生的父亲不幸去世,母亲含辛茹苦地把他和妹妹苏珊拉扯成人。由于受教会的影响,本来就郁郁寡欢的母亲对孩子们严厉有加。她认为在后者"确信自己的罪孽"并"皈依上帝"之前,做母亲的没有任何权利对他们怀有"精神上的爱"。[15]

母亲的严厉并未给洛克的性格着上深沉的宗教底色,真正使他走上心灵探索之路的是他去一家裁缝店当学徒之后的经历。裁缝作坊可以被看作维多利亚工业社会的一个缩影:洛克跟着师傅们从早到晚地从事机械劳动,不仅所得甚微,而且工作环境极其恶劣——许多人挤在一个狭小污浊、因不通风而臭气逼人的阁楼里。摧残人的卫生环境、高强度的劳作以及营养不良等因素经常使工人们遭受疾病乃至死亡的侵袭。就是在这样一个污浊的环境中,洛克开始思考人生的意义。也就是说,在一般人首先会为自己的基本生存而焦虑的时候,洛克首先考虑的是精神层面的东西。他最感不安的是自己"失去了方向盘",[16]最渴望的是满足自己的精神需求。所幸的是,他遇上了一位好心人——爱尔兰书商麦凯。

后者不仅免费借书给他,还这样告诫他,"散漫的阅读只会给青少年带来祸害",因此阅读"必须始于自律,并且框以方法"。[17]在麦凯的指导下,洛克如饥似渴地阅读起维吉尔和弥尔顿等人的诗作,奠定了他日后从事诗歌创作的基础。更重要的是,麦凯还以自己对穷人的深切同情影响洛克:他亲自带着后者深入贫民窟体验生活(小说第八章中有一段关于他俩看望一位老妇人、三位被迫卖身的姑娘——其中一位已经病入膏肓——的描写,非常感人),同时教育他要从穷苦人的生活中汲取"诗歌的要素"。[18]可以说,麦凯是洛克在精神探索之路上的启蒙老师。

洛克的另一位启蒙老师是克罗思韦特。后者是宪章运动的领袖人物,洛克就是在他的影响下投入了宪章运动的。克罗思韦特是一位既充满生活热情、又不同凡响的人物——他体弱瘦小,面颊呈病黄色,生活的重压使他在25岁时看上去就像40岁,可是他处处透出一种精神力量和人格魅力。在工友们常常借酒浇愁的情况下,他仍然洁身自好,滴酒不沾;虽然平时寡言少语,但在关键时刻口若悬河,显露出清晰的思路和丰富的情感。西方一些评论文章简单地把克罗思韦特说成是引诱洛克变成激进分子的"教唆犯",这是一种抱有政治偏见、非常轻率的结论。事实上,克罗思韦特跟洛克一样,虽然都热衷于社会改革,但是更致力于精神上的探索。应该说,从一开始起,克罗思韦特就对简单的机构改革抱怀疑态度。对以代议制为轴心的政治改革他更加持批判态度——他曾经向洛克这样评价英国的议员们:

他们代表的是财产,我们却身无分文。他们代表的是社会地位,我们却毫无地位。他们代表的是既得利益,我们却得不到任何利益。他们代表的是雄厚的资本,而压榨我们的恰恰是这些资本。在他们所代表的制度下,雇主们毫无责任心,雇员们沦为奴隶,老板们相互倾轧,打工者相互竞争——他们宣扬这样的制度,并为它感到荣耀,而实际上这一制度正在把我们一个个生吞活剥!他们由少数人选定,代表的是少数人的利益,可他们却要为多数人制定法律——你根本无法知道这些法律是否代表了人民的利益![19]

在克罗思韦特看来,制度的改革之所以会走歪路,是因为它背离了上帝的指引。因此,他始终强调有两种性质截然不同的改革:一种是上帝指引下的改革,而另一种是背离了上帝指引的改革。上举例子中所批判的机构改革和政治改革虽然表面上是一种"民主",但是它并未在实质上解决社会地位高低和阶级差别等矛盾,因而克罗思韦特告诉洛克:只有"上帝不分地位和等级",而且出身低微的人依照上帝的指引,才能够变成"托马斯·卡莱尔所说的未经官方认可的英雄"。[20]

在克罗思韦特和麦凯的影响下,洛克完成了一次精神和观念上的重要转变。他原先对社会问题的见解带有以边沁为代表的"进步"话语的烙印,但是他后来意识到边沁等人关于社会/机构改革的主张流于机械,缺乏精神上的力量。下面是一段他对自己观念转变的总结:

> 起初我把人简单地视为外部环境——即人不由自主地置身其间的某个社会,或政治意义上的外部体系——的产物和傀儡(恐怕我们中间太多的人如今仍然持有这样的看法)。毫

第十一章 《奥尔顿·洛克》：对"机械时代"的回应　　291

无疑问，我当时是中了邪，这真是可恶。不过，在过去的二十年里，边沁及其信徒们、经济学家们、高教会成员们所鼓吹的正是那样的观点，并且还博得了相应门派的交口称誉。持上述观点的人不外乎两类。一类人宣称：世界可以由便宜的面包、自由的贸易以及"自由工业"——说白了，也就是"资本的专制"——这一奇特形式而得到再生。不管怎么说，"自由工业"只是某种外在的制度、环境或"遁术"——这种遁术着眼于人的周围世界，而对人的内心世界却视而不见。另一类人的灵丹妙药则是建立更多的教堂和更多的学校，聘用更多的牧师。假如这些教堂、学校和牧师都是优质的，那么这一类药方的确有其长处，的确会胜过便宜的面包和自由的贸易。然而，在我们工人看来，我所说的这后一类人在把质量和数量作权衡时，似乎只把质量放在次要地位。他们期待着世界的再生，但是他们所做的却不是让世界变得更符合宗教精神（假如真是如此，那么最乐意促成这一状况的当属宪章派们自己，尽管这么说似乎有些矛盾），而只是一味地增设机构，即增加某个"教会体制"和某个外部环境，或增添某个"遁术"。我现在总算明白了一个道理：振兴世界不能依靠增设体制的办法（再好的体制也不能解决根本问题），而只能依靠发扬光大上帝的精神。[21]

洛克的这段反思对理解小说的中心思想至关重要。尤其值得注意的是，金斯利通过洛克之口直接批驳了边沁以及当时走红的经济学家们，指出了他们的理论和思想方法中的一个痼疾，即在处理质量和数量的关系时本末倒置。

换言之，金斯利通过洛克的故事传达了这样一个观点：社会/

机构改革必须服务于宗教目的。在这一点上,金斯利其实跟纽曼十分相像。虽然他曾经跟纽曼在后者皈依天主教的问题上发生过论战,但是陆建德博士下面这段有关纽曼的评价也适用于金斯利:"纽曼并不反对善行……但善行必须服务于宗教的目的……匆匆投入社会改革,对精神上的痼疾和一整套值得怀疑的价值观念不闻不问,甚至姑息纵容,有可能舍本逐末,把'民主'、'自由'和'生活水平'等手段等同为目的。"[22]不无巧合的是,前文中引用的洛克那段反省跟纽曼的见解十分吻合。就在那段引文前面,洛克还意识到自己跟其他许多参加宪章运动的工人"错把手段当成了目的"。[23]

离开了崇高的目的,人类社会的一切活动必然流于机械。金斯利对"机械时代"的挑战是多角度的,但其中最具特色的是他从"自由"的意义入手,探赜索隐,进而揭露了自由外衣掩盖下高尚灵魂的缺席。这也将是本章下一节的中心话题。

三、叩问自由

从某种意义上说,《奥尔顿·洛克》是对自由的一次叩问。反过来说,自由的精神叩问了主人公洛克等人的心灵。

从社会和政治纬度看,洛克追随克罗思韦特参加了如火如荼的宪章运动,并且用自己的诗歌抨击了社会弊病——虽然他一度为了追求虚无缥缈的爱情而同意阉割自己诗歌的政治锋芒,但是他在后来的反省中一直对此痛悔不已。也就是说,小说首先展现的是维多利亚社会中以洛克为代表的工人阶级争取基本生存权利和自由的斗争史。在洛克生长的时代,广大工人确实获得了"自

第十一章 《奥尔顿·洛克》:对"机械时代"的回应

由",但是他们只是变成了可以自由交换、可以随时拆散或组合的经济单位。他们有了出卖劳动力或身体的自由,却没有丰衣足食的自由。上一小节中提到的缝纫作坊以及伦敦贫民窟中的种种惨状都说明了这一点。正因为如此,洛克等人积极参加了宪章运动;他们争取的是丰衣足食的自由,以及由代议制所象征的政治自由。

然而,赋予《奥尔顿·洛克》这部小说更高价值的是对自由观念另一层含义的叩问。前面已经提到,金斯利把这部小说界定为一部"精神成长史",而这心路历程始终环绕着一个核心问题:什么是自由?

小说主人公洛克在投身于宪章运动的同时,也开始了对社会改革的意义的思考。除了上一节中提到的关于手段和目的之间关系的思考以外,洛克在反思中还确立了这样的认识:"我所需要的与其说是外部环境的改革,不如说是内心的改革。"[24]洛克生活在一个人人热衷于追求外部自由的年代。除了工人们所推动的宪章运动以外,当时英国的两个主要政党——辉格党和托利党——所提倡的政治改革和社会改革也都着眼于用外部体制或程序来确保所谓的自由。前文所引的洛克的那段反思(见上一小节倒数第三段)中所说的"两类人"就是指那辉格党和托利党:其中的一个鼓吹用便宜的面包和自由竞争来振兴社会,而另一个则主张建立更多的教堂,兴建更多的学校,聘用更多的牧师,误以为这样就能够增进人类社会的自由。

确实,在洛克所生活的年代里,追求自由成了一种普遍的自觉意识:政党要员们在标榜着自由,新闻媒体在宣传着自由,资本家们在实践着自由,工人们在争取着自由——尽管他们对自由的理解不尽相同。

不过,洛克的对"自由"的实际感受却是迷惘和痛苦。他逐渐认识到当时漫天飞的美好词语——如"自由普选权"、"自由贸易"和"新闻竞争"等——并不能给他这样的贫苦工人带来多少自由(除了他们能自由地出卖劳动力或身体之外)。事实上,至少有两种"自由"——自由竞争和新闻自由——给他带来了切肤之痛。

先说"自由竞争":洛克原先的裁缝老板去世之后,其子下决心改变先父的传统经营方法(原先的经营方法至少还能让工人们勉强维持生活),开始在工人中自由招标——要价最低、出活最多者可以把活儿揽到自己家中去干;这种迫使工人们互相"自由竞争"的手段使洛克和工友们的工作量增加了三分之一,而实际工资却减少了一半。这一切的发生只是因为他们有了一位"燃烧着19世纪伟大精神"的新老板,他"决心走在时代的前面",也就是"决心抓紧致富"。[25]顺便在此提一句:这位新裁缝老板可以被看作"进步"——也就是本书中多次提到的带有"速度"含义的"进步"概念——的化身。

再说"新闻自由":奥富林先生(某家报纸的编辑)连哄带骗地说服洛克撰写有关剑桥大学的报道文章,然后在没有征得他同意的情况下把文章改得面目全非,变成了诽谤奥富林先生政敌的炮弹。当洛克前去指责奥富林先生时,后者竟然大言不惭地把所谓的"新闻自由"跟"卖点"联系在了一起:"先生,我懂得经营之道,也懂得为人之道,而且比你更有信念,因而我知道什么样的报纸才能卖钱……"[26]这种混乱的价值观确实给报商们带来了赚钱的自由,带给洛克的却是深深的羞辱和痛苦。

对贫穷而诚实的工人来说,以上两种"自由"恰恰意味着不自由。正是为了反抗这种不自由,洛克义无反顾地加入了工友们的行列,成了宪章运动中的一名积极分子。虽然金斯利为这一情节着墨颇多,但他更为关注的是洛克在参加宪章运动时的思考和感受。洛克在这一过程中经受的最大考验是他出版诗集时面临的抉择:他本来写诗是为了展现工人们所遭受的不平等待遇,并抨击统治阶级的罪行,但为了发表这些诗歌,他不得不同意出版商对这些诗歌进行政治阉割的要求。蒙克等人据此把整部小说看成金斯利对统治阶级的投降或安慰,这一评论忽视了一个反复出现的细节,即洛克作出妥协后一直痛苦万分。在小说开篇不久,洛克就用插叙的手法暗示自己曾经"背叛了自己的阶级",[27]并对这一背叛持反省态度。在他同意冲淡自己的政治立场以后,他感到了"良心的重击"。[28]事实上,他一直都为自己不能用诗歌仗义执言而深感内疚。他后来卷入反抗统治阶级的暴力行动也是因为他想弥补自己对本阶级的亏欠。

仅就公正性而论,以洛克等人为代表的宪章运动所追求的自由跟当时的两大政党以及大大小小的资本家们所追求的自由有着天壤之别,但是两者之间有一个共同点:它们都以外部的自由形式为特征。前文已经提到,英国的两个主要政党当时提出的改革都仅仅着眼于数字和体制。那么,宪章运动所代表的改革又是怎样的呢?1833年出台的《人民宪章》主要提出了六点政治主张:工人取得普选权;秘密投票;代表权平等分配;议会每年选举一次;每个选民都同样有被选举的权利;议会代表支薪。[29]这些改革要求当然都是正义的、合理的,但是它们仍然没有超越这样一个特性:它们所隐含的自由理想仍然是建立在数字基础上的自由。

《奥尔顿·洛克》的重要价值在于它挣脱了当时居主流地位的、痴迷于各种数字的加减以及外部体制的改动的思维模式。金斯利并非像蒙克等人声称的那样,只是为了打消统治阶级的顾虑,只是为了消除后者对工人斗争的恐惧,而是提出了一个更深刻的问题:工人们讨还自由以后怎么办? 与此密切相关的另一个问题是:究竟什么是自由?

金斯利在一篇题为"教会给劳动者的告诫"的文章中曾经区分过真假"自由":"有两种自由—— 一种是假的自由,即一个人可以自由地做他喜欢做的事情;另一种是真的自由,即一个人可以自由地做他应该做的事情。"[30]金斯利此处强调的是一种悖论,或者说是一种更高境界上的自由:这种自由首先意味着服从。换言之,自由只是一种手段,而不是目的;自由必须服务于一种更高的目的。陆建德博士在评论柯勒律治以及维多利亚时期思想家纽曼、卡莱尔、罗斯、阿诺德、佩特(Walter Horatio Pater,1839—1894)和乔治·爱略特等人时曾经指出,这些杰出人物都把"道德良心的律令"和"道德的兴味"当作不容置疑的最终标准。[31]金斯利所提倡的自由,也正是以服从于这种良心的律令为前提的。

在小说《奥尔顿·洛克》中,最高境界的自由的化身当属麦凯和埃莉诺。

前文提到,麦凯和克罗思韦特同为洛克的"启蒙老师"。他俩都希望洛克成为人民事业的捍卫者,但是麦凯所采取的方法与克罗思韦特的不同:他对贫苦工人有着深切的同情(他亲自带领洛克访贫问苦就是例证),但是他没有匆匆投入社会政治改革,其原因是他把道德修炼和心灵的改造放在了更重要的位置。他赞成洛克等人投身于争取自由的正义事业,但是他主张在投身正义事业之前先要看清什么是正义;因此他首先致力于开启人的心智,培育人的心灵。应该说,麦凯的影响为洛克的基督教社会主义思想打下了坚实的基础。

使洛克的基督教社会主义思想成型的是埃莉诺。洛克出狱以后身染伤寒,得到了埃莉诺的悉心照料。其间,他俩就自由、平等和博爱等问题作了无数次深入的讨论。在谈到宪章运动等具体事例时,埃莉诺一再向洛克强调:工人们争取普选权和其他权益的斗争本身无可厚非,但是"你们在争取这些权益之前,应该先使自己无愧于这些权益"。[32]

小说的最后一章(第四十一章)以"自由、平等和博爱"为标题。在埃莉诺的劝说下,洛克跟克罗思韦特一起踏上了移民美国的旅程。埃莉诺在为洛克送行时,又一次对后者说:"自由、平等和博爱就在人的内心。先在你自己心中实现它们,然后再设法使它们变为普遍的现实。自由、平等和博爱不是来自外部,不是来自宪章和共和体制,而是来自人的内心……"[33]金斯利在这里开出了一帖救世的药方,至于这帖药方的疗效究竟如何,恐怕与本书的宗旨无关。与本书宗旨有关的是:金斯利通过《奥尔顿·洛克》这部小说提出了一个人类至今仍然必须面对的问题:自由来自何方? 自由以后怎么办? 最高境界的自由是什么?

金斯利的自由观很可能是受了伯克(Edmund Burke,1729—1797)的影响——金斯利对自由的叩问跟伯克当年的有关论述极其相似。早在1789年,伯克就曾指出:"在世界上所有大而无当的术语中,自由一词的意义是最不确定的。"[34]正因为如此,伯克在《法国革命感想录》(*Reflections on the Revolution in France*, 1790)以及许多书信和演讲中阐述了他关于自由的思想。他曾经

这样自问自答:

> 没有智慧和德行的自由是什么呢?它是万恶之首。没有了指引和约束,自由就是愚蠢、邪恶和疯狂。[35]

下面的一段论述更为精确和精彩:

> 对……堕落的人来说,必须用高度的约束状态来替代自由。尽管这种状态并不好,然而它能在一定的程度上把人从最坏的奴役状态——即盲目而残酷的激情对人的专制——中拯救出来。
>
> ……(自由)不是孤立的、与外界隔离的、个人的、自私的自由,仿佛每个人都能按照自己的意愿来调节自己的全部行为似的。我所说的自由是社会的自由。它是一种事物的状态,在这种状态下自由通过各人同等的克制而得到保障。自由是事物的构成状态,在这种状态下任何个人、任何团体、任何数量的人都找不到侵犯别人自由的手段,都无法侵犯社会里其他任何个人——任何阶层的人——的自由。的确,这种自由其实是正义的另一个名称;它通过明智的法律而彰显,通过良好的机构而得到保障。[36]

金斯利在《奥尔顿·洛克》中所要表达的其实就是伯克此处所概括的思想。跟伯克一样,金斯利所追求的是人类社会最高境界的自由,即先由内心准则指引并约束、再由明智的法律和良好的机构加以保障的自由。

四、错把信仰作外衣:毒瘤似的自由

金斯利用比较的手法描绘了洛克追寻自由的心路历程。跟洛克形成对照的是他的表兄弟乔治。在刚和乔治结交时,洛克不无纳闷地发现:自己的这位表哥竟然一点儿都不像他那明显散发着铜臭的父亲(也就是洛克的叔父)。后者是个靠经营杂货店起家的暴发户。他虽然不时地接济一下洛克一家,但是他跟侄子见面时连握手都不愿意——只是因为他太穷。乔治真正开始跟洛克有接触时,已经是剑桥大学的一位学生。洛克发现他非常和蔼可亲;就连遇上一位熟悉的扫烟囱工人时,也从不放弃主动打招呼的努力。

随着两人交往的加深,洛克发现乔治为人处世都严格地奉行了一个原则,即是否划得来——"划得来"成了他的口头禅。一旦从这个角度看问题,洛克就找到了乔治对社会底层的人也和颜悦色的根本原因:"他发现这样做划得来"。[37] 乔治对衣着、外貌十分讲究,对走路的姿态也颇有研究,因而在众人面前总是"显得神气、自信,几乎有将军的风度"。[38] 他对从事体育活动有着浓厚的兴趣,并且在竞技方面精益求精,这样做的原因也是"他可以借此跟绅士们来往,因而很划得来"。[39] 这里所说的"绅士"指的是那些贵族子弟。乔治的父亲虽然有钱,但暴发户在当时的社会地位毕竟不够稳固,因此乔治要想在上层社会长期立足,就必须在言谈举止方面向贵族们看齐。

乔治用来跟"划得来"配套的还有两句格言:一是"等待良机",二是"要征服就得先屈服"。他在巴结郎代尔爵爷(埃莉诺的丈夫)、莉莲及其在牛津大学当院长的父亲时表现出了十二分的耐心和高超的艺术。他曾经对洛克在贵族们面前不卑不亢的态度进行"善意"的批评,并劝告洛克"应该连续好几个月用'我的老爷'去称呼郎代尔爵爷"。[40] 他的"屈服"和"等待"确实被证明非常地"划得来":他赢得了朗代尔爵爷等人的信任,得以自由地出入上流社会,而且征服了美貌的莉莲——后者还意味着财产以及她父亲在上层社会中的影响。

假如自由意味着为所欲为,那么乔治就是自由的化身。他的自由和潇洒可以说达到了无以复加的地步,世上任何珍贵的东西——如亲情、友谊、人格、尊严、道德和信仰,等等——都不能给他带来一丁点儿的约束,都不能唤起他半点儿神圣的感情。在对待莉莲的态度上,他就和洛克形成了鲜明的对照:洛克真诚而热烈地爱着莉莲,这种爱达到了神圣的境界,就连呼喊她的名字都会被他视为亵渎,而乔治对莉莲并没有真正的爱——他在初次遇见莉莲以后,曾在背后用粗俗的语言对她评头论足。具有讽刺意味的是,最终赢得莉莲的是玩世不恭的乔治,而不是心地善良的洛克。

洛克和乔治在信仰问题上也形成了强烈的反差:洛克皈依基督教是一个长期而痛苦的过程——他先是跟母亲的教条发生冲突,后来又相继接受克罗思韦特、麦凯和埃莉诺的影响;更重要的是,他经受了社会最底层生活的磨难,经历了宪章运动给他带来的种种考验(包括是否要背叛自己的阶级而出版诗集这样的道德抉择给他带来的痛苦)。可以说,他的思想转变是一个水到渠成、瓜熟蒂落的过程,其中不乏各个层面生活经验的淬砺。相形之下,乔治"接受"宗教信仰的过程却显得格外轻松、潇洒。他在内心里根本就不信教,却摇身一变而成了英国国教的一员,最后还担任了该教会的牧师职务。他甚至劝洛克也走同样的道路:"我劝你选择跟我同样的道路……不择手段地来剑桥上学,然后担任圣职。"[41]当洛克直言不能昧着良心去接受自己并不相信的教义时,乔治随即报以冷嘲热讽,同时又"好心"地告诉他这是"变成绅士的唯一方法"。[42]乔治的所作所为反映了维多利亚时期的部分社会现实以及部分人的心理现实:出身寒门的暴发户虽然有钱,但是跟世袭的贵族绅士们相比,他们的社会地位仍然低人一等;要想改变这一现实,他们只有一条路可走,即穿上牧师的外衣。在这些人的心中,本来应该作为人生最高目的的信仰沦落成了一种实用的工具。

乔治是金斯利塑造得最为生动的人物。他所代表的那种把信仰当作外衣加以随意挑选或更换的自由是维多利亚时代的一颗毒瘤。可悲的是,21世纪的人类社会中仍然生长着类似的毒瘤。重读金斯利的作品,应该有助于我们消除这样的毒瘤。

注释:

1 Catherine Gallagher, *The Industrial Reformation of English Fiction: Social Discourse and Narrative Form*, 1832—1867, Chicago and London: University of Chicago Press, 1985, p. 90.

2 Richard Menke, "Cultural Capital and the Scene of Rioting: Male Working-Class Authorship in Alton Locke", *Victorian Literature and Culture*, Vol. 28, Number 1, 2000, p. 92.

3 Evan M. Gottlieb, "Charles Kingsley, the Romantic Legacy, and the Unmaking of the Working-Class Intellectual", *Victorian Literature and Culture*, Vol. 29, Number 1, 2001, pp. 55—63.

4 同上,p. 58。

5 Louis Cazamian, *The Social Novel in England 1830—1850*, p. 242.

6 转引自 Fanny Kingsley, *Charles Kingsley, His Letters and Memories of His Life*, Vol. I, Cambridge and London: Cambridge University Press, 1962, p. 121。

7 同上。

8 Brenda Colloms, *Charles Kingsley*, London: Constable & Company Ltd., 1975, p. 112。

9 J. Jeffrey Franklin, *Serious Play: The Cultural Form of the Nineteenth-Century Realist Novel*, University of Pennsylvania Press, 1999, p. 255。

10 转引自 Louis Cazamian, *The Social Novel in England 1830—1850*, p. 18。

11 参见 Louis Cazamian, 出处同上。

12 Thomas Hughes, "Prefatory Memoir", in *Alton Locke*, Charles Kingsley, Hildesheim: Georg Olms Verlagsbuchhandlung, 1968, p. x.

13 同注 5, p. 241。

14 Charles Kingsley, *Alton Locke*, Hildesheim: Georg Olms Verlagsbuchhandlung, 1968, p. 74.

15 同上, p. 4。

16 同上, p. 27。

17 同上, p. 34。

18 同上, p. 100。

19 同上, pp. 116—117。

20 同上, p. 116。

21 同上, p. 119。

22 陆建德:《破碎思想体系的残编》, 第 59 页。

23 同注 14, p. 118。

24 同上, p. 119。

25 同上, p. 109。

26 同上,p. 241。

27 同上,p. 56。

28 同上,p. 168。

29 参见阿尼克斯特:《英国文学史纲》,第 365 页。

30 转引自 Thomas Hughes,出处见注 12,p. xxxiii。

31 同注 22,第 5—56 页。

32 同注 14,p. 407。

33 同上,pp. 432—433。

34 Edmund Burke, *The Philosophy of Edmund Burke：A Selection from His Speeches and Writings*,(ed.) Louis I. Bredvold and Ralph G. Ross, Ann Arbor：The University of Michigan Press,1967, p. 71.

35 同上,p. 73。

36 同上,p. 71。

37 同注 14,p. 71。

38 同上,p. 72。

39 同上,p. 71。

40 同上,p. 156。

41 同上,p. 147。

42 同上。

第十二章 《亚当·比德》：
过去是一面镜子

第十二章 《亚当·比德》:过去是一面镜子

跟狄更斯、萨克雷、迪斯累里、金斯利和盖斯凯尔夫人一样,乔治·爱略特对"进步"话语——尤其是"进步"的速度——提出了强烈的质疑。这一质疑在她的第一部长篇小说《亚当·比德》(Adam Bede,1859)中就已经相当明显。

不过,西方评论界往往忽视这部小说在这方面的意义。评论家们不是把它简单地视为田园生活方式的挽歌,就是把它视为英国统治阶级在巩固其意识形态过程中的产物。对乔治·爱略特的批评也往往基于这两种思维定式。

塞默尔(Bernard Semmel)对《亚当·比德》的一段评论是一个典型例子:爱略特"在用旧社会跟新社会对照的过程中,与其说显示了实证主义的立场,不如说显示了传统的保守主义立场;她更像一个抱残守缺的托利党成员。她似乎更喜欢旧社会,喜欢它那种对事物原因不知不问的'幸福'状态……"[1] 罗伯茨(Neil Roberts)也发表过同一类型的观点:"《亚当·比德》展现的世界似乎不带有消解并改造自己的种子。它是一个亘古不变的世界……"[2] 持类似观点的人还有许多,其中最有影响的要数著名批评家兼小说家艾伦(Walter Allen,1911—1995)。他在流传甚广的《英国小说:一部批评简史》(The English Novel: A Short Critical History,1954)一书中这样说道:"乔治·爱略特的托利党立场明显地表现在她的传统主义思想中。她喜欢井然有序、等级森严的生活方式。在她向往的生活中,每个人各安其位,各司其职……她所描绘的世界是一个终结了的世界。既然是终结了的,因此也是静态的。"[3] 然而,仔细阅读《亚当·比德》,就会发现书中有许许多多关于社会变化的迹象(详见下文论述)。此外,主人公亚当从一个受雇于人的木匠慢慢演变成一个独立经营建筑业的自由职业者(作者对此始终带着赞许的口吻),这一事实也说明爱略特并不反对她所认可的社会进步。我们还可以用爱略特在小说之外的言论作为见证:

> 个人和社会机构之间的作用和反作用总是永久不断的;我们必须试着逐渐逐渐地改善个人,同时改善社会机构——只有这样,人世间的事情才能得到修补和改善。[4]
>
> 欧洲人的本性扎根于过去,两者紧紧地交织在了一起。因此,只有允许根茎部分不受震动,才能确保人性的完善。只有当种子成熟了,完善了,具有独立于根茎的生命了,整个发展过程才能持续不断。[5]

爱略特是针对当时流行的"进步"话语而发表以上言论的。本书前面已经多次提到,在麦考莱等人的影响下,许多英国人不但相信"进步",而且总嫌"进步"的速度不够快。针对这一情形,爱略特主张人性的完善和社会机构的完善必须同步进行,而且需要不断地互动,同时还要避免社会发展的速度过快(《亚当·比德》的主题跟这一观点并行不悖)。对此,需要强调的是,爱略特并非不主张变革,而是对变革的方式和速度持比较谨慎的态度。她提出的是一种悖论:"慢"就是快——越是尊重过去,越是循序渐进,就越能保证人类文明进程的持续不断。从这一角度看,那些批评爱略特抱残守缺的观点有失偏颇。

跟塞默尔、罗伯茨和艾伦的观点相比,伊格尔顿对爱略特的批评具有更大的迷惑性。他从葛兰西(Antonio Gramsci, 1891—

1937)那里借用了"霸权"(hegemony)①一说,并认为爱略特小说所做的一切都是为了巩固英国新兴统治阶级的霸权,即打着道德教诲的幌子来麻痹英国劳动阶级的斗争意志,并说服后者认同官方推行的意识形态和价值标准,从而心甘情愿地接受统治。用伊格尔顿的原话说,"'乔治·爱略特'这一名字是一种转喻,它喻指霸权新条例得以逐步巩固这一历史过程。"[6] 伊格尔顿还对爱略特关于全社会成员"同心同德"②的主张进行了如下解构:"英格兰从前依靠宗教和政治机构来压制被统治阶级,而现在则更多地依靠道德和心理手段来赢得被统治阶级对国家机器的认同,'同心同德'只是关于这种摇摆不定的过渡状况的另一种说法。"[7] 虽然伊格尔顿承认爱略特的创作思想具有多重性,并承认爱略特有时候能够超越阶级的局限性,但是《亚当·比德》却不在他认为具有超越性的作品之列。他有过这样一段话:"如果说存在着刻画过亚当·比德和利德盖特的爱略特,那么还存在着创作过拥有《弗洛斯河上的磨坊》中那样的结局——该结局动荡不已,充满冲突,给人以《启示录》般的震撼力——的爱略特……还存在着描写过饥饿、痛苦和挫折的爱略特——她所描写的这些饥饿、痛苦和挫折无法被纳入任何以霸权为宗旨的课题,否则就会把这样的课题从内部撕扯得四

---

① 按照伊格尔顿的总结,"霸权"意味着统治阶级使被统治阶级臣服的一种方式,即不仅用"压制"(coercion)的方法,而且还用(或者说主要用)"认同"——即通过意识形态的手段让被统治阶级相信自己也能在社会中当家做主(其实是迷误或错觉)——的方法。简而言之,"霸权表示交错使用(压制和认同)两种手段来维护阶级权力的典型状况"。出处见本章尾注 6,pp. xii-xiii。

② 英语原文为"sympathy"。该词频频出现在《亚当·比德》以及爱略特的其他小说中,其含义甚为复杂;除了"同心同德"以外,还有"同情"、"友谊"、"交情"、"与他人气息相通"、"设身处地地为他人着想"等意思。此处的简化式翻译乃不得已而为之。

分五裂。"[8] 言下之意显而易见：《亚当·比德》是一项完成得很好的霸权课题。

情形果真如此吗？

如本书前言和前面各章所述，19世纪英国社会的意识形态主流是以麦考莱、达尔文、边沁、赫伯特·斯宾塞、约翰·斯图尔特·穆勒、巴克尔和莫利等人所描绘的"进步"神话。换言之，这一神话可以看作当时英国社会的霸权主旋律。假如《亚当·比德》为"进步"神话唱了赞歌，那么它的确可以被视为伊格尔顿所说的"霸权课题"。然而，只要我们对《亚当·比德》的文本加以细读，就不难发现爱略特恰恰奏出了霸权主旋律的反调，奏出了一组质疑"进步"，质疑速度，质疑"现金联结"的音律。

一、用过去这面镜子照现在

不少对爱略特的指责源于这样一个事实：《亚当·比德》的时代背景比爱略特写作的时间早了60年（故事起始于1799年，而小说发表于1859年）。难道真如某些批评家所说，爱略特在工业革命已经引起翻天覆地的变化之时，置眼下诸多重大话题于不顾，一味地沉溺于昔日的"田园生活"吗？

依笔者之见，爱略特笔尖铺展的是过去，心中装着的却是现在。确实，她描绘了一个多多少少带有理想色彩的昔日世界，但是她的宗旨是要用这笔下世界映射出她对现实世界的批评，反照出她对时弊的抨击。她是要用过去做镜子，照一照她所面对的现在。

讲到镜子，还得从小说的开端说起。《亚当·比德》是这样开场的：

第十二章 《亚当·比德》：过去是一面镜子

埃及的巫师用一滴墨汁就可以当作镜子，承诺向任何偶遇者展示过去那远逝的景象。读者，这也正是我为您所做的承诺。我要用笔尖的这滴墨汁，为您呈现公元1799年6月18日那一天乔纳森·伯吉先生——他是一位木匠兼营造商——那间坐落在海斯洛普村庄的、宽敞的木工车间。[9]

我们不妨把这里的"镜子"意象当作一种悖论：爱略特此处与其是在用镜子照过去，不如说是在用过去这面镜子照现在。在论证这一观点之前，我们有必要先来看一下小说第十七章（全书第二卷的第一个章节）第二段中的一段著名的"镜像说"——许多西方评论家把它看作爱略特的现实主义小说理论的代表性言论：

> ……我最努力争取的……是按照我脑子里的镜像来忠实地记录并描述人和事。无疑，我的这面镜子是有缺陷的；镜像的轮廓有时会走样，镜像本身有时会显得暗淡或模糊。然而，我感到自己有义务尽可能精确地向你们转达我脑子里的镜像，就像我在法庭证人席上发誓后叙述自己的经历那样。[10]

值得揣摩的是，爱略特此处承认——或者说向读者泄露了"天机"——她的这面镜子是有缺陷的。大脑之"镜"之所以有缺陷，不仅是因为人的大脑本身具有局限性，而且是因为它还具有主观能动性。盖恩(Dorothy Van Ghent)针对以上引文作过一段中肯的评论："大脑之'镜'呈现的只是它所看见的东西。它并非被动地按照事物的本来面目来'反映'事物，而是主动地按照事物的本来面目来创造事物。"[11]对于本书来说，上述"镜像说"的意义在于它提醒我们注意作者的主动批判精神:爱略特描绘的昔日世界也许带有主观色彩,也许过于理想化,然而她正是要用这理想的镜子照出现实世界的毛病——她有时并不精确,但是她至少提出了问题,并且表明了努力寻找病根的积极态度。

书中能够说明爱略特笔下写的是过去、心中装的是现在的例子零零散散地有许多。最能说明问题的例子出现在小说第52章的末段——此时叙述者又一次像小说开头处那样站到了前台,并且以"闲暇"(leisure)为话题,把过去和现在做了两相对照(这段议论的引子是关于黛娜和波依塞太太在乡间小道上散步的描写):

……沐浴着阳光,漫步于田野之间,这是一种闲暇;与此相比,其他所有的闲暇无疑都显得急促匆忙……闲暇已经不复存在了——随着手纺机的消失而消失了,随着驮马的消失而消失了,随着缓缓而行的运货马车的消失而消失了,随着在阳光明媚的下午送货上门的小贩的消失而消失了。也许那些**天才哲学家们已经这样告诉过你们:蒸汽机的伟大功能就是要为人类创造闲暇。不要相信他们!蒸汽机创造的只是一种虚空,以便让人们不假思索就匆匆投入虚幻的世界。现在就连空闲也变成了急切的**[①]——急切地寻找娱乐:急切地搭上游览火车,急切地钻进艺术博物馆,急切地浏览文学期刊,急切地翻阅有刺激的小说;甚至急切地出台科学理论,急切而草率地用显微镜作种种窥视。昔日闲暇则是一位不同的人士:他只阅读一份报纸,从不过问谁是领袖人物,不受我们称作

[①] 原文不是黑体。

"后时间"①的那种周期性发作的、耸人听闻的新闻报道的干扰。他是一位勤于思辨、身体壮实的绅士；他消化力堪称上佳，洞察力藏而不露，没有好出台假说的毛病……

美妙的昔日闲暇！不要对他过于严厉，不要用我们的现代标准对他加以判断……12

在这段精彩绝伦的文字背后，我们分明看到了爱略特的现代关怀和宽阔情怀。爱略特的立足点分明是经历了蒸汽机以后一系列变革的"现在"。换言之，《亚当·比德》中的故事是要为以蒸汽机为标志的工业化社会提供一面可供参照的镜子，让生活于"现在"的人们看看人类丢失了什么，尤其是丢失了什么不应该丢失的东西。

需要特别强调的是以上引文中的那段黑体字：虽然爱略特没有挑明那些"天才哲学家"是谁，但是从她所生活的那段时期来看，当时操持着话语霸权的是以边沁为首的功利主义哲学家们。戈登(Charles Gordon)在评论爱略特时曾经谈到她那个社会中盛行的哲学思想和政治经济学理论："一套套所谓的哲学体系都毫不怀疑地把如下原则当作了出发点：人类的唯一目标就是幸福……政治经济学也同样毫不怀疑地使用了同一个原则，即'最大多数人的最大幸福'。"13"最大多数人的最大幸福"这一口号出自边沁，这是众所周知的事实。可见，尽管《亚当·比德》讲的是过去的故事，其批评的锋芒却对准了"现在"——即爱略特所生活于其中的历史时期——正走红的主流话语。

即便爱略特没有在小说中那样直接把过去与现在进行对比，

---

① 英文原文为"post-time"。

书中人物亚当、黛娜、海蒂和亚瑟等人演绎的故事本身也明显地带有指涉现实的标志:亚当等人并不是生活在一个清一色的田园世界里,而是生活在一个日益受到工业化潮流的包围、蚕食和威胁的世界中。

书中工业革命阴影日浓的迹象并不少见。黛娜长期生活并工作的地方斯诺菲尔德就是工业地区——那里的棉织厂、麻纺厂和铅矿业日益发达,而老百姓的生活却穷困潦倒。用黛娜自己的话说,"那是个荒凉而阴郁的地方"。[14]黛娜还向欧文先生(海斯洛普的教区长)这样谈过自己对英国一些工业城镇的感受:"……像利兹那样的大城镇……高墙林立;走在那里的大街上,你就像在监狱里放风一样,四周除了世人辛勤劳作的景象,还有那震耳欲聋的喧嚣。"[15]黛娜所描绘的景象在爱略特所生活的时期已经更为普遍,其间的相关性不言而喻。此外,书中黛娜还常常把斯诺菲尔德的灰暗景象跟海斯洛普的田园风光作比较,这其实也是在引导读者对工业化前后的两种生活方式进行比较。

工业化意味着现代化。古德(John Goode)曾经敏锐地指出过现代化进程对海斯洛普的影响:

"现代化"发生的影响可以在小说中找到。亚瑟·多尼桑从爱尔兰回乡之后,脑子里充满了"铺设地下水道和实施圈地"的计划。他的祖父试图让波依塞一家成为奶牛场的专业户。当然,卫理公会教派也代表了"现代化"的势力——这股势力促使威尔·马斯克里反对欧文,促使塞思·比德疏远了自己的本行工作,甚至在海斯洛普激起了早期歇斯底里症般的风波。[16]

第十二章 《亚当·比德》：过去是一面镜子

需要补充的是，小说中工业化/现代化的影响还表现在对改革速度的追求上。我们知道，英国工业革命的进程伴随着政治、经济和宗教等多方面的改革。对忧国忧民的爱略特来说，改革风波自然是一个不可回避的话题。虽然她对改革——尤其是改革的速度——的关注在另一部小说《激进党人菲利克斯·霍尔特》中表现得最为明显（参见本书下一章），但这种关注在《亚当·比德》中已经初现端倪。

一个较为典型的例子是欧文的后任里德先生所推行的宗教改革。欧文在宣传教义和教区管理方面从不刻意追求效率，而里德先生继任以后厉行改革，迅速地引进了一系列新观念、新的管理措施和新的惩治措施。然而，作为叙述者的爱略特又一次忍不住站到前台来宣布："我必须相信，欧文先生在教区里的影响比热衷于改革的里德先生更为健康有益。"[17]原因很简单：里德的情感力量远不如欧文，而"促使人们正当行事的是情感，而不是观念"。[18]

一个更为典型的例子是亚瑟在产生改革冲动时所体现的速度。在他的祖父去世之前，亚瑟就不止一次地动过从他那里接管家业的念头——他有一个冠冕堂皇的理由，即尽快改善佃户们的生活状况（他的祖父是一个狠心剥削佃户们的地主），其实他更关心的是自己的权力欲望和表面形象（详见下文分析）。他曾经不顾祖父还健在这一事实，公开对欧文这样说："再没有比接管海斯洛普这边的家业更会让我高兴的事情了——目前的状况很糟糕。我要确立各种改进措施，并且骑着快马奔走于各地，以便监督管理。"[19]改革还远远没有开始，亚瑟就已经开始做起了依赖快马实施奔驰式管理的美梦（从小说的结局来看，亚瑟始终未能成为一个优秀的管理者），其中的讽刺意味显而易见。当他一听说祖父去世

的噩耗时(他是在爱尔兰接到消息的),最让他激动的不是丧失亲人的悲痛,而是他那迅速高涨的改革热情:

>……他的第一情感反应是:"可怜的祖父!要是我能在他临终前就赶到他的身边,那本来就会好一些……他死的时候很孤独。"
>
>不过,他的悲伤仅仅到此为止了。……当四轮马车载着他飞快地奔向即将由他主宰的家乡时,他满脑子是关于将来的设想……一个他本来就不怎么喜欢的、已经活得很长的人死了,他因此可以接管一份辉煌的家业了;对他这样一个有为青年来说,除了感到狂喜之外,还能感到什么呢?他的生活现在才真正开始,他现在有了行动的余地和机会,他当然不会不加以利用。……[20]

亚瑟的这段思绪接下去就是关于如何铺设地下水道和实施圈地改革(前文已经提及)等许多设想,其中还包括"引进新梨和新的播种机"。[21]此处有两点须作说明:其一,亚瑟的改革设想反映了工业和科技的进步;其二,亚瑟考虑改革的时间有悖于人之常情——在奔丧之时因改革前景而狂喜不已,其速度和人品可见一斑。

亚瑟对"进步"和"改革"的理解其实非常肤浅,而且跟他的享乐主义人生观密不可分。

虽然他有着种种美好的改革设想,但是我们从来没有看到他为改革脚踏实地地流过汗水。即便是在设想层面,他自己所要付出的代价也只是骑着快马到处奔驰。骑马奔驰本身对他来说是一种享受,而且奔驰式管理还会给他带来另一种享受——我们前面在引用他对欧文先生谈改革设想的那一段时故意隐藏了下面这一句:"我想认识所有的农场工人,并看到他们个个带着友好的神情向我碰帽边致敬。"[22]可见,他从事改革的动机是要快快乐乐地骑在别人头上做老爷,同时又让别人对他感激涕零,甚至对他"顶礼膜拜"。[23]这种"快乐逻辑"常常使"他感到自己就像英雄"。[24]既然要像英雄,就要把事情做得漂亮,但其背后的动因只是为了让人欣赏自己:"他喜欢把每件事情都干得漂漂亮亮,并且让自己的漂亮业绩得到承认。"[25]这样的改革动机让人哭笑不得。

　　亚瑟实际用于"改革"的时间并不多,而用于感官享受的时间则要多得多。他向往的是声色犬马的生活方式——当然,他把这看作一种"进步"和"开明"。在他初次露面不久,我们就看到他向自己的教母抱怨"既不能去打猎,又不能去射击……这样的生活真是让人厌烦得绝望了"。[26]打猎、射击、骑马(书中有关他骑马狂奔的镜头数不胜数),这些都能给他的感官带来强烈的刺激,不过能给他带来最大刺激的是寻花问柳:姿色出众的海蒂——亚当初恋的对象,波依塞先生的侄女儿——成了他的猎物。由于海蒂出身贫寒,因此亚瑟从一开始就没有打算跟她成亲。在玩弄她感情的过程中,他曾经一度感到过内疚,因此专程去向欧文忏悔;不过,到了嘴边的忏悔词又缩了回去,原因是追求刺激以及期望侥幸过关的心理最终占了上风。他去欧文家"忏悔"的那一段描述颇值得回味(他特意挑了吃早饭的时间,以便在与欧文共进早餐的愉快气氛中轻轻松松地忏悔):

　　　　文明的进步已经用共进早餐或晚餐的形式取代了原先那种既烦琐、又压抑的忏悔仪式,这真让人感到轻松和愉快。如

> 今我们的神甫一边吃着鸡蛋、喝着咖啡,一边听着我们的忏悔,这使我们对自己的错误不再那么感到沮丧。我们清楚地意识到:对生活在开明时代的绅士来说,以苦行赎罪的那种不开化的方式是不可思议的;凡人尽管有罪,小松糕仍可照吃不误。[27]

此处爱略特用貌似客观的笔调剖析并讽刺了亚瑟的心态。让人啼笑皆非的是,亚瑟竟然把玩世不恭的价值观当作"文明的进步"。庄严的宗教忏悔仪式所带来的敬畏和反省已经不复存在;宗教的安慰已经沦落为餐桌上的开胃菜,只会让人更安心地放纵于物质文明的进步所提供的那些享受。更让人尴尬的是,这样的价值观并非局限于亚瑟个人。海蒂的好逸恶劳以及桑蒂·吉姆、威利·本和芒姆·塔夫脱等人对工作随随便便的态度(见下文分析)都反映了类似的价值观。也就是说,这种价值观正在酿成一种社会准则,一种社会风气——这才是最让爱略特担心的。

当然,爱略特在小说中不仅仅描写了亚瑟,不仅仅描写了海蒂(除了出身不同以外,她跟亚瑟在图慕虚荣、追求享乐方面非常相似),而且还塑造出了亚当、黛娜等拥有相反价值观的人物。爱略特在刻画这两类形成鲜明对比的人物(我们将在下一小节予以分析)时至少向我们发出了两个同样重要的信息:(1)以亚当和黛娜为代表的传统社会价值观中有不少值得保留并发扬的内容;(2)这些价值观正在受到威胁或抛弃——以亚瑟和海蒂为代表的社会价值观正处于上风。

总之,虽然爱略特在《亚当·比德》中呈现了一个往昔的世界,但是从这个世界中我们可以听到"现代化"的步伐,听到"文明进步"的步伐。在爱略特的指点下,我们在游历一个已经远去的世界的同时,找到了当今世界所经历的许多变化的原因,更找到了对当今世界具有宝贵借鉴作用的一面镜子。

二、两种人物和两种时间

《亚当·比德》的艺术结构本身就是对"进步"的质疑。这方面最突出的表现是作者对人物的塑造和对时间的描写。具体地说,爱略特精心刻画出了两类性质的人物,勾勒出了两类性质的时间,以此烘托人类社会在传统与变革问题上的两种价值取向。

首先让我们来看一下小说中的人物塑造。

上一小节中已经提到,小说中以亚当和黛娜等人为一方,以亚瑟和海蒂等人为另一方,形成了在价值取向上互相对峙的两大阵营。亚当和黛娜的身上始终保留着许多传统美德,如勤劳、诚实、朴素、仁慈、爱亲人、爱邻居、爱家乡,等等;而亚瑟和海蒂的身上几乎看不到这些传统美德的影子。

这两类人物的反差首先在他们对劳动的态度上得到了体现。

亚当第一次出场——他是书中第一个出场的人物——后给我们的第一个印象就是他那热爱劳动的形象。在短短的开场白(我们在第一小节中已经引用)之后,小说随即展开的是亚当和其他四个工友一起在车间里干活的情景。我们看到他一边起劲地做着木工,一边快乐地用雄浑的男中音唱着歌曲。这首歌词的内容同时也反映出他对劳动的态度:"觉醒吧,我的灵魂!太阳日复一日地运转,你的责任也应随着运转;挣脱掉懒散,挣脱掉惰性……"[28]此后不久,我们看到了一个更为感人的场面(发生在收工时刻刚到的那一瞬间）：

> 所有人手都默默地工作着……直到教堂的钟声开始敲响了6点钟。第一下钟声还没有消失，桑蒂·吉姆就放下了手中的刨子，伸手去拿他的夹克衫；威利·本这时候仅有半颗螺丝还没有拧完，不过他任其露在外面就把螺丝刀扔进了工具篮；芒姆·塔夫脱……把刚举起的榔头一扔了事；塞思也直起了腰，伸手去拿自己的纸帽。只有亚当若无其事地继续工作着。不过，当他注意到同伴们摔工具的行为时，他抬起头来，带着愤怒的语气说：
>
> "瞧你们的德行！钟一开始敲就扔工具，好像自己的工作毫无乐趣，就连多敲一下榔头都害怕；看到有人这样真让我受不了。"[29]

这里的细节描写非常重要：它为亚当的道德形象奠定了基础，也为全书对"进步"话语的挑战定下了基调。本书其他许多章节中都曾经暗示，盛行于19世纪英国的"进步"话语的要害之一就是使资本主义社会人与人之间的"现金联结"（cash-nexus）关系合法化；卡莱尔在批判这种关系时曾经提倡用"工作福音"或"义务福音"来与之对抗（参考本书第十四章第二节）。我们知道，爱略特深受卡莱尔的影响，而上面这段引文以及先前亚当愉快工作的场面恰好可以被当作对"工作福音"的一个注解。桑蒂·吉姆、威利·本和芒姆·塔夫脱等人对工作的态度其实反映了他们跟老板乔纳森·伯吉之间纯粹的雇佣关系，或者说"现金联结"关系。金钱不仅使劳动者与老板、同事之间的关系发生异化，而且还使劳动者与自己的劳动之间产生异化——整个劳动过程已经毫无乐趣可言。亚当这一形象本身就是对这种异化的抗衡。

对亚当来说,作为谋生手段的工作固然重要,然而更重要的是,工作本身能够带来"愉悦"、"自豪感"和"满足感"。[30]他曾经当着乡民们的面说(其实也是在宣传他所信奉的"工作福音"):"不管我的报酬是多是少,只要我着手做一件工作,就要把它做好。"[31]快接近尾声时,我们仍然发现"工作始终是他的宗教的一部分"。[32]把工作视为神圣的东西,以崇敬的态度去工作,这在人类社会古已有之,但在一个"进步"的年代却成了被嘲弄的对象(书中的塔夫脱和威利·本就曾经嘲弄亚当的工作态度[33])。爱略特怀着深情塑造了亚当这一形象,其实是表明了她对"进步"的立场。

同样的价值观在黛娜身上也得到了生动的体现。虽然她有机会生活在比较富裕的海斯洛普(那里有她的姨妈波依塞太太;后者一直邀请她成为家庭的一员),但她在很长一段时间内选择了更为贫穷的斯诺菲尔德地区,原因是她觉得那里的穷人更加需要她的帮助。生活虽然艰苦,她却甘之如饴:"我很穷……我必须用自己的双手来谋生,但是我比任何老爷和贵妇人都更加幸福……"[34]跟亚当一样,黛娜把帮助别人也看作自己的神圣工作和义务,并且从不计较报酬。例如,亚当的父亲猝死以后,莉丝珀斯(亚当的母亲)需要有人安慰和照顾,黛娜毫不犹豫地守在了她的身边,一守就是几十个小时,而且整整一夜都没有合眼。

跟亚当和黛娜相反,亚瑟和海蒂是好逸恶劳的典型代表。他俩爱慕虚荣,追求奢侈,最后落得个害人害己的下场。关于亚瑟的享乐主义人生观,我们前面已经有所分析。至于海蒂,有一点必须先加以说明:虽然她的沦落——她被亚瑟始乱终弃,情急之下,害死了自己的亲生婴儿——在很大的程度上应归咎于亚瑟,但是她同时也是自己的那套价值观的牺牲品。她在亚当和亚瑟之间选择了后者,其根本原因只有一个:亚瑟能够给她带来荣华富贵(可惜她只是一相情愿)。下面这段叙述已经说得很明白:

> 然而海蒂从来就没有实实在在地鼓励过亚当向自己求爱……她把他看透了:一个穷汉子,还有年迈的双亲要抚养;在将来很长的一段时间内,他甚至连她在叔叔家能享用的那些小奢侈品都提供不起。海蒂的梦全是跟奢侈的生活有关:她希望自己能够常坐在铺着地毯的客厅里,并常年穿着白色长筒袜;她希望带上漂亮的大耳环,就像所有的时髦女郎那样;她希望自己长袍的顶端镶上诺丁汉的花边,同时还能拥有香气扑鼻的手帕,就像莉迪娅·多尼桑小姐在教堂里用的那种;她还希望能够每天睡懒觉而不受责备。她想:假如亚当很富有,能够给她这些东西,那么她就会好好地爱他,跟他结婚。[35]

在海蒂的词典里,爱情跟婚姻就是金钱的同义词,也就是前面所说的"现金联结"的同义词。像她这样的人不可能有真正的爱情,就连亚瑟都发现她跟自己相好只是"为了做一个用绫罗绸缎裹起来的贵妇人"。[36]出于同样的原因,她不喜欢劳动(虽然她的家境不允许她不劳动),更不喜欢嫁给一个劳动者。

金钱至上的价值观在亚瑟身上表现为另外一种形式。上文提到,他几乎是个花花公子。书中从未见过他有任何劳动的行为,即使有过种种"改革"大志和亲手管理家业的设想,那也都跟骑马作乐联系在一起。寻欢作乐难免会惹来祸水,可是他相信可以用金钱或物品来消灾弭患,因此他在每次惹祸——伤害别人利益——以后都会"大方"地用钱物来作为弥补。他的这种思维和习惯从小就养成了:"当他还是个7岁的孩子那年,他曾经把一个园林老工匠的一罐汤给踢翻了——他并无其他动机,只是出于好玩儿的冲动而已,没想到那罐汤竟是老人的全部晚餐;当他知道闯了祸时,他随即从口袋里掏出自己喜爱的铅笔盒子和一把银柄小刀,递给对方作为补偿。从那以后亚瑟一贯如此,只要得罪了别人,就试图用恩惠来使对方忘记自己的过错。"[37] 出于同样的思维定式,他在玩弄了海蒂之后也试图用钱财上的安排来息事宁人。

简而言之,养尊处优的亚瑟虽然用不着像海蒂那样望眼欲穿地做金钱梦,但是他跟海蒂拥有一个同样的信念:金钱能够解决所有问题。

爱金钱和爱虚荣往往是一对孪生姐妹,这在亚瑟和海蒂身上尤其明显。上一小节已经提到,亚瑟不是把自己看成一个"英雄",就是急于让别人知道他的所有"漂亮的业绩";这类例子书中还有很多,比如在第二十四章中我们被告知"他喜欢感觉自己很重要"。[38] 跟亚瑟相比,海蒂的虚荣心有过之而无不及。书中经常出现她照镜子的镜头;她一会儿对着镜子笑,一会儿夸自己的镜像漂亮,这样的细节反复出现,尤其是在第十五章中——该章接连有3页多的篇幅被用来描写她对着镜子孤芳自赏的情形。爱略特对这方面的细节不惜笔墨,这自然有其良苦用心,而下面的几笔描述恐怕是把握她的用意的关键:

  ……(海蒂)只有坐在梳妆台前的一把很矮的椅子上才能好好欣赏自己的头部和脖子。其实这梳妆台根本不是真正的梳妆台,而是一个又小又旧的衣柜;世界上没有比它更让坐在跟前的人难受的梳妆台了,原因是她根本无法舒舒服服地接近镜子。不过,虔诚的崇拜者从来不会因不方便而放弃宗教仪式。今晚的海蒂比往常更加专注于她那特殊的崇拜仪式。[39]

照镜子居然成了神圣的宗教仪式,这说明对海蒂和亚瑟这样的人来说,世界上实在已经没有了任何被尊崇的东西。爱略特此处的描写其实跟马克思的下面这段论述相当吻合:

(在资本主义迅猛扩张的工业化进程中),一切固定的古老的关系以及与之相适应的素被尊崇的观念和见解都被消除了,一切新形成的关系等不到固定下来就陈旧了。一切固定的东西都烟消云散了,一切神圣的东西都被亵渎了。[40]

在《亚当·比德》展现的世界中,一切神圣的东西正在被亵渎。海蒂把照镜子奉为神圣,以及她和亚瑟把金钱奉为神圣,就是对一切神圣的东西的亵渎。

当然,《亚当·比德》展现的世界还有另外一面:一些传统美德在亚当和黛娜等人物的身上得以延续。从某种意义上说,爱略特赋予了这类人物一个使命,即找回她认为应该被视作神圣的东西。这也就是为什么亚当和黛娜总是带着神圣感来从事劳动(上文已经有所分析)的原因。除了劳动,亚当和黛娜把爱情、亲情、友情、乡情以及对大地或大自然的依恋之情也看作神圣的东西。书中这方面的描写往往巧妙地跟亚瑟和海蒂的虚荣和浅薄形成直接而强烈的对比。限于篇幅,此处只举第十五章中的一例——几乎就在

第十二章 《亚当·比德》:过去是一面镜子

海蒂躲在卧室里照镜子(即前面已经提到的那一段)的同时,黛娜正从自己卧室的窗户向外眺望大自然的景色:

> 她走进房间的第一件事情就是坐在窗前的椅子上向外眺望那宁静的田野;田野的那一头是用榆树栽成的一排篱墙,一轮圆月正从那儿冉冉上升。她最喜欢的是那片牧场,上面有一些乳牛在那儿恬静地休息。牧场的边上是一片沐浴在银色月光下的草地……她闭上了双眼,以便更强烈地感受到一种大爱,一种天地万物气息相通的感觉;这种感觉经由大地和天空传递给她,但是变得更深切、更亲切……她感觉自己被神灵包围住了……[41]

此处,黛娜和海蒂同样在"看",但黛娜看的是大自然,海蒂看的则是她自己;黛娜由看而感受到一种大爱,而海蒂却由看而沉溺于自爱;黛娜由看而得到灵魂的升华,海蒂则由看而陷入了灵魂的堕落;黛娜由看而步入神圣,海蒂则由看而亵渎神圣。

神圣的东西被丢弃,这还跟一味求新、求快、求时髦的价值观有关——追求新事物的速度一旦过快,就会像前引马克思和恩格斯所说的那样,"一切新形成的关系等不到固定下来就陈旧了"。这一状况在海蒂跟周围的人乃至整个历史之间的关系中得到了体现。海蒂双亲早亡,从小由波依塞夫妇抚养,可以说后者对她恩重如山,可是这恩重如山的过去正是她急于丢弃的。在追逐金钱梦的道路上,跟过去的一切纽带——不管这些纽带有多宝贵——都有可能成为包袱,这也是海蒂产生如下内心独白的原因:"海蒂但愿能把过去的生活全部抛置身后,并且再也不想去回忆它。"[42]忘记了过去,也就背叛了现在;海蒂心中只有将来,可是这将来只不过是一枕黄粱——她最后落得个被流放出境的下场。

　　也就是说,爱略特笔下的两类人物代表了对传统、对过去的两种看法:亚瑟和海蒂等人为了追求将来的幸福而摈弃了过去;亚当和黛娜等人也追求将来的幸福,但是他们同时还珍惜过去,珍惜过去的回忆,珍惜过去结成的乡情、友情、亲情和爱情,珍惜过去传下来的精神文化遗产。此处有一点需要特别强调:亚当和黛娜并非像某些评论家所说的那样,代表着食古不化的势力;他们始终在用辛勤的劳动推动着社会变革,同时也改善着自己的生活(本章引言中已经提到,亚当从一个受雇于人的木匠慢慢演变成了一个独立经营建筑业的自由职业者;此外,他最后还跟黛娜成立了一个幸福的家庭),只是他们坚持靠自己的双手来慢慢致富(并且在逐渐富裕的同时不断帮助别人),而不是像亚瑟和海蒂那样追求不劳而获的"进步"。一言以蔽之,亚当和黛娜的进步才是真正的进步,因为它连接着过去。从亚当和黛娜的身上,我们看到了爱略特的社会进步观和发展观。在此,我们不妨回顾一下芭芭拉·哈代关于爱略特总体社会观的总结:

　　　　乔治·爱略特试图指明社会发展应该是渐进而延续的。这种逐渐的发展体现了她的信念,即变化决不能发生得太突然,否则社会的发展就不可能是有机的、长久的;她还相信……必须让心灵的变化领先于观念的变化,才能实现社会的良性变化。[43]

这一段总结至少完全适用于《亚当·比德》。

以上我们其实已经涉及爱略特的时间观这一问题。不同的社会发展观必然导致对时间的不同理解。爱略特主张社会有机地、循序渐进地、有条不紊地发展,因而她所喜欢的时间概念必定会反映出自然和谐的特点,与其相反的则是对时间机械式的理解。《亚当·比德》中对时间的艺术处理充分体现了爱略特在这方面的立场。更具体地说,爱略特在小说中精心勾勒出了两类性质的时间:自然时间和钟表时间。麦克道娜(Josephine MacDonagh)曾经颇有说服力地指出,《亚当·比德》中存在着一种"由日夜和季节的自然轮回——甚至由身体——来调节的时间",同时也存在着一种由钟表或金钱来调节的、按照年月顺序来安排的时间,或者干脆被称作"商业化的时间:具有现代性的时间"。[44]鉴于麦克道娜已经在这方面作了精彩的论证,我们以下只围绕小说中的"钟表意象"作一些更深入的发掘。

上述两种时间的相互冲突从小说的第一章就开始了,而且是围绕着"钟表意象"展开的。前文已经提到,小说第一章主要描写亚当及其工友在车间里干活的情景。导入这一场景的第一个词语是"午后的太阳",随后我们又看见了"穿射过纷飞刨花的斜阳",[45]这实际上是在形容亚当的工作时间。再结合亚当工作时那种忘我——也可以说是忘却了时间——的情形,我们不难得出如下结论:亚当的时间是不能用钟表来简单地加以衡量的,而更多地是用大自然的景象来衡量的。上述场景中还有一个不太被人重视的细节,即亚当干活时身边躺着一条名叫"济普"的牧羊狗。爱略特安排这一细节似乎有这样的用意:牧羊狗作为一种意象连接着田园生活的节奏,连接着大自然,连接着工业时代/机械时代到来之前的时间概念。然而,我们在第一章中还看到了另一种时间:桑蒂·

吉姆、威利·本和芒姆·塔夫脱等人钟声一响就急于下班的情景（前文已有分析）就是最典型的例子。这两种不同性质的时间从小说开局起就处于明显的对峙状态，并且通过亚当跟工友之间的言语冲突——在前面关于亚当批评后者死扣钟表时间的引文之后，塔夫脱等人进行了争辩——这一形式显示出相互之间矛盾的尖锐性。

"钟表意象"贯穿小说始终。"时钟"和"手表"这两个词语以及书中关于钟表时间的描述几乎数不胜数。耐人寻味的是，书中使用钟表最多、最关心钟表时间的正是我们前面所分析的享乐主义的"先进"代表：亚瑟和海蒂。这一点通过他俩在林中幽会以及前后的经过（分别见小说第十二章和第十三章）而得到了突出的表现：亚瑟在某个星期四两次跟海蒂于林中约会，此前两人都焦急地注意着时钟；亚瑟"在10点左右"就显得越来越不耐烦，到了"12点钟"他开始骑马狂奔（脑子里全是海蒂），回到家后"教堂大钟的时针刚好走到3点钟，而此时的最后一声钟响还没有完全消失"；接着，"还没到4点钟"他就赶到了树林的入口；两人见面后海蒂告诉亚瑟，教她修花边的帕姆弗礼特太太"说好在4点钟见我"，不过海蒂暗示亚瑟可以在8点以后再在林中等她——"我总是8点钟出发回家"；晚上8点钟来临之前，海蒂的"心思就像蝴蝶一样忐忑不安……好不容易才等到那口老式的、镀了铜的时钟把分针指向了8点差一刻"；两人第二次幽会以后，亚瑟"掏出了手表"，发现"8点已过了20分钟"。① 还须注意的是，如此密集的"钟表意象"伴随着许多形容速度的描写。例如，3点钟的钟声敲响以后，亚瑟

---

① 关于这一段的分析，参考盖恩的文章第33页，出处见本章尾注11。

"匆匆忙忙地吃了午饭";此前他曾骑马狂奔,他家的仆人们禁不住私下里说他是"用魔鬼的速度在骑马",紧接着书中又出现了"用断脖子的速度骑马"这样的形容;当他在4点钟以前赶去树林幽会时,我们又看见他的"阴影在飞掠"。[46]显而易见,钟表时间和追求享乐——而且是狂速地追求享乐——的价值观在此完成了紧密的结合。

当然,钟表时间有时也伴随着亚当等人,但是这往往是出现在有危险或坏消息的时候。例如,在第三十八章和第三十九章,亚当寻找出逃的海蒂未果,又焦急又伤心,此时"钟表意象"就频繁地出现,其中第三十九章第三段中的情形最让人揪心:

> 亚当坐在那里看着时钟:10点差5分了,分针正急速地走向正点,同时发出了又响又刺耳又冷漠的滴答声……[47]

从表面上看,此处的"钟表意象"因亚当而出现,实际上却跟海蒂的命运以及她给家人和所有爱她的人带来的灾难性打击有关。可以说,"钟表意象"充当了不祥征兆——亚当不但没有找回海蒂,而且接二连三地收到了她未婚先孕、因溺婴罪而锒铛入狱的坏消息。第四十一章"审判前夕"中的情形也是一样:该章一开头就报明了钟表时间,即星期四晚上10点钟;此时亚当一边在房间里焦急地等待着审判,一边为生死未卜的海蒂担心;最后等来的果然又是坏消息——海蒂被宣判死刑(后来她侥幸获得赦免,改判流放)。也就是说,"钟表意象"又一次充当了坏兆头。还须插上一句:海蒂和亚瑟先前在寻欢作乐时不断出现"钟表意象",这其实也是不祥之兆:它预示着他们后来都为自己的"快乐"付出了惨重的代价。

与上述情形适成对照的是,书中关于善良人和善良行为的描述大都跟"钟表意象"无缘,而是跟自然时间相连。仅以第四十五章为例:黛娜前去狱中看望海蒂,并说服她真心悔过;这一章也以报时开始,却没有依靠钟表,而只是告诉我们"那天傍晚,太阳将落……"[48]难道这仅仅是巧合吗?

书中还有一个既有趣、又有深意的细节:黛娜的姨妈波依塞太太也用时钟,但那是一口"漂亮的、一周走上八天的时钟"。[49]波依塞太太也是个心地善良的人物(她的善良可以跟黛娜和亚当媲美);她的时钟不准,看上去像是小小的幽默,其实是价值观的体现:她改调时钟的本意是提醒自己和家人天一亮就起床,以便多利用白昼的光线。换言之,波依塞太太没有机械地服从机器(时钟是一种机器),而是让机器服从了自然,并服务于自然。她的时钟是对钟表时间的对抗。

更让人回味的是,爱略特本人在使用"钟表意象"时也避免了刻板、机械的模式,或者说采取了求变的态度。在小说的"尾声"中,我们突然发现黛娜也用起了手表——她一边领着孩子出门去迎接亚当回家,一边从口袋里掏出了手表,并在口中念道:"现在都7点零5分了"。[50]是黛娜放弃了自然时间吗?如果我们结合前面所有的分析,就不难发现爱略特是在寻求两种时间的弥合与互补。前文已经多次提到,爱略特并不一味地反对社会进步,并不机械地反对社会变革,而是主张变革时要尊重传统。黛娜和亚当都是从传统里自然生长出来的人,因此由他们来把握代表将来的工业化进程(手表此处不妨看作工业化的象征),这是再理想不过了。总之,握在黛娜手中的那块手表象征着传统与变革、过去与现在的结合。

注释：

1 Bernard Semmel, *George Eliot and the Politics of National Inheritance*, New York and Oxford: Oxford University Press, 1994, p. 63.

2 Neil Roberts, *GE: Her Beliefs and Her Art*, London: Elek Books Ltd., 1975, p. 63.

3 Walter Allen, *The English Novel: A Short Critical History*, New York: E. P. & Co., Inc., 1954, p. 257.

4 George Eliot, *Selected Critical Writings*, (ed.) R. Ashton, Oxford: Oxford University Press, 1992, p. 185.

5 转引自 Lucie Armitt (ed.), *A Readers' Guide to George Eliot*, Icon: Palgrave, 2000, p. 141。

6 Terry Eagleton, "Foreword", in Daniel Cottom, *Social Figures: GE, Social History, and Literary Representation*, Minneapolis: University of Minnesota Press, 1987, p. xiii.

7 同上, p. xii。

8 同上, p. xvii。

9 George Eliot, *Adam Bede*, Hertfortshire: Wordsworth Classics, 1997, p. 1.

10 同上, p. 147。

11 Dorothy Van Ghent, *"Adam Bede"*, in Emily Bestler and James Uebbing (ed.), *Modern Critical Views: George Eliot*, New York: Chelsea House Publishers, 1986, p. 28.

12 同注 9, p. 438。

13 Charles Gordon: "Introduction", in John C. Brown, *The Ethics of George Eliot's Works*, Philadelphia: Arnold and Company, 1939, p. 5.

14 同注 9, p. 72。

15 同上,p. 76。

16 John Goode,"*Adam Bede*", in Lucie Armitt (ed.), *A Readers' Guide to George Eliot*, p. 73。

17 同注 9,p. 151。

18 同上。

19 同上,pp. 142—143。

20 同上,pp. 372—373。

21 同上,p. 373。

22 同上,p. 143。

23 同上,p. 103。

24 同上。

25 同上,p. 137。

26 同上,p. 52。

27 同上,p. 136。

28 同上,p. 1。

29 同上,p. 6。

30 同上,分别见 p. 6 和 p. 249。

31 同上,p. 227。

32 同上,p. 416。

33 同上,p. 6。

34 同上,p. 24。

35 同上,p. 82。

36 同上,p. 265。

37 同上,p. 264。

38 同上,p. 222。

39 同上,p. 125。

40 马克思和恩格斯:《共产党宣言》,载《马克思恩格斯选集》第一卷,人民出版社 1972 年版,第 254 页。

41 同注 9,pp. 131—132。

42 同上,p. 129。

43 Barbara Hardy, *The Novels of George Eliot*: *A Study in Form*, Bristle: Western Printing Services LTD. , 1959, p. 39.

44 Josephine McDonagh, "The Early Novels", in George Levine (ed.), *The Cambridge Companion to George Eliot*, Cambridge: Cambridge University Press, 2001, pp. 38—57.

45 同注 9,p. 1。

46 同上,pp. 106—107。

47 同上,p. 344。

48 同上,p. 379。

49 同上,p. 59。

50 同上,p. 458。

第十三章 《激进党人菲利克斯·霍尔特》:对速度的忧虑

如前一章所示,乔治·爱略特在《亚当·比德》中已经对"进步"及其速度表示了深深的忧虑。这种忧虑在《激进党人菲利克斯·霍尔特》①(*Felix Holt the Radical*,1866)中表现得更为直接,更为典型。小说的开篇处有一段发人深思的议论:

> 我们的后代可能会借助大气压力,像子弹一样穿行于温彻斯特和纽卡斯尔之间的地下铁道:这一希望要是能够实现,那固然会带来好处,但是用老式的旅行方法周游全国会给人留下更美好的记忆。地铁旅行永远不可能留下太多的诗情画意;它的速度可能会让人发出"啊!"的惊呼,可是它留下的记忆就如这"啊"一样贫瘠。[1]

这段话应该被看作整部小说的基石。如果我们承认小说可以是讨论重大问题的场所,那就有理由这样问一问:爱略特要在《菲利克斯·霍尔特》中讨论什么样的重大议题?上面那段引文正好给了我们一个提示:爱略特讨论的是人类社会的变化以及变化的速度。

遗憾的是,西方评论界往往忽略上面这段提示。正是这一忽略导致了对爱略特的种种不太公平的责备,其中最典型的是指责她未能把小说的艺术形式跟小说的思想内容紧密结合起来。从克雷格(David Craig)到凯特尔(Arnold Kettle),从威廉斯到伊格尔顿,评论家们都认同了这样一个观点:《菲利克斯·霍尔特》的结构形式或多或少地游离了它的政治主题或工业主题。[2] 这些指责有一个共同的前提,即仅仅从政治小说或工业小说的角度来从事文

---

① 以下大都简称《菲利克斯·霍尔特》。

本的解读。以凯特尔的解读——也是最具代表性的解读——为例：

《菲利克斯·霍尔特》的开头几章很精彩,其标志可以从三个方面来总结:其一,全面地再现了改革法案通过之后的英国(开篇和第三章尤其如此,不过政治改革的主题弥漫于全书);其二,戏剧化地呈现了几组人际关系及其张力,其描写不但生动,而且相当精细;其三,通过展现某些既涉及个人生活,又涉及公共生活——既具有个人特性,又具有典型意义——的结构模式来衔接以上两个方面,即把一般和个别合而为一。[3]

让凯特尔感到遗憾的是,"爱略特在清楚地勾勒出她有关小说的思路以后,甚至在展示小说结构模式的雏形之后,却未能兑现她起先所暗示的承诺"。[4] 也就是说,凯特尔认为爱略特在辉煌的开局之后却半途而废,或者说晚节不保,而导致这一败笔的是她具有跟马修·阿诺德同样的、对民众革命的"惧怕"。[5] 更具体地说,凯特尔认为爱略特"没有让菲利克斯成为工人领袖",而这一错误则是"致命"的。[6]

凯特尔的观点在威廉斯和伊格尔顿等人那里得到了沿袭。例如,威廉斯发表过一个颇有影响的观点,即菲利克斯之所以没有积极地投身于政治改革,是因为他跟金斯利笔下的奥尔顿以及盖斯凯尔夫人笔下的约翰·巴顿一样,受制于同类小说的一个"基本模式,即惧怕被卷入暴力这一心理的戏剧化呈现"。[7]

假如上述西方评论家的前提——即《菲利克斯·霍尔特》纯粹

是一部政治小说——成立,那么他们的指责倒称得上一针见血。然而,依笔者之见,《菲利克斯·霍尔特》的意义并不在于它是一部政治小说,而在于它体现了一种对人类社会进程以及文明建设速度的深切关怀。从这一角度看,小说主人公菲利克斯的许多言谈举止就不难理解,而且小说的思想主题和艺术形式水乳交融,相得益彰。

一、更大的主题:文明进程的速度

从表面上看,《菲利克斯·霍尔特》的主题的确是政治改革(背景是1832年第一次改革法案和1867年第二次改革法案之间的英国社会),或者说是工人争取选举权的斗争。然而,如果我们仔细深究一下,就会发现该书蕴涵着一个更大的主题:人类文明进程的速度该多快?

如本章第一段引文所示,乔治·爱略特在小说开篇处就请读者作如下思考:社会变化是否一定是好事情?生活节奏加快意味着什么样的利和弊?这段引文表面上讲的是旅行的速度,但是实际上它是一段隐喻——旅行速度的加快象征着工业化的进程和科技的进步,也象征着人类社会生活和私人生活质量(包括道德层面、审美层面、政治层面和经济层面上的生活质量)的改变。

上述引喻只是小说长达近八页的开场白的一小部分,不过这整个开场白服务于同一个宗旨:邀请读者把随后的具体故事放在十分广阔的时空中加以审视。这段开场白是通过一个普通的马车夫的眼睛来展开的——叙述者没有交代他的姓名,而且他在开场白之后就永远地销声匿迹了。显然,这样的安排突出了所讲故事的共性,使它更多地披上了哲理的色彩。此外,马车夫本身代表的是一个已经逝去、或正在逝去的时代(那段引文中"老式的旅行方法"指的就是以乘坐马车为通用旅行方式的时代)。需要指出的是,开场白的基调并非一味的怀旧;小说开篇的第二段一上来就列举了一大堆旧时代的弊端,其中包括不公正的谷物法、普遍的贫穷现象,以及一个人或一个家族就可以控制整个议员选区的状况,等等。这些弊端随着旧时代一一逝去了,这未尝不是一件好事。然而,逝去的并非全是弊端,所以叙述者不失时机地发出了一声语重心长的哀叹:"……过去还有一些令人愉快的东西,可惜也一同逝去了。"[8]

更糟糕的是,新时代带来的也未必全是好东西。整个开场白的大部分篇幅揭示的是一个个污秽和喧嚣的场景:乌云密布般的煤烟,织机和矿井滑轮发出的刺耳噪音,形容憔悴和身体畸形的矿工,等等。还有一个细节不容忽视:虽然那位马车夫性情温和,但"新近崛起的铁路把他给激怒了,因为他由此预见到了一幅挥之不去的图景:整个国家被毁坏得支离破碎……"[9] 此处的铁路意象强烈地烘托出了小说的速度主题。本书从前言部分起就多次提到,是铁路使速度这一概念渗入了英国的国民意识。爱略特在故事正式开场之前就引入铁路意象,正是要提醒我们关注小说中对人类社会发展速度的质疑。

小说题目《激进党人菲利克斯·霍尔特》中的"激进"一词就有速度的含义。不过,小说主人公菲利克斯并不是真正意义上的激进党人,真正意义上的激进党人是另一位主要人物哈罗德·特兰姆森。哈罗德出场的时间比菲利克斯早得多:前者在第一章中就登台亮相,而后者则在第五章才登场——登场的次序本身就暗示着谁的速度更快。事实上,哈罗德一露面就给人以风风火火的印象,活脱脱是一个速度的化身。第一章讲他在海外逗留——从书中另一位人物的口中,我们得知他"在东方迅速地发了财"[10]——15年之后,回到了阔别已久的母亲身边。母子重逢的第一个刹那颇耐人寻味:特兰姆森太太还没有反应过来(根本还来不及看儿子一眼),"耳边就听得'妈妈'一声叫唤,随即又感到两颊上各被轻吻了一下"。[11]这种火速登场的情景又是一个信号,即提请读者注意哈罗德待人接物时所体现的速度感。

确实,随后的描写一次又一次地加深了我们这方面的印象。哈罗德重返故里以后才一个小时,特兰姆森太太就形成了如下印象:

> 哈罗德行事迅速,处事果断。至于别人对自己怎么看,他一概报以冷漠的态度,除非这些看法有助于实现他的既定目标,或者会妨碍他实现这些目标。特兰姆森太太已经感受到了儿子的这些特点——她的感受就像身边停着一只强壮而不受管束的大鹏;不错,这只大鹏有一会儿会任凭自己的翅膀被她抚摩,可那只是因为她身边正放着食物。[12]

此处哈罗德为人处事的速度跟"有奶便是娘"的价值观连接在了一起,其间的用意不可不察。

在第二章的篇首,有一个具有同样深厚意蕴的细节:

> 哈罗德·特兰姆森没有选择跟母亲呆上整整一个傍晚。他习惯于把许多会话内容有效地浓缩在一起,并在很短的时

间里完成会话。他迅速地提出所有想要问的问题,而且所问所答绝对没有任何水分,任何无关紧要的词语、解释和重复全都被坚决地剔除。[13]

这是哈罗德和母亲久别重逢后相处的第一个傍晚,照理他应该多陪陪母亲、多拉拉家常才对。即便他有"浓缩会话"的习惯,在这个特殊的时刻他也应该破例才对——任何稍有孝心的儿子此刻都会毫不吝啬自己的时间。然而,他毫不犹豫地选择了高效和速度,而且丝毫不受良心的谴责。

既然第一天都可以如此,那以后自然就可以变本加厉了。随着故事的深入,我们常常发现哈罗德跟母亲谈话时"既快速,又不耐烦",或者"采取惯用的快速方式说话,还夹着斩钉截铁的语气"。[14]对待别人他更是如此。例如,杰尔敏先生(哈罗德的生身父亲,不过哈罗德长期被蒙在鼓里)第一次跟他见面时,他不仅"在握手时显得漫不经心,而且说话比平时更加快速和唐突";后来在交谈过程中,杰尔敏先生还"因哈罗德快速打断自己的发言而暗自愤怒"。[15]

体现哈罗德的高效和速度的例子简直是不胜枚举。

他不但语速快,而且思维也快。例如,在向埃丝特求爱期间,他的脑子总是在快速地运转,以便抓住每一个可能讨好她的机会。霍尔特蒙冤入狱以后,哈罗德曾经当着埃丝特的面,向霍尔特的母亲允诺自己会竭尽全力援手襄助,此时书中有这样一句描写:"快速的思维使他确信,只有这样做才最能博得埃丝特的好感。"[16]

他接受新事物(包括接受新的词语)也很快,而且把新的见闻转化为自己的利益的速度更快:"哈罗德接受新语言很快,而且在转化别人的一般性术语,并使之为自己的特殊而直接的目的服务方面甚至更快。"[17]

他在家政改革方面更是速度惊人。从海外归来以后,他发现母亲多年惨淡经营的家业濒临凋敝,因而立即着手改革,短短几天内就"变魔术似地改变了居家环境",并且"以赛跑般的速度改善了家庭农场的状况"。[18]

不难想象,这位速度的化身会以什么样的速度投入当时英国的政治斗争。哈罗德回家第一天就宣布要以"激进党人"的身份竞选议员(显然,他对当时的政治形势和各党派的立场和主张知之甚少)。书中有一句叙述颇具深意:"托利党、辉格党和激进党在互相界定对方时或许是越界定越糊涂。"[19]对于多年滞留海外的哈罗德来说,关于各党派的概念想必就更糊涂了,不过这并不妨碍他迅速地选择党派。因为他压根儿就不需要、也不想了解各党派之间的区别!小说第八章中有他的一段内心独白:

> 他现在最要紧的目标是进入议会,以激进党党员的身份在那里树立自己的形象;不管是什么理由,只要能成为北罗姆郡的一个有分量的人物就行。[20]

可见,"成为有分量的人物"是哈罗德的终极目标。此处他的机会主义嘴脸已经暴露无遗。索罗德就曾说过,"哈罗德是一个内心空虚的政治投机分子"。[21]不过,说他"内心空虚",这似乎不太贴切。书中交代得很清楚:"他经历丰富,因而性格赖以成熟;他还依靠孜孜不倦的努力获得了许多知识。"[22]因此,与其说他内心空虚,不如说他理性发达,只是这发达的理性是以牺牲其他许多同样珍贵或更为珍贵的东西为代价的。

在被他牺牲的东西中,最不应该牺牲的东西是原则性、想象力和同情心。

就哈罗德的活动范围而言,原则性主要涉及政治和道德两个方面。关于政治方面,我们前面的分析已经表明,他连不同党派之间的区别都搞不清楚,更谈不上有什么政治原则。至于道德方面,他也没有什么高尚的原则;书中有两个较大的事件充分反映了他的道德水准:一次是他利用杰尔敏先生帮助他竞选,另一次是他利用埃丝特来试图保住家产。他在已经觉察到杰尔敏先生人品低劣的情况下,仍然聘请后者做竞选经纪人,同时又时刻准备着在竞选成功之后将其一脚踢开。他追求埃丝特的最初动机也是为了利用她——原来特兰姆森家族财产的真正合法继承人是埃丝特,因而哈罗德企图用婚姻的圈套来达到人财两得的目的。一言以蔽之,无论是在公共生活领域,还是在私人生活领域,哈罗德的道德水准都低得可怜。

在涉及他的想象力时,爱略特有一段貌似客观的描述:"他精力充沛,意志旺盛,肌肉发达,自信无比,知觉敏锐,而且想象力狭窄——正是这种狭窄的想象力构成了让很多人羡慕的务实心态。"[23]具有悖论意味的是,此处的叙述越显得客观,其背后的讽刺就越辛辣;爱略特显然已经不只是在嘲弄畸形的哈罗德个人,而是把批评的锋芒指向了追求实惠的社会风气。

没有了想象力,也就没有了同情心。在整个故事中,哈罗德没有一次替别人设身处地——因为他缺乏想象别人的心境或处境的能力——地考虑过问题。即便对他自己的母亲和求爱对象也是如此!确实,他为母亲和埃丝特做过不少事情,其中不乏慷慨之举,

可是即便在行善时,他也是一个不折不扣的利己主义者。这一点在埃丝特的"一次不同寻常的觉悟"中被揭露得清清楚楚:

> (哈罗德)有一种衡量事物的特殊方式,即任何事物的价值高低都取决于它给自己带来的愉悦程度。他的好性情跟同情心无关:他会为别人做好事,甚至会迁就纵容某个人,但那决不会出自对他人思想情感的彻底理解或由衷的尊重。这一切就像他对母亲的善举一样——只要别人识抬举的话,他会为他们的幸福作出安排,而且这些安排应该成功。埃丝特禁不住作了一个对比:他的政治观点含有同样的性质——他对自己从政的优势沾沾自喜,而其中最使他得意的是:他的政治纲领体现了家族的荣耀和地位的荣耀……这真是很可怕……[24]

上面这段引文的点睛之笔是"成功"一词。哈罗德所做的一切,都是为了"成功"。为了"成功",他可以不顾原则,可以不顾他人的感受,可以朝令夕改,可以过河拆桥。

也就是说,作为机会主义者的哈罗德在"成功"语境中找到了赖以生存的土壤。"成功"是小说中出现频率最高的词语之一,而且常常和哈罗德相伴而行。跟以上引文中的例子相仿的还有许多。例如,第八章中说"他以成功为乐,以主宰他人为乐"。[25]再如,第十六章中有这样一句内心独白:"他对自己日后获得成功的能力深信不疑"。[26]又如,在第四十三章中,我们被告知"哪怕他成功的可能性被蒙上一丝怀疑的阴影,他都要把它祛除"。[27]哈罗德这种对"成功"的狂热追求并非孤立现象,它折射出了整个维多利亚社会的价值氛围。卡莱尔就曾说过,维多利亚人有一种"对'不成功'的恐惧",其程度不亚于"下地狱"(参见本书第七章第一节)。这句话对哈罗德也非常适用。

应该说,爱略特把哈罗德这个机会主义者的形象写活了。更重要的是,这一人物形象的塑造跟小说的"速度"主题完美地结合在了一起,因而孕育着无穷的艺术魅力。利维斯曾经认定,"是《菲利克斯·霍尔特》中处理特兰姆森太太的那一部分使乔治·爱略特成了伟大的、富有创造性的艺术家之一"。[28]事实上,小说的绝大部分都放射出了难以抗拒的艺术光彩,至少哈罗德形象的刻画丝毫不比特兰姆森太太的形象逊色。

除了哈罗德,书中还有许多大大小小的机会主义者;他们都追求"成功",而且也都带有"速度"的特征。

杰尔敏和约翰逊是其中比较典型的两个。不管是政治运动,还是其他任何事务,只要有机可乘,有利可图,他们都会迅速地投入,并且一度取得了"很多的成功"和"很大的成功"。[29]他们对机会的嗅觉非常灵敏,这一点在他们对特兰姆森家族财产继承问题的反应上表现得最为突出:他们都较早地获得了埃丝特是唯一合法继承人的秘密情报,并且都立即形成了利用该情报进行敲诈的计划。另一个获得同样情报的人是克里斯琴,他也迅速地决定借此敲一笔竹杠——他在获得情报以后,就连走路都立即变得匆忙起来(第二十八章末段连续用了"急匆匆"和"急忙忙"来形容他的行走速度)。[30]

还有一位人物非提不可:他就是恰伯先生。他在矿区开了一家小酒店,靠赚矿工们的血汗钱而成功地发了财。他也从竞选浪潮中看到了机会,于是逢人便谈自己的"政治主张",不过我们很快发现他的主张很简单,即"谁给我最大的好处,我就投票选谁"。[31]他还有一个颇使自己得意的谈资,即他审时度势的"快"。他曾经这样对菲利克斯表白自己:"啊,先生,我的脑子转得特别快,以致我经常希望自己笨一些才好。我做事总是干净利落,先生。我一眼就能看穿事物的本质,这实在太快。你不妨这样说我吧:我在早餐时间就把晚餐也给吃了。"[32]这真是一段让人哭笑不得的高论,不过正是这样的高论让人看到了"成功"语境的荒唐之处。

机会主义也好,"成功"语境也罢,都从娘胎里就打上了"速度"的印记。前面的分析已经表明,机会主义者除了对"成功"情有独钟以外,几乎没有任何顾忌;什么伦理道德,什么真理信念,什么是非曲直,什么亲情友谊,都可以被抛掷九霄云外。可想而知,没有了这些顾忌的人怎么会速度不快呢?当然,欲速不达的情况例外。

哈罗德就是以这种一往无前的速度投入所谓的"政治改革"的。他在雇佣杰尔敏和约翰逊等人(他们也是机会主义者)做竞选经纪人或助手时,根本不考虑他们的人品;在发现他们用贿赂的手段拉拢人心(如在小酒店里免费招待矿工和挖土工)时,他也予以默认。自然,在这样的劣迹败露之后,他们的竞选活动也只能宣告破产。不过,如笔者前面所述,爱略特的这部小说的意义并不在于她所描写的政治活动/斗争,而在于这些活动/斗争所彰显的"速度"主题。

二、对"速度"的反拨

假如爱略特只描写了哈罗德及其类似的人物,那么小说的"速度"主题最多只完成了一半。

既然哈罗德等人象征的"速度"隐患无穷，那么该由谁来完成对这种速度的质疑和反驳呢？小说主人公菲利克斯被赋予了这项任务。换言之，菲利克斯的形象本身就是对盲目追求速度这种价值观的质疑。

本章第一小节重点分析了哈罗德这一人物，但是对哈罗德这一形象的把握还有赖于对菲利克斯这一形象的揣摩。菲利克斯和哈罗德就像一枚硬币的正反面，虽然截然相反，却又无法分开。

把这两个人物联系起来的首先是小说题目中的"激进党人"一词。前文曾经提到，菲利克斯并不是真正意义上的激进党人，真正意义上的激进党人是哈罗德。不过，小说刚开始时他俩确实被放在了同一阵营中，而且书中其他人物也多把他俩相提并论。然而，随着故事的展开，我们发现菲利克斯根本不是人们通常所说的那种激进分子：他不但没有参加竞选，而且还劝工人们在争取普选权方面不要操之过急；他虽然被卷入了"暴动"，而且带着"唆使、组织暴动"的罪名锒铛入狱，但是他上街其实只是为了劝说工友们不要盲目跟从少数别有用心的人而造成不必要的流血。

我们只要稍作分析便会发现，不管就言论与行为而言，还是就信念与情操而言，菲利克斯都是哈罗德的鲜明对照。

哈罗德加入激进党是为了谋私（前文已有分析），而菲利克斯之所以愿意称自己为"激进党人"，是因为他发觉"这个世界在总体上是个悲惨的世界，而他生命的宗旨则是帮助那些需要帮助的人"。[33]

哈罗德虽然以民众的名义竞选，但是他从未替民众着想，而是一贯养尊处优，生活奢侈。菲利克斯没有唱任何高调，却放弃了谋求高薪职位的机会，选择了修钟匠的职业，因为他觉得只有过清苦的生活,才能真正跟劳苦大众在一起。不仅如此,他还郑重声明:"我永远都不做富人。我不认为追富是一种美德。"[34]

哈罗德在还没有弄清楚改革意义的情况下,就匆匆地树起了为民众争取普选权的改革大旗,而菲利克斯却不顾举世改革热浪滔滔,偏偏主张在实行普选之前先要提高民众的思想素质和道德水准。他甚至出语惊人地宣布:"普选权可能会给魔鬼带去同样的快乐。"[35]

总之,哈罗德是要为"速度"狂潮火上加油,而菲利克斯则偏偏往上面泼了一盆冷水;哈罗德做了激进的魔鬼,而菲利克斯则成了打鬼的钟馗。

那么,爱略特为什么要给菲利克斯按上一顶"激进党人"的帽子呢?为什么还把它放进了小说的题目?

珀金(J. Russell, Perkin)曾经提出,这部小说的实际进程未能充分体现爱略特在最初选择题目时的意图;也就是说,该题目"表明作者在给作品命名时力不从心"。[36]珀金还告诫读者在解读这部小说时要"避免意图谬误"。[37]

依笔者之见,我们在解读《激进党人菲利克斯·霍尔特》——尤其是它的题目——时,恰恰得十分尊重并细心体会爱略特的意图才行。我们知道,爱略特曾经多次明确阐述过她对社会变化及其速度的看法。为强调起见,让我们再引用一下本书前一章已经引用过的一段话:

> 个人和社会机构之间的作用和反作用总是永久不断的;我们必须试着逐渐逐渐地改善个人,同时改善社会机构——只有这样,人世间的事情才能得到修补和改善。[38]

只有理解了爱略特的以上观点,我们才能悟出《激进党人菲利克斯·霍尔特》这一题目的深意。也就是说,把"激进党人"的帽子安在菲利克斯·霍尔特头上其实是一种矛盾修辞法,或者说是体现一种悖论:越是把主张渐进的菲利克斯跟"激进党人"的称号联系在一起,就越能显示出"激进"的荒唐。这题目至少含有四层意思:(1)说明当时许多人根本就不清楚"激进党"的含义;(2)许多人实际上是糊里糊涂地投入了形形色色的政党,包括所谓的"激进党";(3)反对"激进"的菲利克斯反而被当作"激进党人"投入了监狱,这说明了当时英国社会的动乱和是非标准的混乱;(4)菲利克斯又可以被视为不是"激进党人"的激进党人,因为他确确实实想要从根本上解决社会问题——他曾经对莱昂先生这样说:"我是激进党人吗?是的。不过公民选举权只解决表层问题,而我要解决的问题比这深入得多;我要从根子上找问题。"[39] 不无辩证意味的是,越是要从根本上解决问题,就越要忌讳盲目冒进,这就是菲利克斯所表达的意思,更是爱略特想要表达的意思。

此外,如前文所示,小说的题目还有一个十分重要的功能,即邀请我们把菲利克斯和哈罗德这两个人物联系起来审视。由于这两个人物都被冠以"激进党人"的称号,他们之间就形成了某种重复关系。这里,我们不妨再借用米勒的重复理论来分析一下他们之间关系的含义。

根据米勒在《小说与重复》(Fiction and Repetition)中提出的观点,任何小说中都存在着两种互相矛盾的重复类型,而且它们总是呈现出"异质性形态",即以这样或那样的交织状态出现(参见本书第二章第一节)。米勒所说的两种重复类型,指的是"柏拉图式重复"和"尼采式重复",前者表示有坚实基础的重复或有原型的重复,后者表示重复的基础或原型都很成问题,甚至纯属子虚乌有(参见本书第十章第二节)。小说的题目刚好揭示了一种"尼采式重复"关系:菲利克斯和哈罗德每一次交替出现,从表面上看都是一种重复,即"激进党人"这一符号的重复,然而这是一种没有坚实的原型作基础的重复——菲利克斯和哈罗德的本质大相径庭,愈重复愈凸显出差异。也正是通过这种巧妙的重复关系,菲利克斯切切实实地承担起了作者赋予他的历史使命,即质疑"速度"。既然作为速度化身的哈罗德已经被描绘得活龙活现,那么就该有一个同样活龙活现的人物来跟他抗衡。这个人物就是菲利克斯。

由此可见,爱略特给这部作品的命名是苦心孤诣、匠心独运的典范,而不是珀金所说的力不从心。

当然,不光是小说的题目构成了对"速度"的质疑,也不光是菲利克斯和哈罗德这两个人物之间的关系暗示着对"速度"的反拨,而是整部小说的艺术结构都烘托着全书的"速度"主题。

哈维(W. J. Harvey)在对爱略特的小说艺术作总体评价时,曾经提醒我们要特别注意她的作品中各个部分之间的关系,以及这些关系形成的模式:

(爱略特的小说)总是含有几个都能引起我们关注的中心,而这些中心相互之间的平衡或冲突决定了小说的总体构架。正是这些部分彼此之间的关系,以及它们之间形成的各种张力,构成了爱略特小说的模式。我们与其考虑某个驾驭全局的人物,不如考虑一个由各种关系组成的网络;只有这样,我们才能对这些小说作出比较确切的解读。[40]

就《菲利克斯·霍尔特》而言,我们需要特别关注的也应该是作品中各个部分的相互关系及其构成的模式,不然我们就无法充分体会小说主题的分量。

《菲利克斯·霍尔特》的结构模式主要体现了平衡、均匀、对称和反差这些特点。

让我们仍旧从菲利克斯和哈罗德说起。我们前面所分析的主要是他俩的关系以及彼此之间形成的对照和反差。从他们各自跟其他人物形成的关系(包括相关的事件)来看,我们依然可以发现平行、对等、照应和衬比等特点。

首先,他俩跟各自母亲之间的关系都被敷以浓墨重彩,而涉及他们与自己父亲的关系的笔墨却要少得多——这本身就是在提醒我们要特别注意这两家人的母子关系。凑巧的是,他俩都违背了自己母亲的意愿:霍尔特太太希望菲利克斯能够像他父亲一样行医(后者其实是一个江湖郎中)或找一份体面的工作,可是菲利克斯不但选择与手工劳动者为伍,而且反对母亲在不懂医术的情况下售药赚钱;特兰姆森太太希望儿子能够成为自己在重振家业方面的好帮手,可是哈罗德不但没有对母亲言听计从,而且完全夺取了她在家中的领导权。不过,表面的相似反而更衬托出了深层次的差异:菲利克斯不遵母命是出于公心,哈罗德违抗母亲则完全是出于私心;菲利克斯的选择意味着自己的利益受损(不光收入减少,同时还要养活本来可以不需要他来奉养的母亲),哈罗德的选择却增强了自己的利益——至少满足了他的权力欲望。

由于道德情操和价值取向的不同,在菲利克斯和哈罗德的周围各自形成了两大人物圈子,而在这两个圈子里各有一出生世久遭隐瞒、最后真相大白的重头戏:莱昂先生(他在为人处世上跟菲利克斯极其相似,而且在菲利克斯落难前后都跟他站在一起,最后还成了他的丈人,因此把他划入以菲利克斯为中心的圈子似不为过)长期隐瞒了拜克利夫才是埃丝特生身父亲这一真相,杰尔敏则伙同特兰姆森太太隐瞒了他才是哈罗德的生父这一事实。跟前一小段中分析的情形一样,表层结构的相同只是更突出了深层结构的不同:莱昂先生虽然不是埃丝特的生身父亲,却对她恩深似海;杰尔敏虽然是哈罗德的生父,却长期逃避了做父亲的责任。莱昂先生当初收留埃丝特跟她的母亲既是出于深切的同情,又是出于真诚的爱情;他为了娶安妮特为妻,不仅丢掉了职位,而且牺牲了好名声,这说明了他的勇气。相形之下,杰尔敏是一个彻头彻尾的懦夫:他为了保住自己的声名和私利,一直不敢公开他和特兰姆森太太的隐情,更不敢认哈罗德这个儿子。莱昂先生隐瞒真相,为的是继续他跟埃丝特的父女情缘,继续尽他做父亲的责任,而杰尔敏隐瞒真相却是因为怕跟儿子相认,是因为不想尽父亲的责任。可见,在这对称的两出重头戏的背后,演绎着两种价值观的冲突和抗争。

书中还有两条主线十分对称:菲利克斯和哈罗德都是埃丝特的求婚者。这两根对称的线条也巧妙地昭示了菲利克斯和哈罗德之间的种种差异。下面就让我们来分别审视一下他们各自的求婚方式。

菲利克斯向埃丝特求婚是在他自然生发了爱情之后。在好长一段时间内,菲利克斯都打定主意做一辈子单身汉;而且,由于埃丝特一度向往奢侈的生活,他常常对她的价值观冷嘲热讽,致使两人之间常常发生言语上的交锋。只是在经过一个漫长的相互了解的过程之后,而且是在双方都有所转变(就价值观而言,主要是埃丝特经历了很大的转变)之后,他俩才渐渐地走到了一起。换言之,菲利克斯向埃丝特求婚的决定丝毫没有仓促草率的痕迹。就连他最后的求婚表白也"慢"得令人回味:

"那么你能够跟一个穷人同甘共苦吗,埃丝特?"

"那要看我是否对他有足够的好感,"她回答时笑容又露了出来,同时她又故意把头扭了一下,那姿态像是顶撞,可是又很美丽。

"你对那样的生活深思熟虑过了吗?——那将是非常简朴的生活,知道吗?"

"知道,那将是没有玫瑰色点缀的生活。"

菲利克斯突然把手从她的肩膀上移开,并从椅子上站了起来,朝前走了一、两步,然后又转过身来,神情严肃地说道:

"你还考虑过我将跟什么样的人生活在一起吗,埃丝特?他们没有富人们的愚钝和陋习,但是他们有自己的愚钝和陋习;他们不具备富人们的那种文雅——这种文雅使富人们的缺陷显得比较容易忍受。我并不是说我会因此而更能忍受他们的缺陷——我并不喜欢那种文雅,但是你却喜欢。"

菲利克斯停顿了片刻,接着又加上了一句:

"这可不是闹着玩儿的,埃丝特。"

......[41]

类似的对话一直持续了好久(以上引文只是其中的一小部分)。虽然我们看得出(埃丝特也当然听得出)菲利克斯这是在求婚,但是他始终没有说出"嫁给我"三个字,而是用独特的方式最后表明了想要娶埃丝特为妻的心愿:"那我得强迫自己做一个好人,比以前想要做的好得多。"[42]而且,以上整段对话(包括没有被引用的部分)可谓一波三折,充分体现了菲利克斯为对方着想的心理过程:只要埃丝特稍稍有些犹豫,那她随时都有机会回绝自己的求婚,并且不会因此而感到尴尬。这样的求婚方式可以说慢得不能再慢了!我们从中不能不感悟到对"速度"的抗衡。

哈罗德的求婚方式则恰好相反。本章第一小节中已经提到,他追求埃丝特一开始便是别有用心,即利用婚姻来保住家产。也就是说,他在根本不了解埃丝特本人的情况下就作出了向她求婚的决定,或者说在第一时间就作出了求婚的决定——此处我们又一次领教了他的速度。尽管他在相当长的一段时间内只是讨好埃丝特,而不敢和盘托出自己的打算,然而他实际上是决定求婚在前,跟埃丝特接触在后,这跟菲利克斯与埃丝特接触在前、决定向她求婚在后的情形构成了鲜明的对照。

如果我们把上述两条求婚主线比作大树的主干,那么在树杈上还可以看到许多不无对称的分支。限于篇幅,让我们只分析两个例子。

其一,如果我们以哈罗德和埃丝特的关系为一端,以菲利克斯和埃丝特的关系为另一端,两者之间就会呈现出此消彼长、你进我退的模式。最明显的"一进一退"发生在哈罗德邀请埃丝特去他家长期做客以后:此时他俩接触的频率剧增,而菲利克斯恰逢蒙冤入狱,实际上完全推出了埃丝特的视野。不无悖论意义的是,正是这身体距离上的"一进一退"促成了思想情感上的另一种"一进一退":埃丝特离哈罗德愈近,反而使她在价值观上离后者愈远,反而使她更倒向了菲利克斯。前文曾经提到,埃丝特开始时有爱虚荣、好奢侈的倾向。下面是她的一段内心独白：

> 学校里出身最高贵以及最漂亮的姑娘们都一直说她看上去像名门淑女,她很为此感到自豪。她那漂亮的脚背穿着丝袜子,她那小小的脚后跟衬着山羊皮制成的拖鞋,她的指甲修剪得无可挑剔,她的手腕部分显得格外娇嫩;一想到这一切,她就喜不自胜。她用的手绢必须是上好的细纱织成的,她戴的手套必须是最新款的,不然她就会感到厌恶;她觉得这全是自己的优越性使然。她的钱全被用于满足她的这些高雅的趣味。凡是她自己赚来的钱,都被一分不省地给花了。[43]

可见,埃丝特一度把高雅等同于富贵人家的生活。在她搬入哈罗德府邸之前,她一直多多少少地保留着这种幻觉,然而当真正走进富人的生活以后,她却发现富贵并不等于高雅。相反,她在富人圈子里发现了龌龊、卑鄙、自私和冷漠。也就是说,她经历了一次幻灭的过程——本章第一小节中提到的她那"一次不同寻常的觉悟"其实就是一种幻灭。在幻灭的同时,她更看清了菲利克斯及其价值观的可贵之处。

其二,以上两组关系——即埃丝特分别跟菲利克斯和哈罗德形成的关系——映衬出了相关人物在成长道路上形成的反差。《菲利克斯·霍尔特》称得上是一部成长小说:埃丝特跟菲利克斯在互相接触乃至碰撞中彼此促进了对方的成长(指思想和情感的成熟而言),而埃丝特跟哈罗德的接触只促进了埃丝特一个人的成长。关于埃丝特因受菲利克斯的影响而产生的变化,我们前面已经有所分析。前面未曾提及的是,菲利克斯其实也从跟埃丝特的交往中看到了自己的缺陷和不足。在好长一段时间内，菲利克斯给人的感觉是刚烈有余，柔和不足，这在他跟埃丝特交谈时尤为明显：他总是过于卤莽和唐突；虽然他对埃丝特的某些价值观的批评是正确的，但是他确实很少考虑用词的轻重，很少考虑对方是否容易接受。随着故事的进展，我们发现他的言谈中渐渐多了一分和蔼，到最后他甚至向埃丝特承认自己"是个粗人，过于严肃"，[44]这说明他比以前更加成熟了。总之，埃丝特和菲利克斯都在心理、情操和趣味方面经历了一个成长的过程。与此适成对照的是，哈罗德只是从反面促进了埃丝特的成长（前文已经提到，埃丝特跟哈罗德的接触有助于她彻底摈弃自己以前的幻想），他自己却在情趣和想象力等方面没有丝毫的长进——故事终了时的他跟故事开始时的他可谓一模一样，仍然"只不过是个放大了的男孩儿"。[45]顺便捎上一句：哈罗德之所以长不大，是因为他在工具理性方面长得太大，长得太快。

以上种种分析表明，《菲利克斯·霍尔特》的形式结构处处显示出了对称美的特点。这种匀称与平衡的叙事结构跟"速度狂"哈罗德的畸形性格形成了鲜明的对照。换言之，《菲利克斯·霍尔特》的艺术形式本身就是一种言说——它言说着对"速度"的忧虑，言说着对"速度"的反拨。

注释：

1 George Eliot, *Felix Holt, the Radical*, Hertfordshire: Wordsworth Editions Limited, 1997, p. 5.

2 关于这方面的观点，珀金(J. Russell Perkin)有过梳理和介绍，详见其专著

A Reception History of George Eliot's Fiction, Ann Arbor: UMI Research Press, 1990, pp. 123—131。

3 Arnold Kettle, "Felix Holt the Radical", in *Critical Essays on George Eliot*, (ed.) Barbara Hardy, London: Routledge & Kegan Paul, 1970, p. 100.

4 同上,p. 104。

5 同上,p. 100。

6 同上,p. 110。

7 Raymond Williams, *Culture and Society: 1780—1950*, p. 104.

8 同注1。

9 同上,p. 9。

10 同上,p. 88。

11 同上,p. 17。

12 同上,p. 25。

13 同上,p. 30。

14 同上,分别参见 p. 36 和 p. 291。

15 同上,分别参见 p. 34 和 p. 38。

16 同上,p. 348。

17 同上,p. 152。

18 同上,分别参见 p. 99 和 p. 345。

19 同上,p. 45。

20 同上,p. 96。

21 Dinny Thorold, "Introduction to *Felix Holt, the Radical*",出处同注1, p. vi。

22 同注1,p. 97。

23 同上。

24 同上,p. 345。

25 同上，p. 97。
26 同上，p. 158。
27 同上，p. 342。
28 F. R. Leavis, *The Great Tradition*, pp. 54—55.
29 同注1，分别参见 p. 238 和 p. 244。
30 同上，p. 237。
31 同上，p. 115。
32 同上。
33 同上，p. 220。
34 同上，p. 225。
35 同上，p. 226。
36 J. Russell Perkin, *A Reception-History of George Eliot's Fiction*, Ann Arbor: UMI Research Press, 1990, p. 134.
37 同上。
38 George Eliot, *Selected Critical Writings*, (ed.) R. Ashton, p. 185.
39 同注1，p. 226。
40 转引自 Ian Milner, *The Structure of Values in George Eliot*, Praha: Universita Karlova, 1968, p. 8。
41 同注1，p. 399。
42 同上，p. 400。
43 同上，p. 69。
44 同上，p. 400。
45 同上，p. 97。

第十四章 "鬼魂"·互文·历史

——从《米德尔马契》看"进步"话语

第十四章 "鬼魂"·互文·历史

如果说《亚当·比德》和《激进党人菲利克斯·霍尔特》都是质疑"进步"话语的力作,那么《米德尔马契》(*Middlemarch*,1871—1872)在挑战"进步"话语方面显得更为老到。

由于《米德尔马契》是乔治·爱略特笔下最富有歧义、情节最扑朔迷离、人物关系最犬牙交错、社会画面最为广阔的一部小说,因此批评界对它的解读也最为五花八门。按照卡罗尔(David Carroll)的说法,"在所有维多利亚小说中,这是一部被阐释得最多的小说"。[1] 之所以如此,多半是因为它最难阐释,至少是最难阐释的小说之一。也许正因为如此,一些批评家干脆称其为"关于阐释的小说"。[2] 当年弗吉妮娅·伍尔夫(Virginia Woolf,1882—1941)把它称作"为成人而写的极少数英国小说之一",[3] 大概也是它难读的缘故。

然而,尽管评论界众说纷纭,几乎没有人否认过《米德尔马契》中的"进步"话题,而且不少人在这方面作过不同程度的研究。例如,布兰特林格就认为,小说中"改革和进步之间成问题的关系是占据中心的主题"。[4] 麦考(Neil McCaw)说得更为干脆:"小说直接对进步一说提出了批评。"[5] 其他对该小说中"进步"话题有过关注的至少还有郝莉(Hao Li)、弥尔纳(Ian Milner)、赖特(T. R. Wright)、内斯特(Pauline Nestor)和阿米特(Lucie Armitt)。①

---

① 分别参见 Hao Li, *Memory and History in George Eliot*, Houndmills: Macmillan Press LTD, 2000, p. 67; Ian Milner, *The Structure of Values in George Eliot*, Praha: University of Karlova, 1968, p. 79; T. R. Wright, *George Eliot's Middlemarch*, New York: Harvester Wheatsheaf, 1991, p. xiv; Pauline Nestor, *Critical Issues: George Eliot*, Houndmills: Palgrave, 2002, p. 128; Lucie Armitt (ed.), *George Eliot: Adam Bede, The Mill on the Floss, Middlemarch*, New York: Columbia University Press, 2001, pp. 142—143.

不过,随着批评界对《米德尔马契》的阐释的增多和研究的深入,我们对小说中"进步"话题的探讨也有进一步深入的必要。必要的工作之一是结合新近出现的研究话题来重新调整我们对"进步"话题的见解。

米勒(J. Hillis Miller)教授不久前发表的《鬼魂效果:现实主义小说中的互文性》(*The Ghost Effect: Intertextuality in Realistic Fiction*)①一文开辟了《米德尔马契》研究的新领域:他从互文性的角度重新审视了评论界一直争论不休的一个问题,即多萝西娅的婚姻选择——多萝西娅为什么选择威尔?她选择的基础是什么?她的选择对不对?米勒的文章给了我们很大的启发,但是由于他对《米德尔马契》中互文性的理解略嫌狭隘,因此未能对多萝西娅的选择背后的丰富含义作出本来应该更为充分的诠释。

笔者以为,要比较全面地回答上述问题,还得审视一下被米勒忽视的一些重要的互文关系,即《米德尔马契》跟"进步"话语——尤其是卡莱尔对"进步"话语的回应——之间的互文关系。

此外,米勒召唤的"鬼魂"(互文意义上的"鬼魂")使我们想到了爱略特本人召唤的"鬼魂"。爱略特在书中直接使用了"鬼魂"意象——从历史的角度看,这一意象跟"进步"话题也有着千丝万缕的联系。

简而言之,本章将分别从"鬼魂"的两种不同意义入手,重叙《米德尔马契》中的"进步"话题。

---

① "the ghost effect"含有某个文本的作者鬼使神差般地为前人代笔的意思。笔者的汉译"鬼魂效果"是一种比较简单化的处理,为的是突出原文中由读者撰写"鬼魂章节"的含义(详见本章第二节)。

一、米勒召唤的"鬼魂"

在捕捉多萝西娅跟众多神话或传奇故事中人物——尤其是希腊神话中的阿里阿德涅——的互文关系方面,米勒可谓独具慧眼。《米德尔马契》第十九章中有一段把多萝西娅和阿里阿德涅相并列的描述:威尔和瑙曼在梵蒂冈的一家画廊中发现,在"斜躺着的阿里阿德涅"的雕塑旁边,还有一位"生机勃勃、含苞欲放的姑娘,其外形并不比阿里阿德涅逊色";[6] 这后一位就是多萝西娅。我们知道,在希腊神话中,阿里阿德涅从克里特岛迷宫内怪物弥诺托的口中救出忒修斯以后,反被后者薄情寡义地抛弃;后来她成了酒神狄俄倪索斯的妻子,并且广受崇敬。米勒不无道理地指出了这一神话跟《米德尔马契》之间的人物对应关系:多萝西娅宛若阿里阿德涅再世,而多萝西娅的前后两个丈夫卡苏朋和威尔则可以分别看作忒修斯和狄俄倪索斯的翻版;多萝西娅和阿里阿德涅都有一颗善良的心,卡苏朋和忒修斯都给倾心于自己的姑娘带来了不幸,威尔和狄俄倪索斯则分别承担了第二任丈夫的角色。

以上人物的对应关系被米勒看作一种重复,但不是象征意义上的重复,而是讽寓意义上的重复。在象征性重复中,前一个符号和后一个符号在意义或实质上可以完全相符合,而在讽寓性重复中,前后两个符号(从某种意义上说,多萝西娅和阿里阿德涅都是符号)由于时间上的差异而永远不可能吻合。这后一种重复关系构成了米勒心中"互文性"的要旨:

就其通用意义而言,我认为互文性是不同文本之间的讽寓关系——这种关系与象征性关系相对立的——的突出例证。互文性的意义既不产生于新文本，也不产生于旧文本，而是产生于两者之间的空隙，产生于两者带有差异的重复。[7]

米勒此处所说的讽寓性重复或差异性重复实际上是他在名著《小说与重复》中所说的"尼采式"重复。"尼采式"重复是与"柏拉图式"重复相对的概念（分别参见本书第十章第二节和第十三章第二节），它不像后者那样具有一个坚实而恒定的原型模子，而是"缺乏某种范式或原型作基础"，因而"带有鬼魂般的效果"。[8] 米勒认为，在《米德尔马契》中，促成这种鬼魂般效果的不仅有多萝西娅和阿里阿德涅之间的差异（多萝西娅的故事发生在19世纪的英国，而阿里阿德涅的神话却发生在远古时期的希腊），而且有多萝西娅跟其他许多神话人物或传奇人物之间的差异性重复关系。关于这种重复关系的暗示遍及《米德尔马契》全书。例如，第19章里涉及多萝西娅与阿里阿德涅之间联系的那一段描述还提到，后者的雕塑在当时被误称为"克娄巴特拉"（Cleopatra）。[9] 小说开篇第一句就暗示多萝西娅像16世纪西班牙圣女德雷莎（Saint Theresa），并且在第二段中为两者之间的差异埋下了伏笔："许多德雷莎降生到了人间，但没有找到自己的史诗，无法把心头的抱负不断转化为引起深远共鸣的行动。她们得到的也许只是一种充满谬误的生活，那种庄严的理想与平庸的际遇格格不入的后果，或者只是一场失败的悲剧，得不到神圣的诗人的歌咏，只能在凄凉寂寞中湮没无闻。"[10] 在第十九章中，瑙曼还把多萝西娅比作希腊神话中俄狄浦斯王的女儿安提戈涅（Antigone）。[11] 在第二十二章中，瑙曼又把多萝西娅比作13世纪意大利修女克拉拉（Santa Clara）。[12] 在另一位人物利德盖特的眼中(第七十六章),多萝西娅堪与圣母玛利亚媲美——"这位年轻妇女有着宽阔的胸怀,简直比得上圣母玛利亚。"[13] 换言之,虽然多萝西娅是所有这些神话人物的现代翻版,但是其中的任何一位都不足以构成她的坚实原型——这些神话人物犹如影影绰绰的鬼魂,既给读者的想象提供了邈远的空间,又让读者在捉摸多萝西娅的言语行动和性格特征时左右为难。

正是在鬼魂缭绕的迷雾中,多萝西娅选择威尔之举显得格外含混:多萝西娅既然跟这么多的神话人物有着互文关系,那么我们就不能简单地把她和威尔的婚姻同阿里阿德涅和狄俄倪索斯的婚姻相提并论。

米勒的互文性理论和他所作的分析本来应该导致他对多萝西娅的选择背后的复杂原因进行更加深入的发掘,但是他却自相矛盾地作出了一个简单的结论:多萝西娅改嫁威尔是一种"任性的选择"。[14] 这一结论与其说是源于《鬼魂效果:现实主义小说中的互文性》一文本来丝丝入扣的分析,不如说是作者有意无意地受前人定论影响的结果。

关于多萝西娅改嫁威尔,从詹姆斯以来的历代批评家都有微词。詹姆斯有一个广被接受的观点,即威尔的形象"缺乏有力的线条和鲜明的色彩……他自始至终都显得模糊,让人难以理解",因而这一形象的塑造"从总体上来说是一个失败"。[15] 弥尔纳在20世纪60年代末曾经呼应了这一观点,并且强调"亨利·詹姆斯的批评至今仍然有效"。[16] 利维斯也呼应了詹姆斯的观点:"实际上,威尔自己一点儿独立的身份也没有——我们不能说他存在;他所表现的不是一个戏剧化了的真正视角,而仅仅是乔治·爱略特的一些意图——是她没能创造性地加以形象化的意图,其中最要紧的

就是把她对多萝西娅的一己看法和评价强加于读者。"[17]安德森
(Quentin Anderson)的评论也如出一辙:"他(威尔)是《米德尔马
契》主要人物中最薄弱的一个,这不仅是因为他是一个半瓶子醋的
形象,而且还因为他这一形象未能得益于乔治·爱略特的智慧。
读者看不懂他。"[18]

对威尔的批评意味着对多萝西娅改嫁威尔之举的批评——威
尔的薄弱意味着多萝西娅的薄弱,因此利维斯干脆断定《米德尔马
契》"这本书的薄弱之处在于多萝西娅"。[19]我们知道,多萝西娅在
经受与卡苏朋的婚姻失败之后,并没有放弃对理想的追求;除了通
过帮助村民们建房以及资助利德盖特办医院等手段来实现理想之
外,她把自己的远大志向寄托在了跟威尔的结合上。问题就这样
产生了:如果威尔如詹姆斯和利维斯等人所说的那样"并不存在",
那么多萝西娅的选择就是一个错误——对形象混沌者的选择充其
量只能说明多萝西娅的无知,说明她的一相情愿,就如当初她选择
卡苏朋时一样。也就是说,多萝西娅选择威尔的基础只是她自己
的幻想而已。不仅如此,利维斯还认为多萝西娅本人也是幻
想——作者的幻想——的产物:"多萝西娅是乔治·爱略特自己
'精神饥渴'的产物——另一个幻想中的理想自我。"[20]利维斯甚至
还使用了更为激烈的言辞:多萝西娅不仅体现了"'精神饥渴'亢奋
含糊中的混沌困惑",而且还体现了"白日梦般的自我放纵"。[21]

从上举例子中不难看出,米勒所谓多萝西娅"任性的选择"的
简单说法实际上沿袭了利维斯等人的观点。

依笔者之见,假如米勒当初严格地遵循了自己的思路,并把他
已经开辟的互文性道路稍稍拓宽一些的话,他本来不至于在多萝
西娅的婚姻选择问题上落入前人窠臼。也就是说,对《米德尔马

契》中互文关系的梳理本来应该揭示多萝西娅的选择背后更为复杂的原因。鉴于这是一项未竟的工作，本章以下将继续从互文性角度剖析《米德尔马契》，以期对多萝西娅的选择作出较为合理的解释。

二、再写"鬼魂章节"

米勒用"鬼魂"来比喻跟多萝西娅有互文关系的神话或传奇人物，这使人想起了用同样的比喻形容互文性理论的埃科（Umberto Eco, 1932— ）。后者曾经把读者运用互文性知识完成/阐释文本的活动称为撰写"鬼魂章节"：

> 在叙述一连串互为因果的、呈直线型关系的事件时，一个文本往往在向读者交待了事件甲之后就径直转入事件戊，这是因为作者认为读者理应想象到事件乙、丙、丁会是怎样一种情形（若以许多其他文本作为互文性参考框架，就可以推断出什么样的事件才能导致事件戊）。任何采用这类手法写就的文本都隐含着由读者试写"鬼魂章节"的合理性。[22]

关于多萝西娅的选择，我们可以撰写什么样的"鬼魂章节"呢？米勒所召唤的"鬼魂"都来自较早时期乃至远古时期，因而他所关注的互文关系可以被概括为"纵向互文性"。笔者认为，要对多萝西娅的选择作出比较充分的解释，还得对《米德尔马契》的"横向互文性"加以审视，即审视《米德尔马契》与同时代或邻近时代的文本之间的关系。

那么,有哪些横向关系是必须加以考虑的呢?

对《米德尔马契》产生最重要影响的恐怕要数卡莱尔的作品。爱略特自己就曾经强调,她所处的"这个时代里出类拔萃或思想活跃的人中,几乎没有一个人未受过卡莱尔作品的点化";"假如卡莱尔从未出世,英国过去十至二十年中问世的任何一本书都会变样"。[23]根据麦考的记载,爱略特曾经多次在书信中称赞、引用或向人推荐卡莱尔的《旧衣新裁》和《文明的忧思》。[24]这两本书代表了人类对工业化进程中社会价值观变迁的最早、最有力的回应,也可以看作对"进步"话语最早的回应之一。①卡莱尔认为,工业化给英国带来了巨大的物质繁荣,但同时让人们付出了惨痛的精神代价,其中最让人痛心疾首的是人与人之间的关系沦为赤裸裸的"现金联结"(cash-nexus),或者说人与人之间的关系得用"由自由放任、竞争供求关系的哲学来说明":

> 这种哲学将成为一种拜物教,一种终极的世界福音;并作为一种信仰而甚嚣尘上,满足人们的虚荣之心——但这始终是一种不祥的信仰!尽管进程缓慢,它们必将成为巨变的前驱。当社会开始按照这种模式运转时,旧的社会体系就会衰微与终结。过去的三百年中的多数社会体系就是这样瓦解的。在这种哲学中理想、真理与崇高的事物都已经死亡,剩下的只是赤裸裸的利己主义和无厌的贪欲,它们没有生命力,不可避免地要被宇宙的法则所淘汰。[25]

---

① 当然,在卡莱尔之前,已经有少数学者对有关"进步"的观念进行过质疑,如卢梭(Jean-Jacques Rousseau, 1712—1778)就是如此(他很可能是对"进步"一说最早提出质疑的伟大学者)。他的有关思想见于《论人类不平等的起源和基础》(1755)。

多萝西娅就生活在这样一个社会转型时期。关于这一点,朱虹女士已经有过简练的分析:

> 这确是一个过渡的时代:乡间士绅,如詹姆士·彻泰姆爵士和布鲁克先生都在本地拥有相当的势力和影响,但又不同于过去时代的贵族地主。布鲁克本人作为改革派候选人竞选议员,詹姆士爵士则在自己的地产上进行改革,而米德尔马契市最有权势的人物文西市长和全市最富有的银行家布尔斯特罗德先生则都是靠经商起家的。布尔斯特罗德创办的那座慈善医院不同于往日地主庄园或教会团体对穷人的布施,它是由"董事会"管理的,这个管理方式本身就具有资本主义经营的特点,时代变迁的迹象还表现在市长的大儿子弗莱德虽然在牛津大学镀过"金",最终竟靠管理地产的营生来谋生;同样,恪守旧道德旧生活方式的高思一家每况愈下,他们的儿子不得不远走他乡去学机械以谋出路。[26]

对多萝西娅来说,更重要的是这些表面迹象背后主宰人们行为方式的价值观的变化:卡莱尔所抨击的"现金哲学"已经侵蚀了多萝西娅周围许多人的灵魂,侵蚀了社会的骨髓,侵蚀了多萝西娅的私生活——她与卡苏朋的婚姻。多萝西娅自以为嫁给了一个超凡脱俗、灵魂高尚的人,可是卡苏朋却在临终遗嘱中以钱财要挟多萝西娅,规定她不得改嫁威尔,否则就必须放弃对财产的继承权。这段描写是小说中最发人深思的两段情节之一,它深刻地揭露了资产阶级婚姻的"现金"基础。与这一情节遥相呼应的是费瑟斯通立遗嘱的故事。费瑟斯通不仅在生前用遗产吊亲戚们的胃口,而且在死后还继续耍弄他们——他留下了两份遗嘱,葬礼后由律师宣读的第一份遗嘱向一个个垂涎欲滴的准继承人"慷慨赐予",而第二份遗嘱随即又把第一份中的承诺一笔勾销,让在场的亲戚们空欢喜了一场。这两段情节表明,在多萝西娅所处的世界里,金钱对人际关系的毒害已经达到了极其严重的地步:"现金"不光是活人之间的联结,而且还成了死人与活人之间的联结——人在坟墓中仍然通过金钱的纽带来控制他人的命运。

多萝西娅毅然改嫁威尔,这正是对卡莱尔所说的"现金联结"的反抗。从小说的实际进程来看,多萝西娅对威尔的好感并非心血来潮的产物,而是逐渐生成并有过反复的。她在会客室第一次接待威尔时,曾经对他暴露出来的享乐主义价值观持批评态度。当威尔坦言自己不愿意"靠做苦工赢得成绩"时,多萝西娅的第一反应就是"有些震惊,发现一个人居然可以把一生都当作假期"。[27]然而,威尔后来作出了一项跟多萝西娅的价值观非常吻合的决定,即不再接受卡苏朋(无奈提供)的生活费,而立志"开辟一条道路,除了自己不依靠任何人"。[28]这一决定跟后来多萝西娅放弃财产而改嫁威尔的决定可谓异曲同工,相映成趣。多萝西娅在接受威尔之前,还曾经吐露过对后者的新认识:"你希望每一个人都得到公正的待遇。我真为此感到高兴。当初我们在罗马的时候,我以为你只关心诗歌和艺术,只关心如何给我们这些富人的生活锦上添花。但是,现在我明白你心里还装着世上的其他人。"[29]

包括利维斯在内的不少评论家都对威尔是否真正转变以及他转变的动机表示过怀疑。确实,爱略特在威尔的动机转变方面着墨颇少,因此我们不禁要问:威尔的转变令人信服吗?假如威尔放弃钱财、自食其力的决定纯粹是为了换取多萝西娅的好感,那么后者的选择不就太盲目(也就是米勒所说的太任性)、太危险了吗?

要回答以上问题,我们还得再写"鬼魂章节"。需要强调的是,"鬼魂章节"的撰写不应该太随意,而应该依循一个框架,即参照埃科所说的"事件甲"和"事件戊"。依笔者之见,关于多萝西娅的选择,最重要的参照框架莫过于第八十章。多萝西娅是在这一章中真正发现/确定自己对威尔是怀有感情的。该章开始不久,多萝西娅去牧师费厄布拉泽家做客,谈笑间费厄布拉泽的姨妈诺布尔小姐突然手忙脚乱地寻找起她的玳瑁药匣来了;费厄布拉泽向多萝西娅解释说,诺布尔小姐将这只药匣视作珍品,就因为它是威尔所送的礼物。这样一个小小的插曲,在多萝西娅的心头激起了阵阵涟漪。她忍不住激动,赶紧借故告辞,回到家中后便发出了一声长叹:"啊,我原来是爱他的!"[30] 没有这一声"爱",就没有后来的选择。那么一只小小的药匣——而且是送给他人的药匣——怎么会有这么大的威力呢?

爱略特对个中原因只字未提,但我们不难作出这样的推断:多萝西娅从中看到了威尔对他人的爱心。至于诺布尔小姐为何把威尔所送的礼物视为珍宝,爱略特也未作任何交代,但是我们不难想象威尔平时对诺布尔小姐的关爱——诺布尔小姐是一位弱小的老处女,而且费厄布拉泽一家很穷,威尔从她身上无利可图,因此这种感情必然是真诚的。可见,多萝西娅爱上威尔并非任性,并非心血来潮,并非白日梦般的自我放纵,而是因为她从威尔身上看到了一种平凡而高贵的利他意识,一种对人类社会的责任感。

与多萝西娅的上述"发现"桴鼓相应的是第八十章的开头——爱略特在此精心安排了一段华兹华斯的《责任颂》(*Ode to Duty*):

> 你是严峻的立法者,
> 然而你与上帝一样宽厚仁慈。
> 世上一切美好的事物,
> 都不如你的笑容可亲。
> 鲜花在你面前盛开,
> 清香在你周围缭绕。
> 你使星辰保持正常运行,
> 你也使天道万古常青,永不衰老。[31]

这首诗——尤其是用"立法者"形容责任心的比喻——贴切无比地奏响了多萝西娅第二次婚姻选择的序曲。对人类的责任心如同律令,促使多萝西娅在选择配偶时也以对方须具备相同的责任心为前提。陆建德博士曾经对爱略特有过这样的评论:"她对'责任'(duty)几乎充满敬畏之情,她的'责任'显然与基督教政治家格莱斯顿的'道德良心的律令'(the rule of Ought)是互相衔接或部分重合的。"[32]这句评论同样也适用于多萝西娅。

道德良心的律令显然是与前文所提的"现金联结"相对抗的。这样,我们的"鬼魂章节"又回到了卡莱尔。本章第 2 节第 6 段引文中卡莱尔对拜物教这一"世界福音"的批判还有下文:《文明的忧思》第十一章(把拜物教和"现金联结"形容成"福音"的比喻出现在第十章)中提出了与之针锋相对的、以提倡责任心为特点的"新福音":"在这个世界上,最新的'福音'是:了解你所要做的工作,并认真去做你所要做的工作。"[33]在第十二章中,卡莱尔又说:"有一种福音历史比其他任何福音更悠久,它还没有被人传播,它是不可言说的,但却根深蒂固、万古长存,这种福音就是:工作,会给我们带来幸福安宁。"³⁴ 正是在这样的幸福安宁中,多萝西娅和威尔的婚姻找到了归宿:婚后多萝西娅的"生活充满各种仁慈的活动,她尽力发现和承担这些责任,从不迟疑退缩";与此同时,"威尔成了热情的社会活动家",并"全力以赴地工作"。³⁵

至此,多萝西娅改嫁威尔的含义已经凸显于我们的面前:他俩的结合是对卡莱尔所批判的"旧福音"的摈弃,是对卡莱尔所提倡的"新福音"的拥抱。米勒所分析的诸多神话原型固然能在一定程度上映衬多萝西娅的婚姻(例如,阿里阿德涅和多萝西娅尽管存在着时代等方面的差异,但是在道德良心等方面又有重合),然而这些神话人物充其量只能说明多萝西娅或威尔的部分性格特征和行为特征。只有通过卡莱尔笔下世界——即他对"进步"话语的回应——与《米德尔马契》之间的互文关系,我们才能瞥见多萝西娅所作选择的深刻意义。

三、历史的幽灵

本章所涉及的"鬼魂"还有另外的意思:爱略特在书中直接使用了"鬼魂"意象。让我们先来看一下这"鬼魂"出现的段落:

> ……许许多多的中年男子每天从事的职业都遵循了某种既定的方式,这跟他们每天打领带时大都因循守旧没有什么两样。在他们中间,相当多的人曾经跃跃欲试,想要有所作为,想要改变一下这个世界。然而,他们都渐渐变得庸庸碌碌,开始随波逐流。不过,他们几乎没有意识到这一变化。就像年轻时对所爱的人和事怀有的热情渐渐地消退了那样,以

往那种不计报酬、辛勤劳动的慷慨和热情在他们身上不知不觉地冷却了。直到有一天,从前的他们完全消失了;即便没有完全消失,也只能像出没于老屋的**鬼魂**——屋子里的家具虽然翻新了,但是看上去总有**闹鬼**的感觉。世界上再没有比他们的逐步变化更微妙的过程了!³⁶(黑体为笔者所加)

除了"鬼魂"字眼的直接出现之外,小说中还有许多类似"鬼魂"的比喻。如布兰特林格所说,"《米德尔马契》这部小说充满了比喻意义上的鬼魂,或者说充满了鬼魂作祟般的幻灭情景。"³⁷确实,这方面的例子在书中比比皆是,其中包括多萝西娅和卡苏朋在罗马度蜜月时看见的片片废墟、破败的宫廷建筑和人物雕像(历史的残迹犹如鬼魂);以及本章上一小节中提到的卡苏朋和费瑟斯通分别立下的遗嘱——这些遗嘱在他们死后仍然控制、嘲弄、影响着不少活人的命运,因而堪称"死亡之手"(小说第五卷的标题就是"死亡之手"),而"死亡之手"跟"鬼魂"在性质上并无二致。

也就是说,"鬼魂"意象在小说中是以多种形式出现的。这些以不同形式出现的"鬼魂"意象有一个共同的指归:历史。换言之,历史就像幽灵一般徘徊于小说的字里行间。

历史的幽灵为何频频出现?它跟前文所说的"进步"话语又有什么关系?

要回答上述问题,就得分析这历史幽灵的多层含义。在笔者看来,它至少有如下四层含义。

其一,"鬼魂"意象意在说明历史不容忽视。前文提到,一些学者认为《米德尔马契》的主题是改革和进步之间的关系,而改革和进步总要牵涉到对待历史的态度问题。在前面两章中,我们已经看到改革的速度是爱略特关注的一个热点问题——《亚当·比德》中的亚瑟和《菲利克斯·霍尔特》中的哈罗德都是不顾历史、"奋勇向前"的"进步分子"。在《米德尔马契》中,我们同样看到了许多热衷于改革(尽管"改革"的意义、对象和领域各有不同)的人物:一心改善村民住房的多萝西娅,盲目投入政治改革的布鲁克先生、一度胸怀医学改革大志的利德盖特,以宗教改革者面目出现的布尔斯特罗德,等等。按照布兰特林格的阐释,"就连卡苏朋也力图成为某种意义上的改革者;他追求通向'所有神话的钥匙',并试图借此成为神学领域里的'更高等级的评论者'"。[38]所有这些改革者的动机不尽相同,如多萝西娅是出于无私的动机,而布鲁克和布尔斯特罗德等人则是为了一己私利。不过,无论他们的动机如何,他们的改革在不同程度上都遭受了挫折,其原因多多少少跟他们忽视历史有关:任何真正的改革都必须尊重历史,都必须根据具体的历史条件做好充分的准备;光有热情不行,无视历史更不行。本小节开头处所摘的引文正是为了把读者的眼光引向改革热情和历史条件之间的联系。事实上,这段引文在小说中起着承上启下的作用。小说"序曲"(the Prelude)的第一句就暗示多萝西娅像圣女德雷莎(她俩都有高远的志向),并且随后就指出"许多德雷莎降生到了人间,但没有找到自己的史诗,无法把心头的抱负不断转化为引起深远共鸣的行动",其原因是她们"那种庄严的理想与平庸的际遇格格不入"(详见本章第一节第五段中的引文)。小说"终曲"(the Finale)又奏响了相似的音符:

> 新时代的德雷莎几乎没有机会改造女修道院里的生活,就像新时代的安提戈涅很难为了安葬自己的兄弟而既虔诚、

又勇敢地面对一切一样：以往源于热情的业绩赖以成型的环境已经一去不复返了。[39]

历史条件不同了，所以改革的方式和速度也会跟以往不同。小说中多萝西娅最终悟出了这个道理，所以她在保持改革热情和脚踏实地之间找到了平衡（如前文所述，她在跟威尔结婚以后"尽力发现和承担"着自己的"责任"，并且"从不迟疑退缩"）。然而，大多数原先具有热情的改革者（如利德盖特）由于未能找到这种平衡，因而最终只能向世俗低头，流于平庸。在这后一种人群中，最遭历史嘲弄的是那些本来就居心不良的改革者。布尔斯特罗德就是这方面的典型——他的"进步史"是以牺牲道德、隐瞒历史为特征的：在他成为最富有的银行家以前，他曾经昧着良心干过许多坏事，轻者如投机倒把，重者如出卖自己的妻子（他的第一任妻子原来是一位富商的遗孀；布尔斯特罗德娶她时，答应帮助她寻找丢失了的女儿，但是实际上却隐瞒了后者的下落，从而在妻子去世后独吞了财产）。与此同时，他又"热心"地投身于宗教改革活动。具有讽刺意味的是，他虽然热衷于改革，但是"他的愿望比他的理论信仰更为强烈"。[40]他的内心活动明显地带有功利主义的色彩："他一生中为宗教所做的服务都被他看作一种基础，只有在这一基础上他才能就自己的行动作出选择。"[41]他究竟想选择什么呢？小说第十六章中有这样的交代：他"在周围的人们心中占据了一块领地，使他们对自己既心存感激，又抱有希望，还怀有恐惧；一旦权力达到了如此微妙的境界，它就已经大大超出自己应有的范围而四处蔓延了"。[42]可见，他的一切善举都是为了确立自己的权力，而权力最终又能为他赢得更多的金钱——他投资帮助利德盖特建立慈善医院,却又千方百计地要把它纳入自己的经营轨道,其目的仍然是为了赚钱。就在他春风得意之时,拉夫利斯突然出现,用他当年背叛结发妻子的丑事进行敲诈;为了掩盖历史,布尔斯特罗德对拉夫利斯下了毒手,但最终还是落得个身败名裂的下场。简而言之,布尔斯特罗德带着蔑视历史的态度快速地"进步",然后又试图通过遮掩历史来继续"进步",但历史就像鬼魂那样对他进行了报复。历史是不容忽视的。

其二,"鬼魂"意象昭示着历史教训。如前文所述,小说中的"进步分子"大都醉心于名利和权力,而"鬼魂"意象其实是对这些人物的嘲讽,或者说是在责备他们不吸取历史的教训。以书中关于古罗马遗迹的描写为例:当年的罗马帝国何等荣耀,可是曾几何时,这一切化成了废墟,其间的教训本来应该引起那些追名逐利者的重视,然而小说中除了多萝西娅、威尔、卡利伯·加思和玛丽等少数人之外,没有人能把历史上的教训引以为戒。利德盖特是这方面的典型例子。早年在巴黎的时候,利德盖特曾经热恋上了普罗旺斯女演员劳蕾,后来却发现她跟自己原先想象的完全不一样,因此便发誓"从今往后要用严格的科学观来看待女人"。[43]具有讽刺意味的是,利德盖特并未真正吸取历史的教训:他的"科学观"导致他选择了罗莎蒙德。事实上,他迷上劳蕾也好,娶罗莎蒙德为妻也好,都跟他的"科学观"有关。在跟这两个女人的关系史上,他始终没有认识到自然科学或医学的规则并不适合爱情和婚姻。劳蕾跟罗莎蒙德其实有一个共同点:她们都有严重的私心,都有着严重的道德缺陷。这一点恰恰是科学的显微镜所照不到的。利德盖特的确真心地投身于科学进步事业,而且在好长一段时间里充满着热情:"他把热情倾注在对工作的热爱之中,倾注在自己的雄心壮志之中——他的雄心是要使世人承认：人类生活的改善有他的一份功劳……"[44]也就是说，他跟布尔斯特罗德不一样，不只是要利用改革来名利双收（尽管他一心想"要世人承认"的"雄心"仍然值得我们深思）。然而，他在推行先进的医学思想和科技手段的道路上不可避免地遇到了不少道德上的难题。例如，在投票选举米德尔马契医院牧师的时候，他面临着这样的抉择：是支持正直的费厄布拉泽，还是拥护布尔斯特罗德所推举的候选人（布尔斯特罗德想借此控制整个医院的经营）呢？在经过激烈的思想斗争之后，他昧着良心投了后者一票，其理由是为了确保布尔斯特罗德出资帮助他进行医学领域里的改革（建立新型医院）。这一段故事隐含着一个人类社会经常面临的严肃问题：当伦理道德和科技进步发生冲突时，究竟应该选择前者，还是后者？跟历史上大多数"进步分子"一样，利德盖特选择了后者。此处的利德盖特跟他择偶时具有同样的致命弱点：他的"科学观"和"进步"热情缺少道德力量的支撑。富有辩证意味的是，他以为不顾道德也可以加速改革的进程，却不知缺少道德力量支撑的改革热情往往难以为继。他把改革的希望寄托在布尔斯特罗德身上（这说明他缺乏道德甄别的能力），没想到恰恰是后者使他的改革受阻——他在医治拉夫利斯（布尔斯特罗德一方面雇他治疗拉夫利斯，一方面又暗中下了毒手）之前，刚好接受了布尔斯特罗德的一千英镑的贷款，因而背上了受贿谋杀拉夫利斯的嫌疑；此时的他简直是四面楚歌，改革的热情和进程也就可想而知。他跟罗莎蒙德的结合是他改革热情消退的另一个重要原因：罗莎蒙德那奢侈的物质需求（她常常超前消费，致使利德盖特债台高筑）像铁钳一样钳住了他，使他放弃了原先的改革理想。当多萝西娅向他伸出援助之手，并鼓励他继续从事科学研究时,他竟这样回答:"我必须按别人的方式去生活,必须考虑怎样讨世人的喜欢,怎样才能财源滚滚……"⁴⁵他后来确实发了财。在小说"终曲"将尽时,我们看到他"穿行于伦敦和欧洲大陆的一个海滨浴场之间;此前他发表了医治痛风的论著,这是因为医治痛风能够赚大钱。许多有钱的病人都信赖他的医术,但他始终认为自己是一个失败者。他没有干成原来想干的事情。"⁴⁶利德盖特的情形跟多萝西娅的形成了对照:两人早先的改革热情都受到了阻碍,但多萝西娅依靠道德力量(她没有向金钱低头)保持了为人类造福的热情(虽然她意识到人类的进步必须从小事做起,并且要一点一滴地去做),利德盖特则因缺少道德力量而半途而废。假如利德盖特当初吸取了历史的教训,他本来有可能摆脱以布尔斯特罗德和罗莎蒙德为代表的"现金联结"的羁绊,因而就有可能和多萝西娅走到一起。一言以蔽之,科技进步离不开道德的力量,否则就会出现这样或那样的毛病,这是历史的教训;小说中的"鬼魂"意象正是要表明历史的教训不容忘记。

其三,"鬼魂"意象跟小说的题目形成了呼应。小说题目的原文"Middlemarch"除了充当一个地名之外,还有许多复杂的含义。它其实是由两个英语单词"middle"和"march"所组成的,而两者又分别具有多层歧义。"middle"既可以指米德尔马契城的地理位置(居于英国的中部),又可以指中产阶级的崛起("middle"作为形容词有"中产阶级的"这一涵义⁴⁷)以及英国正处于一个重要的历史中转期,即农业文明和工业文明之间的转型期,还可以指书中的许多"进步分子"最后甘居中游,流于平庸。"march"有"边界"的意思,也有"有争议/争端的边境地区"的意思,当然更有常用的"前进/行军"的意思。赖特曾经有过这样的评论:"小说的题目本身就是一个意义不确定性的极端例子。我们是应该把它解读成对中产阶级的进步的赞颂呢,还是应该把它解读成个人和政治改革的凯旋? 或是应该把它解读成对男女主人公——他们起先都志向高远,最终却沦为平庸之辈——失败原因的反思?"[48]依笔者之见,小说题目的这些歧义看似含混,却互为关联,能够形成一股合力,而且这合力由"鬼魂"意象得到了加强。换言之,"鬼魂"意象烘托出了小说题目中含有的"进步"话题:"鬼魂"暗示历史,暗示英国正处于一个历史/时间意义上的边界地带,而且是一个颇有争议的地带——官方的"进步"话语一味地颂扬或鼓吹中产阶级的崛起和工业化的飞速进程(米德尔马契作为城市又可以看作工业化和城市化的象征),而乔治·爱略特(通过她,我们还可以联想到卡莱尔等人)则对此提出了异议;她不主张发展的速度太快,而是主张"适中的前进速度"("middle"还有"适中的"意思,加上"march"后便可以指"以适中的速度前进")。布尔斯特罗德和利德盖特等人究竟是进步了,还是退步了?这又是一个有争议或值得争论的问题;作为个人也好,作为中产阶级的代表或各类改革的先锋也好,布尔斯特罗德和利德盖特等人的确有着一往无前的豪迈气概,可是被他们无视、掩盖、压制或羞辱了的历史就像"鬼魂"一般地缠着他们,最后跟他们算了账。总之,小说题目的丰富内涵由"鬼魂"意象凸显了出来:历史的进程不应该太快,进步的速度应该适中,否则就会被"鬼魂"缠身。

其四,"鬼魂"意象跟小说中的"蜘蛛网"意象形成了呼应。绝大部分涉及《米德尔马契》的论著都会提到书中的"蜘蛛网"意象(the web imagery)。确实,"蜘蛛网"及其相关意象几乎遍及全书,其中最受关注的恐怕要数小说第十五章中的比喻(爱略特在谈

论自己这一代小说家与 18 世纪小说家亨利·菲尔丁的不同时用到了这一比喻):

> 我们这些后辈编史家决不能痴迷地效仿他……我至少需要解开某些人的命运的线团,看一下这些线团是怎样编织并交织在一起的。这一工作量非常之大,因此我必须把所能掌握的光线全部集中在要处理的这个特定的**蜘蛛网**上,而不能把光线分散在被称作"宇宙"的那一大片诱人的相关事物上面。[49](黑体为笔者所加)

关于这"蜘蛛网"的含义,评论家们作出了许许多多的解说。哈维认为这一意象有助于确立"小说的叙事结构,并且为乔治·爱略特的社会道德图景提供了最复杂的比喻"。[50]卡罗尔认为"蜘蛛网"意象是对路易斯(H. G. Lewes)所说的"存在之网"的呼应。[51]麦考提出,"这个'特定的'蜘蛛网等于是从有机论的角度认可了卡莱尔有关言论所体现的智慧"。[52]弥尔纳十分强调这一意象影射书中人物所处的"乱麻一团般的环境"。[53]诺依夫尔马挈尔(U. C. Knoepflmacher)则在小说中找出了与"蜘蛛网"意象相对应的"四个同心圆":由历史、科学、文学和神话所组成的"外环线";由 19 世纪 30 年代的重大真实事件(如乔治四世驾崩)组成的第二层关系圈;由米德尔马契居民的思想立场和风俗习惯所形成的第三层关系网;由小说故事中的具体事件(如多萝西娅的两次婚嫁)所编织成的"内环线"。[54]虽然五花八门的解释还可以找出许多,但是笔者至今还未找到把"蜘蛛网"意象跟"鬼魂"意象结合起来阐释的例子,而这两者的互动恰恰是小说中针对"进步"话语的挑战艺术的精华所在:

"蜘蛛网"和"鬼魂"被用来比喻死亡都十分贴切；就在它们的穿插互动中，我们一次次地感受到了"死亡之手"——如前文所示，"死亡之手"跟"现金哲学"相联接——的可恶，一次次地看到了"进步"神话的荒谬。上面那段引文（即含有"蜘蛛网"比喻的那段引文）中爱略特自比"编年史家"这一点使我们的联想又多了一个基础："蜘蛛网"和"鬼魂"都是对历史幽灵的召唤。

只要历史幽灵还在徘徊，"进步"神话就很难使坏——这恐怕是《米德尔马契》给我们的最大启发。

注释：

1 David Carroll, *George Eliot and the Conflict of Interpretations: A Reading of the Novels*, New York: Cambridge University Press, 1992, p. 236.
2 分别见 Peter K. Garret (*The Victorian Multi-plot Novel: Studies in Dialogical Form*, New Haven: Yale University Press, 1980, pp. 150—151) 和 T. R. Wright(*George Eliot's Middlemarch*, 1991, p. xi)。
3 Virginia Woolf, "George Eliot", *Times Literary Supplement*, 20 November 1919, 657—658.
4 Patrick Brantlinger, *The Spirit of Reform: British Literature and Politics, 1832—1867*, p. 228.
5 Neil McCaw, *George Eliot and Victorian Historiography: Imagining the National Past*, Houndmills: Macmillan Press LTD., 2000, p. 76.
6 George Eliot, *Middlemarch*, Hertfordshire: Wordsworth Editions Ltd., 2000, p. 157.
7 J. Hillis Miller, "The Ghost Effect: Intertextuality in Realistic Fiction"

Symbolism, Volume 5, 2005, p. 129.

8 J. Hillis Miller, *Fiction and Repetition*, pp. 1—6.

9 同注 6。

10 参考项星耀译文,《米德尔马契》,人民文学出版社 1987 年版,第 1—2 页。

11 同注 6,p. 158。

12 同上,p. 180。

13 同注 10,第 901 页。

14 同注 7, p. 130。

15 Edel Leon (ed.), *The House of Fiction: Essays on the Novel By Henry James*, p. 262.

16 Ian Milner, *The Structure of Values in George Eliot*, p. 81.

17 利维斯:《伟大的传统》,袁伟译,三联书店 2002 年版,第 129 页。

18 Quentin Anderson, "George Eliot in *Middlemarch*", in *George Eliot: A Collection of Critical Essays*, (ed.) George R. Creeger, p. 159.

19 F. R. Leavis, *The Great Tradition*, p. 93.

20 同注 17,第 129—130 页。

21 同上,第 132 页。

22 转引自 Robert Scholes, Nancy R. Comley and Gregory L. Ulmer, *Text Book*, New York: St. Martin's Press, 1988, p. 165。

23 George Eliot, "Thomas Carlyle", in *Selected Essays, Poems and Other Writings*, (ed.) A. S. Byatt and Nicholas Warren, Harmondsworth: Penguin, 1990, p. 344.

24 Neil McCaw, *George Eliot and Victorian Historiography: Imagining the National Past*, Houndmills: Macmillan Press LTD, 2000, pp. 72—73.

25 卡莱尔:《文明的忧思》,宁小银译,中国档案出版社 1999 年版,第 54—55 页。

26 朱虹:《英国小说的黄金时代》,第 260—261 页。

27 同注10,第249页。

28 同上,第269页。

29 同注6,p.445。

30 同上,p.646。

31 同注10,p.918。

32 陆建德:《破碎思想体系的残编》,第56页。

33 同注25,第61页。

34 同上,第67页。

35 同注10,第977页。

36 同注6, p.120。

37 同注4,p.227。

38 同上,p.229。

39 同注6,p.688。

40 同上,p.510。

41 同上。

42 同上,p.129。

43 同上,p.128。

44 同上,p.137。

45 同上,p.632。

46 同上,p.685。

47 陆谷孙等:《新英汉词典》,上海译文出版社1999年版,p.811。

48 T. R. Wright,出处见注2,p. xiv。

49 同注6,p.117。

50 W. J. Harvey, *The Art of George Eliot*, London: Chatto & Windus, 1961, p.171.

51 同注1,p.242。

52 同注5,p.81。

53 同注 16。

54 U. C. Knoepflmacher, *Laughter and Despair: Readings in Ten Novels of the Victorian Era*, Berkeley: University of California Press, 1971, p. 189.

第十五章 《无名的裘德》：
铁路时间与异化主题

第十五章 《无名的裘德》：铁路时间与异化主题

步入维多利亚晚期以后，英国小说家们对"进步"话语的质疑仍然在持续着。托马斯·哈代(Thomas Hardy,1840—1928)可以看作这方面的一个代表人物。雷蒙德·威廉斯曾经有过一句切中肯綮的评论："应该怎样描述他(哈代)的作品？这一问题是理解整个英国小说发展史的关键问题。"[1] 同样，要理解英国小说中针对"进步"的推敲史，就必须理解哈代对"进步"话语的批评。

我们在本书中已经多次提到，英国社会于19世纪经历了一次观念上的重大转变，即带有"速度"含义的"进步"概念开始普遍流行，而这一情形跟火车/铁路的崛起有着直接的关系。像哈代这样敏感的作家，不可能不对这一情形作出反应。然而，在哈代研究史上，很少有人从以铁路为象征的速度这一角度来从事过比较深入的作品分析。

事实上，铁路作为意象多次出现在哈代的作品中。《无名的裘德》(Jude the Obscure,1895)是这方面的一个典型。无论是就其出现的频率而言，还是就其与主题的相关性而言，火车/铁路意象在《无名的裘德》中的重要性都有待于深入的发掘。

这种重要性从我们试图破解小说题目的一刹那起就开始体现了：《无名的裘德》中的"无名"究竟是什么意思？火车/铁路意象是否能为打开其意义之门提供一把钥匙？

我们知道，该题目英文原文中的"obscure"一词其实远远不止"无名的"这一层意思；它至少还有"隐匿的"、"微贱的"、"被忽视的"、"遭冷落的"、"受歧视的"和"晦涩的"等多层意思。这最后一层意思——"晦涩的"——新近受到了较多的关注。对古德(John Goode)和伊格尔顿等学者来说，小说的题目可以被解读为"(裘德)是一部很难读懂的文本的主人公"，而该书难懂的主要原因之一则是它"恶作剧似地拒绝停留在现实主义框架之内"。[2] 用霍灵顿(Michael Hollington)的话说,该书从总体上可以被视为一部"寓言"(allegory),而促使它的性质从现实主义作品向寓言转变的原因在很大程度上跟"小时光老人"这一人物有关,因为后者身上"带着如此之多的、跟抽象的寓言语域相关的显著特征"。[3] 确实,"小时光老人"这一人物的刻画常常让批评家们感到费解。更确切地说,这一人物常常是哈代遭到指责的重要起因之一。如瓦茨(Cedric Watts)所说,"批评界长期以来有一个明显的共识,即关于'小时光老人'——裘德和艾拉贝拉的儿子——的描写是灾难性的败笔"。[4]

依笔者之见,"小时光老人"的"无名"(作者没有给他取名字)以及他乘着火车在书中首次露面这一事实是我们破解小说题目的关键之一。因此,本章第一节将从"小时光老人"谈起。

一、"小时光老人"和铁路时间

"小时光老人"是搭乘火车来到书中的。

在小说第五部第三章中,裘德突然收到艾拉贝拉的来信,从中得知后者在移民澳大利亚以后曾产下一个男孩儿(据艾拉贝拉所称,这孩子系裘德所生);艾拉贝拉要求由裘德来抚养他。善良的裘德答应了这一请求,于是就有了下面这一幕情景:

> 第二天晚上,有一列按计划要在十点钟驶进奥尔布里坎站的火车。在那列火车的一个昏暗的三等车厢里,坐着一个身材瘦小、面色苍白的小孩儿。他有一双大眼睛,眼神里带着

惊慌的样子。……

有的时候，车停住了，车长就往车厢里看一下，对那孩子说："你放心吧，小朋友，你的箱子稳稳当当地放在行李车里哪。"那时候那孩子就死板板地说一声"啊"，想要笑，却又笑不出来。

他就像装成"童年"模样的"老年"本体，但是装扮得并不好，所以时时由衣缝里露出了本相。有的时候，好像洪荒以来人类所有的愁苦，都压在年龄像朝日初生的这个孩子的心头，使他心里浪卷云涌，同时他脸上的样子，就好像是他正回顾一片汪洋浩淼的时光，而对于他所看到的东西，都得听天由命地接受。[5]

这个老气横秋的男孩儿就是"小时光老人"。当淑·布莱德赫问起他的名字时，他这样回答："大家叫我小时光老人。这是个绰号，因为大家都说我看上去像个老头儿。"[6] 小小年纪就异常地老成，而且首次露面就搭乘火车，这象征着"小时光老人"是速度的产物。换言之，他是那个狂热追求"进步"速度的时代的产物。

确如许多批评家们（如本章引言中提到的伊格尔顿和霍灵顿等人）所说，"小时光老人"带有诸多寓言特征，但是他首先是一个富有现实感的活生生的人物。那些对《无名的裘德》的批评往往有一个立论基础，即"小时光老人"这一人物——尤其是他杀死弟弟、妹妹和他自己这一情节——不够真实。[①] 然而，这些批评总是忽

[①] 例如，斯图尔特就曾批评哈代人为地把"小时光老人"送上了死路："与其说是他（"小时光老人"）有效地谋杀了自己的手足，不如说是他的创造者用致命的文字谋杀了他。"——出处见 J. I. M. Stewart, *Thomas Hardy: A Critical Biography*, London: Longman, 1971, p. 189。

略这样一个事实:"小时光老人"并非"凭空出世",并非毫无理由地变得少年老成。在给他下定论之前,我们需要深究一下这样一个问题:在他露面以前,他生长在什么样的家庭和社会土壤里?

虽然小说没有作正面交代,但是我们仍然可以根据上下文作出这样的推断:"小时光老人"早年的生长环境过早地戕杀了他的童年和少年。从艾拉贝拉的那封信中我们知道,他在成为裘德的家庭成员之前一直被寄养在外公外婆家里——艾拉贝拉理由十足地写道:"我当时正在寻找好的生活境遇,因此我父母收养了这孩子,从此他一直跟他们生活在一起。"7 也就是说,"小时光老人"从小就没有受到过母爱,而是被当作包袱甩给了外公外婆——被甩的理由是他娘"寻找好的生活境遇"。更糟糕的是,艾拉贝拉的父母也不见得有多大的爱心——假如他们有爱心,就不会迫不及待地把外孙往裘德那里赶。他们只要稍稍花些工夫,就会了解到裘德的境况非常糟糕,外孙到了那里必然跟着吃苦。然而,他们对此不闻不问,或者说根本就不在乎。跟艾拉贝拉一样,他们为了自己有"好的生活境遇",只求把"小时光老人"这个包袱卸掉,卸得越快越好。这种行为对他们来说已经是"老方一帖":当初他们曾经协助艾拉贝拉引诱裘德,其目的就是尽早把女儿当成包袱甩出去。裘德初次上门时曾经跟艾拉贝拉的父亲有过简短的遭遇,从中可以瞥见笼罩这一家人的价值氛围:

……一个男人(艾拉贝拉的父亲)的声音说:

"艾拉贝拉!你的那位年轻人跟你搞对象来啦!快去吧,我的孩子!"

这样的话真让裘德想打退堂鼓。用做买卖似的腔调谈论搞对象,这可是他万万没有想到的。[8]

无论是艾拉贝拉的父母亲,还是艾拉贝拉本人,他们对人际关系的理解都沾染着铜臭(详见下文分析)。可想而知,"小时光老人"在这样的价值氛围中不可能得到真正的关爱。在一次跟淑的对话中,"小时光老人"说过这样一句话:"我本来不应该到你们这里来——真的不应该来。在澳大利亚,我是一个累赘;在这里我又成了累赘。我真希望我没有出生。"[9] 就主观意愿而言,裘德和淑并没有把"小时光老人"当作累赘(是他们的贫困生活让"小时光老人"产生了误解),但是如上文分析所示,在澳大利亚他确实被当作了累赘。就是这种被当作累赘的滋味使"小时光老人"过早地丧失了童真,使他养成了郁郁寡欢的性格,使他有了悲观厌世的念头。

也就是说,在艾拉贝拉及其父母快速"进步"、快速改善物质生活条件——甩包袱是达到目的的有效手段——的同时,"小时光老人"快速地"上了年纪"。

当火车载着"小时光老人"驶入奥尔布里坎车站月台时,它带来的不只是一个男孩儿,还带来了对世人的警告:火车所象征的速度有可能带来悲剧性后果。这种后果不仅体现于"小时光老人"的未老先衰,体现于他的畸形发展,还体现于他后来所采取的极端行为——他为了帮助处于颠沛流离状态中的裘德和淑减轻负担,竟然杀死了弟弟和妹妹,然后又自尽身亡。从某种意义上说,他的暴行本身就是一种速度:他想快速解决父母亲(淑是唯一给过他母爱的人,因而可以算作他的母亲)的困难。

火车和"小时光老人"之间还有一根无形的纽带,即"小时光老人"的无名状态。虽然后来裘德和淑称他为"小裘德",但是他自始至终都没有正式的名字。哈代作出这样的安排,并非出于草率,而是要向我们传递这样一个信息:艾拉贝拉及其父母追求"进步"的速度奇快,连给孩子正式取名都来不及。不仅如此,"小时光老人"这一绰号中的"时光"一词也可以跟火车搭上关系:"小裘德"产生于以"铁路时间"为特征的年代。

确实,《无名的裘德》整个故事都是在"铁路时间"的背景下演绎的。

小说第一部第一章中有过这样的描述:某个来玛丽格林村设计新建筑的人"大老远地从伦敦赶来,并且当天又赶回了伦敦"。[10] 这里虽然没有直接出现"火车"或"铁路"这样的字眼,但是旅行速度显然标志着"铁路时间"。

在第三部第一章中,裘德曾经向淑提议去大教堂坐一会儿,可是淑却表示"情愿坐在火车站里",其理由很简单;"它(火车站)如今是城市生活的中心"。[11]

在第三部第七章中,淑突然写信给裘德,通报了自己即将和菲洛特森结婚的消息。淑在信中这样写道:"你可能会觉得这决定是加速化的产物,就像铁路公司说他们的火车要提速那样。"[12]

第五部第五章以叙述者的声音直接强调了时代的变迁,而这变迁的标志就是铁路:"……在铁路时代以前,车轮上的旅行者们一旦面临岔路口,就会产生该选择哪条道路的疑问;这类疑问总是无穷无尽。然而,如今这样的疑问已经像按规矩纳税的地产保有者、赶大车的车夫和邮车车夫那样销声匿迹了……"[13]

事实上,书中的火车/铁路意象几乎是数不胜数,而且往往伴随着不祥的征兆。

在前文引用的有关"小时光老人"乘火车出现的那一段中,"阴

第十五章 《无名的裘德》：铁路时间与异化主题

暗的三等车厢"、"一个孩子的苍白小脸"、"眼神里带着惊慌"、"洪荒以来人类所有的愁苦"和"装成'童年'模样的'老年'本体"等都预示着不吉祥的结果。我们还看到列车员每到一站就会走进车厢，跟"小时光老人"谈论行李的安全问题，而后者在回答时总是"死板板地说一声'啊'，想要笑，却又笑不出来"。这样的描写表明"小时光老人"已经被异化得如同机械一般。可以说，他跟火车和铁路这样的机械几乎融为了一体。

类似的例子还可以在裘德和淑的直接经历中找到许多。

例如，在梅勒塞时，裘德和淑曾经乘坐火车出去游玩，其间有这样一个小插曲（此时他们还未正式确立恋爱关系）：

> ……列车员以为他们是一对恋人，因此把他们单独安排在一间车厢里。
>
> "他的一番好意全浪费了！"淑说道。[14]

淑的评论看似一句戏言，但是后来事态的发展却被她不幸言中：裘德和淑是一对有情人，但是他们最终未能成为眷属，因而火车上的一幕可以看作一个伏笔。此外，那次游玩以后他们误了回程火车，只能在外借宿了一个晚上，结果导致淑受到了校方的严厉惩罚（此时她还在梅勒塞培训学校念书）。

又如，裘德有一次和淑约好在阿尔夫锐屯火车站相会，但是此前裘德跟刚从澳大利亚回来的艾拉贝拉不期而遇，结果误了火车，违背了对淑的诺言。更糟糕的是，裘德还糊里糊涂地跟艾拉贝拉坐火车去一家小旅馆过了夜——此时艾拉贝拉已经犯了重婚罪（她在未结束跟裘德的婚约的情况下，又嫁给了卡特利特），但是她直到第二天早晨才向裘德坦白了真相。裘德受到打击以后又回到了火车站,并且在等火车时"机械地溜达"(这其实暗示火车及其象征的速度具有异化作用——人被异化成了机械)。[15]在这一幕情景的前前后后,火车/铁路意象十分频繁地出现,而且总是夹杂着阴差阳错的事件。

本书中已经多次提到,火车和铁路在19世纪的英国常常被用作"进步"的标志,或者说是当时极为流行的"乐观主义"的标志。然而,《无名的裘德》中的火车/铁路意象却总是渗透着一丝悲凉,这其实是对"进步"神话的讽刺。哈代曾经多次在公开场合遗憾地表示,他那个时代的多数哲学家都"无法摆脱这样的偏见,即世界必定是人类的安乐窝"。[16]同时,他还批评"那些乐观主义者……对现实中的弊端视而不见"。[17]我们在阅读《无名的裘德》时有必要参照哈代的这一立场。

换言之,小说中凸显的"铁路时间"提醒我们应该对上文所说的"进步"神话予以足够的关注。

即便不讨论别的,光是小说主人公裘德的人生道路就足以构成对"进步"神话的讽刺。小说序幕拉开时,裘德生于斯、长于斯的玛丽格林村及其代表的传统农业社会正处于迅速瓦解的过程之中。书中有一段具有象征意义的描述:"当地的历史遗物中唯一没有发生任何变化的可能只剩下了那口古井。近年来,许多树木遭到了砍伐。意义尤其深刻的是,原来那座弯腰曲背的塔楼式的教堂也被拆除了……"[18]这里描述的景象实际上暗示了整个农业社会的经济结构和文化结构的解体;随着工业革命的胜利和"进步"话语的高歌猛进,传统农业社会那种单一的经济结构以及村民之间淳朴的、互相依存的关系已经变得支离破碎;像裘德这样的贫苦村民完全丧失了生产资料,失去了他们原先赖以生存的自足自给的自然经济。他们所剩下的只有可以出卖的劳动力。

裘德离开故乡玛丽格林村以后,来到了克里斯特敏斯特城。此时的他已经积累了多年的自学经验,因而希望能够成为大学中的一员,以追求他所向往的精神生活。然而,他很快便发现,除了靠做石匠为生以外,他根本无法在克城呆下去。当上石匠以后,他的遭遇十分悲惨。除了常常遭到解雇以外,还因跟淑的结合而受到来自教会方面的迫害——这些迫害使他和淑饱受颠沛流离之苦,最终还导致了他们三个孩子的死亡(前文已经提到,"小时光老人"杀死了弟弟、妹妹和他自己,是为了帮助裘德和淑减轻负担)。淑承受不住打击,结果离他而去,最后他在孤独和病痛中死去。

简而言之,19世纪英国统治阶级吹嘘的"进步"是以牺牲无数个裘德的幸福乃至生命为代价的。这是一种畸形的进步,它的产儿是"两个民族"(参见本书第一章第三节)这一怪胎。我们只要稍加分析,就不难发现在克里斯特敏斯特城中也存在着"两个民族":一个由享有特权的老板、学阀和神父们组成,另一个的成员则是挣扎在贫困线上的工人们。这样的世界,对有闲阶级是天堂,对劳苦大众却是地狱。像裘德这样的穷人,不但被剥夺了物质生活方面的基本权利,而且还被剥夺了话语权。裘德有一次在克里斯特敏斯特城对一群人动情地讲述自己的梦想及其幻灭的故事,很快就有一个警察过来对他进行了干涉:"伙计,闭上你的嘴……"[19]显然,这个社会的"进步"是以一部分人——而且是大多数人——的失语症为前提的。

哈代用对比的手法和辛辣的笔调揭示了"进步"外衣下的丑恶。裘德刚到克里斯特敏斯特城时,曾经向往那里的大学和教堂,但是他不久便发现,在学识与圣徒的精美光环的背后,充满着骚动、野蛮和令人汗颜的龌龊。事实上,他在去克里斯特敏斯特城之前就曾经向一位车夫询问那里的情况,后者的回答耐人寻味:"噢,这是个思想很正统的地方喽。可别见怪,到了夜里,街上一样有坏娘儿们转悠呢!"[20]让裘德和淑费解的是,克里斯特敏斯特城容得下满地的妓女和乞丐,却容不下他俩那真诚的爱情——世俗的偏见和教会的清规戒律一步一步地把他们逼上了家破人亡的绝路。

面对社会的畸形"进步",裘德曾经不止一次地发出过"社会出了毛病"这样的呼喊。例如,在故事进行了大半之后,我们看到裘德作出了这样的断言:"我看我们的社会准则一定是出了毛病!"[21]更令人注意的是,裘德有一次在作同样的断言时还直接发表了对"进步"的见解:"……社会准则出了毛病。在这样的社会中,一个人即使花费许多年的脑筋,付出许多年的辛勤劳动,即使订立了周密详尽的计划,到头来一切仍然会付诸东流。即使一个人想表明自己优于低等的动物,即使他有为自己这一代人的共同进步献出劳动成果的心愿,他也不可能有任何机会……"[22]此处,"共同进步"一语点出了"进步"神话的要害:备受吹嘘的"进步"并非人类的共同进步;像裘德这样的人就根本沾不上边儿。

我们的分析至此可告一个段落:由"铁路时间"烘托的"进步"神话在裘德的故事中不攻自破。

二、"进步"和异化

"进步"是一种异化。

在本书第一章第二节中,我们曾经论及"进步的异化",这是一种速度含义上的异化。本章上一小节再次涉及了这一话题:火车/铁路意象所指涉的首先是带有"速度"含义的"进步",而这种"进步"是一种异化,或者说导致人的异化——"小时光老人"就是异化的产物。

除了速度含义之外,"异化"这一概念在文学领域中多被用来指个人与社会、自然、他人乃至"本我"之间的疏远和对立。侯维瑞先生在论述现代主义文学时曾经这样界定"异化":"现代派文学中的异化,一般来说,只是指在高度物化的世界里人的孤独感与被遗弃感,人与人之间感情上的冷漠与隔绝以及人在社会上孤立无依,失去归宿。"[23]事实上,侯先生所说的异化现象在现代派文学思潮兴起之前的作品中就已经普遍存在。就英国小说而言,《鲁滨孙漂流记》(*The Life and Strange Adventures of Robinson Crusoe*, 1719)早在18世纪初就已经把人的孤独感与被遗弃感写得淋漓尽致,而19世纪的情形更是如此——本书前面论及的每一部小说中几乎都含有这种异化现象。随着工业化进程的加速,社会的物质总体水平得以不断提高,可是普通人所体验到的那种孤立无援的感觉却愈来愈难以排遣,这一现象在狄更斯、萨克雷、特罗洛普、盖斯凯尔夫人和乔治·爱略特等人笔下的世界里俯拾皆是。哈代的作品自然也不例外。

不过,《无名的裘德》跟一般反映异化现象的小说略有不同。它除了反映人与人之间的隔阂这一异化现象之外,还涉及马克思和恩格斯所描述的那种具有特定含义的异化现象,即资本主义制度下的异化劳动。换言之,在《无名的裘德》中,以孤独感为特征的异化现象和以异化劳动为特征的异化现象交织在一起——更确切地说,这两种异化现象中还夹杂着前文所说的"进步的异化"。鉴于上一小节已经对"进步的异化"有所分析(如艾拉贝拉及其父母如何快速地甩包袱、快速地致富、快速地获取安逸,以及"小时光老人"如何快速地"上了年纪",等等),本小节将集中剖析小说中的其他两种异化现象,以便对小说的异化主题作一个比较全面的探讨。

异化主题主要是通过裘德一生的经历展现的——以孤独感为特征的异化现象和以异化劳动为特征的异化现象在他的生命旅程中均有体现。寻找根基、寻找寄托和寻找归宿是裘德生命的轨迹:他一生都"渴望寻找某种寄托——某块可以使他安身立命的地方",[24]然而他至死都未能找到寄托,未能摆脱穷愁潦倒、流离失所的命运。

早在童年时期,裘德的生活环境中就潜伏着异化的因素——他从小就是一个失去"根基"的人。这里所谓的"根基"有两个层面上的意思。其一,裘德幼小失去了双亲,沦为身无分文的孤儿;也就是说,他失去了家庭、血缘关系方面的"根"。其二,裘德自幼失去了文化意义上的"根":前文已经提到,他生于斯、长于斯的玛丽格林村及其代表的传统农业社会正处于迅速瓦解的过程之中。批评家们常常引用下面这段关于玛丽格林村的描写:

> 那块地里新近耙过而留下的纹条,像新灯芯绒上面的纹条一样,一直伸展着,让这片大地显出一种鄙俗地追求实利的神气,使它的远近明暗完全消失,把它过去的历史,除了最近那几个月的而外,一概湮灭……[25]

不少批评家都曾指出,这段文字的意义远远超出了关于地貌的描写——贫瘠的地貌象征着贫瘠的历史文化传统。伊格尔顿说得非常透彻:"玛丽格林村是一片死气沉沉的、残存的、惨遭掠夺的山水,它的历史传统被洗劫一空。放逐这些传统的是功利。"[26] 丹农(Ruth Danon)也曾强调,上述引文"暗示事物的工具性压倒了一切"。[27] 顺便说上一句:裘德失去文化之"根"其实还是要归咎于"进步的异化"——狂热地追求功利、用事物的工具性压倒一切,这种畸形的快速"进步"必然导致文化之"根"的萎缩。

正是因为上述"根基的双重丧失",裘德从童年起就不得不依靠出卖劳动力谋生。他和农场主特劳特哈姆结成的关系纯粹是资本主义社会中典型的人际关系,即被雇佣者与雇佣者(童工与"老板")之间的关系。可以说,裘德一开始就置身于马克思和恩格斯在《神圣家族》里所描述的那种赤贫状态:

......如今,一无所有者一钱不值,因为他和整个存在、尤其是人类的存在已经分离,因为赤贫状况是一种人和他本身的客观存在完全分离的状况......赤贫导致最令人绝望的精神状态。它是一种完全不真实的人类存在,一种完全真实的非人化存在,一种绝对的拥有——有的是饥寒交迫,有的是疾病、罪行、堕落和愚钝,有的是非人的怪诞。[28]

马克思和恩格斯这里所说的"非人化"也就是一种异化:劳动者一无所有的状况使他们从人异化为"非人"。这种一无所有的状况也是导致裘德异化的根本原因:他没有过去,没有父母,没有财产。勉强收留他的姑婆视他为包袱,逼他做童工,因此两人之间缺乏感情的纽带——裘德甚至感到他姑婆的"眼光就像打在他脸上的耳光"。[29] 他和雇主特劳特哈姆之间更无感情可言——后者对他动辄打骂,而且每天只付给他六便士的低薪;这种劳动纯粹是一种糊口的手段,它没有创造性劳动给人带来的那种愉悦,因而只能令人感到厌恶和窒息。正是这种厌恶之情使裘德萌发了离乡出走的愿望,也埋下了他以后流浪生活的种子。

成年以后,裘德终于告别了故乡玛丽格林村,来到了克里斯特敏斯特城。此时的他已经有了多年自学经验的积累,希望成为大学中的一员,以追求他所向往的精神生活。然而,他很快便发现:除了靠做石匠为生以外,他根本无法在克城立足。事实上,裘德在当上石匠以后的处境比以前更加可以用马克思给"异化"下的定义来概括:"强迫性劳动对劳动者不具有任何积极意义,它只能导致劳动者跟本人'真实的'社会存在之间的疏远、跟他家庭之间的疏远、跟他同事之间的疏远,甚至跟他所从事的劳动本身之间的疏远。"[30]确实,裘德跟他所从事的劳动、他的劳动果实以及他的雇主们之间的关系都是一种疏远了的关系,一种异化了的关系。他的理想是成为一名学者,却因生活所迫而开始了石匠的生涯——他的选择不是一种自然的选择,所做的工作也不是一种创造性工作。他所置身其间的生产关系使他无法在劳动中实现自己的社会价值;他不拥有生产资料,对整个生产过程没有控制权,而且常常被突然解雇。他所创造的劳动果实(他的主要工作是修建教堂和大学建筑,因而后者在某种意义上可以看作他的创造物)不但异化成了一种跟他陌生的东西,而且还成了敌视、反对、控制或压迫他的东西:他曾经为建造大学的楼房付出过艰辛的劳动,可是这些建筑所象征的势力却让他遭受冷遇和侮辱(他申请上大学的要求遭到了轻蔑的拒绝,其理由不是他学识不够,而是他出身低微);他也曾经为建造教堂而流过不少汗水,但是后者所代表的清规戒律屡次破坏他和淑·布莱德赫两人的爱情生活。淑两次离开裘德而投入菲洛特森的怀抱,其原因都和来自宗教方面的迫害有关:第一次她因跟裘德来往而被恪守宗教戒律的学校开除,随后又为逃避更多的迫害而投向菲洛特森;第二次她虽然勇敢地跟裘德结合,但是来自教会等方面的迫害使她和裘德饱受颠沛流离之苦,最终还导致了他们三个孩子的死亡。可见,裘德从事的是彻头彻尾的异化劳动:他所建造或生产出来的东西给他带来的不是愉悦、满足和幸福,而是贫穷、痛苦乃至死亡。

异化劳动必然导致人际关系的异化。

裘德跟他所有的雇主之间都没有结成富有人情味儿的关系:这些雇主除了把裘德当作工具之外,还有一个共同的特点,即在解雇他时都毫不留情,冷若冰霜。

裘德和他所有的工友之间也未能结成亲密的关系,其主要原因是他所从事的异化劳动是一种没有保障的劳动——频频失业的命运使他不得不四处漂泊,因而他无法跟同事们建立一种稳定而牢固的关系。

异化还表现在裘德跟大学学者们之间的相互关系上。裘德一生都希望成为大学里的一员,也就是希望跟大学学者们建立一种有意义的关系。然而,他连接近后者的机会都没有。他曾经给许多大学学院的院长去过信,但是只收到了一封回信,而这唯一的回信中这样写道:"鉴于你的工人身份,我觉得你不如留在自己的行业里,那样会更有出息。"[31] 贫穷、阶级偏见和门第观念是造成裘德和大学学者们之间鸿沟的原因。这一点曾经被淑一语道破:"克里斯特敏斯特大学本应收的是像你这样的人……可是你被百万富翁的儿子们给排挤了。"[32]

书中描写得最多的是裘德和两个女人——艾拉贝拉和淑——之间的关系。首先让我们来看一下他和艾拉贝拉的关系：虽然他俩曾经两度结婚，但是自始至终都貌合神离，同床异梦——他们的关系是被彻底异化了的关系。他们的婚姻不是感情的结晶，而是裘德误入艾拉贝拉圈套的结果。对艾拉贝拉来说，婚姻是一桩冷静的买卖，是一种谋生的手段。如前文所说，她家境不够富裕，而父亲又唯利是图，急于把她当作包袱甩掉，因此她一心想找一个能养活她的丈夫。这一点在她的内心独白中暴露得清清楚楚："她得到了一个丈夫，这才是最最要紧的——拥有一个具有购买力的丈夫；只要吓唬他一下，他就会替她购置衣帽，并且安分地从事他的职业，为追求实惠而丢弃那些愚蠢的书籍。"[33]可见，艾拉贝拉只不过是把裘德当作赚钱的工具而已。一旦有了更好的赚钱工具，她就会毫不犹豫地舍弃原先的工具：婚后不久，她就决定离开裘德而移民澳洲，只是因为那儿有更多的赚钱机会。后来，她又从澳洲回到英伦，并在一家旅馆当上了女招待员，报酬较高，因而她仍然觉得没有必要再回到裘德的身边。她在遇到裘德时，直言不讳地说："我的生活很好，所以我想我并不需要你的陪伴。"[34]她还和卡特利特犯下重婚罪，其原因是后者当上了一家旅社的经理，因而比裘德具有更大的购买力。只是在卡特利特猝死之后，她才重新考虑如何再把裘德骗到手。虽然她最后再次成功地"俘虏"了裘德，但是她仍然是把他当成做生意的对象。下面是她向父亲解释自己为什么要跟裘德第二次结婚时的一段对话：

艾拉贝拉在楼下对他父亲说："……他在储蓄银行里有点儿存款，他又把他的现钱都交给我了，叫我买应用的东西。说到应用的东西,顶应用的东西就是结婚许可证;我得把那件东西弄好了,放在手底下,他多会儿一高兴,就可以马上抓住他了,酒可得你花钱。要是办得到的话,再请几个朋友来,可别大嚷大叫的,只老老实实地喝一顿,取个热闹意思就是了。那样的话,一来可以给你这个铺子做做广告,二来于我也有好处。"

"只要有人肯花钱买吃的,买喝的,那还不容易办?……呃,不错,那是可以给我这个铺子做做广告,那一点儿不错。"35

艾拉贝拉到底对裘德有多少感情,这一点在后者生命垂危时表现得最为明显:当时她不但没有守在裘德的身边照料他,而且跑到楼下去跟威尔伯特调情。她还振振有词地为自己的行为辩护:"得了,弱女子必须未雨绸缪。如果我楼上那可怜的家伙真的一命呜呼——我估计他挨不过几天了——那我最好把机会留着。我现在已经不能像年轻时那样挑肥拣瘦了。如果你找不到年轻的,那你就得找个年老的。"36顺便还得提一句:艾拉贝拉和裘德之间的异化关系仍然跟"进步的异化"脱不了干系。换言之,艾拉贝拉变换配偶的惊人速度——也就是她追求私利的速度——即便不是她跟裘德的异化婚姻的导火线,也至少是让这婚姻雪上加霜的因素。

裘德跟淑之间的关系也难逃异化的厄运。虽然他俩曾经心心相印,但是异化了的社会最终造成了他俩的离异。其转折点是三个孩子的惨死。在这之前,淑一直勇敢地与命运抗争:是她多次帮助裘德从意志消沉的状态中解脱出来,是她多次帮助裘德看清教会的虚伪和邪恶,也是她伴随裘德度过了许多贫困潦倒的岁月。事实上,她一直在和"自我异化"抗争着:在悲剧发生之前,她基本上成功地抵制了"自我异化"。但是孩子们的惨死超过了她的承受能力,致使她异化成一个和她原先的信念完全相反的女子:"自从悲剧发生以后,淑和裘德开始在思想上背道而驰;他对生活、法律、习俗和教义的看法变得比以前开明、全面,但是淑却不是这样。以前她凡事有自己的主见,她的智慧就像明亮的闪电一样,能够照出传统习俗和礼仪的黑暗之处,可是往日的她已经不复存在了……"[37]以上叙述中的"悲剧"指的是三个孩子的惨死,而他们的惨死完全是由生活的煎熬所致:裘德和淑的结合违背了维多利亚社会的道德准则,因而教会以及社会上那些维护风化的人使他们频遭失业之苦,并且拒绝向他们出租住房(或者把他们逐出原先的住房);流离辗转的生活使他们的生活更加难熬,最终导致"小时光老人"在留下"因为我们是累赘"[38]的遗言后杀死了弟妹和他自己。这一沉重的打击几乎使淑神经失常;她从此失去了独立的人格和自由的精神,成天处于惶惶不安之中。这种精神状态使她无法尽心尽力地去爱裘德,虽然她内心深处仍然爱着裘德。可见,造成裘德和淑离异的根本原因仍然是社会现实。

小说中最具有悲剧意义的恐怕是裘德的自我异化,即他跟"本我"的逐渐疏远和对立。每当他在社会上遭到重大挫折时,裘德总要退回"本我",退回自己的内心深处,就像蜗牛缩回自己的保护壳里一样。可悲的是,就连这块最后的"栖身之地"也逐渐发生了变异——他的"本我"逐渐地转化成了它的对立面:他一生都在为人的尊严而奋斗,可是客观上他却一步一步地陷入了堕落和畸形的泥潭;他向往过一种充实的精神生活,可是到头来只能用酗酒来淹没自己的愁绪。他不乏善良的愿望、优秀的品质和出色的才能,可是他的愿望却无法实现,他的品质遭到了扼杀,才能得不到发挥。一言以蔽之,他始终未能实现自己的社会价值。

　　裘德的自我异化还表现在他经常自觉或不自觉地选择与他初衷相违背的生活方式。例如,他跟艾拉贝拉结婚的决定完全是按照维多利亚社会的道德准则而作出的。他和社会上的人一样,误认为这种没有爱情的婚姻是体面的,而对其被扭曲的本质却没有充分的认识:"在他的内心深处,他也明白艾拉贝拉作为一个女人并没有太多可取的地方。然而,按照当地农村的惯例,一个年轻男子如果像裘德那样不幸地和某个妇人发生了瓜葛,体面的做法就是和那个妇人成婚。裘德准备履行自己的诺言,承担后果。"[39]这里,裘德实际上不知不觉地接受了与他本意相违背的社会准则。后来,当艾拉贝拉故伎重演,迫使他第二次履行婚礼仪式时,他又一次把这种扭曲的仪式说成是"为了体面起见"。[40]这不能不说是一种异化——裘德在"体面地结婚"的同时失去了自己独立的人格,失去了独立思考的能力,失去了独立选择的权利。

　　当然,裘德是一个性格极其复杂的人物。哈代在刻画他的人性被异化的同时,并没有忘记呼吁人性的复苏。也就是说,裘德既是一个英雄人物,又是一个反英雄人物。

　　作为英雄人物,裘德表现出了对爱情的忠诚、对真理的孜孜以求,以及在逆境中艰苦奋斗的勇敢精神。裘德心地善良,乐于助人。他慷慨大度,富有同情心,甚至对小动物也不例外,而且常常以牺牲自己的利益为代价,为此,每当出门时,他都要小心翼翼地行走,生怕踩死任何小虫子。在为特劳特哈姆看管庄稼时,他看到那些乌鸦挨饿的样子便动了恻隐之心,因而冒着失业的危险让它们吃田里的庄稼(结果不但挨了打,还丢了饭碗)。当然,在跟人类打交道时,他的心肠就更好了:只要别人有困难,他就会毫不犹豫地伸出援手。即使在艾拉贝拉玩弄他之后又突然背信弃义地提出要移民澳洲时,裘德仍然"把为数不多的财产全部给了她"。[41]在艾拉贝拉无情地抛弃了"小时光老人"以后,裘德义无反顾地接纳了他。此外,裘德还在极其艰苦的环境下发奋自学,其坚持不懈的精神足以与我国神话中愚公移山的精神相媲美:"那些堆积如山的书卷上已经积起了灰尘,然而正是这些古典著作中包含的思想激励着他顽强地、如老鼠啃食般地渐渐啃着这堆书山。"[42]诚然,裘德在生活的每一个关口都受到了挫折,但他每一次都在短暂的消沉之后重新站立起来,继续勇敢地向命运挑战,与死神抗争。从某种意义上说,他是人类尊严的化身。

作为反英雄人物,裘德不断地产生出一种失落感和惆怅感。他的每一次努力都毫无例外地遭到失败,都落入比前一次更惨的境地。由于他的生存条件每况愈下,他身上许多好的品质不是消失了,就是被浪费了。"剥夺"是小说的主旋律:社会不但剥夺了裘德的财产,还剥夺了他作为正常人生存的所有条件,剥夺了他受教育的权力,剥夺了他爱自己恋人的权力,剥夺了他和周围所有人打交道的能力,最后剥夺了他的灵魂,使他沦为一个畸形物、一个酒鬼、一件商品——除了拥有可以出卖的劳动力之外,他已经失去所有作为人的价值。他既没有在外部世界找到归宿,也没有在内心世界找到寄托。他的存在完全是一种非人的存在。

以上讨论表明,除了裘德的自我异化之外,小说的异化主题大都是通过裘德跟周围人物的关系来表现的,而这些人际关系中又以爱情生活和婚姻关系最为突出。通过对裘德、艾拉贝拉和淑三人之间的情爱风波和婚姻变故的描写,作者意在揭露这样一个事实:扭曲了的(亦即异化了的)爱情观和婚姻关系是受"进步"话语主宰的社会中的普遍现象。这一点由书中关于其他几组婚姻关系的描述而得到了加强——书中所有夫妇或男女之间的关系都是一种畸形的关系。

例如,艾拉贝拉和卡特利特有过一次"复婚"的经历(在此之前,她曾因跟卡特利特发生口角而与他分手),而这完全是一种建立在金钱原则上的"结合"。在墨尔彻斯特时,艾拉贝拉曾经面临过这样的选择:是重新回到裘德的身边呢,还是回到卡特利特的身边? 结果,她毫不犹豫地选择了卡特利特,其原因是他不但当过旅社的经理,有一笔可观的积蓄,而且还"开了一家生意兴旺的酒吧……目前的营业额已经达到每月 200 英镑,甚至不费多大力气就可以使这个数字翻一番"。[43]对艾拉贝拉来说,无论是首次结婚,还是复婚,或是调情(如她和威尔伯特的关系),全都意味着交易,意味着卡莱尔所说的"现金联结"(参见本书第十四章第二节)。除了前面的分析以外,艾拉贝拉的婚姻观在书中还有一次大暴露——当她发现淑跟裘德并没有履行"正常的婚姻手续"时,她就这样劝告淑:"我要是你的话,我就哄他立即把我带到牧师那儿去宣誓……在这以后跟一个男人过日子就会更像做生意,钱方面的事情就好办多了……"[44]

再以淑和菲洛特森的婚姻为例。他们的第一次婚姻就无幸福可言:淑虽然尊敬菲洛特森,但害怕跟他过于接近,因为"她丈夫的身子令她生厌"。[45]他们结婚后不久就开始分居,并且有时连谈话都需要靠互相递条子来进行。这种貌合神离的情形在他们第二次结婚后并无丝毫改观。淑把他们的"破镜重圆"看作老天对自己的惩罚,而菲洛特森则把它视为权宜之计——他在向淑提出复婚请求时强调,他的要求"并非出于热烈的爱情,它只是出自这样一种愿望,即……享受一般人所拥有的舒适而体面的生活"。[46]在他们的第二次婚礼上,他再次向淑表明:"这样做是为了我们在社会上的利益。"[47]可见,舒适、体面以及"在社会上的利益"构成了他俩婚姻的基础,而建立在这种基础上的婚姻必然是一种扭曲了的、异化了的关系。

更加具有普遍意义的是书中对普通人的婚姻观的描写:在那个物欲横流的社会中,正常的变成了反常,反常的反而变成了正常——没有感情基础的婚姻反而变成了"真正的婚姻"。

书中有两幕场景颇耐人寻味。

第一幕是淑和继子"小时光老人"之间的对话:

> 小时光老人:"你难道是我真正的母亲吗?"
> 淑:"不对吗?我看上去像不像你父亲的妻子呢?"
> 小时光老人:"嗯,像的,只不过他看上去很喜欢你,你也很喜欢他……"[48]

"小时光老人"上面这段话的意思是:因为裘德和淑互相恩爱,所以他们不像真正的夫妻。换言之,真正的夫妻生活应该是在争吵、打骂和互相仇视中度过的。作者让一个孩子来辨认"真正婚姻"的标记,其实有其良苦用心:除非夫妻间打骂争吵,才是正常的社会现象。不然一个孩子怎么会作出这种判断呢?

跟上述对话遥相呼应的是裘德和艾拉贝拉复婚以后的一幕场景:

> 他们的房东听说他们这对夫妇有些奇怪,因此怀疑他们

是未婚同居。一天晚上，艾拉贝拉喝了一些酒，随后便吻起裘德来，刚好被房东看见，因而更加满腹狐疑。他正要对他们下逐客令，碰巧又于一天晚上看见艾拉贝拉在那里无休止地大骂裘德，最后还把一只鞋砸向了裘德的脑袋；这下房东先生看到了真正婚姻的标记，于是断定他们的关系是体面的。从此他打消了下逐客令的念头。[49]

此处的情形实在是让人哭笑不得：在金钱的腐蚀下，婚姻的标志已经由原来的和谐与恩爱转化成了冲突和仇恨；在金钱的冲击下，有关婚姻的社会价值观整个儿地被颠倒了，扭曲了，异化了。

最后还须特别强调的是，在《无名的裘德》中，无论是以人与人之间的隔阂为特征的异化，还是以异化劳动为特征的异化，都跟"进步的异化"有着千丝万缕的联系。关于小说中"进步的异化"的直接表现，我们前面已经有所提及，如艾拉贝拉变换配偶的惊人速度、她父母甩包袱的速度，以及"小时光老人"迅速变得老气横秋的现象，等等。我们前面的分析还暗示了"进步的异化"的间接表现——裘德的自我异化、他和淑的离异、他跟雇主和同事们的隔阂、大学学者跟他之间的壁垒，以及他跟自己所从事的劳动本身之间的疏远，这一切其实都是"进步"神话从中作祟：一方面，以"现金联结"为实质的"进步"话语为异化劳动推波助澜，而异化劳动则使裘德无法跟任何人建立或保持长久而真诚的关系；另一方面，拜金主义造成的人际关系的淡漠，尤其是婚姻关系的扭曲，加深了裘德因异化劳动而产生的痛苦。正是这多重意义上的异化构成了千千万万个裘德的生活悲剧。

注释：

1 Raymond Williams, "Thomas Hardy and the English Novel", in *The Raymond Williams Reader*, (ed.) John Higgins, Oxford: Blackwell Publishers Ltd., 2001, p. 126.

2 Terry Eagleton, "Flesh and Spirit in Thomas Hardy", in *Thomas Hardy and Contemporary literary Studies*, (ed.) Tim Dolin and Peter Widdowson, New York: Palgrave Macmillan Ltd., 2004, p. 20.

3 Michael Hollington, "Story, History, Allegory: Some Ironies of *Jude the Obscure* from a Benjamin Perspective", in *Thomas Hardy and Contemporary literary Studies*, (ed.) Tim Dolin and Peter Widdowson, New York: Palgrave Macmillan Ltd, 2004, pp. 99—112.

4 Cedric Watts, *Thomas Hardy: Jude the Obscure*, London: Penguin Books Ltd, 1992, p. 87.

5 托马斯·哈代：《无名的求裘德》，张谷若译，人民文学出版社1995年版，第356—357页（部分译文的文字作了更动）。

6 Thomas Hardy, *Jude the Obscure*, Toronto: Bantam Books, 1969, p. 293.

7 同上，p. 287。

8 同上，p. 47。

9 同上，p. 350。

10 同上，p. 12。

11 同上，p. 141。

12 同上，p. 178。

13 同上，p. 303。

14 同上，p. 144。

15 同上，p. 195。

16 Florence Emily Hardy, *The Life of Thomas Hardy*, Hong Kong: The

Macmillan Press Ltd., 1982, p. 179.
17 同上,p. 383。
18 同注 6, p. 12。
19 同上,p. 345。
20 同上,p. 26。
21 同上,p. 344。
22 同上,p. 66。
23 侯维瑞:《现代英国小说史》,上海外文出版社 1983 年版,第 19 页。
24 同注 6,p. 27。
25 同注 5,第 9 页。
26 Terry Eagleton, "The Limits of Art", in Thomas Hardy's *Jude the Obscure*, (ed.) Harold Bloom, New York: Chelsea House Publishers, 1987, p. 63.
27 Ruth Danon, *Work in the English Novel: The Myth of Vocation*, London & Sydney: Croom Helm Ltd, 1985, p. 160.
28 Karl Marx and Frederick Engels, "The Holy Family", in *Karl Marx Frederick Engels Collected Works*, Vol. 4, Moscow: Progress Publishers, 1975, p. 42.
29 同注 6,p. 14。
30 J. Wilczynski, *An Encyclopedic Dictionary of Marxism, Socialism and Communism*, London: The Macmillan Press Ltd., 1981, p. 12.
31 同注 6,p. 124。
32 同上,p. 158。
33 同上,p. 62。
34 同上,p. 191。
35 同注 5,第 495 页。
36 同注 6,p. 423。

37 同上,p. 362。

38 同上,p. 354。

39 同上,pp. 60—61。

40 同上,p. 402。

41 同上,p. 76。

42 同上,p. 33。

43 同上,p. 202。

44 同上,p. 283。

45 同上,p. 221。

46 同上,p. 378。

47 同上,p. 390。

48 同上,p. 292。

49 同上,p. 406。

第十六章 吉辛对"进步"话语的挑战

——《文苑外史》中"列车"的含义

第十六章 吉辛对"进步"话语的挑战

跟托马斯·哈代一样,乔治·吉辛(George Gissing, 1857—1903)也是维多利亚晚期对"进步"话语进行挑战的最重要的小说家之一。

对英国文学史稍有了解的人都知道,吉辛的创作思想深受狄更斯的影响。在抨击"进步"话语方面,吉辛似乎也受到了狄更斯的影响,至少他在赏识并宣传卡莱尔和罗斯金等人的思想方面跟狄更斯十分相像。本书前面已经提到,狄更斯不仅以文学故事的形式响应了卡莱尔对功利主义、"现金联结"等思想的批判,还以题献的方式把《艰难时世》献给了卡莱尔(参见本书第三章第一节)。吉辛也曾经公开而直接地表示过对卡莱尔等人的欣赏。在"传教士的来临"(The Coming of The Preacher, 1900)一文中,他把卡莱尔、罗斯金和阿诺德等人称为"本世纪中叶的伟大传教士",并且认为将会有新人继承并发扬他们的思想传统:"他们的声音没有沉寂。面对铺天盖地的骚动与喧哗,他们发出了自己的声音。他们用最高尚的声音表达了真理;这些真理将会传入我们翘首以待的那位新人的教诲之中。"[1] 其实吉辛本人就是这样一位"新人"。且看他对科技理性的批判跟当年卡莱尔对"由蒸汽来牵引"的"机械时代"的批判(参见本书前言)是多么相似:

> 自然科学曾经吹出过很大的牛皮,可是这牛皮在人类的灵魂面前爆破了。它吊起了人们的胃口,却不提供食粮;在它的刺激下,大批大批的人萌生了粗俗的野心,就连那些试图保持清高的人也晚节不保,让自己的理想遭受了玷污。科学人已经和生意人沆瀣一气——除了市场价值之外,如今的科学发明不体现任何价值。[2]

此处吉辛当然不是在攻击"自然科学"本身,而是在抨击以"市场价值"作为科学技术的导向这一"进步"方式。

对类似的"进步"的批判几乎构成了吉辛所有小说的一个主要特征。相对而言,《文苑外史》(*New Grub Street*,1891)最出色地体现了吉辛对"进步"话语的批判。许多西方评论家都把《文苑外史》看作一部杰出的"社会学文献",①而离开了对"进步"话语的质疑,该小说的社会学价值恐怕就所剩无几了。令人遗憾的是,在那些从社会学角度研究《文苑外史》的学者中,几乎未见有人直接就书中的"进步"话题发表过专论——只有塞利格(Robert L. Selig)顺带地提起过小说中"那些严肃的文人身处资本主义技术进步的潮流中,因而非常孤立"。[3] 鉴于这一研究现状,我们似乎有必要从"进步"话语的角度入手,对《文苑外史》中的思想内涵作进一步挖掘。

一部优秀的文学作品,其思想内容总是巧妙地隐含在艺术形象之中的。《文苑外史》也不例外。依笔者之见,小说中的"列车"意象是我们把握"进步"话题的关键,然而"列车"意象又恰恰是《文苑外史》研究领域里的一个被遗忘的角落。虽然一些学者注意到了吉辛一生中的"铁路情结",但是对《文苑外史》中的"铁路"或"列车"意象的研究却少得惊人。洛特(Sydney Lott)不久前发表的一篇题为"吉辛和铁路"(Gissing and the Railways,2001)的文章就很能说明问题:他在指出"吉辛的日记、书信、小说和短篇小说频频

---

① 分别参见 P. J. Keating, George Gissing: *New Grub Street*, London: Edward Arnold, 1968, p. 9; David Grylls, *The Paradox of Gissing*, London: Allen & Unwin, 1986, pp. 97—98; Christina Sjöholm, "*The Voice of Wedlock*": *The Theme of Marriage in George Gissing's Novels*, Stockholm: Uppsala University, 1994, p. 52.

涉及铁路以及有关铁路的轶事"之后,列举了许多摘自《旋涡》(*The Whirlpool*, 1897)、《在欢乐的年代里》(*In the Year of Jubilee*, 1894)、《亨利·赖伊克罗夫特的私人文稿》(*The Private Papers of Henry Ryecroft*, 1902)和《夏娃的赎金》(*Eve's Ransom*, 1895)等作品中的大量例子,但是对《文苑外史》及其有关意象却只字未提。[4] 在笔者所能搜集到的资料中,只有我国学者薛鸿时先生和西方学者佩克(John Peck)分别写的两篇文章(详见下文)提到了《文苑外史》中的"列车"意象,但是前者未充分地加以挖掘,而后者则在未加仔细考察的情况下把它当作了吉辛"败笔"的例证。有鉴于此,本章第一小节的讨论就将从他们二位的具体观点开始。

一、"列车"意象的情景语境

佩克是在研究《文苑外史》的艺术形式时提到"列车"意象的(他的整篇文章的题目就是《〈文苑外史〉的形式研究》),但是他显然轻视"列车"意象在该小说形式中的地位——"列车"意象在书中出现过多次,然而他只注意到了其中的一次(即第三章中贾斯珀·麦尔文斯等待火车经过时的图景),并且只用"显得生硬"(seemed forced)一语就完全打发了该意象的重要性。[5] 更确切地说,该意象成了佩克的一个靶子:他把"列车"和小说开篇处出现的"吊死鬼"意象(小说以贾斯珀用早餐时跟母亲和两个妹妹之间的谈话开始,席间谈到了一条当天有人要被施以绞刑的新闻)一同当作了反面例子,用来说明吉辛那"枯燥无味"的文体通常"缺乏丰富的比喻,即便用上了象征,也显得突兀和笨拙"。[6]

跟佩克不同的是,薛鸿时先生并没有把"列车"意象用作反面例子。不过,他只注意到了多次出现的"列车"意象中的一次,一笔带过——他在《论吉辛的〈文苑外史〉》一文中这样写道:"贾斯珀爱观看列车高速驶过的描写,象征他的野心和对玛丽安的吸引力。"[7]

笔者以为,不管是薛先生的肯定,还是佩克的否定,都未能比较全面地把各次出现的"列车"意象及其具体语境结合起来考察。尽管薛先生关于贾斯珀观看列车高速行驶这一描写的解释没错,然而这"列车"象征背后的寓意实在要丰富得多,不容我们不进一步发掘。

小说中列车这一形象被敷以浓墨重彩的情景出现过三次。

第一次出现在第三章《度假》的中间部分。贾斯珀和玛丽安一起散步时经过一座俯视铁路的大桥,这时贾斯珀请求在桥上呆一会儿,因为再过五分钟驶往伦敦的特快列车就要从那儿经过——贾斯珀告诉玛丽安,他常常在此观看列车急驶的情景,这会给他带来乐趣(在下文中他又强调,观看列车奔驰使他振奋)。列车果然来了:"火车头带着可怕的力量和速度越驶越近,越近越黑。"[8]

第二次出现在同一章的末尾。贾斯珀发现自己对玛丽安产生了几分真情,这竟使他惊恐起来——对雄心勃勃的他来说,真实的情感很可能妨碍他在事业上的成功。于是,他近乎慌张地提前结束了假期,匆匆跳上了去伦敦的列车,直到在车厢角落里找到位置后才放下心来:"他安坐在三等车厢的角落里,面含微笑地向熟悉的田野投去了最后的一瞥,随后便开始构思他决定投给《伦敦西区》的一篇文稿。"[9]

第三次出现于第三十一章末尾。雷尔登接到了妻子艾米的紧急召唤:儿子威利因患白喉而危在旦夕!雷尔登自己此时正发高烧,户外又风雨交加,可是他义无反顾地前去与妻儿汇合。在好友毕芬的帮助下,他艰难地赶到了火车站,最后,火车载着他"像旋风般地驶入了漆黑的暴风雨"。[10]赶到妻儿身边后的雷尔登已经病入膏肓,不仅救不了威利的性命,他自己也很快死于一个同样漆黑的夜晚。

上述重复出现的"列车"意象究竟意味着什么呢？它每次出现只是具有独立的意思呢,还是形成了一种结构性的象征？我们只有把它每次出现的情况分别放置在情景语境和社会文化语境中加以审视,才能比较充分地理解其中的深刻含义。

首先,看看情景语境。

第三章《度假》(也就是"列车"意象第一次出现的那一章——按:"第一次"指的是该意象第一次被敷以浓墨重彩;下同)以贾斯珀在乡间散步开始。随着他的脚步,呈现在读者面前的是一片宁静而美丽的田园风光。后来我们才知道,他散步的主要目的并非为了欣赏田园风光,而是为了观赏火车。此时的他已经混迹于工商业发达的伦敦(回乡村只是为了度假),因此,就身份而言,他跟随后出现的又黑又可怕的列车一样,都属于外来者。这里,我们看到的分明是一幅工业文明侵入农业文明的图景。

再来看一看列车第二次出现时的情形:贾斯珀此时其实已经跟列车融为一体——列车载着他奔向象征着财富和欲望的大都市;从他的微笑中可以看出,他在告别生他养他的乡村时,并无丝毫的眷恋,而是怀着几分得意。火车象征着速度,而贾斯珀则是速度的信徒;此时的他不仅躯体跟火车同速,而且脑子的运转也跟火车同步了——在火车启动时,他已经开始构思为杂志《伦敦西区》而写的那篇文章了。此外,那份杂志的名称也耐人寻味:"伦敦西区"本身是财富和工业文明的象征,同时也是贾斯珀所信奉的价值观的象征。

第三次出现的"列车"意象刚好跟第二次的形成了鲜明对照：第二次的列车把贾斯珀拉上了富贵之路，而第三次的列车却把雷尔登拉上了死亡之路。同样是列车，为什么会厚此薄彼呢？从上下文中我们得知，贾斯珀始终伸着双臂拥抱伴随工业文明而盛行的商业价值观，而雷尔登则一直抵御着后者对自己灵魂的侵蚀。从这一角度看，列车孰厚孰轻的深层次原因已经不言而喻了。

还须特别指出的是，在上述三幅图景出现之前，"火车"一词其实已经出现过一次：在小说第一章中，贾斯珀告诉妹妹们自己最近的一篇文章获得了成功——他"在火车上都听到人们在谈论它"。[11]此处的"列车"意象虽然是一晃而过，但是这毕竟是它的首次出现，而且它所处的情景语境颇值得深究。

作为一种象征，首次出现的"列车"意象并非像佩克所说的那样"突兀和笨拙"，而是十分地自然贴切：贾斯珀为了向妹妹们说明自己的作品是多么地成功，所以用在火车上都可以听到人们的反响这一情形作了例子。也就是说，"列车"意象自然而然地就进入了叙述文本，毫无生硬之感。它不仅跟直接上下文十分契合，而且跟第一章的中心思想也十分吻合：该章整个语篇都是围绕着"成功"（也就是"进步"）话题而展开的，或者说是围绕着贾斯珀的成功而展开的（该章标题"一个春风得意的人"指的就是贾斯珀）；我们在随后的章节中还会看到他混得越来越风光，不过在第一章中，他那混世的本领已经初试锋芒，而能够证明他初次展露头角的标志恰恰是火车上人们关于他那篇文章的谈论。更令人回味的是，他那篇文章是发表在《伦敦西区》这份杂志上的——如前文所说，"伦敦西区"是财富和工业文明的象征，也是贾斯珀"进步"的象征，而这"进步"的初次征兆正好由行进中的火车这一意象得以生动地体现了出来。如果我们再深入一步,就会发现这首次出现的"列车"意象跟前文所分析的小说第三章末尾的"列车"意象一样,都跟《伦敦西区》这份杂志有关:前者讲贾斯珀在该杂志上发表文章,后者讲他准备再往那里投稿(这表明了他节节"进步"的决心)。可见,首次出现的"列车"意象跟后面出现的"列车"意象巧妙地勾连在了一起。

我们还可以进一步推究这首次出现的"列车"意象的情景语境。就在它的前一页,我们听到了贾斯珀的母亲和茉德(贾斯珀的大妹妹)之间的一段对话(由茉德始):

"他为什么不过得节俭一些?"
"我明白他的生活标准确实不能低于每年一百五十镑。伦敦这地方,你知道——"
"那是世界上最便宜①的地方!"
"胡说,茉德!"
"我知道我在说什么。我阅读了有关这方面的许多东西。他每星期只要花三十先令就可以过得很好,甚至连买衣服的钱都能包括在内。"
"但是他已经多次说过,那样的生活标准对他是不适用的。他不得不去某些场所应酬,而去那些场所就得破费,否则就没法**进步**了。"[12](黑体为笔者所加)

引文中值得特别注意的是"进步"一词的直接使用——吉辛讽刺"进

---

① 英文为"the cheapest",是双关语;另一层意思是"最低劣的"。

步"话语的意图此处再明显不过了。贾斯珀的家境并不富裕,但是他却在衣着和社交应酬方面保持着体面,这其实是一种奢侈。为了满足他的奢侈,他的母亲和妹妹们必须节衣缩食,其间的反差映衬出了他所追求的"进步"的实质:他的"进步"是以牺牲他人——甚至是亲人——的利益为前提的。即使不用牺牲别人的利益,需要靠衣着和应酬才能赢得的"进步"本身也值得怀疑。简而言之,以上引用的那段对话跟"列车"意象也形成了十分融洽的互动关系。

事实上,小说第一章的整个语篇所表达的意思都和"列车"意象并行不悖。我们不妨再以小说的开篇为例:

> 麦尔文斯一家坐下来用早餐的时候,沃特尔教区教堂的大钟敲响了八下。那口钟远在两英里以外,但是在这个秋高气爽的早晨,西风把钟声传送得很远,听起来格外清楚。贾斯珀在敲鸡蛋之前,一边听着钟声,一边喜气洋洋地说:
>
> "这个时候伦敦正有一个人被处以绞刑呢。"
>
> "这种事儿绝对没有让我们知道的必要,"他的妹妹茉德淡淡地说。
>
> "听你那语气好像是喜事儿似的!"他的另一个妹妹朵拉向他表示了抗议。
>
> "被吊死的是谁?"麦尔文斯太太一边问,一边带着痛苦的神情看着儿子。
>
> "我不知道。我昨天浏览报纸的时候凑巧读到了一条新闻,里面说今天上午有个人会在新门[①]被吊死。一个人只要

---

① 英文为"Newgate",是维多利亚时期伦敦的主要监狱。

想到被吊死的不是他自己,就会从中得到某种满足感。"[13]

这里我们看到了前面所说的、遭到佩克诟病的"吊死鬼"意象。其实这意象用得十分巧妙:围绕"吊死鬼"而展开的会话入木三分地刻画出了贾斯珀的心胸、品格、价值取向和思维逻辑——他的自私、他的自负和他的幸灾乐祸都通过他那沾沾自喜的言辞和语气跃然纸上。埋藏在贾斯珀那阴暗心理底层的是他的"成功"哲学:连一个陌生人被处死的消息都会使他联想到自己的成功(引文中的"满足感"不光说明他幸灾乐祸;如前文所示,此时的他已经初步尝到了世俗"成功"的滋味儿)。换言之,"吊死鬼"意象和"列车"意象一样,都和贾斯珀的"成功"哲学——也就是"进步"哲学——紧密相连。

在上面这段引文之后,贾斯珀继续跟家人们谈论"吊死鬼"话题,其中的一段称得上奇谈怪论:

"一个快要上绞刑架的人,"贾斯珀带着一种不偏不倚的口吻继续说道,"知道自己逼迫社会拿出了最后的招数,因而会有一种满足感。他的重要性已经到了致命的程度,以致除了法律这一绝招之外,没有任何手段能够对付他。要知道,从某种意义上说,这是一种成功。"[14]

只要能够"成功",即便做"吊死鬼"也值,这是一种病态的人生哲学。用"吊死鬼"的形象来衬托这样的哲学观,当然十分贴切。"吊死鬼"自然而然地意味着死亡,而随后出现的"列车"形象也含有"机械的"、"无生命的"意思。也就是说,由"吊死鬼"意象烘托的

"成功"哲学在"列车"意象那里再次凸显了它在小说第一章中的地位(当然也凸显了它在整部小说中的地位)。

总之,小说第一章从题目("一个春风得意的人")到"吊死鬼"意象,从"成功"一词的直接使用到"进步"一词的直接出现,然后再到"列车"意象的自然登场,整个语篇可谓一气呵成,为随后章节中对"进步"话语的挑战奠定了基调。

以上的分析已足以表明,多次出现的列车及其相关意象构成了小说的结构性象征。借用福斯特和克莫德的话说,这种结构性象征构成了小说的"节奏",即能够暗示"一种更大的存在"的、超越故事本身的、具有强大震撼力的象征(详见本书第五章引言部分)。那么,"列车"意象是怎样构成《文苑外史》的节奏的呢?除了上文中已经提到的一些含义之外,比列车本身"更大的存在"还包括哪些含义呢?

这将是本章第二小节所要进一步探讨的内容。

二、"列车"意象的社会文化语境

从社会文化语境的角度来看,"列车意象"首先使人想到了从19世纪中叶开始席卷英国的"铁路狂潮"(the railroad mania)。仅在19世纪40年代中期与1889年之间,英国就铺设了长达15000英里的铁轨。[15]对生活在维多利亚时期的人来说,铁路的问世堪称新旧时代的分水岭。萨克雷曾经于1860年写道:"铁路开创了新纪元;我们这些上了年纪的人曾经生活在前铁路时代,但是那个世界已经从我们的眼鼻底下消失得无影无踪了。我告诉你:那个世界不久前还坚定地躺在我们的脚下。人们筑起了铁轨路基,从此把旧世界甩在了后面。倘若你爬上路基,站在铁轨上向另一方眺望,就会发现那个世界已经一去不复返了。"[16]当贾斯珀乘坐列车告别乡村,奔向伦敦时,他告别的是以农业文明为标志的旧时代,拥抱的是以工业文明为标志的新时代。

进一步说,贾斯珀拥抱的是一个相信"进步"的时代。在那个时代里,生活着许许多多的亚瑟、哈罗德、罗伯特、巴尼斯、董贝、庞得贝、莫多尔和麦尔墨特(见本书前面各章的有关分析)。跟这些人物一样,贾斯珀生怕被"进步"列车抛在后面。

在小说开篇不久处,贾斯珀在跟妹妹们的对话中解释了自己跟雷尔登之间的区别。他认为雷尔登是一个"落了伍的"、"不切实际的老派艺术家",而他自己则是"1882年的文人"。[17]在紧接着的下文中,他还自豪地声称自己所推崇的文学市场"由电信业支撑"。[18]确实,新兴的现代电信产业、蒸汽印刷业、铅版制版业和造纸新工艺降低了出版物的生产成本和流通成本,使得平民大众购买这些出版物成为可能。然而,大众传媒产业在兴起的同时还造成了一种前所未有的局面,即"为那些一心只知道赚钱的作家带来了空前的机会"。[19]嗅觉灵敏的贾斯珀没有放过这种绝好的发财机会。他一会儿声称"写作是一桩生意",一会儿主张"文学就是买卖"。[20]在他的词典里,"市场"、"营销"、"务实"、"成功"和"挣钱"等词都成了"文学"的同义词。

具有讽刺意味的是,春风得意的贾斯珀并没有真正的文学才能,而且并不稀罕真正的文学才能。他曾经向雷尔登透露过自己的成功秘诀:"我一生都不会写任何有实实在在的文学价值的东西;我将永远鄙视我的写作对象。但是,我走的将是成功之路。"[21]

当然,贾斯珀的成功之路并非一条坦途。他为此至少须付出两个代价。

首先,他得出卖自己的良心。他不但自己成批地生产着文学垃圾,迎合市场上的低级趣味,而且热衷于培养这种趣味——他曾经毫无羞耻地劝说朵拉如法炮制:"你必须培养一种特殊的庸俗趣味。"[22]

其次,他得出卖自己的感情。他刚认识玛丽安时,其实动过一点儿真的感情,但是他立即提醒自己:这种感情"很危险"。[23]他甚至对朵拉坦言自己"很害怕那位姑娘"。[24]贾斯珀之所以害怕玛丽安,是因为他害怕真实的感情会妨碍他所从事的虚假"事业"。他还为自己拒绝真实感情找到了理论根据:"浪漫爱情的年代已经一去不复返了,科学精神结束了这种自欺欺人的情感。"[25]

贾斯珀的"成功"最终须依赖当时的社会土壤。如小说中"列车"意象所暗示的那样,维多利亚时期的英国崇拜的是科技理性,痴迷的是边沁、埃奇沃思(Richard Lovell Edgeworth,1744—1817)和斯宾塞等人鼓吹的功利主义,奉行的是麦考莱的"进步"学说。

麦考莱曾经打过一个广为流传的比方:"培根的自然哲学好比可吃的果实,而柏拉图的思想则好比花哨而无用的花朵。"[26]无独有偶,斯宾塞曾经猛烈抨击古典学科。他认为这些学科对生活没有直接的用处,因此把它们统统列为"花哨的摆设",并称注重古典学科的教育制度"为了花而忽略了植物,为了美丽就忘了实质"。[27]在《文苑外史》中,我们常常可以捕捉到这些思想的影子。例如,雷尔登的妻子艾米最后同贾尔斯走到了一起,成了"新时代的女性",而她的"前卫"思想离不开斯宾塞的熏陶:

虽然她不可能整卷整卷地阅读赫伯特·斯宾塞的作品,

但是她对它们的内容主旨却颇得要领——她正成为一名典型的新时代妇女,一名与传媒产业齐头并进的妇女。[28]

这里我们又看到了一种冲在时代前列的"火车头"形象。艾米跟雷尔登可谓两股道上跑的车。她完全接受了贾斯珀鼓吹的价值观,因而对她那追求写作质量、恪守精神家园的丈夫越来越不满。她曾经试图劝阻雷尔登销毁那些自己不满意的手稿——在她看来,不管文稿的艺术标准如何,只要能卖钱就行,因为"这是一个贸易时代"。[29]下面是她和雷尔登之间一段令人回味的对话:

> "全是因为你那病态的良心。你根本不用返工。你写的都足以投放市场。"
> "别用'市场'那词儿,艾米。我恨它!"
> "你连恨它的本钱都没有,"她用非常务实的口吻反唇相讥。
> "不管以前的情形怎么样,你现在必须为市场写作。……"[30]

跟艾米对斯宾塞的思想身体力行这一情形相反,雷尔登却对被斯宾塞斥为"花哨的摆设"的古典文学痴心不改;他生平最大的乐趣之一就是跟好友毕芬一起朗读古希腊诗歌,讨论古希腊诗词的韵律——即便在他们穷极潦倒、饥肠辘辘的时候,仍然乐此不疲。

雷尔登和毕芬不仅有着同样高雅的趣味,而且有着同样高尚的品德:雷尔登虽然曾经遭受妻子艾米的遗弃,但是在后者需要他的时候,他以生命为代价尽到了丈夫和父亲的责任;毕芬在自杀前虽然已经万念俱灰,但是他还是首先想到了别人——为了不连累房东,他选择了人烟稀少的森林作为自杀场所。

然而,就是这些趣味高雅、志行高洁的人变得不合时宜了——他们都遭到了时代"火车头"的无情抛弃。他们的命运在"列车"意象里都得到了暗示。前文提到,毕芬曾经有一次跟雷尔登共同出现在"列车"意象中——当时的画面在表面上似乎有不同的含义:雷尔登乘车而去,而毕芬则默默地目送着列车远行。然而,他俩的经历在性质上并无二致;列车把雷尔登拉向了死亡的黑色旋涡,同时又把毕芬抛在了苦难的无底深渊。

詹姆斯曾经一方面表扬吉辛的作品有"浸润在生活里"的感觉,另一方面又批评他"在形式上着力太少"。[31]从我们以上的分析来看,吉辛其实在形式上颇费苦心。"列车"意象不仅含义丰富,而且画龙点睛般地烘托出了小说结构的基本线条。无论是就人物的命运及其组合而言,还是就情节发展而言,两条主线已经凸显无疑:利欲熏心且才疏学浅的贾斯珀和艾米搭上了时代快车,而心地善良且满腹珠玑的雷尔登和毕芬却遭到了时代的抛弃。这两条主线在形式上平行发展,造成了一种对称的艺术美,而在内容色调上却形成了强烈的反差,使人更深切地感受到了那个社会的不公和价值观的混乱。

维多利亚时期的英国不仅以颠三倒四的"进步"为特征,而且还以这种"进步"的狂热速度为特征。就像阿尔梯克所指出的那样,随着列车/铁路的崛起,维多利亚人多了一种"速度新概念";更确切地说,在促使这一概念渗入全民意识方面,铁路所起的作用超过了当时的其他任何科技发明(参见本书前言部分)。在科技理性和物质利益的驱使下,当时英国社会染上了一种"欣慰症"——许多人为自己能够赶上"进步"潮流而额手称庆,尤其是为大英帝国

第十六章 吉辛对"进步"话语的挑战

所取得的"进步"业绩而庆幸。与这种欣慰症相伴而行的是一种"恐惧症",即生怕赶不上以"进步"为目标的时代快车。正是这种匆匆赶路的现象,被当年的阿诺德称为"现代生活的病态的匆忙",也被卡莱尔挖苦为"世界成了一个巨大的、毫无生气的、深不可测的蒸汽机,在那儿滚滚向前……"(参见本书前言部分)卡莱尔所说的"蒸汽机"跟本章中所分析的"列车"意象一样,象征着一种盲目的速度。

贾斯珀正是这种速度的化身。如前文所示,他曾经告诉玛丽安,急驶的列车使他振奋,这实际上是对列车所代表的速度的认同。当然,他所追求的速度主要体现在写作和传播等方面。早在小说第一章中,他就谈论过约翰逊博士时代的格拉布街①如何因缺乏电信手段而落后,这说明他已经有了速度意识。前文已经提到,他曾经向雷尔登承认自己"不会写任何有实实在在的文学价值的东西",但是他却能在文学市场上兜售他飞速写就的东西。在小说第十四章中,我们看到他仅仅花了十三个小时零十五分钟,就写完了一篇书评、一篇特写、半篇较短的小品文,外加一篇较长的文章的一部分。[32]可以说,他是在以火车行进的速度写作。

当然,一挥而就的作品未必都是好东西。更确切地说,一挥而就的作品往往有质量问题。在写作速度和写作质量发生矛盾时,是速度优先呢,还是质量优先?新格拉布街的文人们都面临着这样的选择,而他们的选择都反映了他们的人生价值观。对贾斯珀

---

① 《文苑外史》的英文原文是 New Grub Street;若直译,应该是"新格拉布街"。根据约翰逊(Samuel Johnson)在他词典里的解释,"格拉布街"(Grub Street)原来是伦敦的一些穷文人居住的地方。——参见 The Oxford Companion to English Literature, (ed.) Sir Paul Harvey, Oxford: The Clarendon Press, 1967, p. 356。

这样的人来说,速度永远是第一位的。小说第十四章中还有这样一段插曲:妹妹茉德曾向贾斯珀问起他高速写就的作品的价值,他回答说他一天写作的价值相当于"10到12个畿尼";在她强调她所说的是"文学价值"以后,他不得不承认自己所写的"只相当于发霉的坚果"。[33]这样的回答真是让人哭笑不得。令人宽慰的是,在那个社会中还有人在坚持质量第一的标准。雷尔登为了创作他的那部最好的小说,整整花了七个月的时间。[34]他的好友毕芬对作品的质量也是精益求精:"他工作的速度很慢……每个句子都力求完美,连听上去都要悦耳;每个单词的意思都要精斟细酌。在着手写每一章之前,他都要细细构思一番,然后他要打一个草稿,接着才逐字逐句地精心写下来。"[35]

不过,雷尔登和毕芬以及他们所代表的精神都未能主导那个世界。他们只是"进步"潮流的牺牲品。也就是说,冷漠而盲目的"进步"构成了《文苑外史》的基调——关于"列车"意象的种种联想都在不同程度上衬托了这一基调。我们在本章第一节中分析"列车"意象时提到,火车头有着"可怕的力量和速度";紧跟着那一句,火车奔驰的状况又被描写为"盲目的冲刺"。[36]这种"盲目"的力来自科技理性,来自功利主义,来自机械文明。雷尔登对这种冲刺有过如下切身感受:"一个人要是失败就什么都完了。如果他因冲突的压力而倒下,他不可能指望别人会腾出时间来回顾他一眼,更谈不上去同情他。后来者只会纷纷踩着他的身体往前挤——他们是身不由己,因为他们自己正被一种不可抗拒的压力往前推动着。"[37]这种不顾一切往前挤的图景是对"进步"话语的生动写照。吉辛显然对这样的情景深恶痛绝,因此他不惜打破正常的叙述框架,在小说第三十一章中以跟读者直接对话的方式再次描绘了推

挤式"进步"的图景:

> 对于埃德温·雷尔登和哈罗德·毕芬这样的人,你可能既不理解,也不同情。你可能只会怒其不争。……他们未能向前推进,这使你感到气愤,同时又报以蔑视:为什么他们不挪动一下呢?为什么不往前挤、往前推呢?只要每挤一下就能赚上半个便士,就能在世人眼中争得一点儿地位,被别人踢几脚又何妨呢?简而言之,为什么不从贾斯珀先生的盛餐里去分得一勺羹呢?[38]

这段文字跟萨克雷的《纽克姆一家》中的描述非常相似:"要想在人群中挤上前,每个挣扎的男男女女必须使用自己的肩膀。如果在你边上的人前面有一个更好的位置,尽管用胳膊肘推开他,然后就享用那个位置。……只要你坚持不懈地往前挤,一千个人里面有九百九十九个会向你让步。……如果你边上的人阻碍了你,尽管踩他的脚便是。难道你不认为他会把脚挪开吗?"(参见本书第七章第一节)这种类似的画面分别出现在由不同作者写的两部时隔近40年的作品中,可见踩着别人的脚往前挤的风气不但很常见,而且延续得很长久。

在结束本章之前,让我们再来回顾一个细节:贾斯珀发现自己对玛丽安产生了几分真情以后(如本章第一节的分析所示,这一发现竟使贾斯珀十分慌张,因为他生怕真实的情感妨碍自己在事业上的成功),忍心提前告别了玛丽安(随后就匆匆跳上了回伦敦的列车);告别时,他跟她握了握手,然后就"昂首阔步地走出了房门——他为此感到非常自豪"。[39] 此处的反讽意味十分强烈:我们从中看到的是一种病态的自负，病态的匆忙。正是凭着这种病态，贾斯珀之流才得以攀上盲目冲刺的时代快车，才得以在黑白颠倒的价值氛围中所向披靡。

吉辛离开人世已经有一百多年了，可是他那作品的节奏仍然余音绕梁：一往无前的科技理性和工商业的繁荣未必是真正意义上的进步。我们不妨用吉辛同时代的诗人但尼生（Alfred Tennyson, 1809—1892）的一句诗行来结束本章：

"让我们且慢作声，一万年后再呼喊'向前'。"[40]

注释：

1 George Gissing, "The Coming of the Preacher", in Jacob & Cynthia Korg (ed.), *George Gissing on Fiction*, London: Enitharmon Press, 1978, p. 96.

2 同上。

3 Robert L. Selig ed., *George Gissing*, p. 52.

4 Sydney Lott, "Gissing and the Railways", *The Gissing Journal*, Vol. XXXVII, Number 4, October, 2001, pp. 29—30.

5 John Peck, "*New Grub Street*: An Approach Through Form", in Jean-Pierre Michaux (ed.), *George Gissing: Critical Essays*, London & Totowa: Vision and Barnes & Noble, 1981, p. 146.

6 同上。

7 薛鸿时：《论吉辛的〈文苑外史〉》，载《三十年文选》，中国社会科学院外国文学研究所编，中国工人出版社1994年版，第409页。

8 George Gissing, *New Grub Street*, Hertfordshire: Wordsworth Editions

Limited, 1996, p. 24.

9 同上, p. 34。

10 同上, p. 361。

11 同上, p. 8。

12 同上, p. 7。

13 同上, p. 1。

14 同上, p. 2。

15 Richard D. Altick, *Victorian People and Ideas*, p. 78.

16 转引自 Richard D. Altick, 出处同上, p. 75。

17 同注 8, p. 4。

18 同上。

19 Gilbert Phelps, *Fifty British Novels 1600—1900*, London: Heinemann Educational Books Ltd., 1979, p. 510.

20 同注 8, p. 8。

21 同上, p. 58。

22 同上, p. 26。

23 同上, p. 34。

24 同上, p. 31。

25 同上, p. 250。

26 转引自 Richard D. Altick, 出处见注 15, p. 107。

27 斯宾塞:《教育论》,载《外国教育论著选》,赵荣唱、张济编,江苏教育出版社 1990 年版,第 317 页。

28 同注 8, p. 295。

29 同上, p. 39。

30 同上, p. 37。

31 Henry James, *Notes on Novelists*, in *The Critical Heritage, Gissing*, (ed.) Pierre Coustilla, London and Boston: Poutledge and Kegan Paul,

1972, p. 292.
32 同注 8, p. 146。
33 同上。
34 同上, pp. 153—166。
35 同上, pp. 348—349。
36 同上, p. 24。
37 同上, p. 208。
38 同上, p. 348。
39 同上, p. 34。
40 Alfred Tennyson, *Ballads and Other Poems*, in Vol. VI of *The Works of Tennyson*, (ed.) Hallam Lord Tennyson, London: Macmillan, 1908, p. 287.

第十七章 康拉德和他的《进步前哨》

第十七章　康拉德和他的《进步前哨》

19 世纪进入尾声时,英国小说家们对"进步"话语的质疑达到了新的高潮。约瑟夫·康拉德(Joseph Conrad, 1857—1924)的《进步前哨》(An Outpost of Progress, 1897)可以看作这方面的一个标志——该作品的题目本身就是一个明显的信号。

尽管评论界已经围绕《进步前哨》展开过不少讨论,但是以下三个问题似乎还有待于廓清:

康拉德究竟想在这部作品中表现什么样的主题?

对马可拉这一人物应该作什么样的评价?

另一人物凯亦兹的死因是什么?

依笔者之见,以上三个问题的答案都应该从对"进步"话语的质疑这一语境中去寻找。换言之,对这三个问题的探究有助于我们了解康拉德在"进步"话语推敲史上的贡献。

一、作品的主题

在分析《进步前哨》的主题时,评论家们常常像在解读《黑暗的心脏》(Heart of Darkness, 1902)那样,表现出一种抽象地谈论人性的倾向。[1] 例如,陈可培先生以为《进步前哨》"将人性的丑恶、野性、龌龊、阴暗一面暴露无遗"。[2] 又如,李远方先生认为"康拉德把传统道德价值解体的根源说成是人性的弱点而不是社会制度的弊端,这就不可避免地走上了用抽象人性、人的本质来解释历史的歧途,从而使反殖民主义的作品到头来掉入宿命论的泥潭"。[3] 再如,傅子伯先生曾经强调康拉德在《进步前哨》中"注意的不是故事本身,而是故事中人物的意识流动",并且还强调康拉德"用象征性画面,指出……人类贪婪的欲望和粗野的本能必将导致其自身的灭亡"。[4]

康拉德真的只是在抽象的层面揭露人性的黑暗面吗？

要回答上述问题，就得先回顾一下故事本身。小说的情节自始至终以"进步"话语为依托（而且题目本身便包含"进步"一词）：一家欧洲贸易大公司以"进步"的名义把两个白人凯亦兹和卡利尔派往刚果腹地经营一个象牙贸易站，从此演绎出了一幕幕"进步"的闹剧、丑剧和悲剧。在小说的第一段中，那个贸易站被明确地称为"进步前哨"，而"规划并监造这个进步前哨"的首任站长此时已经"长眠在一个歪歪斜斜的十字架下面"。[5] 小说叙事者还用讽刺的口吻把新站长凯亦兹和他的助手卡利尔称为"贸易和进步的先驱"（事实上，他俩也以此自诩）。[6] 除了凯亦兹和卡利尔，贸易站上还有一个名叫马可拉的黑人雇员，外加十名黑人劳工，后者"已经为进步事业服务了两年以上"。[7] 凯亦兹和卡利尔其实是酒囊饭袋，因而整个贸易站的经营都要依靠马可拉，不料后者为了赚取价值可观的象牙，偷偷地把那十个黑人劳工全都卖给了一批流动的人贩子。这一着得不偿失——当地的黑人部落为了躲避沦为奴隶的危险，中断了跟贸易站的来往，同时也切断了原先向贸易站提供的给养。两个白人因食品匮乏而发生争斗，凯亦兹情急之中意外地枪杀了卡利尔。枪击事件后凯亦兹一直精神恍惚，最后用一根皮带把自己吊死在前任站长坟前的那个十字架上。在自杀之前，他隐隐约约地听到了"进步"的召唤（实际上是雇佣他的那家公司派来的船只靠岸时的汽笛声）："就在河那边，进步正召唤着他。进步、文明和所有的美德正在召唤着他。"[8]

可见，康拉德揭示的是具体语境驱使下的具体人性，即遭受"进步"语境腐蚀的人性。前文提到，凯亦兹和卡利尔是以"进步"的名义去非洲从事殖民活动的。他们明明是在掠夺殖民地的资源,却偏偏戴着"贸易和进步的先驱"这一堂皇的桂冠。小说中有不少细节表明,他们在很长时间内并没有意识到自己的所为纯属强盗行径,反而在"进步"话语的熏染下,俨然以英雄自居。下面这一细节生动地反映了当时媒体所推行的"进步"话语对凯亦兹和卡利尔的影响:

> 他们还找到了几份来自国内的旧报纸。报上有一篇题为《我们的殖民扩张》的文章,里面尽是些高谈阔论,其中不少内容是宣传文明的权利和义务,宣传文明工作的神圣性,并为那些把光明、信仰和商业带给蛮荒之地的人们歌功颂德。卡利尔和凯亦兹越读越为之叹服,并越来越觉得自己了不起。一天晚上,卡利尔一边挥舞着手,一边自豪地说道:"一百年以后,这里可能会变成一座城市。这里会建起许多码头、仓库、军营,还有——还有——许多台球房。还有文明,伙计,还有美德——这里会应有尽有。然后,人们会在阅读中了解到,最早生活在这块土地上的文明人是两个名叫凯亦兹和卡利尔的好男子!"凯亦兹点着头应答:"是啊,那样想能使人感到安慰。"[9]

这段描写在小说中的地位举足轻重,因为它揭示了殖民主义者所依赖的话语体系:那些代表官方话语的报纸把野蛮的殖民扩张说成是神圣的文明,把侵略者说成是光明的使者,难怪会产生像凯亦兹和卡利尔这样颠倒黑白的、自封的"好男子"。从故事中我们得知,凯亦兹和卡利尔完全是为了自身的经济利益而来到贸易站的——前者是为了发一笔洋财,以便为女儿购置嫁妆;后者原先在国内游手好闲,家人不愿再受他剥削,设法把他送到非洲来"自食其力"。来到贸易站后,他俩几乎每天都无所事事,所有的贸易活动实际上都是由马可拉完成的(他们只要在边上发号施令就行,甚至只要远远地观看就行),但是他俩却能从每次的交易中获取丰厚的回扣。比这种寄生虫生活更应让他们感到羞耻的是那些贸易活动的欺骗性质:贸易站"买"进来的是珍贵的象牙,而"卖"出去的全是一些不值钱的洋货——劣质工业产品。这一点在卡利尔对马可拉的一次指令中暴露无遗(当时正好有一批土著人前来做象牙交易):"你,马可拉!把那群家伙带到仓库去……把你藏在那边的垃圾给他们一些。我愿意看到仓库里堆满象牙,而不是堆满破烂货。"[10]对这样的龌龊勾当,他们不以为耻,反以为荣,这说明他们的价值观完全跟那些报纸上(见上文中的那段引文)所宣扬的"进步"话语相吻合。换言之,他们的灵魂显然受到了"进步"话语的毒害。

事实上,《进步前哨》是这篇故事后来采用的题目,康拉德最初给它的题目是《进步的牺牲品》(*A Victim of Progress*)。[11]这一原初的题目更明显地表露了作者的用意,即指明凯亦兹和卡利尔实际上是"进步"话语的牺牲品。为理解这一点,我们需要把眼光放宽一些。正如雅各布·洛思所说,该作品叙述语言的特点之一是引导读者"拓宽视野,让目光超越非洲前哨这一背景的界线"。[12]故事开篇不久,叙述者曾用客观的口吻告诉我们,凯亦兹和卡利尔来自"高度组织起来的文明人群",而在这些人群中"很少有人意识到自己的……勇气、镇静、信心、情感和原则……并不属于个人,而是属于自己所在的群体;这个群体盲目地相信它所拥有的社会机构和道德准则具有不可抗拒的力量"。[13]也就是说,凯亦兹和卡利尔在去非洲之前就已经为"文明人群"的"进步"话语所左右——引文中所说的"勇气"、"信心"、"原则"和"道德准则"等都可以看作"进步"话语的一部分。至于产生"进步"话语的具体社会和时代,我们可以从下面这段叙述中得到启发(在描写凯亦兹和卡利尔无法依靠自己的力量在任何艰苦的环境下生存之后,叙述者描述了他们原先所依赖的社会):

> 社会……曾经照顾过这两个人,即禁止他们做任何独立思考,禁止他们有任何创举,禁止他们偏离任何成规。违反了这样的禁令,就会有生命的危险。只有在成为机器的状况下,他们才能生存下去。[14]

上面这段引文表明,在凯亦兹和卡利尔原先生活的社会中,活生生的人有可能沦为机器,这是工业社会特有的现象。虽然小说中没有具体交代凯亦兹和卡利尔的国籍,但是小说第一段中讲马可拉的原籍是塞拉利昂①,即英国的殖民地,这说明凯亦兹和卡利尔很可能来自英国社会,而蔓延于19世纪英国社会的"进步"话语——上面引文中的"禁令"也可以看作"进步"话语——在他们去刚果之前就已经使他们沦为机器,丧失了独立思考的能力。盲目地接受"进步"话语,然后又盲目地走上"进步前哨",这就是所有殖民主义者的心灵轨迹。离开这一轨迹去分析所谓的"黑暗人性",难免会导致对小说主题的误读。换言之,小说原初的题目其实已经点明

---

① Sierra Leone,1808年沿海部分沦为英国殖民地,1896年内地成为英国"保护地"。

了主题,即"进步"话语对人性的戕害。

《进步前哨》的发表时间和方式也有助于我们推敲该小说的主题。根据安德烈亚·怀特(Andrea White)的考证,《进步前哨》最初以分期连载的方式刊登在一种名叫《国际大都市》(Cosmopolis)的杂志上,此时该杂志正接二连三地载文庆祝维多利亚女王统治六十周年纪念日——刊登这些颂文的那几期通常被称为"佳庆特刊"。[15]特别具有讽刺意味的是,刊载《进步前哨》第一部分的那一期还同时刊登了一篇题为《维多利亚女王的无上权力》(The Reign of Queen Victoria)的文章。该文在强调"女王陛下的伟大"跟"她那遍及世界的疆域"密不可分之后,豪情万丈地唱起了"进步"的赞歌:

> 帝国正在扩张,正在经历着实质性的发展,正在所有方面取得进步,这一切都是可以由数字来显示的……更值得一提的是,这些进展并不局限于人、物和地方的外观,而是延伸到了人的精神和道德领域,并体现为社会状况的改善……[16]

这样的豪言壮语正是康拉德所要抨击的对象。他选择在"进步"话语铺天盖地的时期发表《进步前哨》(虽然它跟上述文章同期发表纯属巧合,但是康拉德顶着潮流直抒胸臆,这一点不容置疑),这表明了他的坚定立场。怀特曾经对上述"巧合"做过中肯的评价:"在这些佳庆特刊中,《进步前哨》犹如荒野里的声音;此时康拉德的小说已经身陷某种话语的重重包围——这种话语展现了一种盲目的信念,即相信文明社会的那些进步而开明的机构和道德观念具有仁慈的力量,具有战无不胜的力量。这种自认为战无不胜的信念正是康拉德的批评目标。"[17]怀特此处所说的"话语"无疑是一种"进步"话语。对这一话语进行的挑战分明是小说的主题。

二、怎样评价马可拉？

对马可拉这一人物的评价无疑关系到我们对小说主题的理解。

评论界存在着一种倾向，即把马可拉简单地看成跟白人殖民主义者形成反差或对照的人物。陈可培先生就强调过"两个白人的无能与黑人马可拉的精明，白人的肮脏羸弱与马可拉的讲究，……白人在非洲作为异类的格格不入与黑人同大自然的默契和谐这层层对照、反差"。[18]李远方先生也有过类似的评论："在康拉德看来，非洲人要比文明人高尚得多。'文明的黑人'马可拉能与土著居民和任何一位白人、与周围环境协调契合，身心健康，他与孩子嬉戏、游乐，与妻子和睦相处；……这与两个文明人的'邂逅'、'昏庸懒散'、苍白羸弱形成鲜明对照。"[19]这样的评价容易导致我们对小说主题的理解产生偏差，使我们误以为马可拉这一形象仅被康拉德用以说明黑人较之白人侵略者更为文明。

事实上，马可拉这一形象直接服务于小说的主题。跟凯亦兹和卡利尔一样，马可拉也是"进步"话语的牺牲品。前文已经提到，整个象牙贸易站实际上是由马可拉经营的，而他的经营方式完全依照了"进步"话语所支撑的价值观，即敛财压倒一切。虽然他在地位上从属于凯亦兹和卡利尔，但是他比后者为贸易站牟取了更多的利益（尽管他通过弄虚作假为自己也谋得不少私利）。同时，他比凯亦兹和卡利尔更狡诈，更残忍。这一点最为集中地体现在他对那十个黑人劳工的态度和处置方式上。为了获取一批上等的象牙,马可拉用瞒天过海的手法支开了凯亦兹和卡利尔,接着把那些劳工灌醉并卖给了一帮人贩子。这些黑人劳工跟他同是黑人兄弟,同属于被侮辱、被欺压的阶级和种族,照理彼此间应该互相照顾,至少应该彼此同情,可是马可拉在变卖他们时心狠手辣,事后也丝毫未动恻隐之心——在整个交易过程中,当地黑人部落中的一些居民也误中圈套而被变卖,其中的一位因酒醒后反抗而惨遭枪杀;对于这样的手段和代价,马可拉并没有感到内疚,而是感到理所当然。当凯亦兹大声责备他偷偷卖走劳工们时,他作了这样的申辩:

"我所做的符合你们和公司的最大利益,"马可拉不动声色地说道。"你干吗这样大声叫唤?看看我给你们换来了什么样的象牙吧。"[20]

"不动声色"说明了马可拉的冷酷,而他为自己行为寻找的理由——公司的最大利益以及上等的象牙——则说明他的价值观浸透了"进步"话语。我们在前面的许多章节中提到,弥漫于19世纪英国社会的"进步"话语把财富的积累放在首位,而人的价值则往往被忽略不计。马可拉用活生生的人乃至人的生命去换取没有生命的象牙,这说明他已经把来自殖民地宗主国的"进步"思想学到了家,甚至冰成于水而寒于冰。他的价值取向在他对凯亦兹所作的另一段解释中暴露得更为清楚:

这可不是一般的交易啊。他们把象牙带来给我,而我则让他们从贸易站带走他们最需要的东西。他们带来的象牙又多又漂亮。没有哪个贸易站拿得出这样的象牙。那帮商人非常需要挑夫,而我们的那些人在这里根本派不上用场。账本里不会记载这笔交易,因此账面上毫无差错。[21]

除了把人和物的价值颠倒之外,马可拉此处还暴露了他狡诈的一面:他学会了做假账,而造假的目的显然是要跟两个白人顶头上司一起私吞财富。当然,他造假并不止这一次。故事刚开始不久,我们就被告知"他假装把仓库里储存的小珠子、棉布、红头巾、铜线和其他商品准确无误地记入了账本"。[22] 也就是说,马可拉已经欺骗成性。这一点还体现在故事快要结束时的一个细节上:凯亦兹误杀卡利尔之后,马可拉很快帮他想出了一个搪塞上司的理由,即谎称卡利尔死于热病。最耐人寻味的是他编织谎言时的语气和用词:

"他死于热病。"……"是的,"马可拉一边跨过尸体,一边若有所思地重复着,"我想他是死于热病的。明天就埋了他。"[23]

上面这段引文中"我想"(原文为"I think")二字最让人回味。听那口气,马可拉就像真的以为卡利尔是死于热病似的,让凯亦兹死心塌地接受笼络,这是何等狡黠!同时,这进一步说明他已经完完全全地接受了前文所述的"进步"话语,连同它的虚假性一起接受了——"进步"话语离开了虚假,就寸步难行。

马可拉接受"进步"话语的程度还折射到了他掌握英语的程度上。在早期发表的版本中,马可拉使用的英语离标准英语相去甚远,但是经过康拉德的多次修改,马可拉的英语几乎完全失去了黑人说英语的腔调和用词特征——在目前通用的版本中,除了少数几个误差以外,马可拉所说的英语在语音(从拼写中可以得到反映)和语法方面近乎完美。西方学者罗伯特·哈姆纳曾经认为,康拉德所做的这些修改"可以解释为他对故事背景的非洲特色的尊重"。[24]这一观点值得商榷。在笔者看来,康拉德之所以作出上述修改,是因为他要借此突出马可拉被"进步"话语同化这一异化特征:在对标准英语心领神会的同时,马可拉心甘情愿地接受了由这一语言传给他的一整套"进步"价值观。一旦从这一角度来看待马可拉操持英语的熟练程度,我们就更能理解这一人物形象跟小说主题的契合程度。

三、凯亦兹的死因

跟小说主题有重大关系的还有凯亦兹的死因。前文提到,凯亦兹意外地枪杀了卡利尔之后,一直精神恍惚,最后把自己吊死在了前任站长坟前的那个十字架上。至于他自杀的原因,小说未作明确的交代。雅各布·洛思曾经就此发表过这样的议论:"尽管这部短篇小说的情节清晰,文字畅达,但是它却留下了一些重要的疑问。例如,凯亦兹自杀的原因留给了读者去揣摩,而这方面的揣摩应该以凯亦兹自杀时的外部环境以及他的心态为基础,同时还要以叙述者的概述为基础。"[25]遗憾的是,洛思并没有对凯亦兹的死因作出推断,倒是哈姆纳对此作出了推测:

当凯亦兹被汽船那无情的尖叫声震醒之后,他不再把家园和国内短暂的世俗生活相联系。他从自己的精神前哨中听到了社会关于审判他的传唤。他"穿过了惨白的、有毒的迷雾",实行了对自己的判决,以此逃避了政府当局的审判。[26]

哈姆纳的推断有其一定的道理,或者说能解释凯亦兹自杀的部分原因,但是却不能涵盖所有促成凯亦兹自杀的因素,而且未能涉及主要因素。依笔者之见,导致凯亦兹走上绝路的因素有许多,而其中最主要的是"进步"话语所起的作用。我们在前面分析小说的主题时已经指出,凯亦兹是"进步"话语的牺牲品之一。需要在此强调的是,作为牺牲品,他不仅被"进步话语"腐蚀了精神,还毁灭了肉体。

更具体地说,凯亦兹在和卡利尔发生冲突之前,一直生活在由"进步"话语营造起来的虚幻世界里,然而随着虚幻迷雾的散去与残酷事实的凸现,他的精神开始彻底崩溃,以致肉体也随之灭亡。

小说中对凯亦兹的幻灭过程有过铺垫。他在去非洲之前形成了一整套由"进步"话语支撑起来的价值观,其中包括所谓的"勇气"、"信心"、"原则"和"道德准则"(参见本章第一小节)。凭着这样的"勇气"和"信心",加上前文已经分析过的优越感,他在初到非洲时还很牛气。然而,他的精神支柱竖立在一块靠不住的沙地上,即不会独立思考。本章第一小节中的一段引语值得重新回味:"社会……禁止他们作任何独立思考……违反了这样的禁令,就会有生命的危险。只有在成为机器的状况下,他们才能生存下去。"[27]这几句其实为凯亦兹后来的自杀埋下了伏笔,或者说为他的死因作了暗示——如果他违反了有关独立思考的禁令,他就会有生命的危险。也就是说,一旦他意识到自己所持价值观的虚幻性,就会在精神上和肉体上同时遭受毁灭性打击。

随着小说情节的发展,我们发现凯亦兹果然获得了独立思考的能力。使他如梦方醒的首先是卡利尔对他的蔑视和挑战。当他和卡利尔为了匮乏的食品而发生争执时,后者连珠炮似地骂他是"伪君子"、"奴隶贩子"、"蠢蛋"和"饭桶",等等。[28]这些辱骂对一向自以为是的凯亦兹不无振聋发聩的作用——他一向以进步和文明的使者自居,没想到连他的同伴都把他看作伪君子和奴隶贩子,这使他那原来依靠"进步"话语而搭建起来的自我形象发生了动摇。他和卡利尔的冲突最终导致后者的意外死亡,此后他有一段自我反省颇值得揣摩:

> 他在一个短短的下午就经历了极度的恐惧和绝望。现在他倒平静下来了,因为他确信自己已经看破红尘,生与死的所有秘密全都烟消云散了!他坐在尸体旁思考着,积极地思考着,以全新方式思考着。他似乎完全地摆脱了自己。他往日的思想、信念、爱憎和好恶终于露出了真相!现在看来,所有这些思想和观念都显得那样可鄙、幼稚、虚假和可笑!……他,凯亦兹,是一个有思想的人了。就在那一刻之前,他整整一辈子都像其他人——那些笨蛋们——那样把许多鬼话奉为圭臬,但是现在他有思想了![29]

这段引文中的"鬼话"其实就是我们前面所分析的"进步"话语,引文中的"思考"和"思想"则意味着对"进步"话语的反思。凯亦兹的悲剧就在于他把全部的生命都维系在了"进步"话语之上,而他对"进步"话语的反思又来得太突然,太强烈——那块靠不住的沙地瞬间塌陷，吞没了搭建在它上面的一切。突如其来的幻灭使他一下子失去了活下去的勇气，这就是他自杀的最主要的原因，也就是前文所分析的伏笔——即关于违反有关独立思考的禁令"就会有生命的危险"那一段——的用意所在。

也就是说，凯亦兹的自杀是对"进步"话语的极大嘲讽。为突出这一嘲讽意义，小说中分别安排了两个画面（分别出现在故事的开头和结尾部分）：第一个画面是凯亦兹的前任长眠在那个歪歪斜斜的十字架下面的情形，第二个画面是凯亦兹吊死在同一个十字架上的情形。在第一个画面中还有一句描述，即凯亦兹的前任是规划并监造了那个所谓的"进步前哨"（见本章第一小节中的引语），这样的描写寓意深远：凯亦兹从首任站长那里继承了"进步"使命，那么他的结局又会如何呢？是否会比他的前任好一些呢？第二个画面表明他的结局更糟：他不但死在了同一个地点，死的方式更为不幸，而且死后的形象非常丑——当公司经理（凯亦兹的上司）最后来到十字架跟前时，他看到从凯亦兹这个吊死鬼口中"伸出了一根臃肿的舌头，一副很不恭敬的样子"。[30] 对公司经理的"不恭敬"其实是对"进步"话语的嘲弄，因为那位经理象征着大英帝国在非洲推行的"进步"事业。根据小说中的描写，当初就是这同一个经理乘坐这同一条汽船把凯亦兹送到"进步前哨"来的。可见，正是所谓的"进步"事业把凯亦兹步步推上了死路。前文中已经提到，凯亦兹在上吊之前，曾经听到了公司船只靠岸时的汽笛声，而这汽笛声在他听来犹如"进步"的召唤，这一情景的象征意义十分明显：汽船、"进步"话语以及从汽船上岸的公司经理，在在都是把凯亦兹引向地狱的牛头马面。我们前面所说的那两个画面所要烘托的也正是这同一个意义。尽管康拉德没有明说，然而他所描绘的一幅幅生动画面犹如片片拼图，足以使有心的读者将之拼凑成全图，从而瞥见凯亦兹的死因。

在《"水仙号"上的黑家伙》(*The Nigger of Narcissus*, 1897) 的序言中，康拉德曾经写道："我正致力于完成的任务是通过文学的力量使你听到，使你感到——最关键的是使你看到。除此之外，再无任何目的——看见就是一切。"[31] 可以说，康拉德在《进步前哨》中出色地完成了他的任务，因为他让我们看见了"进步"话语的种种危害。

注释：

1. 参见拙文《〈黑暗的心脏〉解读中的四个误区》，《外国文学评论》2001年第2期，第144—146页。
2. 陈可培：《康拉德研究的后现代视角——〈进步前哨〉个案分析》，《广西梧州师范高等专科学校学报》第16卷第2期（2005年第5月）。第32页。
3. 李远方：《文明的扭曲——再论〈文明前哨〉的思想性》，《郑州大学学报》1993年第5期，第32页。
4. 傅子伯：《蛮荒上"贸易与进步"的无辜牺牲品——评康拉德的〈进步前哨〉》，《四川师范学院学报》1994年第4期，第117—118页。
5. Joseph Conrad, *An Outpost of Progress*，载《英国文学选读》(杨岂深、孙铢主编)第2册，上海译文出版社1981年版，p.120。
6. 同上，p.126。
7. 同上，p.131。
8. 同上，p.146。
9. 同上，p.127。

10 同上,pp. 125—126。

11 参见 Andrea White, *Joseph Conrad and the Adventure Tradition: Constructing and Deconstructing the Imperial Subject*, Cambridge: Cambridge University Press, 1993, p. 160。

12 Jacob Lothe, *Conrad's Narrative Method*, New York: Oxford University Press, 1989, p. 49.

13 同注 5, p. 122。

14 同上, p. 123。

15 同注 11, p. 162。

16 转引自 Andrea White, 出处同上, p. 163。

17 同注 11, p. 162。

18 同注 2, 第 31 页。

19 同注 3, 第 31 页。

20 同注 5, p. 135。

21 同上。

22 同上, p. 119。

23 同上, p. 144。

24 Robert Hamner, "The Enigma of Arrival in 'An Outpost of Progress'", *Conradiana*, Fall 2001, 33, 3; p. 174.

25 同注 12, p. 52。

26 同注 24, p. 185。

27 同注 5, p. 123。

28 同上, p. 141。

29 同上, p. 145。

30 同上, p. 147。

31 David Garnett (ed.), *Conrad's Prefaces to His Works*, London: J. M. Dent & Sons LTD., 1937, p. 52。

第十八章　余波未定

19世纪英国小说家们对"进步"话语的推敲影响深远,在进入20世纪以后激起了阵阵余波,而且至今荡漾不已。

以下仅分别简要地分析20世纪初以来的六个英国小说文本,以证明对"进步"话语的推敲一直在进行着。

一、《虹》与"进步"浪潮

劳伦斯(D. H. Lawrence,1885—1930)对"进步"话语的推敲主要表现为他所捕捉到的工业革命进程中——也就是"进步"浪潮中——普遍存在的一种失落感,一种失去原有的、已知的社会群体的感受。

威廉斯曾经指出:"劳伦斯比本世纪其他任何英国小说家都更加有力地描写了对失去社群的体验。"[1] 按照威廉斯的解释,"社群"(community)意味着"某种跟个人的感受密切相关的东西:一个人和其他人气息相通;彼此间话题投机,所用的语言也十分融洽"。[2] 确实,人类这种对社群的归属感在工业革命进程中逐渐消失了。劳伦斯是怎样表述这种失落感的呢?威廉斯在这方面却语焉不详。笔者以为,通过对名著《虹》(The Rainbow,1915)的分析,我们可以找到解答上述问题的一把钥匙。

《虹》的第一章展现的是前工业时期的景象——安娜的继父汤姆·布朗文的祖辈们生活在一个物我回响交流的世界:他们能感受到"天地间的交融"和"土地的脉搏",甚至能"意识到世界长着嘴唇,富有思想,在那儿诉说着"。[3] 然而,这种景象和人们的归属感突然一去不复返了。小说第二章记载了1840年以后的"进步"浪潮,即运河的开凿、煤矿的兴起、铁路的铺设和城市的扩张。比外部的纷乱和喧嚣更加可怕的是一种普遍的内心体验:人们"竟在自己的家乡成了陌生人"。⁴ 这是一种前所未有的心灵震撼。问题也就随之而来了:该怎样表达这种新的内心体验呢？现成的语言形式能够充分揭示新形成的情感结构吗？

劳伦斯在《小说与情感》(The Novel and the Feelings,1925)一文中曾经抱怨英国人"没有表达情感的语言"。⁵ 这句话常常被误读,其实我们不妨把它理解为劳伦斯认定现成的语言形式已经无法传递上述新的情感体验。要传递新的体验,就要用新的语言形式。劳伦斯笔下的彩虹就是表达新体验的新奇比喻——它的驱动力来自作者那颗受到强烈震撼的心灵。

换言之,劳伦斯用彩虹这一新颖的比喻传递了工业社会中人类的新体验。

关于小说中的彩虹意象,不少评论家们都发表过见解,但是他们的视线往往只停留在小说结尾处那凌空而起的彩虹,因而仅仅把它跟厄秀拉对未来新生活的憧憬联系在一起。① 然而,彩虹意象在书中出现了多次。不关注它们的前后勾连,就无法发掘彩虹意象的丰富内涵,也就无法揣摩出劳伦斯在推敲"进步"话语方面的良苦用心。

下面就让我们来审视一下彩虹意象几次出现时的情况。

早在婴儿时期,厄秀拉就和彩虹结下了缘分:在第 6 章中,初为人母的安娜怀抱厄秀拉站在窗前,观看几只蓝山雀在雪地里打架;看着看着,她突然神游起来。朦胧中,她仿佛来到了毗斯迦山②巅,

---

① 详见拙文"劳伦斯笔下的彩虹",载《外国语》2005 年第 1 期。
② 毗斯迦山(Pisgah Mount)位于约旦河东。据《圣经》记载,摩西曾经从毗斯迦山顶眺望上帝赐予亚伯拉罕的宝地迦南。

同时眼前浮现出"一条凌空飞架的彩虹"。[6]从彩虹那里,安娜得到了满足,看到了希望:"黎明与黄昏是彩虹跨越白天的双足,她从这儿看到了希望,看到了许诺。她何必要到更远的地方去旅行呢?"[7]安娜曾经有过出门远游、探索未知世界的向往,但是她从彩虹那里得到启示,发现"即便她不是未知世界的旅行者……彩虹下面也仍然敞开着她的大门"。[8]

安娜看彩虹,而且是怀里抱着婴儿厄秀拉看彩虹,这显然是为后来厄秀拉独自看彩虹埋下了伏笔。也就是说,不同场合出现的彩虹意象跟母女俩分别所选择的生活方式有关。安娜的选择意味着对外面的未知世界(其实是工业社会——详见下文分析)的拒绝,而厄秀拉的选择意味着她盲目闯入"外面的世界",继而遭受挫折,最终有所觉醒这一过程。

为说明上述差别,我们有必要分析一下母女俩各自对"外面的世界"所作出的具体反应。

安娜是跟着继父汤姆·布朗文在乡村里长大的。虽然当时的农村已经受到工业文明的种种威胁,乡民们也受到了城市生活的种种诱惑,但是安娜跟父母居住的马什农庄却基本上保持着与世隔绝的自然状态:

> 马什农庄的生活确实有某种自由,也比较随便。那儿没有金钱的烦恼,没有人为琐事而斤斤计较,也无须注意别人有什么想法,因为无论是布朗文还是布朗文太太都无法察觉到外界的人对他们的评价。他们的生活与外边太隔绝了。
>
> 因此,安娜只有在家里才感到心情舒畅。……[9](译文稍作更动)

安娜曾经有过离家远游的冲动,但是彩虹给了她这样的启迪:"有些东西她先前未尝占有,现在也没占有,而且无法占有。有些东西是遥不可及的。她又何必为这些东西而远行呢?她站在毗斯迦山上不是很安全吗?"[10]在彩虹的启示下,安娜最终决定留在家乡这片宁静的土地上。

长大以后的厄秀拉对母亲所选择的生活方式感到不满,因此于17岁那年就离家出走,开始在外面的世界寻求她心目中的高尚生活。她在圣菲力普小学谋到了教师职位,满以为这下可以过起天高任鸟飞的生活,不料很快就发现自己原来是"身陷囹圄";孩子们在那里学到的尽是些机械僵硬的知识,就连教员们(如布伦特先生)的声音也"总是像机器那样生硬、刺耳、缺乏人性"。[11]更糟糕的是,孩子们还频频遭受体罚,恐怖的气氛让人窒息。后来,厄秀拉进了一所高校求学,满心希望在知识的海洋里畅游,然而她又经历了一次幻灭——不仅校舍处于"肮脏的工业城镇"之中,而且学校本身也成了工厂的附庸:

> 这里就像一家二手货商店,人们不过是为了考试从那里买点装饰而已。学校之于镇上的工厂,犹如杂耍之于正戏。她渐渐地、不知不觉地形成了对它的认识。它绝不是宗教修身之地,也不是学子的净土。它是一个学徒作坊,人们为了赚钱来这里装潢门面。学院本身只不过是工厂的一个邋遢的小实验室。[12]

只是在接二连三地经历幻灭之后,厄秀拉才看到了她母亲当初看到的彩虹,即小说结尾处出现的那条彩虹。

也就是说,在安娜和厄秀拉分别看到的彩虹之间形成了一种具有反讽意味的张力:安娜"足不出户"便看到了彩虹,而厄秀拉偏要在外面的世界闯荡并撞得"头破血流"之后才看见彩虹;既然不出远门也能看见彩虹,那又何必去招惹外面那陌生的世界呢?厄秀拉把自己的理想彩虹寄托在外面的世界,可是她去外面闯荡的每一步都是事与愿违、适得其反,到头来还得回到她母亲当初的立场上,才能真正看见彩虹——在小说最后一章(其标题就是《彩虹》)中,也就是在彩虹意象即将再度出现之前,有一个常常被评论家们忽视的细节:厄秀拉"突然从公正和实事求是的角度认识了母亲。她的母亲朴素无华,实实在在,因此能够随遇而安,而她自己却未能如此——她傲慢自负,执意让生活适应自己。她的母亲是正确的,是非常正确的,而她自己却是错误的,有的净是些想入非非的低劣念头"。[13]

由彩虹意象烘托的反讽基调在小说中有一种结构性的象征意义:在两次关键时刻出现的彩虹之间,厄秀拉刚好完成了一次圆圈似的历程——以跟母亲分道扬镳始,又以回到母亲的立场终。

厄秀拉的历程又象征着一个范围更大的历程,即人类在工业化进程中走过的历程。在厄秀拉的历程背后,隐含着这样一个问题:人们盲目投入"外面的世界"——即工业革命的"进步"洪流——是否得不偿失?

劳伦斯笔下的彩虹可以被看作一个磁场的中心,在它的周围团聚着许多其他意象,而且彼此之间有着一种往返穿梭、四通八达的关系。

例如,书中的小鸟意象就跟彩虹相映成趣。

紧挨着安娜第一次看彩虹的那个段落之前,有八个段落都被用来描写安娜抱着厄秀拉在窗前观看小鸟打雪仗的情景:光是"鸟"(birds)或"蓝山雀"(blue-caps/blue-tits)一词就连续出现过八次;安娜边看边对着这些小鸟和怀中的婴儿自言自语,并且把厄秀拉称呼为"我的小鸟儿",甚至还恍恍惚惚地感到"她自己也是属于那鸟儿世界的,她跟鸟类已经同化了"。[14] 也就是说,安娜是在融入鸟的世界以后才看到彩虹的。

同样,厄秀拉在看到彩虹不久之前也有融入鸟类世界的经历。《彩虹》一章中有一段关于厄秀拉在森林中寻找躲雨之处的描写:她一会儿觉得自己是"如飞的小鸟",一会儿又像"驭风而行的小鸟"。[15]

母女俩都是先与鸟类化为一体,然后再跟彩虹结下缘分,这恐怕不是作者笔下无意促成的巧合。

厄秀拉这只小鸟飞出了她母亲所依恋的家园,其实就意味着她失去了原本可以依托的社群,而且她在"外面的世界"更无法找到可以归属的新社群。她在外面闯荡时曾经接触过不少人,但是没有一个跟她真正建立起具有精神价值的关系。她的初恋情人斯克里本斯基和她的叔叔小汤姆本来应该成为她最亲近的人,可是她痛苦地发现这两个人都只是行尸走肉:斯克里本斯基的"灵魂埋在了坟墓里";[16] 小汤姆的"所作所为都毁于他那死了的灵魂"。[17] 灵魂的丧失跟他俩所处的相似的工业背景不无关系:斯克里本斯基是军队里的工程师,而小汤姆在成为一个精明的矿主前曾经是一位工程师的得意门生。这种相似的情形恐怕不是巧合,而是工业狂潮摧残人的灵魂这一普遍现实的写照。厄秀拉在工业世界里与没有灵魂的"机器人"苦苦周旋,其中的辛酸、困惑乃至震惊就像前文所说的那样,无法用现成的语言来描绘,因此劳伦斯让她"变成"

了一只孤立无援、居无定所的小鸟,以此表达他对社群消失这一历史进程的体验。

小鸟意象跟彩虹意象之间的联系还见于下面这段关于厄秀拉的描写:

> 她看见自己沿着一个圆圈旅行,现在只剩下一段弧线还未完成了。接着,她腾空而起,像一只小鸟一样飞到半空。她已经是一只初步学会飞翔本领的小鸟了。[18]

这段引文中的两个词尤其值得深究:"圆圈"(circle)和"弧线"(arc)。彩虹不也是弧圈形的吗?

跟彩虹形成呼应的还有教堂里的拱形建筑。例如,第七章《大教堂》讲安娜跟随威尔参观林肯大教堂,在那里她又一次"看见"了彩虹:

> 在这里她体会到了摆脱时间、逃离时间的感受。那教堂犹如一粒生命的种子默默地躺在东方与西方之间,躺在黎明与黄昏之间,躺在萌芽前的黑暗里,躺在死亡之后的寂静中。……那阴暗中充满了五颜六色,看上去好像有彩虹在移动,它使静寂中有音乐,黑暗中有光明,死亡中有丰收;犹如层层叶子之上的种子和笼罩在根基和花瓣之上的寂静,它在死亡、生命和永恒之间严守着秘密。[19]

安娜是在教堂里产生顿悟而与彩虹邂逅的,而教堂里的拱形——即弧圈形——结构恰好跟彩虹形成了呼应。在上引段落接下去的几段中,"arch"(拱门/拱形构造)一词连续出现了三次,其中的一次特别耐人寻味:"使她敬畏和沉默的是那延伸得很远的、一个连着一个的拱形结构,和飞起插入高空、托着巨大屋顶的石头。"[20]这里的"拱形结构"跟当初毗斯迦山上空的那条彩虹可谓异曲同工:它们都在安娜心中唤起了敬畏之情,使她陷入了关于生命意义的沉思。从安娜思考的内容来看,她那超越时间的感受以及对生命和死亡之间辩证关系的洞察都跟厄秀拉后来的盲目"飞行"形成了反差。

彩虹、小鸟(包括它飞翔时划出的弧线)、教堂里的拱形结构、厄秀拉所作的圆圈式旅行,这一切拧成了一股合力,强烈地烘托出了小说的反讽基调:厄秀拉奋勇飞向"外面的世界",到头来却事与愿违,迎来的只是幻灭。换言之,"天高任鸟飞"这一理想不可能在一个失落了社群、丧失了灵魂的工业世界里实现。

总之,劳伦斯用彩虹及其相关的意象唱出了一首关于社群失落的哀歌。弗格森(Francis Furgusson)曾经赞扬劳伦斯即兴创造比喻的能力,并把他所创造的比喻称作情感的"客观对应物"(objective equivalents):"他比任何人都更加明白,我们的感情或道德和宗教情感只有通过'客观对应物'才能得到共同的体验。"[21]确实,彩虹以及以它为中心的意象群可以被看作工业浪潮下人间悲情的一组客观对应物。正是用这样的客观对应物,劳伦斯完成了他对"进步"话语的推敲。

二、哀莫大于心死:伊丽莎白·鲍温的推敲

伊丽莎白·鲍温(Elizabeth Bowen,1898—1973)在《心之死》

(*The Death of the Heart*, 1939)①一书中对"进步"话语的推敲可谓别具一格。这种推敲表现为对异化现象——即高度物化的世界里人与人之间感情上的疏远和隔绝——的揭露。

女主人公波西娅早年失去双亲,16岁那年被同父异母的哥哥汤姆斯和嫂子安娜收养。兄嫂家境富裕,住在豪华的温得萨大街。他们没有让波西娅缺吃少穿,可是态度却冷若冰霜,无形中使波西娅那颗善良温馨的心遭受了一次又一次的摧残。波西娅曾经多次努力与兄嫂接近,可是每回都遭到了冷遇。例如,汤姆斯和安娜有一次外出旅行,回来时在前厅受到了波西娅的热情欢迎,但是他们连起码的礼貌都不愿表示:安娜迫不及待地钻进了洗澡间,汤姆斯则拿头疼做借口,溜进了书房。事后,汤姆斯对安娜说:"波西娅向我们表示了欢迎。"[22]安娜不得不承认:"是我们不够人情味儿。"[23]自从波西娅搬入伦敦温得萨大街二号以后,她就开始生活在一个没有人情味儿的世界之中。她那找不着归宿的目光足以反映出她的处境:

> 波西娅学乖了,再也不敢长时间地看任何人了。她的目光所到之处,似乎都受不到欢迎,似乎只能让人惊慌,因此她的目光里渐渐多了一层羞涩。只要跟别人的目光一接触,她就会把视线向一旁转移,或是谦卑地低下头去——除了茫茫空间的某个空白点之外,她不敢把目光停留在任何地方。她的目光急切地想找到归宿,可是却流离失所,因而总是显得盲

---

① 该书曾经被称做"20世纪最优秀的英国小说之一"以及"鲍温最出色的小说"——详见拙文《〈心之死〉的主题和艺术特色》,《外国文学研究》1989年第1期,第23页。

目而狂热。这样的目光会游移不定,会让人难堪,但是却不会跟人交流。[24]

是什么使波西娅连目光都流离失所了呢?

是汤姆斯夫妇那"进步"、"文明"的生活方式。他们从不打骂波西娅,而是处处以"善"的面目出现。例如,波西娅刚到兄嫂家的第一天,安娜就拉着她上大街,为她从头到脚购置了新服装,并坚持要她立即换上。如果孤立地看,这件事情只能说明安娜是个善良体贴的好嫂子。然而,那时波西娅的生母刚逝世不久,因此波西娅身上还穿着黑色的孝服,而且很想继续戴孝。安娜无视波西娅的感情,强行换下了她的孝服,这实际上是"文明"外衣遮掩下的一次暴行。

书中类似的例子举不胜举。有一次,安娜在家里用茶点招待圣·昆丁,波西娅也在场。安娜知道波西娅希望能趁此机会和他们谈话,于是不等茶点用完就对她说:"波西娅,你为什么不下楼去汤姆斯的书房?……我敢肯定他一定会很高兴和你在一起。"[25]安娜明明知道汤姆斯不爱看见波西娅,却假惺惺地让她去和汤姆斯做伴儿,这表面上是让他们兄妹能有更多的机会增进感情,实际上是想让波西娅讨个没趣。而且,安娜还知道波西娅其实明白她是当着客人的面使她难堪。波西娅在退出之前,还想跟他们说几句话,"可是安娜立即低下头去倒茶,而圣·昆丁也故意低着头用脚后跟去踩平地毯上的一条褶儿。直到波西娅关上门以后,沉默才被打破。"[26]这种斯文的冷漠比打骂更凶狠,更可怕。

波西娅下楼以后来到汤姆斯的书房里,当然,她在这里的遭遇并没有好多少。汤姆斯不冷不热地跟她寒暄了几句之后,便陷入

了长时间的沉默。当波西娅好不容易有机会开口时,我们看到了如下情景:

"我们开始时住在公寓房子里。母亲喜欢住公寓房子,因为这样安全些。但是后来在旅馆里寄宿。"

"真糟糕,"汤姆斯**强打精神**地说。

……

"我希望我们能让你过得好些。要是你现在已经是成人了,我们就可以让你更快活些。"

"可是到了那时候我也许——"

她把话咽了回去,因为汤姆斯正**皱着眉**盯着手中的空酒杯,显然在考虑是否要再斟上一杯酒。[27](黑体为笔者所加)

汤姆斯不是"强打精神"地应付妹妹,就是"皱着眉"不予理会,迫使波西娅不得不中断谈话。虽然他口口声声地表白想让波西娅过得好一些,可是实际上却使用冰冷的谈话方式让她承受一次次精神上的煎熬。

在上面那段谈话后不久,安娜送走了圣·昆丁,接着也来到了书房,马上又迫不及待地向波西娅下了逐客令。这一次,她打着关心波西娅的回家作业的幌子:"哦,波西娅,我真不想为这件事操心,不过要是学校里布置了回家作业,你是否觉得应该现在就把它完成了呢?"[28]这种明里关心、暗中折磨的手段,即便与夏洛蒂·勃朗特笔下简爱的姨母的恶毒相比,也是有过之而无不及。

在汤姆斯夫妇的冷漠的背后是财富的进步。汤姆斯靠做广告生意发了家,是一个典型的成功者。安娜"曾经做过室内装潢生意,但是她只是小打小闹儿——她生怕不能成功,因而迟迟不敢全身心地投入"。[29] 这一点让人想起卡莱尔当年对维多利亚人的批评,即后者有一种"对'不成功'的恐惧"(参见本书第七章第一节)。安娜虽然未能在生意上大展宏图,但是她通过嫁给汤姆斯——一个成功者——而获得了成功。总之,汤姆斯夫妇对"进步"话语身体力行,过着富裕的物质生活;他俩不仅住上了豪宅,而且"常常摆酒设宴,频频出席豪华晚会"。[30] 然而,他们的成功方式及其后果很值得推敲。小说叙述者曾经用含蓄的口吻指出,汤姆斯所从事的是"没有过去的生意"。[31] 依笔者之见,这句话简直就可以算作全书的点睛之笔:它不仅点出了汤姆斯的工作性质(做广告可以不考虑过去)和发家之道(为了发财可以背叛过去),而且点出了那个社会所追求的"进步"的实质和代价——人们为了成功,往往忘记过去,乃至丢弃过去,而任何感情纽带的生成都离不开过去,这就导致了小说中所描写的心的死亡,感情的死亡。

波西娅所住的温得萨大街二号就是一个没有过去、没有感情的社会的缩影。女管家玛奇特就曾经对波西娅这样说过:"这户人家没有过去。"[32] 玛奇特还对波西娅强调,汤姆斯和安娜"其实没有过去——没有过去"。[33] 对汤姆斯和安娜来说,波西娅意味着过去——波西娅和汤姆斯有着一个共同的、已故的父亲,即奎恩先生。然而,汤姆斯和安娜对跟往昔有着千丝万缕的联系的亲情并不看重,而对奎恩先生是否留下了可供现时享用的财富则非常在意。安娜曾经对圣·昆丁这样解释过自己为何跟波西娅合不来:"要是奎恩先生当初除了波西娅以外,给我们也留下一部分遗产的话,情形就不会那么糟糕。可是他死了以后,所有的财产都落入了伊琳(波西娅的生母)手中。她死了以后,又由波西娅继承了所有

第十八章 余波未定

的遗产——那可是每年好几百英镑的收入啊。"[34]这真是一语道破天机！安娜对老汤姆斯没有留给她遗产一事耿耿于怀，所以对波西娅进行精神上的折磨。也正是由于她把金钱和物质看得高于一切，因此她不可能和任何人建立起真正的感情。

对物质的崇尚不仅毒害了汤姆斯夫妇跟波西娅之间的关系，而且还破坏了这对夫妇彼此之间的关系。安娜和汤姆斯即便能形影不离，也无法避免同床异梦。书中有一段关于他俩出国度假归来后的对话：

> ……她背对着汤姆斯说："哈，我们回来了。"
> "你说什么？"
> "我说我们又回来了。"
> ……
> "你没听见我刚才说我们回来了吗？"
> "我当然听见了。你要我说什么？"
> "我希望你跟我说话，我们总是相对无言。"[35]

这段耐人寻味的对话让人想起 T. S. 艾略特的著名诗篇《荒原》，其中那位无名氏和她丈夫的对白所反映的是同一种异化现象：

> "……跟我说话。为什么总不说话。说啊。
> 你在想什么？想什么？什么？
> 我从来不知道你在想什么。想啊。"[36]

鲍温笔下被异化了的世界和艾略特笔下的荒原一样，都是缺乏感情交流的大沙漠。上面两段对话表明,当事人并非不向往真诚的情感交流,而是他们失去了情感交流的基础和能力。这一点在安娜身上表现得最为突出:她在一次内省活动中意识到自己的情感"就像拧不开的水龙头"。[37]这拧不开的水龙头就是心灵死亡的症候。

哀莫大于心死。安娜和汤姆斯等人在物质进步的洪流中可谓大显身手,然而他们却付出了心灵死亡的代价;不仅如此,他们还摧残了周围的人——如波西娅——的心灵。用这莫大的悲哀来映衬"进步"的实质,是鲍温小说的一大特色。

三、约翰·韦恩对"进步"的回应

如果说对"进步"话语的质疑已经形成了一个传统,那么约翰·韦恩(John Wain,1925—1994)则是这一传统中继往开来的重要人物。他的《山里的冬天》(*A Winter in the Hills*,1970)[①]可以作为一个重要的例证。

小说中的一段记载直接用了"进步"一词:"进步来到了兰克里斯。"[38]这一句引文的上下文跟垃圾清理公司的技术革新以及阿克莱特太太为清除家门前的垃圾所作的努力有关:兰克里斯地区(处于威尔士北部的山区)清理垃圾的卡车装备了更加新式的机器,处

[①] 韦恩和约翰·奥斯本(John Osborne,1929—1994)、金斯莱·艾米斯(Kinsley Amis,1922—1995)、艾伦·西利托(Alan Sillitoe,1928—)和约翰·布赖恩(John Braine,1922—1986)等人一起被称作"愤怒的青年"。《山里的冬天》是韦恩的第八部小说,许多西方评论家认为它标志着"韦恩的最高成就"。见 Dale Salwark, *John Wain*, Boston: Twayne Publishers, 1981, p. 87.

理垃圾的效率大大提高,可是阿克莱特太太家门前的垃圾却不能像以前那样得到及时清除,其原因是采用了新技术以后的垃圾清除条例规定:用户们必须先把垃圾放置在沿马路的指定地点,而年迈体弱的阿克莱特太太则无法把垃圾运送到离家门比较远的马路边。科技进步本来应该为老百姓的生活带来便利,但是兰克里斯地区的情形却恰恰相反,其间的讽刺意味不言自明。

事实上,对"进步"的讽刺形成了贯穿于整部小说的基调。小说情节的主线围绕着一个中心画面,即小人物在经济进步潮流中所受到的冲击,以及这些小人物所作出的反应。主人公罗杰在兰克里斯地区结识了汽车客运个体经营者贾力斯,此时后者正在被以"进步"名义开展的经济竞争逼向绝路:一个叫"联合汽车公司"的垄断集团跟暴发户迪克·夏普达成协议,只要夏普把当地所有的汽车个体经营户挤垮,他就可以得到一笔丰厚的酬金;夏普靠软硬兼施买下了所有的个体客运汽车,唯独贾力斯傲然不屈,但是他的反抗变得越来越难以维持——夏普利用不公平竞争的手段抢走了许多生意,并且施以暴力威胁。罗杰受正义感驱使,主动做了贾力斯的义务售票员,以表示对他的支持。

罗杰的立场招来了夏普的敌意。他指使喽啰们对罗杰进行了一系列的挑衅。先在他的房门上浇了一罐红漆,后来又撬松了他小车上的一只轮子,导致了一场车祸,使他险些丧生。同时,夏普又对罗杰施放糖衣炮弹:只要罗杰放弃对贾力斯的支持,他就可以得到一个俸禄很高的职位。罗杰断然予以拒绝。夏普恼羞成怒,变本加厉地进行了报复。罗杰住处的窗户被打碎,房东老太太惊恐不已,下了逐客令;罗杰被迫搬进山上的一座被遗弃的教堂栖身。接着,罗杰在酒店后院里遭到袭击,脸部、腰部和膝部多处受伤。不久,贾力斯本人也遭到了暗算,腕部骨折,被送进了医院。然而,罗杰和贾力斯并没有被夏普的淫威吓倒。在当地群众的支援下,他们赢得了时间——夏普不能按时履行和联合汽车公司签订的条约,只得将原先囤积的汽车卖回给它们的旧主。

上述竞争只是书中大鱼吃小鱼画面的一部分。对于贾力斯等人来说,夏普是一条大鱼;可是对于联合汽车公司来说,他只不过是一条小鱼。一旦违反了与该公司签订的合约,他就会受到惩罚。在联合汽车公司后面,还有一条更大的鱼——国家汽车公司。书中的酒店老板马里奥曾经把国家汽车公司称作"老大哥",并且说过这样一席话:"老大哥站在后面,随时准备把他们吞下去。他将轻而易举地并吞掉联合汽车公司,就像联合汽车公司并吞迪克·夏普或迪克·夏普并吞贾力斯那样。"[39]这种你死我活的竞争方式是韦恩笔下"进步"潮流的特征。

经济进步了,可是人们究竟为此付出了什么样的代价呢?这就是韦恩想要揭示的问题。

随着故事的深入,我们发现那个社会中经济进步的最大代价是人的自然本性的扭曲和人际关系的异化。这一点首先反映在迪克·夏普和贾力斯之间的关系上。夏普在少年时代是个心地善良的人。他和贾力斯同在一个小学里念书。那时贾力斯由于家境贫穷,"每天带的三明治总是少得可怜",因而夏普"经常让他分享自己的三明治"。[40]就是这同一个夏普,几十年以后竟欲置贾力斯于死地而后快,并且公开宣称后者"没有丝毫的生存权力"。[41]是什么促使夏普失去了原有的人性呢?是残酷的竞争以及对金钱的疯狂追逐。夏普是个白手起家的资本家,在大鱼吃小鱼的倾轧中日子并不好过。有一次,他曾经对罗杰吐露过自己的苦衷:"你知道白手起家是什么滋味儿吗?这就像没有笼子却要经营动物园一样……你必须急匆匆地筹钱,让资金在每个环节上到位。你是在和那些从父辈起就开始发迹的人竞争。是的,还有从祖父那一代起就发了迹的。他们在银行里存着大笔股票证券和现金,可以伺机而行。你却不行。为了把一个洞补上,你得再去挖另一个洞,然后又得赶紧想办法去补那个新挖的洞,否则你就会掉进去。我快速地赚钱,我必须这样做……"[42]这段话中特别值得注意的是"急匆匆地筹钱"和"快速地赚钱"这两句。带有"速度"含义的"进步"弄得不好,就会导致弗莱所说的"进步的异化"(参见本书第一章第二节)。夏普"进步"的速度的确加快了,可他的心灵扭曲了,他跟孩提时代好友之间的关系从根本上变质了,这不能不说是一幕悲剧。

同样的异化关系发生在土威福特和家人之间。跟夏普一样,土威福特在"进步"或"成功"——詹妮曾经讥讽他为"成功者"[43]——的道路上极其讲究速度。为了往上爬,"他总是行色匆匆,忙不迭地去拜见那些有权有势的人物"。[44]靠着高效和速度,他成功地变成了目前世界上仍然十分吃香的"两栖动物",即集大学教授和金融活动家等头衔于一身的大款:"他在此处的大学里教书,但是大部分时间都在伦敦做经济顾问或什么的,而且还经常在电视上讲解英镑的行情。他在这方面无所不知。"[45]可叹的是,他在感情方面却逐渐变得一无所知。在得志之前,他跟家人的关系还差强人意,但是在学会钻营之术以后,他跟妻子詹妮和两个孩子之间的感情逐渐疏远——詹妮和孩子们最后其实"生活在一种由土威福特一手制造的、令人窒息的金钱气氛中"。[46]也就是说,土威福特的"事业"蒸蒸日上了,而家庭生活却节节退化了,最后詹妮带着两个孩子毅然离家出走,并跟罗杰结成了伉俪,这其实是对土威福特的"成功"的嘲弄。

小说中的另一个成功者是土威福特的朋友费雪尔。跟夏普和土威福特一样,费雪尔的"进步"也明显地带有速度特征。詹妮曾经对他有过这样的评价:"就像土威福特一样,他的生活是在火车上度过的。他总是急急忙忙地往城里赶,出没于各种鸡尾酒会,借此使自己的事业有所进步。"[47] 费雪尔在大学英语系里任教,可是他的学问却捉襟见肘。令人吃惊的是,他不但能够保住自己的职位,而且在社会上——甚至在学术界——还混得有头有脸。究其原因,无非是他深谙鸡尾酒会上的"进步"之道。下面这段关于他的描写可谓入木三分:

> 他是个土威福特式的人物。正因为如此,他在骨子里跟夏普毫无二致……他是一个靠关系活着的人。他几乎什么学问都没有,但是他什么人都认识,因而得以弥补他在才能上的缺陷。他有一个本事,即总能在要紧的关头出现在要紧的地方;至于别人是否需要他在场,他可一点儿都不在乎。[48]

这段引文中"要紧的地方"也就是有利可图的地方。要图到利益,不仅要嗅觉灵、速度快,还要脸皮厚——引文中"别人是否需要他在场,他可一点儿都不在乎"这一句颇为传神地揭露了他的嘴脸。他的厚脸皮还在他跟诗人马德歌的关系上得到了充分的表现。他在马德歌落魄时避之犹恐不及,但是在后者获得联合国科教文组织的大笔资助、即将功成名就时,他又极尽阿谀奉承之能事。韦恩通过詹妮之口对他的势利作了生动的形容:"费雪尔一夜之间就会换成另一副面孔。多年来,他一直对马德歌这样的人冷嘲热讽,可是当他们得到承认,开始发财时,他就像食尸乌鸦一样绕着他们打转转。"[49]这段描写夹裹着深入的思考和诘问:费雪尔之流的确左右逢源,可是为了成功而沦为食尸乌鸦,这代价岂不过于惨重?

最后,让我们来思忖一下小说题目的寓意:《山里的冬天》难道仅仅是指罗杰于某个冬天在威尔士北部山区的遭遇?当"进步"浪潮席卷人类社会——就连兰克里斯这样的边远山区都未能幸免——的时候,人们是否感受到了冬天的寒意?

四、斯威夫特的"进步模式"

小说家在作品中讨论自己提出的"进步模式",这恐怕不太多见,而格雷厄姆·斯威夫特(Graham Swift,1949—)则是这不多见的小说家中的一个。在他的成名小说之一《洼地》(*Waterland*,1983)中,斯威夫特借主人公汤姆之口提出了一个"卑微的进步模式"(a humble model of progress):

> 有一种东西叫作进步。然而,它并不进步,并不走向任何地方。这么说是因为在进步的同时,世界可能后退。如果你能阻止世界的后退,那就是进步。我主张的是一个卑微的进步模式,即开拓荒地式的进步模式。失去了,又找回来,如此循环往复,周而复始,这就是进步。[50]

这一卑微的进步模式本身是对工业革命以来关于"进步"的宏大叙述(参见本书前言)的挑战。

不过,《洼地》对"进步"话语的挑战更生动地体现于小说自身的情节。

小说讲述了阿特金森家族好几代人在洼地(东英吉利沼泽地区)的发家史,而这发家史紧跟18、19世纪的英国发展史,可以被视为整个国家"进步史"的一个缩影。阿特金森家族从圈地种植大麦开始,逐渐建立起麦芽作坊和酿酒厂,同时依靠土地置换、开凿水渠、发展航道、创办运输公司以及倒卖铁路股票等手段积累了大量的资本,得以把自家的酿造业推向了全国市场,继而又在海外市场屡屡创造经济奇迹。仿佛工商界的荣耀还不足以体现他们的进步雄心,阿特金森又把扩张的势力延伸到了政界:先是托马斯·阿特金森当选为利姆河疏浚委员会的主席,然后他的两个儿子乔治和艾尔弗雷德先后当上了镇长;接着,新一代的家族首领亚瑟更是官运亨通,连续五次竞选议员获得成功,并且"成了帝国主义扩张政策的坚定倡导者"。[51]

在创造"进步史"的同时,阿特金森家族还创造了关于"进步"的宏大叙述。他们自诩为人类进步史的创造者,一有机会便抒发他们勇往直前、永创辉煌的豪情壮志。例如,阿瑟在首次当选议员后所发表的就职演说中这样宣称:"我们不是现在的主人,而是未来的仆人。"[52]这句话貌似谦逊,实则傲慢——亚瑟明明是在声称不仅要当现在的主人,而且还要当未来的主人。怪不得汤姆·克里克①用揶揄的口吻作了如下评论:

难道我们一谈起商业的进步就会没完没了吗?难道我们

---

① 汤姆·克里克是一名历史教员,因为母亲的血缘关系而跟阿特金森家族沾上了边(汤姆的父亲是一名普通的船闸管理员,后来成了阿特金森家的入赘女婿)。他还充当着小说叙述者的角色。

只应该谈论商业的进步,而只字不提思想的进步吗?阿特金森家族在构建那些思想时可是情不自禁的。就说如今的阿特金森家族成员吧,不管是兄弟,还是父子,全都一个样。只要有需要,他们就会奋勇当先地摆出事实,就会毫不含糊地列举有关利润和销售的数字,以及以成袋成袋的麦芽、成桶成桶的啤酒和成担成担的煤为标志的业绩。他们虽然会出于某种需要这样做,但是一旦有了好兴致(而且这样的好兴致来得越来越频繁),他们就会假装不看重这些物质成就,而是轻描淡写地形容一番,然后带着几乎是自我否定的口气声称:推动他们不断向前发展的不是别的什么,而是高尚无私的进步理想。[53]

阿特金森家族的辉煌和荣耀真的是"高尚无私的进步理想"的产物吗?要回答这一问题,我们有必要仔细看一下这个家族用以发家的伎俩。

阿特金森家族中最早发迹的成员约瑟及其儿子威廉的致富手段就颇令人回味。约瑟原来是一名普通的农民,靠种植大麦为生。1751年,他从"进步理想"中获得灵感,主动提出跟麦芽作坊老板乔治·贾维斯合伙做生意。约瑟承诺向乔治提供大麦,并且分担向啤酒厂运送麦芽成品的车马费,这一提议表面上对乔治有利,因而很快就被后者所接受。合伙后的麦芽作坊生意兴隆,然而乔治万万没有想到,约瑟最初签署协议时就埋下了伏笔:"早就另有打算的约瑟并没有在协议中承诺不向其他麦芽作坊出售大麦";[54]利用这一漏洞,威廉后来玩起了直接把大麦卖给啤酒厂的把戏(这些啤酒厂此时已经建造了自己的麦芽作坊),这一行径导致乔治之子约翰的麦芽生意走下坡路,最后迫使约翰把股份全卖给了威廉——原来的合办企业变成了由阿特金森家族独家经营。阿特金森家族的势力扩张了,贾维斯家族却被出卖了。可见,阿特金森家族的"进步史"是以侵占他人利益为代价的,从一开始就带有欺诈、阴险和冷酷等特征。

无独有偶,托马斯(威廉之子)的成功也伴随着欺骗和算计。一个典型的例子是他跟啤酒酿造商马修·滕布尔的"合作":托马斯夸口能帮助马修致富,前提是后者把企业的一半股份卖给他;凭借花言巧语,托马斯不仅在生意上占了马修的便宜,还娶了后者的女儿莎拉为妻,可是马修直到临死都"从未像托马斯·阿特金森所许的诺那样,在财富上有任何长进"。[55] 托马斯的精于算计几乎体现在他为人处世的方方面面,尤其是在业务经营方面。例如,他在别人还未意识到洼地的价值时,就以极低廉的价格把地皮统统收购,然后将水抽干,再以高于原来十倍的价格抛售;通过土地的变卖,他积累了大量的资本,接着又把资金用于利姆河的开发,使之成为重要的交通枢纽,进而为酿造业市场向海外扩张铺平了道路。也就是说,托马斯的宏伟事业每向前推进一步,都使用了投机取巧的伎俩。

以上分析表明,阿特金森家族的辉煌和荣耀并非"高尚无私的进步理想"的产物,而是欲望和野心不断膨胀的结果。换言之,所谓的"进步理想"只是欲望和野心的代名词而已。

《洼地》的叙事结构也构成了对"进步"话语的挑战。如前文所示,小说中所有事件的叙述都出自汤姆之口。汤姆在叙述洼地历史进程时参考了大量的政府文件、地方年鉴或编年史,以及祖辈留传下来的历史图片等,这些正统的文件或史料大都以阿特金森家族的辉煌业绩为中心,其实是书写了一部冠冕堂皇的"进步史",或者说是构筑了以"宏大叙述"的面目出现的历史文本。不过,汤姆并没有不假思索地照搬这些文本,而是在转述这些文本时不断地提出种种疑问或质问。例如,小说第九章主要讲阿特金森家族的"雄起",其中谈到了威廉如何夸耀自己的成功,紧接着就是汤姆的质问:"佳肴美酒,这不就是他(威廉)和他的家族的终极目标吗?难道佳肴美酒非得靠别人的怨恨和痛苦来换取吗?"[56]除了这样的质疑之外,小说中还穿插了许许多多原本受"宏大叙述"排挤的"故事"——叙述者汤姆一有机会就要讲述那些看似鸡零狗碎的故事,如关于酿酒厂失火的传说(谣传是汤姆的外祖父厄涅斯特为了得到保险金而自己放的火),以及莎拉被"软禁"在阁楼里的传说(谣传是托马斯怀疑莎拉不忠,因而揍了她,导致她从此丧失智力)。这些不登大雅之堂的"故事"显然有损于那些"宏大叙述"的尊严,它们颇似利奥塔(Jean-François Lyotard, 1924—1998)所说的"小叙述"(the little narrative)[57],其功能是撕开历史表层叙述的裂缝,释放那些原先被挤压到历史边缘的话语,进而颠覆我们前面所说的"进步"话语。正如金佳女士在分析《洼地》时所指出的那样,"在历史表层叙述的背后,小说中其实还存在着许多游离于历史主流的声音和故事,作者对这些边缘的声音的挖掘,打破了直线前进的历史叙述,使我们看到了历史真实的多面性"。[58]斯威夫特本人对《洼地》也有过类似的解说:"小说中存在不同层次的声音,有些浮在表面,而有些则需要我们侧耳倾听。"[59]确实,当我们侧耳倾听时,更多的是听到了《洼地》中对"进步"话语的诘问、质疑和挑战。

《洼地》还给了世人一个更大的启示:每当"进步"话语叫得很欢的时候,我们尤其需要侧耳倾听。

五、被鹦鹉嘲弄的"进步"

在当代英国文学史上,朱利安·巴恩斯(Julian Barnes,1946—)和格雷厄姆·斯威夫特经常被相提并论,但是他们有一个共同点未被人重视:他俩都对"进步"话语提出了强烈的质疑。可以说,巴恩斯的质疑丝毫不亚于斯威夫特的质疑,这一点可从巴恩斯的力作《福楼拜的鹦鹉》(*Flaubert's Parrot*,1984)中略见一斑。

关于《福楼拜的鹦鹉》,批评家们大都有两个定论:1.该书在非小说化的路径上走得很远;2.它在总体上是一部唯美主义的作品。① 然而,批评家们似乎都忽视了一点,即上述两个特点其实有助于该小说对"进步"话语的质疑。

应当承认,《福楼拜的鹦鹉》一书的非小说成分比例很高,或者说它在很大程度上只是一部准小说——书中的许多章节采用了年谱、日记、寓言、词典和档案摘录等形式,甚至有干脆用"考卷"的面目出现的(第十四章)。这些削弱乃至取消了小说叙述性成分的篇章并非像一些评论家所说的那样,仅仅是为了凸显"'小说之死'的末世景观"[60]而已,而是有着更深刻的目的,即通过互文性来加强对"进步"话语的推敲。小说的表层叙述围绕退休医生杰弗里·布雷斯韦特的经历而展开:布雷斯韦特的妻子对他不忠,而后又自杀身亡,这一切使他联想到了福楼拜的名著《包法利夫人》——他的命运跟查尔斯·包法利医生的有着许多相似之处;与福楼拜的联

---

① 详见阮炜,"巴恩斯、福楼拜及《福楼拜的鹦鹉》",载《现代主义之后:写实与实验》(陆建德主编),北京:中国社会科学出版社,1997年,第390—393页。

系使他对后者的另一部作品《一颗纯朴的心》发生了兴趣,尤其是对福楼拜创作该书时用作模特儿的一只鹦鹉①产生了兴趣,于是他不辞千辛万苦,到处寻找那只鹦鹉,结果却发现许多博物馆都声称自己所陈列的鹦鹉就是福楼拜当年所用过的那一只。穿插于这一表层叙述的是前文所说的那些以"非小说"面目出现的各类文字(其内容大都围绕福楼拜的生平而展开),而这类文字与其说是把读者的注意力引向了福楼拜本人,不如说是把注意力引向了由不同文本的交互而凸显的两个时代——而且是两个国度——之间的一个共同点:布雷斯韦特和福楼拜都生活在一个"进步"的年代(我们稍后将加以论证)。

至于该书的所谓"唯美主义"倾向,阮炜有过一段评论颇值得参考:

> ……说巴恩斯全然不流露一丁点儿社会关怀似乎并不十分公平。因为毕竟他将福楼拜对资产阶级的批判当作"小说"材料来使用了。他指出,福楼拜是"不相信进步"的,"尤其是不相信道德意义上的进步",因为他生活的时代是资产阶级统治的时代,是一个"愚蠢"的时代,而普法战争后的所谓"新时代"在福楼拜看来就"更加愚蠢"了,因为在这样的时代,任何意义上的"进步",都是资产阶级意义上的进步,而资产阶级从来都是那么可鄙,那么猥琐,那么可气可恨。[61]

---

① 《一颗纯朴的心》的女主人公费勒丝特对周围所有的人都献出了爱心,可是她却被所爱的人相继抛弃,最后只能跟一只名叫"露露"的鹦鹉相依为命;"露露"死后,费勒丝特请人将其剥制,并一直随身携带。

应该补充一句：布雷斯韦特也生活在一个崇尚"进步"的、可鄙的、猥琐的、可气可恨的时代。我们知道，整套"进步"话语中最诱人的辞藻之一是"民主"，而布雷斯韦特则生活在一个"民主"受到空前的吹嘘，而且在表面上取得节节胜利的年代，难怪他要重温当年福楼拜写下的一句名言："整个民主梦无非是要把无产阶级提升到资产阶级已经达到的愚蠢水平而已。"[62]布雷斯韦特深感这句话具有预言功能，并且认为自己所生活的年代验证了福楼拜的预见：

> 在过去的一百年里，无产阶级懵里懵懂地效仿了资产阶级，而资产阶级对自己的优势已不如以前那么自信，所以变得更加狡猾，更加具有欺骗性。难道这就是进步吗？如果你想知道现代人在乘船时是怎样愚蠢地打发时光的，那么你只需研究一下某只跨越英吉利海峡的、挤满人群的渡船就行了。船上的人无一例外地在盘算着倒卖免税商品能够带来的利润，或在酒吧过量地饮酒，或在老虎机上玩赌博游戏，或在甲板上漫无目的地打转转，或思忖着怎样弄虚作假才能侥幸地通过海关……顺便提一句，我跟这些人并没有什么两样：我也囤积免税商品，然后像其他人一样，等待着把这些商品转卖给那些水手的机会。我只是想说明这样一个观点：福楼拜当初的预言没错儿！[63]

上面这段引文中最值得注意的是那句反问："难道这就是进步吗？"巴恩斯通过布雷斯韦特之口描绘了一幅现代人的"进步"图景：酗酒、赌博、无所事事、投机倒把、弄虚作假，等等。令人深思的是，这样的"进步"早在一百多年以前就遭到福楼拜等人的抨击，可是人

第十八章 余波未定

类似乎并未从中吸取多大教训。这也是布雷斯韦特每每要回顾福楼拜当年有关言论的原因。就小说的整个结构而言,分别围绕布雷斯韦特和福楼拜而展开的两个故事之间的互文关系有力地烘托了"进步"话题——用我们在上文中的话来说,对"进步"话语的推敲由不同文本的交互而得到了凸显。

纵观《福楼拜的鹦鹉》全书,"进步"一词的出现不下十几次,而且多数出现在带有警句或悖论意味的句子或段落中。略举数端如下:

"世界在进步吗?或者说它只是像渡船那样在来回穿梭?"[64]

"什么是作家最容易做,而且做起来感觉最舒服的事情呢?是恭维自己的社会:向它的二头肌献媚,为它的进步鼓掌,为它的愚蠢解嘲……"[65]

"……(福楼拜)并不仅仅憎恨铁路本身;他恨它用进步的幻觉来讨好人们。没有道德的进步,科学的进步又有什么意义?"[66]

"福楼拜不相信进步,尤其不相信道德进步,而道德进步才是真正重要的。他生活在一个愚蠢的时代。由普法战争带来的新时代将会更愚蠢。当然,变化是会有的:俄麦[①]精神正

[①] 俄麦是《包法利夫人》中的人物。

在取得胜利。"[67]

> "俄麦精神:进步、理性主义、科学、欺诈。'我们必须跟时代一起前进',这几乎是俄麦的座右铭。的确,他一往无前地奔向了荣誉勋位勋章。爱玛·包法利死后,她的尸体由两个人守护,其中的一位是牧师,另一位就是药剂师俄麦。他俩分别代表了旧的正统观念和新的正统观念。这情形就像19世纪的某幅讽寓式雕塑:宗教和科学共同为罪恶的身体守灵。……牧师和科学人竟然都有本事伏在尸体上睡着了。他们原先只是因为没有弄清相互的哲学立场而阴差阳错地凑在了一块,但是很快便在共同的鼾声中达到了统一。"[68]

以上的每段引文都是对"进步"的强烈质问或讽刺。含有"俄麦精神"的那两段尤其值得注意:巴恩斯真正关注的并非福楼拜本人及其所属的时代,而是如今仍在大行其道的"俄麦精神"——我们前面提到的那只跨越英吉利海峡的现代化船只以及船上那些醉生梦死的人群就是"俄麦精神"在现代的化身。确实,在布雷斯韦特的时代,科学更发达了,理性更发达了,可是人们把这用来做什么了呢?在那只现代化的船上,科学技术被用于赌博(如先进的老虎机),理性被用于算计和弄虚作假(如倒卖免税商品以及蒙骗海关人员),而这一切又往往是以"进步"的名义进行的。难怪巴恩斯在界定"俄麦精神"时把"进步"、"理性主义"、"科学"跟"欺诈"并列在了一起!

小说中的那只鹦鹉似乎也跟"俄麦精神"有关:科学和理性已经如此发达,可是它们却丝毫不能帮助布雷斯韦特找到那只真正激发过福楼拜灵感的鹦鹉;那些博物馆和陈列馆一个个声称自己藏有真品，难道就不是欺诈？这又呼应了前面引文中福楼拜的那句预言：没有道德的进步，科学的进步又有何益？

在小说的结尾处，布雷斯韦特在自然历史博物馆又找到了三只酷似"露露"的鹦鹉（原先那里竟然陈列着 50 只之多），而且它们都带着"尖锐和嘲弄的目光"盯着他。[69]百般困惑的布雷斯韦特只能在这嘲弄的目光下郁闷地离去，小说也随之告终。这一结尾意味深长：鹦鹉嘲弄的何只布雷斯韦特？被嘲弄的何尝不是"俄麦精神"？何尝不是发达的"理性"和"科学"？何尝不是傲慢的"进步"话语？

六、《下一个》中的"进步"

英国作家中的奇女子克里斯廷·布洛克—罗斯（Christine Brook-Rose, 1923—　）在她 75 岁那年发表了一部奇书，即《下一个》(*Next*, 1998)。该小说是布洛克—罗斯往那些高唱"进步"赞歌的人头上浇的一盆冷水：20 世纪末的西方世界，许多人因"柏林墙"的倒塌而额手称庆，以"自由"、"民主"和"全球化"为关键词的"进步"话语一时间成了某些人日夜高奏的凯歌，可是布洛克—罗斯偏偏在此时抖搂出了"进步"话语掩盖下的丑陋——她用《下一个》讲述了一群无家可归者的故事。

"进步"(progress)一词直接在小说中出现了三次，而且都出现在泰克和埃尔西的一段对话中（由埃尔西开始）：

> "……从珍妮纺织机问世以来，甚至可能从更早的某个时期以来，所有的进步都造成了许许多多的痛苦，不过这些痛苦现在都被遗忘了。到头来一切都会自行了断。"

> "你所说的不是进步,而是科技的发展。这世上没有进步,而只有……不过,旧思想在你的脑子里已经根深蒂固。根深蒂固的旧思想是一切罪恶的根子。"[70]

泰克此处所说的"旧思想"就是从19世纪以来已经变得根深蒂固的"进步"话语。这一"进步"话语不仅给成千上万的人带来了痛苦,而且麻痹了痛苦者的神经。埃尔西就是一个典型的例证:她既漂亮又聪明,还受过良好的教育,可是她却因"进步"浪潮中的激烈竞争而找不到工作,沦落为一个无家可归的人;尽管如此,她仍然信奉"进步"——上面那段对话就表明了"进步"话语对她的麻痹作用。具有强烈讽刺意味的是,小说里的十个主要人物(布洛克—罗斯在《下一个》中主要刻画了十个无家可归者的形象)中数埃尔西最信奉"进步",因而也最乐观,可是她的命运最悲惨:她在流浪途中遭人奸杀,而发达、进步的高科技既没能保障她的安全,又无法替她报仇申冤——凶手直到小说结束时还逍遥法外。

埃尔西和她的街头同伴们生活在一个高度"进步"的时代。小说中"经济全球化"、"控制全球化"、"贸易全球化"、"高科技"、"信息技术"和"国际互联网"等词语比比皆是,这些词语的不断出现无非是一种提示,即人类已经进入了一个高度富有、科技高度发展的社会。然而,就在这样的社会里居然还有成群的无家可归者,这一触目惊心的现实是布洛克—罗斯的鞭挞对象。《下一个》中的十个主要人物不仅具有无家可归者的普通特点,如衣衫褴褛、忍冻挨饿等,而且具有新的"进步"时期的特点——随着经济全球化的加速,竞争程度的加剧,沦落街头者的成分也发生了变化:他们中间增加了许多高学历的人。以往的那些街头流浪者——如狄更斯笔下的奥利弗——大都与良好的教育无缘,可是在布洛克—罗斯笔下却有好几个曾经受过良好教育的流浪者。例如,《下一个》中也有一个名叫奥利弗的人物,他在英国最好的伊顿公学受过教育,然后又在牛津大学拿到过学位,可是到头来仍然逃不过吃流浪饭的命运。又如,泰克在里丁大学历史系拿到过学位,埃尔西和昆廷都曾经在很好的商业学院受过教育(埃尔西的英语成绩以及计算机等科目的成绩都是优秀,而昆廷还在一家生产电子门的公司当过经理),他们都成了"进步"浪潮的牺牲品:昆廷原来所在的公司因技术落后而倒闭,他本人也因此过上了颠沛流离的生活;泰克所学的历史知识不能直接给任何企业带来利润,因而他也只能在街头风餐露宿;埃尔西比他俩更为不幸,连性命都未能保住。

前文提到,《下一个》堪称一部奇书。著名批评家麦克黑尔(Brian McHale)就曾经对该书的题材和真实感啧啧称奇:"很难想象布洛克—罗斯在75岁时还会去体验风餐露宿的生活。以她的高龄,就连采访那些睡在街头的人都很难想象。然而,不管她采用了什么样的方法来搜集素材,她最后写出来的东西非常逼真,就像她亲临其境地搜集了第一手资料那样。"[71] 不仅该书的选题、内容和资料来源让人称奇,而且它的形式也格外奇特。除了旋转式的叙述角度和大段大段的意识流之外,小说的文字拼写也显得稀奇古怪:为了模仿伦敦底层社会中流行的方言(也就是那些无家可归者使用的方言),布洛克—罗斯在文字拼写上作了大胆的更动。虽然这一手法本身早就有人使用(如狄更斯和奥威尔等),但是布氏所作的更动在幅度和难度上大大超过了前人——有时候整句乃至整段中几乎每个词的拼写都有变动,读者需要读上好几遍才能辨认。让我们以埃尔西劝外号为"沙喉咙"的昆廷少抽烟那一句为例:

"Yer ough'er seey to tha'corf, Craoakey, daon i' keeyp yer awike a' nah's?"("你应该对咳嗽多加注意,沙喉咙。晚上你会因此睡不安稳吧?"正规拼写应该为:You ought to see to that cough, Croaky, doesn't it keep you awake at night?)[72]

可以说,布洛克—罗斯做了一次拼写方法的陌生化处理,其效果是拉近了我们与那些流浪者之间的距离:一旦我们辨认出这些"古怪"文字的意思,捉摸出它们的独特发音,我们就会产生身临其境的感觉,产生跟有关人物的亲近感,而这种亲近感一直是遭到"进步"话语的排挤和压制的。

小说的文字排列格式也非常奇特,这本身又是对"进步"话语的批评。仅以小说第一段为例:

近期故事梗概:黛丽卡早就嫁给了石油大王布莱德。多年以来,她替后者管理牧场,并且照料着她俩生下的一对双胞胎——雷克斯和丽贾纳。然而,黛丽卡从来无法掩饰她对特里克斯的深情,因为后者是她跟旧情人杰西的私生子。杰西是布莱德生意上的对手,后来 跟蒂娜结了婚,可是眼下他正在追求基娜。道格 是雷克斯新结交的朋友。这一天,他带着辛蒂 去雷格斯那儿串门,碰巧布莱德也在家。布莱 德一下子迷上了辛蒂,而道格却迷上了基娜,可是基娜却正和里克打得火热——里克眼下正帮着黛丽卡管理产业。有一次,黛丽卡跟萨尔大吵了一场。余怒未消,她又吩咐丹思对布莱德里的行为进行干预。[73]

第十八章 余波未定

即使我们不理会上面这段文字本身的意思,它们所组成的图形也有着强烈的象征意义:这幅图形看上去正像一架电视机,中间的那一处空白既可以看作电视机的屏幕,又可以解为媒体内容的空洞。如果我们结合文字本身,就更加能够理解其中的含义:原来这是一段电视肥皂剧的故事梗概,其内容不但空泛,而且极其无聊,品味极其低劣。我们知道,占据西方媒体的往往是以各种面目出现的"进步"话语;那些低级无聊的电视肥皂剧往往致力于刺激世人在财、色、权力等方面无度进取的欲望,因而它们在实质上也属于"进步"话语的一部分。从这一角度看,我们很快便会明白段"象形文字"的寓意:它是对"进步"话语的影射和讽刺。

可能有人会提出疑问:小说开头处那段文字里的故事和人物跟小说本身的故事和人物毫不搭介,这岂不是游离于全书的结构之外?确实,这样的开头起初会让人摸不着头脑,可是只要我们仔细阅读,就会发现它其实跟小说所描写的现实有着千丝万缕的联系。从小说的第二段中,我们得知流浪汉泰克把载有那段"故事梗概"的电视节目周刊当作了枕头(他穷极潦倒,连枕头都买不起)。随着故事的推进,我们经常看到不同人物在贫民收容所收看电视节目的镜头。他们收看的是哪些节目呢?正是像小说开头处所示的空洞无聊的东西。

在整部小说中,跟"看电视"有关的是两组反复出现的"主旋律"。

其一,书中人物常常对电视/媒体的内容进行评论。例如,外号"雅皮"的杰西曾经对电视节目的商业性以及节目内容的贫乏表示不满:"每次预报下一个节目时,总是先来一点儿该节目的片段,可是紧接着播音员就会说'先休息一下'。这一休息就没完没了:

先是广告,再是促销剪辑,然后又是广告,接着是信息宣传,再接着又是促销剪辑。"[74] 比节目贫乏更可恶的是虚假,这一点多次在不同人物的对话中被提及。雷奥纳多就曾经对斯特拉这样说:"可笑的是电视台……拍摄的总是大街上浩浩荡荡的就业大军。可是那些人都属于幸运儿。这世上还有许多人在流浪,在沿街乞讨。他们累了只能在公园的长凳上歇歇脚,困了只能在屋檐下睡一觉。"[75] 同样,从昆廷跟奥利弗的一次对话中,我们了解到媒体在竞相报道"失业率上个月几乎降到了零,可是实际上却什么都没有改变"。[76] 从这些对话中可以看出,电视上充斥着"进步"话语——无论是"浩浩荡荡的就业大军"的画面,还是所谓"失业率降到了零"的报道,都是为了宣传社会的"进步"。然而,实际情形就像对话里所说的那样:什么都没有改变!分析到此处,我们再一次体悟到了小说篇首的那段"象形文字"的奇妙——它为书中人物抨击媒体的虚假埋下了伏笔:媒体上所宣扬的"进步"全是假的,就像那个文字图形中的"空心"一样。

其二,书中反复出现电视播音员的一句节目结束语:"不要离开我们!"如果我们结合以上的分析,就会发现这句话极具讽刺意味:成千上万个无家可归者仍然过着饥寒交迫的生活,可是媒体对这一严酷的现实视而不见;他们频频播送的不是有关"进步"的虚假新闻,就是无聊空洞的肥皂剧,而播音员们还不厌其烦地要求观众继续观看("不要离开我们!")。正是看到了其中的荒唐之处,布洛克—罗斯把这句话用作了全书的结束语,但是作了微妙的更动:"不要离开他们!"[77] 虽然只有一词之差,可是效果却异常深刻。如果说前面反复出现的播音员的结束语是一种含蓄的讽刺,那么这最后一句就是对虚假媒体的顺势一击和盖棺定论:任何有良知的人都应该远离媒体所营造的虚拟现实,而把目光和同情心投向"他们"——现实生活中成千上万个饥寒交迫的人们。也就是说,"不要离开我们"代表了"进步"话语,而"不要离开他们"则是对"进步"话语的有力挑战。

最后,让我们来回味一下小说题目——《下一个》——的含义:前文中已经间接地提到,小说中的人物常常在电视机前等待"下一个节目",可是等来的不是广告和信息宣传,就是促销剪辑和虚假新闻;当布洛克—罗斯发出"不要离开他们!"这一呼喊时,她其实是在呼吁人们别再期待任何"下一个节目"——只有远离这"下一个节目",人们才能看清被"进步"话语掩盖的严酷现实。

以上所分析的六个小说文本也许只能看作六个碎片,但是它们共同属于一部针对"进步"话语的推敲史,一部从19世纪延续下来的推敲史。

注释:

1 Raymond Williams, *The English Novel: From Dickens to Lawrence*, p. 182.
2 同上, p. 172。
3 D. H. Lawrence, *The Rainbow*, Harmondsworth: Penguin Books Ltd, 1949, p. 8.
4 同上, p. 12。
5 D. H. Lawrence, "The Novel and the Feelings", in Edward McDonald, *Phoenix: The Posthumous Papers of D. H. Lawrence*, New York: Viking Press, 1936, p. 757.

6 同注 3,p. 195。

7 劳伦斯:《虹》,漆以凯译,天津:百花文艺出版社,1956年,第263页。

8 同注 3,p. 196。

9 同注 7,第 131 页。

10 同注 3,p. 195。

11 同上,pp. 372—376。

12 同上,pp. 434—435。

13 同上,p. 485。

14 同上,pp. 194—195。

15 同上,p. 487。

16 同上,p. 328。

17 同上,p. 344。

18 同上,p. 417。

19 同注 7,第 274 页。

20 同上,第 275 页。

21 Francis Fergusson, "D. H. Lawrence's Sensibility", in William Van O'connor, *Forms of Modern Fiction*, Bloomington: Indiana University Press, 1959, p. 74.

22 Elizabeth Bowen, *The Death of the Heart*, New York: Vintage Books, 1938, p. 256.

23 同上。

24 同上,p. 49。

25 同上,p. 27。

26 同上,pp. 27—28。

27 同上,pp. 31—32。

28 同上,p. 35。

29 同上,p. 37。

30 同上, p. 85。

31 同上, p. 38。

32 同上, p. 82。

33 同上, p. 83。

34 同上, pp. 10—11。

35 同上, p. 256。

36 T. S. Eliot, *The Waste Land*, in *The Norton Anthology of English Literature*, Vol. 2, (ed.) M..H. Abrams, New York and London: W. W. Norton & Company, Inc. , 1986, p. 2185.

37 同注 22, p. 263。

38 John Wain, *A Winter in the Hills*, New York: The Viking Press, 1970, p. 100.

39 同上, p. 192。

40 同上, p. 161。

41 同上, p. 160。

42 同上, p. 161。

43 同上, p. 62。

44 同上, p. 111。

45 同上, p. 62。

46 同上, p. 97。

47 同上, p. 64。

48 同上, p. 335。

49 同上, pp. 378—379。

50 Graham Swift, *Waterland*, London: Picador, 1984, p. 336.

51 同上, p. 157。

52 同上, p. 93。

53 同上, p. 92。

54 同上,pp. 64—65。

55 同上,p. 73。

56 同上,p. 66。

57 Jean-François Lyotard, "The Postmodern Condition: A Report on Knowledge," in *From Modernism to Postmodernism: An Anthology*, (ed.) Lawrence Cahoone, Massachusetts: Blackwell Publishers Inc., 1996, p. 499.

58 金佳:《格雷厄姆·斯威夫特小说〈洼地〉的动态互文研究》,《当代外国文学》2004 年第 2 期,第 125 页。

59 转引自 Catherine Bernard, "An Interview with Graham Swift", *Contemporary Literature* 38 (1997), pp. 217—231.

60 阮炜:"巴恩斯、福楼拜及《福楼拜的鹦鹉》——评《福楼拜的鹦鹉》",载《现代主义之后:写实与实验》(陆建德主编),中国社会科学出版社 1997 年版,第 392 页。

61 同上,p. 397。

62 Julian Barnes, *Flaubert's Parrot*, London: Picador, 1985, p. 94.

63 同上。

64 同上,p. 120。

65 同上,p. 153。

66 同上,pp. 123—124。

67 同上,pp. 93—94。

68 同上,p. 93。

69 同上,p. 228.

70 Christine Brooke-Rose, *Next*, London: Carcanet, 1998, p. 34.

71 Brian McHale, *Review of Contemporary Fiction*, Summer 1999, Vol. 19, Issue 2, p. 126.

72 同注 70,p. 16。

73 同上，p. 1。

74 同上，p. 11。

75 同上，p. 29。

76 同上，p. 184。

77 同上，p. 210。

结　语

　　以上各章的论证表明,19世纪英国小说的最强音是对"进步"话语的推敲。

　　虽然本书的每个章节看似相对独立,但是它们有一个共同的特点:所分析的每一部小说都质疑了有关"进步"的宏大叙述。从这一意义上说,本书重点讨论的每一位小说家都担当了书写或重写历史的重任。从迪斯累里到乔治·爱略特,从哈代到康拉德,每一位小说家都奉献了一种带有"史书"特点的新型小说。当然,任何优秀的小说都具有史书价值。本书所研究的"史书"有其特定的含义,即针对19世纪出现的为"进步"唱颂歌的"正史"而写就的"进步"推敲史。这部推敲史影响深远,至今仍余波荡漾。

　　在后现代主义文学思潮的冲击下,小说的真实性和历史意义频频受到怀疑。从德里达到斯皮瓦克,一个又一个的大牌学者斩钉截铁地宣称:小说作品只是一个带有许多亚文本的文本而已,因而即便是追求现实主义的作品,也只能是展现某种幻象而已。然而,从我们前面所作的分析来看,小说的魅力之一恰恰是它能捕捉生活现实。19世纪英国的新型小说就是有力的例证。这些小说捕捉到了雷蒙德·威廉斯所说的"情感结构",捕捉到了工业革命给人类社会带来的新压力、新震荡、新的人际关系和新的生活节奏,捕捉到了农业文明向工业文明转型时期人们在"进步"旋涡中的真实体验,而这些体验是从当时那些"正史"上找不到的。

有意思的是,19 世纪英国小说家们所反对的正是把生活的幻象展示给世人。正如本书第一章中所示,迪斯累里之所以写下《西比尔》和《柯宁斯比》等名篇,是因为"现有史书中所有重大事件都被扭曲了,大部分历史的重要原因都被遮蔽了",[1]更是因为有关英国"以往十个朝代的历史记载全部是幻觉而已"。[2] 迪斯累里的使命正是要戳穿这些幻觉,还生活以本来面目。又如我们在第七章中所强调的那样,萨克雷在其小说中传播的正是"被史书忽视或遮掩的那些信息和真理"。[3]

狄更斯何尝不是如此?他的《艰难时世》,题目本身就表明他写的是一部当代史。他选择托马斯·卡莱尔作为该书的题献对象,分明是在呼应卡莱尔对当时正在走红的"进步"话语的批判——以麦考莱等人为代表的"进步"话语把维多利亚时代描绘成伟大的时代,而狄更斯偏偏以"艰难"来形容它。《小杜丽》下卷第十三章甚至直接采用"The Progress of an Epidemic"这样的标题来点明维多利亚人狂热追求的"进步"无异于一场瘟疫(见本书第四章第二节),这不是在写历史又是什么?

特罗洛普又何尝不是如此?他的《我们如今的生活方式》也有

---

[1] 转引自 Sheila M. Smith, "Introduction", *Sybil or The Two Nations*, Oxford and New York: Oxford University Press, 1981, p. vii。

[2] 同上,p. 421。

[3] R. D. McMaster, *Thackeray's Cultural Frame of Reference: Allusions in the Newcomes*, Montreal: McGill-Queen's University Press, 1991, p. 106.

一个直指当前社会的题目。该书始终散发着鲜明的时代气息。透过工业巨头麦尔墨特的大起大落,我们可以瞥见被"进步"话语吹嘘的"成功"浪潮掩盖下的一种普遍的、以充满"不安"为特征的情感结构。

乔治·爱略特也何尝不是如此？她的《米德尔马契》题目的原文"Middlemarch"一旦拆成"middle"和"march"这两个英语单词,就获得了丰富的内涵和浓厚的时代气息:"middle"既可以指中产阶级的崛起这一特定历史现象,又可以指英国正处于一个重要的历史中转期,即农业文明和工业文明之间的转型期,还可以指"适中的前进速度",而"march"则有"边界"、"有争议/争端的边境地区"以及"前进/行军"——也就是"进步"——的意思(详见本书第十四章第三节)。换言之,爱略特从拟定题目起,就切入了"进步"话题:官方的"进步"话语一味地颂扬或鼓吹中产阶级的崛起和工业化的飞速进程,而乔治·爱略特则对此提出了异议;她不主张发展的速度太快,而是主张以适中的速度前进。

金斯利当然也是如此。他的《奥尔顿·洛克》的副标题——"裁缝和诗人"——是对卡莱尔的名著《旧衣新裁》的直接呼应。本书不止一次地提到,卡莱尔在《旧衣新裁》中把当时的世界比喻成了"一个巨大的、毫无生气的、深不可测的蒸汽机",并且在《时代特征》中给那个时代下了一个定义,即"机械的时代"。《奥尔顿·洛克》是对那个"机械时代"的有力回应,这一点在"裁缝"这一意象中就得到了体现:卡莱尔和金斯利笔下的"衣服"和"裁缝"都暗指对精神信仰的关注——由"进步"话语编织起来的世界充其量只是蒙盖着一层层华丽的"外衣",终究会露出灵魂丧失后的破绽和丑陋。

康拉德更是如此。他的《进步前哨》的篇名起到了再明显不过的点题效果。康拉德是在"进步"话语铺天盖地的时期发表这篇作品的,而且如本书第十七章中所说,它刚好刊登在一份同时还刊登了一篇题为《维多利亚女王的无上权力》的文章——该文鼓吹大英帝国"正在所有方面取得进步"——的"佳庆特刊"上。康拉德顶着潮流直抒胸臆,实属不易。《进步前哨》问世于19世纪末,并不仅仅是历史的巧合,它的发表时机体现了一种强烈的历史责任感,它的题目渗透着一种深邃的历史意识。

这样强烈的历史责任感和历史意识弥漫于本书所探讨的每一部小说之中。除了以上几段中提到的那几位作家之外,伊丽莎白·盖斯凯尔、夏洛蒂·勃朗特、托马斯·哈代和乔治·吉辛等人也都以各自的方式记载了一段鲜活的历史。他们以敏锐的笔触,率先捕捉到了史学家们尚未捕捉到的、"进步"洪流压迫下的问题意识。他们的小说犹如亚里士多德在《诗学》里所赞扬的诗歌,比史书更具有哲理性和重要性。至少就19世纪的"进步"史而言,他们的真知灼见往往使同时代的史学家们黯然失色。难怪彼得·盖伊会发出这样的感叹:"可怜的历史学家,他们只能跟在只有小说家才得掌握的真知灼见后面摸索前进!"①

19世纪英国的新型小说具有史书功能,这并不妨碍它们同时又是优秀的文学作品。它们的思想内容——尤其是对"进步"话语的挑战——往往巧妙地隐含在艺术形象之中。在这一方面,本书所解读的小说无一例外。一个比较突出的例子是频频出现的"铁路"意象——对"铁路"及其相关意象的分析几乎贯穿了本书的整

---

① 彼得·盖伊:《历史学家的三堂小说课》,刘森尧译,北京:北京大学出版社,2006年,第143页。

个构架。迪斯累里的《西比尔》、狄更斯的《董贝父子》、伊丽莎白·盖斯凯尔的《玛丽·巴顿》、萨克雷的《纽克姆一家》、特罗洛普的《我们如今的生活方式》、乔治·爱略特的《激进党人菲利克斯·霍尔特》、托马斯·哈代的《无名的裘德》和乔治·吉辛的《文苑外史》等书中都出现了"铁路"意象,其情景/具体语境和社会文化语境都值得我们细细推敲。例如,《董贝父子》、《无名的裘德》和《文苑外史》等书中的铁路或列车意象已经形成了一种"型式化"的语篇凸显部分,这种前景化的语篇不仅为我们探索相关小说的主题提供了基础,而且魅力十足,韵味无穷。换言之,在本书研读的许多小说中,铁路/列车不是简单地比况单一事物的断金碎玉,而是一种具有磁性的结构性象征。正如本书中多次展示的那样,要真正领悟这些小说中"铁路"所具有的水波荡漾般的意蕴,就得把这一意象放在它跟其他诸多意象、事件和细节的错综复杂的关系中加以体会。我们不妨借用一段伯齐托有关象征的精彩论述来形容上述关系:

> 哪里有象征,哪里就建立起了一个由事件、象征和细节组成的磁场。这一磁场把无数纷杂的含义吸引在它的周围。当然,在象征主义作品里,不同含义之间的逻辑关系的纽带并没有丧失殆尽。不过,意象和节奏已经不再是缠绕着逻辑主干的芜蔓枝藤。它们的作用不仅仅是装点主干,使它勉强呈现生机。相反,意象和意象之间、场景和场景之间以及节奏和节奏之间都首尾呼应,互映成趣,就像在图画中相同或相反的颜色都互相对应一样。那些看来是必要的对应关系并非仅仅是出于逻辑上的需要才建立起来的。松散的逻辑关系呈线条形状,而象征关系则呈圆弧形状。后者暗示着一种往返穿梭、四

通八达的关系。一部作品的全部象征意义"总是在趋于完成",然而却永远有待于完成,因为它总是在不断地产生新意,并将其统一在自己的有机体中。①

狄更斯、哈代、和吉辛等人笔下的铁路/列车可以被看作上述"磁场"的中心,在它的周围攒聚着许多其他意象,彼此之间有着一种往返穿梭、四通八达的关系。只有把握住这种关系,我们才能顺藤摸瓜,才能发现"进步"车轮的道道辙痕。

"铁路"意象在19世纪英国小说中频频出现,其意义不可小觑。这冰冷坚硬的铁路和吞吃着煤炭喷吐着烟雾的列车怪物以强硬迅捷的姿态闯入了人们的生活。人们无须也无法顾及这匹"铁马"的身体与情感,因为它根本不存在情感。它能让人轻松吗?不能!这种铁制的工具和它们所代表的"进步"话语决不会顾及人的身体与情感,更没有四条腿的马儿的那种忠诚。正当社会上欢呼"进步",笑意尚浓的时候,敏感的小说家们就发现列车已经把人们带入了一个前所未有的困顿之地,人们被风驰电掣地带离了也许贫穷却可以把握的过去,而渴望中的金色的未来天堂却似乎总有一步之遥——也许更远。列车的速度越提越快,是不是终有一天,它将脱轨而去,把急切上车的乘客们搁置在过去与未来之间空无一物的荒原上?

如此之多的小说家不约而同地选择铁路/列车作为主要意象,这无疑反映了一种共同的社会情感结构,也反映了一种共同的使

---

① 安吉洛·普·伯托齐,"《恋爱中的妇女》中的象征手法",载《劳伦斯评论集》,蒋炳贤编,上海:上海文艺出版社,1995年,第150页。

命。无论是《西比尔》、《董贝父子》和《玛丽·巴顿》，还是《纽克姆一家》、《我们如今的生活方式》和《激进党人菲利克斯·霍尔特》，或是《无名的裘德》和《文苑外史》，作品中有关火车/铁路的细节都具备了发射信号的功能：它们引导我们把目光从匆匆赶路，生怕赶不上列车的乘客移向急匆匆奔跑在致富道路上的"时代快车"。搭乘这辆快车的主要乘客是那些春风得意的弄潮儿——他们的脚步儿比别人快，匆匆地敛财，匆匆地消费，匆匆地作乐，甚至连复仇也是盲目加上匆忙。

为这"时代快车"提供理论依据的是麦考莱等人所描绘的"进步"神话。本书前言和许多章节中都已经提到，"进步"神话是19世纪英国社会的主流话语；在这一神话光环的笼罩下，淘金者们可以毫无顾忌地在"快速通道"上狂奔，而没有任何道德和情感的追求或压力。从这种奔跑者的姿态中看得出来，作为所谓的成功者或准成功者的他们，根本无暇放慢脚步声，对人生种种要义略加关注。事实上，充斥在他们耳际的只是列车的隆隆声，也就是所谓"进步"的脚步声，而他们的心灵和思维方式也渐次变得机械般简单生硬。这样的人物形象，19世纪的小说中在在可见，如《奥尔顿·洛克》中的乔治、《西比尔》中的马奈伯爵和芒特彻斯尼夫妇、《柯宁斯比》中的蒙默斯爵爷和里格比先生、《董贝父子》中的董贝、《艰难时世》中的葛擂硬和庞得贝、《小杜丽》中的潘克斯、莫多尔和卡斯比、《玛丽·巴顿》中的卡森、《名利场》中的别德·克劳莱太太、《纽克姆一家》中的巴尼斯和查尔斯、《尤斯蒂斯钻石》中的丽萃·尤斯蒂斯、《我们如今的生活方式》中的麦尔墨特、费斯克、艾尔弗雷德爵爷、费利克斯子爵和卡伯利夫人、《谢莉》中的罗伯特·穆尔、邓恩和马隆、《亚当·比德》中的亚瑟和海蒂、《激进党人菲利克斯·

霍尔特》中的哈罗德·特兰姆森、《米德尔马契》中的布尔斯特罗德、《无名的裘德》中的"小时光老人"和艾拉贝拉、《文苑外史》中的贾斯珀以及《进步前哨》中的凯亦兹和卡利尔,等等。也就是说,本书剖析的每部小说中都出现了"脑袋和心灵都变得机械了"的人物(参见本书前言和第十一章)。这些人物对"进步"的方向和代价没有任何焦虑,对损人利己的"进步"方式不以为耻,反以为荣,甚至作为呼朋引伴、自我标榜的口号。他们中间的不少人固然心计深沉,一路将他人玩弄于股掌之上,却难逃失败的下场——他们的聪明也只是机械式的聪明。19世纪新型小说的作者们通过这些活龙活现的人物形象,剥去了"进步"神话的光环,嘲弄了"进步"神话的实质。

除了铁路/火车意象和"机械式进步"人物形象之外,能够说明本书的中心论点——19世纪英国小说的最强音是对"进步"话语的推敲——的还有一个有力的例证,即"进步"字眼直接在上述小说中的频频出现。例如,《柯宁斯比》和《西比尔》中分别出现了"与时代共同进步"的口号和自称为"进步的信徒"的人物(参见本书第一章第二节)。又如,《小杜丽》中直接把"进步"比作一场瘟疫(参见本书第四章第二节)。再如,在《名利场》中,"进步"一词被直接用来修饰了别德·克劳莱太太、毕脱爵士、蓓翠·霍洛克斯和乔杰等人物(参见本书第六章第一节)。在《纽克姆一家》中,类似的例子更加突出,如比尼先生津津乐道的医学进步、汤米(上校)跟克莱夫讨论的文体进步以及费林托希侯爵在交际舞方面的进步(参见本书第七章第一节)。在《谢莉》中,叙事者干脆称主人公罗伯特·穆尔为"彻底的进步分子"(参见本书第十章第一节)。这么多"进步"字眼在不同作者的不同小说中频频出现,这绝非偶然,而是跟铁路/列车意象一样,反映了一种共同的社会情感结构和共同的使命。跟铁路/列车意象一起,它们组成了上文中所说的象征"磁场"的中心。

确实,"进步"车轮碾过了本书所分析的每个小说家笔下的世界。

"进步"车轮碾过之后,留下的是"两个民族"之痛。无论是盖斯凯尔夫人笔下两极分化的图景,还是迪斯累里笔下衣不遮体的、每天在矿井下爬行12至16小时之久的年轻姑娘的画面,或是哈代吉辛笔下的裘德和雷尔登死于贫困的悲惨命运,都极大地讽刺了"进步"话语。需要特别指出的是,本书所分析的小说无一例外地揭示了"两个民族"这一社会现象。

"进步"车轮碾过之后,留下的是异化惨相。本书所选的小说不是抨击了以异化劳动为特征的异化现象,就是展示了以人的孤独感为特征的异化现象,而这两种异化都跟"进步的异化"有着千丝万缕的联系。例如,斯蒂芬、约翰·巴顿、洛克、裘德和雷尔登等人所从事的都是异化劳动,而同时他们又深深地陷入了孤立无援的境地,而这一切其实都是"进步"车轮飞速运转的结果:一方面,以"现金联结"为实质的"进步"话语为异化劳动推波助澜,而异化劳动则造成了裘德、斯蒂芬和巴顿们跟周围人的疏远和隔阂;另一方面,拜金主义造成的人际关系的淡漠加深了他们因异化劳动而产生的痛苦。这种多重意义上的异化是19世纪英国新型小说所重点聚焦的对象。

"进步"车轮碾过之后,留下的是消费文化和商品文化的泛滥。本书所选的小说家在不同程度上都记载了超前消费、过度消费、为消费而消费的风气。迪斯累里笔下的蒙默斯爵爷、狄更斯笔下的杜丽先生和莫多尔、盖斯凯尔夫人笔下的小卡森和"奢侈小姐"艾米、萨克雷笔下的利蓓加、乔斯、乔治、沃波尔勋爵、斯丹恩侯爵和纽克姆家族、特罗洛普笔下的丽萃、费利克斯子爵和麦尔墨特、乔治·爱略特笔下的亚瑟和罗莎蒙德、哈代笔下的艾拉贝拉以及吉辛笔下的贾斯珀和艾米都是消费文化和商品文化的缩影。这些被商品淹没的人物已不复有作为真实的人的情感，没有了可以付出的心。物欲横流的世界使他们不仅被"商品化"，被"物化"，而且被"动物化"了。简而言之，本书所分析的所有小说家无一例外地把批判的锋芒指向了一个令人揪心的现象：赤裸裸的商业价值观已经大规模地侵入了人类的精神领域。

"进步"车轮碾过之后，留下的是对于"不成功"的恐惧心理。19世纪英国新型小说在展示人物内心的种种冲动和克制方面堪称上乘。透过小说人物在选择行为方式时所经历的彷徨和痛苦，我们可以觉察到一种普遍存在的焦虑和躁动。这种不安的情绪一方面可以看作新旧社会价值观彼此碰撞、冲突的结果，另一方面又可以看作在"进步"话语撩拨下"成功"欲望左冲右突的结果。从狄更斯到乔治·爱略特，从哈代到康拉德，有关作品中的人物都在殚精竭虑地"进步"着，然而他们是如此地脆弱，以致需要不时地提防别人，并算计别人，有时甚至只要别人轻轻地把脚伸出裙底，就会遭到粉碎性的打击（详见本书第七章第一节）。这种以不安、不自在、人与人之间彼此提防的戒备心理为特征的情感结构与当年麦考莱等人所鼓吹的"进步"神话形成了鲜明的对照。

"进步"车轮的隆隆声如今还在继续着，有时列车的轰鸣还愈演愈烈，但是它不应该湮没我们对历史的反思，遮蔽我们对人世的观察和思考——这就是笔者撰写本书的根本原因。

主要参考文献

中文部分

乔治·爱略特:《米德尔马契》,项星耀译,人民文学出版社,1987。

阿尼克斯特:《英国文学史纲》,戴镏龄等译,人民文学出版社,1980。

丹尼尔·贝尔:《资本主义文化矛盾》,赵一凡等译,三联书店,1992。

夏洛蒂·勃朗特:《谢莉》,徐望藩、邱顺林译,河北教育出版社,1996。

约翰·伯瑞:《进步的观念》,范祥涛译,上海三联书店,2005。

安吉洛·普·伯托齐:《〈恋爱中的妇女〉中的象征手法》,《劳伦斯评论集》,蒋炳贤编,上海文艺出版社,1995。

陈可培:《康拉德研究的后现代视角——〈进步前哨〉个案分析》,《广西梧州师范高等专科学校学报》2005年5月,第16卷第2期。

程锡麟、王晓路:《当代美国小说理论》,外语教学与研究出版社,2001。

狄更斯:《艰难时世》,全增嘏、胡文淑译,上海译文出版社,1978。

狄更斯:《小杜丽》,金绍禹译,上海译文出版社,1998。

恩格斯:《英国工人阶级状况》,人民出版社,1956。

弗莱:《批评的剖析》,陈慧等译,百花文艺出版社,1998。

弗莱:《现代百年》,盛宁译,牛津大学出版社,1998。

福斯特:《小说面面观》,苏炳汉译,花城出版社,1984。

付子伯:《蛮荒上"贸易与进步"的无辜牺牲品——评康拉德的〈进步前哨〉》,《四川师范学院学报》1994年第4期。

彼得·盖伊:《历史学家的三堂小说课》,刘森尧译,北京大学出版社,2006。

托马斯·哈代:《无名的求裘德》,张谷若译,人民文学出版社,1995。

黄梅:《不肯进取》,辽宁教育出版社,1996年。

黄梅:《推敲"自我"——小说在18世纪的英国》,三联书店,2003。

侯维瑞:《现代英国小说史》,上海外语教育出版社,1985。

《简明不列颠百科全书》第5卷,中国百科大全书出版社,1986。

蒋承勇:《十九世纪现实主义文学的现代阐释》,高等教育出版社,1996。

金佳:《格雷厄姆·斯威夫特小说〈洼地〉的动态互文研究》,《当代外国文学》2004年第2期。

卡莱尔:《文明的忧思》,宁小银译,中国档案出版社,1999。

恩斯特·卡西尔:《人论》,甘阳译,上海译文出版社,1985。

劳伦斯:《虹》,漆以凯译,百花文艺出版社,1956。

李思孝:《马克思恩格斯美学思想浅说》,上海文艺出版社,1981。

李远方:《文明的扭曲——再论〈文明前哨〉的思想性》,《郑州大学学报》1993年第5期。

利维斯:《伟大的传统》,袁伟译,三联书店,2002。

陆建德:《破碎思想体系的残编》,北京大学出版社,2001。

罗伯特·路威:《文明与野蛮》,吕叔湘译,三联书店,1984。

马克思、恩格斯:《共产党宣言》,《马克思恩格斯选集》第一卷,浙江人民出版社,1972。

马克思:《在〈人民报〉创刊纪念会上的演说》,《马克思恩格斯选集》第二卷,江苏人民出版社,1972。

马克思:《资本论》,人民出版社,2004。

钱乘旦、许洁明:《英国通史》,上海社会科学院出版社,2002。

钱乘旦、陈晓律:《英国文化模式溯源》,上海社会科学院出版社,2003。

任绍曾:《语篇中语言型式化的意义》,《外国语》2000年第2期。

阮炜:"巴恩斯、福楼拜及《福楼拜的鹦鹉》——评《福楼拜的鹦鹉》",《现代主义之后:写实与实验》,陆建德主编,中国社会科学出版社,1997。

萨克雷:《名利场》,杨必译,人民文学出版社,1995。

斯宾塞:《教育论》,《外国教育论著选》,赵荣唱、张济编,江苏教育出版社,1990。

亚当·斯密:《国民财富的原因和性质的研究》,杨敬年译,陕西人民出版社,2001。

薛鸿时:《论吉辛的〈文苑外史〉》,《三十年文选》,中国社会科学院外国文学研究所编,中国工人出版社,1994。

薛鸿时:《乔治·吉辛前期小说初探》,《超越传统的新起点》,文美惠编,中国社会科学出版社,1995。

杨绛:"《名利场》译本序",载《名利场》杨必译本。

殷企平:《小说艺术管窥》,百花文艺出版社,1995。
余开祥:《西欧各国经济》,复旦大学出版社,1987。
张旭东:《韦伯与文化政治(一)》,《读书》2003年第5期。
赵炎秋:《狄更斯长篇小说研究》,社会科学文献出版社,1996。
朱虹:《英国小说的黄金时代》,中国社会科学出版社,1997。

英文部分

Abrams, M. H. *A Glossary of Literary Terms*. Fort Worth: Hartcourt Brace College Publishers, 1999.

Allen, Walter. *The English Novel: A Short Critical History*. New York: E. P. & Co., Inc., 1954.

Altick, Richard D. *Victorian People and Ideas*. New York and London: W. W. Norton and Company, 1973.

Anderson, Quentin. "George Eliot in *Middlemarch*". *George Eliot: A Collection of Critical Essays*. Ed. George R. Creeger. New Jersey: Prentice-Hall, Inc. Englewood Cliffs, 1970.

Armstrong, Isobel. *Victorian Poetry: Poetry, Poetics and Politics*. London: Routledge, 1993.

Bakhtin, Mikhail. "Discourse in Life and Discourse in Art". *Literary Criticism*. Ed. Robert Con Davis and Ronald Schleifer. New York: Longman, 1998.

Barnes, Julian. *Flaubert's Parrot*. London: Picador, 1985.

Bernard, Catherine. "An Interview with Graham Swift", *Con-*

temporary Literature 38, 1997.

Bivona, Daniel. "Disraeli's Political Trilogy and the Antinomic Structure of Imperial Desire", *Novel* 22 (1989).

Blake, Robert. *Disraeli*. London: Eyre and Spottiswoode, 1996.

Boumelha, Penny. *Charlotte Brontë*. Bloomington and Indianapolis: Indiana University Press, 1990.

Bowen, Elizabeth. *The Death of the Heart*. New York: Vintage Books, 1938.

Bowlby, Rachel. *Just Looking: Consumer Culture in Dreiser, Gissing and Zola*. London: Methuen, 1985.

Braun, Thom. *Disraeli the Novelist*. London: George Allen & Unwin, 1981.

Brantlinger, Patrick. *The Spirit of Reform: British Literature and Politics, 1832—1867*. Cambridge & Massachusetts: Harvard University Press, 1977.

—. "Nations and Novels: Disraeli, George Eliot, and Orientalism", *Victorian Studies*, V.35 (Spring 1992).

Brontë, Charlotte. *Shirley*. Oxford: Clarendon Press, 1979.

—. *Jane Eyre*. Oxford: Oxford University Press, 1980.

Brooke-Rose, Christine. *Next*. London: Carcanet, 1998.

Bunyan, John. *The Pilgrim's Progress*. London: Oxford University Press, 1949.

Burke, Edmund. *The Philosophy of Edmund Burke: A Selection from His Speeches and Writings*. Ed. Louis I. Bredvold and Ralph G. Ross. Ann Arbor: The University of Michigan

Press. 1967.

Cane, Hal. *Triumph of the Mundane: The Unseen Trends that Shape Our Lives and Environment*. Washington D. C.: Island Press, 2001.

Carlyle, Thomas. *Critical and Miscellaneous Essays*. Ed. H. D. Trail. London: The Centenary Edition, Vol. 2, 1901.

—. *Past and Present*. London: Chapman and Hall, 1924.

—. *Sartor Resartus*. Oxford and New York: Oxford University Press, 1987.

Carroll, David. *George Eliot and the Conflict of Interpretations: A Reading of the Novels*. New York: Cambridge University Press, 1992.

Cazamian, Louis. *The Social Novel in England 1830—1850*. Translated by Martin Fido. London and Boston: Routledge & Kegan Paul, 1973.

Clapham, J. H. *Work and Wages. Early Victorian England*. Vol. I. Ed. G. M. Young, London: Butt and Tillotson, 1934.

Colloms, Brenda. *Charles Kingsley*. London: Constable & Company Ltd. ,1975.

Conrad, Joseph. *An Outpost of Progress*, 载《英国文学选读》第2册,杨岂深、孙铢主编,上海译文出版社,1981。

Danon, Ruth. *Work in the English Novel: The Myth of Vocation*. London & Sydney: Croom Helm Ltd. ,1985.

Dickens, Charles. *Dombey and Son*. Hertfordshire: Words-

worth Editions Limited, 1995.
—. *Hard Times*. Beijing: Foreign Language Teaching and Research Press • Oxford University Press, 1994.
—. *Little Dorrit*. London: Penguin Books, 1994.
—. *The Speeches of Charles Dickens*. Ed. K. J. Fielding. Oxford: Clarendon Press, 1960.
Disraeli, Benjamin. *Sybil or The Two Nations*. Oxford and New York: Oxford University Press, 1981.
—. *Coningsby*. Oxford and New York: Oxford University Press, 1982.
—. *Tancred*. London: Peter Davies, 1927.
Eagleton, Terry. "Critical Commentary", in Charles Dickens, *Hard Times*. London and New York: Methuen, 1987.
—. "Flesh and Spirit in Thomas Hardy". *Thomas Hardy and Contemporary literary Studies*. Ed. Tim Dolin and Peter Widdowson. New York: Palgrave Macmillan Ltd. ,2004.
—. "Foreword", in Daniel Cottom, *Social Figures: GE, Social History, and Literary Representation*. Minneapolis: University of Minnesota Press, 1987.
—. "The Limits of Art". *Thomas Hardy's Jude the Obscure*. Ed. Harold Bloom. New York: Chelsea House Publishers, 1987.
—. *Myths of Power: A Marxist Study of the Brontës*. Houndmills: The Macmillan Press LTD. , Second Edition, 1988.
Eliot, George. *Adam Bede*. Hertfordshire: Wordsworth Edi-

tions Limited, 1997.

—. *Felix Holt, the Radical*. Hertfordshire: Wordsworth Editions Limited, 1997.

—. *Middlemarch*. Hertfordshire: Wordsworth Editions Limited, 2000.

—. *Selected Critical Writings*. Ed. R. Ashton. Oxford: Oxford University Press, 1992.

—. "Thomas Carlyle". *Selected Essays, Poems and Other Writings*. Ed. A. S. Byatt and Nicholas Warren. Harmondsworth: Penguin, 1990.

Eliot, T. S. *The Waste Land*. *The Norton Anthology of English Literature*, Vol. 2. Ed. M. H. Abrams. New York and London: W. W. Norton & Company, Inc., 1986.

Ferguson, Niall. *The House of Rothschild: Money's Prophets, 1798—1848*. New York: Viking Penguin, 1998.

Fergusson, Francis. "D. H. Lawrence's Sensibility", in William Van O'Connor, *Forms of Modern Fiction*. Bloomington: Indiana University Press, 1959.

Ferris, Ina. *William Makepeace Thackeray*. Boston: Twayne Publishers, 1983.

Ford, Madox Ford. *The English Novel from the Earliest Days to the Death of Joseph Conrad*. Manchester: Carcanet Press Limited, 1983.

—. *Joseph Conrad*. London: Duckworth & Co., 1924.

Forster, E. M. *Aspects of the Novel and Related Writings*.

London: Edward Arnold Ltd. , 1974.

Franklin, J. Jeffrey. *Serious Play: The Cultural Form of the Nineteenth-Century Realist Novel*. University of Pennsylvania Press, 1999.

Gallagher, Catherine. *The Industrial Reformation of English Fiction: Social Discourse and Narrative Form 1832—1867*. Chicago and London: The University of Chicago Press, 1980.

David Garnett (ed.), *Conrad's Prefaces to His Works*. London: J. M. Dent & Sons Ltd. , 1937.

Garret, Peter K. *The Victorian Multi-plot Novel: Studies in Dialogical Form*. New Haven: Yale University Press, 1980.

Gaskell, Elizabeth. *Mary Barton*. Oxford • New York: Oxford University Press, 1987.

Ghent, Dorothy Van. "*Adam Bede*". *Modern Critical Views: George Eliot*. Ed. Emily Bestler and James Uebbing. New York: Chelsea House Publishers, 1986.

Gissing, George. "The Coming of the Preacher". *George Gissing on Fiction*. Ed. Jacob & Cynthia Korg. London: Enitharmon Press, 1978.

—. *New Grub Street*. Hertfordshire: Wordsworth Editions Limited, 1996.

Glen, Heather. *Charlotte Brontë: The Imagination in History*. Oxford and New York: Oxford University Press, 2002.

—. "*Shirley and Villette*". *The Cambridge Companion to the Brontës*. Ed. Heather Glen. Cambridge: Cambridge University Press, 2002.

Goldmann, Lucien. *Towards a Sociology of the Novel*. Trans. Alan Sheridan. London: Travistock Publications, 1975.

Goode, John. "*Adam Bede*". *A Readers' Guide to George Eliot*. Ed. Lucie Armitt. Icon: Palgrave, 2000.

Gordon, Charles. "Introduction", in John C. Brown, *The Ethics of George Eliot's Works*. Philadelphia: Arnold and Company, 1939.

Gottlieb, Evan M. "Charles Kingsley, the Romantic Legacy, and the Unmaking of the Working-Class Intellectual". *Victorian Literature and Culture*, Vol. 29, Number 1, 2001.

Grylls, David. *The Paradox of Gissing*, London: Allen & Unwin, 1986.

Hamner, Robert. "The Enigma of Arrival in 'An Outpost of Progress' ", *Conradiana*, Fall 2001.

Hao, Li. *Memory and History in George Eliot*, Houndmills: Macmillan Press Ltd. , 2000.

Harden, Edgar F. *Thackeray the Writer: From Journalism to Vanity Fair*. Houndmills & London: Macmillan Press LTD. , 1998.

Hardy, Barbara. *The Exposure of Luxury: Radical Themes in Thackeray*. London: Peter Owen Ltd. , 1972.

—. *The Novels of George Eliot: A Study in Form*. Bristle: Western Printing Services Ltd. , 1959.

Hardy, Florence Emily. *The Life of Thomas Hardy*. Hong

Kong: The Macmillan Press Ltd., 1982.

Hardy, Thomas. *Jude the Obscure*. Toronto: Bantam Books, 1969.

Hollington, Michael. "Story, History, Allegory: Some Ironies of *Jude the Obscure* from a Benjamin Perspective". *Thomas Hardy and Contemporary literary Studies*. Ed. Tim Dolin and Peter Widdowson. New York: Palgrave Macmillan Ltd., 2004.

Houghton, Walter E. *The Victorian Frame of Mind: 1830—1870*. New Haven and London: Yale University Press, 1957.

Hoeveler, Diane Long and Lisa Jadwin. *Charlotte Brontë*. New York: Twayne Publishers, 1997.

Hughes, Thomas. "Prefatory Memoir". *Alton Locke*. Charles Kingsley. Hildesheim: Georg Olms Verlagsbuchhandlung, 1968.

James, Henry. *The House of Fiction: Essays on the Novel By Henry James*. Ed. Edel Leon. London: R. Hart-Davis, London, 1957.

—. *Notes on Novelists*. *The Critical Heritage*, *Gissing*. Ed. Pierre Coustilla. London and Boston: Poutledge and Kegan Paul, 1972.

Jenkins, Juliet and Alice. Ed. *Victorian Culture*. Houndmills: Macmillan Press Ltd., 2000.

Keating, P. J. *George Gissing: New Grub Street*, London: Edward Arnold, 1968.

Kermode, Frank. *The Genesis of Secrecy*. Cambridge, Massachusetts and London: Harvard University Press, 1979.

Kettle, Arnold. "Felix Holt the Radical". *Critical Essays on George Eliot*. Ed. Barbara Hardy. London: Routledge & Kegan Paul, 1970.

Kingsley, Charles. *Alton Locke*. Hildesheim: Georg Olms Verlagsbuchhandlung, 1968.

—. *Yeast*. London and New York: Everyman's Library, 1928.

Kingsley, Fanny. *Charles Kingsley, His Letters and Memories of His Life*, Vol. I. Cambridge and London: Cambridge University Press, 1962.

Lawrence, D. H. "The Novel and the Feelings". *Phoenix: The Posthumous Papers of D. H. Lawrence*. Ed. Edward McDonald. New York: Viking Press, 1936.

—. *The Rainbow*. Harmondsworth: Penguin Books Ltd., 1949.

Leavis, F. R. *D. H. Lawrence: Novelist*. Harmondsworth: Penguin Books Ltd., 1955.

—. *The Great Tradition*. New York: Doubleday and Company, ING, 1954.

Lewes, G. H. "Currer Bell's *Shirley*". *Critical Essays on Charlotte Brontë*. Ed. Barbara Timm Gates. Boston: G. K. Hall & Co., 1990.

Lindner, Christoph. *Fictions of Commodity Culture: From the Victorian to the Postmodern*. Hampshire: Ashgate Publishing Limited, 2003.

Lothe, Jacob. *Conrad's Narrative Method*. New York: Oxford University Press, 1989.

Lott, Sydney. "Gissing and the Railways". *The Gissing Journal*, Vol. XXXVII, Number 4, October, 2001.

Lund, Michael. *Reading Thackeray*. Detroit: Wayne State University Press, 1988.

Lyotard, Jean-François. "The Postmodern Condition: A Report on Knowledge". *From Modernism to Postmodernism : An Anthology*. Ed. Lawrence Cahoone. Massachusetts: Blackwell Publishers Inc. , 1996.

Marcus, Steven. *Dickens From Pickwick to Dombey*. New York: Simon and Schuster, 1965.

Markels, Julian. "Toward a Marxian Reentry to the Novel". *Narrative*, Vol. 4, No. 3 (October 1996).

Marx, Karl and Frederick Engels. "The Holy Family". *Karl Marx and Frederick Engels Collected Works*, Vol. 4. Moscow: Progress Publishers, 1975.

McCaw, Neil. *George Eliot and Victorian Historiography: Imagining the National Past*. Houndmills: Macmillan Press Ltd. , 2000.

McDonagh, Josephine. "The Early Novels". *The Cambridge Companion to George Eliot*. Ed. George Levine. Cambridge: Cambridge University Press, 2001.

McHale, Brian. *Review of Contemporary Fiction*. Summer 1999, Vol. 19, Issue 2.

McMaster, Juliet. *Thackeray: The Major Novels*. Manchester: Manchester University Press, 1971.

McMaster, R. D. "Composition, Publication, and Reception", in *The Newcomes: Memoirs of a Respectable Family*. Ed. Peter L. Shillingsburg. Ann Arbor: The University of Michigan Press, 1996.

—. *Thackeray's Cultural Frame of Reference*. Hampshire & London: Macmillan, 1991.

Menke, Richard. "Cultural Capital and the Scene of Rioting: Male Working-Class Authorship in *Alton Locke*". *Victorian Literature and Culture*, Vol. 28, Number 1, 2000.

Miller, Andrew H. *Novels Behind Glass: Commodity Culture and Victorian Narrative*. Cambridge: Cambridge University Press, 1995.

Miller, J. Hillis. *Fiction and Repetition*. Oxford: Basil Blackwell, 1982.

—. "The Ghost Effect: Intertextuality in Realistic Fiction". *Symbolism: An International Journal of Critical Aesthetics*, Volume 5, 2005, pp. 125—149.

Milner, Ian. *Structure of Values in George Eliot*. Praha: Universita Karlova, 1968.

Morgan, Kenneth O. *The Oxford History of Britain*. Oxford: Oxford University Press, 2001.

Morton, A. L. *A People's History of England*. London: Lawrence & Wishart and International Publishers, 1979.

Nestor, Pauline. *Critical Issues: George Eliot*, Houndmills: Palgrave, 2002.

Peck, John. "*New Grub Street*: An Approach Through Form". *George Gissing: Critical Essays*. Ed. Jean-Pierre Michaux. London & Totowa: Vision and Barnes & Noble, 1981.

Perkin, Harold. *The Origins of Modern English Society: 1780—1880*. London: Routledge and Kegan Paul, 1969.

Perkin. J. Russell. *A Reception-History of George Eliot's Fiction*. Ann Arbor: UMI Research Press, 1990.

Phelps, Gilbert. *Fifty British Novels 1600—1900*. London: Heinemann Educational Books Ltd., 1979.

Phillipps, K. C. *The Language of Thackeray*. London: André Deutsch Limited, 1978.

Polhemus, Robert M. *The Changing World of Anthony Trollope*. Berkeley and Los Angeles: University of California Press, 1968.

Poovey, Mary. *Making a Social Body: British Cultural Formation, 1830—1864*. Chicago: University of Chicago Press, 1995.

Jennifer Sampson, "Sybil, or the two monarchs". *Studies in Philology* V. 95 (Winter 1998).

Ray, Gordon N. *Thackeray: The Age of Wisdom*. New York: McGraw-Hill, 1958.

Reid, J. C. *Charles Dickens: Little Dorrit*. London: Edward Arnold (Publishers) Lit., 1967.

Roberts, Neil. *GE: Her Beliefs and Her Art*. London: Elek Books Ltd., 1975.

Roe, Frederick William. *The Social Philosophy of Carlyle and Ruskin*. London: Kennikat Press, 1927.

Ruskin, John. "True and False Economy". *Industrialization and Culture: 1830—1914*, Ed. Christopher Harvie, Graham Martin & Aaron Scharf. London: Macmillan for the Open University Press.

Salwark, Dale. *John Wain*. Boston: Twayne Publishers, 1981.

Selig, Robert L. *George Gissing*. New York: Twayne Publishers, 1995.

Semmel, Bernard. *George Eliot and the Politics of National Inheritance*. New York and Oxford: Oxford University Press, 1994.

Scholes, Robert. *Text Book*. New York: St. Martin's Press, 1988.

Sinha, S. K. *Thackeray: A Study in Technique*. Salzburg: Universität Salzburg, 1979.

Sjöholm, Christina "*The Voice of Wedlock*": *The Theme of Marriage in George Gissing's Novels*. Stockholm: Uppsala University, 1994.

Skilton, David. *Anthony Trollope and His Contemporaries*. London: Longman Group Limited, 1972.

Stevenson, Lionel. *Victorian Fiction: A Guide to Research*. New York: the Modern Language Association of America,

1980.

Stewart, J. I. M. *Thomas Hardy: A Critical Biography*. London: Longman, 1971.

Stoneman, Patsy. *Elizabeth Gaskell*. Sussex: The Harvest Press, 1987.

Sutherland, John. "Introduction", in *Vanity Fair*. Ed. John Sutherland. Oxford/ NewYork: Oxford University Press, 1983.

Swift, Graham. *Waterland*. London: Picador, 1984.

Tennyson, Alfred. *Ballads and Other Poem*. *The Works of Tennyson*, Vol. VI. Ed. Hallam Lord Tennyson. London: Macmillan, 1908.

Thackeray, William Makepeace. *The Newcomes: Memoirs of a Respectable Family*. Ed. Peter L. Shillingsburg. Ann Arbor: The University of Michigan Press, 1996.

—. *Vanity Fair*. New York: Quality Paperback Book Club, 1991.

Tillotson, Kathleen. *Novels of the Eighteen-Forties*. London: Oxford University Press, 1961.

Trilling, Lionel. "Manners, Morals and the Novel". *Forms of Modern Fiction*. Ed. William Van O'connor. Bloomington: Indiana University Press, 1959.

Trollope, Anthony. *An Autobiography*. Oxford: Oxford University Press, 1999.

—. *The Eustace Diamonds*. Frogmore: Panther Books Ltd.,

1973.

—. *The Prime Minister*. Oxford and New York: Oxford University Press, 1983.

—. *The Way We Live Now*. Oxford: Oxford University Press, 1999.

Wain, John. *A Winter in the Hills*. New York: The Viking Press, 1970.

Wall, Stephen. "Trollope, Satire and *The Way We Live Now*". *Essays in Criticism*. Ed. Tony Bareham. Oxford: Oxford University Press, 1988.

—. *Trollope: Living with Character*. New York: Henry Holt and Company, 1988.

Watts, Cedric. *Thomas Hardy: Jude the Obscure*. London: Penguin Books Ltd., 1992.

White, Andrea. *Joseph Conrad and the Adventure Tradition: Constructing and Deconstructing the Imperial Subject*, Cambridge: Cambridge University Press, 1993.

Wilczynski, J. *An Encyclopedic Dictionary of Marxism, Socialism and Communism*. London: The Macmillan Press Ltd., 1981.

Williams, Raymond. *Culture and Society: 1780—1950*. London: Chatto & Windus, 1959.

—. *Key Words*. London: Fontana Press, 1976.

—. *The English Novel: From Dickens to Lawrence*. London: Chatto and Windus, 1973.

—. *Marxism and Literature*. Oxford: Oxford University Press, 1977.

—. "Thomas Hardy and the English Novel". *The Raymond Williams Reader*. Ed. John Higgins. Oxford: Blackwell Publishers Ltd. , 2001.

Wright, T. R. *George Eliot's Middlemarch*. New York: Harvester Wheatsheaf, 1991.

Woolf, Virginia. "George Eliot". *Times Literary Supplement*, 20 November,1919.

Yeazell, Ruth Bernard. "Why Political Novels Have Heroines: Sybil, Mary Barton, and Felix Holt", *Novel* Vol. 18 (Winter 1985).

Zlotnick, Susan. "Luddism, Medievalism and Women's History in *Shirley*: Charlotte Bronte's Revisionist Tactics". *The Brontë Sisters: Critical Assessments*. Ed. Eleanor McNees. Mountfield: Helm Information Ltd. , 1996.

索 引

A

阿尔梯克(Altick, Richard D.) 66, 432,512

阿诺德(Arnold, Matthew) 41,66, 85,225,296,338,419,433

埃科(Eco, Umberto) 369,373

埃奇沃思(Edgeworth, Richard Lovell) 430

艾布拉姆斯(Abrams, M. H.) 223

艾伦(Allen, Walter) 307,308,472, 512

爱略特(Eliot, George) 91,240,263, 296,307—315,318—321,323, 324,326,327,330,337—340, 344,346,347,349—351,363, 364,367,368,370,372—375, 377,382—384,401,499,501, 503,508,509,515

《亚当·比德》(Adam Bede) 305,307—310,313,315,318, 319,324,326,327,331,332, 337,363,377,515,517,518

《激进党人菲利克斯·霍尔特》(Felix Holt the Radical) 315, 335,337,340,349,358,363, 503,505,506,520

《米德尔马契》(Middlemarch) 361,363—366,368—370,375—377,381,382,384,385,501, 506,509,512,516,527

奥斯汀(Austen, Jane) 34,55

B

巴比伦通天塔(Babel) 269,274—276,278

巴恩斯(Barnes, Julian) 482—484, 486,496,511,512

《福楼拜的鹦鹉》(Flaubert's Parrot) 482,485,496,512

巴尔扎克(Balzac, Honoré de) 59

巴赫金(Bakhtin, Mikhail) 63,512

霸权(hegemony) 309—310,313

伊丽莎白·鲍温(Bowen, Elizabeth) 466,513

《心之死》(The Death of the Heart) 466,494,513

贝尔(Bell, Daniel) 38,46,51,509

边沁(Bentham, Jeremy) 46,65,112,
194,263,286,287,290,291,310,
313,430
勃朗特(Brontë,Charlotte) 257,258,
268,269,272,276—279,469,502,
509
　《谢莉》(Shirley) 255,257,258,
263,269,270,273,274,278,279,
280,505,506,509,513,517,520,
527
伯瑞(Bury,John bagnell) 509
布兰特林格(Brantlinger, Patrick)
33,274,283,363,376,377,513
布洛克—罗斯(Brook-Rose, Christine) 487—490,492,493
　《下一个》(Next) 487—489,
493,496,513

C

成功 47,143,170,186,187,205,207,
209,212—219,221—227,233,
236—241,244,245,247—250,
252,274,344—347,406,408,422,
424,427—430,435,469,470,
475—478,480,481,501,505,508
重复 58,59,64,134,197—199,225,
271,342,350,351,365,366,423,
449
橱窗效应 169,170,211

D

达尔文(Darwin, Charles Robert)
310
但尼生(Tennyson,Alfred) 436
道德判断 220
狄更斯(Dickens, Charles) 33,34,
55,56,58,59,62,63,67,74,81,
82,85—87,89—93,97—101,
105,106,109,112,113,118—
120,124,128,140,156,157,
165,179,196,233,263,307,
401,419,488,489,500,503,
504,507—510,512,514
　《董贝父子》(Dombey and Son)
34,53,55,56,58,59,64—67,
71,72,75,87,165,503,505,514
　《艰难时世》(Hard Times) 60,
79,81,82,84—87,89—92,96,
98—100,105,124,142,419,
500,505,509,515
　《小杜丽》(Little Dorrit) 87,
103,105,106,108,109,113,
114,116,118,121,126—129,
500,505,506,510,515,523
迪斯累里(Disraeli, Benjamin) 31,
33—37,39—47,49,50,55,113,
135,156,157,285,307,499,
500,503,507,515
　《柯宁斯比》(Coningsby) 34—
39,42,44,46,47,49,50,500,
505,506,515
　《西比尔》(Sybil) 34—37,40—
42,44,46—49,50,500,503,
505,506,515,523,527

《坦克雷德》(Tancred) 34,44, 51,515

蒂洛森(Tillotson, Kathleen) 74, 135,525

E

恩格斯(Engels, Friedrich) 59,76, 150,175,252,254,325,333,401, 403,510,511

F

反讽 113,121,128,138,139,223, 225,435,463,466

弗莱(Frye, Northrop) 37,38,41, 43,49,50,226,229,475,510

福斯特(Forster, E. M.) 118,134, 149,428,520,416

福特(Ford,Ford Madox) 69,70,197

G

盖斯凯尔(Gaskell, Elizabeth Cleghorn) 33,34,91,133,135,137— 141,143,144,146—148,156, 157,307,338,401,502,503, 507,508

《玛丽·巴顿》(Mary Barton) 34,49,131,133,136,139—141, 144,148,149,503,505,517,527

盖伊(Gay, Peter) 502,510

戈德曼(Goldmann, Lucien) 241,518

葛兰西(Gramsci, Antonio) 308

个人主义 65

功利主义 46,49,65,84,90,91,96, 99,194,262,263,273,313,378, 419,430,434

工人阶级 91,92,97,135,254,257, 277,283,284,288,292,510

工业革命 34,56,58,60,65,67,179— 182,237,246,248,249,284—286, 310,314,315,398,459,463,477, 499

工业小说(the industrial novels) 33, 34,147,283,337

工业主题 82,90—92,94—96,98,99, 337

H

巴巴拉·哈代(Hardy, Barbara) 518

托马斯·哈代(Hardy, Thomas) 391,414,419,502,503,510

《无名的裘德》(Jude the Obscure) 389,391,393,396,398, 401,413,414,415,503,505, 506,515,519,526

互文(intertext) 179,198,207,361, 364—369,375,384,482,485,496, 522

黄梅 207,210

火车 57—59,62—64,133,134,182, 183,312,391—393,395—398, 401,421—425,431—434,476, 505,506

霍顿(Houghton, Walter E.) 519

J

机械时代 281,287,292,327,419,501
佳拉赫(Gallagher, Catherine) 283, 517
阶级情节 90—92,94—96,98,99
金斯利(Kingsley, Charles) 283—288,291—293,295—298,301,307,338,501,520
《酵母》(Yeast) 285,520
《奥尔顿·洛克》(Alton Locke) 281,283,285—288,292,293,296—298,301,302,501,519,520
进步 31,33,37—44,48,49,55,56,59,61,65,67,68,71,72,74,75,83,97,103,105,108,109,112—114,121,122,125—127,131,133,135,136,138—140,142,143,149,153,155—166,174,177,179,180,183—186,188,192,194,195,198—200,202,207,218,225,233,237,239,248,252,255,257—269,272—278,283,284,286,290,294,307,308,310,316—321,326,330,337,339,361,363,364,370,375—384,391,393,395,396,398—403,407,411,413,417,419,420,424—430,432—436,441—454,459,460,463,466—470,472—493,499—502,504—510

K

卡莱尔(Carlyle,Thomas) 76,85,86,147,186,215,249,286—287,290,296,320,346,364,370—372,374,375,382,383,385,411,419,433,470,500,501,510
卡扎米安(Cazamian, Louis) 33,65,81,91,93,98,112,139,283,284,288
卡西尔(Cassirer, Ernst) 75,77,510
康拉德(Conrad, Joseph) 69,70,224,439,441,442,444,446,447,450,453,454,499,501,502,508—510,514
《进步前哨》(An Outpost of Progress) 439,441,444,446,454,455,501,502,506,514,518
《黑暗的心脏》(Heart of Darkness) 441
《"水仙号"上的黑家伙》(The Nigger of Narcissus) 454
可知社群(the knowable community) 106,108

L

劳伦斯(Lawrence, D. H.) 33,34,106,179,196,220,233,459,460,463,464,466,494,504,509,510,520
《虹》(The Rainbow) 459,493,494,510,520
雷(Ray, Gordon) 179
李嘉图(Ricardo, David) 65,112,140,194,286,287

利奥塔（Lyotard, Jean-François）481,521

历史 33—37,49,55,118,156,177,195,196,198—200,209,286,309,313,325,351,361,364,374—384,398,402,403,441,475,478,480,481,487,489,499—502,508,510

利维斯（Leavis, F. R.）81,84,86,87,92,100,220,346,367,368,372,385,511

两个民族 44,45,49,135,136,139,142—145,285,399,507

林德纳（Lindner, Christoph）139,146—148,155,156,166—169,207—213,520

刘易斯（Lewes, G..H.）257,269,278

卢德派（Luddite）259,260,267

卢卡契（Lukács, Georg）155

陆建德 207,240,250,253,292,296,302,374,386,482,496,511

罗伯特·路威（Lowie, Robert Heinrich）511

罗思柴尔德（Rothschild, Nathan Mayer）237,249

罗斯金（Ruskin, John）85,249,419

M

马尔萨斯（Malthus, Thomas Robert）85,140

马克思（Marx, Karl）59,76,120,129,145,150,175,324,325,333,401,403,404,510,511,521

马库斯（Marcus, Steven）56,58,59,61,521

麦考莱（Macaulay, Thomas Babington）65,135,156,184,194,237,266,286,308,310,430,500,505,508

麦克马斯特（McMaster, R. D. McMaster）166,179,180,185,188,192,197—199

米勒, A. H.（Miller, Andrew H.）155,522

米勒, J. H.（Miller, J. Hillis）522

民主 243,244,290,292,484,487

莫里斯, F. D.（Maurice, Frederick Denison）284

N

纽曼（Newman, John Henry）292,296

P

培根（Bacon, Francis）430

Q

乔治·吉辛（George Gissing）419,420,436,502,503,511,517,519,523,524

《文苑外史》（*New Grub Street*）417,420,421,428,430,433,434,436,503,505,506,517,519,523

《旋涡》(The Whirlpool) 421
《在欢乐的年代里》(In the Year of Jubilee) 421
《亨利·赖伊克罗夫特的私人文稿》(The Private Papers of Henry Ryecroft) 421
《夏娃的赎金》(Eve's Ransom) 421
情感结构(structure of feeling) 34, 36,138,231,233—236,239,240, 244,248,252,460,499,501,504, 507,508

S

萨克雷(Thackeray, William Makepeace) 155—159,162—166,168,171—174, 179, 183—185, 188, 191, 192, 194—202, 207, 219, 237, 258, 263, 307, 401, 428, 435, 500,503,508,511,525
《纽克姆一家》(The Newcomes) 177,179,180,185,188,191,195—204, 267, 435, 500, 503, 505, 506,522,525
《名利场》(Vanity Fair) 153, 155—157, 159, 166, 167, 169, 172, 173, 174, 175, 176, 179, 180, 207, 210, 213, 505, 506, 511,518,525
商品文化(commodity culture) 146, 150,155,156,166,168,171—174, 207—210,211,212,213,219,226, 227,507,508,520,522
社会价值观 65,67,99,113,183,209, 219, 237, 239, 240, 243, 244, 246, 248,250,252,318,370,413,508
社会转型 371
史蒂文森(Stevenson, William) 140, 141
史书 34,36,198—200,499,500,502
斯宾塞(Spencer, Herbert) 310,430, 431,437,511
司各脱(Scot, Sir Walter) 34
斯迈尔斯(Smiles, Samuel) 97
斯密(Smith, Adam) 46,52,85,140, 150,511
格雷厄姆·斯威夫特(Swift, Graham) 477,482,496,510
《洼地》(Waterland) 477, 480, 481,495,510,525
速度 38—41,57,62,66,68,83,106, 113, 114, 127, 133, 164, 166, 183, 191, 221, 233, 294, 307, 308, 310, 315, 316, 325, 328, 329, 335, 337, 339—343, 346—349, 351, 355, 357, 377, 378, 382, 391, 393, 395, 396, 398, 401, 407, 413, 422, 423, 432—434,475,476,501,504

T

特里林(Trilling, Lionel) 105,243, 244,525
特罗洛普(Trollop, Anthony) 157, 207,208,210—212,217,218—

223,226,233,236,237,240—244,246,248—252,263,401,500,503,508

《尤斯蒂蒂钻石》(*The Eustace Diamonds*) 205,207—209,211,212,219,220,227,233,505,525

《我们如今的生活方式》(*The Way We Live Now*) 231,233,234,237,239—241,243,244,246,250,251,252,254,500,503,505,526

《桑恩医生》(*Doctor Thorn*) 240

《首相》(*The Prime Minister*) 217,241,251,253,526

铁路 40,41,55—66,68,118,133,182,183,235,240,243,245—248,250,340,389,391,392,396—398,400,401,420—422,428,432,439,478,485,502—507

W

维多利亚 36,37,40,42,43,50,65,66,72,83,84,87,91,109,111,122,127,146,155—157,164,165,179,185—188,202,215,225,235,244,245,248,267,288,292,296,301,345,346,363,391,408,409,419,426,428,430,432,446,470,500,502

韦恩(Wain, John) 472,474,476,526

《山里的冬天》(*A Winter in the Hills*) 472,477,495,526

威廉斯(Williams, Raymond) 33,34,36,56,58,59,91,105,106,138,179,196,233,234,239—241,283,337,338,391,459,499,526

文化代码 189,208,212

文化资本(Cutural Capital) 283

伍尔夫(Woolf, Virginia) 40,363,527

物化 39,126,155,156,167,168,171,172,174,208,210,212,216,219,221,222,401,467,508

X

闲暇 312,313

现代性 43,327

现金联结(cash-nexus) 147,310,320,322,370,372,374,381,411,413,419,507

萧伯纳(Shaw, George Bernard) 81,105

消费 37,42—45,135,146—149,166,167,169,170,172,173,208,210—213,226,227,380,505,507,508

谢林斯堡(Schillinsburg, Peter L.) 179,200

新型小说 33,36,499,502,506—508

Y

伊格尔顿(Eagleton, Terry) 81,86,87,91,92,96,257,261,269,273,276,277,308—310,337,338,391,393,402,515

异化 37—41,43,68—70,113,114,

121,126,145,148,149,155,168,172,207,208,268,320,321,389,397,398,400—413,450,467,471,474,475,507

Z

责任 89,111,122,249,290,319,353,373—375,378,431,502

詹姆斯（James, Henry）367,368,432,519

政治经济学 84,85,90,139—144,313

朱虹 172,176,207,208,219,221,227,233,235,244,252,254,371,385,512

资本家 40,95—97,182,190,191,257,266,285,293,295,474

资本主义 46,51,91,92,96,99,105,156,269,320,324,371,401,403,420,509

自由 70,167,291—298,300,301,307,326,370,408,461,487

后　记

本书的部分书稿是在美国印第安那大学完成的。为支持本书的完成,我所在学校的领导准了我近半年的学术假。之所以选择了印第安那大学,是因为那里有一个建树颇丰的维多利亚文学研究中心。

在美期间(2004年10月至2005年3月),适逢美国总统大选,因而政客们的"豪言壮语"在报纸和电视上到处可见。这些"豪言壮语"的关键词之一就是"进步"。例如,布什跟他的政敌克里在辩论或互相攻击时都自豪地谈到了"美国梦",并且还多次把"美国梦"与"进步"相提并论。布什在为伊拉克战争辩护时也用到了"进步"一词,仿佛只要以"进步"的名义就可以一笔勾销美国侵略者所欠下的千万笔血债。

也就是说,当年遭到狄更斯和乔治·爱略特等优秀小说家强烈质疑的"进步"话语今天仍在大行其道,而且其市场已经远远超出了英国国界。当然,用"进步"的幌子来遮掩血腥的勾当已经蒙骗不了太多的世人。伊拉克战争就是一例:即便在美国国内,反战的示威活动几乎每天都在进行,无非是貌似客观、中立的媒体不予报道而已。不过,在很多情况下,"进步"话语会让人舒舒服服地接受。以上文中所说的"美国梦"为例:大多数美国人如今一提起"美国梦",仍然会挺胸凸肚,神采飞扬。哈尔·凯恩于五年前谈论过

"美国梦"的新特点——他索性用了"新的美国梦"(the new American dream)一语:"……新的美国梦意味着占有许多能够带来舒适方便的器具;速度变成了自由的新版本,与之配套的是小汽车和飞机的繁殖;隐私也变成了自由的新形式,与之配套的是越来越大的居室。远离脏活儿累活儿,躲避责任,这一切都成了美国人的新目标。"①可以说,"美国梦"是"进步"话语在当今世界最诱人的一种形式。

做着"美国梦"的美国人大都不读小说(浪漫传奇故事除外),尤其不读19世纪英国小说,因此由狄更斯等人开创的"进步"推敲史不会对他们起太多的借鉴作用。

对于不愿意跟在"美国梦"后面亦步亦趋的中国人来说,是不是应该多倾听当年英国优秀小说家们在"进步"浪潮的旋涡中所发出的心声呢?

看一下我国这些年的状况,就会觉得很有必要聆听他们的心声。这些年我国在经济建设方面和科技领域里所取得的成就有目共睹,然而伴随这些成就而出现的问题却没有得到足够的重视。在诸多相关问题中,如何解决发展速度过快的问题恐怕已经成了燃眉之急。关于这一点,黄梅女士给过一个贴切的比喻:"生活在这样的历史时刻,像是搭乘在不大稳当的高速列车上。列车摇摆颠簸,窗外景色倏忽变换,车内人不免头晕目眩,跌跌绊绊,动作变形。"②黄梅女士发表这番议论是在1996年。十一年过去了,可是我们所搭乘的这趟列车似乎仍然不那么稳当,或者说更不稳当了。

---

① Hal Cane, *Triumph of the Mundane: The Unseen Trends that Shape Our Lives and Environment*, Washington D. C.: Island Press, 2001, p. 10.

② 黄梅:《不肯进取》,沈阳:辽宁教育出版社,1996年,第173—174页。

虽然在一些有识之士的敦促下,"可持续性发展"成了一项基本国策,可是一旦落实到操作层面,"发展"总是硬道理,而"可持续性"却往往变成了软道理。盲目追求速度、急功近利、超前消费、追赶时尚的"进步"浪潮不是比前几年收敛了,而是变得更加凶猛了。最令人费解的是,我们的许多媒体还常常为这样的潮流推波助澜。曾几何时,"奢侈"从贬义词一下子变成了褒义词。不久以前,我在报纸上读到一篇题为"百万美元名表畅销——中国进入奢侈时代?"的报道。开始我还以为这是一篇质疑奢侈的文章(题目中有一个问号),但是读下去便明白它原来是在为奢侈摇旗呐喊。该文从100万美元的名表在北京的一个展销会上畅销谈起,渐渐把聚焦移向了国内另一个"奢侈品高消费的好地方":"在瑞士表沛纳海行政总监白纳迪的印象中,上海是个奢侈品高消费的好地方。2004年,沛纳海刚刚在上海恒隆广场露面,就引来一群25岁至40岁的中国'豪客'。尽管沛纳海属于带有明显海军特色的男性手表,但不少年轻女性对这一在中国还显面生的手表表现出了狂热,丝毫不在乎每款2800欧元到16万欧元之间的售价。"①假如这段话可以算作客观的报道(其实报道者那赞许、羡慕的口气已经溢于言表),那么下面这段评论明显地表明了报道者的立场:"可以肯定,中国目前的消费潜力尤其是对高档消费品的消费潜力还没有完全释放出来,中国的企业家应该从国际市场中得到启示,努力开发出更多更新更前卫的高档消费品。"②这不是"进步"话语又是什么?在我国,至少有数以千百万计的老百姓连温饱都是个问题,可

---

① "百万美元名表畅销——中国进入奢侈时代?",《每日商报》(新消费周刊)2004年9月25日第10版。
② 同上。

是我们的报纸却在侈谈奢侈，这岂不是匪夷所思？

　　再说一件让人痛心的事情：2004年的上海又多了一项高消费选择——在西方因环保、噪声污染等问题而声誉日下的F1在上海西北郊区某个亟待开发的地区开赛了。原来种在那里的稻子和麦子被一并拔去，换成了一条条造价昂贵的赛道(据说仅一条赛道就得花费20多亿人民币)，而且"撇开污染不提，……这项昂贵赛事的盈利已经成为一个难题"。① 令人深思的是，在为这项赛事叫好的人中间，就有打着"进步"旗号的——且看一位拥护者的一席话："承办F1赛事象征着技术的进步，表明一个城市已经处于先进城市行列。一个能够举办F1的城市，将被认为有能力组织其他任何商业活动。这就是亚洲国家积极参与F1的原因。"② 问题是，这样的进步代表了谁的利益？给普通老百姓带来了什么好处？好在我们还能够从相同的报纸上听到不同的声音："F1是一种你必须得跟上的时尚……三四十亿砸下去听个响儿，追求的不就是这种感觉？至于赚回本钱，别急慢慢来，反正有中石化这样的国产大腕儿在，把国家的钱从这个口袋放进那个口袋，账面迟早会漂亮起来。这是一桩谁都满意的生意，嘉定的房地产商笑了，他们在数钱，上海的宾馆业主笑了，他们在抢钱；坐得更高的人笑了，他们在想钱——还有那个叫伯尼的英国富翁和他手下的喽啰们都笑了，他们在分钱。"③ 透过这一片笑声，我们其实听到了更多的叹息声。

　　即便"进步"潮流没有造成贫富悬殊，它所造成的环境恶化也足以让人担忧。一位挚友前几天刚去过会稽山阴，事后感慨万千

---

① 伊志刚："人民需不需要金箔名片"，《钱江晚报》2004年9月26日B6版。
② 许运："众议院"栏目，《钱江晚报》2004年9月26日B6版。
③ 郭绩："时尚就是砸钱听响儿"，《钱江晚报》2004年9月26日B6版。

地给我发来了一封信,上面写道:"曾经那么迷人、在古典和现代文学中留下无数倩影的会稽山阴,已经成了个巨大的化工厂。一路过去再回来,闻到了各种各样的工厂排放的各种各样的异味儿。我要是个盲人的话,简直可以凭着鼻子走天下。当年陆游说,山阴道中,一步一景,如今却是'一步一味'了。"在我国,不知有多少好山好水都遭受了跟会稽山阴同样的命运。悲乎哉,不悲乎!

* * * * * *

本书的撰写得到了中国社会科学基金和浙江省教育厅专项研究基金的资助,特在此致谢。

早在本书的选题和构思阶段,本人就得到了中国社会科学院的盛宁先生和陆建德博士的指点。假如没有他们的鼓励,这部书很可能在萌芽状态时就夭折了。

在写作过程中,不少友人给了我无私的援助。北京大学的韩敏中教授、英国牛津大学的乔恩·斯托尔沃西教授(Professor Jon Stallworthy)、香港大学的何漪涟博士和科尔博士(Dr. Douglas Kerr)、美国印第安大学的布兰特林格教授(Patrick Brantlinger)曾经向我提出过宝贵的建议和意见。例如,韩敏中教授曾经就本书涉及乔治·爱略特的部分提出过修正意见。又如,是布兰特林格教授建议我在书中加入了有关夏洛蒂·勃朗特的那一章。此外,浙江大学教授任绍曾先生在语境分析的方法上给了我不少点拨。还有不少朋友在书籍资料方面援手襄助,或帮助搜寻、购买并邮寄,或慷慨赠送。这些友人包括美国加州理工大学潘大安博士、美国密执根大学温时幸先生、美国纽约墨尔西学院孙干钊博士、美国伯洛伊特学院罗森沃尔德教授(Professor John Rosenwald)、湘潭大学胡强博士、杭州师范学院青年教师管南异和应璎、浙江工商大学青年教师金佳、浙江传媒学院青年教师徐淑芳、浙江大学教师郭国良、谭惠娟和陈敏。

谨在此一并鸣谢。

殷企平

2006年11月于杭州紫桂花园